한국 근대시론의 계보와 규준

한국 근대시론의
계보와 규준

임화·김기림·박용철

김영범

역락

머리말

　이 책은 2017년 12월에 제출한 필자의 박사학위논문 「한국 근대 시론의 형성과정 연구 : 임화·김기림·박용철의 경우」를 수정하고 보완한 것이다. 이 책의 제목에서 '계보'는 1930년대 근대시론을 형성하게 한 연원이 1900년대 초반까지 거슬러 올라간다는 사실을 우선 지시한다. 그리고 '규준'은 임화·김기림·박용철 등이 개척한 시론의 성과가 현대시론의 실천적 지평을 열었음을 가리킨다. 요컨대 한국 근대문학의 기원은 20세기 초이다. 그동안에 구축된 암중모색을 토대로 1930년대 초반 이들 세 문인들이 근대시론을 정립(鼎立)하였고, 1930년대 중반 이후 이들의 시론이 교차하면서 그것의 지평이 넓어졌다. 이것이 '계보'로써 의미하고자 했던 본의(本意)이다. 이러한 인식이 가능한 이유는 이 책의 전체적인 체제로써 가능할 수 있도록 했다.

　근대전환기 조선은 외세로부터 성리학적 세계를 수호하려는 의지로 '덕체지'의 강령을 채택한 「교육입국조서(1895)」를 발표했다. 곧이어 고종은 이 세계의 중심에서 황제의 반열에 올랐으나, 그 자리를 지지해줄 강령은 을사늑약으로 무력화되었다. 정치의 상실은 국권 피탈을 전후하여 심리학적 기제인 '지정의'가 문학에 도입되는 계기이자, 조선적인 근대문학이 성립하게 한 하나의 단초였다. 집단주체가 와해된 식민지에 남은 건 개인이었기 때문이다. 1910년대 중반 이 기제들은 마침내 '진선미'라는 근대적 가치론에 닿는다. 하지만 이후 조선의 근대문학에서 주안점은 '선'에 있었다. 1920년대 중반에 오면 이것은 여전히 '미'와 연결되거나 극적으로 단절되기도 했다. 이전까지의 문학과 새로이 등장한 프로문학의 차이가 이 점에 있었다. 상황은 1920년대 말까지 지속되지만, '진'과 관련된 문학 역시 준비되고 있었다.

임화·김기림·박용철 등의 시론은 전대의 자산이 없이는 전개될 수 없었다. 그러나 시의 사회적·미적 역능에 대한 인식의 편차와 그에 따른 접근 방식의 차이는 이들의 출발점을 갈라놓았다. 1930년대 초반 이들은 제각기 근대적 가치의 하나에 초점을 둔 시론을 펼쳐나갔다. 그런데 거기에는 다른 가치로 이행할 가능성이 내재해 있었고, 1930년대 중반을 지나면서 이들의 시론은 변화를 겪게 된다. 시론의 중심에 각각 현실·근대·시 등이 놓여 있었으나, 시가 앞의 둘과 무관할 수 없고 앞의 둘은 유동하고 있었으므로 그것은 필연적이기도 했다. 이들 세 문인이 행한 시론의 탐색은 1930년대 조선의 근대시론이 가치론을 배분하며 분화하고, 다시 서로 교차하고 통섭하는 역동적인 장면을 보여주었다.

물론 이들의 시론이 변모하는 데 있어 외력의 작용도 무시할 수 없다. 3·1운동의 여파로 일제는 문화정치로 기조를 바꿨지만, 통치 방식의 변경은 식민지배의 인프라를 무단통치로 벌써 완성했기에 가능했다. 그러므로 1920년대 이후의 조선은 거대한 파놉티콘이었다고 할 수 있다. 이를테면 10년을 존속한 카프의 해체가 해산계의 자발적 제출이란 형식을 취하게 한 주체는 일제였다. 전면에 나설 필요가 없었다. 시스템으로 포획하면 그만이었다. 동우회사건을 일으켜 민족주의 진영의 항복을 받아내고 총독부 주도로 조선문인협회를 발족시킨 것은 국가총동원법을 전후해서였다. 그렇지만 이러한 태세전환 이전에도 대다수 문인들은 예민하게 상황을 주시하고 있었다. 일제의 파시즘화가 1930년대 전반부터 시작되었던 탓이다.

1930년대 문인들의 시론을 읽으며 그들과 대면하는 작업은 1세기 가까운 시간의 거리만큼이나 막연한 일로 비춰질 수 있겠다. 허나 수세기 전의 고전들이 읽힌다는 사실은 한 문인의 정신이 오롯이 생동하는 글의 존재를 보증해주지 않던가. 난해한 맥락들을 풀어내기 위해 사료나 정신사의 검토를 병행하는 것은 당대 사회의 지형을 그려내고 저 정신들의 지향을 재구하려는 문학 연구의 고투 중 하나이다. 그리하여 때때로 작은 조각이 전체의 밑그림을 가름하는 실마리가 된다. 요행은 그것을 구하는 자에게만 찾아온다는 생각은 필자 이외에도 많은 이들이 가진 믿음이리라. 이것 하나로 오늘도 연구와 궁리에 힘쓰나 아직은 마주치지 못한 동료들 그리고 필자와 조우했던 1930년대 조선의 세계인들에게 연대감을 전한다.

고맙고 죄스러운 마음은 언제나 이미 만나온 분들을 향한다. 불민한 제자이지만 오랫동안 가르침과 격려를 아끼지 않으시는 최동호 선생님께 감사드린다. 학위논문의 심사를 모두 맡아주신 고형진 선생님의 그 훤칠한 미소가 계속되길 바란다. 대학원은 물론 지금까지 연구자로서의 모범을 보여주시는 이경수 선생님의 건강을 기원한다. 언제든 굳세고 밝은 표정으로 맞아주시는 이상숙 선생님의 꼼꼼한 배려를 항상 기억한다. 박사논문의 방향성을 다잡는 데 고민을 함께 해주신 김종훈 선생님의 조언은 큰 힘이 되었다. 강웅식·이희중 선배님을 필두로 한 여러 선후배님들과의 유대와 우정도 새삼스럽다. 이 책이 나올 수 있었던 것은 모두 이분들 덕택이다. 그리고 이 책의 출판을 흔쾌히 허락해주신 도서출판 역락의 이대현 사장님과 세심하게 책을 만들어주신 편집부 여러분께도 감사의 말씀을 드린다.

　부모님께 멀리 있는 누이에게 감사하다.
　잘 자라준 진홍에게 고맙다.
　곁이 되어준 반려, 희정에게 이 책을 바친다.

2021년 12월

차 례

로 논의에서 제외했다는 것은 한편으로 그가 사용하는 '근대성'이 '해방의 서사'라는 목적을 정향하고 있다는 사실을 보여준다. 그럼에도 그의 논의는 '역사철학적 근대성'과 '미적 근대성'이 교섭할 수 있음을 논증하였다는 점에서 그 의의가 인정된다. 가령 그의 결론은 '미적 근대성의 양면적 추구'로 요약되는 오형엽의 김기림에 대한 이해와 맞물리는 측면이 있다. 이 점은 또한 '역사철학적 근대성'을 제외하고도 임화의 시론을 '미적 근대성' 차원에서 포섭하였던 이광호의 논의와도 맥락이 닿는다.

1930년대를 다룬 선행 연구들은 이처럼 '역사철학적'이나 '미적'이라는 수사로 당대의 근대성을 설명하였다. 물론 이들이 '리얼리즘·모더니즘'의 이원론적 구도를 벗어나는 결론에 도달하려고 하거나 처음부터 문제설정을 다르게 이해함으로써 다자적 구도를 설정하기도 했지만, 이들의 결론은 결국 이원론에 머물렀다고 할 수 있다. 이런 사실은 방법론의 한계를 보여주지만, 동시에 이들 선행 연구가 그 한계를 사유함으로써 문학장의 현실을 재구하는 동력으로 삼았음을 말해준다.

방법론 차원에서 이원론의 문제점을 지적하고 새로운 인식의 틀을 제시한 것으로는 이찬의 연구가 있다.[6] 그의 논문은 20세기 후반의 시론가인 조지훈·김종길·김수영·김우창·김춘수·김현 등을 다루는데, 그는 시적 언어에 대한 관점 그리고 현대성에 대한 '태도'와 '가치-해석의 틀'을 기준으로 이들의 시론을 분석했다. 그리고 조지훈·김종길은 유비론적 시학으로, 김수영·김우창은 초월론적 시

---

6) 이찬, 「20세기 후반 한국 현대시론 연구」, 고려대 박사논문, 2005.

학으로, 김춘수·김현은 존재론적 시학으로 해석했다. 이 연구가 주목하는 것은 이찬이 이들의 시론을 각각 '진·선·미'를 중심으로 하는 가치의 체계로 보았다는 점이다. 이는 근대적 가치론의 삼분체계를 시론을 이해하는 방법론으로 차용하였음을 의미한다. 즉 한국 문학사에서 통용되어온 '리얼리즘·모더니즘'의 이원적 대립구도 내지 '낭만주의'를 포함할 때의 불안정한 삼자적 대립구도를 가치론의 차원으로 옮김으로써 삼각구도로 전환시켰다는 것이다. 그런데 이 구도에 포함되는 것은 전통적인 서정시(조지훈·김종길)와 둘로 나누어진 모더니즘(김수영·김우창; 김춘수·김현)이다. 리얼리즘을 제외하고 있는 것이다. 단지 리얼리즘 시학의 성과가 미미하기 때문이라는 언급으로 그는 자신의 구도를 합리화한다. 이로써 선행 연구들이 "모든 시기의 시론 자료들에 적용될 수 없"다고 했던 비판이 자신에게도 그대로 적용되어 버린다.[7] 그럼에도 그의 분석틀은 유효하다고 판단된다. 만약 리얼리즘 시론을 논외로 할 수밖에 없는 것이 20세기 후반 현대시론의 사정이라면, 그가 구분하였듯 모더니즘 시론이 분화됨으로써 리얼리즘을 대리보충하더라도 무리가 없을지도 모른다.[8]

1930년대의 시론을 살핀 선행 연구들이 그다지 주목하지 않았던 것은 1930년대를 가능하게 했던 전사(前史)였다. 1910년대에 대한 검

---

7) 이찬, 같은 논문, 18쪽. 이하에서 문헌을 인용할 때, 문장 수준일 경우에는 큰따옴표(" ")를, 단어 수준이나 단순한 강조의 경우에는 작은따옴표(' ')를 사용한다.
8) 이러한 사례와 유사한 변이를 김기림의 시론이 보여준다. 이에 대해서는 3·4장의 3절에서 검토하기로 한다.

증을 겸해서 바로 앞 시기였던 1920년대의 문학적 상황이 어떻게 1930년대의 문학을 개시하게 하였는지는 짚어봐야 할 사안이다. 문학사 연구의 관행이라 할 수 있는 10년 단위의 구분은 그 편의성과 성과와는 별도로 문학장의 연속성에 대한 부정을 어느 정도 내포하고 있다.9) 당대 문학인의 세대론적 단절 의식이 실제 작품과 비평에서 드러나는 것은 당연한 일이고, 전대와의 차별성을 확보함으로써 새 세대는 자기의 고유성을 확보할 것이다. 이른바 신세대가 자신들의 문학을 정립하기 위해 부정적으로라도 참조하는 것은 늘 구세대일 터이므로, 이를 간과해서는 안 될 노릇이다.

흔히 '근대문학 형성기'로 불리는 1910년대에 대한 연구들은 '문학'이 성립하고 있는 과정을 실증하려는 노력을 보여주었다. 이 가운데 '문학'을 번역어로 이해하고 그것이 일본을 경유해 수입되었다는 견해는 정설에 가까운 입지를 마련하기도 했다.10) 이광수 이전에 근대적 의미의 문학이 존재하지 않았다는 것을 주장하려면,11) 그러나 전근대적 문학에 대한 검증이 수반되어야 할 것이다. 실증적인 검토 없이 문학사에서의 이러한 '단절'만을 강조하는 것은 다소간의 과장된 해석을 불러올 수 있다는 점에서 문제적이다. 이를테면 김흥

---

9) 예컨대 조지훈의 경우 1900년대·1910년대·1920년대·1930년대를 각각 '여명기'·'개척의 시대'·'수확의 시대'·'침잠의 시기(본격적인 현대시)' 등으로 구분한다(조지훈, 「한국 현대시사의 관점」, 『문학론』, 나남출판, 1996, 154~165쪽). 하지만 그의 나눔은 현대시의 탄생을 향한 노정이라는 견지에서 기본적으로 '연속성'을 전제한 것이기도 했다. 10년 단위의 구분법이 문학사 서술의 단위가 될 때, 그것의 이전과 이후에 대한 검토는 필수적이라고 하겠다.
10) 황종연, 「문학이라는 역어」, 『한국어문학연구』 32권, 동악어문학회, 1997, 458~460쪽; 정병호, 「이광수 초기 문학론과 일본문학사의 편제」, 『일본학보』 59권, 한국일본학회, 2004, 461~463쪽.
11) 권보드래, 「문학 범주의 형성 과정」, 『민족문학사연구』 14권 1호, 민족문학사학회, 1999.

규는 근대문학의 형성과정에서 문학의 '형식'뿐만 아니라 '내용'까지 이식된 것으로 이해하는 연구 성향을 '내습·탄생 서사'라고 지목하고 이에 대한 우려를 표명한 바 있다.[12] 그는 알랭 투렌을 빌려 '행위자의 귀환'이라는 관점에서 이를 극복해야 한다고 역설했다.[13]

  알랭 투렌의 '행위자의 복귀'는 창조적이고 능동적인 주체를 일컫는 사회학의 용어이다. 그는 고전사회학이 '정치'나 '사회'라는 거시적 관점에서 '계급'이나 '민족'과 같은 주체만을 다룬 것을 비판했다. 즉 "사회적 행위자를 통계적 집합으로 대체"하여 접근하는 방법론을 거부한다.[14] 사회체제를 재구성하고 진보시키는 일은 그와 같은 '보편적 총체'로서의 추상적 집단이 아니라 실제로는 개인으로서의 '행위자'라는 것이 투렌의 주장이다. 그는 "모든 상황에서 자신들의 문화 지향과 사회적 갈등에 따라 행동하는" 주체로 '행위자'를 상정했다.[15] 이 연구는 '행위자'를 '능동성의 주체'라는 차원에서 참고하고자 한다. 이럴 때 문학을 매개로 주체의 지향이 변모해가는 과정이나 그 경과를 사회적 조건에 대한 역동적인 대응으로 파악하는 게 가능해진다. 예를 들면, 이런 시각은 1910년대의 이광수가 '미'

---

12) 김흥규, 『근대의 특권화를 넘어서』, 창비, 2013, 227쪽. 그가 비판적으로 거론했던 연구는 김동식, 「연애와 근대성」, 『민족문학사연구』 18권, 민족문학사연구소, 2011; 권보드래, 『연애의 시대』, 현실문화연구, 2003; 김지영, 『연애라는 표상』, 소명출판, 2007 등이다.
13) 김흥규, 앞의 책, 235~238쪽. 그는 조형의 번역어 '복귀'를 '귀환'으로 바꾸어 쓴다(알랭 투렌, 『탈산업사회의 사회이론: 행위자의 복귀』, 조형 옮김, 이대 출판부, 1994). 복귀는 '원래 있던 자리나 상태로 되돌아감'을, 귀환은 '원래 있던 곳으로 다시 돌아오거나 돌아감'을 의미한다(이하에서 단어의 정의는 특별한 언급이 없는 한 『고려대 한국어대사전』, 고려대학교민족문화연구원, 2009, Daum 제공을 사용한다). 김흥규는 귀환이 복귀보다 동작성이 강하다는 점을 강조하고자 한 것으로 보인다.
14) 알랭 투렌, 앞의 책, 5쪽.
15) 같은 책, 13쪽.

를 강조하다가 1920년대에는 '인생을 위한 예술'로 전환한 이유를 단순한 착종이나 몰이해의 결과만이 아님을 밝힐 수 있다. 뒤에서 자세히 살피겠지만, 「문학이란 何오」(『매일신보』, 1916.11.11)에서 이광수는 이미 문학의 두 가지 가능성, 곧 인생 지향성과 예술 지향성을 거론하고 있었다.[16] 1910년대에 미확정적이었던 '문학'의 개념이 1920년대에 자리를 잡게 되자 이전의 담론에서 유보되었던 '인생을 위한 예술'에 대한 긍정이 그에게서 나타난 것은 이런 맥락에서 이해할 수 있다.[17] 이런 시각을 좀 더 진전시키면, 1910년대의 문학에 대한 접근에서 도외시되었던 신채호의 자리도 드러나며, 추상적 집단으로 치부되었던 근대전환기의 주체들의 행동 또한 어느 정도 규명할 여지가 생긴다.

하지만 그동안의 선행 연구들은 근대문학 형성기에 이광수를 중심으로 했던 '정'의 문학론에만 특별히 주목해왔다. 그의 문학론은 '문학'이라는 서구적이고 근대적인 '글쓰기'를 향하고 있었고, 이후의 문학인들은 그를 중요한 참조점으로 삼았기 때문이다.[18] 이광수의 후배들이 그를 부정하거나 긍정하면서 한국 문학의 범위를 확장해왔던 것 역시 부정하기 어려운 사실이다. 그런데 이런 이해에서

---

16) 김재영, 「이광수 초기 문학론의 구조와 와세다 미사학」, 문학과사상연구회 편, 『이광수 문학의 재인식』, 소명출판, 2009, 132~138쪽.
17) 이재선, 『이광수 문학의 지적 편력』, 서강대 출판부, 2010, 125쪽; 노춘기, 「근대문학 형성기의 시가와 정육론 연구」, 고려대 박사논문, 2011, 222쪽. 이재선은 '예술을 위한 예술'과 '인생을 위한 예술'에 대한 이중적 인식이 소설 「김경」(1915)과 「소년의 비애」(1917)에서 먼저 드러났으며, 그것이 후자로 무게중심을 잡으며 제출된 평론으로 「문사와 수양」(1921)을 든다.
18) '정'을 중심으로 문학과 예술을 논한 같은 시기의 글들로는 최두선, 「文學의 意義에 關하야」, 『학지광』 3호, 1914.12; 안확, 「朝鮮의 美術」, 『학지광』 5호, 1915.5; 안확, 「朝鮮의 文學」, 『학지광』 6호, 1915.7 등이 있다.

등한시되었던 것은 1920년대와 그 이후의 문학적 경향들이 이광수의 문학론과 가지는 '차이'와 '거리'의 기원에 대한 해명이었다고 생각된다. 예컨대 1910년대에 이광수가 '지정의'라는 인간 본성들 중에서 '정'을 중시한 문학론을 주장했다는 사실의 다른 쪽에 존재했던 것은 '지'와 '의'가 중심을 차지하는 문학의 가능성이었다. 실제로 당대의 최남선과 신채호는 그 사례들이라고 할 수 있다. 최남선의 지리학적 기획이나[19] 신채호의 민족적 정치학은[20] 모두 '문학'을 매개항으로 삼으려고 했었다.[21] 이들이 이후에 질적 차이가 있을지언정 모두 민족주의적인 사학에 매진하게 된 것은 1910년대의 말에 벌써 이들이 추구하던 것과는 다른 문학의 장이 구축되기 시작했기

---

19) 이에 대한 검토로는 엄정선, 「『소년』지의 「봉길이 지리공부」에 나타난 최남선의 지리교육사상」, 동국대 석사논문, 2007; 문성환, 「최남선의 글쓰기와 근대 기획 연구」, 인천대 박사논문, 2008; 윤영실, 「"경험"적 글쓰기를 통한 "지식"의 균열과 식민지 근대성의 풍경 -최남선의 지리담론과 『소년』지 기행문을 중심으로」, 『현대소설연구』 38권, 한국현대소설학회, 2008; 이종호, 「최남선의 지리(학)적 기획과 표상」, 『상허학보』 22집, 상허학회, 2008; 홍순애, 「근대초기 지리학의 수용과 국토여행의 논리-『소년』을 중심으로」, 『한중인문학연구』 34권, 한중인문학회, 2011; 홍진석, 「최남선의 『청춘』연구-근대 재현의 양상을 중심으로」, 대구대 석사논문, 2013 등이 있다.

20) 다음의 사례들을 참고할 수 있다. 우남숙, 「신채호의 국가론 연구: 이론적 구조를 중심으로」, 『한국정치학회보』 32권 4호, 한국정치학회, 1999; 정윤재, 「단재 신채호의 국권회복을 향한 사상과 행동」, 『동양정치사상사』 1권 2호, 한국동양정치사상사학회, 2002; 한중모, 「신채호의 문학의 기본특징」, 『퇴계학과 유교문화』 35권 2호, 경북대 퇴계연구소, 2004; 한명섭, 「신채호 문학의 탈식민성 연구」, 경원대 박사논문, 2008; 왕수파, 「신채호의 「이태리건국삼걸전」 연구」, 대구대 석사논문, 2008; 정영훈, 「신채호 소설의 정치적 가능성」, 『민족문학사연구』 46권, 민족문학사연구소, 2011.

21) 신채호 역시 '정'의 독자성과 '정육'의 중요성을 강조하였다. 그에게 문학은 '예술의 정치화'를 위한 수단이었다(하정일, 『탈식민의 미학』, 소명출판, 2008, 170~175쪽; 하정일, 「자율적 개인과 부르주아 결사로서의 민족」, 문학과사상연구회 편, 『이광수 문학의 재인식』, 소명출판, 2009, 153~156쪽, 참고). 그러나 이 경우 신채호는 문학장을 '독립'을 위한 방편으로 인식했다는 점에 주목해야 한다. 이에 대해서는 본론에서 서술한다.

때문이다. 이들은 근대적 의미의 문학에서 떠난 것이 아니라, 전통적인 인문(人文)에 머물렀다.[22]

인간 본성으로서의 '지정의'와 근대적 가치체계로서의 '진선미'의 대응에서 '정'이 '미'로 이행한 것은 일견 자연스러운 일이다. 그런데 한국 문학에서 가치론 차원의 헤게모니는 1920년대에 이르러 '의'에서 발원하는 '선'이 차지하게 되었다. 따라서 1920년대 초반까지가 '문학은 무엇인가'에 대한 대답을 찾던 시기라면,[23] 그 이후에는 '문학은 무엇을 할 수 있는가'라는 질문이 던져졌다고 할 수 있다. 1920년대 중반 이후 한국 문단이 전통서정시파(민족주의)·리얼리즘(계급주의)·초기 모더니즘으로 나누어진 이유는 이런 맥락에서 설명될 수 있다.[24] 앞의 둘은 '선'을 구심점으로 '민족'과 '계급'이 분화된 것이라 하겠다. 이들이 민족과 계급을 기준으로 문학의 자리를 구축한데 반해, 마지막 것에서 그 자리는 근대적 개인의 몫에 더 가깝다. 그러나 그것은 아직 구체적 작품으로 형상화되거나 비평적 틀

---

22) '인문'은 인의예지신(仁義禮智信)이라는 인간의 다섯 본성에 의해 구성되는 문장을 의미한다(유협, 『문심조룡』, 최동호 역편, 민음사, 1997, 41쪽). 1910년대 신채호와 최남선의 문학적 행보는 유가적 전통 아래 있었고, 이후에도 그랬다. 그들은 '의(義)'를 중시했다. '지정의'에서 이와 유사한 것은 '의(意)'이다.

23) 김행숙, 「1920년대 동인지 문학의 근대성 연구」, 고려대 박사논문, 2002; 손정수, 「자율적 문학관의 기원」, 『민족문학사연구』 20호, 민족문학사학회, 2002; 김명인, 「한국 근대 문학개념의 형성과정」, 『한국근대문학연구』 6권 2호, 한국근대문학회, 2005; 소래섭, 「근대문학 형성 과정에 나타난 열정이라는 감정의 역할」, 『한국현대문학연구』 37권, 한국현대문학회, 2012 등을 참고하라.

24) 최동호, 「근대시의 전개」, 오세영 외, 『한국현대시사』, 민음사, 2007. 최동호는 1920년대 모더니즘의 동력을 프랑스 상징주의의 수입(김억 등)과 해외문학파의 활동에서 찾는다. 그는 1930년대 모더니즘의 성취를 전제하고 그것의 전사로서 이 시기의 문학적 흐름의 하나를 설명하고 있는 것이다. 이 책에서는 이를 참조하여 '초기 모더니즘'이라고 명명한다.

을 갖춘 것은 아니었다.[25]

한편 1920년대 초반 이후 문학적 주체로서의 개인에 대한 자각이 공고해졌다면, '선'과 관련해서 나타난 민족과 계급이라는 집단적 주체를 어떻게 설명할 것인가가 문제가 된다. 이를 인식론적 오해나 혼돈으로 볼 수는 없다. 1920년대 중반에 이광수는 가치론의 분류체계를 인식하고 '진리감·도덕감·심미감'을 언급한 바 있다.[26] 이 시기에 이미 '지정의'라는 본성론은 '진선미'의 가치론으로 확고히 변환되어 있었다. 그가 '인생을 위한 문학'을 이전보다 강경하게 주장하게 된 것은 이론적인 측면에서 '심미감'이 아닌 '도덕감'에 방점을 찍고 있었기 때문이었다. 이런 생각이 보편화되어 있었다는 것은 위에서 살핀 것과 같다. 말하자면 1920년대 중반은 개인이 구체적 보편자로서, 곧 민족과 계급을 대표하거나 대리하는 문학적 주체로서 등장했던 시기라 하겠다.

이 연구는 이런 일련의 과정을 거쳐 1930년대의 중요한 시론가인 임화·김기림·박용철에게 오면 '지', 곧 '진'까지가 문학의 가치론적 계기로 도입되면서, '진선미'의 체계가 문학장 안에서 비로소 분화되고 정립되었다고 판단한다. 요컨대 한국의 근대시는 1920년대를 전후로 '미'라는 가치의 영역으로 좁혀졌다가, 1930년대에 들어서면 다시 가치론 전반의 영역을 전유하는 것으로 운신의 폭을 넓히게 된

---

25) 이에 대해서는 정인섭, 「해외문학파를 전후한 외국문학의 수용」, 『교수아카데미총서』 13권, 일념, 1993; 고명철, 「해외문학파와 근대성, 그 몇 가지 문제」, 『한민족문화연구』 10권, 한민족문화학회, 2002; 조영식, 「해외문학파와 시문학파의 비교 연구」, 경희대 박사논문, 2002; 조다희, 「해외문학파의 번역극 운동과 번역관 연구」, 고려대 석사논문, 2013 등을 참고했다.
26) 이광수, 「文學講話」, 『조선문단』, 1924.10~1925.2.

다. 전자가 한국 근대시론의 형성에 필요했다면, 후자는 그것이 미적 차원에서 확장되는 일을 가능하게 했다. 거기에 내재된 것은 물론 문학의 주체들이 보여준 지향과 고투일 것이다.

　이들을 주목하는 또 다른 이유는 임화와 김기림의 경우 해금 이후 그들의 문학이 다시 조명을 받으며 시와 시론에 대한 연구가 활발하게 진행되면서, 한국 시론사의 중요한 성과로 수용되어 한국 현대시론을 위한 참조점으로 기능하고 있다는 사실에 있다. 반면 박용철의 경우는 그의 시론이 그들과 달리 일찍부터 논의의 대상이 되어왔으나, 주로 낭만주의 시론으로 인식되고 비판받아왔다는 문제점 때문이다. 지금까지 축적된 연구의 대부분은 선행연구가 그에게 부여한 이러한 인식지평을 벗어나지 못하고 있다. 하지만 이들 세 사람의 시론가가 1930년대에 한국 근대시론을 정립(鼎立)했다는 것이 이 연구의 관점이다.

　해금 이후 최근까지의 연구를 대략 살피는 것만으로도 '진선미'의 가치론으로 이들의 시론을 파악할 수 있는 근거가 마련된다. 임화에 대한 선행연구들의 경우 김남천과의 논쟁에서 거론된 계급적 주체의 문제에 대한 검토가 두드러지는 경향이 있지만, 그에 대한 연구들이 보다 주목하는 것은 카프 서기장에서 해소파로 변모한 시인이자 비평가로서의 행보였다.[27] 그의 이러한 이행에 대한 여러 해석들

---

27) 김재용, 「카프 해소・비해소파의 대립과 해방 후의 문학운동」, 『역사비평』 통권 4호, 1988.9; 김윤식, 『임화연구』, 문학사상사, 1989; 김동식, 「1930년대 비평의 주체와 수사학-임화・최재서・김기림의 비평을 중심으로」, 『한국현대문학연구』, 한국현대문학회, 2008.4; 염무웅, 「죽음을 넘어 시대의 어둠을 넘어」, 임화문학연구회 편, 『임화문학연구』, 소명출판, 2009; 유성호, 「'청년'과 '적'의 대위법」, 임화문학연구회, 『임화문학연구』; 김수이, 「임화의 '신성한 잉여'의 세 가지 의미: 임화의 비평에 나타난 시차(視差. parallax) 1」, 『우리문학연구』 29집, 우리문학회, 2010; 구재진, 「카프 문학과

은 문학을 통한 '윤리적 실천'이라는 측면으로 모아질 수 있다. 김기림에 대한 연구들은 근대적 시각체계를 구성하는 원근법에 주목하였다.[28] 그의 시와 시론이 근대문명을 수용하고 또 비판하는 이중적 반응을 보여준 것은 현실을 응시하는 데 있어 '지적 태도'를 유지한 결과로 파악된다. 김기림의 시와 시론은 근대적 지성과 뗄 수 없는 관계로 인식되고 있다. 박용철은 그에 대한 학술적 연구가 앞의 두 사람에 비해 절대적으로 부족하지만, 그의 시론이 이룬 성과만큼은 인정받고 있다고 하겠다.[29] 시의 언어에 대한 그의 '미적 탐구'가 도달한 존재론적이고 발생론적인 이해의 지평은 순수문학의 이론적 토대가 되었다는 동의를 얻고 있다.

이처럼 이들 세 문학가는 1930년대라는 상황 아래서 각각의 가치론적 지향의 영역을 나누고 있었던 것으로 판단된다. 이상과 같은 이해는 한편으로는 이후의 한국 문학사에서 반복되어온 모더니즘과

윤리적 주체」, 『비평문학』 39호, 한국비평문학회, 2011.
28) 문혜원, 「1930년대 문학에 나타난 영화적 요소에 관한 고찰」, 『한국현대시와 모더니즘』, 신구문화사, 1996; 신범순, 「1930년대 모더니즘에서 '작은 자아'와 군중, '기술'의 의미」, 『한국현대시의 퇴폐와 작은 주체』, 신구문화사, 1998; 오형엽, 「1930년대 시론의 구조적 연구」, 고려대 박사논문, 1998; 조영복, 「김기림 시론의 기계주의적 관점과 '영화시'」, 『한국현대문학연구』 26집, 2008.12; 장철환, 「김기림 시의 리듬 분석 –문명의 '속도'의 구현 양상을 중심으로」, 『현대문학의 연구』 42집, 한국문학연구학회, 2010; 이광호, 「김기림 시에 나타난 근대성에 대한 시선」, 『어문연구』 40권 1호, 한국어문교육연구회, 2012.
29) 김용직, 「높고 깊은 차원의 모색 –박용철론」, 『한국현대시사 1』, 한국문연, 1996; 이명찬, 「시의 언어에 대한 새로운 자각」, 『1930년대 한국시의 근대성』, 소명출판, 2000; 신재기, 「박용철의 시적 언어론」, 『어문학』 83권, 한국어문학회, 2004; 오형엽, 「박용철 시론의 구조와 계보」, 비평문학 18호, 한국비평문학회, 2004; 김재혁, 「박용철의 릴케 문학 번역과 수용에 관한 연구」, 『독일문학』 93권, 한국독어독문학회, 2005 ; 이상옥, 「박용철 시론의 내적 논리」, 『우리말글』 55집, 우리말글학회, 2012.8; 강웅식, 「한국 현대시론에 나타난 '영감'의 문제에 관한 연구」, 『상허학보』 46집, 상허학회, 2016.2.

리얼리즘 그리고 순수문학 사이의 이견이 어디에서 기원하는지를 밝혀줄 실마리가 된다. 또한 1930년대 중후반 이들 가치의 상호교섭과 횡단은 현재의 한국 시문학이 보여주는 다면적이고 혼종적인 양상을 해명해줄 문학사적 근거의 하나가 될 것으로 생각한다.

3. 시론의 주체와 진선미의 좌표

이 연구는 1910년 무렵 신채호·이광수·최남선 등이 제출한 문학과 관련된 글들을 검토하는 것을 시작으로, 1920년대에 이르러 문학적 지향이 갈라지는 양상을 간략히 살핀다. 이 과정에서 선행 연구의 성과를 '지정의'에서 '진선미'로 이어지는 인식구조의 전환으로 재해석한다. 이는 이 연구의 핵심적 고려대상인 1930년대 '진선미'의 정립(鼎立)과 분화라는 특성이 돌출이 아닌 이전의 문학적 현실 및 인식과의 연계 속에서 이루어졌음을 명확히 하려는 것이다. 그리고 이러한 가치론의 전개 양상은 결국 문학적 주체를 어떻게 세울 것인가에 대한 당대인들의 기투와 그것의 결과로 이해한다.

그러므로 이 연구에서 '진선미'라는 가치론은 당대의 시대현실에 대응한 주체들의 타개책이라는 차원에서, 주체의 자기 정립(定立)과도 연결된다. 즉 '진선미'는 변하지 않는 가치 자체만을 지칭하지 않는다. 그것들은 그러한 가치를 향해 나아가는 주체들의 태도로부터 기인하기 때문이다. 그렇지 않다면 '진선미'라는 가치는 서로 영향을 미칠 수 없다. 각각의 가치들이 접속할 수 있는 것은, 하나의 가

치가 또 다른 것을 지시할 수 있다는 것을 발견하고 체현하는 주체
들이 있기에 가능하다. 이 연구는 최종적으로 1930년대를 관통하며
한국 근대시론의 주체들이 진선미의 주체로 분화하고 통합하는 과
정을 거쳤고, 그러한 미적 배분과 전유 그리고 변증법적 지양을 통
한 재전유가 한국 근대시론의 지평을 넓혔음을 밝히고자 한다.

　이상의 과제를 수행하기 위해서는 '주체'와 '진선미'의 개념에 대
한 검토가 선행되어야 할 것이다. 우선 '주체'에 대해 정리해 본다.
대한제국 시기에 '덕체지'를 내세웠던 「교육입국조서」는 국민의 '덕'
을 함양하기 위한 목적을 가지고 있었다. 이때 국민은 교육의 '객체'
였다. 반면 일제에 의한 강점 이후 '지정의' 논의는 신민으로서의 국
민이 아니라 인간 본성의 차원에서 개별자로 파악되는 '주체'에 주
목했다고 할 수 있다. 근대문학에 대한 그동안의 연구에서 '개인'의
발견을 중시해온 것도 이와 무관하지 않다. '지정의'를 필두로 한 문
학적 논의들이 '진선미'라는 가치론을 의식하고 추구하는 단계까지
나아가는 과정에서 전제된 것은, 인간 본성과 그것에서 촉발될 수
있는 가치들을 인식하고 지향할 수 있는 개별자인 '주체'의 존재였다.
　이처럼 개별 작품의 창작이나 해석을 떠나 한 개인의 문학적 고투
를 고려할 때, 빠뜨리지 말아야 할 것은 그가 설정하여 구성한 '주
체'가 무엇인가일 터이다. 더불어 그 주체가 바라보는 가치의 문제
가 중요하다. 주체는 이러한 '정향(定向)'으로 구성되기 때문이다. 따
라서 이 연구에서 '주체'는 기본적으로 어떤 가치를 향해 나아가는
'언어적 구성물'을 지칭한다. 우리 문학사에서 '주체'가 비평용어로

본격적으로 사용된 것은 임화와 김남천의 논쟁을 통해서이다. 그들의 '주체'는 사회주의 리얼리즘이라는 문학적 지향 내에서 형성된 것이었다. 주체를 '언어적 구성물'이라고 볼 때, 그들이 사용한 개념은 이데올로기적 언어의 차원에 있었다.

실상 '주체'라는 개념은 근대의 발명품 중 하나이다. 데카르트의 관념 철학 이후 근대가 '주체성의 철학적 원리가 지배하는 시대'가 되었다는 헤겔의 진단은, 이전의 이데아나 신의 자리를 대신하게 된 근대 이성의 지위를 지적한 것이다.[30] 그러나 인식 주체의 주관성을 유일한 토대로 하는 근대의 계몽적 이성은 객체를 타자로 규정함으로써 그를 자신의 동일성 안에 가두고 착취하는 문제를 발생시켰다. 이러한 착취가 역방향으로도 일어날 수 있다는 점은 인간 일반의 곤경이다. 데리다에 의하면 이런 주체와 객체의 이분법은 선악, 음양, 순수와 비순수, 혼합과 단순, 우연과 본질, 모방과 대상 등을 나누고 분할하며 대립자 중 하나에 특권을 부여한다.[31] 이를테면 주객의 구분과 분할이 선택과 배제의 논리로 작동한다는 것이다.

바로 이 지점에서 주체는 '언어적 구성물'이라는 인식이 싹튼다. 알다시피 데카르트의 명제 "Cogito ergo Sum"에는 주어가 없다. 동사 "Cogito"와 "Sum"은 그 자체로 인칭을 포괄하고 있는 까닭에서다.[32] 주체에 대한 철학적 비판들이 출발한 지점은 사유하는 '행위'가 '나'

---

30) 윤효녕 외, 『주체 개념의 비판』, 서울대 출판문화원, 1999, 1~5쪽.
31) 자크 데리다, 『마르크스주의와 해체론』, 윤효녕 역, 한신문화사, 1997, 18쪽.
32) 일반적인 서구의 언어에서와 같이, 라틴어는 인칭·수·양태·시제·동사의 상태 등에 따라 변화한다(공성철 편, 『라틴어 강좌』, 한들출판사, 2007, 204~290쪽). 한국어의 경우에도 사정은 크게 다르지 않다. 한국어의 '완벽한 일련의 인칭대명사들'은 "미분화된 동사에 인칭의 변화를 도입하는 데 기여한다"(에밀 벤브니스트, 『일반언어학의 제문제 I』, 황경자 옮김, 민음사, 1992, 318~320쪽).

라는 주어, 즉 사유하는 주체를 존재하게 하며, 이 행위가 언어적이라는 사실에 있었다. 이런 시각에서 검토된 '주체'는 대략 아래의 세 가지로 분류해 볼 수 있다. 이들이 공유하는 것은 주체가 '언어적 구성물'이라는 관점이다.

첫째, 체제의 언어에 의해 배치된 주체이다. 이 이론을 대표하는 이들은 푸코와 알튀세이다. 푸코는 『감시와 처벌』 등의 저서에서 체제의 이데올로기가 개인의 내면에 침입하는 방식을 설명하였다.[33] 알튀세의 경우도 비슷하다. "모든 이데올로기는 주체의 범주가 기능을 발휘하도록 만들기 때문에 구체적 개인들을 구체적 주체들로 불러내거나 호명한다."[34] 흔히 '이데올로기의 호명'으로 통칭되는 이 명제는 체제의 이데올로기가 개인에게 스스로가 자유로운 주체라는 환상을 제공한다는 점을 고발한 것이었다. 그러나 이들의 주체에 대한 이해에는 개인이 그러한 이데올로기나 체제에 대한 비판자로서 깨어날 수 있는 가능성이 조명되지 않았다. 이들에게 주체는 권력이나 이데올로기의 포획물에 불과했다.

둘째, 상징계라는 체계 전반이 구성해낸 주체이다. 예컨대 "나는 내가 아닌 곳에서 생각한다. 그러므로 나는 내가 생각하지 않는 곳에 있다."[35] 라캉이 제출한바 반(反)데카르트적 명제는 언어의 세계

---

33) 오생근은 미셸 푸코의 연구를 '고고학'과 '계보학'으로 분류했다. 전자는 『말과 사물』·『지식의 고고학』 등의 저작으로 담론이 형성되는 내부에 집중했다면, 후자에 해당하는 『감시와 처벌』·『성의 역사』 등은 담론의 형성에 관여하는 권력에 주안점을 두었다는 것이다(오생근, 『미셸 푸코와 현대성』, 나남, 2013, 293~295쪽, 참고).

34) Althusser, "Ideology and Ideological State Apparatuses(Notes towards an Investigation)", *Mapping Ideology*, ed. Slavoj Žižek, London: Verso, 1994, p.130; 윤효녕 외, 같은 책, 145쪽, 재인용.

35) Jacques Lacan, *Speech and Language in Psychoanalysis*, trans, Anthony Wilden(Baltimore: Johns Hopkins Unversity Press, 1981), p.130(Translator's Notes 103); 김인환, 『비평의

에 자리한 주체가 '오인'에 발을 딛고 있으며, 본질적으로 '균열'되
어 있다는 주장이었다. 이러한 라캉의 생각을 이어받은 지젝의 경우
주체를 '실체' 내에 있는 '자기 자신과의 거리를 가리키는 이름'이라
고 정의했다.36) 주체에 대한 이들의 견해는 첫째 입장에 대한 비판
적 시각을 어느 정도 담고 있다. 왜냐하면 이들은 주체를 애초부터
허구의 산물로 인식하기 때문이다. 그것을 인정할 때 열리는 주체
정립의 새로운 지평이 이들이 최종적으로 겨냥하는 것이었다. 주체
를 부정함으로써 이들은 상징과 이데올로기의 바깥을 사유할 수 있
었다.

셋째, 언어수행적인 차원에서의 주체이다. 앞의 둘이 체제의 이데
올로기나 상징계 차원에서 주체를 다루었다면, 이 입장은 구체적 발
화와 그것을 견인해가는 존재라는 측면에서 주체의 문제에 접근해
갔다. 예컨대 인식하고 발화하는 주체가 이러한 행위의 종결과 동시
적으로 사라진다는 점에 주목한 사르트르의 '초월성(Transcendance)' 개
념 역시 이런 의미에서 제안되었다.37) 언술에 주목한 이러한 입장은
앞의 둘을 참조하면서 그것들을 넘어서고자 한다. 이것은 문학에서
의 주체가 어떻게 구성되는가의 문제를 들여다본다. 가령 이스톱은
'언술내용의 주체'와 '언술행위의 주체'를 구분하고, 이 둘이 이들
사이에서 "분열되어 있는 말하는 주체"의 두 위치라고 명시했다.38)
"글은 우리의 주체가 빠져나간 예의 중립적·합성적·간접적 공간

원리』, 나남출판, 1994, 278쪽, 재인용.
36) 슬라보예 지젝, 『이데올로기라는 숭고한 대상』, 이수련 옮김, 인간사랑, 2002, 15쪽.
37) 김상환, 『니체, 프로이트, 맑스 이후』, 창작과비평사, 2002, 35~36쪽.
38) 앤터니 이스톱, 『시와 담론』, 박인기 옮김, 지식산업사, 1994, 76쪽.

이다. (생략) 말을 하는 것은 언어이지 저자가 아니다"라는 바르트의 유명한 진술도 같은 시각을 보여주었다.[39]

언어와 주체의 관계에 주목한 위와 같은 성찰들은 문학의 언술구조를 이해하는 데에 적극 활용되고 있다. 좀 더 살펴보자. 권혁웅은 화자·자아 등의 개념으로 시의 언술을 이해할 때의 난관을 거론한 바 있다. 그럴 때 시의 공간은 자아의 내면만을 반영함으로써 대상의 실체성이 사라지게 하며, 다층적 차원의 접근을 불허하게 되므로 타자와의 관계가 왜곡된다는 요지였다. 이런 이유로 그는 시론의 차원에서 '주체' 개념을 사용할 것을 요청한다. '시편들의 화자 뒤에 또 다른 발화의 주체'가 있음을 인정하자는 것이 그의 주장이다.[40] 이 문제에 대한 최근의 다양한 검토들을 차치하더라도,[41] 한 편의 시가 아닌 한 권의 시집에서 출현하는 화자들의 층위와 계급적 위치 등은 매번 새로 구성될 수밖에 없다.[42] 그러므로 개별 작품만을 대상으로 한 분석이나 연구를 제외할 때, 시세계의 특징과 변모양상 등에 천착한 연구들은 화자가 아닌 '주체'의 차원을 염두에 두고 있었다고 할 수 있다. 시론에서도 사정은 동일하다. 초기 시론과 후기

---

39) 롤랑 바르트, 「저자의 죽음」, 윤효녕 외, 같은 책, 194쪽, 재인용.

40) 권혁웅, 『시론』, 문학동네, 2010, 23~59쪽.

41) 윤지영, 「한국 현대시의 화자론의 기원에 대한 고찰」, 『한국근대문학연구』 3권 2호, 한국근대문학회, 2002; 윤지영, 「시 연구를 위한 시적 주체(들)의 개념 고찰」, 『국제어문』 39집, 국제어문학회, 2007; 조강석, 「서정시의 목소리는 누구/무엇의 것인가 – 누구/무엇의 목소리인가」, 『현대문학의 연구』 39집, 한국문학연구학회, 2009; 정끝별, 「현대시 화자(persona) 교육에 관한 시학적 연구」, 『한국문예비평연구』 35권, 한국현대문예비평학회, 2011.

42) 김인환, 「연극과 시」, 『상상력과 원근법』, 문학과지성사, 1993, 11~13쪽. 그는 시에서 "화자가 교체될 때마다 대화의 단위가 바뀌며, 한 편 한 편의 시들은 시집이란 큰 연극에 참여하는 인물들의 직업·성격·당파·세대를 나타낸다"고 언급하였다.

시론 사이의 변모와 상관성을 논해 온 대부분의 연구들은 문학의 주체로서의 비평가를 상정하고, 그의 언어 속에서 이러한 이행의 양상을 살펴왔다. 이처럼 주체를 '언어적 구성물'로 이해할 때, 문학사와 문학인의 역동적인 움직임을 포착하는 데 유리해진다는 인식은 실제로는 보편적이다.

한편 앙리 메쇼닉은 '역사와 정치, 사회를 모두 반영하는 의미의 주체'를 제안했는데, 이런 시각으로 그는 주체에 '능동성'을 부여했다. 그의 개념에서 주체는 '삶의 형식에 의한 언어활동 형식의 발명, 언어활동의 형식에 의한 삶의 형식의 발명'에 참여할 수 있는 '가능성'의 존재이다.43) 이 점에서 메쇼닉의 입론은 분야가 다르긴 하지만 앞에서 거론했던 알랭 투렌의 시각과 궤를 같이한다고 하겠다. 그에게 있어서 주체는 '문학적 실천'으로서 존재하며, 그것은 '고립된 개인'이나 '사회에 의해서'도 결정되지 않는 성질의 것이다. 그것은 차라리 '완벽하거나 온전히 포착될 수 없는 개념이며, 늘 불안정하며, 빠져나가는(달아나버리는) 측면'도 지닌다.44) 주체에 대한 메쇼닉의 개념 설정은 앞에서 살핀 둘째와 셋째를 참조한 것이다. 말하자면 그의 주체가 가진 '능동성'은 사회와의 관련 속에서 개인의 행동으로 성취되는 것이라고 할 수 있다.

주체·대상·매개자로 구성된 삼각형으로 서정시의 구조를 설명

---

43) 조재룡, 『앙리 메쇼닉과 현대비평』, 길, 2007, 91~101쪽.
44) 루시 부라사, 『앙리 메쇼닉 : 리듬의 시학을 위하여』, 조재룡 옮김, 인간사랑, 2007, 97쪽. 조재룡은 "주체를 향한 각각의 담론은 주체라는 개념 자체를 부인함으로써 자신의 이론을 정립하거나 (생략) 여타 학문의 곁가지를 붙여 사용함으로써 (생략) 주체에 관련된 문화적 정당성을 확보해 나아간다"고 언급한 바 있다(조재룡, 『앙리 메쇼닉과 현대비평』, 91쪽). 메쇼닉은 주체의 능동성이 주체에 대한 규정을 거부하고 새롭게 주체를 구성한다고 주장했던 것으로 판단된다.

하는 최동호의 도식 역시 이런 의미에서 이해할 수 있다.[45] 서정시의 주체는 다른 장르에 비해서 훨씬 강력하게 자기세계의 구심점이 된다. 소설의 서술에서는 1인칭이 기법이지만 시라는 발화에서 3인칭은 불가능하다. 두 장르를 나누는 분기점은 인칭인 것이다. 소설의 창작자를 작가라고 명하고 시의 창작자를 시인이라고 부르는 관행은 후자가 타자의 입을 빌릴 때라도 매번 투사가 일어나기 때문이다. 반면 비평은 통념상 언술내용과 언술행위의 주체가 일치한다. 적어도 집필의 순간에는 말이다. 이러한 일치성에 일관성이 부여될 때 비평은 주체의 세계관이 된다. 이 점에서 언어와 주체가 가장 밀접한 장르가 비평이라고 할 수 있다. 비평의 주체는 글쓰기라는 행위를 반복함으로써 자신을 상징세계와 이데올로기의 안에 머물게도, 바깥으로 나가게도 할 수 있다. 그리고 후자의 경우에도 자신의 주체와 일치되려고 노력할 수 있으며 한편으로는 더 풀어놓을 수도 있다. 이것은 과장이 아니다. 다른 장르와 달리 비평은 사유의 공개적인 축적이기 때문이다. 이른바 문학의 자율성과 가장 무관한 것이 비평인 것이다.

다음으로 검토할 것은 '진선미'의 가치체계다. 막스 베버는 서구 문화가 근대적 합리화를 향해 나아가며 "총체적 '생활세계'와의 '자연스러운' 관계"가 상실되면서, '도덕적, 인지적 그리고 심미적 개별 가치영역'이 분리되었다고 진단하였다.[46] 원래는 분리되지 않았다

---

45) 최동호, 『디지털코드와 극서정시』, 서정시학, 2012, 14~39쪽. 그는 이 글에서 시의 주체가 매개자를 경유하는 과정에서 '서정'이 발생한다는 견해를 제시했다.
46) 전성우, 『막스 베버 역사사회학 연구—서양의 도시시민계층 발전사를 중심으로』, 사회 비평사, 1996, 91~93쪽.

는 의미이다. 하지만 그에게 '진선미'는 이제 결코 통합될 수 없는 것으로 인식되었다.[47] 그것들은 근본적으로 다른 영역이 되었다는 뜻이다. 또한 그는 '미'를 제외한 '진'과 '선'에만 주목했다. 베버의 관심은 '법칙과학'(진)과 '현실과학'(선)에 국한되어 있었기 때문이다.[48]

하버마스는 막스 베버를 참고하여 근대 이후 종교와 형이상학에서 분화된 과학·도덕·예술이 인식적/도구적, 도덕적/실천적, 미학적/표현적 합리성의 구조로 표출되었다고 설명했다. 베버가 보기에 각 영역의 자율성은 곧 그것들의 전문화를 의미하며, 이는 이들 영역이 대중의 일상으로부터 분리되었음을 의미한다. 이러한 갈라짐은 근대의 기획이 왜곡되었기 때문이라고 하버마스는 지적했다. 그것이 진리와 정의 그리고 미의 영역이 서로를 배제하는 '물화(物化)'를 유발했다는 것이다. 따라서 그는 이들 영역이 자유롭게 교류하도록 하는 것이 참된 의미에서 '근대성의 과제'임을 주장했다.[49] 이 점에서 그는 '미'를 논외로 했던 베버와 차별성을 가진다.

그렇다면 칸트는 어떠한가. 근대 이후 분화된 이들 가치체계를 비판적으로 검토한 대표적인 철학자는 그였다. 그는 저술을 통해 '진선미'를 '오성·이성·판단력'이라는 인식능력의 대상들로 구분하였다. 그러나 칸트가 인식능력을 기준으로 이들을 나누었을 때의 목적은 이미 나누어진 것들을 그 자체로 인정하자는 것이 아니었다. 이

---

47) 막스 베버, 『문화과학과 사회과학의 방법론(Ⅰ)』, 염동훈 옮김, 일신사, 2003, 253~254쪽의 역주, 참고.
48) 염동훈, 「"로셔와 크니스"에 나타난 막스 베버의 방법론적 전략」, 『문화과학과 사회과학의 방법론(Ⅰ)』, 12쪽.
49) 위르겐 하버마스, 「근대성-미완의 과제」, 윤평중 역, 『푸코와 하버마스를 넘어서』, 교보문고, 2000, 324~342쪽.

를테면 『순수이성비판』과 『실천이성비판』은 『판단력비판』에서 종
합된다.50) 간단히 요약하자면 '미'와 '숭고'는 각각 '관조적 오성'과
'실천적 이성'과 연결될 수 있다. 미가 주는 '쾌'는 오성의 '합법칙
성'과, 숭고가 일으키는 '불쾌'는 이성의 '궁극목적'과 관계되기 때
문이다.51) 칸트의 세 비판은 이렇게 '판단력'을 중심으로 수렴된다.
칸트와 하버마스의 기획은 따라서 부합한다고 평가할 수 있다.

　이 연구의 목적 중 하나는 이광수의 '정'의 문학론을 중심으로
1910년대를 이해하는 기존 연구사의 시각을 조정하려는 것이다. 그
시기에 이미 최남선과 신채호로 대표되는 '지'와 '의'의 문학에 대한
탐색이 존재했기 덕분이다. 1920년대는 '선'과 '미'라는 가치가 문학
장의 핵심적인 화두였다. 표면상 이 시기는 심리적 기제로서의 '지'
가 아직 '진'이라는 가치를 향하지 않고 잠재하거나 부재하던 시기
에 해당한다. 그러나 김억의 번역작업과 1920년대 중반 이후 등장했
던 해외문학파 등의 작업은 1930년대에 모더니즘이 한국 근대문학
에서 자리매김하는 기반으로 여겨진다. 이 연구는 이들을 매개로 모
더니즘의 '지적 태도'가 준비되고 있었다고 본다.
　1930년대에 '진선미'라는 가치들의 삼분체계가 정립되고 그것이
1930년대 중반을 거쳐 상호교섭하는 양상은 한국 근대시론이 형성
되는 역동적인 장을 드러낼 것으로 생각된다. 당연하게도 이 과정에

---

50) 칸트에 따르면, "상급의 인식능력들이라는 가족 안에는 오성과 이성과의 사이에 하나
　의 중간항이 또 있다. 이것이 곧 판단력"이다(임마뉴엘 칸트, 『판단력비판』, 이석윤
　역, 박영사, 2003, 28쪽).
51) 김광명, 「칸트 철학 체계와의 연관속에서 본 『판단력비판』의 의미」, 『칸트와 미학』 3
　권 1호, 한국칸트학회, 1997, 34~38쪽, 참고.

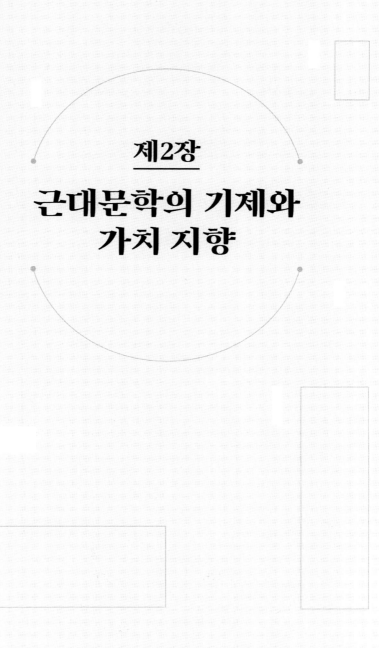

제2장

근대문학의 기제와
가치 지향

근대문학의 기제와 가치 지향

1. 강령에서 기제로의 전환

1) 근대전환기 시가와 '덕체지(德體智)'

갑오개혁 이후 국권 피탈까지, 조선이 대한제국으로 거듭나고 다시 식민지로 전락하기까지의 시가를 흔히 '개화기'·'애국계몽기'·'근대전환기'·'근대계몽기' 시가라고 지칭한다.[1] 이 시기의 시가는

---

[1] 이 시기의 시가를 부르는 명칭은 여러 굴절을 거쳤다. 먼저 '개화기 문학'이란 용어는 조연현이 쓰기 시작했으며(조연현, 「개화기 문학 형성과정」, 『韓國新文學考』, 을유문화사, 1977), 최원식은 특별히 1905~10년 사이의 문학을 '애국계몽기 문학'으로 부를 것을 제안한 바 있다(최원식, 「제국주의와 토착자본」, 임형택·최원식 외 엮음, 『전환기의 동아시아 문학』, 창작과비평사, 1985). 하지만 그는 개항 이후 1919년까지의 연속성에 주목하여 이 호칭을 1984~1905, 1905~1910, 1910~1919의 3기로 나눈 '계몽주의 문학'으로 포섭했다(최원식, 「민족문학의 근대적 전환」, 민족문학사연구소 엮음, 『새 민족문학사 강좌 2』, 창비, 2009). 반면 김교봉은 하한선을 규정하기 어렵다는 점에서 '개화기'라는 명명이 온당하지 않다고 평가하는 한편으로 최원식과 같이 이 시기를 아우르는 데 있어서 '애국계몽기'가 1910년대를 규정하기에는 부적합하다고 보았다. 그는 중세와 근대가 접합한다는 데 착안하여 '근대전환기'라는 용어를 사용했다(김교봉, 「근대 전환기 시가 연구의 성과와 전망」, 『한국어문연구』 7권, 한국어문연구학회, 1992). '근대계몽기'는 비교적 최근에 제출된 술어이다(고미숙, 「한국 '근대 계몽기' 시가의 이념과 형식」, 『대동문화연구』 33권, 성균관대 대동문화연구원, 1998.12; 이형대, 「근대

이 책의 본격적인 연구 대상이 아니다. 다만 이들 시가는 근대문학의 전사로서 간과할 수 없는 중요성을 지니므로 선행연구들을 검토하여 정리함으로써 논의의 기반으로 삼고자 한다. 이 시기의 특성은 다음과 같이 직관적으로 파악할 수 있다. '근대'와 '애국'이 '계몽'과 결합하는 복합어라는 사실에서 드러나듯이, 당시의 시가는 '근대' 혹은 '애국'이 '계몽'의 기획과 맞아떨어질 수밖에 없었던 상황과 밀접하게 연관되어 있었다. 제국주의 열강과 대결하기 위한 근대화 전략에는 그들의 무기이기도 했던 '계몽'이 필수적으로 요청되었다.[2] 이것이 '근대계몽기'라는 후대의 술어를 구성하게 했다면, 을사늑약은 '근대' 대신 '애국'이 학문적 술어의 전면에 나서는 이유였다고 할 수 있다. 다수의 열강들이 아닌 제국주의 일본으로 국가의 적이 구체화되었기 때문이다. '근대'에서 '애국'으로 좁혀지면서 이 시기의 시가 역시 나누어지고 특성을 달리하게 된다. 국권 피탈까지의 시가를 다룬 선행 연구의 성과들을 요약해 본다.

첫째, 이 시기의 시가들은 정치사회적 비판이라는 방향성을 보여주었다. 조동일은 신소설이나 신파극과의 차이를 부각시킴으로써 당

계몽기 시가와 여성담론: 신문 매체 작품을 중심으로」, 『한국시가연구』 10권, 한국시가학회, 2001).

2) 계몽주의 혹은 계몽철학은 르네상스 이후 특히 자연과학의 발전에 큰 영향을 받았다. 갈릴레오 이후 고전 물리학은 자연 세계를 필연적 인과법칙의 지배에 따라 움직이는 기계로 이해하게 만들었다. 이러한 기계론은 고전 물리학의 발달과 더불어 확고해졌다. 그것에 대한 확신은 인간이 가진 이성의 힘과 경험에 대한 믿음을 근거로 한 것이었다. 이성과 경험에 대한 신뢰는 간단없는 과학과 사회의 진보 그리고 그에 따른 인간의 행복에 대한 낙관적 전망을 내놓았고, 르네상스 이래 서구가 얻은 성과들을 '삶에 적용하려는 신앙과 의지'는 계몽주의를 낳았다. '가능한 한 넓게 진보의 혜택'을 누리려는 경향이 여기에 동반되었다는 점에서 이는 "전형적인 통속철학이며 교양적 이상주의"라고도 볼 수 있다(최인숙, 「칸트철학에서 계몽의 의미」, 『철학·사상·문화』 1권, 동국대 동서사상연구소, 2005.7, 2~3쪽, 참고).

시 시가의 가치를 조명한 바 있다. 신소설·신파극과 달리 시가는 '상업적 문학'이 아니었으며, 그것이 가졌던 '비전문성'과 '비상품성'은 당대의 "시대적 문제, 특히 외세에 항거하는 의지를 더욱 광범하고 선명하게 표현"하는 동력이 되었다는 것이 그의 분석이었다.3) 그의 논의를 따라가면 당대 사회의 쟁점이 바뀌는 장면이 드러난다. 예컨대 『독립신문』에 비해 『대한매일신보』는 민족사를 긍정했으며, 전자가 민족의 역량에 대해 회의적인 태도를 유지한 데 비해 후자는 그러한 민족적 허무주의에 대해 비판적인 태도를 보였다는 판단에 주목하자.4) 전자가 개항으로부터 19세기 말까지 조선의 대표적인 언론이었다면, 후자는 20세기 초에서 강점 이전까지 그러한 위상을 가지고 있었다. 전자에서는 불확정적인 상황에 처한 국가를 구하기 위한 자기반성과 계몽의 추구를 확인할 수 있고, 후자에서는 보다 명백해진 국가적 위기의 극복을 위한 자기 긍정과 외세에 대한 비판이 보인다.5) 시가도 사정이 비슷했음은 물론이다.6)

---

3) 조동일, 「개화기의 애국시가」, 『개화기의 애국문학』, 신구문화사, 1979, 71쪽.
4) 같은 책, 103~104쪽. 이러한 견해는 임종찬, 「개화기시가의 사상적 접근」, 『인문논총』 40집, 부산대 인문학연구소, 1992.6, 4쪽에서도 반복되었다.
5) 다음의 사례들을 참고할 수 있다. "기화라 홈은 사롬마다 아는 바요 사롬마다 능히 말 ᄒ것마는 그 근본이 어디로 오며 엇더케 되는 것은 아직 못ᄒ고 말노만 ᄒᄂ쟈ㅡ 만토다 (생략) 실디샹 공부가 업스면 이것은 것겁질 기화라 (생략) 기화는 반다시 두 가지 힘을 인ᄒᆞ야 일위나니 ᄌ연(自然)ᄒᆞᆫ 힘과 샤회(社會)의 힘이라(「두 가지 힘」, 『독립신문』, 1899.9.5)"; "韓國과 滿洲의 關係 密切이 果然 如何ᄒᆞᆫ가 韓民族이 滿洲를 得ᄒᆞ면 韓民族 이 强盛ᄒᆞ며 他民族이 滿洲를 得ᄒᆞ면 韓民族이 劣退ᄒᆞ고 又ᄂ 他民族 中에도 北方民族 이 滿洲를 得ᄒᆞ면 韓國이 北方民族 勢力圈內에 入ᄒᆞ며 東方民族이 滿洲를 得ᄒᆞ면 韓國 이 東方民族 勢力圈너에 入ᄒᆞ니 嗚呼라 此ᄂ 四千年 鐵案不易의 定例로다(「韓國과 滿洲」, 『대한매일신보』, 1908.7.25)." 원문에 띄어쓰기를 일부 더했다.
6) 『독립신문』의 가사는 독자투고에 의한 것이었으며, 『대한매일신보』의 가사는 해당 신문의 논설진이 창작한 것이었다. 감영상은 뒤의 신문에 실린 가사들이 앞 신문의 그것들보다 "애국사상이 비판적이고 더 구체적이며", 서구문화에 대한 태도도 "맹목적인

이상과 같이 개화기 시가의 정치사회적 비판은 담론을 이끌어갔던 지식인층에 의해 두 갈래의 길을 갔다. 이 시기를 다룬 초기의 연구들이 당대 지식인의 담론에 주목하는 경향을 보였던 것은 합당한 일이었다. 그러나 그들의 말에 힘을 실어주었던 것은 시대적 상황이라고만 단정할 수는 없다. 그들에게 동의를 표한 대중 역시 간과할 수 없는 중요성을 지닌다. 요컨대 개화기 시가의 '비전문성'과 '비상품성'에도 불구하고 그것이 유통될 수 있었던 것은 국가의 정세에 대한 대중들의 인식공유가 전제되어야 한다. 이러한 사정은 자연스럽게 다음과 같은 변모를 동반했다.

둘째, 대중의 수용을 염두에 두면서 매체 언어에 변화가 일어났다. 이를테면 근대적 민족국가의 수립이라는 과제를 수행하기 위해서, 대중 혹은 인민을 부각시키는 것은 필연적인 수순이었다. 순한문체의 『한성순보』에서 출발한 근대적 매체가 국한문혼용체를 거쳐 한글전용체로 이르는 과정은 이러한 변화의 지표라 하겠다.[7] 겸해서 이 과정에서 주목해야 할 것은 『대한매일신보』의 한글판 간행이 가진 의미이다. 이 신문은 1904년 7월부터 1905년 8월까지 잠깐 한글판을 발행했고, 1907년 5월 23일부터 1910년 8월 28일 폐간하기까지

추종이나 모방을 지양하고, 자체의 전통성에 입각한 비판적 수용의 모습을 보인다"라고 평가했다(감영상, 「개화가사고(考)」, 『사림어문연구』 14집, 사림어문학회, 2001.12, 162~163쪽, 참고).

[7] 최원식은 유길준의 『서유견문(1895)』과 서재필의 『독립신문(1896~1899)』를 각각 국한문혼용체 계몽주의와 한글전용체 계몽주의로 구분하는데(최원식, 『새 민족문학사 강좌 2』, 창비, 2009, 38쪽), 이러한 이해는 근대적 계몽의 방법론이 결국 대중을 향하고 있었다는 사실을 분별하게 해준다. 서재필의 개화사상을 실용적 학문론·천부인권론·법치주의론이라고 파악할 때(이광린, 『한국개화사상연구』, 일조각, 1989, 139~147쪽), 뒤의 두 항목 역시 이런 사정과 관련되어 있다고 하겠다.

한글판을 찍어낸 바 있다. 두 번째 시기에 내놓은 이 신문의 사설과 논설들은 국문판의 의의를 강조하고 국어를 가르치는 학교가 늘어나야 한다고 논평하고 있었다.[8] 이러한 『대한매일신보』의 사설과 논설들은 당대에 국문의 중요성을 의식한 매체들이 다수 존재했음에도 불구하고, 영향력이나 발행기간의 측면에서 간과할 수 없는 가치가 인정된다.[9] 이전까지 비주류의 언어로 취급받던 '언문'이 '국문'이라고 재호명되면서 여러 비주류 집단들이 '국민'의 일원으로 합류하게 되는 장면이기 때문이다.[10]

근대적 매체들이 '인민(대중)'을 '국민'으로 호출하기까지, 그것들을 매개로 태동한 시가에서 장르에 대한 인식의 전환이 동반된 것은 당연한 일이었다. 예컨대 한문과 한시가 장악했던 문자 체계와 문학의 표현 방식은 국한문혼용체·국문체와의 경쟁에서 헤게모니를 내주게 된 것이다.[11] 이른바 '동국 시계 혁명'에 대한 주장은 이러한

---

8) 「사설-『羅蘭夫人傳』」(『대한매일신보』, 1907.5.23)은 "대져 세계렬국이 각기 제 나라 국문과 국어(나라방언)로 제 나라 정신을 완전케 ᄒᆞᄂᆞᆫ 긔쵸를 삼는 것이어날 오직 한국은 제 나라 국문을 ᄇᆞ리고 타국의 한문을 슝샹ᄒᆞᆷ으로 제 나라말ᄭᅵ지 일허ᄇᆞ린 쟈가 만흐니 엇지 능히 제 나라 정신을 보존ᄒᆞ리오 (생략) 한국은 국문이 발달되야 사름의 지혜가 열니고 나라힘이 츙실ᄒᆞᆯ지라 이러ᄒᆞᆷ으로 본샤에서 국문신보 일부를 다시 발간ᄒᆞ야 국민의 정신을 ᄭᅵ여 니르키기로 쥬의ᄒᆞᆫ 지가 오래엿더니 지금셔야 제반 마련이 다 쥰비되여 리월일 이부터 발힝을 시작ᄒᆞ오니 한국진보의 긔관은 우리 국문신보의 확장되ᄂᆞᆫ 정도로써 징험ᄒᆞᆯ지니 쳠군ᄌᆞᄂᆞᆫ 이 쥬의와 ᄀᆞᆺ치 흥긔를 십분 ᄀᆞᆫ절이 ᄇᆞ라노라"며 한글판 발행의 의의를 밝혔다. 『라란부인전』은 동년 7월부터 연재되었다. 또한 「론셜-국문학교의 증가」(『대한매일신보』, 1908.1.29)에서는 "대개 국어와 익국심이 셔로 밀졉ᄒᆞᆫ 관계가 잇셔서 나라의 셩품을 보젼ᄒᆞᆷ도 국어로써 되고 나라의 혼을 ᄭᅵ게 ᄒᆞᆷ도 국어로써 되나니 그 나라에 국민이 된 쟈ᄂᆞᆫ 반ᄃᆞ시 그 국어를 존슝히 넉이며 그 나라의 말은 통일ᄒᆞ기를 위ᄒᆞᄂᆞᆫ 바"임을 주장했다.

9) 김영민, 『한국의 근대신문과 근대소설』, 소명출판, 2006, 71~72쪽.

10) 권보드래, 『한국 근대소설의 기원』, 소명출판, 2000, 144~147쪽.

11) 이기문, 『개화기 국문연구』, 일조각, 1970, 16~24쪽, 참고.

시대 상황의 한 귀결이었다.[12] 근대성·담당층·통속화·계몽 등 이 시기 시가의 주요한 문학적 쟁점들은 당대에 국한된 문제가 아니었다.[13] 그것들은 이후 근대문학 형성과 확립의 진로와도 연계된 사안이었다. 가령 근대성과 계몽의 문제는 1910년대 이후에도 여전히 현재진행형으로 남아 있었다. 특히 계몽은 통속화나 대중화라는 경향과 어느 정도 맞물릴 수밖에 없었다.

셋째, 위의 쟁점들이 시사하듯이 근대와 계몽은 개화지식인들이 주도가 되어 전해진 형국을 연출했다. 근대적 문학 역시 그랬다. '통속화'의 맞은편에 놓을 수 있는 개념이 비통속성이나 순수성이며 이것들이 서구 근대문학의 소산임을 감안한다면, 근대적 문학은 우선 '바깥'으로부터 유입된 수입물로 이해할 수도 있다. 이런 까닭에 떠오른 것이 '이식론'이다. 갑오개혁설·18세기설·북한의 1966년설 등이 근대문학의 형성에 대한 기존 시각의 대강이다. 마지막 것뿐만 아니라 남한의 학계에서 제출된 앞의 둘도 실은 문제적이다. 먼저 전자는 문학어의 위상변화에 지나치게 얽매여, 갑오개혁 이전에 존재하던 한글과 한문으로 된 시가를 부정한다. 그리고 후자는 18세기로 회귀했음에도 불구하고 서구적 근대성의 개념으로 문학을 재단하는데다, 근대화의 주체를 지식인 계급으로 제한했다는 혐의가 짙다.[14] 그런데 '이식론자'의 계보에서 선봉을 차지한다고 평가받아온

---

12) 이에 대한 자세한 고찰은 임형택, 「'동국시계혁명'과 그 역사적 의의」, 『한국 문학사의 시각』, 창작과비평사, 1984; 신범순, 『한국현대시사의 매듭과 혼』, 민지사, 1992 등에서 이루어졌다.

13) 박애경, 「조선 후기, 개화기 시가 연구의 현황과 과제」, 『동방학지』 146호, 연세대 국학연구원, 2009.

14) 이현석은 김현의 근대화론이 "외세(일본과 그를 경유한 서구)에 의해서 근대화된 것이 아니라는 주장일 뿐 우리의 근대성이 서구가 먼저 도달한 그 근대성과 다르다는

하다. 과거를 사후적으로 재구성하는 과정에 개입하는 '차이'에 대한 강조는 그것으로써 역사적 장면의 전개와 변이를 부각시키려는 기도에서 비롯된다. 그러나 이럴 때 '차이'의 배후에 누락되는 것은 역사의 전체상이기 쉽다. '단절'이나 '불연속'이라는 사후적 인식 이전에 우선 뚜렷했던 것은 대타항의 자리를 차지하고 있던 '전통'이나 '과거'에 대한 가치판단의 현장성이라고 보아야 한다. '그때-거기'에서 그것들이 명백한 반면교사로 기능했음을 부정할 수는 없다. '단절'과 '불연속'에는 '-과의/-으로부터의'라는 조사가 동반되어야 한다.

이런 맥락에서 개화기에 각광받았던 덕목들은 주목을 요한다. 이 가치들은 '차이'로만 설명될 수 없다. 그것들은 다음과 같은 사정을 알려준다. 가령 1889년에 탈고한 유길준의 『서유견문』은 개화를 위한 수단으로 국가가 주도하는 교육제도의 확립을 요청했다. '인민'에게 베푸는 제도로서의 교육은 그러나 단순히 '지식'의 개인적인 확충이나 축적을 목표로 하지 않았다. '덕행'과 '도의'를 알게 함으로써 양성해낸 '훌륭한 덕을 갖춘 사람들'은 "한 나라의 번영을 이루고 온 세계에 널리 이익을 끼칠" 수 있게 된다는 것이 유길준의 생각이었다.[28] 그가 『서유견문』을 저술하며 기획한 바가 '서양에 대한 전체적이고 체계적인 지(知)'라고 하더라도,[29] 그것이 지탱해 줄 것은 여전히 성리학적 전통의 가치인 '덕(德)'이었던 것이다. 이런 사실은 새롭게 유입된 서양의 학문이 기존 사회체제의 수호를 위한 도구로서 먼저 인식되었음을 추론할 수 있게 한다.[30]

---

28) 유길준, 『서유견문』, 허경진 옮김, 서해문집, 2004, 121; 129쪽.
29) 허경진, 「해설: 『서유견문』과 계몽기 지의 장」, 『서유견문』, 589쪽.

　성리학의 견지에서 서구 학문을 수용한 이는 유길준만이 아니었
다. 고종의 「교육입국조서」(1895) 역시 '교육하는 강령'으로 내세운
'덕체지(德體智)' 중에서 '덕'을 으뜸으로 삼았다.[31] 변별되는 점은 유
길준이 개화를 위한 수단으로 이해했던 '지'가 고종의 '조서'에서는
세 강령의 말석에 자리하게 된 것이다. 조서는 '지'보다 '체'를 우선
시한다. 이렇게 된 까닭에 대해서는 개화기 역사의 몇몇 장면을 기
억하는 것만으로도 족히 짐작할 수 있다. 1894년의 동학농민혁명과
그것을 구실로 모의된 청일전쟁은 군사적 무력함을 대내외적으로
공개했다. 이에 조서는 기성 지배질서를 지지하는 윤리적 토대를
'덕양(德養)'으로 도모하면서, 그것을 수호하는 군사력을 함양하기 위
해 '체양(體養)'을 필요로 했던 것이다.[32] 하지만 당대의 급박한 사정

---

30) 예컨대 유길준은 "아아, 개화하는 일은 남의 장기를 취하는 것에만 있는 것이 아니라,
　　자신의 훌륭하고 아름다운 것을 보전하는 데에도 있다."라고 하였다(같은 책, 399쪽).
　　이를 근거로 노춘기는 유길준이 유교의 이념과 가치를 부정하지 않았음을 지적했다
　　(노춘기, 「근대문학 형성기의 시가와 정육론 연구」, 고려대 박사논문, 2011, 31쪽).

31) "이제 짐은 교육하는 강령(綱領)을 제시하여 허명을 제거하고 실용을 높인다. 덕양(德
　　養)은 오륜(五倫)의 행실을 닦아 풍속의 기강을 문란하게 하지 말며, 풍속과 교화를
　　세워 인간 세상의 질서를 유지하고 사회의 행복을 증진시킬 것이다. 체양(體養)은 동
　　작에는 일정함이 있어서 부지런함을 위주로 하고 안일을 탐내지 말며 고난을 피하지
　　말아서 너의 근육을 튼튼히 하며 너의 뼈를 건강하게 하여 병이 없이 건장(健壯)한 기
　　쁨을 누릴 것이다. 지양(智養)은 사물의 이치를 연구하는 데서 지식을 지극히 하고 도
　　리를 궁리하는 데서 본성을 다하여 좋아하고 싫어하며 옳고 그르며 길고 짧은 데 대
　　하여 나와 너의 구별을 두지 말고 상세히 연구하고 널리 통달하여 한 개인의 사욕을
　　꾀하지 말며 대중의 이익을 도모하라(公衆의 利益을 跂圖하라). 이 세 가지가 교육하
　　는 강령이다(『고종실록』 33권, 32년 2월 2일; 『조선왕조실록』, http://sillok.history.
　　go.kr.)." 본문에서 언급한 원문의 일부를 국역에 부기했다.

32) 갑오개혁의 행정적 주체가 친일본 성향의 개화파 지식인이었으므로, 「교육입국조서」
　　에 그들의 의지가 개입되었을 가능성을 무시할 수 없다. 그러나 그것만으로 조서에
　　고종의 의중이 전무하다고 단정하기란 어렵다. '다부지고 굳셈'을 뜻하는 '健壯'은 따
　　라서 '문약(文弱)'에 대비되는 '상무(尙武)'의 내포로 읽을 수 있다(노춘기, 앞의 논문,
　　61쪽).

을 감안하더라도 '지양(智養)'이 상대적으로 덜 시급한 문제로 인식되
지는 않았다. 그것은 군주국을 유지하는 데 필요한 윤리, 곧 '덕'을
내면화한 국민들에게 요청한 두 번째 항목이었기 때문이다. 조서에
언급된 '대중(公衆)의 이익' 등은 국가체제를 안정적으로 존속시키는
데에서 그치지 않고, 그것을 발전시키기 위한 수단으로서 '지식'의
의의를 명시하고 있다.[33]

『서유견문』과 「교육입국조서」는 공히 서구 학문을 개화와 국가
존립에 필수적인 도구로 이해했다고 하겠다. 유길준이 서구 학문에
서 "만물의 원리를 연구하고 그 효용을 발명하여, 우리 생활을 편리
하게 돕는" 구실을 찾아낸 것은 이런 까닭에서다.[34] 그리고 그가 '교
육의 三大綱'으로 간추려낸 '正德 利用 厚生'은 『書經』의 일절이자, 실
학의 삼대 강령이었다.[35] 조서 역시 서두에서 군주와 신민의 관계가
과거·현재·미래의 '억만 년의 아름다운 운수'로 이어지는 유교적
전망을 밝히고 있었다.[36] 교육에 대한 이러한 접근법은 정부가 주체
가 되어 이른바 '신민'을 객체로 설정한다는 점에서 이전의 체제와
다른 바가 없었다. 을사늑약 이전까지 이런 상황은 지속된다. 이를
테면 정부 지원으로 간행되었던 『독립신문』은 폐간에 이르기까지
줄곧 교육의 필요성을 주장하는 논설을 실었다. 이 신문은 창간호의

---

33) "짐이 정부(政府)에 명하여 학교를 널리 세우고 인재를 양성하는 것은 너희들 신하와
　　백성의 학식으로 나라를 중흥(中興)시키는 큰 공로를 이룩하기 위해서이다(『고종실록』
　　33권, 같은 곳)."
34) 유길준, 앞의 책, 351쪽.
35) 같은 책, 130쪽; 옮긴이 주, 같은 곳.
36) "오직 너희들 신하와 백성의 선조는 우리 조종이 돌보고 키워준 어진 신하와 백성이
　　었으니, 너희들 신하와 백성들도 너희 선조의 충성과 사랑을 능히 이어서 짐의 돌봄
　　과 키움을 받는 어진 신하와 백성들이다. 짐은 너희들 신하와 백성들과 함께 조종의
　　큰 기반을 지켜 억만 년의 아름다운 운수를 이어나갈 것이다."(『고종실록』33권, 같은 곳.)

논설에서부터 남녀노소·상하귀천이 "우리 신문을 ᄒ로 걸너 멋들 간 보면 새 지각과 새 학문이 싱길걸" 기대했다.[37] 발간 주체들은 신문 자체가 근대적 학문과 지각의 지침서로 기능하길 원했던 것이다. 폐간 즈음에 이르러서도 이런 태도에는 변화가 없었다. 말단 관료에서 일반 백성에 이르는 '신민'은 교화와 교육의 대상으로 간주되었다. 국가는 커다란 학교와 같았다.[38]

을사늑약 이후 교육개혁은 정부 주도에서 민간 주도로 전환되는 양상을 보이지만, 그 대의는 크게 바뀌지 않는다. 고종의 「교육입국 조서」는 여전한 영향력을 행사하고 있었다. '덕육'은 멸사봉공의 구심점으로 이해되었고, 이에 따라 남녀노소를 물론하고 개인에게는 국가와 사회에 대한 헌신이 요구되었다. 이러한 인식구조는 이 시기에 제출된 논의들의 주체가 '한학을 익힌 사대부 출신의 지식인'이라는 데에서 형성되고 유지된 것이라고 요약할 수 있다.[39] 그러나 다른 쪽에서는 '덕육'의 위상이 예전 같지 않은 사례들이 목격되기도 한다. 예를 들면 『대한매일신보』는 "德智를 捨ᄒ고 체육을 취ᄒ지니"와 같이[40] 삼육 중에서 '체육'이 우선이어야 한다는 주장을 싣는

---

37) 「논셜」, 『독립신문』, 1896.4.7.
38) 1899년 11월 30일의 「론셜」에는 법으로 죄를 다스리기보다 교화를 우선시해야 함을 역설하는데 논자는 비유로 학교에서의 사제(師弟) 관계를 들어 설명한다. 즉 "엄하게 하는 것보다 지극히 사랑하는 모양으로 권면을 잘 하여야 모든 학도의 ᄆᆞ음이 감복하야 학교 규칙도 범하지 아니하고 다 각기 공부하기를 힘쓰는 법이라"는 논리는 이내 "교화가 치국하는 근본"이라는 결론으로 연결된다. 폐간호의 「론셜」에는 "어느 나라이던지 관인은 권리 싸홈으로 원슈를 짓고 빅셩은 ᄉᆞᄉ 욕심으로 혐의를 미져 관민 간에 서로 함해(陷害)ᄒᆞᆷ으로 능ᄉᆞ를 삼을 디경이면 그 나라이 엇지 승평(昇平)ᄒᆞ기를 ᄇᆞ라리오."라며 관리와 백성 모두를 교육의 객체로 삼는다(1899.12.4).
39) 자세한 검토는 노춘기, 앞의 논문, 82~103쪽을 참고하라.
40) 「德智體 三育에 體育이 最急」, 『대한매일신보』, 1908.2.9. 이 글은 신채호의 것이다(단재신채호선생기념사업회 편, 『단재신채호전집 별집』, 형설출판사, 1982, 130쪽).

한편으로, 독자 유근수가 투고한 「論體育說」에 논설의 자리를 내주기도 했다.[41] 실제로 당시에 각종 '운동회'가 널리 행해졌다는 사실은 '체육'이 단순히 중심부에서만 강조된 것이 아님을 방증한다.[42] 그것은 국가적 위기를 극복하기 위해 기획된 두 방안 중 하나였다. '지육'이 이러한 목적을 위한 정신의 능력과 연계된다면, '체육'은 물리적 능력의 향상을 위함이었다. 늑약 이후 대한제국이 처한 상황은 후자를 더 중시할 수밖에 없도록 만들었다. 따라서 같은 신문에서 외국의 물리적 힘에 기대려는 바람이 담긴 기사까지 발견되는 것은 이상한 일이 아니라 하겠다. 이를테면 「美日開戰論」과 「美國排日」 등 '외보(外報)'의 기사는 대외적으로 일본에 적대적인 태도를 취하던 미국을 우방으로 파악하고 있었다.[43] 하지만 이는 국제정세에 대한 순진한 이해의 소산이었다. 늑약 직전에 이미 미국과 일본은 '가쓰라–태프트 비밀협약'을 맺었기 때문이다.[44] 이들 양국은 동아시아에 대한 제국주의적 침탈의 공모자였다.

국권 피탈 이전까지 시가의 담당층은 주로 지식인들이었다. 그러나 이 시기의 시가가 보여줬던 내부 그리고 외부를 향한 정치사회적 비판은 매체 언어의 변화가 증명하는 바와 같이 '국민'으로 호명된

---

41) 劉根洙, 「論體育說」, 같은 신문, 1909.2.5.
42) 이승원은 당대의 운동회가 "정교한 규율적 신체를 탄생"시켰는데, 그것이야말로 '문명화된 신체'로 "국가의 위기를 돌파할 수 있는 강력한 추진체로 인식된 것"이라고 분석한 바 있다(이승원, 「근대적 신체의 발견과 위생의 정치학」, 이승원 외, 『국민국가의 정치적 상상력』, 소명출판, 2003, 83쪽).
43) 앞의 신문, 1910.3.1.
44) 1905년 7월 29일에 승인된 이 비밀협약의 존재는 데넷(Tyler Dennett)에 의해 1924년 8월에 발표되었다(최문형, 『러일전쟁과 일본의 한국 병합』, 지식산업사, 2004, 305~309쪽, 참고).

된 사실을 감안한다면, '국민'을 수식하는 '충량함'이 일방적인 복종
을 강요하고 있음은 명백하다. 또한 '황국신민'으로 호칭이 바뀐 까
닭 역시 중일전쟁(1937)에 잇따랐던 국가총동원법(1938) 이후의 여러
법령들과 무관하지 않다. 이 이름들은 모두 지배와 수탈을 합리화하
려는 수사일 뿐이었다. 일제가 '황국신민'으로 불러서 줄 세운 이들
은 조선인들만이 아니었다.[50]

국권 피탈 이전의 시가는 앞에서 서술한 대로 정치사회적 비판이
대종을 이루었다. 소설의 경우, 선행 연구들이 이미 밝혔듯이 전통
적인 소설 개념이 서구의 그것에 의해 아직 대체되지 않은 상황이었
다. '소설'은 차라리 '서사' 일반에 가까웠는데,[51] 이러한 사정은 소
설을 일종의 '교과서'로 인식할 여지를 마련한다.[52] 그래서 소설이
국민을 강약정사(強弱正邪)로 이끌 수 있는 '국민의 나침반'이란 견해
가 제출될 수 있었다.[53] 그리고 이는 검심(劍心) 신채호만의 돌출된
생각이 아니었다. 1908년 발간된 그의 저서 『을지문덕』(광학서포)에
덧붙여진 변영만과 안창호의 글이 좋은 예시가 될 것이다. 법률가였

50) 이제까지의 정설과 달리, 만주국에서 재만 조선인의 위상이 중국인 다음이었다는 것
    을 실증적으로 검토한 연구로는 윤휘탁, 「<만주국> 노동계의 민족 구성과 민족간 위
    상」, 『동아시아: 비교와 전망』 1권, 동아대 동아시아연구원, 2003이 있다. 재만 조선
    인이 고위 관료가 된 사례들은 '오족협화'라는 만주국의 이념 아래에서 주로 고시 등
    을 통과한 경우였다(박성진, 「만주국 조선인 고등 관료의 형성과 정체성」, 『한국동양
    정치사상사연구』 8집, 한국동양정치사상사학회, 2009, 참고).
51) 이에 대한 자세한 검토는 권보드래, 『한국 근대소설의 기원』, 소명출판, 2000, 103~
    110쪽. 참고할 만한 이전의 논의로는 이재선, 『한국현대소설사』, 홍성사, 1986; 권영
    민, 『한국 민족문학론 연구』, 민음사, 1988; 김교봉·설성경, 『근대전환기 소설 연구』,
    국학자료원, 1991; 김동식, 「한국의 근대적 문학 개념 형성과정 연구」, 서울대 박사논
    문, 1999 등이 있다.
52) 김동식, 같은 논문, 61쪽; 오선민, 「전쟁서사와 국민국가 프로젝트」, 이승원 외, 『국민
    국가의 정치적 상상력』, 173쪽.
53) 劍心, 「談叢: 近日 小說家의 趨勢를 觀ᄒ건디」, 『대한매일신보』, 1909.12.2.

던 변영만은 "이 작은 책자로 인하여 국혼(國婚)이 되살아나고 민족
이 진흥"되기를 고대했으며, 안창호는 "조국의 명예로운 역사를 통
해 못난 자를 경계하고 깨우쳐주려"는 신채호의 취지를 거론하였
다.54) 비슷한 맥락에서 국권 피탈 직전에 간행된 이해조의 『자유종』
은 춘향전·심청전·홍길동전 등을 각각 '음탕교과셔·쳐량교과
셔·허황교과서'로 폄훼하면서 일정한 선긋기를 시도했는데,55) 이는
당대 소설을 음탕함을 가르치는 '회음소설(誨淫小說)'로 파악한 신채
호56) 등과 궤를 같이 하는 것이라 하겠다. 이 작품이 '역사적 현실의
핵심문제와의 정면대결을 회피한 타협주의'로서 '반역사주의의 산
물'이라고 하더라도,57) 소설이 국민의 교과서로 기능해야 한다는 당
대의 인식을 이해조 역시 공유하고 있었던 것이다.

따라서 이미 와해되어 가고 있던 집단 주체를 지켜내려고 했던 반
제국주의 운동의 일환으로, 기왕에 '교육'이 맡았던 역할까지 도맡
게 된 것이 바로 '문학'이었다고 할 수 있다. 근대전환기의 마지막
시기까지 '문학'이 정치운동의 양상을 견지했던 이유를 이런 사실에
서 찾을 수도 있겠다. 당연히 이때의 '문학'이란 아직 '서구식 근대'
와 제대로 이어져 있지 않았다. 이 시기의 문학은 전통적인 '문(文)'
개념으로부터 쉽게 떨어져 나올 수가 없었다. 그 연유와 양상은 앞
에서 검토한 바 있다. 전통과 결별하고 근대로 나아가는 문학의 역

---

54) 변영만, 「一冊 我國書籍界之嚆矢乎」; 안창호, 「第二乙支文德을 喚起하다」. 인용문은 유
     한철의 번역이다(신채호, 『을지문덕/ 이순신전/ 최도통전』, 독립기념관 한국독립운동
     사연구소, 1989).
55) 이해조, 『자유종』, 광학서포, 1910.7.30, 10~11쪽.
56) 劍心, 앞의 글, 같은 곳.
57) 홍일식, 『한국개화기의 문학사상 연구』, 열화당, 1980, 213쪽.

사적 전환에 대해 선행 연구들은 새로운 개념을 수용하여 기존의 개념을 대체하거나 부정하는 양태에 주목해왔다. 그것은 더 이상 집단 주체에 직접적으로 얽매이지 않거나 국가나 민족과는 무관한 개별 주체의 문제로 이해되기에 이른다. 근대적 문학이 형성되는 과정을 탐구한 연구들은 여기에 큰 가치를 부여해왔다. 요컨대 문학은 이전과는 다른 이념의 형식을 향하고 있었다. 하지만 한편으로 그것은 국권 피탈 이전에 '발랄한 정치성'을 보이던 문학이 급속하게 탈정치화하는 길이기도 했다.[58] 1910년대에 이르러 문학은 정치에 괄호를 치고 일종의 우회로를 택하게 된 것이다. 이러한 비자발적인 선택으로 인해 집단 주체를 상정하던 이전의 문학이 펼쳐내었던 자장은 일단 효력을 상실한다.

국권 피탈을 전후하여 '덕체지'라는 국가 차원의 교육적 이상을 대체하게 된 것은 '지정의'라는 심리학의 기제였다. 이들 양자는 각각 근대전환기를 살아간 이들이 내세운 '집단적 윤리'와 '개인의 발견'을 상징한다고 할 수 있다. 그러나 이 시기의 문학이 전자에서 후자로 단절적으로 이행했다고 파악할 수는 없다. 애초에 전자와 후자는 대립되기보다는 장(場)을 달리하는 개념이었기 때문이다.[59] 이를테면 국권 피탈이 전자의 불가능성을 초래함으로써 후자에 대한 탐색의 여지만이 1910년대에 남겨진 것이라고 해야 옳다.[60] 예컨대 국

---

58) 최원식, 「장한몽과 위안으로서의 문학」, 『민족문학의 논리』, 창작과비평사, 1982; 최원식, 「민족문학의 근대적 전환」, 민족문학사연구소 엮음, 『새 민족문학사 강좌 2』, 창비, 2009, 34쪽, 참고.

59) 권보드래는 이 둘이 "근본적으로 다른 인식 체계"라 판단한다(권보드래, 앞의 책, 53쪽). 그리고 이 점에서 이 둘의 지평이나 장이 겹칠 가능성이 잔존하게 된다.

⑤ 東洋은 氣候 不調하고, 土地 不毛하여 生活이 困難한 土地(邦國이나 地方)가 多한 고로, 衣·食·住의 原料를 得함에 汲汲하여 智와 意만 중히 여기고, 情은 賤忽히 하여 此를 排斥하며, 賤視하여 온 고로 情을 主하는 文學도 한 遊戲疎間에 不過하게 알아 온지라, 그러므로 其 發達이 遲遲하였으나, 彼歐洲는 反此하여 其 大部分은 氣候 溫和하고, 土地 肥沃하여, 生活에 餘有가 多한 고로, 人民이 智와 意에만 汲汲치 아니하고 情의 存在와 價值를 覺한지라, 그러므로 文學의 發達이 속히 되어서 今日에 至하였나니라. (생략) 今日 所謂 文學은 昔日 遊戲的 文學과는 전혀 異하나니, 昔日 詩歌·小說은 다만 鎖閑遣悶의 娛樂的 文字에 不過하며, 또 其 作者도 如等한 目的에 不外하였으나(悉皆 그러하다 함은 아니나 其 大部分은) 今日의 詩歌·小說은 결코 不然하여 ㉠人生과 宇宙의 眞理를 闡發하며, 人生의 行路를 研究하며, 人生의 情的 狀態(卽, 心理上) 及 變遷을 功究하며, 또 其 作者도 가장 ㉡沈重한 態度와 精密한 觀察과 深遠한 想像으로 心血을 灌注하나니, 昔日의 文學과 今日의 文學을 混同치 못할지로다.[65]

④에서 이광수는 사람을 '정적 동물'이라 명명한다. 인간을 다른 동물과 구별하는 특징을 그는 '정'이라는 종차에 둔 것이다. 따라서 전반부의 인용에서 보듯이, 그는 '권위·의리·지식·도덕·건강' 등 나열된 어떤 것들보다 '정'을 우위에 놓을 수 있었다. 이것이 그가 말하는 '정'의 '위력'이자 '권력'이다. 다른 일체의 것을 압도하는 '정'의 우선성은 그러나 인간 스스로 만들어낸 '사회국가'와 '법률·도덕'에 의해 부정당하고 있다고 이광수는 고발한다. 그것들은 이제 인간에게 고통만을 안기는 '기계'이거나 인간을 그릇된 길로 인도하

---

65) 李寶鏡, 「文學의 價値」(『대한흥학보』, 1910.3), 『이광수 전집 1』, 546쪽.

는 그물과 함정이 되어버렸다고 말이다. 그가 보기에 이런 현상은 주객이 전도된 것이었다. '정'이 모든 '의무의 원동력'이자 여러 '활동의 근거지'라고 진술하는 데에서 알 수 있듯이, '정'이라는 종차가 인간과 여타 동물을 갈라놓는 공동체의 구성과 그것의 윤리가 출발하는 기초이기 때문이다. 그러므로 공동체와 그것이 내세우는 '효제충신' 등의 윤리는 '정'을 기름으로써 '자동적으로' 습득될 수 있는 것이지 강요할 문제가 아니라고 이광수는 말하는 것이다. 알다시피 이 글은 "智育·德育·體育 三者는 敎育의 主眼이라"로 시작된다. 기존의 '덕체지'의 우선순위는 '지덕체'로 변경되고, '정'이 교육의 한 목록으로 추가된 것이다.

⑤는 연달아 제출된 글이다. 그는 ④에서와 달리 '정'을 '지정의'라는 심리학적 기제의 하나로 취급한다. 그에 따르면 '지(智)'와 '의'는 동서양이 공히 갖춘 것이지만, '정'은 그렇지 않다. 이광수는 그 까닭을 '기후 부조/온화'와 '토지 불모/비옥'이라는 동서양의 차이에서 찾는다. 그의 논리대로라면 동양에서 '정'을 "천홀히 하여" 온 것은 자연조건 때문이다. 혹독한 환경은 '정'을 "배척하며, 천시"하는 이유가 되었고, 그래서 문학은 여가(疎閒)를 보내는 유희 이상으로 발달할 수 없었다는 것이다. 이리하여 이광수는 과거와 현재의 문학에 선을 긋는다.[66] 그렇다면 그가 선언하는 '오늘'의 문학은 무엇이며,

---

66) 이광수는 이전의 문학을 지칭하는 데 '鎖閑遺悶'을 사용하였다. 이 네 글자 중에서 '遺'를 제외한 나머지의 뜻을 순서대로 나열하면 '쇠사슬/잠그다/닫다'··'막다/가로막다/문지방'··'번민/어둡다/깨닫지 못하다'이다. '遺'는 활용에 따라 긍정적이거나('끼치다/전하다'), 부정적으로('잃다/버리다) 쓰일 수 있지만, 이광수의 의도는 분명하다. 요컨대 그는 과거의 문학을 '닫힘'과 '어둠' 등의 이미저리로 채색하여 '개화'와 '계몽'의 반대편에 놓고 있다.

그것이 가진 가치는 어디에 있는가. 이광수는 ㉠에서 '인생과 우주
의 진리', '인생의 행로', 심리상 '인생의 정적 상태 급 변천' 등 문학
의 '대상'을 열거한다. 또한 ㉡에서는 이 '대상'들을 다루는 작자의
'자세'에 대해 설명하는데, '관찰·태도·상상' 등이 그것이다. 이처
럼 이광수는 문학의 가치를 그것이 포괄하는 '대상' 이외에 그것을
마주한 작자의 '자세'를 빌려 설명한다.

> ⑥ 원래 文學은 다만 情的 滿足, 卽 遊戲로 생겨났음이며 또 多
> 年間 如此히 알아 왔으나, 漸漸 此가 進步·發展함에 及하여는 理
> 性이 添加하여 吾人의 思想과 理想을 支配하는 主權者가 되며, 人
> 生問題 解決의 擔任者가 된지라;
> ⑦ 然則, 一國의 興亡盛衰와 富强貧弱은 全히 其 國民의 理想과
> 思想 如何에 在하나니, 其 理想과 思想을 支配하는 者──學校 敎育
> 에 有하다 할지나, 學校에서는 다만 智나 學할지요, 其外는 不得
> 하리라 하노라. 然則, 何오 曰 '文學이니라.'[67]

문학이 처음에는 '정적 만족'에서 발생하였으나, '이성'이 보태지
는 진보를 거쳐 '사상과 이상'을 아우르게 되었다는 것이 인용문 ⑥
의 요지이다. 문학의 '가치'를 실증하는 것은 '금일의 문명'이라고
이광수는 말한다. 실상 문예부흥이 낳은 '사상의 자유'가 뉴턴·다
윈·와트 등의 학설과 발명의 남상이었음을 부정하거나, '佛國革新文
學者──루소'의 사상이 프랑스대혁명에 끼친 영향력을 간과할 수는
없다.[68] 전자가 '이성'의 산물이라면, 후자는 '사상·이상'의 결과물

---

67) 앞의 글, 같은 곳; 같은 글, 547쪽.
68) 같은 글, 546~547쪽. 이에 대해서는 박윤덕, 「루소와 프랑스 혁명」, 『프랑스학연구』

이겠다. 이 글의 논리를 따라가면 '인생문제 해결의 담임자'로서의 문학은 '정'과 '지[理性]'와 '의[思想과 理想]' 삼자의 영역에 두루 걸쳐질 수 있다. 한편으로 ⑦에서 이광수는 '지(智)'를 단지 학교에서나 배우는 '고정된 지식'으로 폄하한다. 그것은 '동태(動態)'로서의 '정·이성·사상·이상'과 구분되는 까닭에서다. 인용한 부분에서 그가 비판한 '지(智)'는 정태(靜態)적이다. 그것은 '이성'의 능력이 빚어낸 산물이지만, "其外는 不得"하므로 이상이나 사상으로 나아가지 못한다는 것이 그의 판단이다.

　이 글이 내린 문학에 대한 정의가 "시가·소설 등 情의 分子를 포함한 문장"이라는 사실은 잘 알려져 있다. 논리적으로 이 명제는 문학에 '정' 이외의 '분자'가 들어설 자리를 부정하지 않는다. 그렇다면 나머지 분자들은 '지(智)'와 '의'여야만 한다. 이 글이 기댄 담론의 틀을 고려한다면, ⑤의 ㉠과 ㉡은 짝이 될 수 있다. 즉 '인생과 우주의 진리', '인생의 행로', '인생의 정적 상태 급 변천' 등은 각각 '정밀한 관찰', '침중한 태도', '심원한 상상' 등과 켤레를 이루는 것이다. 그런데 이들 세 짝이 '지'와 '의' 그리고 '정'과 대응한다고 할 때, 한 가지 문제점이 드러난다. 이 부분에서 이광수는 '지(智)'에 대한 모순된 이해를 보여주고 있기 때문이다. 그가 '정'이 '문학'을 발생시킨다는 주장과 나란히 배치한 것은 "인류가 智가 有하므로 과학이 생기며, 또 필요"하다는 진술이었다.[69] '정'이 '문학'의 원동력이라면, '지' 또한 '과학'에 동일한 작용을 해야 한다. 그러나 앞 단락에서 살폈듯이, 그는 글의 후반에서 '지'의 동적 작용에 회의적이었다.

　　67권, 프랑스학회, 2014를 참고할 수 있다
69) 같은 글, 546쪽.

단순한 지식으로서의 '지(智)'와 과학의 출발점이 되는 '지[理性]' 사이의 이러한 혼돈과 착종은 하지만 이광수만의 오류가 아니었다. 그와 더불어 소위 1910년대 2인 문단시대의 주축이었다고 평가받는 최남선도 마찬가지였다. 최초의 잡지인 『소년』에서부터 그는 두 '지'의 개념을 구별하지 않고 사용하였다. '개별적 지식'을 지시하는 '지(智)'와 그것을 발견하고 사용하는 능력으로서의 '지력(智力)'은 유길준 이래 아직 분별되지 않았던 것이다.

⑧ 今에 我帝國은 우리 少年의 智力을 資하야 我國歷史에 大光彩를 添하고 世界文化에 大貢獻을 爲코뎌하나니 그 任은 重하고 그 責은 大한디라

本誌는 此 責任을 克當할 만한 活動的 進取的 發明的 大國民을 養成하기 爲하야 出來한 明星이라 新大韓의 少年은 須臾라도 可離티 못할디라[70]

⑨ 우리가 하난 일은 外形上에는 自己地位에 對한 大自覺을 喚起함과 밋 그 一般智識의 程度를 向上식히난 데 필요한 것이라, 지금 우리가 무슨 일에 던지 臨事하난 精神과 態度는 이러한디라, 붓을 쌜아가지고 이 雜誌를 當할새 쏘한 이러할 쑨이니, 『少年』의 目的을 簡單히 말하자면 新大韓의 少年으로 쌔달은 사람 되고 생각하난 사람 되고 아난 사람 되야 하난 사람이 되야서 혼자 억개에 진 무거운 짐을 堪當케 하도록 敎導하쟈 함이라. (생략) 只今 사람이 닙만 벙긋하면 敎育敎育하나 그러나 敎育식힐만한 사람은 누가 잇스며, 곳은 어대 잇스며, 先生과 書籍은 뉘에 무엇이뇨[71]

70) 표지, 『소년』 1년 1권, 1908.10.
71) 「『少年』의 旣往과 밋 將來」, 『소년』 3년 6권, 1910.6, 18~19쪽.

『소년』의 표지에 수차례 실린 ⑧에서 최남선은 자국의 역사는 물론 세계의 문화에도 기여해야 한다는 신념을 내걸었다. 그리고 그것의 밑천이 되는 것은 무엇보다도 '소년의 지력', 곧 '지혜의 힘'이다. 이러한 용례가 증언하는 것은 최남선의 '지(智)'가 도구로서의 지식 이상이기 어렵다는 사실이다. 예컨대 "大國民을 양성하기" 위해 '소년'들의 지력을 향상시킨다는 그의 발상은 앞서 검토했던 유길준의 '서양에 대한 전체적이고 체계적인 지(知)'와 닮아 있다. 차이라면 후자가 지키고자 했던 것이 성리학적 가치에 입각한 '덕(德)'이었지만, 전자에게 와서는 그것이 더 이상 전부일 수 없게 되었다는 점일 것이다.

이런 까닭에 유길준과 최남선이 공히 도구로서의 지식을 추구했다고 해서 이 둘을 동일한 지평에서 이해할 가능성은 열어진다.『서유견문』의 저자가 추구한 것이 서양이라는 타자에 한정된 데 반해『소년』의 주재자는 동양과 조선, 즉 자기 자신에 대한 것까지 아우르려고 했기 때문이다.[72] 물론 유길준에게 시급했던 것은 당대의 세계를 장악한 서양에 대한 체계적인 앎이었으며, 최남선이 당면했던 문제는 시대의 조류에 휩쓸리지 않고 서양이라는 타자로부터 스스로를 지켜내는 일이었다고 할 때, 이들의 각각 다른 대응은 해명될 실마리를 얻을 수도 있겠다. 하지만 사안은 그렇게 단순하지만은 않다. 타자를 향한 시선이 되돌려질 때 비로소 등장하는 것은 그와는 다를 수밖에 없는 자신의 존재이기 때문이다.

---

72) 『소년』 1년 1권만을 예로 든다면, 최남선은 서양 기원의 역사·지리에 대응하는 「薩水戰記」·「鳳吉伊地理工夫」 등을 실었다. 또한 『少年漢文敎室』에서 그는 한문을 '第二의 國語', '歸化한 文字'로 지칭하기도 했다.

⑨에서 『소년』이 독자로 설정한 '사람'은 ⑧에서 보았던 '가르침과 키워냄[養成]'의 객체 자리에 머물던 '국민'과는 구별된다. 두 글의 간극은 '자기지위에 대한 大自覺'이라는 표현에서 두드러지는데, 그것은 '깨닫다・생각하다・알다・하다' 등 일련의 동사를 연이어 촉발시키는 출발점으로 작용한다. 이로써 '활동적・진취적・발명적' 등으로 형용되던 '대국민'이라는 객체를 '사람'이라는 주체가 대체하게 된다. 그러나 독자만이 아니라 『소년』의 발행 주체 이외의 이들 일반을 가리킨다는 점에서 ⑨에 제시된 '사람'이라는 주체는 막연하다. 글의 나머지 부분에서 드러나듯이, 잡지 『소년』과 그 발행 주체는 다른 누구보다 우선하는 '敎導'와 '교육'의 주체가 되는 '선생과 서적'이고자 했다. 『소년』 2년 4권까지 실린 글 ⑧과 짝을 이룬 속지에 이 잡지가 독자로 삼은 이들이 '소년'과 그들의 '父兄'임을 명시하고 있었다는 사실도 이러한 맥락에서는 동일하다.73)

그러므로 ⑨의 '정신과 태도'는 아직 발행 주체의 것일 수밖에 없었다. 동서양의 역사・지리를 위시하여 초창기의 『소년』에 게재되었던 기사들 거개가 단편적인 지식이나 격언의 나열이라는 인상을 주는 까닭은 이런 사정과 관련되어 있다. 잡지 『소년』의 여러 독자층에게 그와 같은 '정신과 태도'를 요구하는 일은 이들 지식・격언만으로는 부족했다. 따라서 그들을 고무시키기 위해 도입된 것이 「海에게서 少年에게」를 비롯한 권두시였다고 할 수 있다.74) 그리고 이 점

---

73) "이 雜誌가 비록 덕으나 우리 同人은 이 目的을 貫徹하기 爲하야 온갖 方法으로써 힘쓰리라. 少年으로 하야곰 이를 넑게 하라. 아울너 少年을 訓導하난 父兄으로 하야곰도 이를 읽게 하여라."

74) 글 ⑧이 내세운 취지와 직접적으로 부합하는 작품으로는 2년 3권까지 실렸던 「少年大韓」・「新大韓少年」・「大國民의 氣魄」・「靑年의 所願」 등을 들 수 있다.

에서 발행 주체, 곧 최남선에게서도 이광수와 마찬가지로 지식으로 서의 지(智)와 과학적 인식의 토대로서의 지[理性]에 대한 구별이 발견 되지 않는다고 하겠다. 그러나 최남선은 단순한 지식의 한계를 명확 히 인지하고 있었으며, 이광수와 달리 그것들을 활용하여 다른 가치 를 추구하려고 했다. 이때 시가가 그것들을 담는 유용한 그릇으로 쓰였음은 기존 연구들이 여러 차례 밝힌 바 있지만,[75] 최남선은 시 가 이외의 다른 장르의 글에서도 문학적 색채를 입히는 태도를 견지 하였다.[76] 아래의 글은 문학이라는 의장을 두르지는 않았으나, 그에 게 있어 지식의 용처가 무엇인지를 알려준다.

⑩ 三, 그들은 外國에 使臣을 보내여 外勢를 빌녀하디 아니하 고 弱하나마 微하나마 自彊不息하난 데 氣力으로 뎨 일하기만 힘썻더라.

六, 外國에 留學한 선배들은 朝에 入하랴난 생각을 품기 前에 野에 處하라는 計劃부터 마련하고 內地에서 工夫하난 學生들은 他國語文을 學習하난 것보다도 自國情神부터 硏修하얏더라.

十八, 그들은 蔽一言하고 我란 것은 업시 알고 私란 것은 이더 바려셔 公共한 自由 大同의 幸福을 더하기 爲하야 피흘니기를 辭 티 아니한 故로 終乃 필나델피아府中에 自由警鐘이 有光하고 늬 유욕 浦頭에 自由神像이 生輝하게 되얏더라.[77]

---

75) 대표적인 사례로 김용직의 연구가 있다. 그는 "「경부철도가」나 「세계일주가」는 생각 하기에 따라서 지리책과 같은 느낌을 준다"라고 말했다(김용직, 『한국현대시사(상)』, 학연사, 1986, 75쪽).

76) 가령 『소년』 창간호의 「甲童伊와 乙男伊의 相從」은 과학적 지식을 전하기 위해 콩트 의 형식을 빌리고 있다. 일찍이 안확이 "文學的 色彩를 帶하고 西洋 文明을 日本으로 介하야 宣傳함에는 崔六堂 兄弟의 發行한 『少年』 雜誌라" 평한 이유는 이런 부분 때 문이다(安自山, 『朝鮮文學史』, 韓一書店, 1922, 124쪽).

77) 「아메리카는 이리하고야 獨立하얏소」, 『소년』 1년 2권, 1908.12, 73~74쪽. 논의에 필

미국이 독립하게 된 원동력을 18개 항목으로 요약한 글의 일부이
지만, 단지 타국의 역사로만 읽기는 어렵다. 이를테면 셋째 항목은
외교에 의존하려고 했던 당대의 움직임에 대한 비판이 담긴 것으로
여겨지기 때문이다. 더구나 여섯째 항목에서 외세 의존의 대립항으
로 제시된 '자강불식'의 방법은 낯설지 않다. 정부가 아닌 "野에 處"
하고 '타국어문'보다는 "자국정신부터 硏修"하는 일이 시급하다는 인
식은 실제로 을사늑약과 군대해산 이후 근대를 지향했던 지식인들
에게는 보편적이었다.[78] 그러므로 마지막 항목에서 '公共'과 '大同'
의 자유와 행복을 중시하는 까닭은 다른 데 있지 않다. 이 항목이 편
집 차원에서 다른 부분보다 큰 글씨체로 강조되었다는 사실이 힘껏
말하듯, 집단 주체의 위상은 시대적 과제와 밀접했던 만큼 사적 개
인의 그것을 초월하는 문제였다.

예의 '자국정신'을 배워 갈고닦는 일은 당대에 불붙었던 국학(國學)
열풍의 일환이라 하겠지만, 최남선은 그것에만 기대지 않고 다른 가
능성을 열어두었다. 예를 들면 그는 신채호의 「독사신론」을 「國史私
論」으로 게재하는 한편으로,[79] 을지문덕과 같은 민족적 영웅의 출현
을 기대하기도 했던 것이다.[80] 이런 사실들은 그가 당대의 근대지향
적 지식인들과 더불어 위기의식과 그 대응책을 공유했다는 증거이

요한 부분만 발췌했다.

78) 1908년 의병전쟁이 약화되자 근대지향성을 지녔던 지식인들 사이에는 산업 진흥과
국학의 교육을 기반으로 실력을 양성하여 국권을 회복하자는 취지의 문화운동론이
확산되었다(윤명철, 「韓末 自强史學에 대하여」, 『국학연구』 2집, 국학연구소, 1988.10,
40~41쪽). 일종의 동도서기론이 당시에 유행했던 것이다.

79) 『소년』 3년 8권, 1910.8.

80) "乙支文德과 如ᄒᆞᆫ 英雄이 何獨 舊時代에만 産出ᄒᆞ리오. 全國의 少年諸君들이여(「地圖
의 觀念」, 『소년』 1년 2권, 1908.12, 16쪽)."

다.[81] 따라서 신채호에게 그랬듯이 최남선에게도 역사는 단순한 과거가 아니라 미래를 지시하고 있었다고 하겠다. 그것은 현실의 모순과 질곡을 타개하고 나갈 고유한 자산으로서 그가 『소년』을 통해 전하고자 했던 지식의 세목들 중 하나였다.

　신채호가 요청했던 시가는 '국수(國粹)'를 지켜내고 민족적 자긍심을 되살려 국가적 위기를 이겨낼 수 있는 것이어야 했다. 그에게 '감정'은 이 일을 가능케 하는 시가의 동력으로 인식되었다. 최남선 역시 동일한 목적을 위해 노력했다. 그는 문학의 의장을 걸쳐 가공한 '지식'을 전파함으로써 '소년'이 '자강불식'할 수 있는 근거를 마련하려고 했다. 문학에 있어서 '감정'의 역할이나 효용에 대해 직접적으로 언급한 적은 없으나, 「舊作三篇」에 부기된 글에서 그는 신채호의 주장과 상통하는 경험을 서술하기도 했다.[82] 그에게도 부정성의 '감정'은 시작(詩作)의 계기였던 것이다. 이와 같이 신채호와 최남선이 공유했던 목적과 그것을 향한 '감정'의 역할은 겹쳐진다. 이광수는 이들과 달리, '감정'을 그러한 시대적 지향과 직접 연결시키지 않았다.

---

81) 윤명철은 대한제국 말기의 문화운동을 '緩・急'의 두 형태로 분류한다. 전자가 '국학 전반의 교육'에 매진하는 '느린' 방식을 선택했고, 후자가 '빠른' 대일항쟁을 위한 방안을 모색했기 때문이다. 그에 따르면 후자는 항쟁을 위한 역량을 모을 상징적 존재인 '영웅의 탄생'이 필요했고, 이에 부응하여 탄생하게 된 것이 '영웅사관'이었다(윤명철, 앞의 글, 41쪽).

82) 정미7조약(1907.7.24.) 전후로 썼다고 밝힌 「舊作三篇」은 각각 "우리는 아모 것도 가진 것 업소"・"우리는 아모 것도 지닌 것 업소"・"우리는 아모 것도 든 물건 업소"로 시작된다. 이러한 무력감의 원인은 이 작품들에 대해 밝힌 부기에서 확인된다. "時勢와 밋, 나 自身의 境遇는, 連해 連方, 素願 아닌, 詩人을, 만들녀 하니"에서 드러나듯이(『소년』 2년 4권, 1909.4, 3쪽), 최남선은 '時勢'와의 관련성을 감추지 않았다.

이광수의 글에서 문학은 '정'에서 출발하여 '지'와 '의'라는 심리적 상태로 확장될 수 있는 가능성으로 존재했다. 따라서 그에게 '정'은 지극히 개인적인 차원을 우선적으로 겨냥하고 있었다. 반면 신채호는 '정'을 앞세운 이광수와 달리, '정'을 '의'에 복무시키고자 했다. 문학은 그에게 집단의 윤리를 바로잡고 지켜내는 수단이었다.[83] 그리고 최남선은 그러한 '의'를 위해 역사학 분야에서의 '지'를 기르려고 했던 점에서 신채호와 구별된다. 그는 여러 분야의 '지'를 문학이라는 그릇에 담고자 했다. 그럼으로써 그는 '의'를 실현할 수 있다고 여겼던 것이다.

이상과 같이 심리학의 개념인 '지정의'는 '정'을 중심으로 문학에 도입되었다. 그렇지만 '지'와 '의' 역시 전혀 도외시되지는 않았다. 가령 '정'이 문학의 원동력으로 이해되었지만, 신채호와 최남선의 경우에서 보듯이 '의'가 문학 활동의 중요한 심리적 동기였다는 점은 부정할 수 없다. 소재 차원에서 머무른 측면이 크지만, '지' 역시 간과할 수 없다. 이광수가 동일한 한자어 '智'를 사용함으로써 빠져든 혼란은 단지 '지식'과 '이성'을 구분하지 못해서가 아니었다. 최남선이 보여준 대로, 외부와 내부를 향한 시선의 공존을 충분히 경험함으로써 도구로서의 단편적인 지식은 지적 태도로 전환될 수 있다. 신채호는 이미 그랬지만, 최남선이 국치 이후 결국 역사학으로

---

83) 「我란 觀念을 擴張홀지어다」(『대한매일신보』 1909.7.24)에서 신채호는 "我란 者는 三界의 光이며 萬有의 主라"고 정의하면서 '我란 觀念'이 약해지는 것과 국가의 타락을 연계시킨 바 있다. 그에게 '我'는 그냥 개인이 아니라 조선인으로서의 개인이었다. 이 점에서 '지덕체'에서 '지정의'로 초점이 전환된 것을 '상무적 교육·전투적 계몽에서 개인과 마음 자율로의 이동'으로 파악한 황호덕의 논의는 재고되어야 한다(황호덕, 「한국 근대에 있어서 문학 개념의 기원(들)」, 『한국사상과 문화』 8권, 한국사상문학학회, 2000, 9쪽).

이행했던 까닭은 현실의 공시적 내부와 외부만이 아니라 그것에 대한 통시적 고찰, 즉 역사에 대한 지식 또한 그러한 태도를 불러올 수 있다고 보았기 때문이었을 것이다.

2. 기제에서 가치론으로의 이행

1) '진선미(眞善美)'와의 조우와 '인생'·'예술'이라는 목적

국권 피탈 이후에 쓴 글에서 신채호는 "애국 애국하는 소리가 태극기 부러지랴던 마악 전후 수년 새이에는 거의 전국 교육계에 들엿더라"라고 회고하면서, 순국열사들 중에서 '신교육계의 교육'을 받은 이들이 없었다고 지적하였다. 그는 그 까닭을 '애국자 양성'의 방법이 잘못된 탓이라고 주장했다.[84) 위인들의 삶, 서구열강의 부강, 서구의 학설, 망국이 부를 파장 등을 전파하고 독려하며 우려하던 신교육의 전략이 애국심의 고취에는 실제적인 효력을 발휘하지 못했다는 것이다. 그 이유는 애국의 '애(愛)'가 결국 '정(情)'이라는 사실에 있었다. 신교육은 이 점을 살피지 않았다는 것이 그의 생각이었다.

⑪ 國家에 對한 愛情은 무엇으로 길을가. 心理學者는 사람의
心理를 智 情 意 세 가지로 난우고 敎育學者는 敎育의 綱領을 德

---

84) 신채호, 「情育과 愛國」, 『단재신채호전집 7』, 624쪽. 이 글의 작성 시기를 전집은 명확히 밝히지 않았다. 그러나 인용한 부분 외에도 신교육이 국치를 막는 데 기능하지 못했다는 견지에서 신교육 이외의 방법을 구하고 있다는 점 그리고 글의 마지막에 거론된 시기적 좌표("五條約時代나 七條約時代나 亡國時代")로 볼 때, 1910년의 국권 피탈로부터 멀지 않은 때임을 알 수 있다.

智 體 세 가지로 난우나니, 敎育學者의 일은바 智育은 곳 心理學
者의 智를 가라침이오. 敎育學者의 일은바 德育은 곳 心理學上 情
意兩者를 包含한 것이라. 愛은 情이오 愛國은 國家에 대한 愛情이
니 愛國君子가 만일 愛國의 道를 전국에 弘布하랴 할진대 不可不
情育에 注意할지니라. (생략)

　情이란 激하여지면 憤怒不平의 感情이 되고 觸하여 내면 悲哀
憂愁의 鬱情이 되나니 情育이라 함은 그 感情과 鬱情을 도두자
함이 안이오. 그 愛情을 길으자 함이니, 愛情이란 純潔하며 貞固
하야 薰習浸漬로 얻은 情이오 鼓動觸發로 얻은 情이 안이니라.[85]

인용문의 전반부에서 신채호는 교육학에서의 '덕지체'와 심리학
에서의 '지정의'를 나란히 두고 비교하고 있다. 교육의 세 강령 중에
서 '덕'이 심리학적으로는 '정의'와 상통하며, '애국'이 '정육'의 문
제라는 인식이 엿보인다. 그리고 그는 후반부에서 길러야 할 '정'의
성격에 대한 정의를 내린다. 그것은 '분노불평'이나 '비애우수'와는
거리가 멀다. 이러한 신채호의 서술은 두 가지 점에서 국권 피탈 이
전과 다르다. 첫째, 이전에는 '체육'을 강조했으나,[86] 이제는 '정육'
을 중시하게 되었다. 둘째, 감정의 부정적 측면들이 아니라 긍정적
인 면을 부각시키고 있다. 부정성의 감정은 "고통을 감각케 할 뿐"
이라는 연유에서다.[87] 이러한 변화는 식민지 조선에서 '체육'이 더
이상 군사적 의미를 가질 수 없었으며, 비분의 감정과 울정만으로는
강점에 냉정하게 대처하기 어렵다는 상황 판단의 결과일 터이다.

　고통을 느끼게 하고 "불과 幾分 동안에 불 꺼지듯" 스러질 감정

---

85) 같은 글, 625쪽.
86) 신채호, 「德智體 三育에 體育이 最急」, 『대한매일신보』, 1908.2.9.
87) 앞의 글, 624쪽.

대신에 신채호가 내세운 것은 '깁고 굳은 애정'이었다. 그것을 가져야만 "감정도 깁고 굳"어서, 강점하에서도 "강개격렬하게 나아감"이 가능하다고 생각했던 것이다. 그리고 '정육'의 '육(育)'이 의미하듯, "조국위인의 전기를 니야기하며 城內山川의 독본을 읽게" 하여 그러한 애정을 기르는 일을 그는 교육의 목적으로 제안했다.[88] 역사적 인물의 이야기와 자국에 대한 지리적 이해에서 앞의 것이 그가 이전부터 해오던 방식이었다면, 뒤의 것은 최남선의 방법이었다. 이렇게 국치 이후에도 '지정의'를 둘러싼 문학적 담론의 안과 밖은 일신되지 않았다. 이광수의 경우도 마찬가지였다. 1910년대 중반에 가서야 그는 자신의 논의를 진전시킨다.

⑫ 吾人의 精神은 知・情・意 三方面으로 作하나니, 知의 作用이 有하매 吾人은 眞理를 追求하고, 意의 方面이 有하매 吾人은 善 又는 意를 追求하는지라. 然則, 情의 方面이 有하매 吾人은 何를 追求하리요. 즉, 美라. 美라 함은, 即 吾人의 快感을 與하는 者이니, 眞과 善이 吾人의 精神的 慾望을 必要함과 如히, 美도 吾人의 精神的 慾望에 必要하니라. 何人이 完全히 發達한 精神을 有하다 하면 其人의 眞・善・美에 대한 慾望이 均等하게 發達되었음을 云함이니, 知識은 愛하여 此를 追求하되, 善을 無視하여 行爲가 不良하면 滿人이 敢히 彼를 責할지니, 此와 同理로 眞과 善은 愛하되 美를 愛할 줄 不知함도 亦是 畸形이라 謂할지라. 毌論, 人에는 眞을 偏愛하는 科學者도 有하고, 善을 偏愛하는 宗敎家・道德家도 有하고, 美를 偏愛하는 文學者・藝術家도 有하거니와 此는 專門에 入한 者라, 普通人에 至하여는 可及的 此 三者를 均愛

---

88) 같은 글, 626쪽.

함이 必要하니 玆에 品性의 完美한 發達을 見하리로다.[89]

이 글에서 이광수는 인간 정신이 '지·정·의' 삼자의 작용으로 말미암아 '진·선·미'라는 가치를 추구하게 된다고 서술한다. 인간 정신의 작인으로서의 '지정의'는 이리하여 근대적 가치론의 삼분법과 만난다. '진선미'에 대한 정신의 욕망이 균형을 이루었을 때에 비로소 한 인간이 '발달한 정신'을 가졌다고 말할 수 있다는 진술로 이광수는 근대적 전인(全人)에게 요구되는 품성을 규정한다. '지정의'가 고루 영향을 끼쳐 '진선미'라는 가치들을 두루 추구하지 않는다면, 그를 "기형이라 謂"할 수 있는 까닭은 이 점에 있다. 그러므로 삼 가치가 발현된 과학, 종교·도덕, 문학·예술 등에 대한 균등한 애호[均愛]는 해당 분야의 전문가가 아닌 이들에게도 필수적인 덕목이 된다. 이렇게 이전까지 도외시되거나 덜 중요시되던 문학·예술은 근대적 삼 가치를 발판삼아 여타 분야와 동등한 지위로 올라선다. 그러나 이광수의 '전인'은 교육학의 개념에 가까웠다.

인용한 부분은 '문학의 실효'라는 항목의 일부였다. 그에게 문학의 효용은 무엇보다 '품성의 완미한 발달'에 있었다. 하지만 그것이 끝이 아니기에 그는 '副産的 실효' 여섯 가지를 추가로 나열한다. 문학은 향유자에게 '세태인정의 기미'를 엿보게 함으로써, '동정심'이 생기도록 하고, '은감(殷鑑)'과 '모범'을 삼게 해줄뿐더러, "전세계 정신적 총재산을 소유"하게 해주니, 향유자는 '유해한 쾌락'에 빠지지 않고, "품성을 도야하고 지능을 계발"할 수 있다는 요지였다.[90] 이러

---

89) 이광수, 「文學이란 何오」(『매일신보』, 1916.11.10~23.), 『이광수 전집 1』, 550쪽.
90) 같은 글, 550쪽.

행하여 '예술을 위한 예술'이 비판의 대상으로서 국내에 소개되었다는 사실은 확실히 공교로운 일이다. '위한'이라는 말이 보여주는 바, '인생'과 '예술'은 문학이 추구하는 두 가지 목적을 가리킨다.

> ⑭ 藝術 이퀼 人生 아니여서는 아니된다. 아니 人生 이퀼 藝術이라. 그런데 藝術은 藝術 自身을 위하야의 藝術이오 斷然코 人生을 위하야의 藝術은 아니라고(art is for its own sake, but not for the life's sake.) 主張하는 사람의 말을 나는 자조자조 듯는다. 나는 한 마디로 對答하려니 갈온─아즉 俗的의 并見을 못 벗어서, 眞人生의 理想에 相應하는 藝術이, 그 사람의 中心 生命으로 되지 아니하엿슴을 表現함이며, 딸아서, 그 사람의 生活은 生活과 相應하는 바의 藝術을 中心으로 하지 아니한 것을 自白함이 아니고 무엇이랴. 또 藝術이, 人生에 對하야 아모 意味할 바가 업다면 왜 藝術을 要求하며, 또는 人生과 써난 藝術 해서는 무엇에 쓰랴. 내의 要求하는 바 藝術은 人生으로 向上, 創造, 發展식히는 이 點에 잇나니, 웨 그러냐 하면 藝術은 改革者이며, 模倣者인 싸닥으로. 다시, 말하면 人生을 向上식이며, 改革식이며, 創造식이며, 發展식이며, 模倣식이는 것이 藝術임으로 나는 藝術을 人生을 위하야 要求한다.[99]

이광수의 「문학이란 何오」보다 1년여 앞서는 이 글에서 김억은 인용한 첫 문장에서 보듯이 '인생을 위한 예술'을 당위로 제시했다. 반대로 아직 조선의 문단에 존재하지 않았던 '예술을 위한 예술'에 대해서는 부정적인 시각을 보여주었다. 그러한 주장을 펴는 이는 세속적인 편견에 빠져 '眞人生의 이상에 상응하는 예술'의 가치를 모른다

---

99) 김억, 「藝術的 生活」, 『학지광』, 1915.7, 61쪽.

는 이유에서였다. 김억에게 그것은 '인생과 써난 예술'이었다. 예술이 '인생' 혹은 "생활과 상응"해야 한다는 것이 그의 판단이라고 하겠다.[100] 그래야만 '인생'이 '향상, 창조, 발전'할 수 있다고 그는 여겼다. 그에게 예술은 기능적으로 인생을 목적어로 삼고 있거나, 첫 문장에서처럼 인생과 한몸, 곧 '이퀄(equal)'이었다. 이광수의 글에서 읽었던 효용론과 김억의 생각은 상통한다. '예술'은 여전히 구심점으로 호명될 수 없었고, 인생을 위해 복무해야 했다. 하지만 그렇게 될 씨앗은 이전부터 존재했다.

> ⑮ 그(문학의-인용자) 生命은 그 文學이 價値가 잇스면 잇슬수록 그 生命이 더욱 더욱 長久할지니 그 文學을 産出한 人은 有限한 壽命을 有하나 産出된 바의 文學 그것은 千百年間 그 文學도 鑑賞함은 곳 그 生命을 맛봄이니라.
> 이 生命을 맛봄에는 우리의 心理的 活動이 엇더한가 心理狀態는 心理學上 三種에 分하야 知 情 意로 論하고, 或 學者를 싸라서 이것을 二種에 分하야 知와 情意로 論하야 情과 意를 一種 連續作用이라 하나니 (생략) 웃더한 글을 보고 生命이 잇슴을 感得함은 그것이 情意의 經驗에 感觸됨이라 갓흔 글이라도 知識의 經驗에만 感觸될 쌔에는 生命을 感得하기 難하고 다시 情意의 經驗에 感觸한 후에 비로소 感得하나니라[101]

최두선은 이 글에서 '지정의'에서 '지'를 제외한 '정의'를 활용하여 문학이 무엇인지를 밝힌다. 그의 논의는 기존의 '지정의' 담론과

---

100) 김억은 이 글에서 '인생'과 '생활'을 등가적 의미로 쓰고 있다. 제3장에서는 이 두 단어가 시대적 색채를 입는 과정을 서술한다.
101) 최두선, 「文學의 意義에 關하야」, 『학지광』, 1914.12, 27~28쪽.

는 다르게 '정의'를 '연속작용'이라고 함으로써, '선'과 '미'를 연결하고 있다. 즉, 최두선은 문학의 '생명'이 "정의의 경험에 감촉"되면서 감지된다고 설명하면서 이 둘을 하나로 묶어내고 있는 것이다. 그의 글은 1910년대 중반에 와서 적어도 문학에서 '정'과 '의'의 관계에 대해서는 보편적 합의가 이루어졌음을 증명하는 또 하나의 사례로 파악된다. 게다가 이 글에서는 창작자보다 오래 살아남아 작품이 가치를 발휘한다는 생각이 눈에 띈다. 최두선은 분명히 작자와 작품을 독립적으로 인식하고 있었던 것이다. 작자와 작품이 분리될 수 있다는 발상으로의 전환은 작자가 작품을 관할하고 제어할 수 있다는 사고방식으로부터의 이탈이다. 이것은 문학의 자율성 개념이 도입되고 있었다는 증거이다.

그러므로 이광수의 '선행의 원동력되는 동정심'을 향한 지지나, 김억의 '예술을 위한 예술'에 대한 부정 등은 이때 이미 '미'와 '선'의 결합에 균열이 생기고 있었음을 증언한다고 해석할 수 있다. 문학이 특수한 사회역사적 조건으로부터 탈각될 기미가 보이지 않았다면, 혹은 그렇게 된 외국의 사례를 인지하지 않았다면, 이 같은 우려가 제출될 까닭이 없다. 요컨대 '예술을 위한 예술'은 '사회'와의 분리를 상정한다. 예술지상주의의 견지에서 사회는 일차적으로는 문학의 출발점이 아니다. 최두선의 '문학의 생명'에 관한 언급은 이런 견지에서 이해할 수 있다. 한편 그는 '지식의 경험'을 '정의의 경험'과 구별하고, 후자가 문학에 '생명'을 부여한다고 보았다. 후자가 배제되면 더 이상 문학일 수 없다는 인식이라 하겠다. 그에게 문학의 촉발점이 될 수 있는 것은 이처럼 '지'가 아닌 '정의'였다.

　국권 피탈 이후에 신채호는 이전과 달리 '애국'을 위해 긍정적인 감정을 길러야 한다는 입장으로 선회했다. 이러한 정을 기르기 위해 [情育] 그가 선택한 방식은 조국의 역사와 지리에 대한 앎[智]이었고, 애국은 궁극적으로 국권의 회복[意]을 위해 필요한 것이었다. 그러므로 문학의 촉발점이 '정'이라는 데 일종의 동의가 이루어졌지만, '지'와 '의'가 또 다른 원인이나 목적이 될 가능성은 부정되지 않았다고 할 수 있다.

　1910년대 중반에 이르러 이광수는 '지정의' 삼자가 '진선미'라는 가치의 추구로 나타나며, 문학・예술은 '정'이 추동한 '미'의 발현이라는 견해를 표명했다. 이로써 문학・예술은 과학이나 종교・도덕과 같은 지위에 오르지만, 그의 생각에는 근대적 전인(全人) 개념이 내포되어 있었다. 그의 전인은 한편으로 '선'과 '미'라는 가치와 닿아 있었으나 본질적으로는 교육적 함의를 지니고 있었다. 그래서 그는 나중에도 '인생을 위한 예술'을 고집하게 되었다고 하겠다. 체제의 바깥을 사유하지 않을 때 교육은 체제를 유지하는 공고한 수단이 될 수밖에 없다. 이 점에서 강점 말기 그의 행보는 예정된 수순이었다고 할 수 있다.

　이광수의 「문학이란 何오」에 앞서 김억은 '예술을 위한 예술'을 부정했다. 그가 '인생을 위한 예술'을 수긍했던 까닭은 예술이 인생을 '향상, 창조, 발전'시킬 수 있다고 믿었기 때문이었다. 효용론에 기댄 김억의 발언과 이광수의 글은 이 시기에 '예술을 위한 예술'의 존재가 알려졌음을 증명한다. 예컨대 이들의 글보다 먼저 발표된 최두선의 「문학의 의의에 관하야」에서는 문학의 자율성 개념까지 확

인할 수 있다. 이처럼 1910년대 중반의 문학에 대한 인식에는 '인생'
과 '예술'이라는 목적이 공존했다.

2) 현실의 부정적 반영과 근대적 주체의 징후

문학을 교육적 계몽의 방법론으로 여겼던 이는 이광수뿐만이 아
니었다.[102] 1920년대 초반 동인지 문인들에게서도 그런 인식은 완고
하게 유지되고 있었다. 예컨대 주요한이 김환에게 보냈던 편지에 등
장하는 '계몽적 색채'라는 표현은 정치적 활동에 제약을 받던 상황
에서 '사상문제나 예술상 교환'만이 거의 유일한 대안으로 남았던
당대의 현실을 노출한 것이었다.[103] 이런 상황에 대해 문학의 교육
적 계몽성이 정치운동에 상응하는 문화운동으로 이어진 것으로, 요
컨대는 정치운동의 불가능성이 뚜렷해지고 문화운동의 가능성만이
남아 있었다고 정리할 수도 있겠다.[104] 하지만 한쪽에서는 다른 길
로의 모색이 시도되고 있었다.

⑮ 近代生活만에 世紀末的 思想 속에 一貫되는, 또는 여러 가지
의 心情의 心理는 「데카단스」라 하는 한마듸에 다하엿다. 웨 近
代思潮가 消極的 絶望의 暗黑, 悲愁, 不安, 動搖, 紛亂 또는 疲勞를

---

102) 다음의 예문에서와 같이 이광수는 1920년대에 들어 이전의 견해를 더욱 확고히 한
다. "오랜 惰眠을 깨뜨리고 새로운 文化를 建設할 만한 活氣있는 精神力을 民族(나는
이 論文에서 一國을 標準하므로)에 注入 或은 强烈한 刺戟으로써 民族의 精神 中에
서 啓發하는 가장 큰 힘은 文藝라 할 수 있습니다「文士와 修養」(『창조』, 1921.1), 『이
광수 전집 10』, 352쪽)."
103) 벌꽃, 「長江 어구에서」, 『창조』, 1920.2, 59~60쪽.
104) 노춘기는 이들이 "개화기 이래 계몽에 견고하게 결합되어 있었던 '애국'이라는 당위
로부터 벗어나 있었다"라고 평한 바 있다. 자세한 것은 노춘기, 앞의 논문, 190~193쪽.

가지게 되엿는가 하는 質問에는, 簡單한 解答으로는 말하기 어렵다, 만은 自然科學의 進步에 짤아나오는 現實과 理想과의 衝突, 信仰과 幻影과의 消滅, 激烈한 生存競爭, 이밧게 여러 가지의 原因이 잇을 것이다, 만은 여긔에는 그 詳細를 다 하려하지 아니한다, 實로 十九世紀의 모든 것은 暗黑 속에 잠기여 잇섯다. 文藝-아니, 藝術은 時代의 反映이다. 그러면 쯔란쓰 文壇의 그럿케 되기에 엇지할 수 업엇슴을 알 것이다. (생략)

그들의 心海에는 善과 惡, 美와 醜, 하나님과 惡魔, 서름과 즐거움, 現實과 理想, 사랑과 미움, 無限과 有限, 肯定과 不定— 이것들이 가득하엿다. 音響, 色彩, 芳香— 이것들은 그들의 靈을 無限界로 잇슬어가는 象徵이 안이고 그들 自身의 靈이며 그가튼 데에 無限이엿다.[105]

이른바 '예술을 위한 예술'을 대하는 김억의 시각 변화가 드러난 「스엥쓰의 고뇌」이다. '시형의 절대적 완미, 기교의 최고 극치이며 시가에 음악, 彫塑의 미'를 추구했던 것이 '고답파'였다면,[106] 그것을 대체하고 나왔던 데카당스는 확연히 달라진 양상을 보였다. 예컨대 고답파가 음악적·조형적 미로써 기교의 절정에 도달하고자 했던 것은 절대적이고 완전무결한 아름다움을 얻고자 했기 때문이었다. 반면 '자연과학의 진보'는 기대와 달리 현실과 이상의 괴리, 신앙과 환영의 나락(奈落), 생존경쟁에 내몰린 인간군상 등의 역효과를 낳았고, 데카당스는 이 점에 주목했다는 것이다. "예술은 시대의 反映"이므로 프랑스 문단으로서는 이러한 선택이 불가피했다는 게 김억의 판단이다. 따라서 인용한 둘째 단락에 나열된 대립항들의 공존은 데

---

105) 김억, 「스엥쓰의 苦惱」, 『폐허』, 1920.7, 113~115쪽.
106) 같은 글, 112쪽.

카당스 시인들의 마음이 끊임없이 '무한'을 향하도록 만들었다고 하겠다. 물론 이때의 '무한'은 '德義라는 장벽을 넘어가서는 비범의 경계'까지 이른다는 의미로 이해해야 할 터이다.

김억은 이렇게 시대를 반영하는 예술의 가능성을 데카당스에서도 찾을 수 있다는 사실을 전한다. 이로써 고답파가 지향했던 가치들에 반하는 것들까지 문학에 도입될 여지가 마련된 것이다.[107] '음향, 색채, 芳香' 등이 시인 자신의 '靈'이라는 진술은 분명 과잉된 것이지만,[108] 시대를 반영하는 사조로서 데카당스를 이해했다는 점은 1920년대 초반 시단의 정서를 설명하는 데에서 빠져서는 안 될 대목이다. 김억은 곧이어 『오뇌의 무도』를 출간했다.

> ⑯ 무릇 사람은 情이 大事니 아모리 조흔 意志와 智巧라도 情을 써나고는 現實되기 어려우리라 곳 情으로 發表하매 그 發表하는 바가 더욱 眞摯하야지고 情으로 感化하매 그 感化하는 바가 더욱 切實하야지는 것이라 그럼으로 古來 엇던 人民이던지 이 情의 發表 밋 感化를 만히 利用하얏나니 그 方法 中의 一大 方法은 곳 詩라 試하야 보라 쉑스피어가 엇더하며 단테가 엇더하며 支那의 葩經이 엇더하며 猶太의 詩篇이 엇더하며 우리 歷史의 時調가 엇더하뇨 個人으론 個人의 性情, 意味와 社會는 社會의 性情, 事業 等은 表現 또 啓發함이 크도다. (생략)
>
> 그러나 近代 우리 詩는 漢詩 밋 國詩를 勿論하고 다 自然的, 自我的이 아니오 牽强的, 他人的 이니 곳 억지로 漢土의 資料로 詩

---

107) 상징주의 시론의 수용과정에 대해서는 정한모, 『한국현대시문학사』, 일지사, 1982, 275~285쪽을 참고하라.

108) 이승훈은 이 시기까지 상징주의 시론에 대한 이해가 깊이를 획득하지 못하여 '병적 감정의 공허한 진술'만이 보인다고 평가한다(이승훈, 『한국현대시론사』, 고려원, 1993, 19쪽).

의 資料를 삼고 漢土의 式으로 詩의 式을 삼은지라 朝鮮人은 朝
鮮人의 自然한 情과 聲과 言語文字가 잇거니 이제 억지로 他人의
情과 聲과 言語文字를 가저 詩를 지으랴면 그 엇지 잘 될 수 잇
스리오 반드시 自我의 情, 聲, 言語文字로 하여야 이에 自由自在
로 詩를 짓게 되야 비로소 大詩人이 날 수 잇나니라[109]

언론인이자 역사학자였던 장도빈이 『오뇌의 무도』에 쓴 서문의
일부이다. 위의 단락에서 그는 '情의 발표 및 감화'를 위한 방법으로
시를 정의한다. 그가 시경[詩經]이나 시조까지 시에 포함시킨 까닭은
개인 차원의 '性情, 意味'와 사회적인 '性情, 事業'이 동아시아의 시학
에서는 모두 중요했기 때문이다. 예컨대 『詩經』을 해설한 「毛詩序」는
마음속의 '뜻[志, 情]'이 말로 나타나면 '시'가 된다고 정의했다. 그리
고 이어서 '정(情)'이 '시[音]'가 되는 과정을 예시하는데, 망국의 노래
가 슬프고 근심어린 이유를 백성의 곤궁에서 찾았다. 나라의 상황에
따라 백성의 노래[音]가 달라진다는 것이다.[110] 그러므로 동양 시학
을 대표하는 『시경』에 실린 노래들은 '주로 생각과 감정을 나타낸
것'이라 하겠다.[111]

---

109) 張道斌, 「序」, 『懊惱의 舞蹈』, 廣益書館, 1921, 5~6쪽.
110) "詩者는 志之所之也니 在心爲志요 發言爲詩라 情動於中而形於言하나니 言之不足이라
故로 嗟歎之하고 嗟歎之不足이라 故로 永(詠)歌之하고 永歌之不足이면 不知手之舞之
足之蹈之也라 情發於聲하니 聲成文을 爲之音이라 治世之音은 安以樂하니 其政和하고
亂世之音은 怨以怒하니 其政乖하고 亡國之音은 哀以思하니 其民困이라(朱子, 『詩經集
傳』, 성백효 역주, 전통문화연구회, 1993, 29~30쪽)." 본문의 언급과 관련된 부분에
밑줄을 그었다.
111) 유협, 「종경」, 『문심조룡』, 최동호 역편, 민음사, 1994, 55쪽. 같은 견지에서 김흥규
는 「毛詩序」의 이 대목을 "시의 근원을 개인의 정서적 자기표현에서 구하는 시관"
으로 파악했다(김흥규, 『조선 후기의 시경론과 시의식』, 고대 민족문화연구소, 1988
(재판), 13쪽). 장파 역시 같은 견해를 표한 바 있다(張法, 『장파교수의 중국미학사』,
백승도 옮김, 푸른숲, 2012, 236~237쪽, 참고).

「모시서」와 데카당스는 맥락이 통하지만, 장도빈의 입장은 근대 이전의 동양 시관에 대한 적극적인 옹호에 있지는 않았다. 인용문의 전반부에서 「모시서」를 참조한 점에서 보듯이 그는 다만 시를 통해 드러나서 감화를 주는 '정'이 사적 영역과 공적 영역에 공히 걸쳐 있었음을 밝힘으로써,112) 아래 단락의 비판을 위한 근거로 삼았던 것이다. 그가 보기에 '근대 우리 시'는 옛 시의 '自然的, 自我的' 속성을 잃고 '牽强的, 他人的'이다. 남[漢土]의 것을 억지로 끌고 온 것처럼 되어 버렸다는 뜻이다. 장도빈의 글이 겨냥하는 시들의 문제는 결국 그것들이 현실로부터 촉발된 '정'에 기반을 두지 않았다는 점이다. 그런 시는 필연적으로 '지금-여기'의 사적 영역과 공적 영역을 도외시할 수밖에 없다.

물론 이러한 지적의 근거와 서구 시의 작법 및 '사상작용'을 '응용'하자는 주장은 언뜻 모순되어 보인다.113) 하지만 '자연스럽게 일어나는' '자아의 情, 聲'을 자신의 언어로 표현하기 위함이라는 목적을 고려한다면, 문제시했던 형식과 내용의 쇄신을 위해서는 매력적인 선택지였을 것이다. 비록 에스페란토 역본을 매개로 삼았으나, 『오뇌의 무도』는 어쨌든 서구 각국의 시인들이 보여준 낯선 형식과 내용을 담고 있었기 때문이다. 또한 김억 스스로도 '의역, 또는 창작적 무드'를 기조로 했음을 밝혔지만,114) 이와 같이 원어(原語)보다 역어

---

112) 「毛詩序」에 따르면 고대에 시는 원래 국가적 차원에서 활용되었다. 고대의 왕들이 시로써 부부의 도리와 효도·공경의 인륜을 두텁게 하고 아름답게 교화할 수 있었다는 것이다. "故로 正得失, 動天地, 感鬼神은 莫近於詩라 先王以是經夫婦 成孝敬 厚人倫 美教化(朱子, 앞의 책, 30쪽)." 언급한 부분에 밑줄을 그었다.

113) "西洋 詩人의 作品을 만히 參考하야 詩의 作法을 알고 兼하야 그네들의 思想作用을 알아써 우리 朝鮮詩를 지음에 應用함이 매우 必要하니라(장도빈, 앞의 책, 6쪽)."

114) 김억, 「譯者의 人事 한 마듸」, 같은 책, 14쪽.

(譯語)에 초점을 맞춘 시의 번역 과정은 의외의 결과를 불러올 수도 있다. 이럴 때 번역자에게 모어(母語)는 일상어에서 역어라는 익숙하지 않은 자리에 재배치되는 차원을 넘어선다. 이 과정은 모어를 여태 존재하지 않던 시를 위한 실험실로 들어서게 만드는 까닭에서다. 실제로 김억이 고민했던 문제는 당대의 한국어를 근대적 시의 언어로 전환하는 일이었다.[115]

> ⑰ 近代詩人의 '靈의 飛躍'은 모든 桎梏을 버서나 '香'과 '色'과 '리씀'의 別世界에 逍遙하나, 그들의 肉은 如前히 이 苦海에서 모든 矛盾, 幻滅, 葛藤, 爭奪, 忿怒, 悲哀, 貧乏의 '두려운 現實의 도간이(坩堝)' 속에서 끌치 안을 수 업다. 그럼으로 그들은 이러한 '肉의 懊惱'를 刹那間이라고 닛기 爲하야 할 일 업시 피빗 갓흔 葡萄酒와 罌粟精과 Hashish(印度에서 産하는 一種 催眠藥)을 마시는 것이다.[116]

문학자가 아니었던 장도빈이 긍정적으로 평가했던 『오뇌의 무도』를 변영로는 위의 머리글로 장식했다. 그는 근대 시인을 '靈의 비약'을 통해 감각의 "別世界에 逍遙"하지만, 육신은 현실의 도가니를 벗어날 수 없는 모습으로 묘사한다. 그러니 그들이 즐기는 술과 아편[罌粟, 양귀비], 대마초는 현실이라는 속박과 고양된 영혼의 낙차를 잇는 잠깐의 향락이다. 유의할 점은 'Hashish'에 부과된 설명이 시사하

---

115) 김억의 번역시론에 대한 일반적인 비판과는 달리, 베냐민·메쇼닉·베르만 등의 번역관과의 유사성에 착안하여 그의 번역시론이 가진 네 가지 의의를 짚어낸 조재룡의 연구가 있다. 그가 지목한 의의 중 두번째는 '번역을 통한 신조어 생성의 필요성'이었다(조재룡, 「김억 '번역론'의 현대성과 현재성」, 『동악어문학』 71집, 동악어문학회, 2017.5).

116) 변영로, 「『懊惱의 舞蹈』의 머리에」, 앞의 책, 11~13쪽.

선택하게 된다.

초기에 '정의 문학'을 주장할 때와는 사뭇 달라진 모습이다. 또한
변영로나 염상섭이 이른바 데카당스 시편들을 대하던 객관성을 그
는 보여주지 않는데, 그 까닭은 그가 말하자면 계몽이란 굴레에서
벗어나지 못했던 데 있을 것이다. 이는 비슷한 시기에 김억이 '예술
을 위한 예술'에 대해 긍정적으로 언급한 것과 명백한 대조를 이룬
다.122) 그런즉 이 지점이 문학과 계몽이라는 갈림길이 시작된 곳일
터이다. '정'으로부터 촉발되어 '미'를 추구한다는 이광수의 문학에
대한 정의는 '미'를 '선미학'으로 한정하는 지점에서 고전적 미학의
틀에 스스로를 가두게 되었다. 하지만 이것이 끝이 아니다. 그는 민
족을 계몽과 교육의 대상으로 고정하고 있었다.

⑲ 文藝가 人心을 刺戟하여 活潑한 精神的 活動을 激發하는 同
時에 文藝 自身이 新思想·新理想의 宣傳者가 되는 것이니, 文藝
作者는 文藝의 特有한 人의 情緖를 直接으로 感動하는 情緖의 武
器를 利用하여 自家의 理想과 思想을 (비록 無意識的인 수도 있
다 하더라도) 世人의 精神에 깊이 注射하는 魔力이 있나니 그의
理想과 思想을 宣傳하는 能力은 實로 冷冷한 理智의 判斷에만 專
依하는 科學이나 哲學에 比할 배 아니요, 구태 比할 것이 있다
하면, 오직 宗敎뿐이외다.123)

---

122) 김억은 '인생을 위한 예술'과 '예술을 위한 예술'의 경합을 "古來로 藝術上 가장 重
大한 未決問題"라고 설명한다(김억, 「近代文藝」, 『개벽』, 1921.7, 109쪽). 이재선은
이 글이 구리야가와 하쿠손(廚川白村)의 『近代文學十講』과 내용상 일치하거나 유사
하다고 밝힌 바 있다. 특히, '예술을 위한 예술'에 대한 설명이 그렇다고 그는 지적
했다(이재선, 같은 책, 119쪽).
123) 이광수, 「문사와 수양」, 352쪽.

광수가 김억의 시집에 서문을 써준 것도 같은 이유로 이해할 수 있다. 예컨대 김억은 '인생을 위한 예술'을 부정한 적이 없었다.

이런 맥락에서 흥미로운 사실은 『해파리의 노래』에서 '삼천리 어두침침한 바다'를 부유하는 해파리의 이미지가 이광수에게는 조선인 일반의 모습으로 해석되었지만,[127] 김억에게는 일차적으로 '저자 자신의 지내간 날의 넷모양'이라는 점이다.[128] '生의 환락에 도취되는 사월' 주체가 느끼는 '설음과 깃븜'이라는 모순된 감정에서[129] 두드러지는 것은 무엇보다 양가감정의 오롯한 주인인 근대적 개인이다. 그러므로 그에게 문학은 근본적으로는 사적 영역에 뿌리를 내리고 있었다고 할 수 있다. 말하자면 이광수는 수양하는 문사의 자리에 머무르며 공적 영역을 응시했으나, 김억은 사적 영역으로 침범한 공적 영역을 체험하는 시인이었다고 하겠다.[130] 이광수에게 문학의 대상이었던 현실은 추상적인 공적 영역이었지만, 김억에게 그것은 문학을 잉태하는 주체의 실질적인 삶이 거처하는 곳이었다.

---

127) 이광수, 「해파리 노래에게」, 『해파리의 노래』, 조선도서주식회사, 1923, 2쪽.
128) 김억, 「머리에 한마듸」, 같은 책, 5쪽.
129) 같은 책, 1쪽.
130) 김억의 시와 유사한 사례를 염상섭의 소설에서 확인할 수 있다. 이훈은 '『무정』의 결정적인 문제점'이 외면적인 '문명의 발전'만을 바라보는 데 있으며, 『만세전』의 주인공 이인화가 말했던 '실사회의 이면의 이면, 진상의 진상'을 파지하지 못했음을 지적했다. 그는 염상섭이 이 소설로 식민지 '근대화의 착잡한 성격'을 형상화했다고 평가했다. 선행연구를 검토하여 얻은 그의 이해는 이 작품이 '근대소설의 진정한 출발점'이라는 것이었다(이훈, 「『만세전』의 근대성에 대한 연구」, 『한국언어문학』 45집, 한국언어문학회, 2000, 489; 495; 484쪽). 『만세전』은 1922년 『신생활』에 『묘지』라는 제목으로 연재되다가 잡지의 폐간과 더불어 3회에서 중단되었고, 1924년 4월 6일부터 6월 7일까지 『시대일보』에 현재의 제목으로 개제되어 실렸다(안지나, 「『만세전』의 식민지적 근대성 연구」, 이대 석사논문, 2003, 1쪽, 참고).

제3장
근대시론의 분화와
진선미의 정립(鼎立)

근대시론의 분화와 진선미의 정립(鼎立)

1. 정치주의의 유입과 시론의 분기

이 장에서는 임화·김기림·박용철의 1930년대 초반 시론을 다루기로 한다. 이들의 시론이 '진선미'라는 근대적 가치들을 배분하고 전유하게 되는 양상을 살핌으로써, 1930년대 초반의 근대시론이 확보하게 된 넓이의 일단을 확인할 것이다. 이들은 전대의 시와 시론에 대한 부정을 통해 자신만의 시론을 구성해 나갔고, 각각 '진선미' 중 하나의 가치를 지향함으로써 한국 근대시론에서 가치론을 정립했음을 밝히는 것이 이 장의 목적이다. 이를 위해 먼저 검토해야 할 것은 1920년대 중반 이후 문단의 상황일 터이다. 이들 세 사람의 시론가가 등장하여 시론을 모색하게 된 배경이었기 때문이다.

김억에게 문학은 기본적으로 사적 영역에 뿌리를 두고 있었지만 공적 영역으로 뻗어나갈 여지가 전혀 배제된 것이 아니었다. 가능성은 다른 이들에 의해서도 타진되고 있었는데, 실로 1920년대 중반 문단에서는 정치적 현실과 무관하달 수 없는 논의들이 들끓고 있었

다. 예컨대 외국의 시를 모방하는 '草創時代'를 벗어나기 위해서는
일본의 경우와 같이 다양한 연구와 비평으로 독자적인 조선의 시를
계발할 필요가 있다는 논의나, 민족혼과 시에 대한 근대적 자각을
내세워 시에 대한 이해를 도모한 사례가 그것들이다.[1] 물론 이것들
은 식민지 조선의 문학인들이 보여준 사회성의 소극적인 사례일 것
이다. 이 시기에 문학과 사회와의 이러한 관계에 보다 민감하게 반
응한 이는 한용운이었다. 알레고리를 활용하여 개별적 인간관계에
보편성을 부여하고 이러한 보편적 인간관계를 민족 집단 내부의 문
제로 확장함으로써 그는 문학에 정치성을 담아냈기 때문이다.[2]

　　사실상 3·1운동 이후, 조선총독부가 '문화정치'로 통치의 기조를
전환할 수 있었던 까닭은 식민 지배의 인프라 구축을 완료했기 때문
일 터이다.[3] 따라서 '문화정치'를 어떤 의미로 수용하였는가는 조선
인들이 선택할 수 있는 정치적·문화적 운신의 폭과 밀접한 관련을
맺었을 것이다. 식민지 내부에서 시도되었던 정치적·문화적 담론과
운동들은 크게 보면 '문화정치'라는 정치구조의 얼개에서 자유롭지

---

1) 양주동, 「詩는 엇더한 것인가」, 『금성』, 1924.1, 108～109쪽; 주요한, 「노래를 지으시려
　　는 이에게」, 『조선문단』, 1924.10～12. 이외에도 주요한은 개념 지향이나 데카당 성향
　　의 시가 아닌 민중 친화적인 시를 모색하였다(주요한, 「책꽂헤」, 『아름다운 새벽: 1917
　　～1923』, 조선문단사, 1924). 또한 김소월은 자신이 「詩魂」에서 밝혔고(『개벽』, 1925.
　　5), 이후에 김억이 회고했듯이 '조선말'을 시어로 적극 활용하였다(金岸曙, 「夭折한 薄
　　幸詩人 金素月에 對한 追憶」, 『조선중앙일보』, 1935.1.22～26).
2) 류광열의 독후감은 『님의 침묵』이 당시 조선인들에게 어떤 의미로 다가왔는지를 부제
　　로써 확연히 나타냈다(柳光烈, 「『님의 沈默』 讀後感-祖國의 精靈에 들인 祈禱」, 『시대
　　일보』, 1926.5.31).
3) 김신재는 일제의 동화정책을 세 시기로 나누어 3·1운동까지를 '무단통치에 의한 동화
　　기반 조성기'로 파악했다. 이 시기의 특징은 '문명동화'인데, 여기서 문명화는 '정치'를
　　제외한 '기술'·'경제'가 중심이었다는 것이다(김신재, 「일제강점기 조선총독부의 지배
　　정책과 동화정책」, 『동국사학』 60집, 동국역사문화연구소, 2016.6, 207～207쪽, 참고).

못했다고 해야 한다. 가령 1925년 2월 『개벽』의 <계급문학시비론> 특집에는 김동인의 유미론, 이광수의 효용론 그리고 염상섭의 절충론 등 프롤레타리아 문학 이외의 문학적 입장들이 혼재하여 등장하였다.[4] 카프가 결성된 것이 1925년 8월임을 상기한다면, 강령이 구체화되거나 정치적 지향점이 응집되지 않았음에도 프롤레타리아 문학은 논란의 중심으로 깊이 들어가 있었음을 알 수 있다.[5] 여기에서 간과하지 말아야 할 사실은 계급문학도 실제로는 예의 틀 안에서 다루어졌다는 점이다.

이후 계속된 계급문학에 대한 논쟁이 찬반으로 나뉘며, 문단을 국민문학과 계급문학의 대립 구도로 양분했음은 주지의 사실이다.[6] 요컨대 1927년 즈음에 이르면 '인생'이나 '생활'에 방점을 찍고 '조선주의'를 배격하려는 계급문학의 움직임과 이에 반발하여 '개성'을 '조선주의'와 연결하려는 시도가 공존하게 되었다.[7] 이러한 분기의

---

4) 계급문학을 부정하면서 김동인은 인생이나 예술을 위한다는 목적보다 '예술가 자신의 막지 못할 예술욕'이 중요하다는 논리를 펼쳤으며, 이광수는 '계급을 초월한 예술'이 "문학의 효과를 생(生)할" 것이라는 입장을 내놓았다. 반면 염상섭은 "시대상의 필연적 경향, 혹은 물산(物産), 쏘는 어쩌한 작가의 소질로 인하야" 발생한 계급문학이라면 긍정할 수 있으나, "적극적 운동으로 이를 무리히 형성시키랴고" 하는 태도에 대해서는 부정적이었다(<階級文學是非論>, 『개벽』, 1925.2, 49~55쪽).

5) 권영민은 <계급문학시비론> 특집이 조선의 문단에서 계급문학이 자리를 잡게 되었다는 구체적인 증거라고 요약하며, 이즈음 『개벽』과 『조선문단』이 당대의 좌익과 우익을 대표하는 문예지였다고 설명하였다(권영민, 『한국 계급문학 운동사』, 문예출판사, 1998, 48~58쪽).

6) 이에 대한 근래의 논의로는 박근예, 「1920년대 문학 담론 연구」, 이대 박사논문, 2006을 참고하라.

7) 김기진은 '문단상의 조선주의'를 국수주의·보수주의·정신주의·반동주의로 폄하했다. 그것이 '사회민중의 생활현실'에 입각하지 않음으로써 '역사적 사명'을 다하지 못한다고 여겼기 때문이다(김기진, 「文藝時評」, 『조선지광』, 1927.2). 이 시기에 있었던 시조부흥론을 둘러싼 논쟁의 일단은 『신민』(1927.3)에서 마련했던 <時調는 復興할 것이냐> 특집이 명시적으로 보여준다. 기고문 몇 편의 작자와 제목을 예시한다. 최남선,

과정에서 직전까지 일상적 의미를 벗어나지 않았던 '인생'이나 '생활'이라는 말의 함의는 달라졌다. 계급문학 계열이 이들 용어를 전유하게 된 것이다. 이를테면 김억이 「프로문학에 대한 항의」에서 예술의 목적과 가치가 "인생 생활의 본능적 충동을 표현"하는 데 있다고 주장하며 거기에서 예술이 '자기 존재의 독자성'을 갖는다고 말했을 때,[8] '인생'과 '생활'은 표현론과 존재론에 기댄 예술론을 지지하기 위한 수사였다. 그러나 박영희는 '관념적 문학·예술론'을 부정하면서 "인생생존의 적극적 과정에서 인생이 마땅히 갖지 않으면 안 될 생활의 연장적 표상", 곧 '집단적 생활행동의 진리의 표상'이 계급문학이라고 주장했다. 그는 부르주아 문학이 '전통적 혹은 인습적 미'에 매어있다고 단정하고 프롤레타리아 문학은 '현세적 창조적의 새생활의 미'를 추구한다고 추켜세웠다.[9] 카프 문인들에게 '인생'은 '생존'의 문제였으며, 문학예술은 그러한 '생활의 연장'이었던 것이다. 그들에게 '인생'과 '생활'은 수사도 관념도 아니었다. 그리고 그들은 나중에 '인생'과 '생활' 중에서 후자를 택한다. '인생'은 개인적인 함의가 큰 데 반해 후자는 개인에만 한정되지 않고 사회적 의미까지 포함하기 때문일 것이다. 이로써 문학이 지향할 수 있는 공적 영역은 '예술'과 '인생'이라는 단어로 각각 나뉘게 되었다.

「復興當然 當然復興」; 주요한, 「時調復興은 新詩運動에까지」; 양주동, 「漢臭的 內容을 打破하라」; 손진태, 「반다시 古型을 固執함은 退步」; 민우보(閔牛步), 「沈滯의 運命을 가진 復興이 아닐가」; 이병기, 「무엇이던지 정성스럽게 하자」.

8) 김억, 「프로文學에 對한 抗議」, 『동아일보』, 1926.2.7.

9) 박영희, 「新興藝術의 理論的 根據를 論하여 廉想涉 君의 無知를 駁함」, 『조선일보』, 1926. 2.8. 김기진도 자연주의나 데카당을 '관념의 문학'이라 폄하하고, 그 반대편의 '생활의 문학'이 프롤레타리아 문학이라고 주장했다(김기진, 「文學思想과 社會思想」, 『조선문단』, 1927.1, 2쪽).

1920년대 중반 이후, 국민문학과 계급문학이 양분한 문단 상황의
한편에서는 식민지 수도 경성의 근대적인 풍경과 그것의 낯섦에 다
양하게 반응하는 주체들이 등장하였다.[10) 식민지 종주국의 주도하
에 진행된 도시화·근대화였던 만큼 그들의 반응은 우선은 당혹감
에 가까웠을 것이다. 조선총독부가 염두에 두었던 것은 무엇보다도
지배의 수월성을 확보하기 위한 식민지 수도의 재편이었기 때문에
그것은 필연적이었다.[11) 그렇지만 근대화된 도시의 삶에 익숙해지
면 이야기가 달라진다. 근대 도시는 단순한 관찰의 대상에 머무를
수 없다. 그것이 처음부터 식민지 조선인의 터전이었음을 재인식하
면서 주체의 반응은 갈릴 수 있겠지만,[12) 근대 도시에 대한 실제적
인 탐색과 그것을 거쳐 얻은 세계인식이 당대 문학에 새로운 활로가
열리게 했음은 부정할 수 없다. 국민문학을 주장하던 이들에게든 계
급문학을 부르짖던 이들에게든 혹은 다른 누구에게든 근대 도시 경
성에서의 삶은 전혀 새로운 '인생'과 '생활'을 접하게 했다. 그것은
전근대적 풍경이 여전하던 지방과는 완전히 달랐다. 1930년대 문학
의 양적 확대나 질적 성장의 배경에는 전대의 급속한 근대화의 경험
이 주요하게 작용했다. 근대와 반근대의 변증법은 '근대'라는 시공
간이 실재한 이후에야 비로소 성립할 수 있을 터이다. 따라서 1920

---

10) 1920년대 중후반 여러 시인들이 보여주었던 근대적 도시체험의 여러 반응들은 남기
혁, 「1920년대 시에 나타난 도시체험—도시풍경과 이념적 시선, 미디어의 문제를 중심
으로」, 『겨레어문학』 42권, 겨레어문학회, 2009, 211~250쪽을 참고했다.

11) 경성의 도시 재형성과 풍경의 변화 추이 그리고 그것의 의미에 대해서는 서울사회과
학연구소 지음, 『근대성의 경계를 찾아서』, 새길, 1997; 노형석, 『모던의 유혹 모던의
눈물』, 생각의 나무, 2004 등을 참고하라.

12) 남기혁은 이때 비로소 도시를 '이념적 시선'으로 바라볼 수 있게 된다고 말한다(앞의
글, 238쪽). 하지만 그의 견해는 일군의 경향시인들에 한해서만 수긍할 수 있다.

년대는 아직 그러한 지양(止揚)을 마련하고 있었다고 하겠다.

　그리고 근대에 대한 인식의 다양한 지형도는 1930년대의 문단을 또 다시 나누는 계기로 작용했다. 모더니즘 문학이 전대나 프롤레타리아 문학이 염두에 두었던 공적 영역보다 사적 영역에 가치를 부여하면서 등장하게 된 까닭도 이런 사정과 관련되어 있었다.13) 다다이스트로 출발하여 일찍부터 식민지 조선이 처한 현실에 대한 저항으로 정향했던 임화, 근대에 대한 지적 인식을 토대로 비평을 써냈던 김기림, 처음부터 사적 영역과 공적 영역을 아우르는 미적 사유를 드러냈던 박용철 등은 이전의 문단이나 식민지 조선의 상황은 물론이고 '근대'라는 시공간과 거기로 유입된 서구 문학과 문화의 자장 없이는 출현할 수 없었다. 1930년대 초반 이들이 각각 '선'・'진'・'미・선'를 추구하는 시론을 탐색하게 된 이유는 조선의 현실과 근대 그리고 시에 대한 저마다 다른 이해에 근거하고 있었다. 그러므로 1930년대 초반 이들의 시론은 현실・근대・시 중 어느 것을 우선순위에 두느냐와 무엇들이 공존할 수 있느냐는 질문에 대한 대답이기도 했다.

---

13) 1920년대 이장희・정지용・임화의 모더니즘이 현실에 대한 '미학적 저항'이었다는 견해가 있는가 하면(권경아, 「1920년대 한국 모더니즘 시의 전개양상 연구」, 『어문연구』 85집, 어문연구학회, 2015, 266쪽), 1930년대 전후의 시를 '근대지식의 미적 전유'와 '미적 자율성'의 연계로 이해하는 의견도 제출되었다(윤의섭, 「근대시의 미적 자율성 형성 과정 연구」, 『한국시학연구』 33호, 2012.4, 301쪽). 이러한 연구들은 1930년대 전후의 모더니즘이 가졌던 진폭을 확인해준다. 근대와 문명 그리고 현실에 대한 인식과 태도에 따라 모더니즘의 수용에 있어서의 편차도 다양했던 것이다.

2. 임화, 계급을 위한 '선'과 주정주의

1) 프롤레타리아 전위의 눈과 투사적 동일시

임화의 문학에 대한 선행 연구들은 작가론·작품론·문학론 등으로 분류할 수 있다. 다다이스트 시인으로 출발했던 초기에 그는 계급문학에 대해 적극 찬성하는 입장은 아니었다.[14] 그러다가 1926년 말 카프에 가입하여 중앙위원을 거쳐 서기장이 되기에 이른다. 카프 해산계를 냈던 이도 그였다. 이러한 임화의 이력은 일면 그의 시가 문학론에 비해 눈에 띄는 성과를 얻지 못했다는 평가를 낳은 간접적인 원인이라 하겠다.[15] 직접적인 원인은 그의 문학론이 가진 다양한 논의 가능성에 있을 것이다. 실제로 그의 문학론은 시론에 국한되지 않고 소설론과 비평론 나아가 문학사론 등 여러 차원을 포괄한다. 연구자들에 따라 접근하는 방식이나 중요시하는 대목이 달라지면서, 비판받을 때조차 그의 문학론이 가진 내포는 축적되고 외연은 확장되었다.

초기의 전위주의 문학과 카프 가입 이후의 프롤레타리아 문학 사이에서 인식론적 단절을 지목하기보다 전이를 발견하려는 태도는 기존하는 세계의 질서를 거부하려 한다는 공통점 때문일 것이다.[16]

---

14) 김용직은 임화가 「精神分析學을 기초로 한 階級文學의 批判」(『조선일보』, 1926.11. 22. ~24)까지 계급문학에 대해 비판적인 입장이었다고 주장하였다(김용직, 「간추린 임화의 생애」, 『임화문학연구(재판)』, 새미, 1999, 280쪽). 이는 사실과 다른 판단이다.

15) 예컨대 김용직은 임화의 시를 카프에서 활동하던 시기부터 고찰한 바 있다(김용직, 같은 책).

16) 김윤식, 「다다이즘에서 카프에의 길」, 『임화연구』, 문학사상사, 1989, 35~63쪽; 이훈, 「임화의 초기 문학론 연구」, 『국어국문학』 111호, 1994.5, 309~327쪽; 김외곤, 『임화문학의 근대성 비판』, 새물결, 2009, 53~55쪽.

그러므로 애초에 임화가 계급문학을 중시하지 않았던 것은 그것의
실체에 대해 명확하게 파악하지 못했던 데에서 그 이유를 찾더라도
무리가 아니겠다. 이런 까닭에 그의 문학을 이해하기 위해 문학론의
견지에서 접근했던 선행연구들조차 작가론과 작품론을 간과할 수
없었던 것으로 보인다. 예컨대 임화의 문학 전반에 대한 연구의 경
우에서 보듯이, 시대와 문단 그리고 당대 문인들과의 상관관계를 중
심으로 한 논의가 현해탄·누이 컴플렉스와 가출·네거리 모티프
등의 주제론적 논의와 병행될 수 있었던 것이나, 시의 분석과 전개
양상에 초점을 맞추지만 그것이 이내 그의 생활이나 문학관과 연루
되어 양자의 상관성 고찰이라는 방향으로 진행되었던 것은 이러한
사정과 무관하지 않다.[17]

　임화 문학에 대한 연구들이 여타 문인들에 대한 그것들과 차별되
는 이유는 그의 문학과 삶이 촘촘히 맞물려 있어서이다. 마찬가지로
그의 시와 문학론은 분리가 불가능할 정도로 밀접한 것으로 두루 인
정된다.[18] 알려진 대로 그는 카프 조직 이후 이른바 조선사회운동의
'질적 조직운동기'에 등장하였다.[19] 1926년 12월 카프에 가입하여,
1928년 중앙위원을 거쳐, 1932년 서기장이 되었을 때 그는 겨우 20
대 중반이었다.[20] 그러니 그를 일러 카프의 '상징적인 존재'라는 평

---

17) 김윤식, 같은 책; 김용직, 앞의 책.
18) 김용직은 임화의 시가 그의 문학을 이해하고 파악하기 위해 "가장 중요한 요건, 항
　　목"이라고 주장하고, 20년대 중반부터 한국전쟁까지 내놓은 작품을 개략적으로 제시
　　하였다(김용직, 같은 책, 13;15쪽).
19) 배성룡은 조선에 있어서 사회운동을 돌아보며 '민족운동기(1919~1920)', '사회운동
　　제1기(1920~1925)', '사회운동 제2기(1925~이후)'로 나누고, 카프 조직 이후를 사회
　　운동 제2기로서 '질적 조직운동기'라고 명명하였다(배성룡, 「朝鮮社會運動의 史的 考
　　察」, 『개벽』 67호, 1926.3).
20) 김용직, 「간추린 임화의 생애」, 앞의 책, 280~285쪽, 참고.

까지 나오는 것이다.[21] 그런 임화가 카프 해산 이후에는 비해소파가 아니라 해소파로 분류될 수 있다는 사실은 뜻밖의 일일 수도 있다.[22] 그럴 것이 해방 후 그의 선택은 결국 월북이었다.[23] 그러나 카프가 해산된 다음이 아니라 그 이전부터 임화의 문학은 프로문학의 틀과 방향성에서 조금씩 이탈하고 있었다. 사실 처음부터 그는 그것들로부터 다소 자유로웠다. 더구나 그의 월북은 남쪽에서의 모색이 실패로 판명될 때까지 지연된 것이었다.[24]

이를테면 카프 가입 직전에 쓴 글에서 임화는 정신분석학을 토대로 하여 계급문학의 타당성을 비판적으로 검토한 바 있다. 그는 '꿈'이 '정신적으로 억압된 정의(情意)의 누설'이라는 정신분석학의 견해를 받아들이고, '예술 창작' 및 '문예 감상' 등을 '수면 상태'와 같은 층위에서 해석하였다. 꿈이 그러하듯 예술의 창작과 감상 중에 억압된 '심적 상해(傷害)'가 드러난다는 것이다. 이들 '상징화한 몽환적 경지에서' '내면적인 참 자아의 생활'을 체험할 수 있다는 뜻이었다. 따라서 문예는 '도락적 기분에서부터 나오는 오락'이나 '현실 생활

---

21) 염무웅, 「죽음을 넘어 시대의 어둠을 넘어」, 임화문학연구회 편, 『임화문학연구』, 소명출판, 2009, 12쪽.

22) 김재용, 「카프 해소·비해소파의 대립과 해방 후의 문학운동」, 『역사비평』 통권 4호, 1988.9, 236~257쪽. 김재용은 '해소파', '비해소파'라는 용어가 '비과학적인 개념'임을 인정한다(256쪽).

23) 김용직은 해방 후 임화의 행적이 '계급문학운동의 위장형태'라고 못박았다(김용직, 앞의 책, 148쪽). 반면 염무웅은 김용직의 견해가 '냉전시대의 잔재'라고 평가한다(염무웅, 앞의 글, 14쪽).

24) 안함광, 한설야, 이기영 등은 1945년말 '조선문학건설본부와 조선프롤레타리아문학동맹이 조선문학가동맹으로 통합될 때 주도권을 상실하면서 월북하였다. 반면 임화 등이 월북한 시기는 1947년말로 미소공동위원회의 결렬과 미군정의 남로당과 좌익인사에 대한 대대적 검거열풍이 원인이었다(박철석, 「해방직후의 문학사 연구」, 『동아논총』 26집, 동아대, 1989.12, 32~33쪽).

을 초월한 유리된 유선적(幽仙的) 존재'일 수 없다. 요약하자면 '부르
주아의 억압'으로 쏟아져 나온 '정의의 누설'이 임화에게는 프롤레
타리아 문학이었다.[25]

　임화가 보기에 '지금의 무서운 억압'은 인파가 넘치는 "대도시의
가리(街里)에 서서도 고독을 느끼"게 만들고 "노동의 대가가 이중 삼
중의 착취를 거쳐서" 돌아오게 하는 것이었다. 근대 도시에서의 고
독과 노동의 착취가 동일한 데에서 발원한다고 그는 판단했다. 인간
소외와 노동 소외가 근대 부르주아 사회의 산물이라고 보았던 것이
다. 그의 "현대는 가장 복잡하고 모순과 당착이 거듭한 이루 갈피를
잡을 수 없는" 세계였다. 따라서 예술 역시 이전과 같을 수 없다는
논리가 성립한다. 이로써 그는 예술을 위한 예술과 인생을 위한 예
술을 모두 부정하고 '생활·생존·행동 선전'의 예술을 선택할 수
있었다.[26]

　위의 두 글에서 임화는 프롤레타리아 문학의 정당성을 입증하기
위해 정신분석학을 원용하는 한편으로, 예의 두 가지 소외를 타개하
기 위해 문학은 인생의 관조가 아니라 "인생의 움직일 전도의 암시
를 가진 일종의 예언적 선동 효과를 가져야" 한다고 역설하였다. 이
어서 그는 그해 일본에 왔었던 보리스 필냐크(B. Pilnyak)의 주장을 간
접 인용한다. "노동계급은 무산계급의 전위의 눈을 가지고 세계를
보는 것이므로, 그 문학은 노동계급의 마음을 움직이고 그 의식과

---

25) 임화, 「정신분석학을 기초로 한 계급문학의 비판」(『조선일보』, 1926.11.22~24), 『임
　　화 전집 4』, 12~13; 17쪽.
26) 임화, 「무산계급 문화의 장래와 문예작가의 행정(行程)」(『조선일보』, 1926.12.27~28),
　　『임화 전집 4』, 19쪽.

심리를 함양한다"라고 말이다.27) 첫 번째 글의 논리와 두 번째 글의
말미에 적힌 '1926. 12. 1'이라는 날짜는 임화가 카프에 가입했던 동
기가 문학적 탐색의 귀결이었음을 입증한다.28) 이 시기에 보여준 생
각들은 1930년대 들어 한층 명확해진다.

> 시인의 자작의 옹호, 악평에 대한 항의는 언제나 대중을 대
> 상으로 하여 그 사회적 계급적 근성을 폭로하고 계급적 자기를
> 주장하고 그 자기를 대중적 사업에 일층 급부(給付)시키는 데서
> 생기는, 자기 계급의 이익을 위한 행동이다.
> 그것은 개인주의적 자기의 고양이 아니라(그것은 용서할 수
> 없는 행동에로 떨어진다), 프롤레타리아 계급의 자기 방위(防衛)
> 의 필요 그것에 의거하는 것이다. (생략)
> 제일 무엇보다도 평자(評者)로서의 정노풍 군은 실로 이 말한
> 바와 같이 '평면적'인 졸렬한 작품인 데 불구하고 이 시를 이해
> 할 일편(一片)의 자격이 없다는 것이다.
> 소위 입으로는 하루 수백번 물어버릴 수 있는 프롤레타리아
> 전위(前衛)의 생활이란 또 그들의 철칙 규율 하에서 움직이는
> 조직적인 생활, 그리고 박해와 추포(追捕)의 공포 하에서의 생
> 활이란 전투 프롤레타리아 그들을 제하고는 아무도 모를 것이
> 다. (생략)
> 그렇다. 사실 「양말 속의 편지」는 전위의 입으로 불러진 노래
> 이다. 이 사건은 부산방적(釜山紡績)의 파공(罷工)을 서사적 사건

---

27) 임화, 같은 글, 24~25쪽.
28) 이외에도 임화는 1926년 12월 3일부터 다음해 2월 7일까지 「무산계급을 주제로 한
세계적 작가와 작품」을 『조선일보』에 게재하였다. 『임화 전집 4』의 편자들은 이보
다 앞서 이상화가 거의 비슷한 내용을 『개벽』 1~4월호에 발표했다는 김윤식의 논의
(김윤식, 앞의 책, 46~47쪽)를 짚어주었다(26쪽). 임화가 계급문학으로 선회하는 데,
이들 작품이 영향을 미쳤음을 짐작할 수 있는 대목이다.

을 삽입하여 구성된, 뇌옥(牢獄)에 있는 지도자가 직공들에게
보내는 노래이다.
　그러나 이것을 이렇게 이해하는 것은 고명한 비평가가 아니
고라도 가능한 것이다.29)

　이 글에서 임화는 자신의 작품에 대해 변호하고 있다. 그러나 그
것은 '개인주의적 자기의 고양'을 위해서가 아니었다. 그가 내세운
바는 '자기 계급의 이익'을 위한다는 목적이다. 그는 시인을 개별자
로 인정하지 않는다. '계급적 자기'라는 표현이 강조하는 것은 시인
이란 민족 전체가 아닌 특정 계급을 대표하거나 대리하는 자라는 인
식이다.30) 이 지점에서 특정한 계급의 일원만이 그 계급이 생산한
시를 온전히 이해할 자격이 생긴다는 입론이 가능해진다. 임화는 논
란이 되었던 시 「양말 속의 편지」가 '프롤레타리아 전위'의 노래이
므로, 그들의 '생활'은 '투쟁 프롤레타리아' 자신들 외에는 "아무도
모를 것"이라고 단언한다.

　임화의 발언에 전적으로 동의하기는 어렵다. 해당 계급에 속하지
않아서 그들의 작품을 제대로 이해할 수 없다는 말에 손을 들어주기
란 쉬운 일이 아니다. 인간의 공감능력이 수신할 수 있는 주파수의
범위는 생각보다 넓다. 그럼에도 그가 무리한 주장을 펼치는 까닭은
수신자와 발신자가 명확하기 때문이다. 이 시는 '뇌옥에 있는 지도

---

29) 임화, 「노풍 시평에 항의함」(『조선일보』, 1930.5.15~19), 『임화 전집 4』, 156~158쪽.
30) 정노풍은 '계급적 민족의식'을 내세웠다. 그는 계급문학·국민문학·절충론을 각각
　　"민족의식을 거부"하고, 제대로 "계급의식을 인식하지" 않으며, "민족의식과 계급의
　　식을 대립한" 것으로 파악한다는 이유로 비판했다(정노풍, 「朝鮮文學 建設의 理論的
　　基礎」, 『조선일보』, 1929.10.23~11.10).

자'의 노래이므로 그것을 들어야 할 이들은 "고명한 비평가가 아니"
라 함께 파업에 참여했던 직공들인 것이다. 요컨대 임화는 시의 미
적인 차원이나 민족을 중시하고 있지 않았다. '프롤레타리아 전위'
가 동료들에게 전하는 노래에 담긴 '생활'은 '전투 프롤레타리아'의
그것이었다. 이처럼 그는 향유자를 설정하고 시의 주체를 구성하고
있었다. 시를 프롤레타리아 계급의 것으로 사유화한 것이다.

> 이것은 졸작의 모두(冒頭)이다. 구금된 쟁의단원의 유치장 내
> 생활 점경(點景)이고, 동시에 그의 과거(잡히기 전) 생활, 동지들
> 과 같이 회사 뒷문에서 경비대로 섰던 밤과의 대비로, 추운 감
> 방 내의 생활을 말한 것이다. 허나 일점 로맨틱도 삽입되지 않
> 았다. 오직 그의 당시의 정적(靜的) 심경이 그의 일상 생활의 형
> 태의 재현을 통하여 묘출(描出)되어 있다.[31]

초기의 비평부터 임화가 주목했던 문제는 '개인성의 자각'보다
'집단적 사회성의 자각'이었으며, 그는 뒤의 자각이 낳은 것이 노동
자계급의 사회·문화·예술문학 운동이라고 보았다.[32] 아나키즘과
의 논쟁과정에서 제출된 의견 역시 마찬가지였다. 김화산을 비판하
며 그는 프롤레타리아 예술이 '예술상의 분파'가 아닌 "계급해방운
동의 일익으로 성장한 것"이기에 '프롤레타리아의 생활 의지, 즉 현
존 사회의 부정'에 그것의 존재이유가 있다고 선언했다.[33] 따라서 「양

---

31) 「노풍 시평에 항의함」, 159쪽.
32) 임화, 「자본주의 사회에 재(在)한 문학운동의 전개 경향」(『조선일보』, 1927.3.30~4.2),
    『임화 전집 4』, 92쪽.
33) 임화, 「착각적 문예이론-김화산 씨의 우론(愚論) 검토」(『조선일보』, 1927.9.4~11), 『임
    화 전집 4』, 121쪽. 이 글은 김화산, 「階級藝術論의 新展開」, 『조선문단』, 1927.3에

말 속의 편지」의 서두에 "일점 로맨틱도 삽입"하지 않은 이유는 감상으로 치닫는 것을 가로막는 현실의 엄중함에 있다. '프롤레타리아 전위'의 입장에서 그러한 일들은 언제든 되풀이될 수 있는 성질의 것이다. 거기에는 외재인(外在因)과 내재인(內在因)이 얽혀 있다. 외부의 요인이 자신들의 삶을 결정지어버렸지만 내부의 동력으로써 그것을 거부하고자 하므로, 그들의 싸움이 끝날 날의 예단은 불가능하다. 그러므로 그들의 마음은 '정적 심경'으로 담담할 수밖에 없다. 그들의 생활에 '로맨틱'한 감상이 개입될 여지는 원천적으로 차단되어 있다는 것이 임화의 현실인식이었다. 그에게 문학은 '생활 의지'의 문제였다.

> 군은 미학에도 장달(長達)하였을지는 모르거니와, 정치적으로는 지배적 세력의 '지봉(支棒)'이 되어 있다.
> 현실의 생생한 사실에 맹목이면서 말하기 편한 구(句)만 따다가 평면과 입체의 이차문(二次文)을 그려놓으면 만사 성취인 줄 아는가? (생략)
> 시인이여!
> 우리들의 위대하고 영원한 지도자 일리치는 이렇게 말하였다.
> "부르주아와 그 노동자 중 적의 대리인 즉 개량주의자에게는 동일한 정력과 결의로 싸워라. 자기 편 중의 적은 외부의 적보다 일층 위험하다."[34]

절충주의의 입장에 서 있던 정노풍에 대한 비판으로 이 글은 마무

대한 반론으로 소위 '아나키즘 문학 이론 논쟁'의 와중에 발표되었다.
34) 「노풍 시평에 항의함」, 162~163쪽.

리된다. 임화는 1920년대 중반과 그 이후를 전혀 다른 정치적·문학적 상황으로 인식했다. 1920년대 중반은 프롤레타리아 운동과 민족운동의 연합이 가능하다고 믿었던 시기였다.[35] 그러나 1928년의 '12월 테제'는 그것을 부정했다. "민족운동자들은 탄압을 받으면 혁명의식이 약화되고 혁명에 반대하는 기관을 형성하기에 이르는 계급적 경향이 있다"라는 이유에서였다.[36] 실제로 신간회는 1929년 12월 주요 인사가 체포된 다음, 최린 등이 집행부를 장악하면서 우경화·타협화했다.[37] 게다가 임화가 보기에 정노풍은 작품이 담은 '현실의 생생한 사실'을 마주하지 않고 있었다. 전체가 아닌 "편한 구만 따다가" '평면과 입체의 이차문'을 만드는 데 그칠 뿐이었다. 정노풍은 현실과 미학의 절충을 제안하지만, 실제로는 후자를 더 중시한다고 판단했던 것이다. 그가 일리치의 말을 빌려 정노풍 등의 절충주의자들과 '개량주의자'를 동일한 선상에 놓는 이유는 부르주아보다 그들이 더 위협적이라고 생각했기 때문이다. 같은 편임을 자처하지만 결과적으로는 '외부의 적'을 이롭게 한다고 그는 확신했다. 임화의 견

---

35) "시인이여! 지금의 현실은 1925년도 때 민족운동자 대회, 무슨 대회 때와는 일변(一變)한 것이다. 시인은 부단히 이 전(全) 프롤레타리아의 생활을 자기의 시로 하여야 한다(같은 글, 162쪽)." 임화의 지적처럼 1925년에는 사회운동(프롤레타리아운동)과 민족운동의 연합이라는 여론이 형성되어 있었다. 동아일보는 연초에 <사회운동과 민족운동>이란 기획을 마련했는데, 여기에 여러 필자들이 글을 실었다. 대부분이 두 운동의 힘을 모아야 한다는 데 의견을 같이했다. 예컨대 현상윤은 "두 운동 중에 먼저 설 것이 민족운동이요 그 운동의 효가 낫타난 연후에 이러날 것이 사회운동 그것이올시다"라는 의견을 냈다(玄相允, 「社會運動과 民族運動」, 『동아일보』, 1925.1.8).
36) 한대희 편역, 이반송·김정명 공저, 『식민지시대 사회운동』, 한울림, 1986, 210쪽. <조선농민 및 노동자의 임무에 관한 테제>의 약칭인 '12월 테제'는 1928년 12월 코민테른 제6차 대회에서 채택되었다.
37) 박한용, 「'공황기' 국내 민족해방운동의 고양과 민족통일전선운동의 굴절」, 강만길 외, 『우리민족해방운동사』, 역사비평사, 2000, 175쪽, 참고.

지에서 그들은 내부에 있다고 참칭하고 있었다. 김화산을 향한 그의 비판이 카프 진영을 일신하기 위함이었다면, 정노풍의 평론에 대한 거절은 절충주의의 접근을 일소하기 위한 것이었다.

임화의 신념은 이전에 발표했던 글에서 김기진의 '대중소설론'을 비판했던 것과 동일한 맥락에 있다.[38] 「탁류에 항(抗)하여」에서 그는 김기진의 "극도로 재미없는 정세에 있어서" 계급문학이 "그 정도를 수그리어야 한다"는 언급을 직접 인용하여, "더 재미없는 정세에서라도 현실을 솔직하게 파악하여 엄숙하고 정연하게 대오를 사수하는 것이 정당히 부여된 역사적 사명"이라고 못박은 바 있었다. 임화가 보기에 김기진의 주장은 '합법성의 추수'이자, "맑스적 원칙의 포기를 강요하는" '원칙적 오류'에 해당하는 것이었다.[39] 카프 해체 이후 동료들은 김기진과 유사하게 위축되었고, 그는 그들을 돌려세우려고 노력했지만, 이때까지는 조선프로예맹 동경지부가 지향했던 노선의 연장선에서 엄혹한 비판을 가할 수 있었다.[40] 예술운동의 볼셰비키화론이라는 원론에 입각해 있었기 때문이다.

계급문학 운동의 정치화를 도모했던 볼셰비키화론을 지지했던 만큼, 이 시기 정치를 우위에 두었던 임화의 태도는 「노풍 시평에 항의함」에 잇따르는 글에서도 나타난다.[41] 예컨대 「시인이여! 일보 전

---

38) 「文藝時代觀 斷片」(『조선일보』, 1928.11.9~20)과 「辯證的 寫實主義」(『동아일보』, 1929. 2.25~3.7), 「大衆小說論」(『동아일보』, 1929.4.14~20) 등의 글에서 김기진은 일제의 탄압과 검열 등을 이유로 이른바 '대중소설론'을 내세웠다.

39) 임화, 「탁류에 항(抗)하여」(『조선지광』, 1929.8), 『임화 전집 4』, 139~141쪽.

40) 권영민은 김기진의 대중소설론이 '부르주아 신문'에 기생할 수밖에 없었던 경성에서의 예술 운동이 지닌 한계에 기인하며, 임화가 소속되었던 동경지부는 곤란 속에서도 자체의 기관지를 발행할 수 있었다는 사실을 거론하였다. 그는 '탄압의 정도'가 달랐던 데에서 이들 두 그룹의 견해차가 발생했다고 보았다(권영민, 『한국 계급문학 운동사』, 179쪽).

진하자!」에서 임화는 카프가 예술운동에서 주도적 세력이었던 데에
서 '현저한 미력화'의 상태로 밀려났으며, 반대급부로 '반동적 세력
의 공연한 세력화'가 나타났다고 진단했다. 그리하여 '개량주의적
경향의 예술상의 재생산'이 득세하게 되었다는 것이다.[42] 임화는 이
러한 상황을 헤쳐 나갈 방도를 궁리했다. '주체적 세력의 강대화를
위한 투쟁' 및 '지도부 내에 만재(萬在)한 일화견주의적(日和見主義的)
경향과의 결연한 투쟁'과 '예술상의 민족개량주의' 및 '소부르 표현
주의' 등과의 대결이 바로 그것이었다(168~169). 앞의 투쟁들이 조직
의 내부를 향한 것이라면 뒤의 대결들은 외부를 향했다. 전자의 투
쟁이 후자의 대결을 위해 내부의 결속을 다지기 위한 것임을 감안하
면 그의 기획이 무엇인가는 명확해진다. 임화는 '전자의 임무의 공
동적 수행'과 '후자의 구체적인 해결'을 조선 시인들의 임무로 제시
했다. 시의 '대중화·프롤레타리아화'가 시인을 "일보 전진"시키고
시인이 "역사성을 확보할 수" 있도록 한다는 진술은 예술운동의 방
향성을 밝힌 것이었다(170~171). 그에게 프롤레타리아 시인들은 대중
을 정치운동의 주체로 불러내고자 하는 예술운동의 주체였다.

　문학예술을 사회운동으로 여기고 거기에 정치적 주체들의 알력이
라는 개념을 도입한 이는 그만이 아니었겠지만, 임화는 헤게모니 싸
움에서 주체의 문제에 누구보다 일관된 관심을 보여주었다. 그는 자
신의 문제의식이 비단 시뿐만 아니라 예술 전반과 걸려 있으나, 이

---

41) 이훈은 정치의 수단으로 예술을 취급했던 정치주의가 1920년대 중반에서 1930년대
　초반 임화 문학론의 특성이라고 말하며, 그것을 당시 카프문학론이 보였던 일반적 성
　격과 연결시킨 바 있다(이훈, 『임화의 문학론 연구』, 제이엔씨, 2009, 31~32쪽).
42) 임화, 「시인이여! 일보 전진하자!」(『조선지광』, 1930.06), 『임화 전집 4』, 164; 166쪽.
　이하에서 앞의 각주와 같은 글을 본문에서 인용하거나 언급할 경우, 쪽수를 병기한다.

글에서는 시에 대해서만 다룰 것이며, 그마저도 만족할 수준은 아니라고 먼저 고백했었다. 프롤레타리아 시의 시야, 즉 '인식 활동의 범위'를 넓히고, 예술운동을 '역사의 전면'으로 나서게 하기 위해 그가 제안한 것이 시의 '대중화·프롤레타리아화'였다. 거기에 단서로 붙은 무조건성과 엄정성은 이전에 제기되고 시도되었던 대중화나 프롤레타리아화보다 한층 남다른 의미를 가진다(170~171).[43] 그것은 더 이상 선택지가 아니었다. 그렇기에 그 일에는 엄하고 철저하고 올바른[嚴正] 태도가 요구된다. 그러므로 그 일은 과거의 시에 대한 반성에서 시작해야 한다. 카프의 제2차 방향전환 무렵 임화에게 그것은 당위 이상의 윤리였다.

> 그러나 우리들 시인은 자기의 임무에 대하여 또는 프롤레타리아의 자기들에 대한 요구에 대하여 진실로 생각하여본 적이 한 번이나마 있었는가?
> 불행하나 우리는 못하였다고 하는 이외의 회답을 가진 이는 하나도 없을 것이다.
> 다만 흥분된 감정으로 ××을 노래하여보고 공장이나 신문의 3면 기사에다 눈물을 쏟아본 적밖에도 없었다. 누구나 한 번이나 프로의 몸으로 그 감정의 행동을 노래하여 보았으며 ……………의 ×후(後)를 맹서하여 보았는가.
> 있었으리라. 그러나 불행히도 우리는 종이 위에서 흥분하였

---

43) "시는 절대 무조건적으로 대중화하여야 하며 또한 시로 엄정한 프롤레타리아화해야 한다(같은 곳)." 1930년 4월 29일자 조선일보 기사에 보도된 조선프롤레타리아예술동맹 조직구성을 검토하여, 권영민은 제2차 방향전환의 핵심을 서기국 설치와 기술부 신설로 보았다. 예술 운동의 중심을 담당하던 기술부는 문학·영화·연극·미술·음악 등의 분야를 두었는데, 임화는 문학과 영화에 관여하고 있었다(권영민, 『한국 계급문학 운동사』, 207~208쪽).

으며 머리 속에서 노동자를 만들고 철필을 쥐고 ××의 심리를
분석하였을 뿐이다.
　비가 와도 오월의 태양만 부르고 누이동생과 연인을 까닭 없
이 ×××를 만들어서 자기중심의 욕망에 포화(飽和)되어 나자빠
졌다. 네가리(街里)에서 순이(順伊)를 부르고 꽃구경 다니며 동
지를 생각했다.[44]

　자신의 작품을 사례로 들었으니 임화의 서술은 다분히 자성적이
라고 해야 한다. 그의 자기반성적인 질문은 자신과 동료 시인들을
향한다. 시인의 '임무', 곧 프롤레타리아의 '요구'에 대해 진지하게
생각해보지 못했다는 것이 임화의 대답이다. 이제까지의 프롤레타리
아 시는 '흥분된 감정'을 담아내고 '3면 기사'에 함께 우는 정도에
그쳤다는 것이다. '프로의 몸으로 그 감정의 행동'을 그려낸 경우라
도 사정은 크게 다르지 않았다고 그는 자백한다. 그것은 단지 종
이·머리·철필 위에서 행해졌을 뿐이었기 때문이다. 이것들 바깥의
현실에서 자신들은 실상 '자기중심의 욕망'에 충실했다는 성찰이다.
그의 반성에는 프롤레타리아 시가 가야할 방향이 제시되어 있다.
'몸'과 '행동'이 말하는 바는 창작에서 더 나아가 생활의 차원에서
프롤레타리아와 함께 해야 한다는 요청이다. 네거리에서 '누이동생
과 연인'을 부르는 일 등은 이에 부응하지 못한다. 이 글이 담은 논
리는 「노풍 시평에 항의함」에서 보았던 바 있다. 따라서 그는 「양말
속의 편지」를 두둔하면서 세웠던 이론으로써 「네 거리의 순이」와 같
은 작품들을 극복하려고 했다고 하겠다. '일점 로맨틱'도 없는 '정적

───────────

44) 「시인이여! 일보 전진하자!」, 171～172쪽.

심경'을 시에 도입해야 한다고 이 시기의 임화는 생각하고 있었다. 그는 창작 단계에서의 일시적 투사를 부정했다고 하겠다. 투사는 타자를 주체화함으로써 그와 합일하는 방법이므로, 그것을 다시 거둬들이는 일을 거부했다고 할 수 있다.[45] 그것은 항시적이어야 했다.

> 재작년 겨울부터 우리 예술에는 사실주의 길로—라는 슬로건이 내걸렸다. 그러나 소설 기타에 있어서는 비재(非才)인 필자는 알 배 없으나, 시에 대하여서만 기억에 좇아서 검토해가면, 1929년 초 경부터 성질은 여하간 미미하나마 리얼리스틱한 현상이 나타난 것이 사실이다.
>
> 그것은 작년 2월 『조광(朝光)』 2월호에 실린 임화의 「우리 오빠와 화로」의 출현으로 명확해졌다고 말하여도 별 폐단이 없을 것이다. 이것은 사실에 있어서 되나 못되나 문제를 야기하였고 그 후에 적지 않은 영향을 끼친 것으로, 필자의 엄정한 입장에서 자기비판을 요하게 된 직접적 동인이며 그에 대한 책임을 갖는 것이다.
>
> 우리는 언제나 여하한 작가의 작품임을 물론하고 필요한 시기에서 그 프롤레타리아적 준열한 비판을 가하여야 하는 것이 진정한 노동자적인 행동일 것을 잘 안다.
>
> 따라서 필자가 자기의 시를 문제의 대상으로 하는 이유도 여기에 존재한 것이다.
>
> 이때부터 과거의 개념적인 절규의 낭만주의는 일변하여 소위 사실주의적 현실(?)로 족보(足步)를 옮기기 시작하여 현대에 이르기까지 이 경향이 만연되어 있다.

---

45) 이 점에서 임화의 시에 대해 '배역시'라고 명명했던 김윤식의 논의는 재고되어야 한다(김윤식, 『근대한국문학연구』, 일지사, 1973, 460~468쪽). 투사는 주체가 세계인식의 지평을 넓히는 방법이다. 시는 매번 타자를 바꾸며 이를 행할 수 있다. 김인환, 「연극과 시」, 『상상력과 원근법』, 같은 곳, 참고.

　즉 필자의 2,3의 시의 소(少) 부분의 사실성은 감상주의(感傷主義), 비(非)××적 현실의 예술화로 전화되고 만 것이다.
　먼저도 말한 것과 같은 경향 즉 연인과 누이(?)를 무조건적으로 ×××을 만들어 자기의 소시민적 흥분에 공(供)하며 ××적 사실 진실한 생활상(生活相)이 없는 곳에서 동지만을 부르는 그 자신 훌륭한 일개의 낭만적 개념을 형성하고 만 것이다.[46)

　이 단계의 프롤레타리아 시에 대한 회고적 비판은 위와 같은 맥락에서다. 인용문에서 임화는 "사실주의 길로"라는 슬로건으로 진행된 카프 운동의 방향성과 자신의 시가 거기에 미친 영향을 서술한다. 그런데 그는 자신의 작품 등이 단지 '미미하나마 리얼리스틱한 현상'이었을 뿐이라며 공보다는 과를 강조했다. 이러한 '자기비판'의 준거점은 위의 슬로건에의 충실성이며, 공과를 가리기 위해서 "프롤레타리아적 준열한 비판을 가하는" 일이 필요하다는 것이 임화의 입장이었다. 그는 그렇게 하는 것이 '진정한 노동자적 행동'이라고 주장한다. '비판'과 '행동'에 노동자·프롤레타리아를 결합시킴으로써, 자기를 포함한 시인들의 과오를 수정하고자 했던 것이다. 이제까지 자신들의 시가 '개념적인 절규의 낭만주의'로 만연하던 과거에 뿌리를 내리고 있었다는 것이 그의 문제의식이라고 하겠다. 그것으로부터 완전히 절연되지 못했다는 의미겠다. 그가 '사실주의적 현실'에 붙인 물음표는 이것의 '사실성'이 '감상주의' 그리고 계급의 현실과는 거리가 먼 '현실의 예술화'에 묻혀버렸기 때문이다. 슬로건과 합치하고자 썼던 시들 앞에서 자신들은 의문에 봉착하고 말았다는 것

---

46) 「시인이여! 일보 전진하자!」, 173~174쪽.

이다. 임화가 보기에 '소시민적 흥분'에 이바지하여[興] 결국에는 '낭만적 개념'의 형성으로 회귀하고 만 것은 의도치 않았던 오류였다.

오류를 바로잡기 위해서는 원인을 먼저 분석해야 했다. 임화가 짚어내는 가장 큰 이유는 그동안 시인들이 프롤레타리아의 생활 속에 들어가지 않아, '자기의 예술'도 그들의 "성장과 결합하지" 못했다는 점이다. 그런 시들이 '소시민층'에게는 다가갈 수 있을지 모르나 프롤레타리아에게는 '낯설은 손님'이라는 것이 임화의 요지이다. 그런 작품들로 도모할 수 있는 일이란 따라서 "소시민적 대중화에 불과했다." 이는 필연적인 귀결이다. 시인들이 프롤레타리아에게 자신을 제대로 투사하지 않았던 탓이다. 이런 까닭에 그는 시인은 더 이상 학생과 지식인 등의 소시민이어서는 안 된다고 역설했던 것이다. 그는 "'시인'인 것을 완전히 포기"하고, 프로 계급의 생활과 그들의 '생활 감정'을 자기화해야만 한다고 주장했다. 이것이 '일보 전진'의 의미라 하겠다(174~175). 이처럼 1930년대 초반의 임화에게 예술은 프롤레타리아, 즉 노동자·농민을 조력하기 위한 수단이었다. 하지만 시인들이 그들에게 자신을 투사하는 데 그치지 않고 그들이 되어야 한다는 요구는 그가 생각했던 예술운동의 주체가 프롤레타리아임을 명시한 것이기도 하다.

"재작년 겨울부터", 곧 1928년 말부터 시작된 예술운동의 볼셰비키화는 1930년에 이르러 이처럼 자성적 비판에 부딪히게 되었다. 두 달 후 발표한 글에서 임화와 함께 동경 <무산자> 그룹에 속했던 안막은 볼셰비키화를 "국제 프롤레타리아-트의 세계적 단일한 유기적 메카니즘 가운데에 자기를 결부식히고, 명확한 계급적 기초에 선 조

선 프롤레타리아트의 조직적 기구 가운데" 예술운동이 계급적인
기초를 다지려는 것이라고 정의하였다.[47] 그의 발언은 계급적 기초
마련이라는 볼셰비키화의 강령이 조직 내에서 공유되었음을 확인해
준다. 임화는 위에서와 같은 자성의 목소리를 냄으로써 예술운동의
볼셰비키화라는 목표를 이전보다 더욱 구체화하고자 했던 것이다.
그것은 원칙에 더욱 충실하고자 하는 문학적 방법론, 요컨대는 투사
적 동일시로써 가능한 일이었다. 그리고 그것은 조선의 내부와 외부
를 아우르고 있었다.

> 그리하여 이러한 기본적 제 관계의 변화(열강간의 심화한 대
> 립-인용자)는 …… 민족의 운명 위에 거떻게(흑색으로!) 영향하
> 였으며, 꼬리를 물고 일어나고 중첩되는 제 사건은 박두한 시
> 국의 문 앞에 선 자본주의 열강으로 하여금 공황과 파국으로부
> 터의 유일한 활로를 근로대중의 부담 위에서 구하게 하였다.
> 이 점에 있어서는 모든 나라가 일치하는 것으로, 주요 자본주
> 의 제국(諸國)에 있어서 노동계급의 생활 수준과 기득(旣得) 이
> 권(利權)에 대한 새로운 격렬한 자본의 공격이 전개되고 있으
> 며, 열강 상호간에 있어서도 약소한 나라의 어깨 위에다 공황
> 의 중하(重荷)를 전환시키려고 기도하며, 또한 이러한 모든 타
> 산(打算)과 함께 어떻게 하여 소련의 노동자로 하여금 자본주의
> 의 공황을 부담케 할 것인가 하는 데 대한 각종각양의 타산이
> 기도되고 있다. 여기에서 우리는 방금 ××에서 진행되는 과정을
> 배워야 할 것이다.
> 이러한 모든 부르주아적 기도(企圖)는 또한 부르주아지 자신
> 뿐만이 아니라 노동자계급의 진영 내에 있는 그들의 협동자인

---

47) 안막, 「朝鮮 프로藝術家의 當面의 緊急한 任務」, 『중외일보』, 1930.8.16.

국제 사회민주주의-영토에 있어서의 민족개량주의-등의 광범
한 사회 파시즘의 공연한 지지 공앙(共仰)하에 수행되고 있는
것이다.[48]

임화는 당대 식민지 조선의 상황을 세계사적이고 정치사적인 정
세와 관련지어 인식했다. 그가 파악하기로 자본주의를 신봉하던 열
강들은 '공황과 파국'을 자초했으나, 이것을 해결하기 위해서 또 다
시 '근로대중'에게 부담을 지우려 하고 있었다. 임화는 이를 노동자
의 생활을 침해하고 기존의 이권까지 박탈하려는 "새로운 격렬한 자
본의 공격이 전개"되는 것으로 받아들였다. 국가 내의 계급 사이만
이 아니라 국가들 사이에서도 사정은 같았다. 약소국에게 '공황의
중하를 전환시키려는 기도'는 이미 공공연한 일이었다.[49] 애초부터
근대 자본주의는 제국주의와 결합하여 발전하였으므로, 그것은 공황
을 벗어나기 위한 손쉬운 선택지였다. 그러므로 이 글에서 임화는
개량주의적 민족주의와 자본주의를 동시에 부정한다고 할 수 있다.
그것들의 반대편에 자리한다고 판단했던 소련과 그 노동자들은 그
에게는 동일시의 대상이었다. 따라서 노동자의 국제적 연대를 방해
하는 '국제 사회민주주의'와 그들의 국내적 연대를 가로막는 '민족
개량주의'를 그는 배격할 수밖에 없었다. 1931년에 있었던 카프 1차
검거와 만주사변의 발발은 그의 판단에 힘을 실어 주었을 것이다.

---

48) 임화, 「당면 정세의 특질과 예술운동의 일반적 방향」(『조선일보』, 1932.01.01.~ 02.
    10), 『임화 전집 4』, 213~214쪽.
49) 일본 제국주의도 예외가 아니었다. 1931년 9월 18일 만주사변이 일어나자 실제로 일
    본의 부르주아 단체들은 동년 10월 9일 '지나문제간담회'를 열어 만주침략을 지지하
    였다(서정익, 「대공황 전후(1925~1933년) 동북아시아의 정세변동과 일본의 중국침략」,
    『아시아연구』 7집, 2004.6, 145쪽, 참고).

일제는 파시즘으로 전환하고 있었다.

> 이러한 관념화한 멘셰비키적 경향은 무엇보다도 우리들의 운동에 있어서 이론으로부터의 작품의 이반, 작품의 이론으로부터의 후퇴라는 곳에 가장 명확히 표시된 것으로, 우리들의 ×[진]영 내에 한 사람도 남김 없이 통절히 느낀 것인 동시에, 우리들의 ×[적]으로부터도 누누히 지적된 것이다. 그리고 이러한 경향의 가장 집중적인 표현은 프롤레타리아 예술의 우월성에 대한 근거 없는 자만과 마치 반(反) 프롤레타리아 예술에 대하여 우리들의 예술은 월등히 높은 승리적 지점에 앉은 것과 같은 팽대(膨大)한 환상을 산출케 한 곳에 표시되었다. (생략) 그러나 예술사적 의미에 있어서의 프롤레타리아 예술의 우월성은 결코 자신의 다른 힘의 조건의 구비와 성숙이 없이는 오래인 역사와 광범한 기초를 가진 부르주아적 예술에 대하여 무능적(無能的)으로 승리할 수는 없다.[50]

인용 부분의 앞에서 임화는 카프 진영 예술가들이 '이론적 활동(사업)'과 '이론의 실천'을 분리하는 '데보린주의적 경향(관념화한 멘셰비키적 경향)'에 물들어 있지 않았는지 물었다. 작가들이 그동안 '그 자신의 방법'으로만 제작에 임했던 까닭이 유물변증법이 아닌 헤겔식의 관념변증법에 의지했기 때문이라는 취지였다. 이론과 작품이 동떨어지고 작품이 이론을 좇아가지 못하는 문제의 원인을 그는 조직 내부에 팽배한 이러한 태도에서 찾았다. 프롤레타리아 예술이 부르주아 등의 그것보다 우월하다는 '근거 없는 자만'과 '팽대한 환상'은

---

50) 「당면 정세의 특질과 예술운동의 일반적 방향」, 218~219쪽.

착각으로 끝나지 않는다. 이러한 도취감이나 승리감은 급기야 부르주아 예술과 대결하는 데 장애가 된다. 프롤레타리아 예술과 달리 그것은 오랜 역사와 광범위한 토대 위에 서있는 이유에서다. 관념적인 도취만으로 부르주아 예술을 이길 수 없다는 뜻이겠다. 임화는 프롤레타리아 예술에는 '당위'를 현실화할 유물론적 '조건의 구비와 성숙'이 필요하다고 여겼다.

이런 이유에서 그는 그동안 카프 예술가들이 단정적으로 행해왔던 부르주아 예술에 대한 부정적인 평가를 문제로 삼는다. 정작 필요한 태도는 그것이 가진 반동성의 성격과 지지자들의 범위[現有勢力] 등에 대한 구체적 검토와 분석이라는 것이다. 이를 수행하지 않고 추상적인 평가로 일관하는 것은 무가치할 뿐만 아니라 '유해'하다고 임화는 단언했다(221). 그것은 '현실'을 직시하지 않고 외면하는 일이었다. 그런 환상으로 도피해서는 현안을 해결할 수 없다는 것이 그의 상황판단이었다.

한편으로 임화는 '현재의 민족주의 문학'을 1920년 전후의 '민족주의 문학'과 구별했다. 그는 이광수의 1917년작『무정』·『개척자』와 염상섭의 1922년작『만세전』등이 적어도 민족의 현재와 미래를 염두에 두었음을 인정한다. 그러나 그들의 문학은 이제 '민족개량주의의 노선' 위에 있다고 이해하고, 이를 '사상적 예술적 파탄'이라고 단정했다. 그들이 프롤레타리아 예술과는 다른 길을 간다는 인식에 서였다. 노동자·농민의 '사상적 산물로서 발생한 프롤레타리아 예술'과 더 이상 상응하지 않으므로 그들이 부르주아 예술을 추구한다고 확신했던 것이다. 이러한 이분법의 기준은 '조선의 민족운동'의 현황이었다(223). 임화는 예의 작가들이 1920년대 전후에 맺었던 민족운동과의 관계가 더 이상 유효하지 않음을 지적했다고 하겠다.

임화에게 민족운동은 그가 민족의 대다수라고 파악했던 노동자·농민을 주체이자 객체로 상정해야 성립할 수 있었다. 따라서 민족의 현재와 미래가 아닌 과거를 정향한 민족주의 문학은 타락할 수밖에 없다는 것이 그의 생각이었다. 그것은 '봉건적 유제(遺制)에 대한 투쟁' 등과 같은 1920년 이후 신문학의 주된 내용과도 거리가 멀어졌고, 그런 만큼 '반프롤레타리아적 입장에 선 이데올로기'에 복무할 뿐이라는 것이다(223~224). 물론 이러한 주장은 당대 문단의 여러 상황을 고려할 때 온당한 비판으로 수용하기는 어렵다. 1920년대 중반 이후의 국민문학 운동은 적어도 프로계열과는 다른 입장에서 조선 민족을 위한 문학운동을 추구했으니 말이다.[51]

> 그들이 공연히 졸렬하게 그것을 주장하지는 않는다. 왕왕 그들은 (略)주의에 대한 날카로운 반대까지도 표명하는 것이다. 그러나 주의할 것은 그들[이] 진실로 노동계급 한가지 그것에 대한 (略) 표시하는 것이 아니라, 그들의 타협자적 정체를 엄호(掩護)키 위하여 사용하는 일시적 정략(政略)이며, 동시에 대중을 국제적 연대로부터 배외주의로 분리시키려는 기도가 숨어 있는 것을 알아야 한다. 더욱이 그들의 민족 부르주아지 계급은 봉건적 유물에 대한 가장 오랜 연관의 경험을 가진 만큼, 그들은 우리들보다도 더 농민의 머리 속에 남은 봉건적 제(諸) 이데올로기를 이해하고, 따라서 그것을 최대한도로 지주와 민족 부르주아지의 이익을 위하여 이용할 것을 누구보다도 알고 있

---

51) 이에 대한 상세한 검토는 박근예, 같은 논문, 187~219쪽을 참고하라.

는 것이다.[52]

그러나 임화가 보기에 민족개량주의 문학은 프롤레타리아 예술을 위협적인 지경에 이르렀다. 요컨대 그러한 문학은 한편으로는 민족을 내세우고 식민주의에 반대하는 제스처를 취하지만 실상은 '국제적 연대'의 가능성으로부터 대중을 분리하고, 다른 한편으로는 농민이 아직 벗어나지 못한 '봉건적 제 이데올로기'를 이용하여 농민 독자층을 장악하고 있었다. 민족개량주의 문학자들이 프롤레타리아 작가들보다 "더 농민의 머리 속에 남은 봉건적 제(諸) 이데올로기를 이해하고, 따라서 그것을 최대한도로" 이용한다는 임화의 분석은 이러한 사실에 근거하고 있었다.[53] 이들이 그가 경계하는 식민지 조선의 부르주아 문학의 한 부류였다. 다음으로 거론한 이들은 해외문학파였다. 그는 그들이 '소부르 중간층'에서 '우로 전향한 일군'으로서, 1920년대의 민족문학과 유사한 기여를 하려는 듯 보이지만 실제로는 '문화주의적 가면'을 썼을 뿐이라고 판단했다. 이들에 대해 임화는 '착취자적 세계관의 새로운 세련된 전파자'로 규정하고, 그들의 연극 활동을 특히 경계했다. 그것이 연극을 매개로 한 카프의 활동에 정면으로 배치되기 때문이었다(225~228).[54]

---

52) 「당면 정세의 특질과 예술운동의 일반적 방향」, 224~225쪽.
53) 카프 내에서 농민문학에 대한 적극적인 관심은 하리코프대회(1930.11.6~15)의 성과를 카프 맹원이 아니었던 박태원이 처음 소개한 다음이었다(박태원, 「'하르코프'에 열린 革命作家會議」, 『동아일보』, 1931.5.6). 이에 놀란 권환은 "우리는 농민문학운동에 대해서 더 만흔 관심을 가지고 더 만흔 노력을 지불할 필요가 잇다"는 요지의 글을 발표했다(권환, 「'하리코프'革命作家大會 成果에서 朝鮮 프로藝術家가 어든 教訓」, 『동아일보』, 1931.5.17). 잇따라 카프 진영에서는 안함광, 「農民文學에 對한 一 考察」, 『조선일보』, 1931.8.13; 백철, 「農民文學을 建設하자」, 『농민』, 1932.8 등의 제안이 쏟아졌다.

우리들은 이러한 극좌적인 관념론과 완강히 다투는 일방(一方) 또한 문화사업에 대한 비관주의의 우익 일화견주의(日和見主義)에 대하여 똑같은 힘으로써 다투어야 한다. 이 두 개의 악경향은 그 어느 것을 물론하고 우리들의 예술운동이 문화운동의 통일 사업에 있어 연(演)하는바 역사적으로 특수한 역할을 이해치 못하고, 운동의 정당한 발전을 저지하는 방해자적 이데올로기인 점에서, 다 같이 일치하는 것이며 또한 우리들은 이들 가운데 그 어느 것과도 조화되지 않는 길을 걸어가야만 할 것이다. (생략)

여태까지의 이 부분에 있어서의 우리들의 사업은 전연 비조직적이었으며 또 갈수록 반동적 역할을 강화하고 있는 문학적 예술적 제 실천, 특히 통속문학과 신파극 등에 대하여 취하여 온 바의 경시적(輕視的)인 묵살적 태도는 근본적으로 개폐(改廢) 되어야 할 것이다.[55]

이런 맥락에서 임화는 앞서 살폈던 카프 진양 내부의 '극좌적인 관념론' 그리고 '우익 일화견주의'와 대결할 것을 주문했다. 이들 두 부류의 '악 경향'이 예술운동이 감당해야 할 '역사적으로 특수한 역할'을 이해하지 못한 채, 그것의 발전을 저해하는 '방해자적 이데올로기'라는 이유에서였다. 말하자면 한쪽에서는 관념적인 우월감으로 민족주의 문학자들이 자신들보다 노동자·농민에게 잔존하는 봉건

---

54) 1930년 4월 카프의 조직이 개편된 후 신설된 연극부는 볼셰비키화의 강령에 따라 연극 대중화운동을 전개했다. 그러나 신고송이 종래의 '반동적 문화', '반동적 연극'을 비판하고 프롤레타리아 연극 활동의 방법론을 제시한 데에서 알 수 있듯이(신고송, 「演劇運動의 出發」, 『조선일보』, 1931.7.29~8.5), 우파 연극은 경쟁의 대상이었다. 이에 대해서는 김용관, 「카프의 연극 대중화 과정 연구」, 『비평문학』 25호, 한국비평문학회, 2007, 113~117쪽을 참고할 수 있다.
55) 「당면 정세의 특질과 예술운동의 일반적 방향」, 233쪽.

이데올로기를 더 잘 파악하여 활용하고 있는 현실을 무시하고 있었
고, 다른 쪽에서는 정세에 대한 비관으로 인한 기회주의[日和見主義]
적 전향을 시도할 우려가 있었던 것이다.56) 더불어 그는 '통속 문학
과 신파극'으로 대표되는 '반동적 예술'에 대응하기 위해, 그것을 가
벼이 여기거나 문제 삼지 않는 태도를 버려야 한다고 요구한다. 보
다 조직적인 대응으로 그것의 반동성에 제동을 걸어야 한다는 것이다.

이때까지 임화는 명백히 카프 진영의 대변자이자 기획자로서 활
동하는 모습을 보여주고 있다. 타 진영 예술에 대한 이데올로기적
비판만큼 카프 내부를 향한 그것도 단호하다. 1차 검거와 12월 테제
는 이전과는 구별되는 조직화를 요청했고, 이에 부응하기 위해서는
카프 바깥과의 대결은 물론 내부적 결속을 위한 정비가 필요했던 것
이다. 그는 프롤레타리아 계급에 대한 투사적 동일시가 그들을 포섭
하는 전략이라고 생각했다. 민족주의 문학이나 해외문학파의 연극이
가진 장악력이 농민의 이데올로기에 대한 이해와 함께 "프롤레타리
아 계급을 가장하는" 방식에 근거한다고 판단했기 때문이었다(235).

카프 가입 전에 쓴 글들은 임화가 프롤레타리아 문학을 자발적으
로 선택했음을 증언해준다. 그는 '계급적 자기'라는 표현으로 문학
이 프롤레타리아 계급의 이익을 위한 수단이며, 시인이 개별자가 아
님을 표방했다. 그러므로 시인에게 필요한 것은 프롤레타리아 전위
의 눈이었다. 이 시기의 시론에서 핵심을 이루는 비평의 가치는 프

---

56) 인용문의 앞에서 임화는 카프 진영 문인들이 역선전·부르주아 저널리즘·소부르 예
술적 인테리 배(輩)의 비방·청산주의적 경향 등에 노출되었다고 서술했다(같은 글,
230쪽).

롤레타리아 문학의 존립이었고, 이를 위해서는 아나키즘이나 절충주의 등을 배격해야 했다. 한편으로 그는 12월 테제 등과 같은 강령에 충실했고, 그에게 시인은 정치운동의 주체로 대중을 호명하는 예술운동의 주체여야 했다. 그러나 제2차 방향전환 전까지 이 일은 제대로 수행되지 않았다.

그래서 그는 프롤레타리아 대중에 대한 일시적 투사가 아닌 항시적인 투사적 동일시를 요구하게 된다. '소시민적 흥분'이나 '개념적인 절규의 낭만주의'로 채워졌던 과거에 대한 반성 때문이었다. 과거로부터 단절하고 대중에게로 "일보 전진"하는 일이 시급하다고 임화는 판단했다. 볼셰비키화 노선의 부진에 대한 자성이 투사적 동일시의 필요성을 절감케 했다고 하겠다. 이상이 카프 내부의 요인이라면 외부적 요인은 국제적으로는 대공황·만주사변·파시즘의 조짐 등이었다. 더구나 국내적으로는 제1차 카프검거로 인한 조직 내부의 위축과 병행해서 민족개량주의 문학과 해외문학파의 활동이 확대되고 있었다. 그는 이들과 대결함으로써 프롤레타리아를 위한 시의 윤리를 세우고자 했다.

2) 당파성·객관성의 양립과 낭만적 정신

당대 카프 진영 이외의 문학에 대한 비판과 문제제기를 할 때, 임화는 주로 역사적이며 사회적인 견지에서 논의를 진행했다. 「가톨릭 문학 비판」도 그러하다. 글의 들머리에서 그는 부르주아 철학에서 관념적 일원론의 강화, 문학예술이론에서 예술을 위한 예술의 쇠퇴,

신물리학(양자역학)의 불가지론 등이 '신학에의 다리'를 놓게 되면서 가톨리시즘이 부흥을 맞게 되었다고 분석했다.[57] 가톨릭 문학은 철학적 이원론의 포기와 양자역학의 성립이라는 패러다임의 전환과 더불어 재등장한 인생을 위한 예술론이라는 것이다. 그러나 그는 가톨릭 문학이 사명으로 선언한 "인생을 전면적으로 통일할 것"은 '중세기적 방법'에 지나지 않는다고 깎아내렸다. 유럽의 다른 나라도 크게 다르지 않지만, 특히 독일 가톨릭이 히틀러의 노동자 탄압과 뜻을 같이 하거나 유태인 박해에 항의조차 않았다는 사실을 거론하면서 임화는 가톨릭이 가진 사회역사적 반동성을 고발했다. 그가 보기에 구교는 파시즘과 '금융자본의 흑색 지배'의 정치경제적 반려로서 "금일의 무대에 등장"했다(271~273).[58]

따라서 이 글은 앞에서 살폈던 「당면 정세의 특질과 예술운동의 일반적 방향」과 같은 견지에서 프롤레타리아 문학의 대척점에 가톨릭 문학을 세웠다고 하겠다. 카프 진영의 문단 주도권 장악을 위한 기획이라고 할 수 있다. 문화예술 분야에서 헤게모니를 쥔다는 것은 당대 카프 진영의 목표였지만, 임화가 거기에 매어있었던 것은 아니다. 무엇보다 파시즘은 '영원의 철학'이고, 구교는 "역사에 있어서 신의 존재를 '영원의 범주'로서 교권 가운데 절대화"한다고 그는 이해했다. 그리고 제국주의는 이 둘을 결합함으로써 '영원성'을 획득

---

57) 임화, 「가톨릭 문학 비판」(『조선일보』, 1933.8.11~18), 『임화 전집 4』, 269~270쪽.
58) 임화의 비판에 대한 대응으로 발표한 글에서 윤형중은 교황이 중국인·일본인·인도인·안남인(安南人)·필리핀인 주교를 임명했으며, 조선인도 곧 그렇게 될 것임을 아는지 물었다(尹亨重, 「카톨닉 陣營의 逆襲」(『조선일보』, 1933.8.30). 그러나 그는 무솔리니 정권과 맺은 라테란 조약에서 교황청이 정권의 내적 결속과 외적 확장에 동의했다는 사실을 몰랐다(허인, 『이탈리아사』, 미래엔, 2005, 288~295쪽, 참고).

하고자 한다고 보았다. 자본주의 제국(諸國)에서의 종교가(宗敎家)가 부르주아 계급의식의 '공고한 파지자'라는 사실을 그는 꿰뚫어봤던 것이다(278~282).

> 물론 이것이 부르주아적 자유와 개인주의에 입각하였었다는 것은 재언할 필요도 없는 것이다. 그러나 다만 우리는 부르주아 문학이론에 있어서 지금에 와서는 거의 아무도 돌보는 사람이 없는 '예술을 위한 예술'의 이론이 여하히 봉건적 중세의 문학에 대한 투쟁의 역사에 있어 광휘 있는 역할을 하였는가 하는 것을 이해하기 위함이다.
> 이 이론은 근대 미학의 개조(開祖)라고 일컫는 임마누엘 칸트에 있어, 그의 최대의 저서 가운데의 하나인 『판단력 비판』가운데에서 순 주관적인 무관심에 의한—또는 이해(利害)를 초월한— 쾌감이란 개념으로서 미학적으로 정식화되었다. 왜 그러냐 하면 중세의 스콜라 철학에 있어서는 '신의 의지'만이 미의 기준이었으므로 미는 위선 신에 대한 종속관계로부터 해방되기 위하여 '모든 이해로부터 초월'할 필요를 느끼었던 것이다. 그리하여 미에 대한 칸트적 정식은 여러 가지 형태로 그 후의 부르주아적 미학과 예술이론의 표주(標柱)가 된 것이다.
> 대단히 늦게야 머리를 들게 된 우리나라의 근대문학에 있어서도 '예술을 위한 예술'의 정신, 예술의 순수성의 사상이 봉건적 삼문(三文) 소설과 가요에 대한 투쟁에 무기가 된 것은 조금도 이상한 일이 아니다.[59]

임화는 "근대문학이라는 것은 글자대로 시민적 사회의 문학"이라

---

59) 「가톨릭 문학 비판」, 285쪽.

는 명제 아래 위와 같이 진술하였다. 그에게 '근대'는 '시민적 사회'를 뜻했다. 그는 먼저 '예술을 위한 예술'과 근대문학과의 관련성을 밝혔다. 근대문학은 말 그대로 '시민적 사회의 문학'으로서, 시민계급의 '성장 위에서 축조된 문학'이었다. 그리고 예술지상주의는 봉건 시대의 '자연 경제'로부터 인간이 해방되면서 얻은 수확이었다. 그래서 이전까지 종교·신학·영주·귀족의 노예에 불과하던 문학예술을 "'본래의 의미의 예술'로 해방시킨" 것이 부르주아 문학의 성과였음을 임화는 부정하지 않은 것이다(284). 하지만 그것이 입각한 지점이 '부르주아적 자유와 개인주의'였다는 사실을 놓치지 않았다. 그리하여 그는 '예술을 위한 예술'의 의의를 중세의 봉건적 문학의 대타자라는 데에서 찾는다.

『판단력 비판』이 근대 미학을 열었다는 평가에는 동의하지만, 칸트의 기여를 신에 종속되었던 미를 "모든 이해를 초월"한 자리에 옮겨놓았던 것 이상으로 고평하지 않는 까닭이 여기에 있다. 칸트의 저작이 임화에게는 부르주아 미학과 예술이론을 위한 표주였기 때문이다. 그럼에도 예술지상주의가 중세의 미학을 밀어낸 동력이었다는 점은 변하지 않는다. 임화는 그것이 조선의 근대문학사에서 '삼문 소설과 가요'의 봉건성과 투쟁했다는 사실을 시인한다. 그러나 그것은 "지금에 와서는 아무도 돌보지 않는" 이론이 되었고, 부르주아 문학이론은 다른 곳으로 옮겨갔다.

이 현상은 우리가 지금 일일이 1920년대 초엽의 문학사를 대표하는 작가들의 작품을 읽어보지 않는다고 하더라도 현재의 부르주아 시단을 대표한다는 2,3 시인들의 작품 수 편을 손에

들고 보면 일목요연한 사실이다. 부르주아 시의 기본적 양식인
자유형, 비율격적 시형은 편린도 찾아볼 수 없고 봉건적 시형
인 시조의 형식에 노골적으로 결부되어 있고, 그렇지 않으면
어떠한 방법으로이고 자기를 율격화하려는 강고한 경향에 의
하여 특징화되어 있다. 도처에서 소위 '한글'의 이름으로서 봉
건시대의 관료적 귀족적 언어로 충만되어 있고, 부끄럼도 없이
이것이 순수한 조선말이라고 주장하고 있다.
　이러한 가운데서 '예술을 위한 예술' 문학은 문학의 역사 위
에서 황급히 퇴장하고 그렇지 않으면 전혀 진부(陳腐)한 형해(形
骸)로 화하여버리어, 이상주의가 대표적인 것으로 부르주아문
학을 성격화하고 있다. 주지하는 것과 같이 이상주의는 자연주
의문학이 인생의 모―든 면을 평등한 자유스러운 눈으로 묘사
하면, 전자는 '일정한 정신'을 작품 가운데서 이상화하는, 다시
말하면 후자가 어떤 한도로 리얼리즘을 가지고 투철되고 예술
적 순수성의 보지자(保持者)이라면, 전자는 현실을 특정한 정신
적 눈으로 관찰하늬 비(非)유물론적인, 예술에 있어서의 순수
성의 부정자라는 것은 쉽게 알 수 있는 사실이다.[60]

　인용한 곳의 바로 앞에서 임화는 식민지 조선에서는 '부르주아지
의 반봉건적 ××과정'이 '외래의 임페리얼리즘'에 의해 차단되었다고
단정했다. 조선의 근대문학 역시 이러한 역사로부터 자유롭지 않았
다는 취지였다. 그것은 투쟁이나 혁명으로 쟁취된 것이 아니었다.
그리고 이것이 어떤 결과를 낳았는지 서술했다. 그는 조선의 근대문
학이 '근소한 정도'밖에 리얼리즘을 가지지 않아 "자신을 관철하지
못하고", 소설의 경우 '자연주의'는 일시적으로 유행하다 자취를 감

---

60) 「가톨릭 문학 비판」, 286~287쪽.

추었으며, 그 자리를 물려받은 것은 '속물화한 이상주의'였다고 요약했다. 시가도 사정은 매한가지여서 '자유시'는 이내 '시조에로의 부흥'으로 인해 밀려나게 되었다고 정리했다. 이러한 사태의 원인을 임화는 조선 근대문학이 '부르주아적 문학 발전의 기초'를 결여했다는 데에 있다고 파악했다. 그 증거로 그는 조선에서 '언어의 혁명'이 실행되지 않았다는 사실을 제시했다(286). 문학의 혁명적 변화나 발전이 언어로부터 시작된다고 여겼던 것이다.

'언어의 혁명'이 없었으므로 1920년대 초반에도, 심지어 이 글을 쓴 시기인 1930년대 초반에도 상황은 개선되지 않았다. 인용문에서 임화는 당대 시단의 대표적인 시인들의 작품들에서조차 부르주아시의 기본형이라 할 '자유형, 비율격적 시형'보다 '봉건적 시형'이나 '자기를 율격화하려는 강고한 경향'을 볼 수 있음을 지적한다.[61] 그의 논리를 참고하지 않더라도 당대 시단이 반동적 움직임을 일정하게 보여주었다는 것은 부정키 어려운 사실이다. 임화는 여기에 문제의식 하나를 더 보탠다. 그것은 "소위 '한글'의 이름으로" 근대이전의 '관료적 귀족적 언어'를 "순수한 조선말이라고 주장"하는 것이 타당한가에 대한 시비이다. 한글로 표기한다고 해서 봉건의 언어가 근대의 언어로 탈바꿈할 수 없듯이, 그것을 활용한 시가도 근대의

---

61) 임화가 '자기를 율격화하려는 강고한 경향'이란 말로 지목하는 시인은 김영랑으로 보인다. 김영랑 시의 율격에 대한 최근의 논의로 이승복, 「김영랑 초기시의 율격양상과 기능」, 『한국문예비평연구』 40권, 한국현대문예비평학회, 2013.4를 참고할 수 있다. 반면 조지훈은 정지용과 김영랑을 "한국의 시심을 위한 현대적 기법을 체득"했으며, 김영랑의 경우 "소월의 선을 받아 세련시킴으로서 전통파의 단초를 열었다"고 평가했다(조지훈, 「한국현대시사의 관점」(『한국시』 1집, 1960.4), 『조지훈 전집 3』, 나남, 1996, 136쪽). 김영랑 시의 의의에 대해서는 제4장 4절에서 박용철의 언급으로 보충하기로 한다.

시가라 부르는 데 동의할 수 없다는 의미일 터이다.

임화는 '예술을 위한 예술'이 물러나거나 '진부한 형해'가 되어버린 후, 조선의 부르주아 문학을 대표하는 것은 '이상주의'라고 진단한다. 그리고 '자연주의'를 '예술을 위한 예술'과 동렬에 둔다. 이상주의가 현실을 '특정한 정신적 눈', 즉 부르주아 계급의 시선으로 고착화한다고 여겼기 때문이다. 반대로 자연주의가 가진 '평등한 자유스러운 눈'은 예술의 순수성을 담보한다고 해석한다. 이로써 이상주의는 부르주아 문학이 '예술에 있어서의 순수성의 부정자'를 자처하도록 하며, 자연주의는 "모든 이해를 초월"하는 예술지상주의의 특성과 가까워진다. 역설적이지만 임화는 이렇게 자연주의의 리얼리즘과 예술의 순수성을 결합시키고 있다.[62] 이를테면 부르주아 계급의 이익을 위해 그들의 문학은 자신이 출발했던 유물론적 토대로부터 이상주의로 비상해버렸지만, 자연주의는 그런 데에는 무관심했으므로 순수했고 '어느 한도'에서는 리얼리즘이었다는 뜻이다. 자연주의의 눈은 이상주의의 눈과 달랐다.

임화가 비판하는 '속물화한 이상주의'의 하나는 가톨릭 문학이었다. "봉건적 유제와 그것의 옹호자의 정신을 가지고 무장"한 그것은 조선의 부르주아 문학을 실제로는 '와해·사멸'시키고 있었다(287~288). 이러한 판단은 일견 도식적이기는 하지만 그가 내세운 논리로 보면 타당한 부분이 있다. 앞에서 보았듯이 부르주아 문학은 유물론적 토대로부터 벗어남으로써 자신이 밀어냈던 중세 미학의 위치를 차지하고 있었기 때문이다. 그러므로 가톨릭 문학에 반발한 것은 당

---

62) 유물론과 순수성의 결합은 차후에 살필 당파성과 객관성의 양립과 같은 차원에서 이해할 수 있다.

연한 일이었다. 그의 견지에서 가톨릭 문학의 추구는 세계사적인 보수반동화의 보편성에 맞닿아 있었고, 그는 이 점을 간과할 수 없었다.[63]

　　즉 다음 예와 달리 가톨릭 문학의 부르짖음은 그것이 문학예술 가운데 일정한 정신을 느끼는 데 있어서 전(全)혀 중세기적 공고성(鞏固性)을 가지려는 점, 또는 그 제창자들이 최근까지도 조선 문단에 있어 가장 치열히 예술의 절대적 순수성을 부르짖던 인간들이란 도덕적 의미에서이다.

　　그러나 전자의 의의가 중심적인 것은 물론으로, 우리 ××의 부르주아문학이 일정한 세계정신을 요구하는 데 있어서 이상주의 문학이 공연히 파시즘에로의 관심을 높이고 그 무대로 등장하기 시작한 것과 동(同) 정도로 종교적 경향과의 결부의 형태가 가톨릭 문학의 제창에 있어 이상주의 문학에 있어서와 똑같은 강고성(强固性) 밑에 수행된다는 것, 바꾸어 말하면 부르주아문학의 반동화의 가장 중심적 첨단이라는 의미에서이다. 이 양자의 정치적 문학적 공통성은 파시즘의 사회적 지주(支柱)가 경제적으로 파산하고 있는 소시민층인 것과 같이, 가톨리시즘 문학의 제창자 또는 그 활동적 작가의 대부분이 정신적으로 파산한 소부르주아 작가라는 점은 심히 교훈적이다. 『카톨릭청년』지에서 활동하고 있는 시인들의 작품을 보면 그 대부분이 일시 현대에 있어 가장 순수한 문학 경향이라고 자칭하던 쉬르

---

63) 김기림이 엘리엇을 비판했던 이유도 임화와 일맥상통하는 이유에서였다. 「황무지」의 시인이 구교로 개종한 일은 김기림에게도 퇴보로 인식되었다(김기림, 「과학과 비평과 시」, 『김기림 전집 2』, 심설당, 1988, 33쪽). 한편 김윤식은 서구에서 엘리엇이나 모리악 등이 1930년대의 파시즘과 물질주의를 극복하기 위해 도입한 종교적 절대주의와 조선에서의 그것이 일치한다고 말한 바 있다(김윤식, 「한국근대문학사에서 본 가톨릭문학」, 『한국가톨릭문학연간작품집』, 광문출판사, 1975, 227~240쪽).

레알리즘적 경향을 직접으로 혹은 간접으로 통과해온 사람들
이라는 것은 일목요연하다. 또 그들 작품 가운데는 '몽환(夢幻)
에의 추구'의 경향이 신에 대한 절대적 신앙의 경향과 합일되
어 있는 것을 볼 수가 있다.[64]

임화는 이전에 시도되었던 종교와 문학의 결합·협력과 가톨릭
문학의 경우를 구분한다. 문학과 신교(新敎)·불교·천도교 등과의
결부와는 양상을 달리한다고 판단했던 것이다. 가톨릭 문학은 "전혀
중세기적 공고성을 가지려" 하는데다, 그것의 주된 인사들은 "예술
의 절대적 순수성을 부르짖던" 이들이었다. 이 두 가지 이유 중에서
임화가 중점을 두는 것은 일단 '중세기적 공고성'이다. 그는 가톨릭
문학을 이상주의 문학의 파시즘 지향과 다르지 않다고 이해한다. 이
상주의 문학과 같은 '공고성'으로 종교적 경향과 결부되어 중세기로
퇴행하므로, 그에게 그것은 오히려 '부르주아문학의 반동화'의 중심
이었다. 이처럼 그는 파시즘 지향과 종교적 지향이 동일한 지평에
있다고 보았다. 가톨릭 문학의 주요 인물이 소환되는 것도 같은 맥
락이다. 이것으로 두 번째 이유가 소명된다. 파시즘 지향에서 '사회
적 지주' 역할을 자처하는 이들이 '경제적으로 파산하고 있는 소시
민층'이라면, 가톨릭 문학에서의 담당자들은 '정신적으로 파산한 소
부르주아 작가'라고 그는 지적한다.

자본과 결탁한 정치가 공동체를 민족이라는 종교적인 신념과 동
일시함으로써 파시즘이 번성할 토대가 형성된다. 요컨대 파시즘은
자본과 정치가 국가성원, 즉 국민에 의해 작동한다는 '환상'을 필요

---

64) 「가톨릭 문학 비판」, 288~289쪽.

로 한다. 식민지 조선에서 그러한 '환상'은 불가능한 대상이었다. 임화가 보기에 당대 조선의 문학은 경제적・정신적 파산을 겪은 작가들에 의해 일정하게 점유되어 있었다. 이상주의문학이 '과거'를 정향하거나 가톨릭 문학이 '몽환'에서 '신에 대한 절대적 신앙'으로 이행하는 현상은, 부르주아 문학을 '붕괴와 사멸의 심연'으로 이끈다는 점에서 또 다른 '파산'이었다(289). '환상'과 '몽환'으로 인해 양자는 현실의 토대 위에서 '현재'와 '미래'를 내다보는 문학일 수 없다고 임화는 단정했다.

　　문학이, 정규(定規)를 가지고 선을 긋는 것도 아니며, 큰 수와 작은 수를 승(乘)치고 혹은 감(減)해서 나오는 해답도 아니라는 것은 문학을 다른 추상과학으로부터 구별하는 단초적 특질이다. 일반 '과학'이 추상적 논리로부터 출발하는 대신에 문학–예술은 형상의 구체성 위에 서는 것이다.
　　즉 생생한 생활의 진실의 말(언어), 그것만이 문학을 가능케 하는 것이다. 만일 우리들이 문학 가운데서 생활의 진실한 말을 제외한다면 잔여(殘餘)의 것이란 썩은 양철통같이 빈약한 작자의 정신적 그림자밖에는 찾을 수 없는 것이다. (생략)
　　따라서 우리들이 생활하는 현실의 확실한 묘사의 문제는 문학에 있어서 유일의 진리이고 동시에 이것은 문학에 있어 생과 사의 문제이다.
　　그러나 문학적 진실이란 것은 우리가 잘 아는 바와 같이 생활하는 현실의 진실을 자태(姿態)에 의하여 성격되는 것이며, 이것만이 위대한 문학을 가능케 하는 것이므로 작가 자신의 견해가 현실 과정을 얼마나 진실하게 체현하는가 하는 문제가 문학적 진실의 최후의 기반이다.[65]

지금까지 살펴본 글들은 프롤레타리아 문학을 옹호하고, 그것과 대립하는 입장에 대한 비판을 중심으로 한 평문들이었다. 당파성에 기댄 측면이 강했다. 반면 이 시기 비평의 다른 한 축을 담당했던 글들에서 임화는 문학의 본질에 대한 탐색과 그렇게 구축한 논리에 입각해서 프롤레타리아 문학이 자리매김해야 할 방식을 사유했다. 위의 글에서 그는 문학이 "추상적 논리로부터 출발하는" '다른 추상과학'과 구별된다고 말한다. 왜냐하면 문학 그리고 예술은 "형상의 구체성 위에 서는 것"이어야 하기 때문이다. 문학에 형상의 구체성을 부여하는 것은 일단 이 글에서는 '언어'이다. 「가톨릭 문학 비판」에서 언급되었던 '언어의 혁명'으로 얻어야 할 것은 '생생한 생활의 진실'을 담은 언어였던 것이다. 이러한 조건을 충족시키지 못할 때 남는 '작자의 정신적 그림자'는 '빈약'할 뿐이다. 임화의 단언이다. 이런 이유에서 그는 '우리들이 생활하는 현실의 확고한 묘사'가 문학의 존립을 가름하는 문제라고 주장한다.

그런데 임화는 여기서 한 걸음 더 나아간다. "위대한 문학을 가능케 하는" '문학적 진실'이 '현실의 진실'과 맺고 있는 관계에 대한 진술에서 그가 문학적 진실의 '최후의 기반'으로 내세운 것은 "작가 자신의 견해가 현실 과정을 얼마나 진실하게 체현하는가"이다. 그러므로 그가 말하는 문학적 진실은 자연주의적인 묘사로 충족될 수 없다. 단순한 현실이 아닌 '현실 과정'이라는 말이 사용된 까닭은 다른 데 있지 않다. 요컨대 임화는 현실이 진행되고 실현되는 과정, 즉 현실의 작동원리와 그 결과로서의 현실을 공히 파악하는 눈만이 아니

---

65) 임화, 「진실과 당파성—나의 문학에 대한 태도」(『동아일보』, 1933.10.13), 『임화 전집 4』, 290~291쪽.

라, 그것을 구체적인 형상으로 표현하고 묘사할 것을 요구한다고 하겠다. 그리고 현실과정의 인식능력과 그것의 체현능력을 결합시키는 것은 '작가 자신의 견해'이다. 「가톨릭 문학 비판」에서 임화는 자연주의 문학을 어느 정도 긍정하고 부르주아 문학과 그 속된 아류를 부정했었다. 후자의 부류를 비판할 때에는 부르주아 문학의 시선을 '현실을 특정한 정신적 눈'이라고 정의했었다. 이 글에서도 그는 후자의 부류가 문학을 "공허한 '영원의 문제'에 대한 '순수예술'의 공어(空語)로 침전"시킨다고 보았다(291). 따라서 임화가 말하는 '작가 자신의 견해'는 프롤레타리아 계급의 시선이겠다.

> 그러나 작가가 세계를 그 진실한 양상대로 인식하고 묘사한다는 문학적 진실은 현실의 객관적 진리에 의존하는 것으로, 금일의 세계에 대한 객관적인 비판의 의식성만이 이 모든 것을 가능케 하는 전제인 것이다. 허나 이 객관성이란 일체의 것으로부터 독립한 것이 아니라 역사적, 사회적으로 제약되면서 개개인의 의욕으로부터 독립한 현실의 운동과정 그것을 말하는 것으로, 인간의 현실 생활의 전진하는 방향에 선다든지 퇴화의 선상에 선다든지 하는 완전한 당파적인 것을 의미하는 것이다.
> 그러므로 오늘날에 있어 문학적 진실과 그 객관성은 오로지 부르주아 세계에 대한 완전히 비판적인 의식성만이 이것을 가능케 할 것이며 또 이 당파적인 비판적 태도만이 문학예술의 완성을 위한 문학적 진실의 양양한 길을 타개하는 유일한 열쇠이다.
> 그 문학만이 객관적 진실을 문학적 진실 위에 체현하고 비로소 문학적 진실과 당파성을 양립한 것으로부터 동일성 가운데로 양기(揚棄)하는 것이다.

　　부르주아문학에 있어서는 당파성은 문학적 진실과 양립하였
　　을 뿐만 아니라 부르주아적 당파성은 문학으로 하여금 진실을
　　표현하고 묘사할 것을 방해하였다.[66]

　이어서 임화는 "문학적 진실은 현실의 객관적 진리에 의존하는
것"이라 주장한다. 그리고 이러한 생각의 전제가 되는 것이 세계에
대한 '객관적인 비판의 의식성'이라고 언급하고, 이 '객관성'이 역사
적·사회적 제약 아래 놓인 '현실의 운동과정'이라고 덧붙였다. 논
란거리는 임화 스스로 '개개인의 의욕'과는 무관하다고 밝힌 이러한
객관성이 '완전한 당파적인 것'이라고 자인한다는 데 있다. 당연하
게도 일반적인 시각에서는 '당파성'과 '객관성'의 양립이 불가하다.
또한 '당파성'과 '문학적 진실'이 양립한다는 주장 역시 수긍하기 어
렵다. 그럼에도 눈여겨볼 것은 임화가 이 부분에서 '양기(揚棄)'라는
용어를 사용한다는 점이다. 오늘날 이것의 번역어는 '지양(止揚)'이
다. 주지하듯이 이것은 기존하는 정(正) 그리고 그것과 양립할 수 없
는 반(反)이 새로운 합(合)에 도달케 하는 변증법의 핵심원리이다. 이
처럼 변증법을 염두에 두었다는 사실은 임화가 '문학적 진실'과 '당
파성'이 양립할 수 없다는 일반적인 시각을 알고 있었다는 점을 시
사한다. 논리상 양립이 불가능한 것으로 인식되는 대상들을 변증법
의 과정에 대입함으로써 그는 '금일의 세계', 곧 '부르주아 세계'에
대한 부정성을 확보한다.[67]

---

66) 「진실과 당파성」, 292~293쪽.
67) 하세가와 히로시가 헤겔 변증법의 부정성과 그것을 통한 가능성을 언급한 대목은 이
　　지점에서 참고가 될 만하다. "정신은 오직 부정적인 것을 정면으로 바라보며 그에 머
　　물기 때문에만 이러한 위력이다. 이러한 머물기야말로 부정적인 것을 존재로 전환시

따라서 이러한 부정성은 앞에서 보았던 프롤레타리아 계급의 시선과 연결되며, 부르주아의 시각과 대립한다. 부르주아 문학이 가진 '당파성'은 '문학적 진실'과 양립하지만, 그것은 현실을 고정화하기 때문에 '현실의 객관적 진리'와는 거리가 멀다는 것이 임화의 판단이었다. 이를테면 그들의 눈은 "인간의 현실 생활의 전진하는" 현실 과정을 외면한다는 것이다. 따라서 그것은 진실의 표현과 묘사를 '방해'할 뿐이다(293). 그는 '객관적 진실'을 문학에 체현하기 위해서는 궁극적으로 현실과정을 통해 '금일의 세계'를 비판하는 일이 선행되어야 한다고 생각했다.

그러나 문학이 '객관적 진실'을 체현하는 일이 단순히 프롤레타리아 계급의 시선으로만 이뤄질 수 있는 것은 아니다. 그래서 임화는 '문학적 양심'을 거론했다. 이것이 작가들에게 '당파적 제한'으로부터의 완전한 자유를 부여하지는 않으나 거기에서 어느 정도 이탈하여 '문학적 진실'을 포착하게 하고, 결국 작가들이 "객관적 당파의 견지로 접근"하게 해준다는 것이다. 그리고 그는 이러한 결과가 작가 스스로 의식하지 못하는 상태에서 "현상된다"라 덧붙였다(293). 이처럼 임화는 '예술의 양심'이 '형상을 떠난 문학, 진실성 없는 형상'이 불가능하도록 만든다고 판단했다. 요컨대 주관적 당파성은 예술에 있어서의 양심에 의해 객관화된다는 주장이라 하겠다.[68]

키는 마력이다(하세가와 히로시, 『헤겔 정신현상학 입문』, 이신철 옮김, 도서출판 b, 2013, 29쪽)." 임화가 헤겔의 이론을 얼마나 알고 있었는가는 중요하지 않다. 마르크스의 유물론이 가진 역사적 전망이 헤겔과 일치하지 않는다는 것을 몰랐다고 하더라도, 역사의 진보에 대한 헤겔의 믿음은 마르크스에게 전해졌고, 임화는 그것을 신념으로 삼았기 때문이다.

68) 이 문제는 이후에 작자의 '양심'이란 문제로 이어지며, 이와 유사한 논리로 김기림은 「시의 르네상스」(1938.4.10~16)에서 시가 '프로파간다'가 될 조건으로 '모랄'을 제시

「가톨릭 문학 비판」에서 그는 리얼리즘의 객관성 및 예술의 순수성을 자연주의와 같은 '평등한 자유스러운 눈'에 결부시킨 바 있었다. 이러한 눈도 완전무결한 객관성을 가질 수 없음은 물론이다. 해서 임화는 앞의 글에서 당파성과 객관성이 양립할 수 있게 해주는 매개로 '문학적 양심'을 거론했던 것이다. 연이어 발표한 「비평의 객관성의 문제」도 이 주제를 다루었다. 이 글에서 그는 "절대적으로 냉정한 객관성을 요구하는" 부르주아 이론이 실제로는 "역사적 계급적 본질을 은폐하고" 있음을 지적했다. 이 점을 차치하고라도 "비평가 자신이 믿는 바의 객관적 진-그것은 역사적 계급적으로 제약"될 수밖에 없다.[69] 객관적 진리가 역사와 계급에 의해 제약되므로, 비평가의 믿음 역시 매일반이다. 말하자면 절대적 객관성과 진리는 역사의 현장을 초월한다. 따라서 '현실과정'의 바깥이 아닌 현장에서 문학적 행동을 추동하는 것은 비평가의 믿음보다는 '양심'이라는 것이 임화의 생각이라 하겠다.

이전에도 논한 바 있지만 임화는 「문학에 있어서의 형상의 성질 문제」에서도 형상이 문학예술과 여타의 추상과학을 구별하는 근거라고 말한다. 이것이 '내용-사상이 서술되는 유일의 본질적인 모멘트'이므로 문학예술의 본질이라는 것이다. 이것은 문학의 양부(良否)와 우열(優劣)을 가르고 예술로서의 성립여부를 결정한다. 그럼에도 예술이론의 영역에서 이 문제에 대한 적극적인 검토가 부족했다는 인식이 이 글을 쓴 동기였다. 임화는 형상의 '구체적 성질'을 다룰 때, 그것을 '진순(眞純)한 문학적 형식의 탐구'로 '단순화'하지 않도록

한 바 있다. 이에 대해서는 4장 2·3절에서 각각 살핀다.
69) 임화, 「비평의 객관성의 문제」(『동아일보』, 1933.11.9~10), 『임화 전집 4』, 296~297쪽.

당부했다. 예술의 창작에서 형상이 형성될 때에는 '거대한 다양성과 복잡성'이 개입하기 때문이다. 따라서 그것을 그 자체로 '진순'한 무엇으로 파악하는 것은 문제의 본질을 벗어나려는 '관념론적 기도'이다.[70] 그러한 태도는 순진하기보다는 의도적이라는 것이 그의 견해였다.

> 왜 그러냐하면 과거에 있어 수다(數多)한 예술지상주의적 사상의 아류자들로 말미암아 무내용한 형상의 지배적 성질에 대한 지껄임으로 신비화되고, 많은 형식주의자 기계론자들의 손에서 목편(木片)으로 취급되었으며, 또 최근에는 관념적 변증법론의 용자(勇者)들의 손 가운데서 예술적 과정과 형상의 복잡성과 다양성이 단순화·통속화되어, 전체로 문학이론의 이 문제에 대한 필요한 해명의 길이 조해(阻害)된 때문이다.
>
> 이러한 유해한 조해자적(阻害者的) 이론의 활동은 국제적으로는 거의 단죄(斷罪)되어 있음에도 불구하고 우리들의 문학이론 가운데의 부르주아적 사상의 영향의 이 파편은 아직도 특히 자본 제국(諸國)의 (…략(略)…)주의 문학이론의 전진을 저해하고 있다.
>
> 특히 지금 이곳에서 문제되어 있는 관념적 변증법론의 용자(勇者)들의 문학이론은 형상적 사유와 서술의 당파적 견지를 부르주아적 무당파성의 견지와 교환하려는 '매판'의 이론적 무기로 화하고 있는 현상은 특별한 용의(用意) 밑에서 배격되어야 한다.[71]

---

70) 임화, 「문학에 있어서의 형상의 성질 문제」(『조선일보』, 1933.11.25~12.02), 『임화 전집 4』, 300~301쪽.
71) 「문학에 있어서의 형상의 성질 문제」, 301쪽.

임화는 예술지상주의자들로부터 형식주의자들과 기계론자들을 거쳐 관념적 변증법론자들에 이르기까지 예술 창조의 과정 및 그 소득으로서의 '형상의 복잡성과 다양성'을 '단순화·통속화'시켰다고 비판한다. 그들이 '형상'에 대한 문학이론의 성립을 저해했다는 이유에서다. 그는 '부르주아적 사상의 영향'을 받은 이론들이 '자본 제국'에서 여전히 위세를 떨치고 있다고 진단한다. "특히 지금 이곳에서"는 '관념적 변증법론'의 이론가들이 '형상적 사유와 서술의 당파적 견지'가 아닌 '부르주아적 무당파성의 견지'를 내세움으로써 자신들의 이론을 "'매판'의 이론적 무기로" 삼고 있다는 것이다.[72) 그것은 "배격되어야 한다." 그는 부르주아의 당파성이 무당파성이라고 간주했다.

임화가 이러한 경향의 대표자로 지목하는 이는 그 즈음 「인간묘사시대」를 쓴 백철이었다. 임화는 "문학이란 결국 인간 생활의 인식과 관계를 기록한 것"이며, 이를 '진리'라고 명명했던 그의 정의를 직접 인용했다.[73) 임화는 백철이 예로 들었던 문학의 거장들이 단순한 '기록자'가 아니었음을 지적했다. 그의 반대에서 핵심이 된 과녁은 '기록'이라는 말이었다. 왜냐하면 백철의 정의를 적용하면 역사·전기·철학·윤리 등만이 아니라 기하학·점성술·측량학 등에

---

72) 임화는 조선의 부르주아 민족주의자들을 '매판계급', 즉 식민지 "본국의 시민과 위성국가 사이의 사회구조적 매개자로서 행동하는 개인이나 전체계급"으로 보았다고 하겠다(<매판계급>, 고영복 편, 『사회학사전』, 사회문화연구소, 2000, 121쪽).

73) 백철은 자본주의 문학과 사회주의 문학이 '인간묘사'라는 점에서 공히 리얼리즘이며, 이들을 가르는 방점은 각각 심리주의와 사회주의라고 주장했다(백철, 「人間描寫時代」, 『조선일보』, 1933.8.29~9.1). 이에 대해 카프 진영은 물론 해외문학파 함대훈까지 반론을 제기했는데, 그는 예의 두 문학을 집단묘사와 개인묘사로 분류했다(함대훈, 「人間描寫問題」, 『조선일보』, 1933.10.10~11).

이르기까지 문학예술에 포함되기 때문이다. 이러한 정의의 외연은 너무나 넓어서, 임화는 그것을 '혼일적(渾一的)'이라고 비판했다. 그것은 인간의 '광대한 지적 재산'들을 한데 섞을 뿐이다. 당연히 문학예술의 독자성과 특수성은 그 과정에서 사상되어 버린다(302~ 304).

임화는 문학이 '생생한 생활의 구체적 형상'의 묘사·표현으로서 존립한다고 생각했다. 그가 묘사와 표현의 대상으로 삼은 '형상'은 '다양성 복잡성'이 충돌하여 '양기'하는 변증법을 전제로 하고 있지만, 백철의 개념어 '인간 생활'에는 "형이상학이 군림하고" 있다고 여겼던 것이다. 임화는 변증법적 접근이 허용되지 않을 때 문학이 "인간 생활의 주관적 방면에 관한 기록으로 왜곡"되며 결과적으로는 '주관적 관념론'이 되고 만다는 우려를 표명했다(304~305).

> 문학은 어떠한 시대의 문학임을 물론하고 인간 생활 자체가 그러한 것과 같이 인간과 그 생활에 대하여 독립적인 다른 것과의 관련 내지는 인간의 의지와는 무관계하게 존재한 자연적 제 조건에 의하여 제약되어 있었다는 것은 주지의 사실이다.
>
> 동시에 소여(所與)의 문학 작품은 다만 인간 생활의 주관적 인식이나 그 관계만을 묘사 표현하였을 뿐만 아니라, 항상 일정한 정도로 소여의 역사적 시대의 객관적인 현실을 반영하고 있었다는 것은 그야말로 모든 작가와 그들의 작품이 증명하는 바이다.
>
> 이러한 객관적 현실의 반영은 때로는 작가에게 의식되고 혹은 의식되지 않고 현상되고, 왕왕 그것은 작가의 최초의 문학적 의도와 그 작품의 객관적 의의가 배치(背馳)되는 많은 예를 문학사 위에 남겨놓은 것이다. 이 예는 백군이 즐기어 열거하는 발자크(H. Balzac), 톨스토이(L. Tolstoy), 고골리(N. Gogoli) 등

의 작품에서 암야(暗夜)에라도 찾아낼 수가 있는 것이다.74)

그가 변증법을 염두에 둔 까닭은 '인간 생활'이 '인간의 의지'와는 무관한 '자연적 제 조건'의 제약을 받는 한편, 문학 작품들은 "항상 일정한 정도로" '역사적 시대의 객관적 현실'을 반영해왔다는 사실에 근거한다. 인용문에서 그는 백철이 거론했던 작가들의 작품에서 '객관적 현실의 반영'을 용이하게 찾아볼 수 있다고 주장한다. 그들의 계급적 입장과는 관계없이 어떤 작품들은 현실을 반영한다는 의미이다. 이처럼 '최초의 문학적 의도'와 '작품의 객관적 의의'가 어긋나는 까닭은 무엇인가. 임화의 설명에 따르면 원인은 문학 작품이 주관이 개입된 '기록'이 아니라는 데 있다. 문학 작품은 '묘사·표현'으로서 존립한다는 그의 입론이 결국 강조하는 바는 의식적이든 무의식적이든 현실을 묘사하고 표현하는 과정에서 현실의 객관적 실체가 드러난다는 사실이다.75) 실로 작가 자신에게는 아무런 의미도 없는 장면이 계급과 시대에 따라 유의미하게 해석될 가능성은 무궁무진하다.

> 물론 그 자신으로서의 인간이 없는 때에는 인간적 생활의 현실이란 존재할 수 없는 것은 명확한 일이다. 그러나 인간이 생활한다는 것 내지는 인간이 존재한다는 것, 그것부터 공간적 또는 시간적인 제약 가운데에 있다는 것, 다시 말하면, 인간적

---

74) 「문학에 있어서의 형상의 성질 문제」, 305~306쪽.
75) 신재기는 엥겔스의 발자크론이 1930년대 사회주의 리얼리즘의 개념을 정립하는 데 주요한 준거였음을 지적했다(신재기, 「1930년대 비평에서 '엥겔스의 발자크론'의 수용 양상」, 『어문론총』 28권, 경북어문학회, 1994.12, 110쪽).

존재와 그 주관의 추향(趨向)과는 독립적이고 외적인 객관적 존재의 무한한 운동의 제(諸) 도정이 움직이고 있고 인간적인 생활의 운동 그것도 그 가운데의 일 모멘트인 것으로서, 비로소 인간적인 생활의 현실을 형성할 수 있는 것이다. 그러므로 문학이 광범한 인간적 생활 현실의 있는 그대로를 개념 추상으로써가 아니라 생생한 생활적인 구체성의 표현 그것으로써 자기를 형성하는 유일의 형태인 형상 그것 가운데에 움직이는 주관적인 것과 객관적인 것의 정확한 인식은 이 문제의 해명을 위한 최중요의 열쇠이다.76)

인용문에서 눈에 들어오는 것은 임화가 '생활하다'와 '존재하다'를 동일한 층위에서 사용한다는 점이다. '생활'을 명사로 한정하지 않고, 동사로까지 확장하여 '생활(-하다)'로 개념화한 것이다. 이로써 '생활(-하다)'는 '존재(-하다)'와 같이 인간의 실존적 조건·상태이자 행위를 의미하게 된다. 따라서 인간의 '생활의 현실'을 형성하는 것은 시공간의 제약, 즉 '외적인 객관적 존재의 무한한 운동'만이 아니다. '인간적인 생활의 운동'도 그것의 형성요인에 추가되어야 마땅하다. 이상과 같이 임화는 시공간의 제약이라는 객관 상황과 그것에 대응하는 인간 '주관의 추향'과의 상호작용으로 현실이 형성된다고 보았다. 그리고 이 지점에서 '생활(-하다)'는 사전적 정의를 벗어난다. 그것은 사회적·정치적 차원을 포괄하는 존재론적 투쟁과 궤를 같이하기 때문이다. 한편으로 그는 문학에서 개념이나 추상이 아닌 '생생한 생활적인 구체성의 표현'으로만 형상이 빚어질 수 있다고 말한다. 그리고 그 형상 안에서 작용하는 '주관적인 것과 객관적인

---

76) 「문학에 있어서의 형상의 성질 문제」, 306~307쪽.

것의 정확한 인식'을 강조한다. 이러한 인식의 중요성은 그것이 주
관과 객관을 가르는 준거점이라는 데 이유가 있을 것이다.

임화는 주관과 객관이 길항해야만 문학이 현실성을 획득할 수 있
다고 판단했다. 이리하여 그는 마르크스가 지목했던 주객 간의 상호
작용의 지표로 '생산력의 발전 정도'를 거론한다. 문학이 발생하고
변전해온 역사는 이 문제와 밀접한 연관을 맺고 있다는 의미에서다.
문학에서 형상화된 자연이 인간이 발전시킨 생산력과 함께 해왔다
는 것을 증명하기 위해서는 그 진화의 과정을 해명하는 일이 필요했
으므로 그는 '과학적 문학사'를 제출했다. '기원 시대'·신화시대 및
초기 종교문학시대·발달된 종교시대로의 발달과정에서 인간과 자
연(동물) 사이의 '직접적인 관계'·자연신과 동물신·'일신론적 형상'
이 차례로 나타났다는 등의 서술이었다. 무리한 해석이 있긴 하지만
임화의 요지는 '자연의 제 조건, 농업의 발달과 지리적인 제 조건'이
문학 그리고 그것의 형상에 영향을 미쳐왔다는 점이다.[77] 그런데 인
간 생산력의 주축이 농업에서 벗어나기 시작한 르네상스 이후 현대
까지 이러한 제 관계는 더욱 복잡해져서, 인간의 손에 의해 재창조
된 '동력, 건물, 도회'가 이전의 자연을 대신하여 등장하게 되었다.
금일에 와서는 문학에서 '형상의 물적 성질'이 "기계, 도시 등의 단
순한 가견적(可見的)인 것으로부터, 자본 또는 그 활동과 모순 등"과
같은 이데올로기적인 성질까지 문학의 다양한 형상으로 자리매김했
다. 이렇게 그는 설명했다(308~310).

---

77) 이 부분에서 임화가 제시한 '과학적 문학사'는 2장에서 살폈던 이광수의 논리와 흡사
하다(인용문 ⑤; 「문학의 가치」). 1910년대 이후 문학에 대한 유물론적인 해석이 어느
정도 상식으로 통했다는 정황을 알 수 있다.

유념할 사항은 '인간의 의지'로 좌지우지할 수 없기 때문에 이들 양자를 이전의 자연과 같은 '물적 요소'로 파악했다는 점이다. 기실 '금일' 자본사회의 문학은 이런 좌우불가능성을 표현하고 있었다. 따라서 임화는 이들 문학의 형상 중에서 "물적인 것이 외적인 자기 운동체"라는 것을 강조하며, 이 사실을 "객관적으로 표현하는 것으로서, 문학은 여하한 주관적 적극성"을 얻을 수 있다고 덧붙였다. 그는 이 문학적 형상들을 '물신(物神)'으로 인식했던 것이다. 이에 수긍하지 않는다 하더라도 '물질적 형상의 침입과 그 승리적 지위'는 이미 공고하다. 이 같은 맥락에서 그는 19세기 서구의 작가들을 나열한 뒤, 특별히 에밀 졸라를 주목했다. 졸라의 소설에서 도시와 기계는 배경이 아니라 종종 '주인'의 역할을 하기 때문이었다(310~311).

> 졸라에게서뿐만이 아니라 우리는 물적 형상의 이러한 승리적 존재의 현상은 이태리의 미래파의 문학, 미술, 또 불란서와 러시아의 구성파 미술, 그 외에 기다(幾多)의 문학과 특히 영화같은 데서 용이히 발견할 수가 있다.
>
> 그리고 이 반면에 또 한 가지 주목할 현상은 졸라의 「수인(獸人)」 가운데도 맹아적으로 표시되어 있는, 물질적 형상의 심리−의식화의 현상으로, 금일의 문학이 철도, 도회, 전차, 비행기, 고층건축 등을 생활하고 의식하는 것같이 자기의 문학 가운데에 형상화하고 있는 현상이다. 이것은 주지주의 혹은 일반으로 '모더니즘'이라 불러지는 소설, 시 류(類) 등에서 주로 볼 수 있는 것으로, 우리나라의 2,3의 작가 시인 등의 작품에도 반영되어 있는 것 같다. 더욱이 이 경향은 인간적 감성에 의하여 형상되는 서정적 시가 가운데에까지 침윤되어, 빌딩과 승합자동차의 서정시가 나오게 되는 것이다.

> 동시에 이 경향과는 반대로 금일의 많은 부르주아 작가들에
> 게 있어서는, 심리적 계열의 현상까지가 물질화하고 기계화하
> 여 인간의 의식의 활동이 순수한 객관에 있어 파악되고 있다.
> 소위 신심리주의 문학의 심리와 의식에 대한 무의미한 추구는
> 인간의 육체 내지는 정신계를 물질적, 기계적 형상으로 모의화
> (模擬化)하고 있는 것이다.[78]

미래파·구성파·영화 등 졸라의 작품과 같은 사례는 20세기에
들어서고도 허다하다. 그의 소설에서 물질적 형상이 '심리-의식화'
하던 현상은 당대 조선의 문단에도 영향을 미쳤다. 임화는 그것이
주지주의 혹은 모더니즘으로 일컬어지는 경향으로 이어졌다고 분석
하며, '빌딩과 승합자동차의 서정시'라고 명명한다. 한편으로는 심리
적 현상이 물질화·기계화하는 역방향의 경향도 나타났는데, 이것은
인간의 의식적 활동을 '순수한 객관'으로 파악하는 신심리주의이다.
그러나 인간의 정신과 육체를 "물질적, 기계적 형상으로 모의화"하
는 이러한 추구는 임화가 보기에 '무의미'할 뿐이었다. 그는 그것이
얻은 미학적 성과를 간단히 무시한다. 그에게 보다 시급했던 것은
인간과 세계와의 물적 관계의 형상화였다.

백철의 글을 총평하며 임화는 자신의 입장을 오롯이 드러냈다. 그
는 '자연과 인간'의 관계가 '역사적 조건'에 의해 실제로 제약된다는
점, 이런 조건들이 '인간 생활의 생산 제 관계'를 낳는다는 사실, 그
리고 거기에서 발원하는 '계급관계와 그 투쟁' 등을 백철이 보지 못
한다고 비판했다. 이 관계로부터 파생된 생산관계가 고착화시킨 계

---

78) 「문학에 있어서의 형상의 성질 문제」, 312~313쪽.

급관계 그리고 그것을 역전시키려는 '주관적인 일체의 것'을 직시해
야 한다는 의견이었다. 이런 견지에서 그는 소비에트 문학가들의 성
과를 고평했다. 그들은 '자연에 대한 인간의 승리적 투쟁' 그리고
'인간적 개체를 통하여 [달]성한 그것에 대한 계급의 우위'를 형상화
했기 때문이다(313~314). 따라서 백철은 '맑스주의적 문예과학자'라
고 할 수 없었다. 그의 입론에는 자연과 인간의 관계에 대한 고찰이
없는데다가 '인간의 계급' 대신 '인간 일반'만이 등장한다는 이유에
서였다. 임화는 그러한 태도를 '초당파성의 주장'이자 '서푼짜리 객
관적 자유주의'라고 폄하했다. 한편으로 그는 백철의 견해에 대한
반박으로 제시되었던 함대훈의 이분법도 부정했다. 부르주아문학은
'개인 묘사'이며 프롤레타리아문학은 '집단묘사'라는 등의 분류와는
달리, 부르주아문학에서도 군중이나 집단의 심리가 묘사된 사례들을
그는 예시했다(314~315).[79]

　임화는 제1차 세계대전을 전후로 부르주아 문학 내부에서 '인간적
개성'으로부터 '집단적 형상'으로 '인간'의 초점이 옮겨갔다고 설명
한다. 부르주아 문학은 더 이상 '순수한 개체적 인간 묘사의 문학'이
아니라는 것이다. 따라서 '순수한 개체적 묘사의 문학'은 그에게 부
르주아 문학의 현재가 아닌 '과거'였다. 하지만 이 과거조차도 '환경
으로부터 고립된 인간'을 그려왔던 터라, 이러한 관성이 남긴 반작
용으로 '개념화한 인간의 군집'이나 '개성을 몰각한 집단'을 묘사하

---

79) 앞에서도 밝혔지만 임화는 다른 글에서도 함대훈의 견해에 대해 다음과 같이 반박했
　다. 어떤 시대와 사회에서든 "개인은 집단적이었고 집단은 개인적이었다는 것이다.
　일견 모순되는 것 같은 이 두 개념은 그것이 모순하기 때문에 운동하고 운동하기 때
　문에 존재하며, 존재하기 때문에 물질적인 것이다(임화, 「집단과 개성의 문제-다시
　형상의 성질에 관하여」(『조선중앙일보』, 1934.3.13~20), 『임화 전집 4』, 416쪽)."

는 데 그치고 있다는 것이 임화의 판단이었다. 반면 그는 프롤레타리아 문학이 '단순한 집단 묘사의 문학'이 아니어서, '개인의 특성'과 계급·계급관계를 공히 형상화할 수 있다고 여겼다(316~317). 방점은 물론 계급에 찍혀 있었고, 알다시피 바로 이 출발점에서 프롤레타리아 문학은 부르주아 문학과 선명하게 갈라선다.

> 그러나 프로문학은 개인과 계급을 동일시하는 것은 아니다. 사실은 인간생활에 있어 결정적 우위적인 것은 계급적인 것이기 때문에, 개인에 대한 사회적 전체=계급의 우위의 시각에서 그것과의 통일 위에 개개의 인간을 형상화하는 것이다.
>
> 동시에 계급사회적 전체는 다만 집단에 그치는 것이 아니다. 즉 양적으로 인간의 다수를 가리킴이 아니요. 운명적으로 이해(利害)를 공통히 한 사회적 인간을 말하는 것이다.
>
> 그러므로 프로문학 내지는 슬로건으로서의 (…略…)[사회주의]적 리얼리즘의 문학은 전체와 개인을 그 완전한 자태에서 형상화하는 것이다. 만일 (…略…)[사회주의]적 리얼리즘이 함씨의 말과 같이 집단 묘사의 문학이라면, 히로이즘, 개인의 사회 역사에 대한 위대한 역할을 형상화한다는 ××[혁명]적 로맨티[시]즘은 (…略…)[사회주의]적 리얼리즘과 모순하게 되고 마는 것이다.
>
> '집단 묘사' 그것은 프로문학에 대한 전혀 관념적인 기계주의적 해석이다. 인간 일반, 집단 일반은 현실 생활에는 존재하지 않으므로……80)

인용문의 첫머리에서부터 임화는 '결정적 우위'를 차지하는 것이 계급이라고 단언한다. 개인이 모인 '사회적 전체'가 계급이기 때문

---

80) 「문학에 있어서의 형상의 성질 문제」, 318쪽.

이다. 따라서 '계급의 우위의 시각에서 그것과의 통일'을 전제로 개 개인을 형상화하는 것이 프롤레타리아 문학의 사명이 된다. '계급사 회적 전체'는 "운명적으로 이해를 공통히 한 사회적 인간을 말"하는 이유에서였다. 이러한 사회적 인간의 일원인 개인을 '사회 역사에 대한 위대한 역할'을 하는 영웅으로 형상화하는 일이 곧 임화가 생 각했던 프롤레타리아 문학의 목표라 하겠다. 그러므로 프롤레타리아 문학을 '집단 묘사'와 등치시키는 것은 관념적이고 기계적인 이해이 자 오해라고도 할 수 있겠다. 그의 프롤레타리아 문학론은 '인간 일 반, 집단 일반'이 아니라 현실공간에서 '생활'하는 인간과 계급을 염 두에 두고 있었다. 그에게 '혁명적 로맨티시즘'과 '사회주의적 리얼 리즘'을 결합시키는 매개는 집단과 자신을 합치시키는 '사회적 인 간'으로서의 개인이었다.

이러한 개인의 형상은 「33년을 통하여 본 현대 조선의 시문학」에 서 다시금 암시된다. 임화는 주지주의를 부정하며 '흥분된 주관의 전율'을 표출하는 '주정주의(主情主義)'의 손을 들어주었다. 프롤레타 리아 시가 부르주아적이라는 이유로 낭만주의를 배격했던 일도 반 성거리였다. "시적인 것 즉 감정적 정서적인 것을 축출"하자 남은 것은 '뼈다귀시'였던 탓이었다.[81] 임화는 '혁명적 로맨티시즘'의 동 력으로 '주정주의'를 택했다. 이것은 현실을 부정하고 새로운 현실 을 초대하는 방법적 부정의 견인차였다. 이것으로 그는 소비에트 문 학가들이 성취했던 '사회주의적 리얼리즘'을 실현할 수 있다고 믿었다. 「낭만적 정신의 현실적 구조」는 이러한 생각이 이론으로 구체화

---

81) 임화, 「33년을 통하여 본 현대 조선의 시문학」(『조선중앙일보』, 1934.1.1~12), 『임화 전집 4』, 352~353; 361쪽.

된 사례로 그동안 주목받아왔다. 이 글에서 그는 "'절대객관적 몰아(沒我)의 사실주의'에로의 복귀", 곧 '절대적으로 순수한 사실주의'와 '조금도 사실적이 아닌 낭만주의'를 거부했다. 문학에서 주관성이 표현될 때 그것은 '낭만적인 것'일 수 있지만, "사실적인 것의 객관성에 대하여 주관적인 것으로 현현(現顯)하는" 한에서 그것은 '낭만적 정신'이라는 이름에 부응한다고 보았다. 객관적 사실과 주관성이 합치하지 않은 상황에서 주체가 갖는 '현실을 위한 의지'를 그는 '낭만적 정신의 기초'라고 명명했다.[82] 따라서 그가 선택한 '주정주의'는 주관성의 무절제한 노출이 아니었다. 거기에는 객관적 현실과 대립하는 주관의 의지가 수반되어야 했다. 임화는 현실을 변혁할 견인력을 주정(主情)으로서의 '낭만'과 의지로서의 '정신'을 결합함으로써 구할 수 있다고 판단했던 것이다.[83]

이 글에서 임화는 19세기를 전후한 낭만주의에 '특수적'이란 수식을 붙여 고전주의의 '세계주의'와 대립했던 '국민주의'로 정의하고, 새로운 세계상의 제시까지 나아가지 못한 채 고전적 문학을 부정하고 비판하는 데에서 그치고 말았다는 점을 한계로 지적했다. 그는 19세기 후반의 낭만주의 역시 부정했는데, 그것이 '귀족적'이고 사실주의를 거부했다는 이유에서였다. 그의 '진보적 낭만주의'는 이러한 과거를 반면교사로 삼고 있었다. 요컨대 그것으로 "국민적 국가

---

82) 임화, 「낭만적 정신의 현실적 구조」(『조선일보』, 1934.1.1~12), 『임화 전집 3』, 15~17; 17~18; 28쪽. 채호석은 "혁명적 전위/대중의 이분법이야말로 임화의 낭만주의론의 '핵심'"이라고 보았다(채호석, 「임화와 김남천의 비평에 나타난 '주체'의 문제」, 『상허학보』 4집, 상허학회, 1998.11, 204쪽).

83) 비슷한 견지에서 김동식은 임화가 '감정'을 매개로 "통합된 주체성의 근거를 발견"했다고 짚은 바 있다(김동식, 「1930년대 비평의 주체와 수사학-임화·최재서·김기림의 비평을 중심으로」, 『한국현대문학연구』 24집, 한국현대문학회, 2008.4, 178쪽).

의 형성의 세계관 위에 서 있"었던 처음의 낭만주의를 잇고자 했던 것이다.[84]

1933년경부터 임화 비평의 시야는 확대되기 시작했다. 국내외적 정세가 프롤레타리아 문학의 입지를 확고히 할 이론의 마련을 요청 했기 때문이었다. 그가 보기에 근대문학은 부르주아 사회를 토대로 한 것이었고, 중세적 억압으로부터 예술을 해방했던 동력은 예술지 상주의였으며, 이것은 조선에서도 어느 정도 공로를 세웠다. 그러나 이것은 당대에 이르러서는 부르주아에 의해서도 방기된 상태였고, 조선의 부르주아 문학은 '속물화한 이상주의'가 되었다는 것이 임화 의 진단이었다. 가톨릭 문학에 대한 비판은 이런 이유에서였다. 그 것은 파시즘으로 치닫는 세계사적 현상의 일부였다. 이상은 그가 사 (史)적 맥락에서 문학을 검토한 것이었다.

이 시기의 다른 평문들은 문학의 본질에 대한 탐색을 보여주었다. 이 과정에서 임화는 '형상의 구체성'을 거론하며 '현실 과정'이라는 말을 도입하고, '당파성'과 '객관성'을 병치시켰다. 이 두 가지 성질 은 양립이 불가능하다. 그러나 그는 '현실 과정'을 역사의 진보로 파 악할 때, 이 둘이 양립할 수 있다고 여겼다. 여기에는 '예술의 양심' 이 추동한 문학적 행동의 매개가 필요했다. 이러한 양심이 포착해낸 '형상의 구체성'은 '계급사회적 전체'를 대표하는 '사회적 인간'으로 서의 개인이었다. 그리고 이 개인은 사회주의 리얼리즘을 실현하는 일종의 영웅이었다. 임화는 이 개인의 동력이 혁명적 로맨티시즘에

---

84) 임화, 앞의 글, 20~21쪽.

서 온다고 생각했다. 이리하여 그는 주지주의의 반대편에 '주정주의'
를 세우게 되었다. 이것은 객관적 현실과 대결하는 주관의 의지를
필요로 한다. 그는 '낭만'이란 주정(主情)과 '정신'이라는 의지[主義]를
결합함으로써 프롤레타리아 문학의 길을 개척하고자 했다. 한편으로
임화는 19세기를 전후한 초기의 낭만주의를 '국민주의'로 명명하였
다. 이로써 그의 시론은 프롤레타리아에서 민족을 중심으로 한 윤리
로 나아가는 발판을 마련한다.

3. 김기림, 인생을 위한 '진'과 즉물주의

1) 주관의 움직임과 객관세계와의 선율(旋律)

김기림의 문학에 대해 초기의 선행 연구자들이 주목했던 부분은
영미의 이미지즘을 중심으로 한 비교문학의 관점에 있었다. 이미지
즘과 그것의 이론적 토대였던 흄의 고전주의와 대조함으로써, 영향
관계와 수용의 정확성을 검토하려고 했던 것이다. 이러한 연구방법
은 김기림 문학에 대한 부정적인 평가로 이어졌다. 김기림의 시와
시론이 영미 모더니즘의 본질을 놓쳐 그 수준에 다다르지 못했다는
지적이나, 그가 흄의 고전주의와 엘리엇의 몰개성론을 오해했다는
비판, 그리고 이미지즘을 주관적 감정의 표출이나 형상화로 오해했
다는 비평 등이 대표적인 사례라 하겠다.[85] 이러한 비교문학적 고찰

---

85) 송욱, 「한국 모더니즘 비판」, 『시학평전』, 일조각, 1963, 189쪽; 한계전, 「모더니즘 시
    론의 수용」, 『한국현대시론연구』, 일지사, 1983, 163쪽; 오세영, 「한국 모더니즘 시의
    전개와 그 특질」, 『20세기 한국시 연구』, 새문사, 1989, 146쪽. 오세영은 Natan Zach

은 반드시 필요할 것이다. 문제는 외국문학에 대한 이해가 축적된
'지금'의 수준에서 '과거'를 재구성하는 이러한 태도가 꼭 긍정적인
결과를 초래한다고 단정하기 어렵다는 데 있다. 김기림의 시와 시론
이 '오해'나 '오독'의 결과라면, 그것들을 유발한 요인까지 살피는
것이 그의 문학은 물론 문학사를 온전하게 재구하는 방법일 수 있다.

가령은 김기림의 문학이 영미 모더니즘만이 아니라 뉴컨트리파나
일본 주지주의 문학과 상관관계에 있다는 연구는 기존의 관점이 보
여주었던 기조에 변화를 주었다.[86] 김기림의 시와 스펜더의 시를 비
교·고찰하거나,[87] 그의 시론에 도입된 리차즈 이론의 수용 양상에
주목한 경우도 같은 맥락에서 재해석할 수 있다.[88] 이들 일련의 연
구는 김기림의 문학이 외국문학의 다기한 측면으로부터 영양분을
공급받았음을 검증했다고 하겠다. 이를 수긍한다면, 논의의 초점은
옮겨질 수 있다. 특정한 이론에만 기대지 않았다는 사실은 김기림의
문학을 그것만으로 재단하기 어렵게 만드는 데 그치지 않는다. 나아
가 이것은 고정된 실체나 수준으로서의 문학이 아니라 김기림 식으
로 말해서 '움직이고 있는 주관'에 의해 생성되는 문학이라는 데에
방점을 찍을 수 있게 해준다.

(Imagism and Vorticism, *Modernism*, ed. M. Bradbury and J. McFarlane, Penguin book, 1976, p.235)의 글을 인용하여 이미지즘이 "사물들 사이의 관계에서 생성되는 정서적 등가물을 표상하고 또한 그러한 사물들의 관계성 속에서 돌연한 자유의 지각을 인식하고자 하는 태도"라고 설명했다(같은 글, 145쪽)

86) 문덕수, 『한국 모더니즘 시 연구』, 시문학사, 1981.

87) 김용직, 「한국시의 스티븐 스펜더 수용」, 『한국근대문학론고』, 서울대 출판부, 1985; 문혜원, 「김기림과 스티븐 스펜더의 비교문학적 고찰」, 『한국현대시와 모더니즘』, 신구문화사, 1996.

88) 송욱, 앞의 책; 한계전, 앞의 책; 서준섭, 「한국 현대문예비평사에 있어서의 시비평이론 체계화작업의 한 양상」, 『비교문학 및 비교문화』 5집, 한국비교문학회, 1980.

김기림 문학에 대한 연구가 초기의 이론적 검토에서 식민지에서의 근대적 도시 체험의 결과로 본 연구들로 전환된 이유가 여기에 있다. 예컨대 그의 시와 시론을 근대의 미디어나 이동 매체 등과 관련지어 이해하려는 시도들이나, 그것들의 변모를 당대 문단사의 틀에서 해석하려는 연구들이 그것이다.[89) 외국의 문학을 잣대로 삼아 특정한 개인의 문학적 성취를 평가하는 일은 해당 문학에 대한 온전한 이해를 위해 필요하겠지만, 그 기준점이 우리의 문학이 아니라는 사실은 부인하기 어렵다.[90) 이 땅에서 근대적인 문학의 기틀이 다져지고 고유성을 획득하는 과정을 온당하게 재구하기 위해서는, 개별 문인의 문학이 겪은 변화의 통시적 단계를 여타 문인의 문학들이 보여준 그것들과 나란히 다루는 공시적 관점이 요구된다. 부언하면 진보든 퇴락이든 변화란 언제나 차이를 수반하기 마련이며, 성숙은 대개 미숙을 전제로 한다.

연구자들은 초기 김기림의 시론을 흔히 '주지주의'나 '이미지즘'으로 설명해왔다. 그런데 비교문학의 관점에서 그의 시론은 원래의 그것들과 거리가 멀었다. 이것이 김기림의 초기 시론에 대한 비판의 이유였다. 이를테면 파운드에게 있어 '이미지'란 '지적·정서적 복합

---

89) 정순진, 『김기림문학연구』, 국학자료원, 1991; 조연정, 「1930년대 문학에 나타난 '숭고'에 관한 연구」, 서울대 박사논문, 2008; 조영복, 「김기림 시론의 기계주의적 관점과 '영화시(Cinepoetry)'」, 『한국현대문학연구』 26집, 2008.12; 장철환, 「김기림 시의 리듬 분석—문명의 '속도'의 구현 양상을 중심으로」, 『현대문학의 연구』 42집, 한국문학연구학회, 2010.

90) 오형엽은 이러한 연구 경향들이 서구 모더니즘과 구별될 수밖에 없는 조건에서 수용되고 성장한 "한국 모더니즘의 특수성을 간과"하였다는 점을 지적했다(오형엽, 『한국 근대시와 시론의 구조적 연구』, 21쪽). 박용철에 대한 선행연구들 역시 이와 같은 맥락에서 비판적으로 계승할 필요가 있다.

체'이며, 그것은 '시각'에 국한되지 않는 것이었다. 파운드가 내세웠던 이미지즘의 세 원칙 중 마지막은 청각과 관련된 '리듬'이었다.[91] 그런데 김기림은 이미지의 범주를 축소하여 회화성을 강조하는 한편으로 정서적 요인을 과할 정도로 배격하였다.[92] 감정의 무절제한 표출로 요약되는 1920년대의 시에 대한 대타의식에서 그 원인을 찾을 수 있다. 전대와는 구별되는 새로운 시를 얻고자 했기 때문에 그는 서구 모더니즘을 그대로 수용할 수 없었던 것이다.[93] 그가 세우고자 했던 문학은 전대 문학의 한계를 넘어서는 대안이라는 지평을 향해 있었다.

　　1. 현실과 감각 －현실에 대한 산 감각의 활동과 비판 밖에 나는 시를 본 일이 없읍니다.
　　2. 제2의 의미 －단어가 가지고 있는 제2의 (숨은) 의미와 단어와 단어 사이의 제2의 (숨은) 관계, 전연 생각하지 않던 어떤 단어와 단어 사이의 새로운 관계, 이러한 방면에 시인을 기다리는 영역이 처녀림대로 가로누어 있는 것이 아닐까.
　　3. 蛇性 －'포에시'는 자기의 열정까지를 객관적으로 구상화하는 철저한 기술이다. '포에시'는 배암과 같이 차다.

---

91) "리듬에 대해서: 메트로놈이 아니라, 음악적 어구에 따라 구성한다(As regarding rhythm: to compose in sequence of the musical phrase, not in sequence of the metronome)." 이 외의 원칙은 "1. Direct treatment of the "thing", whether subjective or objective(주관적이든 객관적이든 '사물'을 직접 취급 할 것); 2. To use absolutely no word that does not contribute to the presentation(표현에 도움이 안 되는 말은 절대 사용하지 말 것)" 이다(Ezra Pound, Imagism, *Poetry*, 1913.3, Chicago: Poetry Foundation).
92) 김용직, 「모더니즘의 시도와 실패」, 『한국 현대시 연구』, 일지사, 1974; 조남철, 「김기림 연구」, 연세대 석사논문, 1980.
93) 김인환, 「김기림의 비평」, 『문학과 문학사상』, 열화당, 1979; 김유중, 『한국 모더니즘 문학의 세계관과 역사 의식』, 태학사, 1996.

7. 구성 ─우리들의 세기에 들어와서 가장 큰 발견 속에 단어의 발견이 있다. '구성'─그것은 1. 선택받은 본질적인 현실의 단편의 2. 유기적 결합에 의하여 3. 신현실을 창조함을 가리킨 말이다. 그것은 현실의 의식적 정리이다. 그러므로 부정주의며 초현실주의다.

14. 본질 ─어떤 일점에 대하여 너무 지나치게 말하지 말라. 당신이 파악한 본질 위에 많은 언어의 의복을 입히지 마옵소서. "벌거숭이 사상, 감동은 벌거숭이 여자와 같이 굳세다." ─브르통 엘류아르

15. 당신의 혼 ─당신의 혼이라고 하는 독자의 유령을 본일이 있읍니다. 세계에 향하여 다각적으로 움직이는 때 비로소 나는 당신의 혼을 봅니다. 그때에만 당신의 인간은 빛을 뿜어냅니다.

17. 일하는 일의 미 ─과거의 예술가는 항용 한가한 사람들의 한가한 시간을 그렸다. 일하고 있는 사람과 일의 美를 발견한 것은 문학상의 地動說과 같다.

21. 구속 ─자유시는 낡은 시의 '리듬', 선율, 격식까지를 포기한 것은 아니다. 그 구속만을 절단해 버렸다. 우리는 또 다시 자유시까지 버릴 때가 왔다. 자연스러운 언어의 가장 해방된 상태에서 시를 발견해야 하겠다.

22. 고전과 시체 ─'생볼리스트'나 '네오 로만티스트'의 창시자의 시를 나는 고전이라고 부른다. 그 말류(현대에 있어서도 오히려)의 시를 나는 시체라고 부른다.

23. 반항 ─반항은 새로운 광명에의 욕망이며 '스트러글'이다.

24. 시인 ─그는 시대의 사람이다. 동시에 초시대의 사람이다.

27. 이해 ─보는 것은 지나가는 幻影이다. 이해함에 이른 것만이 예술이 된다.

29. 민요시인 ─그 옛날에 민요시인은 민중의 대언자였다. 따라서 그는 웅변가 모양으로 사람의 '매스'에 향하여 소리치는

관습에서 산 까닭에 위대하였다.

그런데 근대의 시인은 항상 고립한 개인만을 예상하였다.

오늘날의 시인은 또 한번 '오레이터'(orater)가 될 필요가 있지 않을까.[94]

31. '리듬'의 사망 –'리듬'은 '생볼리즘'의 冗漫한 음악과 함께 사망했다. 이 시대는 그렇게 '로맨틱'하기에는 너무나 급한 '템포'로 초월적인 비약을 사랑한다.

32. '슈르리얼리스트'의 오류 –'슈르리얼리스트'는 '개인의 시각의 창'으로 그 자신의 '개인의 형이상학적 정신'을 바라보려고 한다.

33. 산문화 –시는 맨 처음의 司祭官과 예언자의 생활수단이었다. 그 후에 그것은 또 다시 궁정에 횡령되었다가 '부르조아'에게 몸을 팔았다.

그러나 '민중'의 성장과 함께 시는 민중에까지 접근하여갔다.

'리듬'은 시의 귀족성이며 형식주의다. 민중의 일상 언어의 자연스러운 상태에서 발견하는 미와 탄력과 조화가 새로운 산문예술이다.[95]

「'피에로'의 독백」을 선별적으로 인용했다.[96] 보다시피 하나의 논제를 중심으로 수렴되는 글이 아니다. 김기림은 확산의 방식으로 시에 대한 단상들을 늘어놓았다. 그런 만큼 이 글은 문학적 사조나 경

---

94) '웅변가(orater)'에 대한 언급은 이 글에서는 단상에 그쳤지만, 나중에 가서는 실제적 의미를 담고 수정된다. 이에 대해서는 4장 3절에서 다룬다.

95) 김기림, 「'피에로'의 독백–'포에시'에 대한 사색단편」(『조선일보』, 1931.1.27), 『김기림 전집 2』, 299~303쪽. 항목명과 내용 사이에 '–'를 넣고 축약했다.

96) 『김기림 전집 2』의 '시론연보'에 따르면, 김기림이 발표한 최초의 시론은 「詩人과 詩의 槪念–根本的 疑惑에 對하여」, 『조선일보』, 1930.7.24~30이며, 「'피에로'의 독백」은 그 다음이다.

향을 뚜렷하게 지향하지 않는다. 대신에 시 장르의 일반적 속성을 포괄적으로 제시하는 데에 집중했다고 하겠다. 시에 대한 사색들이 두서없이 펼쳐졌다는 점에서 이 글은 산만하다. 그러나 독서 이후의 메모처럼 나열된 이와 같은 산만성이야말로 시 장르의 전체상을 드러내는 유효한 수단이기도 하다. 이러한 구성에서 도드라지는 것은 특정한 문학론에 얽매이지 않고 시라는 장르를 궁구하는 주체의 존재이다. 실제로 이 글에서 김기림은 자신의 생각이나 의문을 제시할 뿐만 아니라 시인들을 향해 조언하기까지 한다. 그는 문학론들 사이에서 비유컨대 일종의 산책을 하면서 자신의 사유를 움직이고 들려준다.

항목 2·3·7·14 등은 시에 대한 이론적 검토이다. 항목 2는 사전적 의미와는 다른 시어의 활용과 더불어, 시어들을 '새로운 관계'로 연결함으로써 얻어질 것들을 긍정한다. 김기림은 그것들로부터 배태될 낯선 영역이 시인을 이전과 다른 시의 '처녀림'으로 인도하리라고 내다본다. 항목 3에서는 자신의 '열정'까지도 구상화해야 한다고 말한다. 시의 구체성은 냉철한 객관성으로 획득된다는 의미이다. 항목 7은 '구성'의 방법을 설명한다. 그것은 특별히 선택된 '본질적인 현실의 단편'들의 '유기적 결합'으로 '신현실'의 창조를 목표로 한다. '의식적'으로 현실을 정리하는 작업이므로, 그는 이것을 '부정주의'·'초현실주의'라고 부른다. 요컨대는 지성의 역할과 기능이라고 하겠다. 항목 14는 항목 3·7과 연결되는 것으로 보인다. '어떤 일점'에 대한 과도한 집중은 객관적 거리를 지우거나 본질을 왜곡할 수 있다.

항목 1・23・24 등은 시와 현실과의 관계에 대한 고찰이다. 항목 1은 '현실'에 대한 '산 감각'의 대응이 곧 시라고 정의한다. 시는 살아있는 감각으로써 현실에 반응하고 그것을 비판하는 것이어야 한다. 그러므로 항목 23에서 보듯이 이러한 '반항'은 '새로운 광명'을 향한 고투이다. 항목 24는 그 까닭으로 시인이 무엇보다 '시대의 사람'이라는 이유를 제시한다. 그렇다면 그를 '초시대의 사람'이라고 첨언한 이유는 새로운 시대를 지향하는 이가 시인이어야 한다는 의미일 터이다.

살펴본 바와 같이 시에 대한 이론적 접근과 현실과의 관계에 대한 검토 등에는 '신현실'을 창조해야 한다는 시의 목표와 '초시대의 사람'이어야 한다는 시인의 요건이 담겨 있다. 이처럼 김기림의 비평은 초기부터 시와 현실의 관계를 주목했다. 물론 선행 연구들은 이런 사실을 비판적으로 분석한 경우가 많은 편이고, 그가 말하는 '현실'이 적어도 초기에는 추상적인 차원에 머물렀다는 점을 부인하기는 어렵다. 하지만 이 시기 사용됐던 단어들을 고정된 의미로만 파악할 수도 없는 일이다. 그것의 내포는 점차 변해가기 때문이다. 예컨대 항목 15에는 "세계를 향하여 다각적으로 움직이는" '당신의 혼'이 제시된다. 세계 속에서 주체가 드러나는 것은 그런 움직임의 순간이라는 것이다. 세계를 향한 대응이나 대립을 통해서 '당신의 인간'이 빛난다는 말은 그러나 천편일률의 움직임을 전제하지는 않는다. '당신'의 개별성만큼이나 움직임의 방법과 양상은 다양할 수밖에 없다. 따라서 '당신의 혼'은 '독자(獨自)의 유령'이다.

그렇다고 김기림이 주장하는 바가 시가 결국 독자적인 행보라는 의미는 아니다. 항목 17·21·22·33 등은 시의 역사와 관련된 언급들이다. 항목 17은 '과거의 예술가'와 달리 '일하고 있는 사람과 일의 美'를 발견한 것이 지금의 예술가라는 진술이다. 개별 예술가의 독자적인 활동이 거대한 역사의 조류와 무관하지 않음을 그는 인식하고 있었던 것이다. 항목 21에서 자유시가 '자연스러운 언어의 가장 해방된 상태'에 도달하기를 바라거나, 항목 22에서 '생볼리스트'·'네오 로만티스트'의 창시자를 고전이라 하지만 아직껏 그것을 추수하는 이들을 '시체'라고 부르거나, 항목 33에서 시의 향유자가 변모한 과정을 논하는 것 등은 그 방증일 것이다. 김기림은 문학을 역사의 산물로 파악했다고 하겠다. 이처럼 그는 비평 행보의 초기부터 '부정주의'와 '초현실주의' 등과 같은 지성의 활동으로써 작금의 역사를 넘어서는 '초시대의 사람'이 될 시인을 요청한 것이다.

시를 몇 개의 요소로 분석하는 것은 소박한 요소심리학에 근거를 둔 것이다. 시는 한 언어적 전체 조직이다. 그러므로 그것을 어떤 몇 개의 요소로 구분하는 것은 매우 곤란한 일이다.
한 시대의 시대정신 그 시대의 '이데'는 그것에 가장 적응한 구상작용으로서의 양식을 요구한다. 정신적·혁명적 앙양기는 적극적인 '로맨티시즘'의 양식을 요구하였다. 과학적·물질적 정신이 횡일한 시대에는 실험적인 과학적인 '리얼리즘'의 양식을 요구했다. 인류가 높은 이상을 잃어버리고 회색의 薄暮에서 방황하던 세기말적 퇴폐시대에는 '심볼리즘' 또는 소극적인 '로맨티시즘'의 양식을 요구하였다.
그러므로 시인은 그가 위치한 시대—즉 과거로부터 미래로 향하는 특정한 시간성—는 어떠한 특수한 '이데'에 의하여 추진

되고 있는가를 항상 이해하지 아니하면 아니된다. 따라서 그것
의 특수한 구상작용으로서의 양식의 발견에 열중하지 아니하
면 아니된다. 그러므로 시의 혁명은 양식의 혁명인 동시에 아
니 그 이전에 '이데'의 혁명이라야 한다.[97]

　첫 단락에서 김기림은 시를 '한 언어적 전체 조직'이라고 명명한
다. 그는 이 글의 서두에서부터 시를 '물리적 대상'으로 간주하여,
그것을 음(音)이나 형(形)으로 분해할 수 있다는 생각에 반대했다. 시
에서 음이란 '의미있는 단어의 언어적 사실로서의 구상적 음'을 말
하며, 형에만 집중하는 것은 회화(繪畫)의 영역이 시를 침범하도록 자
처하는 일이라는 이유에서다(72~73). 이런 관점에서 보면, 시를 몇
가지 요소로 구성된 것으로 판단하고 그것들을 살핌으로써 시를 분
석할 수 있다는 생각도 문제적이다. 그것은 김기림의 견지에서는 너
무나 '소박한' 접근이다.
　그 까닭은 앞에서 다루었던 「'피에로'의 독백」의 항목 2에서 찾아
볼 수 있다. 거기에서 김기림은 단어들의 결합에서 '제2의 (숨은) 관
계' 그리고 생각지 못했던 단어들 '사이의 새로운 관계'뿐만 아니라
사전적 의미를 벗어나는 '제2의 (숨은) 의미'를 거론한 바 있었다. 시
어만을 예시로 했을 경우에도 그것이 놓인 맥락이나 상황 그리고 그
것들의 병치가 구축하는 언어의 한 '전체 조직'으로서 시는 시어들
이 가진 일반적 의미를 벗어난다는 의미이다. 따라서 그는 시를 몇
개의 요소들로 구분하여, 그것들의 총합으로 시의 의미를 이해하려

---

97) 김기림, 「시와 인식」(「시의 기술, 인식, 현실 등 제문제」, 『조선일보』, 1931.2.11~14),
　　『김기림 전집 2』, 73쪽.

는 '요소심리학'의 방법을 부정한다. 그의 견해는 전체를 "각 부분의 상호역학적 관계 속에서" 파악하고자 했던 형태심리학의 영향을 받은 것으로 여겨진다.[98]

다음의 두 단락에는 한 시대의 시대정신, 즉 이데올로기와 시의 양식이 관련된다는 사유가 드러나 있다. 정신적이고 혁명적인 고조기는 적극적인 로맨티시즘 양식을, 과학적 물질적 정신이 흘러넘치는 시기는 과학적인 리얼리즘 양식을, 세기말적 증후가 만연한 시대는 심볼리즘이나 소극적인 로맨티시즘 양식을 각각 요구했다는 것이다. 요컨대 김기림은 시대상황이 양식을 불러온다고 보았다. 그러므로 시인에게 요청되는 것은 그가 살아가는 시대를 추동하는 이데올로기의 특수성에 대한 인식이다. 그것은 무엇보다 '과거로부터 미래로 향하는 특정한 시간성'에 대한 이해이다. 이러한 시간성은 이데올로기의 방향성과 밀접하게 관련되기 때문이다. 그러니 시인은 이데올로기의 "특수한 구상작용으로서의 양식의 발견에 열중"해야 한다. 김기림이 "시의 혁명은 양식의 혁명"이기 이전에 이데올로기의 혁명이라고 언급한 까닭은 우선적으로 시는 시대정신과 부합해야 마땅하다는 점을 강조하기 위함이다. 20세기 초반의 유파들에 대한 그의 부정적 평가는 이러한 당위성을 위반했다는 데 기인한다.

---

98) 기존하던 심리학, 즉 요소심리학은 심리현상을 요소로 분류하고 그것들의 결합 및 집합으로 설명하려는 시도였다. 반면 형태심리학(Gestalt psychology)은 "형태 즉 전체를 우위에 놓고 이것을 일정한 시간・공간적 장(場)에서 개별화시키고 한정시킨 유기적 통일로서 포착하며, 그 각 부분의 상호역학적 관계 속에서" 심리현상을 이해하고 설명하려는 입장이었다(철학사전편찬위원회, <게슈탈트 심리학>, 『철학사전』, 중원문화, 2009, 51~52쪽, 참고). 이 이론의 개척자였던 베르트하이머(Max Wertheimer)는 "전체 특성은 부분의 총화로 환원될 수 없다"를 기본 테제로 삼았다(노에 게이이치 등 엮음, <베르트하이머>, 『현상학사전』, 이신철 옮김, 도서출판 b, 2011, 511쪽, 참고).

'다다이즘'은 시를 파괴하였다. 파괴 자체가 목적의 전부며 동시에 행동의 전부였다. '슈르리얼리즘'은 (생략) 시를 전연 무계획한 무의식의 발현으로서 이해하는 것이다.

그러나 시의 혁명이란 것은 '폼' 그것의 파괴에서 종결하는 것이 아니라 함은 이미 역설한 바이다. 시는 비유해 말하면 항상 유기적 化合狀態의 전체로서 우리들의 감상의 안계로 들어오는 것이다. 시는 한 개의 생명 비슷한 것이다. 많은 성급한 시파나 시인이 너무나 조급하게 20세기적이고 싶은 까닭에 시를 3요소 즉 의미, 음, 형으로 나누고 그 중의 하나를 부당하게 과장하는 것은 우리의 눈에는 고집이나 편협으로 밖에는 보이지 않는다. 진정한 시의 혁명은 시의 생명의 발전이 아니면 아니된다.[99]

김기림은 다다이즘이 단지 '파괴'를 목적으로 삼고 그것을 행하는 것으로 끝났다고 평가하고, 초현실주의가 시를 "전연 무계획한 무의식의 발현으로서 이해"하는 데 그쳤다고 진단한다. 이들 유파가 '양식'과 '이데올로기'의 상관성을 충분히 고려하지 않았다고 여겼던 것이다. 물론 그의 견해에는 마땅하달 수 없는 측면이 있고 그것은 당연히 짚고 넘어가야 할 사안이다. 가령 이들 유파들도 이전의 양식과 결별하고 새로운 시를 추구했던 시대정신의 산물이었다는 것을 부정할 수는 없다. 그럼에도 그가 이렇게 판단했던 이유는 시를 '유기적 화합상태의 전체'로 이해했기 때문이다. 그에게 "시는 한 개의 생명 비슷한 것"이었다. 그러니 그의 입장에서는 '의미·음·형' 등으로 시를 분해하여 그 중의 하나만을 과장하고 나머지 요소를 무

---

99) 「시와 인식」, 74쪽.

시하는 일은 부당하다. 그것은 '고집이나 편협' 이상일 수 없다. 김기림에게 시는 무기 결합의 결과라기보다 유기체에 가까웠다. 그는 그러한 상태가 시의 3요소인 의미·음·형이 조화를 이루어야만 가능하다고 여겼다. 시에 있어서 혁명을 '시의 생명의 발전'이라고 했을 때, 그는 3요소의 모순이나 어긋남을 상정하지 않고 있었다. 그러나 그의 생각은 이상론이다. 형식적 전체시론이라고 비판받았던 연유이기도 하다. 실상 3요소 중 하나를 더 강조하는 것, 그것이 시 양식의 변화가 일어나는 단초이다. 하지만 그럴 때에도 예의 3요소가 어울려야 한다고 그는 믿었다.

> 시인은 사람의 관념계에 딩구는 잠자고 있는 말을 주워다가 그의 목적 때문에 생명을 불어넣어 산 말을 만드는 것이다. 말이 (생략) 시인의 호흡을 받아 활동하게 될 때에 비로소 숨쉬기 시작한다. (생략)
>
> 이 말은 스스로 아래와 같은 것을 의미한다. 시인의 시야를 채우며 또 그 의식에 떠오르는 수없는 현실의 단편을 그 자신의 목적에 향하여 선택하여 새로운 의미 세계를 만드는 것이다. 왜 그러냐 하면 언어라고 하는 것은 기호이기 때문이다. 그것은 수없는 현실의 단편의 그 어느 것을 대표하거나 또는 그 상호간의 관계를 표시하기 때문이다. 따라서 시인은 평범한 눈이 발견할 수 없는 현실의 어떠한 새로운 의미를, 또 한편으로 언어가 가지고 있는 숨은 의미를 부단히 발굴하여 보여주는 것이다. 사람들은 시인의 도움으로 현실의 숨은 의미를 이해함으로써 그의 인생을 더 풍부하게 할 수 있을 것이다.[100]

---

100) 「시와 인식」, 75쪽.

시인의 일은 관념 속에 잠자는 말에 "생명을 불어넣어 산 말을 만드는 것"이라고 김기림은 생각했다. 말은 "시인의 호흡을 받아 활동하게 될 때에 비로소 숨쉬기 시작한다." 그는 시의 탄생을 설명하기 위해 이처럼 신화를 빌려오고 있다. 하지만 그가 시를 신비화하는 데에 관심을 둔 것은 아니었다. 시인이 목적의식을 가지고 이 일을 행한다는 단서는 시를 신화로부터 벗어나도록 한다. 시인은 시를 창조하나 그는 신이 아니며 시 역시 신성하지 않다. 그는 숱한 '현실의 단편' 중에서 "그 어느 것을 대표하거나 또는 그 상호간의 관계를 표시"하는 언어를 취사선택해서 "새로운 의미 세계를 만드는" 일을 할 뿐이다. 시인은 이중으로 이 일을 행한다고 김기림은 설명한다.

먼저 일반의 '평범한 눈'에는 발견되기 어려운 '현실의 어떠한 새로운 의미'를 포착하는 시선으로써, 다음으로 언어의 '숨은 의미'를 끊임없이 발굴하면서 말이다. 전자의 경우 이 글이 명시하고 있듯이, 사람들은 "현실의 숨은 의미를 이해"하기에 이름으로써 저마다의 '인생'이 풍요해진다. 후자의 경우 전자를 참고하여 추측할 수 있다. '언어의 숨은 의미'를 새롭게 맛보는 일 또한 인생을 폭넓고 깊게 해 줄 것이기 때문이다. 김기림에게 '산 말'이란 현실 및 언어의 새로운 국면을 드러내는 이중의 역할을 한다. 그리고 '시인의 호흡'은 그러한 일에 힘쓰는 주체의 고유성·유일무이성을 나타낸다.

새로운 시각으로 현실을 파악하고자 하는 의지는 김기림에게 일반적인 의미에서의 사실주의를 부정하게 만들었다. 그는 현실의 모방이나 반영으로서의 시를 추구하지 않았다. 그에게 시는 "새로운 현실의 창조요 구성"이었다. 이 과정에 관여하는 '주관'은 그러나

'표현주의'와 '이마지스트' 그리고 거기에서 더 나아간 '슈르리얼리스트' 등의 사례들과는 달라야 했다. 그는 그들이 주관을 소박한 차원에서 강조하거나, 그것의 소리에 귀를 기울이면서 그것 속에 침닉(沈溺)하는 것으로 만족했다고 여겼다. 하니 그들의 주관은 '정지한 상태'나 다름없었다. 김기림은 그런 상태의 주관을 사유하기란 불가능하다고 보았다. "어떠한 형태로든지 동요할 때에 비로소 주관을 관념할 수 있다." '동요'하지 않고 '정지'했을 때, 즉 객관세계와 상호작용을 하지 않을 때 주관은 탐구의 대상이 될 수 없다는 뜻이다. 객관세계와 외따로 존재하는 '순수한 주관의 세계'는 이리하여 부정된다. 김기림의 주장은 '예술의 보편성'이 성립하려면 객관세계와의 관련성 안에서 주관이 활동해야 한다는 것으로 요약할 수 있다. 다시 말해 객관세계와 교섭하지 못하는 주관은 '우리들의 상호 이해'와는 별개의 세계에 속하므로, 거기에 예술로서의 보편성이 들어설 여지가 없다는 취지이다(75~76).

위의 인용문에서 김기림은 시인이 '새로운 의미 세계'의 창조자라고 말한 바 있다. 그런데 그것이 기존의 세계가 아님이 명백한데도 거기에서 보편성을 찾을 수 있다고 보았다. 더구나 이미 짚었듯이 '시인의 호흡'이라는 표현에는 주체의 고유성 내지는 유일무이성에 대한 인식이 엿보인다. 하지만 그가 자가당착에 빠진 것은 아니다. 그는 '시인의 호흡'이 빚어낸 '산 말'의 역할이 무엇인지 제시했기 때문이다. 시인이 보여주는 '현실의 어떠한 새로운 의미'는 '평범한 눈'을 가진 이들이 '현실의 숨은 의미'를 이해하도록 돕는다. 평범치 않은 시인의 고유한 눈은 이처럼 '숨은' 보편성을 향해 열려 있다는 것이 그의 생각이었다.

> 시는 시인의 주관이 부단히 객관에로 작용할 때, 그래서 그
> 것이 이러한 상호작용에 의하여 旋律할 때 거기 발생하는 생명
> 의 반응이다. 이 말은 결코 시에 있어서 객관성만을 고조함이
> 시의 가치의 수준을 높이는 일이라 함은 1'퍼센트'도 의미하지
> 않는다. 주관의 소리만이 시일 수 없는 것과 마찬가지로 객관
> 적 사실의 나열만이 시도 아니다. 그것은 자연 자체다. '자인'
> 이다.
> 그러므로 우리가 擯斥하려는 시인은 주관의 상아탑 속에 점
> 차 은둔하는 너무나 소극적인 시인과 아울러 객관적 사물의 해
> 골을 부지런하게 진열하는 일에 싫증을 느끼지 아니하는 정력
> 적인 사무가다. 존재는 가치가 아니다. 가치는 활동 속에서만
> 발생한다. 가치라고 하는 것은 생활의 더 높은 단계로 향하는
> 노력에서 생긴다.[101]

시는 주관이 "부단히 객관에로 작용할 때" 그리하여 마침내 객관
과 서로 어울릴 때[旋律], '발생하는 생명의 반응'이라고 김기림은 설
명한다. 시가 성립하기 위해서는 주관이 끊임없이 객관을 향해 움직
여야 한다는 것이다. 따라서 '정지'한 '주관의 소리'와 마찬가지로
'객관적 사실의 나열'만으로는 시가 될 수 없다. 그것은 '자연 자체',
즉 '자인'(Sein, 존재)일 뿐이기 때문이다. 그는 "존재는 가치가 아니"
며, "가치는 활동 속에서만 발생한다"라고 단언한다. 그에게 활동이
란 '생활의 더 높은 단계'를 목표로 주관이 객관을 향해 작용하는 일

---

101) 『시와 인식』, 76쪽.

체의 것을 지칭한다. 여기에서 활동이 '졸렌'(Sollen, 당위)과 관련된다
는 사실을 알 수 있다.

　김기림은 객관세계의 존재를 인정하고 그것에 인간의 주관이 작
용해야 한다고 여겼던 것이다. 하지만 주관은 '객관세계의 일부분'
이고 한 인간의 주관이 없어진 이후에도 객관세계는 여전할 터이다.
그럼에도 한 인간에게 중요한 것은 자신의 주관이지 객관이 아니다.
객관세계는 그 자체로는 '자인'이기 때문이다. 김기림이 제기했던
두 가지 문제, 즉 객관세계에 대한 인식의 가능성과 인식된 객관세
계의 내용 등에서 핵심을 이루는 것이 주관의 작용인 까닭이 여기에
있다. 주객의 상호작용을 거친 인식은 주관의 소유이며, 인식된 객
관세계는 "주관내에서 활동"한다(76~77). 이로써 김기림의 주지주의
가 실마리를 드러낸다. 존재에 가치를 부여하는 주관의 당위적인 활
동을 중시하는 태도가 바로 그것이다. 그런데 문제는 객관세계가 고
정된 것이 아니라는 점이다.

> 　이리하여 우리는 가장 결정적인 문제의 하나를 밝혀야 되겠
> 다. 그것은 현실의 문제다. 개념의 정당한 內包에 있어서 현실
> 이라 함은 주관까지를 포함한 객관의 어떠한 공간적·시간적
> 일점을 의미한다. 바꾸어 말하면 그것은 역사적·사회적인 一
> 焦點이며 교차점이다. 현실은 시간적으로 부단히 어떠한 일점
> 에서 다른 일점으로 동요하고 있다. (생략) 이렇게 부단히 추이
> 하고 있는 현실을 여실히 포착할 수 있는 주관은 역시 움직이
> 고 있는 주관이 아니면 아니 된다. 그러므로 끊임없이 움직이
> 는 시의 정신을 제외한 시의 기술문제란 단독으로 세울 수 없
> 는 일이다.[102]

이런 이유로 부각되는 것이 '현실'이다. 김기림은 이것을 '주관까지를 포함한 객관'의 시공간적 '일점'으로 설명하고, 이내 사회역사적 '일초점'·'교차점'이라고 부연한다. 그에게 '현실'은 주관과 객관이 교차하는 역사적이고 사회적인 시공간이다. 객관의 나열을 '자연 자체'라고 했던 것과 대비된다. 객관세계에 주관이 개입되어야 비로소 '현실'이라 할 수 있다는 것이다. 하지만 이때에도 주관이 객관에 수렴된다는 사실은 변하지 않는다. 주관은 독자적으로 활동할 수 없다. 그 까닭은 '현실'의 간단없는 '동요'에 있다. '부단히 추이하고 있는 현실'을 포착하기 위해서는 주관 역시 그러한 흐름 속에 있어야 한다. 김기림이 '움직이고 있는 주관'을 내세운 연유이다. 시에 있어서 '기술문제'는 따라서 이러한 흐름 안에서 논의되어야 한다. 주관과 객관의 교섭이 그러하듯이 김기림에게 '시의 정신'은 "끊임 없이 움직이는" 속성을 지닌다.

> 그런데 문예부흥의 두 개의 특성으로서의 지성과 인간성은 그 초기에 있어서 중세기의 성벽을 파괴하는 매우 필요한 두 개의 무기였으나, 이윽고 그 적을 극복한 후에는 두 개의 성질은 서로 반발하기 시작하여 필경 均齊가 잃어지고 모순현상이 나타났다. 사람의 주관적인 인간성까지라도 객관화하려는 욕구를 지성은 가지고 있으며, 사람의 마음 속에서 한번 눈을 뜬 인간성을 어디까지라도 냉혹하려고 하는 차디찬 지성의 울타리에서 탈출하려고 애쓴다.
>
> 그러나 한번 눈을 뜨기 시작한 인간성은 결코 눈을 뜨고만 있는 정도에서 정지하려고 하지 않는다. 더 한걸음 나아가서

---

102) 「시와 인식」, 77쪽.

그것을 움직이려고 하는 충동이 굳세게 불타오르는 것을 느꼈
다. 사상은 사상의 경지를 초월하여 행동화하고 말았다. 시는
새로운 주인이던 귀족의 앞을 떠나서 또 다른 새로운 주인을
맞이하고 싶었다. 그래서 시의 혁명적 비약의 역사가 시작되었
다. (생략)
  '르네상스'와 '로맨티시즘' 시대에 시가 받은 결정적 변화는
그것이 인간을 발견했다는 점에 있다. 그리고 시는 점차 分化된
향락, 소일의 수단으로 화하여 우리들이 근대시라는 명칭으로
총괄하는 특수형태를 못하게 되었다.[103]

  시사를 정리한 「상아탑의 비극」이다. 이 부분에서는 '근대시의 요
람'이 무엇인지를 밝히고 있다. 이에 앞서 그는 시의 태동부터 설명
했다. 시·음악·무도는 원시예술에서는 '삼위일체'였으며, 원시인
들에게 "시는 그들 종족 전체의 것"이었다. 따라서 이때의 시에는
'시인의 주관'이 중요하지 않았다. 그러나 '역사시대'로 들어선 이후
시의 길은 달라졌다. 말하자면 '생활의 분열' 때문이다. 곧 "노동과
쾌락이 반드시 합일하지 아니하는" 역사시대의 상황은 시인을 직업
군으로 만들었다. 급기야 시인은 '주인'을 가져야 하는 처지가 된다.
이를테면 궁정시인이 등장하게 된 것이다. 이때까지의 시는 "사람들
의 귀에 '아필(appeal)'하였"고 "음향과 의미만을 가지면 그만"이었다
고 김기림은 요약했다(306~308).
  인용한 부분에서 그는 문예부흥이 배태한 '지성'과 '인간성'이 중

---

103) 김기림, 「상아탑의 비극 -'사포'에서 초현실파까지」(「현대시의 전망, 상아탑의 비극
-'싸포'에서 초현실파까지」, 『동아일보』, 1931.7.30~8.9), 『김기림 전집 2』, 308~
309쪽.

세를 타파하는 데 무기로 사용되었으나, 이내 상호 반발하게 되었다고 정리한다. 전자는 후자를 객관화하려 하고, 후자는 그것을 거부하고 주관성을 유지하려 한다는 것이다. 객관을 지향하는 지성과 주관을 지향하는 인간성의 대결에서 승기를 잡았던 것은 일단 후자였다. 지성의 냉기와 대별되는 인간성의 열기는 시에 '혁명적 비약'을 초래하게 되었다. 프랑스의 시민혁명 이후 몰아친 '로맨티시즘'의 열풍을 김기림은 "신흥 제3계급의 정신활동의 발현에 틀림없다"고 이해했다(309). 그러나 인간성이 가진 주관 지향은 필연적으로 시의 개별화를 불러왔다. 그리고 바로 이것이 근대시의 특징이다. "분화된 향락, 소일의 수단으로 화"한 시는 더 이상 '종족 전체'나 특정 집단을 대표할 수 없다. 이리하여 시는 지극히 개인적인 영역으로 옮겨갔다는 것이 그의 분석이다. 예외가 있기는 하지만,[104] 근대시의 거개는 주관을 지향하면서 개인화·개별화되었다는 것이다.

김기림은 상징주의가 근대시의 이러한 특징에 균열을 가했다고 생각했다. 흔히 알려진 바에 의하면 상징주의의 특징은 '현실 도피'이다. 상징주의자들은 '불가시의 세계'를 구체적으로 나타내려는 언어적 노력을 했지만, 그것은 '진공의 세계'일 수밖에 없었다. 애초부터 현실과는 거리가 멀었기에 상징주의는 결국 "'메트리링크'의 신비주의의 『온실』 속으로 숨어버리고 말았다." 그런데 그는 상징주의에서 '현실'을 발견한다. 그것을 인식해야만 그것으로부터 도피할 수 있다는 논리적 선후관계 때문이다. 시사로 봤을 때 상징파가 선

---

104) 김기림은 다음과 같이 진술했다. "현대라는 요부는 확실히 옛날 '파르나스' 산상의 '뮤즈'들을 저버리고 '아메리카'의 '메카니즘'과 '소비엣트·러시아'의 집단주의로 애교에 넘치는 웃음을 보내고 있다(같은 글, 306쪽)."

취한 것은 그러므로 '현실에 눈뜬 일'이다. 현실의 추악함을 목도한 이후 그들은 그것으로부터 떠나기로 결정했다는 것이 김기림이 파악한 바였다(310).[105] 한편으로 그는 20세기에 들어 시가 "잊어버렸던 생활을 회복"하려는 열망에 휩싸였다고 서술한다. 그리고 세기 초 '생활의 미를 찾는 사람들'의 도래를 선언한 페르낭 그레그(Fernand Gregh)의 언급을 직접 인용했다. 20세기에는 '미'나 '꿈꾸는 일'이 아닌 '생활'이 미의 새로운 기준이 되어야 한다는 주장이었다. 앞의 둘과 달리 뒤의 것을 추구하는 '사람들'은 보다시피 복수이다. 뒤를 이어 김기림이 '파록시즘'·'나추리즘'·'유나니미즘' 등을 나열할 수 있었던 것은 '생활'에 대한 관심이 20세기 초에 널리 퍼져 있었던 덕이다(312).[106]

> 사람의 혼이 현실 생활에서 인지하는 것은 가장없이 솔직하게 표출한다는 것이나 그들이 생활이라고 하는 것은 결코 개개의 생활은 아니다. 全一的 자아의 그것이다. 그래서 그들은 군중이라는 것에 많은 매력을 느끼고 "군중은 發作이다. …… 군중은 다른 집단에 대하여, 영웅이 다른 사람에게 대하는 것과 같이 확대에 의하여 특수한 성격을 보이고 그리고 그 대소에

---

105) 김기림이 거론한 '메테리링크'는 1911년 노벨문학상을 수상한 모리스 메테를링크(Maurice Maeterlinck)이다. 1899년 그는 상징주의의 영향을 받아 시집 『온실(Serres chaudes, 1899)』을 발표했다(<모리스 메테를링크>, 『해외저자사전』, 교보문고, 2014, Naver 제공). 현재는 이 시집보다는 『파랑새(L'Oiseau Bleu, 1909)』라는 작품으로 유명하다. 조영복은 메테를링크의 저서들이 '당대의 가장 중요한 독서물의 하나'였음을 지적한 바 있다(조영복, 『1920년대 초기 시의 이념과 미학』, 소명출판, 2004, 236~237쪽).

106) 격정(paroxysm)의 강조나 자연숭배(naturism)는 문학상의 유파로 규정되지 않는 것으로 판단되지만, 김기림은 인간적 격정과 자연과의 교감이 근대문명에 대한 반발이라는 점에서 '생활의 미'와 관련된다고 해석했다고 여겨진다.

의하여 경험없는 관찰자의 주목을 끄는 '타입'이다"라고 규정
했다. 또는 "극장이나 가로는 그 자신에 있어서 각각 총체적 생
존을 부여받은 살아있는 현실적인 전일체다. 전일적 정서는 누
구에게도 노래되지 않았다. 그러나 그것들은 다른 것과 같은
자격으로 작가의 정열적인 노력에 값있는 것이다. 나는 예술
속에서 '유나니미즘'의 자리가 남아있는 것을 믿는다"고 '로맹'
은 말했다.[107]

   그 중 하나가 유나니미즘(unanimisme, 一體主義)인데, 김기림은 이를
대표하는 쥘 로맹(Jules Romains)의 발언을 빌려왔다. 그가 정리했듯이
유나니미스트에게 '생활'은 '전일적 자아'의 것이다. 그런데 하나의
전체로서 완전히 통일을 이루고 있는 자아로 거론된 것은 '군중'이
다.[108] 이것은 개성적인 여러 인간들이 모여서 이루어진 일군(一群)이
나 특정한 계급집단이 아니다. 사실 군중이 전일성으로 묶여 하나의
'자아'가 된다는 것은 환상에 가까운 일이다. 군중심리가 그러하듯
한 곳에 모인 이들이 원하고 생각하는 것이 어느 순간 동일할 수는
있겠으나, 그것이 지속될 가능성은 낮다. 로맹이 염두에 두었던 종
교적 집단이라도 사정은 크게 다르지 않을 것이다.[109]

---

107) 「상아탑의 비극」, 313쪽.
108) 프랑스어 'unanime'은 '전원[만장] 일치의'; '-에 대하여 같은 의견의'를 뜻하며(이휘
    영 편저, 『엣센스 불한사전(제2판)』, 민중서림, 1987, 1991쪽), 한국어 '전일적'은
    '하나의 전체로서 완전히 통일을 이루고 있는 것'을 의미한다.
109) 로맹은 유나니미즘의 대표적인 시인이었다. 다음의 언급을 참고할 수 있다. "정신으
    로부터 생겨나는 이 영혼들, 전체의 혼연 일치 상태가 사라지면 곧 와해되고 바스라
    져 버리며 개개인들 속으로 소멸해 버리는 이 영혼들을 쥘 로맹은 '제신(諸神, dieux)'
    이라고 이름붙인다(마르셀 레몽, 『프랑스 현대시사』, 김화영 옮김, 문학과지성사,
    1983, 253쪽)." 레몽은 로맹이 "전투적인 교회를 설립하고 그의 모든 직관들을 가지
    고 사상으로 삼는 일"을 그치지 않았다고 지적하였다(같은 책, 254쪽).

유나니미즘은 "민주주의적이며 사회주의적인 이념에 깊은 영향을 받은" 것이었다. 그만큼 20세기 초반의 세계사적 상황은 시로 하여금 '생활'이라는 문제에 관심을 기울이게 했음을 알 수 있다. 그런데 로맹은 인용문에서도 짐작할 수 있듯이, "도시·군중·행렬·공장 등 원초적인 삶을 살고 있는 허구적 大存在들의 신화적 비전"을 꿈꿨다.[110) 김기림에게는 종교라는 비전이 없었다. 로맹의 말들은 그러나 그가 자신의 시론을 발전시키는 데 도움이 되었다. 그래서 '극장과 가로'가 '현실적인 전일체'이며, '전일적 정서'가 시에 도입되어야 한다는 주장이 그에 의해 재해석될 수 있었다. 가령 그의 시론에서 주체는 극장과 가로와 군중 등 '대존재들'의 실체를 포착하려는 이였다. 그의 시론이 그들과의 거리를 마련하는 한편으로 그들 생활의 실체를 파악하고 인정하는 데 유나니미즘은 일정한 영향을 미쳤다고 하겠다.

이처럼 김기림이 구상했던 시론은 20세기 초반의 이러한 관심에도 불구하고 '지상에 버려두었던 생활'이 이미 병들어 있다는 인식에서 비롯되었다. '생활'은 이제 "모순과 기만과 악의를 폭로하고 있었다." 이로써 근대시가 '자기붕괴'를 겪게 되었다고 그는 진단했다. 그것은 시의 "생산자인 지식계급의 생활의 분열이 초래"한 일이었다. 그는 "생활은 명백히 예술을 규정한다"라며 이를 '진리'라고 확언했다(314~315). 그의 초기 시론이 구체성을 결여하고 있었다는 평가의 타당성은 '생활'이라는 개념을 막연하게 사용한 데에 있을지도 모르지만,[111) 적어도 그는 그것이 '모순과 기만과 악의'를 누설한다

---

110) 마르셀 레몽, 같은 책, 246; 255쪽.
111) 김진희는 김기림의 '현실'이 초기에는 개념적·관념적 차원의 의미였으나 이후 구체

고 믿었다. 그러나 시인은 자주 지배층의 노예가 되어 그들에게 '오락'을 제공하며 나아가 "사람들의 정확한 인식을 방해하기 위하여 주인의 정체를 '캄프라주'하는 일"을 수행하기도 한다. 그것이 '광범한 자본주의 문화'의 본질임을 김기림은 놓치지 않았다(317). 그러므로 그는 숙주의 비밀을 카무플라주(camouflage), 곧 '수치스럽거나 불리한 것 등이 드러나지 않도록 의도적으로 숨기거나 꾸미는 일'을 행함으로써 자본에 기생하는 시인을 비판할 수 있었다.

> 그러면 명일의 시는? 그러한 질문은 우리에게 있어서는 아주 냉담하다. 우선 생활의 문제다. 예술을 생활에서 분리하여 特異한 대상으로 관찰하려고 할 때에 그것은 역시 낡은 사고방법의 습관을 범한 것이다. 금일의 '프롤레타리아' 예술과 같은 것은 다만 과도적 의의 밖에는 가지고 있지 않다.
> 그렇지만 이 문제는 다른 곳에서 논의할 기회를 가질 수 있을 것이다. 다만 한가지만 가장 확신을 가지고 말할 수 있는 것은 우리들의 앞에 놓여있는 큰 話題는 이것이다. '집단과 그 생활'. 그곳에는 '시네마'의 영역이 무한히 크다.112)

자본에 포획된 시인의 태도보다 중요한 현안은 시의 미래가 밝지 않다는 점이었다. 김기림은 예술을 위한 예술론은 물론이고 프롤레타리아 예술론도 부정한다. 예술지상주의는 "예술을 생활에서 분리하여" 사고하는 것으로 시대에 뒤떨어지는 인습이며, 후자는 시가 나아갈 길에서 '과도적 의의'만 인정된다고 여겼기 때문이다. 이러

적·적극적으로 바뀐다고 보았다(김진희, 「김기림의 전체주의 시론과 모더니즘의 역사성」, 『한국근대문학연구』 6권 1호, 한국근대문학회, 2005, 253쪽).
112) 「상아탑의 비극」, 318쪽.

한 판단의 근거는 차후에 제시된다. 일단 '집단과 그 생활'을 강조한 데에서 짐작할 수 있는 바는 시가 더 이상 개인적인 영역에만 머물러서는 안 된다는 인식이다. 동시에 그것이 특정한 계급에 국한되는 게 아니라 보다 폭넓은 '집단'을 포섭할 수 있어야 한다는 생각을 영화의 가능성에 대한 기대에서 추론해볼 수 있다. 김기림은 예술이 '생활'과 결합함으로써 '집단과 그 생활'을 드러낼 수 있어야 한다고 보았다. 그러기 위해서 시는 영화를 닮아야 했다. '허구적 대존재'가 아닌 현실의 존재들을 담아내어 그들이 자신들의 생활에 대해 '정확한 인식'을 할 수 있도록 시가 지적으로 조력해야 한다고 그는 믿었다. '집단'과 '생활'이 가진 막연한 함의는 그가 계급보다 민족을 고려했음을 방증하지만, 민족 전체와 연결된 것은 아니었다.

김기림은 초기 비평에서 현실의 '새로운 의미'를 포착하는 시선과 언어의 '숨은 의미'를 발굴하려는 노력으로 '새로운 의미 세계'를 만들어야 한다고 주장했다. 그에게 시의 창작은 '새로운 현실'을 창조하고 구성하는 지적 작업이었다. 이를 위해 필요한 것은 객관세계와 교섭하는 주관이었다. 그는 정지한 주관의 세계는 객관세계와 마찬가지로 자연으로서의 존재(자인, Sein)에 불과하다고 보았다. 이러한 존재에 가치를 부여하는 주관의 활동이 그의 주지주의였다. 단 현실은 주관과 객관이 교차하는 사회역사적 시공간이지만, 객관이 요동하므로 전자도 '움직이고 있는 주관'이어야 했다.

그는 주관과 객관이 '선율(旋律)'할 때 생겨나는 '생명의 반응'이 시라고 여겼고, 근세 이후의 시가 이러한 선율의 과정을 도외시했다고 판단했다. 반면 상징주의 이후 '생활'이 20세기 초반 근대시의 주요한 화두로 등장했다고 파악했다. 그러나 생활은 진작 병들었고 그것이 폭로하는 모순·기만·악의는 근대시의 자기붕괴를 초래하고 있었다. 그의 견지로는 지식계급의 생활이 분열된 것이 원인이었고, 시인은 벌써 자본주의에 포획된 상황이었다. 예술지상주의와 프롤레타리아 문학에 대한 그의 부정적 시각은 이러한 인식에 기댄 것이었다. 하지만 김기림이 사용했던 '집단과 그 생활'의 의미는 막연하다. 특히 생활은 계급적 대립을 상정한 것이 아니라 계층을 염두에 둔 표현이었다. 생활이라는 개념의 광범위함은 그의 지성이 현실의 참[眞]된 면모를 발견하는 데 있어서 장애이기도 했다.

2) 주지적 태도와 감각성의 언어

「상아탑의 비극」에서 살핀 김기림의 생각은 베냐민의 그것과 유사하다. 베냐민은 러시아와 서구의 영화를 비교하면서 앞의 경우 배우 중 일부가 "자기자신을-특히 작업과정 속에서의 자신을-연출하는" '민중'이라는 사실을 적시한 바 있다. 이는 서구에서 '영화의 자본주의적 착취'로 "자기자신을 재현·연출해 보려는" 요구가 수용되지 않는 것과 대조된다. 그는 서구 영화의 경우 단지 '환상을 불러일으키는 스펙타클과 아리숭한 상상력'으로 대중을 유혹할 뿐이라고 비판했다.113) 그의 말대로 영화의 특징이 "인간을 카메라 앞에 나타내는" 방식과 "카메라의 힘을 빌어 주위환경을 나타내는" 방식에 있

---

113) 발터 벤야민, 「기술복제시대의 예술작품」, 『발테 벤야민의 문예이론』, 반성완 편역, 민음사, 1983, 218쪽.

다면,[114] 러시아와 서구에서 영화의 초점과 기능은 전혀 달랐다고 해야 한다. 전자는 현실을 재현·연출하는 데 반해 후자는 환상과 상상력을 제공하기 때문이다. 김기림이 추구했던 시는 그러한 '카무 플라주'의 실행과는 정확히 반대쪽을 향하고 있었다.

한편 김기림도 임화와 마찬가지로 상대를 규정하면서 자신의 정체성을 확보해 나갔다. 예컨대 1932년 1월 동아일보는 <32년 문단전 망 어떠케 전개될까? 전개시킬까?>라는 기획을 마련했는데, 이에 응한 글에서 그는 다음과 같은 주장을 펼쳤다. "'프로' 문학이 공식(公式)을 위하여 현실을 날조하지 않고 현실 속에서 법칙을 발견하는 데 주력한다면" 이 또한 수긍할 수 있으나, "시조 같은 것을 고조하면서 고전부흥이라 생각하는 것과 같은 단순한 회고운동에는 반대"한다는 의견이었다. 후자가 "문학의 형식에서 시간성을 전연 무시하는" 것이었던 탓이다.[115] 그에게 프롤레타리아 문학은 고전부흥운동과 달리 현재적인 의미를 가지고 있었지만, 공식주의가 문제였다. 이것은 현실에 밀착하는 데 방해가 되는 요인이었다. 그럼에도 김기림은 그것의 현재성을 부인하지 않았다. 이런 태도는 아래와 같은 서술을 가능하게 했다.

> 오늘날 시를 주므르고 있는 것은 시인의 개인적 취미 때문이지 그것을 요구하며 성장시킬 사회적 가능성은 어떠한 곳에도 보이지 않습니다. (생략) 민중이 요구하는 것은 直截的인 구체적인 행동적인 것입니다. 연극의 승리의 근거가 이곳에 있읍니

---

114) 같은 글, 222쪽.
115) 김기림, 「新民族主義 문학운동」(『동아일보』, 1932.1.10), 『김기림 전집 3』, 229쪽. 박용철 역시 이 기획에 기고했다. 이에 대해서는 3장 4절에서 살피기로 한다.

다. 우리들은 새해에 우리들 자신의 극장을 가지자. 결코 기계
적이 아닌 피 있는 호흡하는 연극을 민중은 치중합니다. 그래
서 신민족주의 문학운동이란 또한 조선민족의 정신과 생활 속
에서 연극성을 파악하려는 노력에 불과합니다. (생략)
　여하간 새해의 문단은 좀 多彩하여야 하겠읍니다. 초현실주
의도 좋습니다. 卽物主義도 감각파도-. 너희들은 아무 구석에서
나 너희들 자신의 특성을 가지고 대담하게 뛰어나오너라. 생기
있는 혼돈의 彼方에서는 더 높은 통일의 세계가 빛나고 있을
것입니다.116)

　그는 당대의 시에서 '사회적 가능성'이 아닌 '개인적 취미'라는 동
기만이 두드러진다고 분석했다. 당연하지만 프롤레타리아 시를 제외
한 언급이다. 민중의 요구는 곧바로 판단하고[直截] 행동할 수 있을
만큼의 구체성이라고 김기림은 주장했다. 연극의 흥행이 증좌였다.
그는 당시의 연극운동을 긍정했다. '신민족주의'라는 술어는 기존의
민족주의 문학에 대한 비판을 담고 있지만, 정작 중요한 단어는 '연
극성'이다. 이 말은 사전적 의미와는 다르다. 조선인의 '정신과 생활'
속에 실재하는 연극과 같은 현전(現前)을 의미하기 때문이다. 그래서
김기림은 신년의 문단이 다채롭기를 원했다. 초현실주의·즉물주
의·감각파 등이 열거된 까닭은 이들 경향이 가진 현재로서의 의의
를 그가 인정했던 이유에서일 터이다. 마지막 문장에서 언급한 혼돈
의 저쪽[彼方]은 김기림이 가졌던 미래상이겠지만, 아직은 요원한 일

---

116) 「신민족주의 문학운동」, 229쪽. 『김기림 전집 3』은 인용문 둘째 단락의 "연극을 민
　　중은 치중합니다"를 "차중합니다"로, 인용 마지막 문장의 "잇슬 것입니다"를 "있을
　　것이다"로 표기했다. 원문을 따르고 현대표기로 고쳤다.

이었다. 그가 시론의 제시에 매진했던 연유이다.

　　시인은 시를 제작하는 것을 의식하지 않으면 아니된다. 시인
은 한개의 목적=가치의 창조로 향하여 활동하는 것이다. 그래
서 의식적으로 의도된 가치가 시로서 나타나야 할 것이다. 이
것은 소박한 표현주의적 방법에 대립하는 전연 별개의 시작상
의 방법이다. 사람들은 흔히 그것을 主知的 태도라고 불러왔다.
(생략)
　　자연발생적 시는 한개의 '자인(存在)'이다. 그와 반대로 주지
적 시는 '졸렌(當爲)'의 세계다. 자연과 문화가 대립하는 것처럼
그것들은 서로 대립한다. 시인은 문화의 전면적 발전과정에 의
식한 가치창조자로서 참가하여야 할 것이다. 이러한 주지적 방
법은 자연발생적 시와 명확하게 대립하는 것처럼 단순한 묘사
자와도 대립한다. 시에 있어서 객관세계의 묘사를 극도로 경멸
하고 주관세계의 표현만을 열심으로 고조하는 표현주의자는
실상에 있어서는 한 개의 묘사자에 그쳤다. 왜 그러냐 하면 그
는 생리적으로 정신적으로 움직이는 자연의 일단편으로서의
자기를 충실하게 묘사하고 있는 까닭이다.
　　시는 나뭇잎이 피는 것처럼 물이 흐르는 것처럼 자연스럽게
쓰여져서는 안된다. (생략) 시는 우선 '지어지는 것'이다. 시적
가치를 의욕하고 기도하는 의식적 방법론이 있지 않으면 아니
된다.
　　그것이 없을 때, 우리는 그를 시인이라고 부르는 대신에 단
순한 感受者라고 부를 것이다. 그는 다만 가두에 세워진 호흡하
는 '카메라'에 지나지 않는다. (생략) 시인은 그의 독자의 '카메
라·앵글'을 가져야 한다. 시인은 단순한 표현자·묘사자에 그
치지 않고 한 창조자가 아니면 아니된다.[117)]

앞의 글에서 1년여가 지난 시점에 발표된 「시의 방법」이다. 김기림의 생각은 보다 선명해진다. '격렬한 주관의 자연발생적인 戰慄'을 노출했던 표현주의 시에서 영향을 받아 '센티멘탈'한 경향을 보여주었던 전대의 시를 '자연발생적 시가'라 지칭한 다음, 그는 위의 진술을 이어갔다. 「시와 인식」(1931.2.11~14)에서 그는 가치가 발생하는 계기가 '생활의 더 높은 단계'를 위한 활동이라고 말한 바 있었다. 위의 글에서 보듯이 시에서 그것은 '제작'이다. 시에서 가치는 "의식적으로 의도된" 것이어야 한다. 그는 '소박한 표현주의적 방법'과 구분되는 이것이 '주지적 태도'라고 재정의한다.

눈여겨볼 것은 김기림이 자연발생적 시와 주지적 시를 '자연'과 '문화'의 대립과 같은 것으로 해석했다는 점이다. 그의 판단으로 전자가 하나의 '자인'이라면 주지적 시는 "'졸렌'의 세계다." 그리고 전자처럼 '객관세계의 묘사'에 골몰하는 것과 '주관세계의 표현'에만 열심인 것은 실제로는 다르지 않다고 설명한다. 표현주의 역시 '자연의 일단편으로서의 자기'를 대상으로 하기 때문이다. 주지적 시를 '졸렌'이 아닌 이것의 '세계'라고 명명한 연유도 여기에 있을 터이다. 그것은 당위가 아니라 주관이 객관에 작용하는 활동으로써 당위의 세계를 구축하는 것을 목표로 하니 말이다. 시인에게는 "문화의 전면적 발전과정에 의식한 가치창조자로서 참가하여야 할" 의무가 있다고 그는 생각했다.118)

---

117) 김기림, 「시의 방법」(「시작에 있어서의 주지적 태도」, 『신동아』, 1933.4), 『김기림 전집 2』, 78~79쪽.

118) 이것은 박용철과 유사하지만 변별되는 견해이다. 박용철의 생각은 다음 절에서 살핀다. 한편으로 '가치를 창조하는 것'이 시라는 인식은 '진'에서 '선'을 향한 가치이동의 조짐일 수 있다. 다만 '시적 가치'라는 표현에는 현실과의 거리가 여전하다고 하

김기림의 주장에 내포된 실질적인 의미에 대해서는 이론의 여지가 있다. 그러나 원론적인 입장에서 이상의 언급을 했다고 하더라도, 그가 시에 요청되는 시대적 당위가 무엇인가를 인지하고 있었음을 부정할 수는 없다. 시가 "자연스럽게 쓰여져서는 안된다"고 했을 때에도 마찬가지다. 그는 시가 내면성의 무분별한 유출이 아니라 의식적으로 "시적 가치를 의욕하고 기도하는" 방법론을 가져야 함을 힘주어 말했다. 시인은 '단순한 감수자'에 그치지 말고, 자신만의 "'카메라·앵글'을 가져야" 한다. 그래야만 객관세계를 독자적인 시선으로 바라보고 그것의 실상을 제대로 드러낼 수 있을 것이다. 카메라의 위치와 렌즈의 각도를 스스로 선택하는 시인의 '카메라·앵글'은 '움직이고 있는 주관'의 비유이다.

> 시는 한개의 '엑스타시'의 發電體와 같은 것이다. 한개의 '이미지'가 성립한다. 회화(會話)의 온갖 수사학은 '이미지'의 '엑스타시'로 향하여 유기적으로 戰慄한다. 그래서 시는 꿈의 표현이라는 말이 거짓말이 아니된다. 왜. 꿈은 불가능의 가능이다. 어떠한 시간적·공간적 공존성도 비약도 이곳에서 가능하니까. 이 이상의 '엑스타시'가 어디 있을까. 영상을 통하지 않고 추상화한 주관의 감정이 직접 독자의 감정에 감염하려고 하는 그러한 경향의 시가 있다. 첫째는 감상적 낭만주의의 시다. 다음에는 격정적 표현주의의 시다. 그러나 우리들의 감정은 이러한 시들의 위협 아래서 매우 억울한 곤경에 서게 된다. (생략) 인생의 구체적 현실과 어떻게 관련이 있는가를 알 수 없는 그러한 감정을 그대로 노출시킨 시와 독자의 사이에는 아무 교섭

겠다.

도 성립될 수 없다. (생략) 다시 말하면 무엇 때문에 어떠한 구
체적 현실과 관련해서 그가 우는가를 이해할 때 비로소 우리들
의 울음은 진실하게 울어진다. 그러므로 시인은 그의 '엑스타
시'가 어떠한 인생의 공간적·시간적 위치와 사건과 관련하고
있는가를 보여 주어야 할 것이다. 그는 항상 即物主義者가 아니
면 아니된다.[119]

　이 글에서 김기림은 '감상적 낭만주의' 및 '표현주의'와 다시금 선
을 긋는다. 이들 양자의 감상성과 격정성은 '우리들의 감정'을 곤란
에 처하게 만든다는 이유에서다. 「시의 방법」과 같은 시각이다. 그가
'위협'이라고까지 표현한 까닭은 '인생의 구체적 현실'과의 관련성
이 제거된 채 던져진 '추상화한 주관의 감정'의 일방성과 폐단을 강
조하기 위함이다. 김기림은 감정의 원인이 제시되어야만 독자가 공
감할 수 있다고 보았다. 그리고 감정에 구체성을 부여하는 것은 '인
생의 공간적·시간적 위치와 사건'과의 관련성을 드러내는 '영상'이
라고 주장한다. 그것이 '추상화'를 막고 감정에 즉물성을 부여한다
고 여겼던 것이다.

　그런데 김기림은 '이미지'와 더불어 굳이 '영상'이라는 용어를 사
용하여 앞의 것을 엑스터시와 뒤의 것을 즉물성과 컬레를 이루는 것
으로 제시하였다. 그는 시가 이미지를 활용해서 꿈과 같이 불가능한
것을 현전화할 수 있음을 인정한다. 수사적인 표현으로 말은 '어떠
한' 시공간에도 '공존성'을 부여하는 '비약'을 실현한다. 그것은 어

---

119) 김기림, 「시의 모더니티」(「'포에시'와 '모더니티'」, 『신동아』, 1933.7), 『김기림 전집
　　2』, 80쪽. 셋째 문장의 '회화의 수사학'은 발표문에서는 '픔과 形의 修辭學'이었다.
　　한자를 부기했다.

떤 방식으로든 꾸며낼 수 있다. 반대로 영상은 적어도 그의 시대에
는 환상이 아닌 '인생의 구체적 현실'을 즉물적으로 포착하는 것이
었다.[120] 그가 영화의 영상에서 얻은 깨달음이라 하겠다. 이것은 '회
화의 온갖 수사학'과는 달랐다.

20세기 초반과 같이 '생활'은 여전히 중요한 문제였고 김기림은
그것을 다루는 데 있어서 기존의 수사학적 이미지의 남용이 부적합
하다고 여겼다. 그는 '시대에 대한 감각과 비판'이 담긴 시를 추구해
야 한다고 역설했다(80). 이 일이 '생활'의 영상을 시에 도입함으로써
가능하다고 판단했던 까닭에서였다. 따라서 '즉물주의자'가 되어야
한다는 마지막 문장의 당부는 그렇게 하기 위한 방법론이라 할 수
있다. 그것은 '회화의 온갖 수사학'이 불러올 시공간적 비약을 제어
할 수단이었다. 시의 황홀경은 '구체적 현실'에서 출발해야 한다고
그는 생각했던 것이다.

> '로맨티시즘'의 시는 감정을 추구하였다. 상징주의는 기분과
> 정서를 애무한다. 그러나 감정은 시의 본질은 아니다. 만약 감
> 정이 시의 본질이라면 우는 얼굴과 노한 목소리가 제일 시적일
> 것이다. 시대는 시에서 소재 상태의 감정을 구축해 버렸다. 그
> 래서 건강하고 신선한 감성은 현대의 새로운 성격이다. 각 시
> 대의 시는 그 시대의 '이데'의 특징을 따라 시의 각 속성 중에

---

120) 김기림의 시론에 대한 대표적인 오해는 그가 '환상(ecstasy)'를 중시했다는 연구들이
다(문덕수, 『한국 모더니즘 시 연구』, 시문학사, 1981, 168쪽; 한종수, 「김기림 초기
시에 나타난 현실 인식 연구」, 『한국언어문학』 45집, 한국언어문학회, 2000, 549쪽).
반면 고봉준은 김기림의 "'즉물주의' 시는 현실과의 관련성을 지니고 있으며 나아가
이미지의 특성과도 연관된다"고 평했다(고봉준, 「김기림 시론의 근대성 연구-『시론』
을 중심으로」, 『고황논집』 25집, 경희대 대학원, 1999, 88쪽).

서 그 하나를 번갈아 고조함으로써 한 時代色을 이루기도 했다. 오늘의 시인은 인공적이고 외면적인 부자연한 '리듬'에는 일고도 보내지 않고 언어의 가장 자유스러운 구체적인 상태에서 시적 관계를 발견할 것이다. 그래서 새로운 시는 비로소 내면적인 본질인 '리듬'을 담게 될 것이다(이것은 인간생활의 실제의 회화를 미화하는 부차적 효과도 가지고 있다).

광범한 어휘 속에서 그의 '엑스타시'를 불러일으킨 '이미지'에 대하여 가장 본질적인 유일한 단어가 가려져서 그 '이미지'를 대표할 것이다. 이 일은 시작상에 있어서 가장 知的인 태도다.[121]

한편으로 김기림에게 '현대'는 '건강하고 신선한 감성'의 시대였다. 그것은 '감정'을 중시하여 소재로 삼았던 이전과는 판연히 구별되기를 시에 요청한다. 시대는 그러한 태도를 몰아내 버렸다. 감정은 시의 본질이 아니기 때문이다. 감정은 감성이라는 바탕 위에서 일어날 수 있으므로 그의 지적은 옳다.[122] 시의 근본적인 출발점은 감성인 것이다. 이처럼 김기림은 자신의 시대가 슬픔과 분노와 같은 감정에 기대는 시를 허용하지 않는다고 단언한다. 그의 확신은 시가 "그 시대의 '이데'의 특징에 따라" 변모하여 '시대색'을 띤다는 데 근거를 두고 있었다.

같은 이유에서 '리듬'은 더 이상 현대의 시인에게는 관심거리가 아니다. 그것이 "인공적이고 외면적인 부자연한" 틀인 탓이다. 김기림은 그것 대신 "비로소 내면적인 본질인 '리듬'을 담게 될" 시의 출

---

121) 「시의 모더니티」, 82쪽.
122) 감정은 '어떤 일이나 현상, 사물에 대하여 느끼어 나타나는 심정이나 기분'을, 감성은 '자극에 대하여 느낌이 일어나는 능력'과 '감각적 자극이나 인상을 받아들이는 마음의 성질'을 뜻한다. 감성이라는 능력이 감정이 발생하기 위한 선행조건이다.

현을 기다린다. 괄호에 부연해 놓았듯이 "인간생활의 실제의 회화를 미화하는" 효과를 가진다면, 그가 염두에 둔 '리듬'은 일상의 언어에 내재한 것이라야 한다. 이처럼 관념과 추상을 거치지 않은 '실제의 회화'는 앞에서 보았던 즉물주의와 관련된다. 그리고 이러한 태도는 광범위한 일상어 속에서 시의 언어를 선별할 것을 요구한다. "'엑스타시'를 불러일으킨 '이미지'에 대하여" 그것을 즉물적으로 떠오르게 만드는 '가장 본질적인 유일한 단어'를 시인은 가려내야 한다는 것이다. 김기림은 이러한 즉물성의 언어를 찾아내는 일을 '지적인 태도'라고 부르고 있다. 그의 주지주의는 이전과는 다른 '자연스러운 구체적인 상태'의 언어를 시에 요구했다.

　　'스윗타스'는 말하였다.
　　"무슨 까닭에 우리들의 기계는 아름다운가. 그것은 그들은 일하고 움직이는 까닭이다. 무슨 까닭에 우리들의 집은 아름답지 아니한가. 그것은 그들은 아무일도 하지 아니하고 멍하니 서있는 까닭이다." 그는 이 짧은 말 가운데 현대시에 대한 매우 중요한 세개의 명제를 포함시켰다.
　　첫째 우리들의 시는 기계에 대한 열렬한 美感을 가지게 되었다는 것.
　　'운동과 생명의 구체화'(페르낭・레제)로서의 기계의 미를 인정하는 것이다. 그리고 그것은 내일의 사회질서와 인간생활에 있어서 새로운 기조가 될 것이다.
　　둘째 정지 대신에 동하는 미.
　　그것은 미학에 있어서의 새 영역이며, 시에 있어서의 새 역학의 존중이다. 행동의 가치에 대한 새 발견이다.
　　셋째 일하는 일의 미.

> 다시 말하면 노동의 미다. 움직이지 않는 것은 '죽음'이다. 움
> 직이지 않는 신, 움직이지 않는 天國·涅槃은 '죽음'의 상태가
> 아니고 무엇일까. 활동은 생명이다. 진보다. 그것은 그 자체가
> 미다.[123]

　기계의 미에 대한 슈비터스(Kurt Schwitters)의 발언에서 김기림은 세 명제를 뽑아낸다. 현대시는 '기계에 대한 열렬한 미감'과 '동하는 미' 그리고 '일하는 일의 미' 등을 중시하게 되었다는 견해이다. 기계와 그것의 움직임에서 경이를 발견하고 그것을 다시 아름다움으로 규정했던 미래파적인 시각은 '노동의 미'에 대한 찬미로까지 나아간다. 기계의 경이와 미가 노동으로 투사된 것이다. 그렇지만 김기림은 미래파와 전망을 같이 하지 않았다. 기계와 행동과 노동의 미를 높이 사기에 앞서 그가 내세웠던 것은 '지적인 태도'였고 강조점은 '인생'에 있었다. 기계·행동·노동은 필히 거기에 봉사해야 했다. 반면 이탈리아의 미래파 운동을 대표하는 마리네티(Filippo Marinetti)는 "기계-운송수단의 찬미로부터 유래하는" 기계의 미학을 중시했다. 그런데 이러한 미래파의 시각은 "예술을 순수한 감성과 감각작용으로 축소한다는 의미를 함축"하고 있었다. 그들을 지배했던 생각에는 "속도의 개념과 진보의 이상을 혼동하려는 경향이 너무나 짙"게 배어 있었다.[124] 이 점이 김기림과 미래파의 차이이다. 감성과 감각에만 의존할 때 예술은 선동이 될 수도 있다. 실제로 이탈리아와 러시아의 미래파는 각각 극우와 극좌였다.[125] 움직이지 않는 주관으

---

123) 「시의 모더니티」, 82~83쪽.
124) 레나토 포지올리, 『아방가르드 예술론』, 박상진 옮김, 문예출판사, 1996, 58~59쪽.
125) 같은 책, 145쪽.

로 굳어졌던 것이다.

> 지난날의 시는 '나'의 정신세계의 일부분이었다. 새로운 시는
> '나'를 여과하여 구성된 세계의 일부분이다. 그것은 새로운 세
> 계다. 낡은 '눈'은 현실의 어떤 일점에만 직선적으로 단선적으
> 로 집중한다. 새로운 '눈'은 작은 주관을 중축으로 하고 세계·
> 역사·우주전체로 향하여 복사적으로 부단히 이동확대할 것이
> 다.126)

이전의 시는 주체의 정신세계를 표출하는 것이 목적이었다. 그러
나 김기림은 '새로운 시'가 주체를 '여과하여 구성된 세계의 일부분'
이어야 한다고 생각했다. 이것은 과거의 시세계와는 다른 '새로운
세계'이다. 전자는 주체와 그를 둘러싼 현실세계의 '어떤 일점'만을
주목해왔다. 반대로 후자는 주체와 그가 사는 현실세계의 폭넓은 영
역, 곧 '세계·역사·우주'를 공히 바라보려고 한다. 전자에서 주체
는 세계와 각축을 벌였지만 처음부터 그보다 우위에 있었다. 주체의
감정이 관건이었기 때문이다. 후자에서는 그렇지 않다. 주체는 세계
에 비해 압도적으로 작다는 사실을 받아들인다. 그는 객관세계의 압
력 아래에 놓인 '작은 주관'이다. 그러나 현실의 영역에 폭넓은 시선
을 줌으로써 스스로 사물의 중심을 이루는 축(中軸)이 된다. 그는 세
계를 향해 바퀴살처럼 시선을 복사(輻射)하며 움직인다. 이 움직임은
'새로운 시'가 주체를 '여과하여 구성된 세계'를 만나는 과정이다.
또한 주체를 '이동확대'한다는 점에서 지적 여정이기도 하다. 김기

---

126) 『시의 모더니티』, 83쪽.

림이 '새로운 시'를 감정[情意]과 지성이 '종합'을 이룬 '문명비평'으로 정의한 까닭이 여기에 있다.[127] 이처럼 시는 주체의 부단한 지적 행보를 거치며 객관세계의 실체를 들여다보고 드러내야 한다는 게 그의 초기 시론에서 핵심을 이룬다.

> 한 편의 시는 그 자체가 한 개의 통일된 세계다. 그것은 일양적인 시인의 개성(혹은 시풍)이 아니고 한 시편으로서의 독자성에 의하여 독자를 붙잡을 것이다. 그것은 항상 청신한 시각에서 바라본 문명비평이다. 그래서 시는 늘 인생과 깊은 관련을 가지게 된다. 단지 소비체계에 속한 향락적인 장식물이 아니고 적극적으로 인생에 향하여 움직이는 힘을 시는 가지지 않으면 아니된다. 그래서 비로소 시는 문화현상 속에서 한개의 가치형식으로서의 위치를 요구할 권리를 가지게 되며 또한 당연히 영광있는 그것의 위치에 향하여 시는 의식적으로 노력하여야 할 것이다. 따라서 시에 나타나는 현실은 단순한 현실의 단편은 아니다. 그것은 의미적인 현실이다. 그리고 그것(현실)이 전문명의 시간적·공간적 관계에서 굳세게 파악되어서 언어를 통하여 조직된 것이 시가 아니면 아니된다. 여기서 의미적 현실이라고 한 것은 현실의 본질적 부분을 가리켜 한 말이다. 그것은 현실의 한 단편이면서도 그것이 상관하는 현실 전부를 대표하는 부분이다.[128]

---

127) 김기림은 과거의 시를 '독단적/ 형이상학적/ 국부적/ 순간적/ 감정의 편중/ 유심적/ 상상적/ 자기중심적'인 것으로, 새로운 시를 '비판적/ 즉물적/ 전체적/ 경과적/ 정의와 지성의 종합/ 유물적/ 구성적/ 객관적'인 것으로 정리하고 대조했다(같은 글, 84쪽. 밑줄은 인용자의 것). 발표지면의 경우는 '감정의 편중'이 '감정적'이었으며, '정의와 지성의 종합'은 '이지적'이었다. 이 같은 사실은 애초에 그가 '감정'과 '이지'를 대립되는 것으로 파악했으며, 이후에 견해를 수정했음을 보여준다. 이러한 인식의 변화는 4장 3절에서 확인할 수 있다.

128) 「시의 모더니티」, 84~85쪽.

'움직이고 있는 주관'이 포착한 세계들은 하지만 일률적이지 않다. 주관이 멈추지 않으므로 세계 또한 고정된 모습일 수 없다. 그러므로 김기림은 시 한 편이 '한 개의 통일된 세계'라고 말하는 것이다. 작자의 개성이나 시풍이 시와 무관하지는 않지만, 곧바로 환원되는 관계는 아니라는 취지겠다. 개별 시편이 획득한 '독자성'이 그러하듯이, 그가 언급한 '문명비판' 역시 "항상 청신한 시각에서 바라본" 것이다. 따라서 매번 그것의 초점은 달라질 수밖에 없다. 그럼에도 변하지 않는 것은 "인생에 향하여 움직이는 힘을 시는 가"져야 한다는 점이다. 이것이 김기림이 말해온 시의 '졸렌'일 터이다.

김기림은 '소비체계'에 구속된 시를 부정한다. 그것으로부터 벗어나 문화현상들 중에서 하나의 '가치형식'이 되기 위해서 시가 담아내야 할 것은 '의미적인 현실'이라고 그는 말한다. 시는 '전문명의 시간적·공간적 관계'를 꿰뚫어보고 '현실의 본질적 부분'을 드러내는 것이어야 하기 때문이다. 한 편의 시는 짧다. 그래서 그것이 보여줄 수 있는 것은 고작 '현실의 한 단편'에 불과할 것이다. 그러나 김기림은 이러한 편린만으로도 "상관하는 현실 전부를 대표하는" 일이 가능하다고 주장한다. 앞에서 보았던 바와 같이, 즉물주의와 지적 태도로써 이러한 시의 '영광'이 실현될 수 있다고 그는 예견하고 있었다.

> 여기에 '로맨티시즘'의 '에피고넨'이 있는가 하면 저기는 '센티멘탈리즘'이 있다. 그것들은 진정한 의미의 '로맨티시즘'도 아니다. '허버트·리드'의 말을 빌면 그것은 '센티멘탈·로맨티시즘'의 일종에 불과하다. 거기는 아직도 예술가와 '아마츄어'

의 구별조차 확립되지 못하였다. 우리는 시험삼아 '매듀·아놀드'가 그의 시집(1852년판) 서문에서 인용한 '괴테'의 말을 참고로 생각해 보자.

"'아마츄어'로부터 예술가를 구별하는 것은 최고의 의미에서의 건축학이다. 즉 창조하고 형성하고 축조하는 것을 실행하는 힘이다~."

거장의 이 말을 염두에 두면서 우리 시단을 둘러볼 때 우리는 거기에 미만해 있는 불명예스러운 '아마츄어'적 경지를 부인할 용기를 가질 수 없다. 또한 거기는 사실의 단순한 통지에 불과한 것이 시의 형상을 가지고 얼마나 많이 등장하는지 모른다.

'리드'는 "어떤 길이의 시든지 시는 可視的이다. 그렇지 않으면 그것은 지리하다. 그것은 동작의 힘 또는 영상의 힘에 의하여 가시적이라야 한다. 그것은 시인 동안은 通知的 또는 개념적일 수는 없다"고 말하였다.

그러나 우리들의 주위에는 그러한 통지 혹은 개념의 집적에 불과한 시가 얼마든지 흩어져 있다. 여기에 또 시집 『빛나는 지역』으로써 대표되는 '센티멘탈리즘'의 범람이다. 나는 기회 있을 적마다 '센티멘탈리즘'에 대하여 항쟁하려고 했고 나 자신 속에서도 때때 머리를 추어들려고 하는 '센티멘탈리즘'을 청산하는 데 필사의 노력을 바쳐 왔다. '센티멘탈리즘'은 예술을 부정하는 한개의 허무다.

시의 제작과정에 있어서는 '센티멘탈리즘'은 예술적 형상의 작용을 방해하고 시의 내용으로서 즉 한개의 사회적 '모랄'로서 나타날 때는 단순한 痴情의 옹호에 그치고 만다.

시인 박용철씨는 시론으로 '센티멘탈리즘'을 주장하였는데 그 점에 있어서는 씨는 나와는 對蹠點에 서고 있다.[129]

---

129) 김기림, 「1933년 시단의 회고」(「1933년의 시단의 회고와 전망」, 『조선일보』, 1933. 12.7~13), 『김기림 전집 2』, 59~60쪽.

시단의 상황에 대한 우려와 전망이 교차하는 「1933년 시단의 회고」이다. 김기림은 당대의 젊은 시인들 다수가 로맨티시즘의 후예가 아니면 센티멘털리즘의 추종자라고 평가했다. 그러나 그들이 추종하는 것들은 '센티멘탈·로맨티시즘'의 일종으로 로맨티시즘과도 거리가 멀다고 보았다. 김기림은 이러한 현상을 예술가로서의 전문성이 결여된 때문으로 돌린다. 그는 예술가를 건축가와 나란히 두었던 괴테의 언급을 가져왔다. 아이디어부터 설계 그리고 완공까지 창조와 형성과 축조의 과정을 '실행하는 힘'은 예술가에게 필수적인 미덕이라는 생각을 표현하기 위해서였다.

하지만 김기림은 괴테의 말을 비유로만 받아들이지 않았다. 그는 리드(Herbert Read)의 언급을 옮겨와서 논의를 곧바로 가시성으로 돌린다. 길이와 상관없이 시는 '가시적'이어야 한다는 리드의 주장은, 그렇지 않을 때는 지루하다는 말에서 알 수 있듯이, 시의 본질에 관한 탐구라기보다는 자신의 시론을 펼친 것이었다. 그에 따르면 시에 가시성을 부여하는 것은 '동작의 힘' 혹은 '영상의 힘'이다. 가시성의 반대편에 놓인 것은 '通知的 또는 개념적' 성질이다. 정보를 전달하는 데 충실하거나 通知 개념에 기댈 때 그것은 시이기 어렵다는 리드의 견해를 김기림은 빌려온 것이다.[130] 동작과 영상의 힘으로 시

---

130) 허버트 리드는 1932년에 출판한 책에서 유기적 형식과 추상적 형식을 구별하고 전자를 지지했다. 그의 언급을 인용한다. "Organic form : When a work of art has its own inherent laws, originating with its very invention and fusing in one vital unity both structure and content, then the resulting form may be described as organic. Abstract form : When an organic form is stabilised and repeated as a pattern, and the intention of the artist is no longer related to the inherent dynamism of an inventive act, but seeks to adapt content to predetermined structure, then the resulting form may be described as abstract(Herbert Read, *FORM IN MODERN*

에 가시성을 불어넣어 그는 조선의 시를 일신하고자 했다. 그가 주목했던 것은 고정적인 회화성이 아니었던 것이다. 그것은 '움직이고 있는 주관'이 포착한 동적 이미지였다.

그러므로 여전히 "통지 혹은 개념의 집적에 불과한" 시가 넘쳐나는 조선 시단의 현실은 김기림에게 부정적으로 비칠 수밖에 없었다. 모윤숙의 『빛나는 지역』(조선창문사, 1933)을 일례로 들지만 그의 발언에는 감정적 비난이 담겨 있지는 않다. 자기에게도 '센티멘탈리즘'에 저항하기란 쉽지 않은 일인 탓이다. 그것은 차라리 시인이라면 누구나 겪어야만 하는 과정이다.[131] 하지만 김기림에게 '센티멘탈리즘'의 청산은 조선의 시단 전체가 나서야 하는 과업이었다. 왜냐하면 그것은 제작과정의 차원에서는 "예술적 형상의 작용을 방해"하고, 내용의 차원에서는 '단순한 痴情의 옹호'에 그칠 뿐이기 때문이다. 조선의 시가 처한 현실을 타개하기 위해 그는 시인들에게 '무모한 모험과 실험의 미덕'을 강조했다(61). 그 자신은 시에 동적 이미지를 도입함으로써 그럴 수 있다고 믿었다.

아직 '기교주의 논쟁'이 본격화되기 전이기는 하지만,[132] 인용의

POETRY(3rd impression), London: VISION(1948), p.9)." 리드는 특정한 예술 작품이 일회적으로 달성하는 내용과 형식의 통일을 유기적 형식으로 보았으며, 이것이 패턴으로 반복될 때는 추상적 형식이 된다고 생각했다. 김기림이 인용한 부분은 다음과 같다. "Poetry of any length is visual or it is tedious; it may be visual by virtue of its action, or by virtue of its imagery. It can never, whilst still remaining poetry, be merely informative or conceptual(p.75)."

131) 이를테면 다음의 진술을 참고할 수 있다. "오늘의 시인은 그의 예술적 생장의 과정에서 과거의 시사의 모든 발전 단계를 경험한 후 거기서부터 별다른 새 세계를 준비하는 시인일 것이다(김기림, 앞의 글, 60쪽)."

132) 기교주의 논쟁은 김기림 「시에 있어서의 기교주의의 반성과 발전」(『조선일보』, 1935.2.10~3.14)에 대한 임화의 반론이었던 「담천하의 시단 1년」(『신동아』, 1935. 12)에서 비롯되었다는 것이 일반적인 판단이다. 오형엽은 임화의 「33년을 통하여

마지막 부분에서는 '센티멘탈리즘'을 주장했던 박용철과 자신의 입
각점이 다르다는 것을 밝히고 있다. 물론 김기림과 박용철이 '센티
멘탈리즘'을 다른 견지에서 이해했기에, 이 문제에 대해 상세하게
검토할 필요가 있다. 일단 김기림의 견해로는 '센티멘탈리즘'은 프
롤레타리아 문학의 공식주의와 민족주의 문학의 회고주의와 함께
조선의 시를 혁신하기 위해 배척해야할 대상이었다.

> 시는 시간적이어서 공간적인 회화에 명료하게 대립한다고 한
> 것은 '렛싱'의 「라오콘」이 가진 단순한 생각이다.
> '렛싱' 이후 '로맨틱' 시대를 지나 상징주의 시대에 이르기까
> 지 시는 단순히 시간성 속에 규제할 것이라는 이 기계적 해석
> 이 시인들의 머리를 지배하였다. 시에 있어서 그것이 가진 공
> 간성이 중요하게 보여지기 시작한 것은 20세기에 들어서의 중
> 요한 신시운동의 산물이 아닌가 한다. 시간적이라고 하는 것은
> 필연적으로 음악적인 것 다시 말하면 가청적인 것을 의미한다.
> (생략) 이와 반대로 공간적이라 함은 회화적인 것 다시 말하면
> 가시적인 성질을 의미한다('엘리엇'·'커밍스' 등의 시의 특징이다).
> 그런데 미래파나 초현실파의 그림에는 시간적 同存性이 의식
> 적으로 기도되었으며 사상파의 시 속에서는 어떻게 의식적으
> 로 가시성이 존중되었는가. 이곳에 현대의 모든 예술의 '장르'
> 와 '장르'의 混線이 숨어 있다. 시인이면 시인, 음악가면 음악가
> 들의 추구하는 목표 속에는 '포에시'라고 하는 것에 대한 단일
> 적인 공통한 요구가 그 저류에서 흐르고 있는 것이다. 현대시
> 의 근본적 요구를 우리 가운데서 가장 뚜렷하게 파악한 것은

본 현대조선의 시문학」(『조선중앙일보』, 1934.1.1~12)과 김기림의 「문예시평-비평
의 태도와 표정」(『조선일보』, 1934.3.28~30)에서 이미 논쟁이 시작될 기미가 있었
음을 짚어냈다(오형엽, 앞의 책, 68쪽).

이 시인이다. 어떤 評家들은 그(정지용–인용자)의 시의 감각성
을 지시하여 (실로 영광스럽게도 필자까지를 넣어서) 다소 경
멸의 뜻을 포함시켜서 신감각파라고 명령한 일도 있다. 그러나
그들이 감각이라는 이 말을 관능적인 말초신경적인 의미로써
쓰지 않고 가장 야성적이고 원시적이고 직관적인 감성을 가리
켜서 쓴 것이라면 이 말은 타당할는지도 모른다.[133]

‘단순한 치정’이 아닌 ‘예술적 형상’을 위해 김기림이 주목하는 것
은 공간성이다. 그는 그것을 도입하여 “상징주의의 몽롱한 음악 속
에서 시를 건져낸” 이로 정지용을 든다. 그가 상징주의 시의 ‘시간적
單調’에 반발했다고 설명한 후, 김기림은 위의 논의를 계속했다. 18
세기 독일의 극작가이자 연극평론가였던 고트홀트 레싱(Gotthold E.
Lessing)은 시간성을 중요시했지만, 그것은 그가 합창단이 존재하던
그리스극의 전통을 잇고자 했기 때문이었다.[134] 그러므로 상징주의
시대에까지 레싱의 생각이 무비판적으로 수용된 것은 김기림에게는
‘기계적 해석’의 결과일 따름이었다. 물론 시간성은 음악성·가청성
(可聽性)으로 공간성은 회화성·가시성으로 설명할 수 있다. 음악이
시간의 예술이고 회화가 공간의 예술임은 명백한 사실이다.

그러나 20세기의 신시운동에서는 이미 공간성이 부각되기 시작했
다. 김기림이 사례로 제시한 바와 같이 회화의 공간에 시간을 함께

---

133) 「1933년 시단의 회고」, 62쪽.
134) 레싱은 그리스극에서 사건진행의 일치가 파생시킨 것이 시간과 장소의 일치였다고
    언급했다. 사건진행의 일치를 위해 필요한 것보다 엄격하게 시간과 장소의 일치가
    지켜진 이유는 합창 때문이었다. 당대의 극에서 이와 같은 일치에 얽매일 까닭은 없
    지만 어느 정도는 필요하다는 견해였다(고트홀트 레싱, 『함부르크 연극론』, 윤도중
    옮김, 지식을만드는지식, 2009, 58~60쪽, 참고).

고려하거나 시를 가시적인 것으로 만들려고 하는 기도들은 장르간의 '혼선'이라는 20세기 예술의 특징에 기인할 것이다. 그리고 그 근저에는 '포에시(poésie)'라는 예술 일반의 근본적인 요구가 잠재해 있다고 김기림은 설명한다. 새로운 예술성에 대한 열망을 충족시키기 위해 기존과는 차별되는 방법이 채용되었다는 의미이다. 이전과 달라진 요청이 20세기 예술을 바꿔놓았다는 인식이 그의 언급에 담겨 있다고 하겠다.

김기림이 상징주의 시를 '몽롱한 음악'이라고 평가했던 이유는 그것을 걸러지지 않은 주관의 표출이라고 여겼기 때문이다. 그는 그것이 드러내는 바가 단조로운 내면의 시간이라고 보았다. 이에 비해 시에서 공간성은 주관과 객관이 상호작용하는 장(場)을 구축할 수 있다. 음악성과 달리 이것은 주관의 감정에 제한되기를 거부한다. 이것이 그려낸 시의 공간과 그 속의 사물들은 감각된다. 김기림이 정지용의 시를 거론하면서 '감각성'을 언급한 이유이다. 그에게 '감각'은 '관능적인 말초신경적인 의미'가 아니라 '가장 야성적이고 원시적이고 직관적인 감성'이다. 그것은 예의 몽롱함과는 다른 뚜렷함을 특징으로 한다. 감각을 설명하기 위해 사용한 '감성'의 사전적 의미를 고려하지 않더라도,[135] 이런 특성이 누구나 쉽게 감지할 수 있음을 뜻한다는 것을 알 수 있다. 김기림은 주지적 태도가 직관적으로 감각되는 가시성과 공간성의 언어를 선별할 수 있다고 보았던 것이다. 지성이 개입되어 감성을 구현하는 방법론이 그에게는 즉물주의였다고 할 수 있겠다.

---

135) 감성은 '자극에 대하여 느낌이 일어나는 능력'과 '감각적 자극이나 인상을 받아들이는 마음의 성질'이라는 두 가지 의미가 있다.

김기림은 시에 '사회적 가능성'이 구체적으로 드러나야 한다고 생각했다. 조선민족의 정신과 생활에 내재하는 '연극성'의 파악은 이를 집약하는 표현이었다. 계급성을 긍정하지는 않았으나 민족의 현실을 인식하고 있었던 것이다. 이런 차원에서 그는 시인이 문화의 발전에 대한 의식을 가진 '가치창조자'여야 한다고 주장했다. 그리고 '인생의 구체적 현실'을 드러내기 위한 방법으로 '영상'을 제안했다. 거기에 '시대에 대한 감각과 비판'을 담을 수 있다고 여겼기 때문이다. 시인은 '즉물주의자'가 되어야 한다는 주장은 여기에서 나왔다. 즉물주의는 '영상'만이 아니라 '실제의 회화(會話)'도 요청했다.

김기림의 즉물주의는 구체적 현실을 포착하는 '가장 본질적인 유일한 단어'를 선별하는 원칙을 뜻한다. 그는 이것을 '지적인 태도'와 연계시켰다. 이것이 '인생을 향하여 움직이는 힘', 즉 주관과 동행해야 하는 까닭에서였다. 그는 한 편의 짧은 시가 "현실 전부를 대표하는" 일은 즉물주의와 지적 태도로 가능하다고 생각했고, 이로써 시의 '영광'이 얻어질 것이라고 믿었다. 한편으로 그는 시에서의 공간성도 중시했다. 다른 말로는 회화(繪畫)성과 가시성이다. 그는 이와 같은 타예술의 특성을 들여오는 것이 20세기 예술의 특성이라고 판단했다. 김기림은 이 과정에도 주지적 태도, 곧 지성의 인도가 관여함으로써 즉물주의를 실현해야 한다고 판단했다. 직관적으로 감각되는 가시성과 공간성의 언어를 선별해냄으로써 현실의 진모를 여과 없이 드러낼 수 있다고 생각했던 것이다. 그러므로 그의 즉물주의는 감상성과 관념성을 배제하는 방법이기도 했다. 그러나 이때까지의 현실은 여전히 추상적이다. 다음 장에서 살피겠지만 식민지 조선의 현실에 대한 김기림의 관심은 1934년 이후 본격화했다.

4. 박용철, 민족을 위한 '미'와 효과주의

1) 비평가의 직능과 사회적 이상

1920년대 중반 국민문학과 계급문학으로 양분된 문단의 상황에서 중간지대의 문학을 향한 모색이 시도된 바 있다. 그러나 이러한 탐색은 두 가지 방향성의 단순한 절충안에 그쳤다는 점에서 본질적인 차원의 접근법은 아니었다.[136) 더구나 그것을 논하기에는 상황은 아직 충분히 무르익지 않았던 것으로 보인다. 두 계열의 문학자 집단은 자신들의 문학적 이상에 대한 설계와 실험에도 벅찬 처지였다. 조짐은 다른 방향에서, 곧 해외문학에 대한 연구에서 시작되었다. 해외문학파는 1926년 조직되어 1930년대 중반까지 해외문학을 연구하고 소개함으로써 '한국문학의 시야 확대'에 기여하였다.[137) 외국문학작품의 번역에 몰두하던 해외문학파의 최종 목표는 조선어 문학작품의 창작이었다. 그들은 처음부터 외국문학을 참고함으로써 '우리 문학'을 건설하고 '세계문학의 상호범위'를 확대하겠다는 의

---

136) 대표적인 논자는 양주동이다. 그는 당대의 문단을 '전통문학파(순문학적 문학파)'와 '반동파(순사회적 문학파)'로 나누고 이 둘의 사이에 '중간파'를 세운다. 그리고 중간파를 다시 '사회7분 문학3분', '문학7분 사회3분'으로 구분했다(양주동, 「文壇如是我觀」, 『신민』, 1927.5, 105~110쪽). 그의 논의에 대해서 후대의 연구자들은 '과학적인 방법'의 결여를 지적하거나(조연현, 『한국현대문학사』, 성문각, 1982, 470~495쪽), '실로 소박한, 소인적 견해'라고 비판했다(김윤식, 『한국근대문예비평사연구』, 일지사, 1986, 116쪽).

137) 박노균, 「해외문학파의 형성과 활동양상」, 『개신어문연구』 1집, 1981.8, 108쪽.

지를 밝혔다.[138] 해외문학파와 시문학파를 포괄하는 관점이 타당성을 얻는 지점이 여기에 있다.[139] 그들의 문학적 목적과 행동은 일맥상통하는 부분이 있었기 때문이다. 이들의 이상과 실제가 완벽히 일치할 수는 없다고 하더라도 이 둘은 적어도 계승이나 선후 관계라고할 수 있다. 물론 두 유파의 구성원과 그들 사이의 비중은 분명히 다르다. 따라서 시문학파는 해외문학파가 구체화된 하나의 사례에 불과하다는 평가도 가능할 것이다.

그렇지만 박용철이 이러한 계승 혹은 선후 관계를 강하게 의식하고 있었음을 부정할 수는 없다. 해외문학파와 시문학파는 이전의 문학 위에 새로운 '전통'을 세우기 위해 노력했다는 점에서 공통점을 가진다.[140] 박용철은 『시문학』 창간과 발행의 주체로 활동하며, 시에 있어서 김영랑을 자신의 퍼소나(persona)이자 동반자로 인식했다. 김영랑이 이른바 '전통파의 단초'를 정립한 것으로 인정된다면,[141] 박용철은 분명 서구시와 시론을 받아들여 한국시와 시론에 새로운 전통을 건설하려고 했다고 평할 수 있다. 이러한 판단의 중요한 표

---

138) "무릇 新文學의 創設은 外國文學 輸入으로 그 記錄을 비롯한다. 우리가 外國文學을 研究하는 것은 결코 外國文學研究 그것만이 目的이 아니오. 첫재 우리 文學의 建設, 둘재로 世界文學의 相互範圍를 넓히는 데 잇다(「創刊卷頭辭」, 『해외문학』, 1927.1)."
139) 두 유파를 통합적으로 파악한 연구로는 조지훈, 「한국 현대시사의 관점」, 『한국시』 1집, 1960.4; 조연현, 『한국현대문학사개관』, 정음사, 1984; 김윤식, 앞의 책; 조동일, 『한국문학통사 5』, 지식산업사, 1988 등이 대표적이다. 반면 이들을 구별하는 연구는 김용직, 『한국근대시사 하』, 학연사, 1986; 김효중, 『한국현대시의 비교문학적 연구』, 푸른사상, 2000; 조영식, 「해외문학파와 시문학파의 비교 연구」, 경희대 박사논문, 2002 등이다.
140) 조지훈은 '전통의 계승'이 "전통에 대한 새로운 해석, 정당한 저항"이란 과정을 거쳐야 한다고 주장한 바 있다. 전통은 "현실의 가치관과 미래의 전망을 위해서만" 의의를 인정받을 수 있다는 이유에서였다(조지훈, 「전통의 현대적 의의」(『신세계』, 1963. 3), 『조지훈 전집 7』, 나남출판, 1996, 213; 209쪽).
141) 조지훈, 「한국현대시사의 관점」, 『조지훈 전집 3』, 157~158쪽.

지가 되는 이는 이하윤이다. 그는 해외문학파였다가 『시문학』·『문
예월간』·『극예술』에 박용철과 함께 관여했다.142) 그의 시가 한국적
인 서정을 드러냈던 까닭이나, 김영랑의 시와 흡사한 4행시의 형태
를 가졌던 이유는 이런 관점에서 이해할 수 있다.143) 물론 박용철의
번역과 시론 활동은 해외문학파의 이상을 구현하는 데에서 멈추지
않았다. 외국의 문학이론을 수용할 때 그는 그것을 그대로 받아들이
지 않았다. 이런 사실은 초기의 선행연구들이 그의 시론에 내린 부
정적 평가의 근거가 되었다.144) 그러나 무비판적 수용의 부작용은
자신의 주체를 지운다는 데 있다. 앞으로 살피겠지만 박용철은 외국
의 이론을 받아들였지만 자기화의 방식은 능동적이었다.

한편 선행연구들은 박용철의 문학세계 전반을 대상으로 하는 경
우라도 그의 시론에 더 집중해온 것이 사실이다.145) 다른 무엇보다
박용철은 김영랑이라는 걸출한 시인의 옆에서 그를 지지했고, 상대
적으로 자신의 시는 시론의 성취 수준과 부합할 정도에 다다르지 못
했다는 이유에서였다. 그렇다고 하더라도 그의 시론과 시가 무관한

---

142) 조영식, 「연포 이하윤의 시세계」, 『인문학연구』 3권, 경희대 인문학연구원, 1999.12,
253쪽, 참고.

143) 김재홍, 「회상의 미학 또는 귀향의지」, 서울대사범대 국어과동문회 편, 『이하윤 선집
Ⅰ』, 한샘, 1982, 311쪽, 참고; 유승우, 「연포 이하윤론」, 『한국 현대 시인 연구』, 국
학자료원, 1998, 197쪽, 참고.

144) 연구사의 초기에 박용철의 릴케 수용은 비판의 대상이었다(김윤식, 「용아 박용철 연
구」, 『학술원논문집』 6집, 대한민국학술원, 1970, 284~285쪽 ; 김명인, 「순수시론의
환상과 현실」, 『어문논집』 22집, 민족어문학회, 1981, 248쪽). 반면 한계전은 하우스
만 시론 번역이 박용철의 이론적 성취에 도움을 주었다는 평가와 더불어, 하우스만
시론의 한계를 그대로 이어받았다고 이해했다(한계전, 「박용철에 있어서 하우스만
시론의 수용」, 『관악어문연구』 2권, 서울대 국문학과, 1977, 71~72쪽).

145) 김용직, 『한국 현대시 연구』, 일지사, 1974; 한계전, 『한국현대시론연구』, 일지사,
1983.

것은 아닐 터이다. 예컨대 그의 시가 시론에 반비례해서 '경험적 구
체성'이 아닌 '원형적 대상 인식'을 담는 데 그쳤다는 지적은 분명히
참고할 만하다.146) 이러한 비판의 논리에는 박용철의 시론과 시의
밀접한 관련성이 상정되어 있다.

　문제는 박용철 시론의 밀도와 진폭이 높고 넓다는 데 있다.147) 정
련된 시론의 수준을 기준으로 삼을 때 그의 시는 거기에 턱없이 못
미치는 게 사실하다. 시론과 시가 시차(時差) 없이 함께 나아가기도
어려운 일이다. 둘 중 하나가 앞서가기 마련이다. 박용철의 경우 시
론이 그랬다. 그의 대표적인 시들이 대부분 문단에 발을 들여놓을
무렵 쓴 것이라는 점을 감안하면,148) 그는 시 대신 시론을 선택한 것
이라고 보아야 한다. 따라서 그의 문학 전반을 다룰 때 시와 시론을
수평적으로 비교하는 것은 온당치 못하다.149) 이 둘의 격차는 선택
과 집중의 결과였기 때문이다. 기실 박용철이『시문학』·『문예월간』
·『문학』등의 핵심인물이었고『극예술』에도 적극 관여했다는 사실
은 그가 문학의 넓은 장을 사유했다는 점을 알려준다.150) 「『시문학』

146) 유성호는 이러한 문제가 원인이 되어 박용철의 시가 "실감의 깊이와 심미적 완결성"
　　을 획득하지 못했다고 평가했다(유성호, 「박용철 시 연구」, 『한국시학연구』 10호, 한
　　국시학회, 2004.5, 245쪽).
147) 예컨대 김윤식은 박용철의 시론이 '원론적인 차원'에 머물러서 여전히 '변색되지 않
　　은 것'이라고 평가했다(김윤식, 「서구문학과 비평의 딜레탕티즘: 용아 박용철 연구」,
　　『근대한국문학연구』, 일지사, 1973, 336쪽). 그리고 손광은은 박용철의 시론을 초기
　　와 후기로 구분하고, 그의 초기시론은 시에서 이데올로기적 요소를 부정하고 '심미
　　적 예술성'을 추구했으며, 후기시론은 하우스만의 '정교한 감수성'이 접맥되었다고
　　보았다(손광은, 「박용철 시론 연구」, 『용봉인문논총』 29집, 전남대 인문학연구소,
　　2000, 23쪽).
148) 유성호, 앞의 논문, 238쪽; 김용직 책임편집, 「박용철 연보」, 『박용철 유필원고 자료
　　집』, 깊은샘, 2005, 274쪽. 이러한 견해에 대해서는 세밀한 검토가 필요하다.
149) 김명인은 박용철이 순수시론을 구상했지만 그것이 창작으로 연결되지 않은 것을 문
　　제 삼은 바 있다(김명인, 앞의 논문, 268쪽).

창간에 대하야」에는 이러한 궁리와 고심의 일단이 나타나 있다.

> 社會에 대한 貢獻 民族文藝의 樹立 等 큰 抱負는 가슴에나 갈
> 마둘 것이오 實際에나 밟아볼 것이지 스스로 입에 올리다가는
> 낯간지러운 짓에 가깝기 쉽다.
> 　그 나라 말을 理解할 수 있는 사람이면 다 感激할 수 있는 作
> 品이 있다면 누가 그 앞에 이마를 숙이지 않으랴 그러한 作品
> 을 알아보는 눈이 있다면 누가 그에게 敬義를 表하지 않으랴
> 허나 藝術의 끼치는 힘을 過大視하는 것은 의심스러운 일이다.
> 　△
> 　現在認識의 主體란 지나간 認識의 內部記憶의 總和成인 한全一
> 體이며 한개의 存在에 대한 個人의 印象은 제각기 相異한 것이
> 나 그 相異한 가운대의 共通性이 우리의 公同感傷의 基礎가 되는
> 것이니 이 共通性의 規定이 없다면 批評은 成立不可能이 될 것이
> 다. 批評은 自己를 感受共通性의 한 標準으로 假定하는 데서 出發
> 한다.151)

　시문학 동인들의 포부는 사회에 공헌하는 한편으로 '민족문예'를
수립하는 것이었다. 그러나 이러한 희망에 대해 언급하는 일을 박용
철은 '낯간지러운 짓'이라고 말한다. 그들의 바람이 "예술의 끼치는
힘을 과대시하는" 데에서 출발하지 않은 까닭에서일 것이다. 그럼에
도 작품이 주는 '감격' 앞에서 숙연해지거나, 그러한 상대의 반응에
존경의 뜻을 나타낼 수는 있다. 그는 작품과 그것을 '알아보는 눈'

---

150) 「박용철 연보」, 274~277쪽, 참고.
151) 박용철, 「『詩文學』 創刊에 對하야」(『조선일보』, 1930.3.2), 『박용철 전집 2』, 깊은샘,
　　 2004, 141~142쪽.

사이에 이처럼 상호존중을 개입시킨다. 작가는 이 관계에서 한 발짝 떨어져 있다. 박용철은 작가를 작품과 향유자로부터 분리하고 있는 것이다. 이 점이 쉽사리 이해되지 않는 것은 사실이다.

기호 '△'로 나누어져 있는 외형은 신문이라는 형식에도 기인하겠지만, 잡지 『시문학』과 그 동인들이 공유하는 문학관 등 다양한 정보를 전달하려는 의도와도 맞아떨어졌을 터이다. 그러므로 얼핏 사유의 편린들이 나열된 것처럼 보이지만, 이 조각들이 전혀 무관할 리는 없다. 박용철은 두 번째 부분에서 비평의 출발점에 대한 논의를 진행하고 있다. 그는 '현재인식의 주체'가 과거 인식의 '내부기억의 총화'로 이루어진 '전일체'라고 말한다. 축적된 과거의 인식을 기억함으로써 주체의 '현재인식'이 가능하다는 의미일 것이다. 과거의 경험과 인식이 다른 만큼 개별 주체들의 '한 개의 존재'에 대한 '인상', 곧 '현재인식'이 일치하지 않음은 이치상 마땅하다. 그러나 다른 가운데에도 '공통성'이 전무할 수도 없으므로, 박용철은 이를 '공동감상의 기초'라고 정의한다. 따라서 비평이 성립하기 위한 최소한의 조건은 스스로를 "감수공통성의 한 표준으로 가정하는" 일이 된다.

'감수공통성'이란 개념에서 핵심을 이루는 것은 작품과 향유자의 관계이다. 박용철은 비평가가 되는 일을 스스로 '감수공통성의 한 표준'이 되는 일과 같은 것으로 간주했다. 당연하지만 비평가가 되기 위해서는 그보다 먼저 향유자여야 한다. 비평이나 창작보다 선행하는 행위는 향유이다. 이 점에서 '감수공통성'은 문학이 성립하기 위한 필수적 조건이다. '한 개의 존재에 대한 개인의 인상'이라는 표현에서 보듯이 향유는 작품과 독자와의 일대일 대응이다. 작가는 이 만남에 관여할 수 없다. 아래 인용문의 첫 문장에서 시(詩)는 '한낱 존재'라는 진술이 나올 수 있는 배경이다. 향유는 존재와 존재의 만남이라고 박용철은 가정하고 있었다. 비평적 사유의 출발에서부터 창작자와 작품과 향유자를 분리했던 것이다.

> 詩라는 것은 詩人으로 말미암아 創造된 한낱 存在이다. 彫刻과 繪畵가 한 개의 存在인 것과 꼭 같이 詩나 音樂도 한낱 存在이다. 우리가 거기에서 받는 印象은 或은 悲哀 歡喜 憂愁 或은 平穩 明淨 或은 激烈 崇嚴 等 진실로 抽象的 形容詞로는 다 形容할 수 없는 그 自體 數대로의 無限數일 것이다. 그러나 그것이 어떠한 方向이든 詩란 한낱 高處이다. 물은 높은 데서 낮은 데로 흘러 나려 온다. 詩의 心境은 우리 日常生活의 水平情緒보다 더 高尙하거나 더 優雅하거나 더 纖細하거나 더 壯大하거나 더 激越하거나 어떠튼 '더'를 要求한다. 거기서 우리에게까지 '무엇'이 흘러 '나려와'야만 한다. (그 '무엇'까지를 細密하게 規定하려면 다만 偏狹에 빠지고 말 뿐이나) 우리 平常人보다 남달리 高貴하고 銳敏한 心情이 더욱이 어떠한 瞬間에 感得한 稀貴한 心境을 表現시킨 것이 우리에게 '무엇'을 흘려주는 滋養이 되는 좋은 詩일 것이니 여기에 鑑賞이 創作에서 나리지 않는 重要性을 갖게 되는 것이다.[152]

조각이나 회화와 같이 구체적이고 실제적인 사물을 활용하지는 않지만, 시와 음악 역시 예술이다. 앞의 것들이 시공간 속에 자리잡는 데 비해, 뒤의 것들은 시공간에서 휘발해버리는 특성을 가졌다는 점에서 상이하지만 말이다. 그러나 이러한 차이는 그것들이 존재하

---

152) 「『시문학』 창간에 대하야」, 142~143쪽.

는 양상에 기인할 뿐이다. 박용철은 이 점에 주목했다. 시를 '한낱 존재'라고 했을 때, '한낱'은 부정어와 호응하지 않았으므로 사전적 의미가 가진 부정성과는 관계가 없다. 그것은 '하나의' 혹은 '낱개의' 정도의 의미이다. 박용철 자신도 '한 개의'와 '한낱'을 함께 쓰고 있다.

'한낱 존재'인 시가 줄 수 있는 인상을 그는 "추상적 형용사로는 다 형용할 수 없는" 것이라고 서술한다. 각 시편이 서로 같지 않듯이 그것이 담아낸 인상도 '그 자체 수대로의 무한수'일 수밖에 없다. 그러므로 시는 저마다 다른 '한낱 존재'들이라 할 수 있다. 시에 대한 정의는 계속된다. 박용철이 재규정하는 시는 '한낱 고처'이다. 시가 되려면 그것이 품은 심경이 '일상생활의 수평정서'보다 높아야 한다는 것이다. 그래야만 물과 같이 흘러내릴 수 있기 때문이다. 일정한 수준을 넘어서는 정신이나 정서의 높이가 시로서 인정받을 수 있는 요건인 셈이다.[153] 그래서 그는 시에 "어떠튼 '더'를 요구"한다. 이 '더'가 "'무엇'이 흘러'나려와'" 독자에게까지 닿을 수 있는 시를 만든다.

그런데 박용철이 '무엇'에 대해 구체적으로 설명하지 않았다는 점

---

153) '높이'에 대한 이러한 관념은 인류 공통의 비유이다. 노자의 『도덕경』 8장의 '上善若水'는 높은 곳에 있어야만 아래로 내려올 수 있는 물의 성질로 '선'을 표현했다(上善若水, 水善利萬物而不爭, 處衆人之所惡, 故幾於道; 노자, 『老子道德經』, 황병국 옮김, 범우사, 1986, 34~35쪽). 한편 칸트는 숭고(崇高)를 "오직 우리의 이념에서만 찾을 수 있다"고 단정하며, "반성적 판단력을 활동시키는 어떤 표상에 의해서 야기된 정신상태가 숭고하다"라 주장했다(I. 칸트, 앞의 책, 115쪽). 노자의 '높이'가 그 이후를 염두에 두었다면, 칸트의 그것은 그 순간에 주목했다고 하겠다. 전자는 윤리학에 입각해 있었고, 후자는 미학에 기대고 있었다. 박용철은 둘을 모두 고려했다. 그의 초기 시론이 윤리와 미를 겸비한 이유이다.

은 눈여겨볼 만하다. 그는 시인의 '고귀하고 예민한 심정'이 도달한 '희귀한 심경'을 담은 시가 향유자에게 '무엇'을 준다고만 했다. 여기서 알 수 있는 것은 시인의 '희귀한 심경'과 '무엇'이 동일하지 않다는 사실이다. 박용철은 이 둘을 별개로 보았다. 마지막 문장의 서술을 이해하기 위해서는 이 점을 고려해야 한다. 그는 '감상'이 '창작'보다 아래가 아니며 그만큼 중요하다고 언급했다. 그 까닭은 시인이 도달한 '희귀한 심경'이라는 '한낱 고처'의 '자양'에 빚지고 있지만, 향유자가 얻은 '무엇' 역시 '한낱 고처'일 수 있다고 생각했기 때문이다. 앞의 인용문에서 보았듯이 "한 개의 존재에 대한 개인의 인상은 제각기 상이한" 것이다. 그러므로 특정한 개인이 시를 통해 고양될 가능성은 얼마든지 잠재해 있다고 하겠다. 이처럼 박용철은 '작가'와 '작품', '작품'과 '향유자'라는 두 가지 관계를 설정하고 그 무게를 동일하게 여겼다.

우리는 詩를 살로 색이고 피로 쓰듯 쓰고야 만다 우리의 詩는 우리 살과 피의 맺힘이다 그럼으로 우리의 詩는 지나는 거름에 슬적 읽어치워지기를 바라지 못하고 우리의 詩는 열 번 스무 번 되씹어보고 외여지기를 바랄 뿐 가슴에 느낌이 있을 때 절로 읊어 나오고 읊으면 느낌이 이러나야만 한다 한 말로 우리의 詩는 외여지기를 求한다. 이것이 오즉 하나 우리의 傲慢한 宣言이다.

사람은 生活이 다르면 감정이 같지 않고 敎養이 같지 않으면, 感受의 限界가 딸아 다르다 우리의 詩를 알고 느껴줄 많은 사람이 우리 가운데 있음을 믿어 주저하지 않는 우리는 우리의 조선말로 쓰인 詩가 조선사람 전부를 讀者로 삼지 못한다고 어리

석게 불평을 말하려 하지도 않는다.

　이것이 우리의 自限界를 아는 謙遜이다.

　한 민족의 言語가 발달의 어느 정도에 이르면 口語로서의 존
재에 만족하지 아니하고 文學의 형태를 요구한다 그리고 그 文
學의 成立은 그 민족의 言語를 完成식히는 길이다.

　우리는 조금도 바시대지 아니하고 늘진한 거름을 뚜벅거려
나가려 한다 虛勢를 펴서 우리의 存在를 인정받으려 하지 아니
하고 儼然한 存在로써 우리의 存在를 戰取하려 한다.154)

　『시문학』 창간호의 편집후기이다. 박용철은 앞의 글 마지막을 "더
듬더듬 하는 말이 가장 자신 있는 말이오 더듬더듬 걷는 거름이 가
장 자신 있는 거름일 때가 있다"라고 끝맺었다.155) 윗글의 인용 부
분 마지막과 겹쳐진다. 앞의 글에서 강조된 것이 '작품'과 '향유자'
의 관계라면, 여기에서는 '작가'와 '작품'의 관계가 두드러진다. 비슷
한 시기에 쓴 두 글의 주안점이 다른 까닭은 매체의 특성에 기인하
는 것으로 판단된다.156) 앞의 글에서는 신문의 독자를 염두에 두고
그들에게 『시문학』과 시 일반에 대한 관심을 독려하기 위한 의도가
다분했을 것이고, 뒤의 글에서는 이미 『시문학』을 읽은 독자나 문인
들을 향한 선언으로서의 의미가 컸을 터이다.

　글은 처음부터 시작(詩作)의 과정에 대해 밝힌다. 시쓰기는 "살로
색이고 피로 쓰듯" 이루어진다. 과정은 곧장 결과로 연결된다. 시는
'우리 살과 피의 맺힘'이다. 그러나 박용철의 수사는 작시의 고통과

---

154) 박용철, 「詩文學 後記」(『시문학』 창간호, 1930.3), 『박용철 전집 2』, 218~219쪽.
155) 박용철, 앞의 글, 144쪽.
156) 『시문학』 창간호의 발간일은 1930년 3월 5일이다.

험난함을 표현하기 위함이 아니다. 거기에는 '지나는 거름에 슬적 읽어치워지기'를 거부하는 동시에 그런 방식으로 소비되는 시를 쓰지 않겠다는 다짐이 내포되어 있다. "되씹어보고 외여지기를 바"라기 위해서는 그전에 "우리의 시는 외여지기를 구"해야 하기 때문이다. 시는 독자의 "가슴에 느낌이 있을 때" 자기도 모르게 읊어져야 하고, 그럴 때 '느낌'이 생겨나야 한다. 요컨대 박용철이 시에 요구하는 바는 체화되어 암송되는 것이다. 그러므로 '우리의 오만한 선언'은 실지로는 내부를 겨냥하고 있었다고 하겠다.

두 번째 단락도 「『시문학』 창간에 대하야」에서 했던 언급의 대의가 반복되고 있다. 다른 점은 역시 시인으로서의 입장이 부각되었다는 데 있다. 박용철은 앞의 글에서 개인이 '한 개의 존재'로부터 받는 인상은 제각각일 테지만, 비평가 자신을 "감수공통성의 한 표준으로 규정하는 데"에서 비평이 성립한다고 주장했다. 앞의 글에서 대상에 대한 개인의 인상이 상이할 수밖에 없다는 진술은 이 글에서 '생활'과 '교양'의 차이가 '감정'과 '감수의 한계'를 달라지게 한다는 도식으로 구체화되었다. 그런데 '조선사람 전부'가 '우리의 시'를 읽어주기까지는 바라지 않는다는 발언의 이유로 그가 제시하는 것은 '우리의 자한계'에 대한 인정이다. 이를 단순한 '겸손'의 표현으로 이해할 수는 없다. 시인도 예의 도식이 지배하는 범주에 들기 때문이다. 더구나 이것을 벗어나는 순간, 그의 작품에서 개성이 실종될 것이라는 사실은 자명하다.

역설적이지만 자신들이 쓴 시를 '알고 느껴줄 많은 사람'들에 대한 주저 없는 믿음은 시인도 '우리 가운데', 곧 '조선사람' 중 하나라는 데 근거한다. 실제로 시문학 동인의 바람은 단순히 시를 쓰는 데 있지 않았다. 가령 '민족의 언어를 완성식히는 길'이라는 원대한 목표를 박용철의 독단적인 입장으로 간주하기는 어렵다. 그와 동인들은 '민족의 언어'가 발달하고 완성되는 과정에서 반드시 거쳐야 할 것이 '문학의 형태'라고 생각했다. 이러한 이상을 시문학 동인들이 공유하고 있었다는 사실은 아래의 인용문에서 확인이 가능하다. 그들은 문학에 대한 생각을 주고받으며 '엄연한 존재'로 함께 서고자 했다.

> 再現說과 情緖를 폭 삭후라는 것도 알어드렀네 나는 이즘 와서야 그것들을 차츰 깨달어가네 좀 늦지만 어쩔 수 없지 느끼는 것이 없이 생각해 理解할랴니까. 그 前에는 詩를(뿐만 아니라 아무 글이나) 짓는 技巧(골씨)만 있으면 거저 지을 셈 잡었단 말이야 그것을 이 새 와서야 속에 덩어리가 있어야 나오는 것을 깨달었으니 내 깜냥에 큰 發見이나 한 듯 可笑! 詩를 한 개의 存在로 보고 彫塑나 妻와 같이 時間的 延長을 떠난 한낱 存在로 理解(當然히 感이라야 할 것)하고 거기 나와 있는 創作의 心態(이것은 創作品에서 鑑賞者가 받는 心態이지 創作家가 갖었든 혹은 나타내려 하는 心態와는 獨立한 것이지)를 解得하는 데서 차츰 여기 이르렀단 말이야 그래서 가장 粗雜하게 讀後의 統一的 情緖를 優美 哀傷 崇高 等 抽象的 形容詞를 써서 輪廓을 定할 수 있는 것이라 하거든 抽象的 形容詞가 發達하야 數萬語가 된다면 거 진거진 가까이 갈 건 事實일 듯.
> 詩論을 좀 해놀랴고 생각해 두었든 것이다 詩論을 展開시킴이 없으니 그만두려네.[157)]

---

157) 박용철, 「永郞에게의 便紙」(1930.9.5), 『박용철 전집 2』, 326~327쪽.

김영랑에게 쓴 편지이다. 앞의 글들 이후 시에 대한 박용철의 사유가 진척했음을 짚어볼 수 있다. 서두는 김영랑이 그에게 '재현론'을 알려주고 "정서를 폭 삭후라"라고 조언했다는 사실을 알려준다. 이 둘이 붙어 있으니 다음과 같이 이해해도 무방하겠다. 시는 무언가를 '재현'하는 것이며, 이 무언가가 정서이고, 그것을 제대로 다시 나타내려면 충분히 삭히는 과정을 거쳐야 한다. 김영랑은 그에게 시의 창작에는 정서의 발효가 필요하다고 충언했던 것이다. 박용철은 이를 계기로 이전의 생각을 수정한다. 그는 '기교'만으로 시가 된다고 여겨왔음을 고백한다. 그의 새로운 인식은 시는 "속에 덩어리가 있어야 나오는" 것이라는 깨달음이다. 너무나 당연하기에 그것을 이제 알게 된 자신을 '가소'롭다고 말하지만, 이는 이전의 견해를 버리기보다는 발전시킨 것이었다.

마지막 부분이 일러주듯이 박용철의 편지는 시론(詩論)의 시론(試論)이다. 앞의 두 글에서 살핀바 박용철은 시를 '한낱 존재'로 파악했다. 이 글에서 스스로 정리한 대로 그는 그것을 "시간적 연장을 떠난" 것으로, 다시 말해 창작자와 시간적인 연속성이 끊긴 후에도 그 자체로 존재하는 것으로 이해해왔다. 그러므로 그는 시가 담은 '창작의 심태'를 '감상자가 받은 심태'와 동일시하지 않았던 것이다. 요컨대 이 둘은 다를 수밖에 없다.[158] 시에 "나와 있는" 것과 작자가 담아내려 했던 것이 '독립'적이라는 사실에 대한 기왕의 깨우침 이후, 김영랑의 편지는 숙성 전후의 정서에 대해 궁리하도록 박용철을

---

158) 오형엽은 이 부분에 대해 박용철이 "감상자의 입장에서 파악하고 있던 창작의 심리적 양상을 시인의 입장에서 파악하게 되었음"을 보여주는 단서라고 말한 바 있다(오형엽, 앞의 책, 204쪽).

자극한다.

그러므로 편지에서 주목을 끄는 것은 '덩어리'이다. 이 단어는 김영랑의 조언에서 촉발된 것으로 판단된다. 좋은 시를 쓰기 위해서 어떤 정서를 내면에서 삭혀야 한다면, 그렇게 숙성된 이후에 표현된 것은 애초의 그것과 같을 수 없다. 숙성의 전과 후가 다르듯이 숙성 중인 그것도 마찬가지라고 해야 한다. 박용철은 이렇게 아직 숙성 중인 정서를 '덩어리'라고 명명한 것이다. 왜일까. 그는 '독후의 통일적 정서'가 추상적인 형용사로나 "윤곽을 정할 수 있는" 대상이며 그렇게 하는 일조차 '조잡'하다고 말한다. 이 발언은 「『시문학』 창간에 대하야」에서 시가 주는 인상이 "추상적 형용사로는 다 형용할 수 없는" 것이라던 진술과 통한다. 이런 성질을 가진 시의 인상이 독자에게 다가올 때 박용철은 그것을 다만 '무엇'이라고만 지칭했다. '덩어리'와 '무엇' 모두 지시하나 구체적인 의미를 담지 않는다는 공통점이 있다. 그는 '무엇'이 규정될 수 없다면, 그것을 불러일으킨 원인도 매일반이라고 생각했던 것이다. 이들 양자는 시적인 것의 속성이 규명불가능성에 있다는 그의 시론이 출발하는 두 개의 중심개념이다.

우리들의 現在의 心理的 (혹은 生理的) 狀態 A는 經驗 B로 말미암아 A+B=A′의 變化를 일으킨다. (實로 우리의 生이란 이런 變化의 連續이다) 이 經驗 B의 對體가 藝術일 경우에는 經驗 B의 內容은 우리의 想像을 自由로이 飛翔시키고 感覺에 愉快의 情을 일으키는 所謂 美的 經驗이지마는 이와 다른 論文에 의한 知識 生活上의 實經驗 等도 우리에게 變化를 일으키는 點에서는 同一

한 것이다.

　그래 作品을 읽은 讀者는 거기서 어떠한 印象을 받어 얼마큼 心情에 變化를 일으켜서 그는 그 달라진 心情을 가지고 달라진 態度로써 모든 社會的 活動에 參加하야 全社會가 그 影響을 받을 것이다. 그러면 그 社會의 前狀態 Y는 그 作品의 影響 X로 말미암아 Y+X=Y′ 의 變化를 일으켰다고 볼 수 있다. 예술은 隱密한 가운대 우리 生活의 모든 方面에 影響을 끼친다. 우리의 判別力으로 그것을 測定할 수 있고 없는 問題는 있으나 한 개의 예술的 作品의 效果는 間接 다시 間接으로 우리의 生活에 作用하야 우리의 政治, 經濟, 思想, 科學, 宗敎가 다 그 영향을 입었다고 할 수 있다. 實로 그것은 社會의 湖水에 더져진 한 개의 돌멩이다. 우리가 어떤 人物의 政治的 行動을 評論할 때는 暗默裡에 이러한 方法을 使用한다.[159)]

　박용철은 작품의 사회적·정치적 효과에 대해 고찰한다는 의도를 밝히고 이 글을 시작했다. 예술작품이 완성되고 "작자의 손을 떠난" 후의 '사회적 사실'을 말이다(26). 인용문에서 그는 개인의 '심리적 상태 A'가 '경험 B'를 겪으면서 'A′'로 변하게 된다는 공식을 제출했다. 그리고 '경험 B'의 자리에 예술이나 지식 등도 넣을 수 있다고 덧붙인다. 변증법의 일반원리인 정반합을 적용했다고 하겠다. 박용철은 작품으로부터 영향을 받은 개인의 활동무대인 사회로까지 논의를 확장해간다. '사회의 전상태 Y'는 '영향 X'로 인해 'Y′'로 변화한다는 것이다. 그는 이 일이 은밀하게 일어나지만, 그 영향이 '생활의 모든 방면'에 미친다고 설명한다.

---

159) 박용철, 「效果主義的 批評論綱」(『문예월간』, 1931.11), 『박용철 전집 2』, 26~27쪽.

그렇지만 그의 주장은 막연하다. 예술의 영향력은 측정불가능하다고 스스로 서술하고 있을 뿐만 아니라, 예술 작품의 효과가 "간접 다시 간접으로" 작용한다고 부연하고 있으며, 결정적으로는 기초 학문과 실용 학문 나아가 종교에까지 효과의 범위를 잡고 있기 때문이다. 그가 예술 작품이 사회라는 "호수에 더져진 한 개의 돌멩이다"라고 비유하는 데서는 그 효과를 구체적으로 제시할 수 없다는 막막함이 노출된다. 마지막 문장에서 언급된 '정치적 행동'에 대한 평론의 예시는 그럼에도 그것이 미칠 사회적 파장에 대한 면밀한 검토가 필요하다는 생각을 드러낸다. 인용문 다음의 단락에서 박용철은 러시아에서 실제로 이를 측정하는 일이 노동조합 등을 주도로 한 '집단적 비평'의 방식으로 실시되고 있다는 사실을 밝힌다(27~28). 그러나 그의 관심은 사후적인 데 있지 않았다.

> 批評家의 職能……그러나 한 개의 作品이 개인의 心理에 나아가 社會에 끼치는 影響은 果然 測定하기 쉬울 만큼 두드러진 것이냐. 아니다 이 影響은 至極히 微細한 것이어서 非常한 天才의 診脈이 아니고는 알아낼 수 없는 것이다. 純 理論的으로 볼 때 우리가 한마디 소리를 처서 空氣에 波動을 일아키면 그 波動은 無限히 傳播하야 그 影響으로 全宇宙가 若干의 變化를 입는다는 것은 의심할 수 없는 일이나 實際로 그 變化를 測定할 수는 없는 것과 같이 한 개의 文藝作品이 社會에 끼치는 影響은 가장 測定하기 어려운 것이 아니면 아니다. 普通의 讀者는 자기의 받은 印象을 分析하야 言語로 發表할 수도 없는 微小한 影響을 더구나 事後의 實證的 測定이 아니라 豫測할 責任을 文藝批評家는 가지는 것이다. 그러므로 批評家는 特別히 銳利한 感受力을 가지고

> 자기의 받은 印象을 分析하므로 一般讀者의 받을 印象을 推測하
> 여 이 作品이 社會에 끼칠 效果의 敏感한 計量器, 效果의 豫報인
> 晴雨計가 되어야 한다.[160]

인용문의 주제는 '비평가의 직능'이다. 작품이 개인이나 사회에
끼치는 영향은 "지극히 미세한" 것이어서 이것은 '비상한 천재의 진
맥'을 거쳐야 한다. 비평가의 '진맥'은 작품을 접한 이후라는 점에서
사후적이지만 그것의 궁극적인 목적은 예측에 있다. 비평가는 자신
이 받은 인상을 분석함으로써, 일반 독자의 반응 나아가 사회에 미
칠 영향까지 짚어내야 한다. 박용철은 이를 비평가의 책임이라고 말
한다. 그가 '민감한 계량기'이자 '예보인 청우계'로서의 비평가를 요
청하는 까닭은 이 점에 있었다.

그러므로 박용철의 천재적 비평가는 소위 낭만적 천재와는 다르
다. 일반적으로 낭만주의의 천재론은 창조성과 독창성을 가진 예술
가를 상정하고 신의 창조에 버금가는 신성함을 그의 작업에 부여했
으며, 이러한 천재 개념에는 자율성의 미학이 성립할 토대가 된 '심
미적 주관성'의 이념이 잠재하고 있었다.[161] 그런데 천재론에는 산
업사회에 진입한 이후 예술 활동의 환경 변화라는 이면적 진실이 숨
어 있다. 문학작품이 출판시장의 상품이 되고 대중화하면서 예술로

---

160) 「효과주의적 비평논강」, 28~29쪽.
161) 최문규, 「"천재" 담론과 예술의 자율성」, 『독일문학』 74권, 한국독어독문학회, 2000,
   28쪽. 다음의 언급도 참고할 수 있다. "엄밀히 살펴보면, 역사적으로 전개되어 온 천
   재는 작가의 신비화 및 신화화보다는 예술 자체 혹은 심미적 예술의 자율성과 깊은
   관련을 맺고 있는 범주였다. 다시 말하면, 천재라는 개념을 둘러싸고 끊임없이 보충
   적으로 나타났던 그 다양한 의미망을 살펴보면, 그 개념은 특별한 개별 주체의 문제
   라기보다는 예술적 창작의 근원인 심미적 주관성을 바탕으로 하는 문학의 자율성을
   나타내기 위해 다각적으로 사용된 언어 기호였다(같은 논문, 45쪽)."

서의 심미적 표준이 낮아졌고 그에 따른 굴욕감이 대중에의 혐오로
이어지면서 산출된 개념이 천재였기 때문이다. 천재론은 예술가들이
자진해서 대중과 격리되는 길이었고, 예술이 '삶의 일반적인 과정으
로부터 유리'되는 결과를 낳기도 했던 것이다.[162]

　박용철의 '천재'에는 대중과의 거리가 설정되지 않았다. 또한 그
의 판단으로 이것은 시인만이 독점할 수 있는 호칭도 아니었다. 그
가 비평가에게 이것을 부여한 데에는 창작뿐만 아니라 감상과 분석
의 과정에도 남다른 재능이 개입된다는 인식이 작용했던 것으로 판
단된다. 앞의 글에서 보았듯이 말이다. 유의할 것은 박용철은 일관
되게 작자와 작품을 동일시하지 않았다는 점이다. 예컨대 '측정'이
나 '분석'이라는 단어는 그가 문학을 대하는 기본적인 자세가 무엇
인지를 일러준다. 그에게 작품은 작가와는 별도로 비평가에게 던져
진 대상이다. 그것을 '특별히 예리한 감수력'으로 대하는 비평은 전
혀 다른 성질을 가진 또 하나의 창조이다. 그는 예술 작품의 사회적
효과까지 내다보는 것이 비평의 소임이라고 생각했다.

　　最近에 文藝批評의 新方面을 開拓한 것이 맑스의 唯物史觀을
　　예술學에 利用한 예술의 社會學이다. 그前의 文學理論이 많이는
　　個人의 天才 才能에 置重하고 예술을 다른 事物에서 獨立시켰음
　　에 反하야 예술도 다른 精神現象과 同一히 社會의 經濟的 基礎
　　우에 핀 꽃이라 하야 예술의 發生을 그 社會의 物質的 生活과 經
　　濟組織에서 演繹的으로 說明하려한다. 맑스主義가 우리 心理에

---

162) 김종철, 「낭만주의」, 이선영 엮음, 『문예사조사(개정판)』, 민음사, 1997, 127~128쪽,
　　참고. 김종철은 이 부분에서 Raymond Williams, The Romantic Artist, *Culture and
　　Society*, New York: Doubleday & Company, Inc1960를 요약했다.

따라 예술의 社會的 基礎를 說明하는 데는 적지 않은 成功을 얻
었으나 그 反面에 예술의 生理學이라고 부를 만한 예술의 特性
―웨 많은 社會現象 가운대 예술現象이 分化되여 오는가 웨 한
階級의 藝術的 表現이 특히 甲이라는 예술家를 통해서 이루어지
는가 웨 예술家 乙은 예술家 丙보다 더 强한 表現力을 가졌는가
―에 대한 考究가 아즉까지 不足하야 예술發生學으로서의 完成
을 보지 못하고 있다. 또 作品의 平價에 있어서도 그의 政治的
影響만을 決定하기에 急하야 그 影響을 일으키게 하는 예술 獨
特의 徑路를 理解치 못하는 嫌이 있다.[163]

비평가의 직능에 대한 서술 이후 박용철은 재래의 비평론에 대해
논했다. 그는 고전주의 비평이 '기계주의적 비평'에 머물렀으며, 인
상주의 비평은 '미적 경험' 자체의 사회적 가치에만 주목했다고 판
단했다(29). 이들 비평은 예술의 사회적 영향에 대해 무심했다. 반면
유물사관을 적용한 예술사회학은 예술과 여타의 정신현상을 같은
견지에서 바라본다. '사회의 경제적 기초'가 예술에도 힘을 미친다
고 여기는 까닭에서다. 마르크시즘이 '예술의 사회적 기초'를 해명
하는 데에서 거둔 성과를 박용철은 흔쾌히 인정한다. 그러나 '예술
의 특성'에 대한 천착에 있어서는 충분하지 못했다고 선을 긋는다.
  실상 예술의 사회적 영향에 대한 비평적 접근은 작품 이후에 진행
될 수밖에 없다. 그런데 박용철이 언급하는 '생리학'은 예술과 작품
의 탄생과정을 살피고 재구하려는 시도이다. '예술발생학'이란 표현
에 주목하면 예술의 특성으로 그가 든 사례들의 의미가 보다 명확해
진다. 요컨대 예술은 사회적인 동시에 개인적인 차원에서 발생하는

---

163)「효과주의적 비평논강」, 29~30쪽.

것이다. 먼저 사회적 견지에서 이것은 여러 현상의 하나로 나타난 것이며, 다음으로 그렇게 출현한 개별 작품들은 개인차에 의해 표현의 내용이나 강도가 달라진다. 어찌 보면 그가 던진 질문들은 상식적이다. 더구나 물음에서 답이 추론된다. 그렇다면 박용철이 이런 문제를 굳이 거론했던 이유는 상식의 수면 아래, 즉 보다 근본적인 차원에서 이 사안에 접근해야 할 필요성을 절감했기 때문이라고 해야 한다.

그가 보기에 사회적 기초와 정치적인 영향이라는 관점에서만 예술을 평가하는 마르크시즘 비평의 태도는 예술에 대한 몰이해에 해당했다. 예술이 사회적 토대 위에서 발생했으므로 필연적으로 그 사회의 현실을 담을 수밖에 없다손 치더라도, 예술의 가치를 정치적 기준으로만 평가하는 것은 부당하다. 박용철은 거기에서 누락된 것이 예술이 창작되고 영향을 미치는 과정, 즉 '예술발생학'과 '예술 특유의 경로'라고 판단했던 것이다. 마르크시즘 비평은 사회적 토대와 정치적 영향에 초점을 맞춤으로써 그 사이에 가로놓인 창작과 향수의 단계를 건너뛰고 있었다. 그는 예술이 사회에 미치는 영향을 그것이 발생한 지점에서부터 찾아야 한다고 생각했다. 그가 마르크시즘의 비평을 긍정하면서도 거기에 사회적 "영향을 일으키게 하는 예술 독특의 경로를 이해"할 것을 주문한 연유이다.

> 藝術의 特性……예술이 다른 社會現象과 다름없이 社會全般에 영향을 끼치는 것은 이미 말했거니와 가령 生産機械의 發明은 社會의 生産力에 變化를 일으켜 經濟組織 政治制度에까지 影響이 미치거니와 예술은 어떠한 徑路를 밟아 社會에 影響을 끼치는가

우리는 이 徑路를 理解함이 없이는 아모것도 理解할 수 없을 것이다. (생략)

果然 그러한 것을 우리는 예술이라고 불러왔다. 예술은 抽象的 觀念에 依해서가 아니라 具體的 刑象에 依해서 表現하는 것이며 社會에 끼치는 影響도 論理의 說服으로서가 아니라 感情의 傳染으로 하는 것이다. 文藝의 社會的 影響을 論함에 이 文藝 獨特의 徑路를 無視하는 것은 그 影響 그것에 對한 測定을 不可能하게 할 것이다. 맑스主義 예술批評이 예술의 社會的 效果의 客觀的 秤量을 目標로 하면서 도로혀 作品의 效果를 綿密히 推測하려는 것보다 作者의 意圖에 依해서 分類해 치우려는 傾向을 띤다. 이 것은 一面 예술이 社會에 끼치는 影響이 微少하야 그를 測量하기 어려운 것과 예술의 特性을 理解함이 不足하야 그 形式的 條件을 等閑視함에 因由하는 것 같다(여기 對해서는 「作者의 意圖와 作品의 效果」라는 題下에서 다시 詳論하려 한다).164)"

박용철은 예술이 사회에 영향을 미치는 과정을 '생산기계'의 그것과 동렬에 놓고 비교한다. 이로써 예술이 거치는 '어떠한 경로'에 대해 마르크시즘 비평이 무심했다는 것을 보여준다. 이 글의 앞부분에서도 서술했지만 그에게 예술이 가진 특징적인 면의 하나는 바로 이 경로, 즉 향수를 거쳐 독자의 심리적 상태와 사회의 상태를 변하게 하는 데 있었다. 그의 비판이 마르크시즘에 기초한 태도만이 아니라 부르주아 문학론까지 겨냥하는 것도 이런 맥락에서다. 생략한 곳에서 박용철은 후자가 '실생활의 이해관계를 떠난 쾌감(Uninterested interest)'을 추구하며 "실용의 수평선을 벗어나야" 비로소 예술이라는 입장

---

164) 「효과주의적 비평논강」, 30~31쪽.

을 고수한다고 지적했다. 예술이 사회현상의 하나이며 사회에 영향을 미칠 수 있다는 사실을 망각했다는 이유에서였다. 무대 위 여배우의 모습은 예술이라고 하면서 '규방내의 비수(秘手)'는 아니라는 그들의 인식을 박용철은 부정했다(31).

둘째 단락의 첫 문장에서 그는 그동안 부르주아 문학론이 주류였음을 인정한다. 그리고 다음 문장의 전반부는 '추상적 관념'에 의존하는 부르주아 문학, 후반부는 '논리의 설복'에 기대는 프롤레타리아 문학에 대한 문제제기이다. 이 둘은 각각 현실의 구체성과 거리를 두거나 '감정의 전염'에 무관심하다는 것이다. 박용철이 생각한 예술 혹은 문예 '독특의 경로'가 이곳에서 밝혀진다. 문예는 관념이나 논리가 아니라 "구체적 형상에 의해서 표현"되고 "감정의 전염으로" 사회에 영향을 끼친다. 자세히 보면 박용철의 견해에는 두 개의 시간이 공존한다. 표현과 전염은 동시적이지 않기 때문이다. 표현은 창작의 시간에 전염은 향유의 시간에 속한다. 따라서 문학 작품이라는 동일한 대상은 그것의 창작자와 향유자에게 동일한 의미를 가질 수 없다.

박용철은 바로 이 점에서 마르크시즘 비평가들의 문제점을 짚어낸다. '작품의 효과'를 추적하는 게 아니라 '작자의 의도'에 매달리기 때문에 그들의 기획은 성과를 얻을 수 없다는 취지였다. 그는 예술의 특성을 고려하여 그것의 '형식적 조건'을 소홀히 하지 않아야 한다고 권고한다. 그래야만 예술의 사회적 효과를 찾아낼 수 있다고 생각했던 것이다. 그렇지 않을 때에는 이른바 '의도의 오류'에 빠지고 만다는 것이 박용철의 판단이라고 하겠다. 인용 마지막의 괄호에 쓰기로 했으나 그러지 못한 글의 제목은 의도와 효과가 별개라는 그의 믿음을 힘껏 말해준다.[165] 이런 생각의 단편을 그는 「영랑에게의 편지」에서 보여준 바 있다.

이 글의 후반부에서 박용철은 '비평의 요강', 즉 예술작품의 사회적인 영향에 근거하여 그것을 평가하려는 비평가가 고찰해야 할 항목을 제시했다(32~33). 간추려보면 다음과 같다. 우선 비평가는 자신이 받은 인상을 분석하고 기술하는 동시에 자신의 '계급적 입장과 교양 등'에 대한 '자기비판'을 시행해야 한다. 다음으로 사회가 어떤 세력들로 구성되었는가를 파악하고 작품의 실제독자를 예상함으로써 그들이 받을 인상을 추측해야 한다. 이를 바탕으로 독자의 행동이 변화할 방향과 강약을 종합하여 작품이 사회에 미칠 영향 그리고 한걸음 나아가 미래의 독자에게 어떤 영향을 줄지 고려해야 한다. 여기까지는 비평가가 작품의 효과를 측정하기 위해 거쳐야 하는 과정이다.

한편 박용철은 이러한 효과를 가진 작품이 산출된 이유를 알아야 한다고 덧붙였다. 요컨대는 '예술발생학'이다. 그런데 창작의 과정에 개입하는 작자의 민족·국토·환경·예술적 재능·개인적 성질·예술적 수법 등과 함께 그가 거론한 것은 '사회 제세력의 구성관계와 작자의 입장'이었다. 이것은 비평가가 행해야 하는 자신에 대한 분석과 거기에 잇따르는 '사회 제세력의 구성관계의 파악'과 겹친다. 작자와 비평가가 공히 사회의 계급구조 그리고 그 속에 자리한 자신의 위치에 영향을 받는다는 박용철의 인식이 엿보이는 부분이다. 그

---

165) W. K. 윔제트와 M. C. 비어즐리가 쓴 「의도에 관한 오류(The Intentional Fallacy)」가 발표된 것은 1946년이었다.

는 예술이 사회에 미치는 영향과 매일반으로 사회 역시 예술에 영향을 미친다고 생각했다. 그의 이론에서 예술과 사회는 이렇게 불가분의 관계를 맺고 있었다.

창작과 비평 그리고 향유가 모두 사회의 토대 위에서 이루어지므로, 작품의 가치는 단순히 미적인 성취만을 의미하지 않는다는 게 박용철의 생각이었다. 하나의 작품은 작자와 분리되어 사회에 던져진 다음에 그 가치를 평가받을 수밖에 없다. 그러므로 그는 작품의 가치를 결정하는 것을 그것의 사회적 영향이라고 보았던 것이다. 비평가는 이러한 영향이 작동하는 방식을 이해하고 그 결과를 측정해야 한다. 이 작업의 난해함은 작가만큼이나 중요한 재능, 곧 천재를 비평가에게 요구한다. 그런데 그는 요강의 마지막에서 작품의 효과를 측정한 이후 최종적인 가치평가는 비평가 자신의 "사회적 이상에 비추어" 결정해야 한다는 단서를 달았다.

유의할 점은 작품의 가치를 평가하는 데 있어 최종심급으로 내세운 '사회적 이상'이 비평가 자신의 '계급적 입장과 교양 등'에만 근거한 게 아니라 이런 것들에 대한 '자기비판'을 포함하고 있다는 사실이다. 박용철은 '자기비판'을 "타인의 인상을 추측하기 위한 준비다"라고 설명하였다. 자신의 계급에 얽매이지 않아야 제대로 된 비평이 가능하다는 의미라 하겠다. 이러한 미덕은 당연히 창작자에게도 요구된다.166) 물론 작품에 영향을 주는 '사회 제세력의 구성관계'와 '작자의 입장'에서 전자가 고착화시킨 계급관계가 후자에 그대로 투사될 수도 있고, 후자가 거기에 반발할 수도 있다. 어느 경우에라

---

166) 이런 생각은 30년대 말 임화의 견해와 비슷하다. 이에 대해서는 4장 2절에서 살핀다.

도 예술과 사회는 여전히 불가분의 관계를 유지하겠지만, 작품의 사회적 영향은 달라질 것이다. 독자 역시 투사나 반발 중 하나의 태도를 견지할 것이기 때문이다. 박용철이 언급한 '사회적 이상'은 그러므로 작품의 사회적인 영향력을 결정하는 준거가 된다고 할 수 있다.

그렇다면 그가 말하는 사회적 영향의 실체는 무엇인가. 한 달 뒤 위의 글과 같은 지면에 실린 「문예시평」에서 하나의 사례를 찾을 수 있다. 그는 이 글에서 '조선문예의 제방면'을 다루었다. 시는 그간 논의를 계속해왔으므로 여기에서는 빠졌다. 그는 연극운동이 극복해야 할 여러 난관들을 거론했다. 극이라는 일반화된 예술형식을 가지지 못했고 마땅한 극본도 없으며 관객의 부족으로 극상연의 일수도 적다는 등이었다. 그는 '난중최난(亂中最難)'으로 검열과 자본·배우의 부족을 들었다.[167]

하지만 정작 주목되는 발언은 "조선의 생활 그것에 극적 요소의 결핍을 느낀다"라고 말한 부분이다. 박용철은 "대체로 우리의 현실 생활 그것이 비극 되기에는 너무 위대함이 적고 희극 되기에는 너무 비참한 것인가 보다"라고 한탄했다. 은연중에 드러난 그의 현실인식이자 사회가 예술에 끼친 영향이다. 홍일오(洪一吾)의 소설 『故友』가 '너무나 조선적인 무력한 현실'을 그려냈다고 평하는 곳에서도 사정은 같다. 그는 이 작품이 독자를 '자조와 야유'로 이끈다고 설명한다. 이것은 예술이 향유자에게 끼친 당장의 직접적인 영향일 것이다. 박용철은 이 작품이 그려낸 '무력한 조선의 현실'이 "반드시 우리를 무력에 동화시키는" 결과를 초래하지는 않는다고 확언했다(48~49).

---

167) 박용철, 「文藝時評」(『문예월간』, 1931.12), 『박용철 전집 2』, 40~43쪽. 임화와 김기림도 이 글과 제목이 같은 평문이 있으므로, 이하에서 저자를 병기한다.

오히려 반대일 수도 있다는 암시이다. 이것이 예술이 사회에 잔영처럼 남기는 간접적이나 실질적인 영향이겠다. 이처럼 그는 작품의 실제와 그것의 효과가 일치하지 않는다는 점을 분명하게 인지하고 있었다. 그리고 쓰지 않았던 「작자의 의도와 작품의 효과」에서 이를 논증하려 했을 것이다. 박용철은 작품이 반드시 독자를 "분연히 주먹쥐게" 하거나, 독자에게 '절박한 감동'을 주거나, '인권적 항의'일 필요는 없다고 보았다(49).

　박용철의 초기 시론을 들여다보았다. 그는 비평의 초기부터 작자·작품·향유자를 구분하였다. 예컨대 「『시문학』 창간에 대하야」의 '감수공통성'은 작품과 향유자의 관계를 설정한 개념이었고, 「시문학 후기」의 "살로 색이고 피로 쓰듯"은 작자와 작품과의 관계를 설명하는 표현이었다. '한낱 존재'와 '덩어리' 등은 박용철 시론이 이후에 심화하는 계기가 된 중심개념으로 등장했지만, 동시에 '효과주의'에 대한 검토는 그의 시론이 사회적·정치적 문제를 도외시하지 않았음을 보여주었다. 따라서 그가 시론에서 추구한 가치는 처음부터 '미'와 '선'에 걸쳐 있었다고 하겠다.

　하지만 '비평가의 직능'을 강조했던 것에서 알 수 있듯이 이상의 두 가지 시론의 길에서 박용철이 초기에 집중한 방향은 '선'이었다. 이 과정에서 등장한 '예술발생학'은 사회정치적 문제에 민감하게 반응했던 마르크시즘 문학론에 대한 비판으로 이어졌다. 그리고 '예술 특유의 경로'는 부르주아 문학론을 부정하는 이유가 되었다. 전자는 예술의 본질을 무시하고, 후자는 현실의 실체성과 거리가 멀었기 때문이었다. 그는 창작의 과정과 향수의 과정까지 포괄하는 시론을 구상했다. 예술의 사회적 효과를 직접적인 것으로 이해하지 않았지만, 그는 비평이 '사회적 이상'에 비추어 행해져야 한다고 생각했다. 이 것은 작품이 사회에 주는 영향을 판단하는 준거점이었다.

2) 대중성의 수긍과 상이성의 역할

「문예시평」 직후에 쓴 글이지만, 「신미시단의 회고와 비판」의 주안점은 시에 있었다. 박용철은 시에 대한 세간의 인식들을 문제시했다. 나열하면 시는 자연스러운 감정의 발로를 넘어 '분방한 횡일'이고, 시인은 하늘이 준 재능을 가졌으며[天成], '전통의 멍에'가 '시의 영조(靈鳥)'의 목숨을 앗아간다는 등이다. 먼저 그는 시가 일상의 그것보다 '더 고귀한 감정 더 섬세한 감각'을 가져야 한다고 주장한다. 이는 시에서 "우리에게 흘려나려오는 무엇이 있"기 위한 선행조건이다. 「『시문학』 창간에 대하여」의 반복이지만, 논의는 더 나아간다. "비로소 시인의 줄에 서볼" 수 있게 해주는 이 '더'가 "나타날 '더'라야" 하는데, 그래야 "우리의 감각이 촉지할 수" 있고 '감수의 대상'이 될 수 있다는 것이 그의 견해였다. 그런데 박용철은 감각에 닿아서 느껴지는[觸知] 감정을 표현하기 위해서는 기성의 좋은 작품을 '본보기'로 해야 한다고 주장했다. 한편으로 그는 주요한의 시조나 한정동의 민요시 「西江의 메나리」 등을 긍정했다.[168]

---

168) 박용철, 「辛未詩壇의 回顧와 批判」(「1931年 詩壇의 回顧와 批判」, 『중앙일보』, 1931. 12.7~8), 『박용철 전집 2』, 76~81쪽. 이외에 눈에 띄는 대목은 정지용의 시에 대한 간단한 평이다. 인용하면 다음과 같다. "'원-투-드리'하고 손을 펴면 거기서 萬國旗

요컨대 시는 일상적 감정의 표출이 아니며, 창작을 위해서는 우선 '본보기'가 필요하고, 전통의 시가도 시로 수용해야 한다는 이야기다. 앞 문장의 세 부분에서 첫째는 이미 짚었고, 둘째는 천재론의 부정이라 할 수 있으며, 셋째는 그가 왜 전통에 대해 긍정적이었는지를 해명하는 단서가 될 수 있다. 따라서 이 글은 박용철의 초기 시론을 결산하며 그 이후를 예비한다는 의의를 지닌다고 하겠다.

곧이어 발표한 「쎈티멘탈리즘도 可」에서 그가 전통을 긍정했던 이유의 일단이 밝혀진다. 이 글은 1932년의 문단을 전망하려는 동아일보의 기획에 대한 응답이었다. 질문의 개요는 민족주의문학·시조·프로문학·극문학·소년문학·기타 등의 전개에 대한 전망과 작가 자신의 저술방향이었다. 이 글에서 박용철은 길이가 짧은 시조의 경우 표현의 기교에 집중한 나머지 '근대 서정시적 감동'이라는 기초를 상실해서는 안 되지만, 시조가 '보편화'되어 누구나 지을 수 있게 된다면 '서정시적 가치'를 잃는다고 해도 상관없다고 단언했다.[169] 또한 프롤레타리아 문학에 대해서도 '국외자'임을 전제로 소견을 밝혔다. 몇 가지만 예로 들면, 협소한 문단의식을 버리고 '작품 대중화'에 힘써야 한다거나 노동자·농민 출신이나 사회운동의 경험자가 신진 작가로 등장하도록 해야 한다는 등의 조언이었다. 이외에 이 글의 제목이 가리키는 것처럼 '쎈티멘탈리즘'을 수긍하기도

가 펄펄 날리는 '말씀의 요술'을 부립니다(79쪽)." 이 발언의 의미는 추후에 쓴 글에서 분명하게 표명된다. 이에 대해서는 4장 4절에서 다룬다.

169) 다음의 평가와 비교해 볼 만하다. 시문학파는 "언어의 조탁과 전통적인 시가 율격에 기초한 시의 음악성 회복에 특별한 관심을 보임으로써 한국어의 시적 아름다움을 극대화했다(김재용·이상경·오성호·하정일,『한국근대민족문학사』, 한길사, 1993, 568쪽)." 박용철은 시조가 정형률이므로 음악성이 아닌 '근대 서정시적 감동'을 요구한 것이다.

했다. "우리 가티 울만한 경우에 잇는 사람들도 만치 안습니다"라는
발언에 내포된 특별한 조건 때문이었다. 그래서 박용철은 "절제의
취미성(趣味性)을 버린 야성적 분노 과희과비(過喜過悲)의 한 시인을"
바란다고 말했던 것이다.[170]

이상과 같이 박용철은 시조는 물론이고 프롤레타리아 문학과 센
티멘털리즘 문학까지 부정하지 않았다. 그의 언급에서는 보편화·작
품대중화·무절제 등이 '서정시적 가치'와 멀다는 것을 모르지 않았
다는 사실도 드러난다. 김기림이 비판했던 것과 달리 센티멘털리즘
에 대한 태도도 일방적인 지지가 아니었다. 이 글에서 박용철이 보
여주는 유연한 입장은 설문의 요청에서 한 발짝 비켜나 자신의 저술
방향을 밝히지 않고 문단을 전망하는 데에서 그쳤기 때문일 테지만,
그게 다라고는 할 수 없다. 보다 중요한 원인은 그의 현실인식이다.
아래는 민족주의문학에 대해 진술한 부분이다.

> 廣義의 民族主義文學은—懷古味나 歷史小說 等 漠然하나마 自意
> 識과 愛族心의 養成에 貢獻하는 作品에 依하야 해마다 若干의 進
> 展을 보이고 잇는 중이오. 아프로도 同一한 步調의 進展이 잇슬
> 줄 압니다. 坐 나는 거기 對하야 贊成하는 편이오, 反動的이라
> ㄹ 排斥하는 見解에 反對합니다. 이 完全한 文化隷屬과 朝鮮語 自
> 滅의 現狀態에 잇서서 어떠한 題材를 取扱한 것이든지 그것이
> 朝鮮語文學의 勢力을 强하게 하는 作品이면 나는 그것이 우리의
> 解放運動에 對하여서도 한개의 減殺로써보다 한개의 補助로 作
> 用할 줄로 測量하는 까닭입니다.

---

170) 박용철, 「쎈티멘탈리즘도 可」, 『동아일보』, 1932.1.12. 후반부에 인용한 부분의 원문
은 "우리가 가티"이다. 오식으로 판단돼 수정했지만, "우리와 가티"가 옳을 수도 있다.

　　가장 狹義的으로 規定한 民族主義文學은-現階級의 帝國主義와
거기 대한 朝鮮民族의 具體的 關係를 表現해서 弱小民族의 自覺意
識을 鼓吹할 內容을 가진 作品-이것이야말로 우리가 가장 緊切
히 希望하는 바의 文學이지마는 結果에 잇서서는 別般 눈에 씌
일만한 發展을 못 보일 줄로 생각합니다. 그야 發表의 自由가 잇
다면 新作家의 出現도 바랄 것이오 舊作家의 轉換도 잇슬 것이오
우리 生活 가운대 現實材料는 眞實로 豐富합니다마는 現在의 檢
閱標準下에서 民族的 抗立을 表現한다는 것은 非常한 文學的 力量
과 變裝의 技術을 가지지 안코는 不可能한 까닭입니다. 그러나
만흔 作家가 이 方面에 注力해주기를 바라는 希望은 그 成遂與否
로 因하야 變치는 안습니다.[171)]

　박용철은 민족주의 문학을 광의와 협의로 구분했다. 광의의 그것
은 "자의식과 애족심의 양성에 공헌하는" 기능을 할 수 있으므로,
이를 배척하는 프롤레타리아 문인들에 그는 반대를 표한다. '완전한
문화예속과 조선어 자멸'이라는 현실에서 '조선어문학의 세력'을 강
화하는 것만으로도 '해방운동'에 도움이 된다는 이유에서였다. 여기
까지만 보았을 때, 그가 프롤레타리아 문학을 '해방운동'의 일환으
로 판단했다는 사실을 알 수 있다. 그런데 박용철은 '해방운동'의 또
다른 문학적 실천을 고려하고 있었다. 바로 협의의 민족주의 문학이
다. 그는 이것을 '현계급의 제국주의와 거기 대한 조선민족의 구체
적 관계'를 드러냄으로써 '약소민족의 자각의식'을 일깨우는 성질의
문학으로 정의한다. 아주 절실하게[緊切] 원한다는 말로 그가 증언하
는 바는 이러한 문학을 불허하는 현실이다. "현실재료는 진실로 풍

171) 같은 글.

부"하지만 말이다.[172] 그는 검열을 통과하기 위해서는 "비상한 문학적 역량과 변장의 기술을 가지"고 있어야 함을 확인해준다.

이처럼 박용철은 식민지 조선의 현실을 직시하고 있었다. 따라서 유파적인 견지에서 문학을 재단하는 일에는 어찌 보면 무관심했다고도 할 수 있다. '해방운동'의 차원에서는 광의의 민족주의 문학도 문제될 것이 없었다. 다른 경향들처럼 조선어를 사용한 점만으로도 거기에 충분히 기여할 수 있다고 보았던 것이다. 제국주의의 위계질서가 민족을 계급화했다는 사실을 인식했기 때문이다. 이 관계를 고발함으로써 약소민족, 즉 조선인이 이러한 사실에 눈뜨게 해줄 협의의 민족주의 문학이 허용되지 않는 현실에서는 프롤레타리아 문학이나 재래의 문학 그리고 센티멘털한 문학도 '조선어문학'으로 포섭해야 한다는 입장이었다고 하겠다. 그렇지만 '비상한 문학적 역량과 변장의 기술'을 가졌다면 굳이 그런 길을 갈 이유는 없어진다. 문학적 성취와 사회적 참여가 작품에서 공존할 수 있으니 말이다.[173] 이

---

172) 이 점에서 박용철이 '언어와 삶의 근원적인 연관성'을 몰각했다는 견해는 수정될 필요가 있다(김재용·이상경·오성호·하정일, 앞의 책, 같은 곳).

173) 이러한 차원의 '소극적' 사례를 조지훈은 '순문학 운동'의 '저항의 자세'에서 찾았다(조지훈, 「한국현대시사의 관점」, 『조지훈 전집 3』, 157쪽). 시각차가 있긴 하지만 고형진은 이러한 사례를 구체적으로 검토한 바 있다. 그는 김영랑과 백석을 포함한 박목월 등의 시에서 방언사용이 '매우 치밀하게 의도된 시적 언어로서 기획된 것'으로 단순히 '향토적인 정서를 담아내기 위한 것'이 아니라고 분석했다. 박목월과 이들 두 사람의 차이로 그가 결론적으로 지적한 것은 박목월이 '경상도 방언의 말투'를 활용한 반면, 김영랑과 백석이 지역 방언의 말투에서 상대적으로 벗어나 있는 대신 어휘 차원에서 방언을 사용했다는 점이다(고형진, 「방언의 시적 수용과 미학적 기능」, 『동방학지』 125권, 연세대 국학연구원, 2004.4, 291; 309쪽). 전자의 주된 활동시기가 광복 이후라는 점을 생각하면, 이러한 차별성의 원인이 어디에 있는지 짐작할 수 있다. 이를테면 후자들은 자신들의 시가 널리 읽히기를 바라고 있었고, 전자는 그들보다는 개성적인 추구에 충실할 수 있었다고 이해할 수 있다. 김영랑과 백석의 시에 대한 박용철의 검토는 4장 4절에서 살피기로 한다.

후 그의 문학적 행보는 이와 무관치 않았다. 이른바 순수성의 추구
라고 명명되어온 그의 지향은 단순히 문학에의 전일(專一)이 아니었다.
「쎈티멘탈리즘도 可」를 발표한 다음 박용철은 외국시와 외국연극
의 번역에 몰두하는 한편으로 회원제로 전환한 극예술연구회에 가
입하여 기획부 간사로 활동하였다. 1933년 말에는 유치진과 함께 세
익스피어의 작품에 직접 출연하기도 했다. 「문예시평」에서 지적했던
조선연극의 난관을 헤쳐 나가려고 시도했던 셈이다. 병행하여 그는
문예지『문학』을 기획하여 1934년 1월에 창간하였다.174) 그는 문학
이 대중을 만나는 현장과 문학 본연의 자리에 동시에 발을 딛고 있
었다. 아래는『문학』창간호의 「편집여언」이다.

> 우주의 모든 사상은 그것이 본시부터 명확과 분리되어 존재
> 해 있는 것이 아니다. 그것은 모두 하나의 연환을 이루고 그 경
> 계는 언제나 혼용되어 있는 것이다. 그것을 분리시켜볼 수 있
> 는 것은 우리의 인식 가운데 존재해 있는 다만 한 가지의 능력
> 이다.
> 문학이라는 예술은 예술 가운데서도 다른 사회적 현상-정치,
> 도덕, 철학 등과 가장 혼연되기 쉬운 형태이다. 더구나 현재와
> 같이 인류역사가 하나의 전연 새로운 문화의 생성을 앞둔 혼돈
> 기에 있어서 우리가 문학에 대한 인식을 분명히 해두지 아니하
> 면 우리는 창작에 있어서나 감상에 있어서나 오류와 혼란 이상
> 의 아모 진전도 가지지 못할 것이다.
> 문학은 우리를 어떻게 맨드러주는가. 웨 우리는 문학을 좋아
> 하는가 웨 특별히 우리는 문학을 일삼는가. 정치나 과학의 논

---

174)「박용철 연보」, 275~277쪽, 참고.

문을 쓰지 아니하고 하필 문학을 쓰는가, 문학은 다른 사회적
현상과 어떤 점에서 공통 또 상이되는가. 우리는 여기 대해서
쉬지 않고 반성할 기회를 갖지 아니하면 아니된다.[175]

　도입부에서 박용철은 우주의 모든 사물과 현상이 "하나의 연환을
이루고 그 경계는 언제나 혼용되어" 있으나 인간의 인식능력은 이것
들을 분리하여 인지한다고 서술한다. 매한가지로 예술도 정치・도
덕・철학 등의 사회 현상과 쇠사슬[連環]처럼 엮여 그 경계가 뚜렷하
지 않을 수 있다. 예술이 사회에 영향을 미칠 수 있는 배경이 여기에
있을 터이다. 그러나 박용철은 예술을 포함한 여러 사회 현상들의
상호관련성을 인정하지만, 그것들의 뒤섞임은 주의해야 한다고 보았
다. "문학에 대한 인식을 분명히 해"야 한다는 그의 주장은 예의 쇠
사슬이 만든 교집합에 집착하는 일이 문학의 본질에 대한 탐구와는
거리가 멀다는 데에서 출발한 것이었다. 「쎈티멘탈리즘도 可」와 갈
라지는 견해처럼 보이지만, 실상은 '비상한 문학적 역량과 변장의
기술'에서 이 문제로 접근해간 것으로 판단된다. 시인의 역량과 비
평가의 그것은 문학의 본질이라는 지점에서 만날 수 있다.
　박용철의 주장은 그가 같은 잡지에 실은 하우스만의 「시의 명칭
과 성질」과 무관하지 않다. 1933년 5월 9일에 행해진 하우스만의 강
연을 번역하는 과정에서 그는 이전에 자신이 내놓았던 시론의 보편
성을 확인하게 된다. 예컨대 하우스만은 모두부터 22년 전 같은 자
리에서 했던 말을 상기시킨다. 문예비평가가 드문 이유는 조물주가
'문예비평의 재능'을 아끼기 때문이며, 그래서 자신은 그런 재능을

---

175) 박용철, 「編輯餘言」(『문학』, 1934.1), 『박용철 전집 2』, 221~222쪽.

가지고 있지 않다고 말이다.[176] 겸사(謙辭)였다. 알다시피 박용철은 「효
과주의적 비평논강」에서 '비상한 천재의 진맥'을 강조한 바 있다. 그
가 하우스만의 시론에서 영향을 받았다면 그 이유는 자신의 생각과
겹쳐지는 여러 부분이 계기가 되었을 것이다. 유사성이 확인된 이후
에 둘 사이의 차이는 대립보다는 수용의 대상이 될 수도 있다. 두 사
람의 견해가 겹쳐지는 부분을 인용해 본다.

> 이것이 만일 덜 神祕롭다면, 여기 包含되어 있는 全部인 이 未
> 成形의 思想에 分明한 形과 輪廓이 賦與된다면 暗示가 思想으로
> 凝縮된다면, 이 神祕한 莊嚴은 훨씬 줄어질 것이다;
> 이것은 實在的인 아모것과도 相應하지 않는다. 기억에 질거운
> 곡조라든지 그밖에 것들도 다 헛된 言辭다. 想像할 수 있는 것
> 들이 아니다. 이 詩節은 다만 思想 없는 喜悅의 그물에 讀者를
> 옭아널 따름이다. 내가 앞으로 引用하랴는 詩篇도 블레일에게는
> 아마 意味를 가졌을 것이고 그의 硏究者들은 그것을 發見했다고
> 도 한다. 그러나 그 意味란 것을 그 韻文 自體에 比較할 때에는
> 하잘 것 없는 어리석은 落望시키는 물건이다;
> 나는 이 宏大한 詩作에 相當하고, 이 言辭들이 智性보다 더 深
> 奧한 마음속에 일으킨 說明할 수 없는 興奮의 强한 戰慄에 相應
> 하는 確定한 思想을 構形할 수 있는 사람은 아니다.[177]

하우스만은 기본적으로 블레이크의 시가 가장 시적이라는 입장이
었다. 그는 시와 산문의 변별점이 '운문 형식'에 있다고 생각했다.

---

176) A. E. 하우스만, 「詩의 名稱과 性質」(『문학』, 1934.2), 박용철 역, 『박용철 전집 2』,
    51~52쪽.
177) 「시의 명칭과 성질」, 65; 66; 68쪽.

이 형식의 '우미'와 '간결'이 시를 산문보다 우월하게 만든다는 것이다(54). 따라서 시에서 실질적으로 중요한 것은 산문과 공유하는 '말해진 내용'이 아니라 '말하는 방식'에 있다는 게 그의 주장이다(60). 그러나 독자들 대부분이 이 방식에서 유래하는 '감각'이 아닌 '다른' 것을 '찬양(讚仰)'한다. 예컨대 워즈워드의 시에서 그들은 '인간성에 대한 그의 통찰의 심원함'이나 '도덕적 사상의 숭고함'만을 받아들인다. 하우스만에게 이것들은 '시 그 자체와는 다른 것'이었다. 시적인 것은 워즈워드의 '저 감동적인 언사(言辭)'에 있다고 여겼기 때문이다(57~58).

인용문들은 블레이크의 시에 대한 하우스만의 평가들이다.[178] 첫째 인용에서 그는 블레이크 시가 주는 '신비한 장엄'의 기원을 '미성형의 사상'에서 찾고 있다. 그의 시는 "사상으로 응축"되지 않은 '암시'이기 때문에 더 신비롭다는 것이다. 다음은 '실재적인' 어떤 것도 지시하지 않음으로써 블레이크의 시가 '사상 없는 희열의 그물'로 독자에게 다가간다는 평이다. 하우스만은 블레이크의 의도나 연구자들의 발견과는 상관없이 '의미'에 의의를 두지 않았다. 마지막에서 그는 블레이크 시의 언사들이 '설명할 수 없는 흥분의 강한 전율'을 준다고 말한다. 그것은 "지성보다 더 심오한" 것이어서 "확정한 사상을 구형할 수" 없게 만든다고 그는 고백한다.

하지만 이러한 대의가 무색하게 하우스만의 발언들은 시에서 향유되는 것이 내용이나 형식 모두에 해당된다는 사실을 역설적(逆說的)으로 알려준다. 예컨대 그는 셰익스피어의 시에 "내용이 풍부하

---

178) 인용문의 차례대로 블레이크의 시를 나열하면 「Hear the Voice of the Bard」; 「Song 1」; 「Broken Love」이다.

야" 시적인 것이 거기에 없다고 하더라도 "의미 그 자신이 우리를 감동시킬 힘을 가지고" 있다고 언급하기도 했고(62), '감지자의 감수성유무'가 시적인 것을 알아보는 능력을 결정한다고 단정하기도 했다(56). 감수성의 민감도에 따라 시를 읽는 방식이 제각각이라는 사실을 그의 논의는 의도치 않게 증명하고 있는 것이다. '시 그 자체'의 본질에 대한 그의 생각이 옳다고 하더라도 시가 '문예비평가'라는 최고의 독자만을 위해 존재하는 것은 아니다.

이 점을 감안하고 하우스만의 주장을 살피면 박용철이 이전에 쓴 평론과의 유사성이 발견된다. 「『시문학』 창간에 대하야」에서 그는 시에서 받는 인상이 "추상적 형용사로는 다 형용할 수 없는" 것이라고 말한 바 있다. '일상생활의 수평정서'를 넘어서는 그것은 하우스만의 말과 같이 "사상으로 응축"되지 않는 '더'의 영역이었다. 또한 박용철은 시를 '한낱 존재'로 이해했다. 그러므로 시는 인용문에서 명기된 바와 같이 그 자신일 뿐 "실재적인 아모것과도 상응하지 않"으며, 시가 주는 '흥분의 강한 전율'은 설명이 불가능하다. 박용철은 그것을 규정하는 일이 '우리'를 '편협'으로 이끌고 만다고 생각하고 있었다. 그는 다만 '무엇'이라고만 말하는 데 만족해했었다.

> 詩는 내 생각에는 理性的인 것보다는 肉體的인 것이다. (생략)
> 만일 詩의 한 줄이 내 마음속에 떠오른다면 내 살에는 소름이
> 끼쳐서 면도가 나가지 아니하는 것이다. 이 特別한 表徵과 같이
> 오는 것은 脊柱를 타고 나려가는 戰慄이다. 또 한가지 表徵은 목
> 이 갑갑해지며 눈물이 눈에 솟아오르는 것이다. 셋제 表現은
> '키-츠'의 最終書簡의 하나를 引用해서 描寫하는 수밖에 없다.

그가 그의 愛人 '애니 브라운'의 이야기를 하면서 "저를 내게
回想시키는 모든 것은 槍과 같이 나를 뚫고 간다"고 썼다. 이 感
覺의 位置는 명치(胸窩)다. (생략)

　내 생각에는 詩의 産出이란 第一階段에 있어서는 能動的이라
는 것보다 오히려 受動的 非志願的 科程인가 한다. 만일 내가 詩
를 定義하지 않고 그것이 屬한 事物의 種別만을 말하고 말 수
있다면, 나는 이것을 分泌物이라 하고 싶다. 樅나무의 樹脂같이
自然스런 分泌物이던지 貝母 속에 珍珠같이 病的 分泌物이던지
간에 내 自身의 경우로 말하면 이 後者인 줄로 생각한다─貝母
같이 賢明하게 그 物質을 處理했다고 할 수는 없으나. 나는 내가
조금 健康에서 벗어난 때 以外에는 별로 詩를 쓴 일이 없다. 作
詩의 科程 그것은 비록 愉快한 것이지마는 一般으로 不安하고 疲
勞的인 것이다.[179)]

　인용한 부분의 도입에서 하우스만은 시를 '육체'와 관련시켰다.
시를 정의할 수는 없으나 그것을 인식할 수는 있다고 말하며 그가
제시하는 표징들은 모두 '육체적인 것'이다. 그가 나열한 소름과 전
율·치솟는 눈물·명치를 뚫는 것 같은 감각 등은 박용철이 이전에
그다지 주목하지 않았던 것들이다. 시가 출현하는 곳이 마음(정신)이
라고 해도 그것이 시임을 인지하는 영역이 육체라는 주장은 하우스
만 시론의 특징일 것이다. 그러나 시는 관념적으로 파악할 수 있는
게 아니라 육체를 거쳐야 비로소 실체를 드러낸다는 생각은 박용철
에게 낯설지만은 않았다. 그에게도 시적인 것은 물질성이나 감각성
과 관련되어 있었다.

---

179) 「시의 명칭과 성질」, 71~72쪽.

이를테면 하우스만은 '시의 산출'이 '수동적 비지원적 과정'이라고 주장했다. 원한다고 해서 시를 쓸 수는 없다는 뜻이다. 시가 '속한 사물의 종별'이 '분비물'이라고 말한 까닭은 그것에 언제든지 또 얼마든지 만들어낼 수 있는 능동성이 작용할 수 없기 때문이다. 대신에 그것을 지배하는 것은 수동성이다. 하우스만은 자연스럽든지 병적이든지 시는 분비되는 것, 즉 흘러나오는 것이라고 보았다. 분비물의 동적 상태는 박용철이 「『시문학』 창간에 대하야」에서 향유자에게 "'무엇'이 흘러'나려와'야만" 시일 수 있다고 언급한 것과 상통한다. 차이라면 하우스만이 창작의 과정에 대한 설명에서 이러한 생각을 드러냈다는 점이다. 그에게 시의 창작은 건강하지 않거나 반주를 마신 '비지성적'인 오후의 시간에 찾아오는 '영감'에 의존한 것이었다(73). 박용철은 시에서 '무엇'이 흘러나온다고 했으나, 그것은 감상의 가치를 강조했던 맥락에서였다. 그는 '무엇'이 향유자의 내면에 또 다른 시를 낳을 수 있다고 여겼다.

그리고 하우스만이 거론한 '분비물'은 박용철이 「영랑에게의 편지」에서 창작자의 내면에 자리한다고 했던 '덩어리'와도 논리적인 연결이 가능하다. 후자는 전자의 원인이 될 수 있기 때문이다. 만약에 '덩어리'가 뜻하지 않은 순간에 시적인 것을 분비한다면, 이렇게 흘러내린 것은 '무엇'일 수밖에 없다. 하우스만의 분비물이라는 단어에 착안해서 박용철은 이전에 자신이 이야기했던 '무엇'과 '덩어리'를 하나의 켤레로 묶어낼 수 있게 된 것이다. 이리하여 하우스만이 자신의 시론에서 언급했던 '수동적 비지원적 과정'과 '분비물'은 박용철의 시론에 중요한 참조점이 된다. 더구나 하우스만의 육체적 감각은 박용철의 '덩어리'나 흘러내림과 마찬가지로 관념이 아니라 질감을 나타내고 있었다.

> 우리가 스사로 외람된 붓을 들어 저 魅惑 있는 存在의 創造라는 자랑스런 業에 從事하는 것도 그 은근한 模倣의 元型이 가슴속에 어렴풋이 남아있는 까닭이오, 우리가 東西古今의 典籍 가운대를 헤메여서 찾으려하는 것도 저 한때의 華麗한 經驗의 類似한 反覆을 求하는 데서 나오는 것이다. 그러나 單純한 愛讀者라는 것과 '文學을 한다'는 것과의 사이에는 若干의 相異가 있는 것 같다. 愛讀者이라는 것이 妄覺이라는 人體의 奇妙한 機構를 가지고 남의 주는 刺戟에 應하여 單히 受容的으로 同一한 經驗과 興奮의 테바퀴속에 맴돌기를 즐기는 傾向이 있는데 反하야 '文學을 한다'는 것은 이 被動的 經驗을 分析하는 方法的 精神에서 出發하야 類似 가운대의 相異의 發見에 오히려 힘을 쓰게 되고 未踏의 曠野에 探求의 大膽한 발길을 내놓게까지 되는 것이다. 여기서 大衆의 文學과 少數 文學하는 이들의 文學이 分化하기에까지 이를 수 있는 것이다.180)

『문학』같은 호에 실린 위의 글에서 박용철은 대중과 문학자의 문학을 구분한다. 하지만 대중이 문학에 열광하는 지점을 '시 그 자체와는 다른 것'이라고 말했던 하우스만의 관점과는 변별된다. 하우스만은 시적인 것을 일반적인 대중이나 연구자들이 감지해내지 못하거나 오해한다는 입장이었다. 그것을 변별해내는 감수성은 공평하게 주어진 것이 아니었다. 그에게 시적인 것을 감지하고 시의 본질에 다가가는 능력은 '문예비평의 재능'에 달린 문제였다. 그것은 예의

---

180) 박용철, 「編輯餘言」(『문학』, 1934. 2), 『박용철 전집 2』, 223~224쪽.

'장엄한 신비'를 감별할 수 있는 또 하나의 신비였다.

박용철은 하우스만의 신비주의인 견해를 받아들이지 않았다.[181] 이 글에서 그는 문학자와 애독자에게 문학이 어떤 의미를 가지는지를 밝힌다. 인용하지 않은 앞부분에서 박용철은 문학자의 경우 '문학애호의 시기'와 '문학청년시대'를 거치게 된다고 설명했다(223). 이러한 일반적인 과정은 문학자가 되는 일이 분에 넘칠 수는 있어도 불가능하지는 않다는 생각을 보여준다. 박용철은 문학인이 자신의 업을 선택한 이유가 작품들이 남겼던 '은근한 모방의 원형'을 가슴에 품고 있기 때문이며, '동서고금의 전적'을 읽는 것은 "저 한때의 미려한 경험의 유사한 반복을 구하는" 행위라고 말한다. 그들의 최종 목적은 '유사한 반복'을 자신의 작품에서 구현하는 일이다. 「신미시단의 회고와 비판」의 '본보기'는 '동서고금의 전적'이었던 것이다. 요컨대 박용철은 예술 창조의 출발점이 '모방'이라고 여겼다.

반면 애독자는 단순한 수용자에 가깝다. 박용철은 그들이 마치 '망각'해버린 것처럼 '동일한 경험과 흥분'에도 만족한다고 단정한다. 사실 그들의 독서가 쳇바퀴를 도는 것과 같다는 그의 말에 동의하기는 어렵다. '피동적 경험'이라는 명명에서 나타나 있듯 아마도 그는 문학자가 추구하는 '유사한 반복'과 애독자가 반복하는 독서를 구별하고 싶었을 터이다. 문학자의 행위가 능동성에 기반하고 있음은 명확한 사실이다. 그는 "문학을 한다"는 일이 애독자가 받아들이는 경험의 분석에서 시작된다고 진술한다. 그에게 애독자와 문학자

---

181) 김진경은 박용철의 시론에서 작자와 해석자가 모두 '천재'로 설정되었다고 주장했다 (김진경, 「박용철 비평의 해석학적 과제」, 『선청어문』 13권, 서울대 국어교육과, 1982, 8~9쪽).

를 구분하는 기준은 이러한 분석, 즉 '방법적 정신'의 유무에 있었던 것이다. 박용철은 문학자가 '유사 가운데의 상이'를 발견하는 데 힘쓴다고 말한다. '유사한 반복'에는 바로 '상이'가 내포되어 있었던 것이다. 그는 이 '상이'를 문학자가 궁극적으로 꿈꾸는 '미답의 광야'로 나아가기 위한 주춧돌이라고 생각했다고 하겠다. 유사성 속에서 상이성을 갖출 때, 다른 작품들과 나란한 자신만의 자리를 마련할 수 있을 것이다. 이처럼 '상이'를 향한 '방법적 정신'의 유무로 대중과 문학인의 문학은 분화된다.

　　일본의 어느 비평가가 여류작가를 욕해서 여류작가는 그 문학적 역냥(力量)으로 현대의 남자 사이에 서서 나가는 것이 아니라 현대 저널리즘이 상품으로 그 구색을 맞후기 위해서 여류작가를 새이에 끼우는 데 지나지 않는 것이라고 한 일이 있다. 이 말에는 그 악의를 따로 하면 한편의 진리가 있다. 즉 여자의 쓰는 것과 남자의 쓰는 것과 무엇이든지 다르니까 여자의 문학이 따로이 나타나는 것이란 말로 볼 수가 있다. 문학은 언제나 자기의 체험(體驗) 가운데서 울려나오는 것이다. 체험이라 하면 자기가 직접 경험하는 사실이나 독서와 다른 사상의 영향으로 마음의 세계에 이러나는 변화까지를 의미하는 것이다.
　　여자는 흔히는 웅대하고 복잡한 체험을 가질 기회가 남자보다 적은 대신에 염려(艶麗)하고 섬세(纖細)한 자기의 세계를 따라 지키기에는 오이려 편리한 때가 있다.
　　현대같이 복잡한 세계에 있어서 사람들은 정치라든가 경제에 정신이 팔려 서정시같이 고요하고 아름다운 것은 거의 잊어버리려는 형편에 있다. 평소에 자기의 고독한 감정의 세계를 지키는 소장이 있는 여자는 앞으로 조촐한 그릇에 순수한 감정을

소복히 담아 놓은 것 같은 서정시의 세계에 있어서는 오이려
중요한 일꾼이 될른지도 모른다.[182]

같은 달 다른 잡지에 실은 글이다. 박용철은 '여류작가' 일반이 저
널리즘의 상품일 뿐이라는 일본 비평가의 말을 간접 인용했다. 그리
고 여성작가에 대한 편견에 담긴 악의를 제하고 '한편의 진리'를 찾
아낸다. "구색을 맞후기 위해서" 여성작가들이 필요하다는 말은 그
들이 남성작가들과 '상이'한 작품을 생산한다는 인식이 전제되어야
성립할 수 있는 탓이다. 그는 이러한 상이성의 근원이 '체험'의 차이
에 있다고 보았다. 사회가 여성에게 요구하는 역할이 남성과 달랐기
때문이다. 정치나 경제와 같은 분야에서 "웅대하고 복잡한 체험을
가질" 남성은 반대급부로 '염려하고 섬세한 자기의 세계'를 잃어버
릴 가능성이 높으나, 여성은 그렇지 않다. 그래서 '자기의 고독한 감
정의 세계'를 간직할 수 있다. 그는 '순수한 감정'을 담은 서정시가
여성의 영역일 수도 있다고 말한다.[183]

앞에서 살폈던 「편집여언」에서처럼 이 글의 논의에서도 중심을
이루는 개념은 '상이'이다. 박용철은 여성의 작품이 표현할 수 있는

---

182) 박용철, 「女流詩壇總評」(『新家庭』, 1934.2), 『박용철 전집 2』, 138~139쪽.
183) 이승훈은 「시적 변용에 대해서」를 논하며 박용철이 "시가 감정이 아니라 체험이라
   는" 견해를 보였으며, 이것이 '낭만주의적 세계관을 극복하려는 의지'의 발현이라고
   파악했다(이승훈, 「1930년대의 시론」, 『한국현대시론사』, 고려원, 1993, 71쪽). 이
   글에서 보듯이 박용철은 '체험'과 '감정'을 나누기보다는 결합시키고 있다. '감정'을
   수식하는 '순수한'은 '체험'이 원인이다. 「시적 변용에 대해서」에서 '체험'이 강조된
   것은 '감정'을 배제한 결과가 아니라, 전자에 박용철의 관심이 있었기 때문이었다.
   그는 낭만적인 의미에서의 감정을 부정하지 않았고, 그의 시는 그런 감정을 담고 있
   는 경우가 많았으나, 그가 시론에서 사용한 감정이 모두 낭만적인 의미는 아니었다.
   「『시문학』 창간에 대하야」에 열거된 감정의 종류만 봐도, 이 점은 명백해진다.

곱고[艶麗] 섬세한 세계는 남성의 그것과 구별된다고 보았다. 그는 여성작가가 남성 일색의 시단에 '고요하고 아름다운' 서정시의 세계를 마련할 것이라고 기대했다. 이러한 바람에는 여성의 작시가 '유사 가운대의 상이'로 자리매김할 때, 조선의 시가 풍성해질 것이라는 전망이 내포되어 있다. 예외적으로 한자를 덜 노출시킨 것에서 알 수 있듯이 이 글은 일정한 수준 이상의 교육을 받지 못한 여성잡지의 독자들까지 대상으로 삼았다. 그런 만큼 박용철이 쓴 다른 비평문보다 글의 밀도가 높지는 않다. 그러나 그는 '여자의 재능'이 남자와 '꼭 같은' 것이라며, 기성 시인뿐만 아니라 "새로 출세하려하는" 여성들에게도 격려를 보냈다(139~140). 그는 여성시인들이 조선시의 세계를 더욱 넓혀줄 것이라 믿었다고 하겠다.

여성의 시에 대한 기대는 박용철이 「『시문학』 창간에 대하야」에서 밝혔던 '사회에 대한 공헌 민족문예의 수립'과 무관하지 않다. 조선에서 문학의 외연을 넓히는 일이기 때문이다. 이런 의미에서 눈에 띄는 글이 이제까지 검토했던 「시의 명칭과 성질」 등과 같은 시기에 발표되었던 「조선문학의 과소평가」이다. 그는 이 글로 일본의 개조사(改組社)에서 간행할 예정이라고 발표된 『일본문학강좌』의 「조선어와 조선문학」이라는 항목에 대한 유감을 표명했다. 이 책의 편제에서 이광수가 집필하기로 한 이 항목은 '아이누어와 아이누문학', '류우쿠어(琉球語)와 류쿠문학'과 나란히 배치되어 있었다. 박용철은 이들 두 방언의 사용자들에게서 "그 독자의 문학의 의식적 성립을 위한 노력 다시 말하면 근대적 문학창작이 있었다는" 말은 금시초문이라고 했다. 그는 개조사에서 일본문학의 범위를 "정치적 범주로 해석"

했다고 지적한다. 유감의 첫째 이유였다. 그에게는 조선문학을 애란
문학(愛蘭文學)과 동렬에 놓는 것도 합당하지 않은 일이었다. 후자는
애란어(愛蘭語)가 아니라 영어를 사용했고, 애란문학이란 명칭도 예이
츠 등이 "애란문예부흥이라는 집단적 의식 아래 활동하면서부터"
얻었을 뿐이었다.[184] 문학어에 대한 몰이해가 유감의 둘째 이유였
다. 조선문학은 조선어로 조선인이란 인식을 가진 이들에 의해 꾸려
져 가고 있었다.

> 그러나 어떠한 理由로던지 그 項目이 期於코 必要하다면 朝鮮
> 文學이라는 것은 스사로 말하기도 부끄러운 일이지마는 四千年
> 의 歷史가 있고 또 現在에 있어 獨自의 文化를 가지기 위하야 微
> 弱하나마 努力하는 中에 있는 一民族의 文學이라는 것을 正當히
> 考慮하여야 할 것이다. (생략)
> 　그러나 春園이 이 項目을 執筆하기로 約束한 것은 『日本文學講
> 座』 全體의 '配合關係'를 깊이 考慮함이 없이 다만 '請하는 대로
> 許諾한 것'에 지나지 아니할지도 모른다.[185]

인용한 부분에서 박용철은 조선문학이 '사천년의 역사'를 가지고
있으며, 여전히 '독자의 문화'를 위해 힘쓰고 있다는 사실을 적시했
다. 조선문학은 그러한 역사를 가진 '일민족의 문학'이라는 것이다.
다행히 『일본문학강좌 제15권 특수연구편』(1935)에서 이광수의 이름
이나 '조선어와 조선문학'이란 항목은 찾아볼 수 없다.[186] 박용철의

---

184) 박용철, 「朝鮮文學의 過小評價」(『신동아』, 1934.2), 김용직 책임편집, 『박용철 유필원
　　고 자료집』, 깊은샘, 2005, 169~178쪽.
185) 「조선문학의 과소평가」, 177~178쪽.
186) 일본국회도서관 홈페이지를 참고하면, 『日本文學講座』라는 책은 식민지 시기 2차례

생각은 그만의 것이 아니었고 이광수의 주변에서도 집필을 만류했을 터이다. 박용철은 이 글에서 문학과 민족이 불가분리의 관계라는 인식을 명확히 보여주었다. 해서 이를 근거로 그가 현실인식이 전무한 말 그대로의 '순수시인'이 아니었다는 평가를 내놓은 사례가 있지만,[187] 이제까지 살핀 바와 같이 박용철은 문단에 들 때부터 식민지 조선의 현실에 대한 비판적 인식을 드러내왔다. 다양한 문학적 성향을 수긍했던 온건한 태도의 근저에는 조선문학의 성장에 대한 바람이 놓여 있었다. 그는 조선어로 된 문학의 왕성이 현실을 극복하지는 못하더라도, 적어도 현실을 견뎌낼 힘이 될 것이라고 믿었다.

박용철은 문학을 질적 수준에 따라 두 층위로 파악했다. '선'과 '미'는 각각 이 층위들에 적용되는 선별적 기준이었다. 「쎈티멘탈리즘도 可」는 이러한 그의 미의식이 전면적으로 나타난 사례였다. 그는 이 글에서 자신의 문학적 이상과 지향을 달리하거나 수준이 미달하는 경우에 대해서도 수용하는 태도를 취했다. '해방운동'과 '협의의 민족주의'에 대한 발언들은 이른바 효과주의의 연장이라 할 수 있으며, 이제까지 알려진 그의 문학세계에 대한 편견에 대대적인 수

에 걸쳐 발행되었다. 신조사(新潮社)에서 1926년부터 1928년까지 19권을, 개조사에서 1933년부터 1935년까지 17권을 출간하였다. 신조사 간행 12권에는 다카하시 도루(高橋亨)의 「朝鮮文學研究」가 실려 있고, 이 글에만 '특수연구'라고 부기되었다. 이 글은 개조사 판 15권 특수연구편에 이하 후유(伊波普猷)의 「일본문학의 방계로서의 유구문학(日本文學の傍系としての琉球文學)」, 긴다이치 교스케(金田一京助)의 「아이누문학연구(アイヌ文學研究)」 등 다수의 글들과 함께 재수록되었다.

187) 김용직, 「순수문학자의 조선문학 인식―박용철의 「조선문학의 과소평가」에 대하여」, 『박용철 유필원고 자료집』, 249쪽. 김용직의 견해를 이어받아 희곡 「석양」(1928) 등에서도 박용철의 민족의식이 드러난다고 주장한 이로는 최윤정이 있다(최윤정, 「1930년대 '낭만주의'의 탈식민성 연구」, 서강대 박사논문, 2007, 95쪽).

정을 요청한다. 그는 문학의 사회적 역할을 긍정했다. 한편 그의 시론이 심화되는 데 하우스만은 분명한 영향을 미쳤다. 그러나 박용철은 그전까지 진행했던 시론에 그것을 비판적으로 수용했다. 이러한 태도를 이후에도 견지해 나간다.

앞에서 살핀 대로 박용철은 창작이 '모방'에서 출발한다고 이해했고, 그것의 핵심이 고전의 '유사한 반복'을 통해 '상이'를 찾는 일이라고 생각했다. 그는 이 일을 가능케 하는 출발점을 '방법적 정신'이라고 명명하고, 애독자와 문학자의 문학을 가르는 지표라고 설명했다. 그에게 상이성은 창작의 주체가 문학가의 반열에 오를 수 있게 해주는 역할을 수행하는 것이었다. 이러한 상이성은 '체험'의 차이에서 발원한 것이기도 했으므로, 그는 여성시인들이 남성시인들과는 구별되는 서정시의 세계를 일굴 수 있을 것이란 기대를 나타내기도 했다. 여성시인들의 활동으로 조선의 시단은 더욱 풍성해질 것이라고 믿었던 것이다. 요컨대 박용철의 초기 시론은 민족의 현실과 무관하지 않았으며, 조선문학의 외연을 확장하고자 하는 시각을 담고 있었다. 개조사(改組社)의 기획 출판에 대한 이의제기 또한 같은 맥락이었다고 하겠다.

제4장

근대시론의 통섭(通涉)과
진선미의 연계

근대시론의 통섭(通涉)과 진선미의 연계

1. 파시즘의 준동과 시론의 교차

임화·김기림·박용철은 1930년대 초반에 각각 윤리(선)·지성(진)·미의 지향으로 가치를 삼분하고 있었다. 임화의 경우 '선'에 입각했으나 '주정'이란 원칙으로 시론을 구축해 나갔다. 그것은 주지주의와 상반되는 시의 방법론적인 개척이었다. 김기림의 경우는 지성으로 '진'에 다가서고자 했다. 그의 '즉물주의'는 현실을 포착하고 거기에 내재된 진실을 발견하려는 지적 기획이 선택한 방식이었다. 박용철의 경우 '선'과 '미'의 균형을 잡고 현실과 예술을 보는 다층적 시선을 유지했다. 이 점에서 그는 전통적인 미의식의 계승자였다고 평가할 수 있다. 이광수의 '선미학'과의 차이라면, 1920년대 이후 일반화된 사적 영역에서 공적 영역으로 뻗어나가는 문학에 대한 인식의 여부일 터이다. 이광수는 공적 영역에 머무르면서 현실·문학과 자신의 거리를 좁히지 않았으므로, 사적 영역에서는 문사로 남을 수 있었다고 하겠다.

한편 임화는 「진실과 당파성」(1933.10.13) 이후 '언어'와 '형상'의 문제에 집중하기 시작했고, 김기림의 '문명비판'은 문명의 상태에 따라 비판의 질이 달라질 여지가 있었으며, 처음부터 '선'과 '미'를 동시에 고려했던 박용철의 시론에는 둘 중 하나에 초점이 옮겨질 가능성이 잠재했었다. 이들 세 사람은 현실을 중심으로 시를 사유하거나, 근대에 대한 시의 대응을 염두에 두거나, 시가 현실 및 근대와 맺는 관계에 주목했다. 문제는 현실과 근대의 실체 역시 유동적이었고, 시 역시 이러한 흐름에서 자유로울 수 없다는 데 있었다. 현실과 근대가 부정성으로 조우했을 때, 시의 경로는 그러므로 유사해질 가능성이 높아진다. 우리 문학사에서 그러한 상황이 발생한 구체적인 시기들 중 하나는 1930년대 중반일 것이다.

카프가 해산한 뒤『삼천리』에는 문인들을 상대로 한 설문이 실렸다. 「조선문학의 주류론」이 제목이고 부제는 '우리가 장차 가져야 할 문학에 대한 제가답(諸家答)'이었다. 편집자들은 민족문학파·계급문학파·해외문학파 등을 주요 유파로 제시했고, 응답자들도 흔히 그렇게 분류되는 이들로 꾸려졌다.1) 흥미로운 몇 가지 답변만 예시한다. 김광섭은 해외문학파의 역할을 강조했지만 두 유파를 비판적으로 지지하는 입장에서 '현대문학'을 '민족적인 개성'과 '국제주의'의 결합으로 이해했고, 노자영은 민족문학을 내세우고 그것을 배경

---

1) 「朝鮮文學의 主流論－우리가 장차 가져야 할 文學에 對한 諸家答」, 『삼천리』, 1935.10, 218~234쪽. 이 설문에 응답한 이는 이광수·염상섭·유진오·김광섭·김억·주요한·이헌구·민병휘·모윤숙·박용철·이효석·노자영·함대훈·박종화·심훈·정지용·홍효민·채만식·엄흥섭 등이었다. 심선옥은 이들 작가의 성향을 근거로 '민족문학'을 주류로 삼으려는 의도가 있었다고 분석했다(심선옥, 「1920~30년대 근대시의 정전화 과정」, 『한국 근대문학 재생산 제도의 구조』, 깊은샘, 2007, 92쪽).

으로 한 계급문학을 인정했으며, 박종화는 해외문학파를 논외로 하고 남은 두 경향 중에서 "민족에 큰 해를 주지 않을" 문학이 살아남을 것이라고 말했다.[2] 문인들의 인식에 민족문학과 계급문학의 대립보다는 공존에 대한 긍정이 나타난 것이다. 이렇게 된 까닭은 파시즘에 대응하기 위해 개최된 1935년 6월의 '문화옹호 국제작가회의'가 자유주의·사회주의·공산주의의 연합을 표방했던 데 있었다.[3] 동년 7월의 코민테른 제7차 대회도 배일사상(排日思想)을 가진 민족부르주아와의 연대를 조선의 사회주의자들에게 요구했다.[4] '12월 테제'에서의 전면적인 태세 전환이었다.

하지만 파시즘은 조선인에게 어제오늘의 일이 아니었다. 예컨대 1932년 3월 14일자 동아일보에는 「노농대중당(勞農大衆黨) 지도정신문제 −유력대표가 전환요구하야 분열은 미면할 형세」라는 기사가 실렸다. 일본 국내의 상황에 대한 보도였다. 생긴 지 1년도 되지 않은 전국노농대중당의 집행위원이 당의 전향을 요구하며 분열의 조짐을 보인다는 내용이었다. 이들 집행위원이 속한 단체의 '파시슴 경향'이 원인이었다.[5] 만주사변(1931.9)을 기점으로 일본이 파시즘으로 내

---

2) 「조선문학의 주류론」, 221~222; 228; 229쪽. 이외에 이효석은 주류가 계급문학이 될 것이라고 내다봤으며, 심훈은 자신의 답변 제목을 '삼위일체를 주장'이라 달았으며, 홍효민은 순문학과 민족주의문학을 구분하고 후자도 '경향파문학'이 될 수 있는데 "조선과 같은 곳에서는 거개가 그 주류는 경향파문학으로" 되는 것이 당연하다고 보았다 (227; 230; 232쪽).

3) 김윤식, 『한국근대문예비평사연구』, 일지사, 1986, 202~210쪽, 참고. 당대에 '국제작가대회'와 '국제작가회의'로 혼용되었던 이 모임의 정식 명칭은 'the Congress of Writers "for the defence of culture"'이므로 이 책에서는 '국제작가회의'로 통칭한다.

4) 변은진, 「전시파시즘하 국내 민족해방운동의 변화」, 강만길 외, 『우리민족해방운동사』, 역사비평사, 2000, 227~229쪽 참고.

5) 기사를 인용한다. "전국노농대중당 집행위원 금촌등, 등강문육, 안예성, 망월원치 급 중앙위원 암내선작 씨는 11일 당본부 중앙집행위원회에 의견서를 제출하야 당의 지도정

부의 모순을 제거하려 했다는 사실의 일단을 보여준다고 하겠다. 이 뿐만이 아니다. 동년 2월 입헌정우회가 의회 다수를 차지하고, 선거에서 패배한 민정당은 파쇼화한 내각에 대한 대응책으로 분열에까지 이르렀음을 동아일보는 보도하고 있었다.[6] 또한 군부는 두 번의 쿠데타(1931.3; 1936.2)로 정권에 영향력을 점차 확대하는 상황이었다.[7]

이러한 일본의 정치 상황은 나치(Nazi)의 정권 장악과 유사하다. 알다시피 나치는 '국가사회주의 독일 노동자당'의 약칭이다. 1932년 7월 나치는 제1당이 되었고, 익년 1월 히틀러가 수상으로 취임하여 동년 3월 수권법의 제정으로 독재권을 장악했다. 5월에는 하인리히 만·프로이트·마르크스의 저작물을 불태웠으며, 1934년 6월에 '룀쿠데타'로 군부까지 손에 넣고, 1936년 10월 공개적인 군비확장에 들어갔다. 세계대전까지 나치는 주저 없이 내달려갔다.[8] 그때도 세계정세가 실시간으로 보도되던 시대였고, 조선의 지식인들은 나치의 행동에서 일본의 현재와 미래를 실지로 투사하고 있었다.[9] 더구나

신전향을 요구하얏는데 오(五)씨는 동당 구성단체 중 가장 유(有)한 노동조합전국동맹 소속자이며 동조합내부에는 양자(襄者) 파시슴 경향이 현저케 됨으로 동당 분열은 불원하다고 본다." 전년 7월 이 당은 勞農黨, 全國大衆黨, 社民黨의 합당으로 성립했다.

6) 「전례 업는 다수당 政友會 301명 民政黨은 겨우 149인 今朝零時의 확정수」, 1932.2.24; 「중대기로에 직면한 민정당 팟쇼내각 배격의 강경론과 잠시 은인자중설」, 1932.5.22; 「민정당의 분열」, 1932.6.26.

7) W. G. 비즐리, 『일본근현대정치사』, 장인성 옮김, 을유문화사, 1999, 200~201쪽, 참고.

8) 권형진, 『독일사』, 대한교과서(주), 2005, 235~269쪽, 참고.

9) 조선일보의 기사 몇 개를 나열해본다. 「히틀러 內閣으로 獨逸 公債 急落. 뉴욕市場에서」, 1933.2.1; 「히틀러 獨裁政府. 勞動組合 大彈壓. 前勞動相 等 幹部 總檢擧. '團體國家'의 第一步!」, 1933.5.4; 「『和製 히틀러-』出現. 左翼文獻 大量 焚書. 自家出版 二百點 絶版, 殘餘는 焚棄. 共生閣 主人의 處事」, 1933.5.21. 마지막 기사에서 '和製'는 일어로 'わせい'이며, '일본제'를 의미한다. '和製 히틀러'는 '일본제 히틀러'라는 뜻이다. 좌익문헌을 출판하던 공서각 주인의 전향과 그에 따른 좌익서적의 분서 및 분기는 당대 일본

나치 독일은 식민지 조선에 수재의연금을 건넬 정도로 일본과 돈독
한 관계였다.[10] 이들이 외친 '덴노 반자이(てんのう ばんざい; 天皇 萬
歲)'와 '하일 히틀러(Heil Hitler; 萬歲 〃)'는 본질적으로 차이가 없었
다.[11]

흔히 일제의 파시즘을 그 앞에 '전시'를 붙여 중일전쟁 이후로 보
는 견해가 많으나, 일제 파시즘의 발단은 1930년대 초반이었던 것이
다. 물론 이러한 판단들의 근거는 1937년 조선의 지식인들을 친일화
하기 위해 일으켰던 수양동우회 사건부터 1943년 징병제 실시까지
의 명백한 역사적 사실에 있다. 하지만 1935년의 카프 해산과 문화
옹호 국제작가회의는 적어도 지식인들에게 일제와 파시즘의 결합을
분명하게 인지하게 해 주었을 터이다. 1930년대 초반 백철이 제기했
던 휴머니즘론이 본격적인 궤도에 오른 시기가 바로 이때였는데, 다
른 경향을 아우르는 이러한 방향성을 제시한 주장이 해외문학파였
던 정인섭에게서 나올 수 있었던 것도 이 같은 인식과 무관하지 않
았다. 그런데 그는 '신자유주의 문학운동의 과도적 현상으로서의 세
계적 연결성'이란 말로 논쟁의 빌미를 제공했다.[12] 이 대회의 기치

내 파시즘화의 단면은 물론 당대 조선인들이 독일과 일본의 상황을 동일시할 수 있는
분명한 계기였다고 할 수 있다.

10) 「수재의연금 보낸 힛틀러 총통에 謝電 白林주재의 대사를 통하야서 南總督이 전달의
뢰」, 『매일신보』, 1936.10.21.

11) 파시즘에 대한 베냐민의 다음 언급을 참고할 만하다. "파시즘은 새로 성립된 프롤레
타리아화한 대중을, 그들이 철폐하려고 애를 쓰고 있는 소유관계를 해결함이 없이,
체제화하고자 노력한다. (생략) 따라서 파시즘은 정치적인 생활의 심미화라는 목표를
향해 내닫고 있다. 한 지도자의 예찬이란 명목하에 대중을 몰아치고 있는 횡포는 곧
파시즘이 제의적인 가치를 제작하는 데 사용하고 있는 기구의 횡포와 동일한 것이다
(발터 벤야민, 「기계복제시대의 예술작품」, 『현대사회와 예술』, 차봉희 편역, 문학과
지성사, 1980, 86~87쪽)."

12) 정인섭, 「世界文壇의 當面動議」, 『동아일보』, 1935.10.12.

를 '신자유주의 운동'으로 이해한 것이다. 김두용은 그의 해석이 '소위 해외문학파적 중간 이데오로기'가 개입된 왜곡이며, 그것은 '부르조아 민족주의 자유주의의 확립'을 위함이라고 반박했다.[13] 당대 문단의 갈등이 얼마나 봉합되기 어려운 상황이었는가를 짐작할 수 있는 대목이다.

유의해야 할 점은 임화·김기림·박용철의 경우 이상과 같은 외재적 요인이 이 시기에 시론의 전환이나 심화의 직접적인 원인이 아니었다는 사실이다. 이들 세 사람에게는 카프 해산 이전의 이론적 행보와 현실에 대한 인식이 더 크게 작용하였다. 위에서 정리한 바와 같이 이들의 이론에는 이미 변화의 조짐이 어느 정도 보이고 있었다. 이들의 참조점은 식민지 조선의 상황에 있었다. 예컨대 국제작가회의가 실질적인 정치적 영향력을 행사할 수 없다는 점을 인식한 이후, 크로포트킨의 상호부조론이나 마르크시즘에 기대를 걸었던 김유정의 사례를 상기할 필요가 있다.[14] 하지만 제1차 문화옹호 국제작가회의의 주역이었던 앙드레 지드가 제2차 회의에 불참하고, 스페인 내전의 해결을 위해 프랑코의 우파 반란군과 반파시즘 의용군

---

13) 김두용, 「文學의 組織上 問題」, 『조선중앙일보』, 1935.12.5.
14) 김유정은 "사랑이란 어느 시대, 어느 회사에 있어, 좀 더 많은 대중을 우의적으로 한 끈에 꿸 수 있"어야 한다는 점에서 "크로보트킨의 상호부조론이나 맑스의 자본론이 훨신 새로운 운명을 띠이고 있"다고 말한 바 있다(김유정, 「病床의 생각」, 『조광』, 1937.3, 192쪽). 방민호는 1937년 봄을 '조선문학의 한 기로'라고 판단했는데, 좌익 문단인은 침잠하고 구인회는 흩어졌으며 구세대는 스캔들에 휩싸이고 신세대의 전망은 불투명했기 때문이었다. 그는 1937년 전후의 "당대 조선 문학의 고민과 탐색을 재검토하는" 차원에서 김유정과 이상의 문학을 다시 들여다봤다. 그리고 그들이 카프 해산 이후 "새롭게 관심 대상으로 부각된 크로포트킨의 사상에 큰 관심을 나타내고" 있었다고 결론지었다(방민호, 「김유정, 이상, 크로포트킨」, 『한국현대문학연구』 44집, 한국현대문학회, 2014.12, 233~284; 285; 313쪽).

의 지원을 받던 공화파 사이의 '완충지대'를 제안했다는 사실이 보도된 것도 김유정이 사망한(1937.3.29) 이후였다.[15] 반면 임화·김기림·박용철에게는 식민지 조선 내에서 작동하는 현실을 목도하는 것만으로도 세계정세를 이해하기에 충분했다. 민족자결주의와 마찬가지로 국제작가회의가 효력을 발휘할 수 없음은 자명한 사실이었던 것이다.

2. 임화, 민족을 위한 '선'과 잉여의 세계

1) 진실한 낭만주의와 민족적 형식

임화는 「가톨릭 문학 비판」에서 파시즘을 거론하면서 "지금 바야흐로 두터워오는 전운은 무엇을 말함일까?"라며 전쟁을 예견한 바 있었다.[16] 시론이 정치와 잇닿아 있었으므로, 이는 어쩌면 당연한 일이었다고도 할 수 있다. 제2차 카프 검거 전에 그가 「언어와 문학 —특히 민족어와의 관계에 대하여」를 발표한 것도 이러한 기민함 때문일 것이다. 글의 제목과 부제는 이 시기에 그가 언어와 문학을 매개로 계급과 민족을 결합시키려고 시도했다는 사실을 시사한다. 예컨대 그는 이상적인 문학의 언어는 "만인에 의하여 이야기되고 만인이 곧 이해할 수 있는" 조건을 갖추어야 한다고 주장하는 한편으로,

---

15) 제2차 문화옹호 국제작가회의는 1937년 7월 4일부터 16일까지 개최되었다. 이를 소개한 글은 4개월 이상이 지나서야 발표되었다. 한식, 「文化擁護의 熱情과 意義」, 『동아일보』, 1937.11.25~28.

16) 「가톨릭 문학 비판」, 1933.8.11~18, 280쪽.

"항상 지배적인 신분·계급의 언어는 전 민족·전 국민의 언어"라는 점을 명시하였다.[17] 조선어가 아직 "통일적 민족어로서 완성되는 역사적 과정을 통과하지 못한" 실정이라는 평가(477) 그리고 1920년대 문학의 언어 대부분이 "중류 소시민의, 또는 지주적 언어의 한계를 넘지 못한" 것이었다는 분석(481) 등은 그가 언어 통일의 주체로 상정한 이들이 누구인지 알려준다. 또한 그는 "형식에 있어서 민족적이고 내용에 있어 국제주의"라는 표어로써 민족문학의 형식과 내용을 제시하였다. 이것은 부르주아적 내용과 민족적인 형식의 대안이었다(469).

곧 임화의 기획은 1930년대 중반 프롤레타리아 문학의 외부에서 두드러지기 시작한 두 가지 흐름에 대한 반발의 성격을 가지고 있었다. 그의 눈에 고전부흥운동 등은 구세대에 속하는 '지주적 귀족자류의 무의미한 애국주의적 행위'이며, 모더니즘 시나 '소(小)부르적 소설류'는 그들의 자식뻘인 신세대가 행하는 '중도반단적 외화주의적(外化主義的) 악희(惡戲)'일 뿐이었기 때문이다(483~484). 비난에 가까운 그의 평에는 타국과는 달리 '문학·언어사의 민주적 개혁의 임무'가 부르주아 문학에 의해 수행되지 못하고 프롤레타리아 문학의 몫이 되었다는 인식이 깔려 있었다(482). 임화는 문학 언어의 헤게모니가 사회의 '지배적인' 다수를 차지하는 이들에게 있어야 한다고 믿었다. 옳은 판단이라고 하더라도 그것은 시간을 요하는 일이었다. 그가 염두에 두었던 신분과 계급은 다수였지만 자신들의 언어를 문학에서 직접 구사할 수는 없었다. 그의 말대로 "먼 시대에 있어서는,

---

17) 임화, 「언어와 문학—특히 민족어와의 관계에 대하여」(『문학창조』 창간호, 1934.6; 『예술』, 1935.1), 『임화 전집 4』, 461; 463쪽.

문학이란 모든 사람의 것이며 동시에 문학어와 속어와의 분리가 존재하지 않"겠지만 말이다(473). 더구나 카프의 해산이 초래한 위축은 이 일의 주체를 프롤레타리아로 한정할 수 없게 만들었다.

「역사적 반성에의 요망」이나 「조선신문학사 서설」(『조선중앙일보』, 1935.10.9~11.13) 등의 집필은 이러한 상황에 대한 우려가 주요한 계기로 작용했다. 카프 해산으로 실증되었듯이 일상생활은 물론 '사유적 생활'까지 정치·현실의 압박 속에 놓여 있는 '조선민족의 현실적인 생활'을 이들 두 경향은 외면하고 있을 뿐 아니라, 문학에 대한 그들의 접근방법은 "외국의 방법이나, 사어(死語)의 형식으로 유리되어" 있어 '언어의 진실한 아름다움'에도 도달할 수 없다는 것이 임화의 견해였다.[18] 게다가 그들은 조선문학·민족문학의 재건·건설을 내세웠지만, 그에게 그것은 "문학의 국제성과 진실한 민족성에 관한 이미 옛날에 천명되고 풍부한 문학사적 현실에 의하여 확증된 철(鐵)의 원리에 향하여 '활줄'을 당기는" 일이었다(350).

이 원리는 1930년 16차 공산당 대회에서 '민족적 형식과 사회주의적 내용'이란 슬로건으로 정식화된 바 있지만, 임화는 그것을 그대로 수용하지는 않았다. "국제적인 문화는 비민족적이 아니다"라는 레닌의 원론에 충실했기 때문이었다. 그러나 이것도 나중의 일이었다.[19] 이런 원론보다 그는 문학사에 대한 반성적 성찰이 이 위기를

18) 임화, 「역사적 반성에의 요망」(『조선중앙일보』, 1935.7.4~16), 『임화 전집 2』, 367~368쪽.
19) 「언어와 문학」과 「역사적 반성에의 요망」의 견해는 1925년 동방인민대학 강연에서 스탈린이 사용했던 '프롤레타리아적 내용'이란 용어가, 1930년 16차 공산당 대회에서 '민족적 형식과 사회주의적 내용'이란 슬로건으로 수정되어 제출된 것과 관련이 있다(와타나베 나오키(渡邊直紀), 「임화의 언어론」, 『국어국문학』 138권, 국어국문학회, 2004.12, 444~445쪽, 참고). 하지만 임화는 이 표어를 "고집스럽게 반복"하지는 않

극복하는 데 우선이라고 보았다. '신문학'이 발전해 온 과정과 수준
에 대한 해명이 '위대한 예술문학 건설'에 힘이 되어줄 것으로 생각
했던 것이다(360~361). 하지만 '신경향파문학의 사적 가치'로 마무리
되는 「조선신문학사 서설」의 구도는 그의 문학사 서술이 처음부터
목표를 정해놓고 있었음을 확인해준다. 그것의 성과가 문단에 보편
적으로 공유되기 어렵다는 사실을 알았으므로 그는 비평의 현장에
서 떠나지 않았다.

> 시인일 수 있는 명예와 그 자격은 그가 시대 현실의 본질이
> 나 그 각각(刻刻)의 세세한 전이(轉移)의 가장 민첩하고 정확한
> 인지자(認知者)이며, 그 시대가 역사적 전진을 위하여 체현한
> 바 시대적 정신의 가장 솔직 대담한 대변자인 데서 비로소 가
> 능한 것이다.
> 이 일문에서 나는 우리 조선의 영예 있는 시인들이 얼마나
> 정확히 이 침통하고 심각한 시대적 현실을 감수(感受)하고, 그
> 중후한 기압(氣壓) 속에서 묵묵히 흘러가고 있는 시대정신의 물
> 결 소리를 어떻게 자기의 시적 언어를 통하여 반영 표현하고

왔다(배개화, 「1930년대 말 '조선' 문인의 '조선어'를 바라보는 두 가지 관점」, 『우리
말글』 33권, 우리말글학회, 2005.4, 347쪽). 그는 일관되게 '프롤레타리아적'이나 '사
회주의적'이 아닌 '국제적'으로 '내용'을 수식했다. 그가 기댄 것이 레닌의 원론이었
기 때문이었다. 1917년 러시아 혁명 직후, 소비에트 문학자들은 편차가 있긴 했지만
민족문화와 민족전통을 부정하는 입장이었다. 반면 「대러시아인의 민족적 자부심에
대하여(1914)」의 집필 이후 레닌은 부르주아적 민족문화를 거부하는 대신 민족문화의
'민주주의적 사회주의적' 측면을 긍정하고, "국제적인 문화는 비민족적이 아니다"라
고 선언했다. 브이호드쩨프는 그의 견해에 대해 '국제적 문화'가 "민족문화의 진보
적·민주적·사회주의적 요소의 토대 위에서 성장한 것이라는 점을 증명"했다고 평
가했다(P.S. 브이호드쩨프, 「사회주의 리얼리즘 강의(4)-사회주의 리얼리즘 미학에서
의 민족적인 것과 국제적인 것」, 이규환 옮김, 『러시아소피에트문학』 4권, 한국러시
아학회, 1993.1, 254; 261~263; 263쪽).

있는가를 생각해봄이 주요한 과제이다.[20]

이른바 기교주의 논쟁의 시발점이 되었던 글이다. 임화는 본격적인 논의에 앞서 시인으로서의 '명예'와 '자격'이라는 화두부터 꺼낸다. 시인에게 이 둘을 부여하는 것은 단순히 시를 쓴다는 사실에 있지 않다. 시인은 자신이 속한 '시대 현실의 본질'과 매 시각[刻刻] 변모하는 그것의 '전이'를 누구보다 빠르고 확실하게 인지해야 하며, '역사적 전진'을 위한 시대정신의 '솔직 대담한 대변자'여야 한다. 임화가 제시한 요건에 해당하는 시인들의 윤곽은 둘째 단락에서 명확해진다. 그는 1935년이라는 격동기를 겪어왔던 카프 계열의 시인들을 위해 이 글을 썼다. 유례가 없는 위기를 타개하려면 내부의 결속이 무엇보다 중요했지만, 그것을 응집할 결사는 와해되어 버렸으므로 이론으로라도 무장하고자 했던 것이다.

그러나 인용문에서 밝힌 목적과 달리 임화는 프롤레타리아 시의 외부를 겨냥하는 데 이 글의 대부분을 할애했다. 프롤레타리아 시의 위축이 다른 진영 시의 대두라는 풍선효과를 불러왔다고 판단했기 때문이다. 고전부흥운동이나 해외문학의 수용문제 등에 대한 기왕의 비판들과의 차이라면 프롤레타리아 시에 대한 반성이 뚜렷하다는 점이다. 그는 이렇게 고백했다. 프롤레타리아 시에서 "가장 약한 부분은 역시 언어적인 그것이었다." 그리고 그 이유를 그것이 아직 충분히 성숙하지 못했고, 전대로부터 '조악한 언어상의 유산'만을 상속받았으며, '정치 편중적인 도식주의의 경향'의 지배를 받았던 데

20) 임화, 「담천하(曇天下)의 시단1년」(『신동아』, 1935.12), 『임화 전집 3』, 483쪽.

에서 찾았다(492).21) 하지만 그의 진단이 타당하다고 하더라도 문제
가 해결되지는 않는다. 시가 언어를 매개로 한다는 사실은 변하지
않으니 말이다.

1930년대 중반 임화가 '언어'에 대해 비평적 관심을 기울이게 된
것은 그렇지만 단순히 프롤레타리아 시의 언어적 성취가 미흡했다
는 자각에서만이 아니었다. 예컨대 그는 고전부흥운동을 평하면서
그것이 "무의미, 난해한 고어·사어의 발굴과 부자유하기 짝이 없는
시조나 그와 유사한 정률시로 퇴화하고" 있다고 지적했다. 그들의
언어가 "현대의 모든 신선미로부터, 또 현대 호흡을 전하는 생생한
음률로부터 완전히 이거(離去)"했다는 것이 비판의 핵심이었다(488).
그들의 역행과는 반대로 '현대'의 언어를 추구하는 이들은 그런데
프롤레타리아 시인들만이 아니었다. 시에서 '현대'의 언어를 두고
이들과 경합하는 다른 부류의 시인들이 존재했던 것이다. 이 글의
목적은 '기교파'의 언어에 매혹당하지 않도록, 그들의 언어가 담아
내는 환상을 제거하기 위해서였다.

임화는 기교주의의 계보부터 살펴, 그들이 1920년대 중반에 '예술
을 위한 예술'을 주장하다 프롤레타리아 시에 패배한 부르주아 시의
'현대적 후예'라고 규정했다. 그는 '순수시' 운동이라는 명칭이 '지
상주의적(至上主義的) 본질'을 드러낸다고 보았다. 또한 기교파의 등장
이 1930년 이후이며, 이 글을 집필할 때 그것은 '가장 왕성한 주류'

---

21) 임화는 『문학의 논리』에 이 글을 수록하면서 '푸로레타리아詩'를 대부분 '경향시'나
'신흥시'로, '뿌루주아詩'를 대부분 '시민시'로 바꾸었다. 『임화문학예술전집』의 편찬
위원회는 『문학의 논리』을 수록하면서 원문의 표기를 각주로 기록하였다. 이 글의 인
용에서는 임화의 애초 의도가 드러나도록 최초 발표지면의 표현을 되살린다.

가 되었다고 여겼다(489~490). 지향을 공유했다고 하기 힘든 모더니
즘의 기교주의와 시문학파의 순수시 운동을 동일시한 것은 진영논
리 때문만이 아니었다. 제1차 카프검거 이전 시문학파의 일원으로
참가하고 구인회의 멤버였으며 1935년 첫 시집을 낸 정지용은 임화
가 순수시 운동과 기교주의를 연관관계로 파악하게 된 근거였다. 그
는 정지용과 신석정 등이 "똑바른 조선어를 쓰라"는 주장을 내세우
며, 과거의 신시와 당시의 프롤레타리아 시의 한계인 '언어적 결함'
을 공박한다고 강변했다. 사실관계를 떠나 이들 시인이 얻은 언어적
인 성과를 전적으로 부정할 수는 없었던 것이다(493).[22]

  '예술지상주의'는 '윤리학의 문제'이고 '기교주의'는 '미학권 내의
문제'라고 구획한 김기림의 글을 인용하며 논의는 이어진다.[23] 임화
는 예술지상주의와 기교주의가 '완전한 동의어'임에도 김기림이 '논
리상의 기교'를 부려 이 둘을 나눈다고 비평했다. 예술지상주의와
기교주의가 각각 윤리학과 미학이 다룰 사안이라는 김기림의 요지
는 전자에 대한 부정적 인상과 후자에 대한 긍정적 인상을 주지만,
이 둘의 실제적 차이는 불분명하다고 여겼기 때문이다. 임화의 생각
으로는 기교주의가 미학 안에서만 다룰 사안이라면, 이것의 배후에
는 예술지상주의가 여전히 버티고 있었다. 그리하여 그는 기교주의
가 예술지상주의와는 차별성을 가진다는 인상, 즉 "무슨 방법으로이
고 현실과 관련하고" 있다는 '암시'를 주는 데 불과하다고 주장하였

---

22) 나중에 박용철은 정지용이나 신석정이 이런 주장을 하지 않았다고 반박했다(박용철, 「'기
   교주의'설의 허망」, 『박용철 전집 2』, 16쪽).
23) 이하 임화의 이 글에서 언급되는 김기림 평문의 일부는 「기교주의 비판」, 『김기림 전
   집 2』, 98~99쪽이다.

다(493~494). 이것이 '고의'가 아니라 김기림의 믿음이라고 하더라도 임화에게는 '환상'일 뿐이었다.

> 인텔리겐차적 환상이라 함은 근본적으로는 지식이나 관념상의 변혁이 현실 생활을 좌우할 수 있다는 인텔리겐차의 자기에 대한 과신이며, 전후의 신흥예술이 가지고 있던 예술상의 환상이란 이 환상의 예술적 반영으로, 신시대의 예술적 창조자는 인텔리겐차 자기이며, 그들의 급진적인 예술이 곧 혁명의 예술이라고 오인하는 것을 말함이다.
> 이러한 경향은 구라파의 전후적 혼란, 러시아의 내란 시대의 무질서 가운데서 역사 과정의 합법칙성을 인식치 못하는 급진적 소시민의 주관적 환상의 산물이다.
> 그러나 이러한 환상의 금일의 발전이란 전후의 신흥예술과 같은 그러한 급진성을 가진 것이 아니라 오직 모든 사상성을 거세한 양식상의 점차적인 변형만이 남아 있음이 그 특색이다.
> 그러므로 전후의 신흥예술의 행진이 다이나믹했다면 금일의 그것은 심히 스태틱(static)한 것이다.[24]

임화가 보기에 지식과 관념의 변혁이 "현실 생활을 좌우할 수 있다"는 생각은 '과신'이었다. 그것은 제1차 대전 이후의 '예술상의 환상'과 다를 바 없었다. 예술의 '급진성'이 '혁명의 예술'로 직결되지 않는다는 판단의 증거는 전후에 유럽과 러시아의 상황이 판이하게 전개되었다는 데 있었다. 그는 러시아 혁명의 과정에 '역사 과정의 합법칙성'이 있었다는 입장이었다. 반면 '구라파의 전후적 혼란'에서 배태된 '인텔리겐차'의 예술, 곧 일련의 아방가르드 예술이 보여준

---

24) 「담천하의 시단1년」, 495쪽.

급진성에는 그것이 없었다는 것이다. 이를테면 임화는 사회적 급진
주의와 심미적 급진주의를 분별했다고 하겠다.[25] 그런데 그가 파악
하기로 기교주의에는 '전후의 신흥예술'이 가졌던 '사상성'마저 제
거되어 있었고, 남은 것은 '양식상의 점차적인 변형'뿐이었다. 말하
자면 역동적인 급진성이 사라지고 정적인 심미성만 명맥을 유지하
고 있다고 인식했던 것이다.

　임화는 '내용과 사상'이 시를 역동적으로 만든다고 생각했다. 그
리고 이것들이 '시적 열정'으로 연결된다고 이해했다. 그는 기교파
시인들에게서는 그것을 발견할 수 없다고 단언한다. 그들을 질적 개
념으로서의 낭만주의까지 부정하는 '고전주의의 질서와 지성의 찬
미자'로 보았기 때문이다. 임화는 그들의 지성이 '냉질(冷質)'이라고
정의하면서 '시적 열정'의 대척점에 놓았다. 그의 견지에서 지성은
열정과 달리 "생활상의 어느 편의 지지자로도 열중 경도(傾倒)함을
면케" 해준다.[26] 차가운 지성으로 그들은 '언어의 표현의 기교'에 천
착하고 '현실에 대한 비관심주의'로 일관하는데, 이런 경향이 '감각'
에의 집중으로 나타났다는 것이 임화의 분석이었다. "감정이란 곧
사상에 통하는 것"이지만 '감각'은 말초적인 데 머문다는 그의 주장

---

25) 포지올리는 다음과 같이 발언한 바 있다. "그 정치적 견해에 관련해서 볼 때 아방가
르드는 그 견해를 창출하거나 표명하기보다는 하나의 유행을 겪거나 받아들이는 식
이었다. 바로 이 때문에 심미적 급진주의와 사회적 급진주의, 예술의 혁명가와 정치
의 혁명가 사이의 동맹이라는 완전히 비유적이고 상징적인 가설은 이론적이고 역사
적으로 오류다(레나토 포지올리, 『아방가르드 예술론』, 145쪽)." 포지올리는 미래파와
파시즘의 관계 그리고 20세기를 전후해서 아방가르드에 반발했던 정치적 견해를 예
로 들었다.

26) 앞에서 살폈듯이 임화는 '현실을 위한 의지'가 '낭만적 정신의 기초'라고 보았다(「낭
만적 정신의 현실적 구조」, 28쪽).

은 재고의 여지가 있지만, 이상의 논리로 그는 정지용·신석정과 김기림 등 '상당히 다른 두 시인들'을 같은 부류로 묶어낼 수 있었다 (496~497).

> 그(김기림-인용자)는 근대시(그는 이것이 뿌르주아의 시인 것을 몰각하고 있다!)가 순수성과 기교주의적 방향을 걸어온 것을 한 개 불가피한 필연적인 과정이라고 평가하면서, 그러나 이것은 시의 위기, 시의 상실을 의미하는 것이라고 결론하여 시의 기교와 내용의 새로운 전체성에로의 융합을 주장하였다.
> 그리하여 씨가 시에 있어서 "그 음악성이나 외형 같은 것은 각 시의 기술(技術)의 일부분이 아닐까? 그 중의 어느 것만을 추상하여 고조(高調)하는 것은 시의 순수화가 아니고 차라리 일면화(편향화)가 아닐까?"라고 지적한 것은 심히 정당한 것이다.
> 그러나 이 '정당성'이란 우리가 이해하는 것과 전연 다른 의미를 가진 것으로, 이것은 근대시가 순수화의 방향을 꾸준히 더듬어왔다는 것을 십분 정당하다고 평가하는 곳에서 유래하는 것이다.[27]

하지만 임화는 김기림을 이들로부터 다시 분리해낸다. 김기림이 기교주의에 대한 자성을 시론으로 발표하고 있었던 이유에서였다. 그렇다고 임화가 그를 적극적으로 지지했던 것은 아니다. 무엇보다 자신이 다루는 '근대시'가 부르주아 시에 해당함에도 김기림이 이 사실을 깨닫지 못하고 있었기에, 이 점을 언급하는 것으로 충분했을지도 모른다. 그러나 임화는 그러지 않았다. 그의 목적은 근대시를

---

27) 「담천하의 시단1년」, 500쪽.

위기에서 구하려는 김기림의 의도와는 달랐다. 김기림은 '음악성이 나 외형' 등 개별적인 시에 한정될 수밖에 없는 '시의 기술의 일부분'이 비정상적인 조명을 받는 데 그치지 않고, 급기야 시 일반의 속성인 것처럼 부각되면서 '시의 상실'이 도래했다고 분석했다. 그래서 그는 임화가 요약했듯 '시의 기교와 내용의 새로운 전체성에로의 융합'으로 이를 극복하고자 했던 것이다.

시의 '일면화'에 대한 김기림의 평가에서 임화가 인정하는 '정당성'은 그렇지만 '근대시'가 '순수화의 방향'을 '불가피한 필연적인 과정'으로 겪었다는 전제 아래에서 성립이 가능하다. 즉 그것은 조선에서 '근대시'가 '프롤레타리아 시'로 이행한 과정에 눈감아야만 획득할 수 있는 것이다.[28] 임화의 목표는 김기림의 이러한 '반역사적 견지'를 비판하는 데 있었다. 그의 논의에서는 "계급 분화 이전의 근대시가 18세기의 옷을 입은 채 우상이 되어" 있다는 이유에서였다 (500~501). 계급 분화 이후 근대시가 두 개의 길을 걸어왔다는 것이 임화의 견해였던 것이다. 김기림의 '근대시'는 부르주아 시이므로, 자신이 생각하는 '근대시 전체'의 일부에 불과했다.

> 동시에 시의 상실, 시의 위기라는 것이 결코 근대시 그 전체의 위기가 아니라 이미 역사적으로 반(反)근대화한 뿌르주아 시 그것의 위기 급(及) 상실이며, 자본주의의 세계적 지배의 위기의 반영인 것을 전연 이해하지 못하고 있다.
> 그러므로 역사적 발전의 다른 일면에 대하여 전연 한 눈을

---

28) 앞에서 다루었듯이 임화는 당대의 부르주아 문학이 중세 미학으로 회귀했다고 판단했다. 반대로 프롤레타리아 문학은 근대라는 토대 위에 있었다(「가톨릭 문학 비판」, 286 ~287쪽).

> 감은 씨에게는 금일의 '문명의 합칙적(合則的) 활로'가 보이는
> 대신에 '문명' 그것의 부정에 끝나고, 시의 내용과 기교와의 분
> 열을 '문명'에 대한 비평적 지성이란 것이란 것으로 통일하려
> 고 하는 것이다.
>
> 　그러나 이 통일도 씨의 근본적 견해의 결함에 의하여 결국
> 진정한 의미의 통일이 아니라 단순한 시의 기술적인 '질서화'
> 의 기도(企圖)에 시종시키고 만다.
>
> 　이 '질서화의 의지'의 근저에는 곧 범박(汎博)하기 짝이 없는
> 인간정신-휴머니즘이 가로놓이게 된다.29)

　임화는 '시의 위기'가 "이미 역사적으로 반근대화한" 시에 해당하
는 일이라 여겼다. 여기서 '자본주의의 세계적 지배의 위기'가 반영
되어 있다는 주장은 마르크스의 견해를 따른 것이다. 당시의 대공황
과 세계사적인 지각변동이 자본주의의 붕괴로 이어질 것이라는 게
그의 신념이었다.30) 따라서 그에게 '문명'은 단순한 부정의 대상일
수 없었다. 그것은 '합칙적 활로'를 향해 나아가고 있었다. 이런 상
황에서 '시의 내용과 기교의 분열'을 통일하기 위해 김기림이 들고
나온 '비평적 지성'은 그에게는 '냉질'이었다. 그것의 열도로는 세계
변혁에 대한 열망, 즉 '시적 열정'을 담을 수 없다고 판단했던 것이
다. 임화는 그것이 세계사의 진행과는 역행한다고 보았기에, 김기림
에게는 '근본적 견해의 결함'이 있다고 평가했다. 김기림 스스로 밝
힌 바에 근거해서 그의 시론이 '미학권 내의 문제'를 벗어나지 않았

---

29) 「담천하의 시단1년」, 503쪽.
30) 마르크스는 '이윤율 저하의 법칙'에 따라 공황을 예견하고 그것이 자본주의를 붕괴시
　킬 것이라고 주장했다(이상헌, 「마르크스의 이윤율 저하 경향에 대한 재고찰」, 『사회
　경제평론』 29호, 한국사회경제학회, 2007, 8쪽, 참고).

다고 단정했다고 하겠다. 그러나 「낭만적 정신의 현실적 구조」에서
본 바와 같이 임화에게 프롤레타리아 시는 '윤리학의 문제'와 연결
되어 있었다. 그는 이 문제를 당시에 유행하던 '휴머니즘'으로는 해
결할 수 없다고 생각했다. 그것을 너무나 폭넓고(汎博) 오래된 '계급
분화 이전의' 개념으로 파악했던 이유에서였다.

  김기림의 논의를 비판적으로 검토하면서 '내용과 형식의 위기'가
부르주아 시의 현주소라는 결론을 내린 후, 임화는 프롤레타리아 시
가 예의 위기를 진작 극복하여 "한 개 역사적인 의미의 전체적인 시
로 발전해온" 것이라고 주장한다. 알다시피 김기진과 박영희의 내용
형식논쟁이 1920년대 후반에 있었으며, 임화도 「문학에 있어서의 형
상의 성질 문제」에서 이에 대해 거론한 적이 있다. 그러나 논쟁과
시론의 유무가 이러한 위기를 이겨냈음을 의미하지는 않는다. 그동
안의 프롤레타리아 시가 부르주아 시와는 반대로 내용을 우선시했
음은 기지의 사실이다. 예컨대 1935년의 타격이 프롤레타리아 시의
'존속'을 의심스럽게 만들었다는 말로써 임화는 당파성의 위축이 시
의 창작에 장애가 되었음을 자인하고 있다(506).[31]

  이런 상황 아래 발표된 프롤레타리아 시에서 임화는 '강화된 시대
적 중압'과 그로 인한 '후퇴의 그림자'를 목격했다. '진화적(進化的)인
제 세력'의 시들 대부분이 '비극적 패배에 대한 아픈 육감(肉感)'을
노출하고 있었던 것이다. 이런 경향이 보이는 '개인적 내성적인 자
기 추구'는 '전진하고 있는 객관적 과정'에 대한 평가절하로 이어질
수 있었다. 여기에는 "개성을 사회적 전체 위에서 노래하던" 프롤레

---

31) 임화는 '내용의 우위성'을 이후에도 강조했다(임화, 「기교파와 조선시단」(『중앙』, 1936.
    2), 『임화 전집 3』, 530쪽).

타리아 시의 '전통'에서 벗어나게 할 위험이 내재하며, 이 같은 '내성적 경향'이 지나치면 '회고적 감상주의'로 화할 수 있다고 임화는 우려했다. 그래서 그는 소수의 '역사적 전진'을 위한 '비장한 격투'에 주목했다. 이들은 예의 '객관적 과정', 곧 '문명의 합칙적 활로'에 대한 신념을 놓지 않았기 때문이다. 이것이 그에게는 '한 개의 원리적인 범주'로서의 '진실한 낭만주의'였다(507~508). 글의 말미에는 다시 '명예'가 등장한다. 임화는 "시대적 암운이 우리들의 마음에 찍은 지울 수 없는 감정으로 언어의 기념비를 세우는 것만이 정말 시인의 명예"임을 힘주어 말했다(510).

그리고 다음 달 그는 「시와 시인과 그 명예-NF에게 주는 편지를 대신하여」를 발표한다. 부제는 프롤레타리아 시인을 위해 쓴 글임을 알려준다. 이처럼 이 시기에 그가 쓴 평문에는 이론적 재무장을 위한 노력과 더불어 동료들 그리고 자신을 독려하려는 의도가 공존했다. 이 글에서는 '명확한 언어'에 대한 논의를 펼쳤다. 그가 염두에 둔 "그 말 아니면 그것을 표시할 수 없는" '시적 언어'는 '일상어'였다. 이것이 시인의 당파적 입장과 '만인의 미래의 입장'이 '통일된 진보적 시'에서 사용될 때, '미학적 조건과 대중성, 공리성의 조건'이 '일치'하는 시가 될 수 있다고 여겼다.[32] '평범한 말에 비범한 내용을 담은 구어적 시'는 당연하지만 "일체의 불분명한 언어, 비현대적 언어-사어, '고급' 언어와는 무관계"하다. 이런 의미에서 임화는 시인이 '민족어'를 활용하고 옹호해야 하며, 동시에 '시어의 발굴'이

---

[32] 하재연은 임화가 "새로운 세대의 문학 특히 조선시가 당대의 급변하는 생활과 역사적 격랑을 반영할 수 있는 역동적이고 다양한 어휘와 형식을 모색"하고자 했다고 평한 바 있다(하재연, 『근대시의 모험과 움직이는 조선어』, 소명출판, 2012, 205쪽).

아닌 '새로운 생활이 만들어내는 새 말'로 시의 언어를 '창조'해야한다고 주장하였다.[33] 이는 앞에서 그가 비판했던 고전부흥운동이나 해외문학의 수용은 물론이고, 예의 "똑바른 조선어를 쓰라"는 요구와도 방향을 달리한다. 그가 이 글에서 '조선어' 대신 '민족어'라는 용어를 사용했다는 사실을 기억할 필요가 있다.

같은 달 『삼천리』에 실은 「시의 일반 개념」에서 임화는 시가 비록 "시인 자신만을 위하여 표현된다" 하더라도 타인을 향한 '의식하지 않은 대화'이므로, "한 개의 행위를 결과하지" 않을 수 없다고 전제하고 논의를 진행했다. 시는 일단 발표되고 나면 더 이상 시인의 전유물이 아니라 만인의 '재산'이 되어 작자로부터 시공간적인 자유를 얻는다. 여기까지는 공감할 수 있다. 그런데 임화는 시가 얻은 자유가 클수록 '시와 그것의 결과'에 대해 시인이 져야 할 책임이 '강고'해진다고 주장했다. 이어서 시가 촉발시킨 행위가 있다면 그것의 출발점이 되었다는 이유로 시와 시인이 '불변한 동일자'라고 덧붙였다. 시가 얻은 시공간적인 자유 그리고 시와 시인의 공동 책임이 공존하는 임화의 논리는 모순적이다. 자신의 시가 미칠 '지금-여기'에서의 영향력은커녕 시공간 너머의 그것까지 예측하기란 어려운 일이다. 이처럼 무리한 자유와 책임의 결부를 매개하는 것은 '시적 창조의 행위'가 '한 선택된 높은 행위'라는 당위론이다. 시의 창작에 상식을 넘어서는 윤리를 부여한 까닭은 당대의 시에는 그것이 없다고 판단했던 데 있었다. '허위의 시'가 '충만'해 있다고 보았던 것이다. "시적 허위란 곧 반진보적인 것을 의미"한다는 진술로 그는 '역사적 진

---

33) 임화, 「시와 시인과 그 명예」(『학등』, 1936.1), 『임화 전집 4』, 492~493쪽.

보'에의 지향이 진실한 시의 요건이라는 생각을 표명했다.[34]

이는 사실 「담천하의 시단1년」의 '시인일 수 있는 명예와 그 자격'이란 말에서 이미 암시된 것이기도 하다. 곧이어 발표한 「문학과 행동의 관계」도 같은 선상에 있었다. 글을 시작하면서 그는 문학과 행동을 정신노동과 육체노동의 관계에 대입시켰다. 전자를 후자의 범주 안에 드는 하나의 '특수적-개별적 문제'로 본 것이다. 그는 사유와 존재 혹은 정신과 물질 사이의 근본적인 관계를 해명하는 '가장 신뢰할 시민적 이해'가 칸트에 의해 설계되었다고 분석한다. 판단력이 순수이성과 실천이성의 모순적인 관계를 종합하는 데에서 임화는 칸트 철학의 의의를 짚어낸다. 이어지는 그의 논의를 정리하면 다음과 같다. 시민사회 이전에 이 역할을 수행했던 것은 '신의 존재'였으며, 중세사회가 붕괴하면서 시민은 실증사상으로 신을 대체하였다. 그러나 물질・존재를 "전면에 내세우는" 이 사상은 시민 자신도 "다른 사람의 □사(使) 위에 서 있음을 실증하여야" 하는 '저주의 한'을 남겼다. '신적 섭리의 독단론'으로 퇴행할 수도 '유물론의 계속자(繼續者)'가 될 수도 없는 상황에서 칸트는 '물질과 사유의 모순'을 "비판정신의 이름 아래 절충"하기에 이르렀다.[35] 이상의 논의는 비판을 위한 포석이었다.

칸트 미학에 대한 이해가 온당했는가의 여부와는 별도로 임화의 의도는 분명하다. 흔히 '무관심성', '목적 없는 합목적성' 등으로 요약되는 칸트의 미학이 예술지상주의의 토대가 되었던 것은 사실이기 때문이다. 임화는 자본주의가 이룬 분업화가 공리적・실리적 목

---

34) 임화, 「시의 일반 개념」(『삼천리』, 1936.1), 『임화 전집 4』, 496~501쪽.
35) 임화, 「문학과 행동의 관계」(『조선일보』, 1936.1.8~10), 『임화 전집 4』, 526~528쪽.

적을 가진 학문의 영역에까지도 파급되어 '무목적적 진리의 탐구라는 환상'을 가능하게 했다고 확언한다. '형식주의'가 자본주의의 소산이라는 견해이지만, 명확한 근거를 대지는 않았다. 그렇지만 그에게 문학은 공리적이고 실리적인 목적과 무관하지 않았으니 과장된 진술이라고 매도할 수만도 없다. 그는 칸트의 사상을 형식주의로 단정했다. 이것이 '무관심의 예술, 예술지상주의'를 낳았던 이유에서였다. 이로 인해 문학은 '무의지한 형식'이 되었고, 문학과 행동은 별개의 문제로 인식되었다고 임화는 이해했다(528~529).

> 언어는 최초로부터 사유와 노동(인간적 행동)과 사회생활과 [의] 불가분의 관련 가운데 발생하였으며, 이것들을 그 내용으로 하고 동시에 표출 수단으로 하는 문학예술이 노동-인간적 행동-과 완전히 동일자적(同一者的)이었음을 증명한다.
>
> 그러므로 문화, 예술까지를 포함하는 사유는 인간적 노동행위를 그 내용으로 하는 사회적 환경에 의하여 창조된 것이고, 사회적 발전에 의하여 제약되는 발전 도정을 지나서 금일에 이르렀음을 이해하기가 어렵지 않다.
>
> 이곳에서 칸트로부터 시작하야 플레하노프까지를 그 영향하에 넣으면서 금일 미적 자율성의 형이상학적 미학에까지 이르는, 예술의 유희 기원설은 방기되는 것이다.
>
> 왜 그러냐 하면 미학에 있어서의 '물자체(物自體)'의 철학인, 예술의 노동 기원설에 반대라 하는 일체의 학설(그들은 궁국(窮局)에 있어 불가피적으로 인간의 유희 본능설의 아류이다)은 사유 급(及) 문화의 역사적 사실과 일치하지 않으므로![36]

---

36) 「문학과 행동의 관계」, 535쪽.

그러나 문학과 행동은 분리될 수 없다. 이것이 사실명제임을 밝히는 게 이 글의 목적이었다. 여러 학자들의 견해를 검토한 후 임화는 위와 같이 요약했다. 언어는 사유(思惟)·노동·사회생활과 처음부터 엮여 있었다는 것이다. 따라서 언어로 이루어진 문학 역시 이들과 묶일 수밖에 없다. 사유·노동·사회생활도 서로 연결되어 있다. 노동을 기반으로 형성된 사회의 산물이 사유이기 때문이다. 이런 이유로 임화는 '노동 기원설'을 지지하고 '유희 기원설'을 부정한다. 그의 견해는 예술의 유래에 대한 여러 학설의 하나인 유물론의 입장을 지지하고 있다. 그러므로 이 자리에서 그것의 옳고 그름을 따지는 일은 큰 의미가 없다. 예를 들면 상황에 따라 '노동'과 '유희'가 겹쳐질 수도 있다거나, '행동'이 반드시 사회와 직접적으로 연결된다고 단정할 수 없다는 반박이 가능하겠지만 말이다. 임화에게 더 중요한 사실은 예술지상주의가 예술이 유래한 하나의 근거를 부정하고 있었다는 점이다. 사회적 토대를 떠날 때 예술에는 어떠한 윤리도 기대할 수 없다. 식민지 조선의 사정에서 그것은 있어서는 안 될 일이라고 그는 판단했다.

> 민족주의적 부르주아문학은 완전히 중세로 돌아가고, 예술지상주의적 조류는 생활로부터 환상적(幻想的) 상공에 올라 쉬르레알리즘, 주지주의, 심리주의, 불안의 정신, 무엇 무엇 등의 '자유스러운 예술' 가운데 마음대로 꿈꾸며, 해외문학파란 서생들은 어색한 자유주의로써 진보의 체현자이려고 들며, 프로문학으로부터 탈주한 사람들은 예술적(藝術的)의 재인식, 리얼리즘의 정도(正道) 운운으로 그들은 스스로 이 나라 진보적 문학의 제일의 대표자라고 자긍(自矜)하면서, 낡은 자연주의의 시정

> 문학(市井文學)으로 활주하고 있다. 이 와중의 조류들을 일층 자
> 유럽게 하는 또 한 개의 요인은 과학적 문예비평과 문예학의
> 결여 그것이다.[37)

비단 예술지상주의만이 문제가 아니었다. 인용문에서 보듯이 중
세로 복귀하거나, '생활로부터' 유리되거나, 진보를 참칭하거나, 프
로문학에서 이탈하여 '낡은 자연주의의 시정문학'이 되는 등 당시
조선에서 문학의 상황은 복잡했다. 하지만 공통점이 있었다. 이들의
예술은 모두 프롤레타리아 문학과 대립각을 세우고 있었던 것이다.
카프 진영의 위축이 이들이 활개를 치게 된 계기임을 알았지만, 임
화는 '과학적 문예비평과 문예학의 결여'부터 해결해야 한다는 인식
을 보여준다. 그는 "광의의, 그리고 진정한 의미의 조선문학=민족문
학의 수립을 위하여" 이 글을 썼다(539). 넓고 참된 의미에서의 조선
문학이 곧 민족문학이라는 발언에는 이전까지와는 다른 차원에서
문학을 사유하겠다는 의지가 확연하다. 그는 '한 민족의 문학'이 역
사적으로 자본주의의 발전에 힘입어 이루어진 '민족·국민별(別)의
문학'인바, '민족의식의 자각과 민족어의 통일적 형성이란 문화적
조건'에 의해 그 '민족적인 성격의 확립'이 가능하다고 보았다(540).
「낭만적 정신의 현실적 구조」(1934.1.1~12)에서 암시되었던 민족이
표면화한 것이라고 하겠다. 한편으로 민족문학의 개념과 성립조건에
대한 임화의 언급은 '민족주의적 부르주아문학'·'예술지상주의적
조류'·'해외문학파'는 물론 프로문학으로부터의 탈주자에 대한 선

---

37) 임화, 「조선문학의 신정세와 현대적 제상(諸相)」(『조선중앙일보』, 1936.1.26~2.13), 『임
화 전집 4』, 548쪽.

전포고로서의 성격을 지닌다. 민족문학은 역사적 차원에서 민족·국민의 소유이고, 문화적 차원에서는 민족이라는 의식과 민족어가 핵심이기 때문이다. 이를테면 그가 거론한 네 부류에서 처음은 역사적 차원을 통과하기 이전에 집착하며, 다음은 '환상적 상공'에서 민족의식과 일정하게 거리를 두며, 그 다음은 '민족어의 통일적 형성'에 무관심한 편이고, 마지막은 민족·국민의 대다수를 차지하는 노동자·농민의 입장에 서기를 포기했다.

　말하자면 프롤레타리아 문학이 민족문학의 기수가 되어야 한다는 임화의 생각이 그것을 정의하는 가운데 표명된 것이다. 그런데 그는 민족문학이 "내용에 있어는 국제적으로 향하고 형식에 있어 민족적인" 것이어야 한다고 다시금 천명한다.[38] 당대 조선의 '생활의 현실'은 서구에서 근대문학 형성의 배경이었던 시민적 사회를 거치지 못한 채로 "국제적 내용에 의하여 충만되어 있기 때문"이었다(544~545). 그에게 민족문학은 민족·국민이라는 주체, 민족이라는 의식, 민족이 사용하는 언어 등의 형식으로 규정되는 셈이다. 그러므로 이

---

[38] 1934년 연초의 17차 당 대회에서 "지역적 민족주의 성향의 발호에 대한 강한 비판"이 제기되며 이 슬로건은 폐기수순을 밟았다. 1936년 이후에 소련은 시릴릭 문자에 기반한 표기체계를 연방에 보급했고, 1938년에 발표한 법령에서는 소련 전역에서 러시아어를 필수과목으로 채택하도록 했다(허승철, 「소련의 언어정책과 언어민족주의」, 『러시아 소비에트 문학』 3권 1호, 한국러시아문학회, 1992, 148~149쪽, 참고). 스탈린 자신이 슬로건을 철회한 셈이다. 사후(死后) 그의 독재와 민족정책은 흐루시초프에 의해 비판받았다(보흐단 나할일로·빅토르 스보보다, 『러시아 민족문제의 역사』, 정옥경 역, 신아사, 2002, 161~175쪽, 참고). 북한의 1950~60년대 '민족적 특성론'은 이러한 반성을 토대로 1958년부터 본격화되었다(이상숙, 「북한문학의 '민족적 특성론' 연구」, 고려대 박사논문, 2004, 19~21쪽, 참고). 1930년 16차 당 대회의 슬로건을 시간차를 두고서 레닌을 참조하여 수용했듯이, 임화는 1934년 17차 당 대회의 결과를 그대로 받아들이지 않았다. 이런 사실은 그의 문학 활동이 가진 내발성을 증명하는 하나의 사례일 것이다.

'형식'은 '내용'과 대립하지 않는다. '민족'이라는 중심개념이 주체와 의식과 언어를 아우르고 있으니 이 '형식'은 '내용'을 포괄한다.[39] 이렇게 임화는 조선민족이 처한 사회적 토대와 연결시킴으로써 프롤레타리아 문학의 외연을 확장하고 있다. 하지만 이러한 외연의 획득은 동시에 이제까지의 프롤레타리아 문학운동의 노선을 수정하게 만든다. 민족적인 형식은 프롤레타리아만의 문학을 부정하고 있으니 말이다. 민족을 중심에 둔 윤리를 부여하면서 전자의 형식은 점차 후자의 문학을 점유하게 된다. 이는 사실 필연적인 귀결이었다. 조선에서 프롤레타리아 문학운동의 우선적인 목표는 민족국가였고 임화 역시 그렇게 생각했기 때문이다.[40] 따라서 단지 프롤레타리아에서 민족으로 강조점이 바뀐 것뿐이라고 할 수 있다.

---

39) 브이호드쩨프는 "예술의 민족적 특성, 이것은 단지 민족적 형식만이 아니며, 민족적 주제군만이 아니고, 민족적 형식 또한 언어만이 아니다. 인민의 역사적·물질적 삶의 특수성에 근거하여 독특한 사고와 사람들의 세계인식이 이루어지며, 아름다운 이상들을 형성하게 된다. 한편 이것은 시학적 수단들, 형상 체계의 특수성, 예술작품의 문체 그리고 문학 장르의 특징의 총화에 자신의 흔적을 남기지 않을 수 없다"고 서술한 바 있다(브이호드쩨프, 앞의 논문, 267~268쪽). 번역자들이 이 글의 발표 시기를 밝히지 않았지만, 가장 최근의 인용문이 브레즈네프의 1972년 12월 22일자 저술이므로(「사회주의 리얼리즘 강의(3)」, 『러시아소피에트문학』 3권, 김혜란 옮김, 1992.4, 169~170쪽) 작성된 시기가 그 이후임을 알 수 있다. 번역 당시 이 글은 소련의 대학교재로 쓰이고 있었다(「『러시아소비에트문학』의 창간에 부쳐」, 『러시아소비에트문학』 1권, 1989.12).

40) 임화의 민족에 대한 관심은 1920년대 후반에 이미 여러 차례 표명되었다. 그는 민족과 민중이 받는 '고민과 억압'이 각각 '민족문학'·'민중예술'으로 나타난다고 말하는 한편으로(임화, 「정신분석학을 기초로 한 계급문학의 비판」, 『조선일보』, 1926.11.22.~24), 『임화 전집 4』, 15쪽), "최대 다수인 무산계급 전체의 해방으로부터 개인 그것의 해방을 초래"한다는 목적으로 이 둘을 묶었다(임화, 「분화와 전개」(『조선일보』, 1927.5.16~21), 같은 책, 108쪽). 그래서 그는 '무산자의 예술운동'이 "전 계급적 전 민족적인 정치투쟁 전야(戰野)로 진출한 전(全) 운동과 합류"해야 함을 역설했던 것이다(임화, 「미술 영역에 재(在)한 주체이론의 확립」, 『조선일보』, 1927.11.20).

문학의 창작 도정은 그 개인성에 불구하고, 또 문학은 그 특
수성에 불구하고, 객관적으로도 인식할 수 있는 도정이고 존재
인 것이다.

작가가 창작함에 있어 필요한 모든 것은 인식 가능의 물건으
로서, 첫째 주체인 작가 자신, 그리고 문화의 전통, 자연, 생활,
작가와 사회와 관계하고 있는 성질, 작가의 의욕하는 것 모두
가 객관적으로 설명될 수 있는 것뿐이다.

이러한 가운데서 작가가 설명할 수 없는 무엇을 생산한다는
것[은], 존재로부터 무(無)를 만드는 것이며, 반대로 문학은 무로
부터 생겨나게 된다는 허(虛)로 된 견지에 떨어진다.

작가, 개인은 무엇을 생각하든지 간에 문학은 설명할 수 있
는 대상이며, 따라서 그것의 객관적 비평은 가능하고 그것 전
체에 관한 '학', 문예학, 미학은 가능하다.

뿐만 아니라 이러한 논자들이 일체(一體)로 부정하고 있는 창
작방법에 관한 이론은 평가(評家)가 작가에게 지시한다는 의미
만이 아니라 과학적 문학, 미학, 비평의 근본적 성격으로서 문
학상의 일체(一切)의 경험을 조직하여 그곳에 문학의 기법, 내
용 등에 관한 일반 방향을 표시하는 가장 유용한 것이다.[41]

앞의 글과 발표시기가 가까운 글이다. 임화는 '비규정성'을 문학
의 특성으로 보는 견해를 겨냥한다. 여기서 '비규정성'이란 "형식의
일면적 과장으로 특징화되어 있는" 시민문학의 속성, 곧 문학의 자
율성을 지칭한다. 다시 말해 문학의 "한 개 특수한 속성인 표상성과
형상성을 과장하여" 결국 "일체의 내용적인 것을 축출하는" 예술지
상주의·형식주의 등이 비판의 대상이다. 임화는 '비규정성'의 강조

---

41) 임화, 「문학의 비규정성의 문제」(『동아일보』, 1936.1.28~2.4), 『임화 전집 4』, 522~
523쪽.

가 "특색적으로는 중간자의 문학적 성격이나, 사상상 부르주아적 문학의 전 체계를 일관하고 있는" 특징이라고 지적했다(512~513). 앞에서 보았던 문학인 분류의 둘째와 셋째에 해당하는 이들에 대한 논의이지만, 세계관의 측면에서는 전향자 부류에 속하는 이들을 제외한 모두를 비판의 대상으로 삼았다고 하겠다. 기실 임화는 '비의존성'이 이론화된 것이 '비규정성'이라고 파악했고(514), 비의존성이 '문학 외의 다른 조건'과 연루시키거나 "문학 이외의 무엇을 끌어들이는" 일에 대한 '전통적인 반항의 입장'을 대변한다는 이유로(502~503), 이를 "반(反)현실적 입장을 그 이익으로 하는 인간에 대한 사회적 의존관계의 표현인" 것이라고 분석했다(511). 그는 이것이 이론화한 비규정성도 다를 바 없다고 여겼다.

인용문에서 임화는 '개인성'과 '특수성'이라는 속성이 문학에 대한 객관적 인식을 가로막을 수 없는 근거를 밝힌다. 그는 작품의 창작과정에 개입하는 요인들을 열거함으로써 창작행위가 역사적·사회적 환경은 물론이고 '주체인 작가 자신'으로부터도 영향을 받는다는 사실을 논증한다. 그러므로 문학작품은 '설명할 수 없는 무엇'이 아니다. 그런 견해는 '객관적 비평'의 불가능성을 노골화하지만, 임화는 그렇지 않다고 단언한다. 나아가 그는 문예학·미학이 개척해야할 '창작방법에 관한 이론'은 창작뿐만 아니라 기법과 내용 등에 있어서도 "일반 방향을 표시하는" 것이어야 된다고 주장한다. 비평의 선도적 역할에 대한 그의 주장은 기왕에 들어온 바이지만, 이번에는 맥락이 좀 다르다. '형식주의'와 '공허한 낭만주의'가 문학을 '현실'과 '사회성'으로부터 이격시키는 데 반발하여 문학이 "그 사회성, 현실성에 형식을 종속"시켜야 한다는 그의 발언에서, '형식'은 앞서 검토했듯이 '민족'이라는 개념과 연결되어 있기 때문이다. 임화는 '언어에 대한 형식주의적 접근'을 '언어-민족어-에 대한 순수한 무비판적 집애(執愛)'로 보고 이를 '바바리즘(barbarism)'이라고 규정했다(524~525). 그는 민족어에 대한 야만적 접근이 아닌 사회적이고 현실적인 이해를 요청했다.

 1934년 이후 임화는 민족어에 대한 관심을 보이기 시작했고, 문학에서의 언어에 대한 탐색과 논의를 계속했다. 기교주의에 대한 그의 반발은 실제로는 언어적 차원에서 그들의 문학적 성취가 두드러졌기 때문이었다. 그는 파시즘으로 치닫는 국제정세를 정확히 인지하고 있었고, 이전과 같은 방식으로는 문학과 현실의 변혁이 불가능하다고 판단했다. 그래서 계급 대신 민족을 직접 호명할 필요가 있었다. 그러기 위해서는 언어가 중요한 매개가 될 수밖에 없었다. 하지만 그가 보기에 기교파의 언어는 예술지상주의와 같이 심미성과 감각성에 의존하고 있었다. 그들의 언어에는 '진실한 낭만주의'가 부재했던 것이다. 그러나 그가 개진해온 '낭만적 정신'에서의 '감정'은 '사상'과 통하는 것이었다.
 한편 카프의 해체는 프롤레타리아 문학운동의 위축을 불러오고 있었다. 임화는 재정비가 필요하다고 생각했다. 그가 '시인일 수 있는 명예와 그 자격'을 거론한 까닭은 문학과 행동이 병행되어야 했고, 그것을 지탱해줄 윤리가 요구되었던 까닭에서였다. 반면 이 둘을 유리시키는 것은 칸트로부터 유래하는 예술지상주의와 형식주의

미학의 특성이었다. 그는 레닌의 원칙에 따라 민족문학을 민족적 '형식'과 국제적 '내용'으로 정의함으로써 당대의 다른 문학적 지향들을 배제하고자 했다. 여기에서 '민족'이라는 '형식'은 주체와 의식과 언어를 아우르는 핵심 개념이었다. 이 '형식'은 '내용'의 범주를 결정하고 있었다. 하지만 그가 이전의 노선으로부터 전향한 것은 아니었다. 임화에게 프롤레타리아 계급은 처음부터 민족의 하위에 자리한 기표였기 때문이었다.

2) 실천적 행위와 시학적 실천

카프 해산 이전의 논의였던 「집단과 개성의 문제-다시 형상의 성질에 관하여」(1934.3.13~20)에서 임화는 언어가 "동물적 개인이 '주위의 인간과 결합하기 위한 필연성의 의식'이라는 것을 이해"하기를 요청한 바 있었다. 부제는 이 글이 3장에서 다루었던 「문학에 있어서의 형상의 성질 문제」의 주제를 이어받았음을 명시한다. 사회주의 리얼리즘론의 영향 아래 전형화의 방법을 제시하는 것으로 마무리되었던 이 글에서 그는 '조건의 공통성과 역할의 공통성'이 "계급적으로 결속하게 되는" 원인임을 지목했었다.[42] 2년이 지나고 그는 '계급'의 자리에 '민족'을 대체하게 되었다. 그 사이에 발표한 글에서 그는 이러한 변모의 과정을 보여주었다. 하지만 "깊은 의혹 가운데 조국의 운명을 생각하고 근심하는 괴로운 그 날에도/ 나의 지팡이가 되고 기둥이 되어주는 것은 오직 너뿐이었다"로 시작되는 투르

---

42) 「집단과 개성의 문제」, 416; 417쪽.

게네프의 시 「노서아어(露西亞語)」로 열었던 「조선어와 위기하의 조
선문학」은 조금 남다르다.[43]

임화는 투르게네프에 대한 일반적인 이해에서 결여된 것이 '민족
어에 대한 사랑'과 그것이 "러시아 말의 순수성을 보전하라!"라는
'문학적 유언'으로 남겨졌다는 사실에 대한 고찰이라고 정리한다.
그는 투르게네프의 '사상적 핵심'이 예의 유언에 담겼다고 판단했다.
그리하여 이러한 투르게네프의 사상이 그가 '조건적으로나마' 진보
적 정신의 선전자이자 '생활의 창조자의 한 사람'이었다는 데에 "무
조건적으로 의존한다"라고 임화는 확언한다. '무조건적으로'라는 부
사는 그의 의견에 동조하기 어렵게 만드는 과장된 수사이지만, 그는
투르게네프가 귀족인데다가 지식계급이었다는 사실을 제시함으로써
자신의 논리를 보충한다. 임화는 투르게네프가 '무의미한 고어(고대
슬라브어)의 난용'과 '서구적 언어의 천박한 사용'을 거부했다는 점에
주목했다(582~583). 자신이 일관해온 주장과 일맥상통하기 때문이다.
그래서 그는 투르게네프에게 자신을 투사할 수 있었다.

투사는 이쯤에서 그치지 않았다. 임화는 19세기말 이후 러시아문
학의 혼돈이 당대 조선에서의 그것과 다르지 않다고 여겼다. 그는
진보적 정신과 사실적 방법이 자취를 감춘 후의 러시아문학을 '공허
한 낭만주의, 허무주의, 상징주의 등의 관념적 신비적 문학'이 지배
했으며, 투르게네프의 유언은 이런 상황을 인지하고 우려했기 때문
이었다고 설명했다. 임화는 러시아문학의 형편이 당시 '인민의 정치
적 사회적 생활의 암흑'과 무관하지 않았다고 보았다. 그는 투르게

---

43) 임화, 「조선어와 위기하의 조선문학」,(『조선중앙일보』, 1936.3.8~24), 『임화 전집 4』,
580쪽.

네프와 러시아문학에 대한 검토를 문학의 운명이 '민족의 생활적인 운명의 표현'이라는 말로 끝맺었다(584~586). 문학과 삶이 서로를 반영한다고 생각했던 것이다.

> 현대의 민족어라는 것이 현대의 생활, 경제, 정치에 의하여 형성된 한, 이 영향을 또한 심대하게 받지 않을 수가 없음은 전술한 바이어니와, 현대에 있어 민족어의 언어적 열등(劣等)은 곧 정치적 열등의 직접의 표현으로, 그것은 곧 문화적 열등의 최대(最大)한 자이다.
>
> 아무리 본래적으로는 풍부한 어휘와 아름다운 음성과를 가진 민족의 언어라도 그것이 정치적으로 열등의 위치에 있는 생활자의 언어인 한에는, 현대에 있어는 가장 맹렬한 정도로 그 본래의 모든 우월성을 상실하고 혼란되어 한 개 토어(土語)의 위치로 떨어지고 마는 것은, 우리가 다른 곳에서 그 예를 구하지 않아도 족한 것이다.
>
> 언어의 성쇠가 그 민족 혹은 국가의 정치적 경제적 운명을 표현할 뿐만 아니라, 이 가운데 성립하는 사상, 문화 전반 위에 가장 직접의 영향을 던지는 것이다.[44]

인용한 부분의 앞에서 임화는 현대의 생활·경제·정치에 의해 '신분적 방언적 차이'가 해소되면서 '통일된 민족어'가 형성되었다는 사실을 상기시켰다. 형성된 후에도 민족어는 이것들로부터 자유로울 수 없다. 그런데 그는 '정치적 열등'을 거론하면서 민족어 내부가 아닌 민족어간으로 이 문제를 확장시킨다. '정치적 열등'이 '문화적 열등'으로 나타나는데, 이것이 가장 분명히 표현되는 것이 민족

---

44) 「조선어와 위기하의 조선문학」, 589쪽.

어의 '언어적 열등'이라는 것이다. 당연히 그의 발언은 식민지 상황을 염두에 둔 것이다. 그는 '토어(土語)'로 전락할 위기를 맞은 민족어의 처지를 '다른 곳에서' 그러한 사례를 찾지 않아도 된다는 말로써 적시한다. '통일된 민족어'의 형성과정에서와 다를 바 없이, 조선어는 방언이 되고 말 것이라는 예측이다. 하지만 임화는 '언어의 성쇠'가 민족이나 국가의 정치적·경제적 '운명'을 나타내는 지표이지만, 한편으로는 사상과 문화의 전반에 '가장 직접적인 영향'을 줄 수도 있다고 주장한다.

임화의 불길한 예감은 사실 '공학제(共學制)'에 대한 우려에서 촉발되었다. 초등·중등학교에서까지 일본인과 조선인을 함께 교육한다는 것은 비공식적으로나마 제2국어로 기능하던 조선어의 지위를 공식적으로 박탈하는 일이었기 때문이다. 그래서 조선에서 언어상의 문제가 문화·문학적인 동시에 현실적·정치적인 사안이라고 판단했던 것이다. 반대여론으로 공학제는 실시되지 않았지만,[45] 그것은 상존하는 위협일 수밖에 없었다(590~591).[46] 이로써 카프진영이 받

---

45) 이 시기 신문들은 공학제 실시에 반대의사를 분명히 밝혔다. 1935년 10월 8일 기사만 나열하면 다음과 같다. 「問題中의 共學制度, 實現은 全然不能」, 『조선중앙일보』; 「朝鮮漢文廢止와 共學實施는 虛說, 朝鮮固有 言語를 없앨 수 없다, 學務當局에서도 事實否認」, 『동아일보』; 한용운, 「朝鮮本位 敎育必要 初等敎育엔 朝鮮語 使用當然」, 『조선일보』; 「共學制 實現되더라도 朝鮮語科 廢止絶無」, 『매일신보』. 당시의 반대가 얼마나 심대했는지는 총독부 기관지 『매일신보』가 같은 날 여론을 잠재우려는 시도를 했다는 사실이 증명한다.

46) 임화는 이 글의 말미에 "거년(去年) 교육행정상 공학제가 성(盛)히 논의될 때 소감을 적은 데 불과"하며 "시사적(時事的) 의미밖에 갖지 않는"다고 부기하였다(606쪽). 그가 이 글을 발표한 까닭은 바로 이 일의 시사성, 곧 당시의 사회가 갖고 있는 시대와 사회의 성격 때문이라고 보아야 할 것이다. 실제로 공학제는 1938년 3월에 발표되어 4월부터 실시에 들어간 제3차 조선교육령으로 시행되었다. 이때 조선어는 수의과목으로 전환되었지만, '자기 뜻대로(隨意)' 조선어를 선택할 권리는 교육자에게 있었다. 자세한 사항은 김영범, 「1930년대 중후반 임화 비평의 언어적 모색과 좌절」, 『어문논집』

은 것보다 더 큰 억압의 가능성이 노출되었다. 그것은 전방위적으로
확산되어 조선어로 된 문학을 불가능하게 만들 수도 있었다. 이러한
위기의식은 임화는 물론이고 해외문학파로 분류되던 함대훈의 글에
서도 보인다.[47] 임화는 '언어의 위기'가 "모든 문학자를 사형장으로
통한 길로 구축(驅逐)하는" 결과를 낳을 것이라고 내다보았다. 카프의
'두상(頭上)에 덮였던 암흑'이었던 구름(曇)은 '대우(大雨)'가 될 조짐을
보이고 있었던 것이다(593).

　　무조건적으로 문학작품은 생활적 필요와 이해(利害)를 같이하
　는, 동족의 대다수를 위하여 씌어지는 것이다. 여하한 것임을
　물론하고 자기가 느낀 것을 생활적 이해를 같이하는 사람과 같
　이 느끼고 또 자기가 생각한 것을 표현하여 전달하고 싶어서,
　또 자기의 이상을 가지고 그 이상을 모르는 동이해자(同利害者)
　를 계몽, 교육하고 싶어서 씌어지는 것이다. 향수자·독자를 아
　니 가진, 혹은 필요로 하지 않는 문학이 대체 생산되고 존재할
　수 있는가?
　　독자가 없는 한 문학은 생산될 필요가 없는 것이다. 그러므
　로 우리는 생활적 동이해자가 가장 잘 이해할 그들의 일용어를
　위선 택하고, 그 일용어 가운데 가장 보편적이고 또 읽어가는
　데 지리하지 않게 단축된 간결한 표현에 적[합]한 말을 고르며,
　또 그들이 즐겁게 읽을 수 있게 그 중에서도 음향이 고운 말

　　79집, 민족어문학회, 2017.4, 58~59쪽을 참고하라.
47)　『임화 전집 4』는 각주 26에서 카프 해산 이후 우려를 나타냈던 임화의 언급을 제시
　　하였다. 임화는 "시대적 압력이 파급하는 범위의 넓음을 감지"하고 있었다(임화, 「조
　　선신문학사론 서설」,(『조선중앙일보』, 1935.10.9~11.13), 『임화 전집 2』, 375쪽). 함대
　　훈도 카프 해산이 "左翼文學의 沒落은 勿論 文學領域의 다른 部分에까지" 파급될 것
　　이라 예측한 바 있다(함대훈, 「現下 社會情勢와 朝鮮文學의 危機」, 『조선일보』, 1935.
　　6.16).

을 골라 음악적 리듬으로 건축하며, 그들이 읽으며 이해하는
데 될 수 있으면 사유의 힘을 덜 들이도록 회화적(繪畵的) 형상
성을 부여하는 것이다.[48]

첫 문장에 제시된 당위는 그동안과 당대의 문학에 대한 비판적 회
고 다음에 나온 것이다. 인용문의 앞에서 임화는 프롤레타리아 문학
이 그나마 이러한 인식을 가지고 창작에 매진해왔다고 피력했는데,
엄밀히 말하면 이는 프롤레타리아 문학이 고려했던 독자층 때문이
라고 해야 한다. 인용문의 "동이해자를 계몽, 교육하고 싶어서"라는
동기는 이 점을 명확히 보여준다. 그럼에도 조선어와 조선의 문학이
위기에 처한 상황은 그때까지 프롤레타리아 문학이 가져왔던 지향
에 어느 정도 정당성을 부여했던 것이 사실이다. 하지만 독자층은
전보다 더욱 넓어질 수밖에 없게 되었다. 문제는 더 이상 조선의 문
단 내부에 있지 않았기 때문이다.

둘째 단락에서 임화는 소설에 비해 성과가 미미하다고 보았던 프
롤레타리아 시가 나아갈 방향을 제시한다. 짧고 간결하며 소리가 고
운 '일용어'를 사용하여 그것을 "음악적 리듬으로 건축하며" 거기에
"회화적 형상성을 부여하는" 시작의 방법에는 여전히 계몽이나 교
육이라는 수단을 통한 이상(理想)의 공유라는 목적의식이 잔존한다.
하지만 여기에 이제까지 임화가 그다지 강조한 바 없었던 '음악적
리듬'과 '회화적 형상성'이 포함되었다는 점은 눈여겨볼 사안이다.
언어에 대한 그의 관심이 기교주의 논쟁을 거치면서 분명하게 창작
의 기술이란 주제로 이행하게 된 것이다.

---

48) 「조선어와 위기하의 조선문학」, 601쪽.

그런데 「문예시평」에서 지적했듯이 '창작 기술의 연마'는 당대 조선의 문학에서 '가장 의식화된 방향'으로 나타나고 있었다. 따라서 임화는 역사적·현실적 반성이나 그것의 본질에 대한 고찰이 없이 기술에 집착하는 것에 이의를 제기했다. '돌연히 환기된 기술에의 관심'은 그가 보기에는 문학이 '봉착한 곤란'에서 기인했기 때문이다.[49] 그는 창작의 기술이 카프진영에서 "과도히 경시되어 왔고" 그래서 프롤레타리아 문학의 '자기완성의 중요한 일-반성'으로 이 문제에 접근하는 것은 당연하다고 생각했다. 하지만 기술이 조명 받는 당대의 상황은 이러한 자기반성에서 출발하지 않았다는 것이 그의 진단이었다. '프로문학의 부자연한 퇴조'와 '부르주아적 형식주의의 경향의 파급'에 따른 영향이라는 것이다. 파장은 급기야 프롤레타리아 문학에서의 '일탈'과 '기술에의 관심'을 동일시하는 이들까지 등장케 했다(610~613). 이러한 문단의 현실 역시 그에게 기술 문제에 대해 탐색할 의무를 부과했다.

먼저 그는 자신도 혼용해왔던 형식과 기술을 구별하여, 전자를 '창작과정에 의하여 완성된 결과'로 후자를 창작과정에서 '소용되는 모든 수단'이라고 정의한다. 전자를 상위에 놓음으로써 후자를 '낡은 천재론'에서 분리한 것이다. 이리하여 소위 민족적인 형식의 실마리가 조금씩 드러난다. 그것은 문학의 목적이 아니라 결과인 것이다. 그리고 그것에 이르는 기술은 '생득적(生得的)인 것'도 '손끝의 재주'도 아니다. 임화는 이것이 후천적으로 습득할 수 있는 것이라고 잘라 말한다. '개인의 소질'이 필요하겠지만 이러한 '생리적 요인'

---

49) 임화, 「문예시평-창작 기술에 관련하는 소감(小感)」(『사해공론』, 1936.4), 『임화 전집 4』, 607~609쪽.

또한 역사적·사회적 제약에서 자유로울 수 없으며, '작가의 세계관, 생활 태도, 실천' 등이 기술을 제약한다는 요지였다(613). 그가 단언하는 근거는 사회주의 리얼리즘의 전형론에 있었다. 아래의 인용 부분에서 임화는 3장에서 살폈던 것보다 진보된 논의를 보여준다.

> 선택된 대상은 그것을 둘러싸고 그것에 저항하고 있는 다른 것과의 관계 가운데서 필연적으로 발전되어 그 작품 전체 가운데서 점하고 있는 대상의 위치가 고정적으로가 아니라 움직이는 생생한 과정 가운데서 파악된다. 이 가운데는 작품에 씌어진 현실뿐만이 아니라 그것이 발전되어 가는 장래에 대하여도 일정한 암시를 던질 수 있는 것으로, 항상 창작 기술이란 이 모든 것에 적합한 서술과 회화(會話)의 형성을 획득함으로[써] 완성되는 것이다. 그러므로 관찰은 비교에 의하여, 비교는 성격화의 길, 그 성격은 그것에 필요한 정황 가운데서 자기의 특성을 보편적인 그곳에까지 높이는 과정에서 예술적 보편화를 수(遂)하는 것이다. 다시 말하면 예술 창작의 기능이란 소여(所與)의 대상 소재가 작자의 사상적 지향에 의하여 인도되는 관찰, 비교, 성격적 보편화의 방법으로, 그것이 가치 있는 예술적 형상을 축조하는 데 공헌하는 기술이 되려면 필연적으로 자연과 사회의 객관적 과정을 반영하는 사상으로 말미암아 향도되어야 한다. 왜 그러냐 하면 개별화되어 있는 소재의 세계를 예술은 이미 존재한 객관적 법칙에 의하여 그것을 성격화, 보편화하는 광범한 문화적 창조의 일 산물이므로⋯⋯[50]

전반부를 요약하면 이렇다. 창작의 과정에서 선택된 대상은 고정

---

50) 임화, 「문예시평」, 615~616쪽.

된 모습이 아니라 자신의 반대자(antagonist)와의 관계를 통해 "필연적
으로 발전되어" "움직이는 생생한 과정 가운데" 있어야 한다. 작품
에 담겨야 할 것은 단순히 '씌어진 현실'만이 아니기 때문이다. 작품
은 현실이 '발전되어 가는 장래'에 대한 '일정한 암시'를 주어야 한
다. 이처럼 임화는 문학작품이 현실을 그려내는 것만으로는 부족하
며, 궁극적으로는 미래를 초청해야 한다고 생각했다. 이 점에서 전
형은 일종의 영웅이라고도 할 수 있다. 그리고 이러한 전형을 구현
하기 위해서는 '적합한 서술과 회화의 형성'이 필요한데, 여기에 관
여하는 게 바로 '작가의 세계관, 생활 태도, 실천'이라는 것이 그의
주장이다. 그는 '관찰→비교→성격화→보편화'의 순서로 전형이 '예
술적 보편성'을 성취하는 과정이 '작자의 사상적 지향'이 가리키는
방향에 따라 '인도'된다고 말한다. 그러므로 창작 기술의 가치는 "자
연과 사회의 객관적 과정을 반영하는" 작자의 사상에 달려 있다는
결론이 나올 수 있었다.

임화는 창작의 과정이 현실의 '객관적 과정'을 반영할 뿐만 아니
라 그것을 인식하는 과정이며 또 그것에 "암시를 던질 수 있는" '실
천적 행위'라는 신념을 가지고 있었다. 그래서 그는 '도덕상, 논리상,
혹은 세계관상의 요구와 비평'을 비평의 소임으로 요청했다(616). 그
의 요구가 보편적으로 공유되기 어려웠다고 하더라도 전형화의 기
술적인 과정에 대한 그의 설명은 충분한 타당성을 갖추고 있다. 한
편으로 그의 전형론은 특정한 장르에 제한된 이론이 아니었다. 예컨
대 그는 「세태소설론」에서 소설이 '묘사의 예술'이고 그래서 시가
"교묘, 섬세하게 표현"하기 불가능한 일을 해내는 '특이한 예술'이라

고 말했다. 그러나 이것이 두 장르의 본질적인 차이를 의미하지는 않는다. "문학이란 어느 것을 물론하고 묘사되는 생활상(生活相)의 양의 과도로 우월이 좌우되지" 않기 때문이다. 임화는 외향(外向)과 내성(內省)의 성격을 가진 소설이 당대에 출현한 원인을 작자가 '말하려는 것과 그리려는 것과의 분열'에서 찾았는데, 현실의 단순한 모사(模寫)는 작품 속에 "작자가 인생에 대하여 품고 있는 희망이란 게 살지 못"하게 만들어 "암담한 절망을 얻게" 한다는 논지였다.51) 알다시피 그는 이들 소설을 비판했다. 시든 소설이든 그에게 진정한 문학은 "장래에 대하여도 일정한 암시를 던질 수 있"어야 했다.

창작 기술에 대한 모색에는 필수적으로 이전의 그것에 대한 반성이 수반되어야 한다. 임화에게 '구(舊) 카프 작가'의 소설과 시에서 각각 두드러지는 '단순한 재현적 리얼리즘'과 '비관적 낭만주의' 양자는 극복해야 할 대상이었다. "객관적 현실 과정 그것의 도정에서" 미래를 내다보는 낙관주의는 사회주의 리얼리즘의 강령이었고, 임화는 그것의 잠재력에 기대를 걸고 있었다.52) 이상과 같은 신념과 기대의 이론적 토대는 곧이어 발표한 글들에서 제시된다. 「문단 논단의 분야와 동향」에서 「포이에르바하에 관한 테제」의 제1명제를 거론하며 그가 강조한 곳은 대상·현실·감성이 감성적·인간적 활동·실천으로, 즉 '주체적으로' 파악되어야 한다는 부분이었다. 새로운 유물론은 종래의 유물론이 '객체, 또는 직관의 형식'을 동원하는

---

51) 임화, 「세태소설론」(『동아일보』, 1938.4.1~6), 『임화 전집 3』, 280; 288; 275쪽.
52) 임화, 「그 뒤의 창작노선—최근 작품을 읽은 감상」(『비판』, 1936.4), 『임화 전집 4』, 619; 626쪽. 그는 두 경향이 소설과 시에서 유독 선명해진 이유를 소설이 '묘사의 예술'이고 시가 '정서의 문학'인 데에서 찾았다(620쪽).

데 머물렀던 것과는 달라져야 한다는 것이 마르크스의 주장이었다. 이를 바탕으로 임화는 '죽은 기계적 피동적 인간'을 거부해야 함을 역설할 수 있었던 것이다.[53]

　이런 차원에서 임화는 「문학상의 지방주의 문제」를 통해 당시에 유행했던 조선적 색채·민족성에 대한 담론과 그것이 배태한 지방주의에 반대했다. 그가 보기에 민족주의적 부르주아 문학자들은 '민족주의적 이상'으로, '사회적 경향의 대변자'였던 이들은 문학이 되기 위한 선결조건으로 '조선적 성질'을 내세우고 있었다. 임화는 이들 대변자의 '문학적 이해'가 부르주아 문학자들의 '사상적 정치적 경향'과 구별되려면 '민족성'을 '민족주의적이 아닌 형태'로 적용할 문학적 방법에 대한 과학적 규명이 필요하다고 주장했다.[54] 「언어와 문학」 이후 「조선문학의 신정세와 현대적 제상」에서도 반복되었던 "내용에 있어는 국제적으로 향하고 형식에 있어 민족적인" 문학이란 슬로건의 연장선에서 나온 발언이라 하겠다. '조선색', 곧 '조선의 현실적 민족성'과 '사회적 색채', 즉 '그 비민족성, 그 국제성, 그 사회성'을 함께 고려하지 않는 한 양자의 본질적인 차이는 없다는 것이 임화의 견해였다. 더구나 그에게 '민족적인 것'은 '사회성의 일계기'로서 '사회적 색채'에 종속된 것이었다. 그는 그것의 문학적 의의가 오히려 '형식적 측면'에 있다고 보았다. 이를 간과한 '조선적 성질'의 추구는 시대의 압력에 굴복해서 찾은 '소극적인 도피로'에 불과하다는 것이 그의 진단이었다(715~717).[55]

---

53) 임화, 「문단 논단의 분야와 동향—상반기 논단 별견(瞥見)」(『사해공론』, 1936.7), 『임화 전집 4』, 700쪽.
54) 임화, 「문학상의 지방주의 문제」(『조광』, 1936.10), 『임화 전집 4』, 713쪽.

「문예시평」에서 거론했던 '형식'의 의미는 이로써 자세해진다. 임화는 '사회적 색채'는 '내용'으로 다루어져야 하며, '조선색'은 목적이 아니라 '창작과정에 의하여 완성된 결과'로서 나타나야 한다고 생각했다. 즉 '조선색'은 "작자의 의도에 반하여 작품 가운데서 국부적인 지방주의적 경향으로서 칩거해 있는" '은연(隱然)한 방법'으로 드러나야 한다는 것이다. 이처럼 작자가 의도하지 않은 가운데 작품 속에서 구현되므로, 그의 견지에서 "하등의 다른 제 요소로써 매개되지" 않은 채 '조선색'에 집착하는 일은 본말의 전도였다(705).[56] '조선색'을 주된 '내용'으로 삼았을 때, 이외의 '사회적 색채'는 은폐되거나 옅어질 수밖에 없다. 임화는 이러한 문학의 태도가 "조선문학을 식민지문학으로 고정화"하는 것으로 귀결된다고 보았다(723). 그에게 '형식'은 추구의 대상이 아니라 주체의 '실천적 행위'가 낳은 효과였다. 스탈린이 철회한 슬로건을 그는 이처럼 발전시켰다. 레닌의 원론에 입각해서 사유를 밀고 나갔기 때문이었을 터이다. 한편으로 여기에서 그는 '형식'과 '내용'이 주체를 매개로 작품 속에서 하나가 될 수 있음을 암시하고 있다. 이러한 생각이 구체화된 것이 「진보적 시가의 작금」이다.

---

55) 이경수는 고전부흥운동이 전망할 수 없는 현실과 진보적 문학 활동의 어려움 속에서 당대 지식인들의 '훌륭한 도피처'가 되었다고 지적한 바 있다(이경수, 『한국 현대시와 반복의 미학』, 월인, 2005, 13쪽).

56) 이상숙은 북한문학의 '민족적 특성론'을 살핀 바 있다. 그는 이 이론이 소설의 경우 주인공을 항일혁명전통에서 추출하였으며 시에서의 '서정적 주인공'이란 개념도 별반 다르지 않았고, '문학적 형식' 역시 민족적 특성과 무관하지 않았지만 '혁명적 낭만'으로 귀결되고 있었음을 밝혔다(이상숙, 앞의 논문, 190~192쪽, 참고). 이러한 '민족적 특성론'은 '주체문예이론'으로 이행하기 전단계에서 제출된 것이었다. 월북 후 임화의 이론적 성과가 채택될 수 없는 상황이었기 때문에, 역설적이게도 그의 문학은 남한에서 연구 대상이 될 수 있었다.

그러나 길은 시야를 넓히어 현실의 대해(大海) 도처에서 제재를 발견하여 시화(詩化)하고 그것을 새로이 전진하고 있는 계급의 생생한 감정에서 노래하는 웅대한 서사시의 리얼리즘이고, 암흑한 제야(除夜)에 위대한 도정(道程)에서 넘어지는 비극에 찬 웅대한 낭만적 비가(悲歌), 또 모든 곤란 가운데서도 오히려 굳건히 전진하는 히로이즘, 그리고 그 가운데서 느끼는 높은 감정, 그것이 우리의 감정시(感情詩)의 최대의 내용이다.

부자유한 입을 가지고 오히려 종횡(縱橫)히 기지(機智), 은유를 가지고 명확히 소쇄(笑殺)될 대상을 풍자하는 것도 우리의 시가만 가질 수 있는 물건이다.[57]

제목과는 달리 임화의 핵심은 과거와 현재가 아니라 미래에 있다. 그리고 현실에서 제제를 찾아 '새로이 전진하고 있는 계급의 생생한 감정'을 담은 '서사시의 리얼리즘'은 단순히 서사시와 리얼리즘의 조합을 의미하지 않는다. 그의 '감정시'는 도정에서 넘어지더라도 "오히려 굳건히 전진하는" 것이므로 의지의 산물이겠다. 따라서 그것은 궁극적으로는 새로운 현실을 초래하려는 열망을 담고 있어야 한다. 그것이 '낭만적 비가'이자 '히로이즘'일 수밖에 없는 까닭은 의지와 감정의 서사시로서 눈앞의 현실을 다른 것으로 전환시키려는 이 리얼리즘에서 주체가 견지한 전망이 결코 밝지 않아서다. '웅대한'·'위대한'·'굳건히'·'높은' 등의 수식어는 이것까지 직시하고 있는 주체의 숭고함을 나타낸다.[58] 그러한 주체의 모색과 분투가

---

57) 임화, 「진보적 시가의 작금」(『풍림』, 1937.1), 『임화 전집 4』, 741~742쪽.
58) 임화의 시가 사례가 될 수 있다. 하재연은 임화의 시 「자고 새면」(『문장』, 1939.2; 『임화 전집 1』, 242~243쪽)에서 "몸과 마음이 상할" '운명'을 수용하는 주체의 태도가 순응이나 체념이라기보다는 '영웅적 이미지'에 근접해 있음을 짚은 바 있다(하재연,

진보적 시가의 형식과 내용을 구축한다고 하겠다. 「가톨릭 문학 비판」(1933.8.11~18)에서 칸트의 『판단력 비판』을 부르주아 미학의 결정체로 간주했던 임화가, 숭고를 진보적 시가가 가질 미학의 본질로 받아들인 것이다. 이 글에서 사용된 '계급'이란 단어가 민족의 대표자로서의 프롤레타리아 시인을 지칭함은 물론이다.

하지만 이들 대표자는 '재건'되어야 했다. '감정시'에 대한 임화의 궁리가 더 진척되지 않았던 이유이다. 「주체의 재건과 문학의 세계」에서 그는 창작방법보다 '문학하는 태도'를 다잡는 게 먼저라고 말했다. 그리고는 창작방법에 대한 이론이, 문학과 합일하는 세계관의 성격에 따라 나타날 작품의 수준·경향·특색을 예측하는 데서 끝나지 않고, 작가가 "과학적 세계관을 획득하는 고유한 과정을 지시"한다는 점에서 '실천적 이론'이라고 언급할 뿐이었다. 문학에서 세계관의 역할을 결정적인 것으로 파악하고, 창작의 과정에서 '과학적 세계관'을 획득할 수 있다는 생각은 일견 「문예시평」(1936.4)에서보다 이론적으로 퇴보한 것처럼 보인다. 그가 동의를 구하기 어려운 주장을 내세운 원인은 '작가들의 사상적 붕괴'에 있었다. 카프 해산 이후 식민지 조선의 상황은 악화일로에 있었고 작가들이 지녔던 문학적 '양심'은 위태로웠다.[59]

조선어와 조선문학의 사정도 다르지 않았다. 공학제가 도입될 기미가 확연해졌기 때문이다.[60] "혼연(渾然)한 사상으로서의 문학을 창

앞의 책, 228쪽).

59) 임화, 「주체의 재건과 문학의 세계」(『동아일보』, 1937.11.11~16), 『임화 전집 3』, 46 ~49쪽. 49쪽에서 임화는 '양심'이란 단어를 두 번 썼다.

60) 공학제는 1938년 3월에 발표된 제3차 조선교육령에 따라 4월부터 실시되었다. 총독부는 1935년의 반대여론을 의식해서 1937년 10월과 11월에 걸쳐 '조선어과 폐지'와

조할 진지한 모태(母胎)로서의 자기를 형성하는” 일은 따라서 임화에게 이러한 시대정세를 극복하기 위한 새로운 출발점이었고, “비록 적더라도 선한 것을–”에서와 같이 ‘양심’이 필요한 일이 되어 버렸다. 주체를 재건하겠다는 것은 조선어로 된 문학의 상실을 막겠다는 의지의 발현 이상이었다. 그의 견지에서 작가에게 자신의 ‘세계관이 형성되는 과정’은 ‘예술적 실천’으로 매개되는 것이었으며(51), “예술을 통한 현실 인식, 다시 말하면 리얼리즘을 통한 예술 창조상의 결과”는 ‘하나의 사상’으로서 그 어느 때보다 요구되었다(55).

> 우리는 베이컨(F. Bacon)과 같이 ‘아는 것은 힘’이란 명제를 다시 한번 강조해야 한다. 현실을 안다는 것은 결코 모르는 자기를 고발함으로써가 아니라 현실 속에서 행위함으로 알게 되는 것이다. 행위는 또한 단순한 관찰이 아니다. 현실을 지배하느냐, 현실에 지배되느냐를 결정하는 실천, 이 실천의 과정을 통하여 사람은 현실에 적합한 견해를 살리고 배치(背馳)되는 견해를 죽이어, 또한 현실에 배치되는 견해에 대신하여, 아직 모르는 현실에 적합한 견해가 새로 형성되는 것이다.
>
> 이것은 실천을 통한 현실과 인간과의 상호관계다. 그러므로 미완의 주체에 있어서 현실은 항상 그릇된 의식은 패배하며 옳은 의식은 살아, 차차로 현실을 지배할 완전한 의식–적합한 의식만이 현실을 지배한다–필연=자유–을 형성해가는 시련의 장소다.
>
> 우리는 이 행위와 실천과, 그리고 우리에게 있어선 시련의

‘수의과목 전환’의 순으로 정보를 흘렸는데, 전자에 담긴 충격으로 후자를 받아들이게 하려는 전략이었다는 해석이 가능하다. 이 시기의 공학제에 대한 우려와 반대의 목소리는 조선일보(10.24; 11.11)와 동아일보(10.24; 11.10)의 사설에서 확인할 수 있다.

세계로서의 현실의 가치를 재인식하고 고조(高調)해야 한다.
　문학에 있어 이 방법은 제 주관에 구애되지 않고 현실을 탐
구하여 현실 그것의 구조로 작품을 구조(構造)하고 현실에서 체
험당하는 작가 주체의 시련의 정열로 작품의 정신을 삼는 그러
한 방법이다.61)

　임화는 이 글에서 현실의 인식이 자기 고발이나 관찰과는 다른
'행위'라고 주장한다.62) "현실을 안다"는 것은 그것의 지배로부터 벗
어나기 위한 '실천'으로서, 이를 통해 기존하는 현실에 그리고 나아
가서는 '아직 모르는 현실'에 '적합한 견해'까지 얻을 수 있다는 것
이다. '현실을 지배할 완전한 의식'에 도달하지 못한 주체는 그러므
로 '미완'이다. 주체에게 기존의 현실이 '시련의 장소'가 되는 까닭
이 여기에 있다. 그런데 임화는 현실을 '재인식'해야 한다고 주장한
다. 시련은 '미완'의 주체를 '완전한 의식'으로 고양시킬 수 있다고
여겼기 때문이다. 그리고 이것이 '현실의 가치'다. 주체가 현실에서
출발하여 '아직 모르는 현실'을 불러오고 '미완'에서 '완전한 의식'
에 도달하는 이러한 과정은 변증법의 문학적 변주일 터이다. 임화는
자기 고발이나 관찰과 같은 도피를 부정하고, 작가들에게 압도적인
현실에 맞서는 이 과정에 나설 것을 당부한다. 현실의 구조를 작품
의 구조로 드러내고 '작가 주체'가 겪는 시련과 그것을 이겨내려는
정열을 '작품의 정신'으로 삼는 방법으로 말이다.

---

61) 임화, 「현대정신의 정신적 기축(基軸)-주체의 재건과 현실의 의의」(『조선일보』, 1938.
　3.23~27), 『임화 전집 3』, 102쪽.
62) 임화는 '성격과 환경의 하모니'를 단념하면서 당대의 소설이 내성(內省)과 외향(外向)
　의 경향을 나타냈다고 분석한 바 있다. 앞의 것은 '자기 고발'을 뒤의 것은 '관찰'을
　주된 방법으로 한다(「세태소설론」, 275~277쪽).

그의 제안에서 작가와 작품의 주체는 "운명을 만들어가는 과정"
에 있으며, 이 과정에서 현실은 '묘사의 대상'이 아니라 이들 주체와
경합하는 '객체'이다(104). 따라서 이들 주체는 이른바 영웅이다. 하
지만 현실의 구조를 작품으로 옮겨왔으므로, 이들만 이 이름에 걸맞
다고 할 수는 없다. 인용문 바로 앞의 문장에서 옮겼듯이 임화에게
예술을 통한 현실의 인식은 '예술 창조상의 결과'‥'하나의 사상'과
동의어였다. 창작의 과정에서 작가의 세계관이 형성될 수 있다면,
향유의 과정에서 독자의 세계관 역시 그럴 수 있을 것이다. 현실에
서 시련을 겪는 주체는 작가만이 아니다. 임화는 "작품은 우리의 생
의 과정 그것의 반영이며 주인공의 정열은 우리 자신의 정열의 재
현"이라고 했는데(103), 이 문장에서 사용된 '우리'가 창작자만을 가
리킨다고 단정할 까닭은 없다. 그의 논리에는 작가만이 아니라 독자
들까지 주체로 호명될 여지가 남겨져 있다. 이들은 모두 현실과 대
결하여 자신을 고양시키는 생(生)이라는 변증법의 살아있는 주체들
이다.

이러한 변증법의 과정에 대한 임화의 해명은 비슷한 시기에 발표
된 「의도와 작품의 낙차와 비평」에서 찾을 수 있다. 그는 문학 작품
에는 작가의 '의도'를 벗어난 뜻하지 않은 '잉여물'이 존재하는데,
이것이 작품을 사이에 두고 작가와 대립한다며 이 글을 시작했다.
이어서 그는 지성에 의존하는 '의도'가 작품을 제어하는 '최대의 힘'
이라는 점을 인정하지만, 지성의 한계지점에서부터 펼쳐지는 '감성
계, 직관의 세계'에 주목했다. 문학은 '감성적 세계'에 지성이 "자기
를 용해함으로써만 형성"된다는 이유에서였다. 그는 "감성의 와중(渦

中)을 통과할 때" 지성이 제어하지 못하는 '감성계의 여백'이 있을 수밖에 없는데 거기가 곧 잉여의 영역이라고 지목했다. 그의 설명에 따르면 이러한 일이 일어나는 것은 지성이 간접적인 사유작용인 데 반하여 감성은 직접적인 직관작용이라는 데에 기인한다.[63] 그러나 궁극적인 원인은 지성과 감성의 시차(時差)이다.[64]

지성은 '이미 인식된 직관의 결과'로서 "감성계의 산물을 조직화한" 것이다. 따라서 임화는 "감성계는 언제나 보다 더 새로운 데 불구하고 지성계는 언제나 보다 더 낡다"라고 단정한다. 감성이 사라지지 않는 한 시차는 좁혀지지 않으므로 감성의 '변화'는 지성의 발달·풍부·갱신을 이끄는 '활력소'가 될 수도, 양자 사이에 갈등을 빚어낼 수도 있다. 물론 이것은 창작자 개인의 정신에서 일어난다. 하지만 이것은 대리전의 성격을 가지기도 한다. 이 점에 착안해서 임화는 시차를 신구(新舊)의 '충돌', 즉 '낡은 세계와 새 세계의 대립'으로 간주했다. 이로써 그는 새로운 감성의 수용 여부가 '구(舊) 지성'과 '새[新] 지성'을 나누고 한 시대의 '정신적 갈등'을 배태한다는 이론을 수립한다. 새로운 지성의 '모태'가 되어 과도기의 예술에서 뚜렷한 '표징'이 되는 이것을 그는 '신성한 잉여물'이라고 명명했다 (563~565). 이것은 앞서 살폈던 문학의 변증법이 촉발되는 요인이다.

---

63) 임화, 「의도와 작품의 낙차(落差)와 비평-특히 비평의 기능을 중심으로 한 감상」(「작가와 문학과 잉여의 세계」, 『비판』, 1938.4), 『임화 전집 3』, 560~561쪽.
64) 김수이는 '신성한 잉여'가 '위대한 예술작품의 아이러니컬한 원천'이며, 이것이 비평가의 '창조적 역할과 독자적 영역의 토대'라고 설명했다(김수이, 「임화의 '신성한 잉여'의 세 가지 의미: 임화의 비평에 나타난 시차(視差, parallax) 1」, 『우리문학연구』 29집, 우리문학회, 2010, 213~239쪽).

작가의 의도란 것이 작품 가운데서 현실을 구성하는 하나의
질서 의식이라면, 잉여의 세계란 작품 가운데 든 작가의 직관
작용이 초래한 현실이 스스로 만들어낸 질서 자체란 의미에서
이다.

단지 그것이 작가가 의도하려는 질서와 다른 점은 후자가 작
가에 의하여 의식되지 않았다는 것뿐이다.

그러나 하나의 질서로서 의미를 갖는 현실의 일폭(一幅)이란
이미 직관 이상의 것이며 세계에 대한 새로운 관념 체계의 의
미를 갖는다 할 수 있다.

의식된다는 한 개의 사실만을 통과하면 벌써 잉여의 세계는
잉여의 세계임을 지양하고 그 자신 수미일관한 사상이 되는 것
이다.

다시 말하면 작가의 의도에 반하여 작품 위에 우발하는 것이
아니라, 작가에 의하여 의도되고 작품의 합리적 구조의 필연한
결과로 나타나는 것이다.[65]

작가는 '질서 의식'을 가지고 의식적으로 "현실을 구성하는" 작업
을 행하지만, 거기에는 '잉여의 세계'가 틈입할 수 있다. 이것은 직
관의 작용이 이끌어내긴 했지만, 의식되지 않았다. 그러므로 이것은
'현실이 스스로 만들어낸 질서 자체'이다. 이것이 흔히 말하는 '리얼
리즘의 승리'이지만, 임화는 더 나아간다.[66] 그는 이것이 창작 주체

---

65) 「의도와 작품의 낙차와 비평」, 565~566쪽.
66) 이 글의 초입에서 임화는 "인물을 선정하고 시추에이션을 배치하고 플롯을 만들어 작
   품의 구성을 디자인하는 것이 모두 이 의도의 작용"이라고 설명했다(561쪽). 이 글이
   소설과 관련된 비평론이라는 인상을 주는 이유이다. 그러나 「진보적 시가의 작금」
   (1937.1)에서 보았던 '감정시'의 특성은 「주체의 재건과 문학의 세계」(1937.11.11.~
   16)의 '예술을 통한 현실 인식, 다시 말하면 리얼리즘을 통한 예술 창조상의 결과'와
   통하며, 「현대정신의 정신적 기축」(1938.3.23~27)에서 그가 언급했던 "작품은 우리의
   생의 과정 그것의 반영이며 주인공의 정열은 우리 자신의 정열의 재현"이라는 주장과

에 의해 의식된다면 더 이상 잉여이기를 '지양'하고 그에게 새로운 사상으로 자리를 잡아 '의도'될 수 있다고 말한다.67) 이로써 잉여는 '작품의 합리적 구조'에 의해 유도된 '필연의 결과'로 전환된다는 것이다. 이것이 잉여가 필연이 되는 방식이라고 하겠다. 이렇게 「현대 정신의 정신적 기축」(1938.3.23~27)에서 임화가 언급했던 '아직 모르는 현실'은 '잉여의 세계'로 구체화되었다. 더듬어 보면 이것은 「문

어긋나지 않는다. 그는 이후에도 『기상도』와 「날개」에 대한 김기림의 비평을 긍정하며 "비평은 언제나 해석 이상이다. 즉 판단이다. 그것은 기술의 양부에 대한 판단뿐이 아니라 내용의 선악에 관한 판단이다"라고 주장했다(「최근 10년간 문예비평의 주조와 변천」, 『비판』, 1939.5~6), 『임화 전집 5』, 129쪽). 앞에서 「세태소설론」을 거론하며 밝힌 바 있지만, 임화는 시와 소설을 근본적으로 변별되는 장르라고 인식하지 않았다.

67) 1932년 소련작가동맹(Soyuz sovetskikh pisateley)이 설립된 이후, 이론가들은 '불구하고(Voprekist)'파와 '덕분에(Blagodrist)'파로 대립했다. 엥겔스의 '발자크론'에 대한 해석의 차이 때문이었다. 전자는 발자크가 가졌던 보수적인 세계관에도 '불구하고' 리얼리즘의 승리에 도달했다고 판단했고, 후자는 세계관의 우위를 강조하여 세계관 '덕분에' 그럴 수 있었다고 주장했다. 1940년대 초까지 이어진 논쟁에서 후자가 승기를 잡았다. 전자의 대표적인 인물은 루카치였다(변상출, 「게오르크 루카치의 문학·예술 이론 연구」, 서강대 박사논문, 2000, 104~105쪽, 참고). 1935년에 발간한 책에서 그는 발자크와 스탕달의 리얼리즘이 "표면 아래에 은폐되어 있는 현실의 본질을 모색"했다고 평했으며(게오르크 루카치, 『발자크와 프랑스 리얼리즘』, 변상출 역, 문예미학사, 1998, 104쪽), 10년 후의 글에서는 작가·예술가의 '심미적 정직성(ästhetische Ehrlichkeit)'이 '자신의 깊은 확신들'과 '현실의 참다운 심오한 변증법'의 모순에 직면할 때 뒤의 것을 선택하게 한다고 주장했다(게오르크 루카치, 「마르크스와 엥겔스의 미학적 텍스트에 대한 입문」, 『루카치의 변증-유물론적 문학이론』, 차봉희 역편, 한마당, 1987, 235~236쪽). 한편 김경식은 조선에서 루카치의 소개가 공식적으로는 철학자 서인식의 「께오리 루카츠, 『역사문학론』 해설」(『인문평론』, 1939.11)이지만, 김남천과 임화의 경우 그전에 루카치의 이론을 어느 정도 '자기화'했다고 평한 바 있다(김경식, 『게오르크 루카치-과거와 미래를 잇는 다리』, 한울, 2000, 34~35쪽, 참고). 실제로 조현일은 「휴머니즘 논쟁의 총결산」(1938.4)에서 임화가 루카치의 「부르주아 서사시로서의 장편 소설」을 요약하고 있음을 지적했다. 하지만 그의 묘사론이 루카치의 이론을 단순히 수용한 것이 아니라 '창조적 사고의 소산'이라는 견해를 보여주었다(조현일, 「임화 소설론 연구」, 『한국의 현대문학』 3집, 한국현대문학회, 1994.2, 238; 248쪽). 요컨대 임화는 루카치를 접했지만, 이미 그의 이론은 1945년에 발표된 루카치의 글만큼 진전되어 있었다.

학에 있어서의 형상의 성질 문제」(1933.11.25~12.02)에서 문학작품이 반영한 '객관적 현실'이 "의식되고 혹은 의식되지 않고 현상"된다는 사실의 인식에서 비롯된 것이다.[68]

1933년의 글과 변별되는 것은 그 글이 완성된 작품에 대한 언급이었고 이 글은 창작 과정을 다룬다는 점이다. 그러므로 두 글을 직접적으로 매개하는 것은 '조선색'이 "작자의 의도에 반하여 작품 가운데서 국부적인 지방주의적 경향으로서 칩거해 있"어야 한다고 주장했던 「문학상의 지방주의 문제」(1936.10)라고 보아야 한다. 요컨대 민족적 형식이 "의도에 반하여" 작품에 나타날 수 있고 그것을 창작의 결과로서 인정해야 한다면, 의도된 내용을 초월하여 출현한 잉여 역시 그래야 한다고 임화는 생각했던 것이다. 그러나 '잉여의 세계'는 형식과 달리 창작 주체에 의해 의식되지 못한 채로 남는 경우가 대부분이다. 이럴 때 그것은 작품 속에 '은폐된 세상의 편린'일 뿐이다.

임화는 벨라스케스(Diego Velazquez)의 그림 「시녀들(Las Meninas)」을 예로 들어, 이를 '작품 외의 중핵'이라고 다시 명명한다. 작가의 '의도'를 벗어나 '작품이 짜놓은 객관적인 결과'이기 때문이다. 작가의 상징계로 틈입하였으나, 작가에게 호명 받지 못할 때 이것은 라캉의 개념인 실재(Real)에 가까워진다.[69] 이것의 발견은 이제 독자의 몫이

---

68) 김동식은 '신성한 잉여'가 「세태소설론」(1938.4.1~6)에서 출발했으며, "리얼리즘의 승리는 작가에 의해서 주어지는 것이 아니라 비평가가 읽어내는 것이다"라고 해석하고, 임화가 '에크리튀르의 발견'에 도달했다고 결론내린 바 있다(김동식, 「'리얼리즘의 승리'와 텍스트의 무의식」, 『한국현대문학연구』 34집, 한국현대문학회, 2011, 126~127쪽). 그의 견해는 임화가 견지해온 문제의식과 루카치 소설론의 수용의 결과로 "임화의 소설관이 1938년을 전후하여 질적인 차별성을 보이"고 있다고 이해했던 조현일의 판단과 일맥상통한다(조현일, 같은 논문, 223쪽).

69) 라캉의 '실재'에 대한 지젝의 규정은 다음과 같다. "실재는 상징화에 저항하는 견고하

지만 또한 그 일은 단순한 '향수'를 넘어선다. 그러므로 임화는 비평이 시작되고 기능하는 지점이 여기부터라고 말하는 것이다. '향수'나 '해석'에서 한 걸음 나아가 실재를 상징계에 등록할 때 비평은 "제 독자의 세계를 건립하는" 데까지 이를 수 있다. 그는 이를 "비평가가 제 자신을 이야기하는 경지로 들어가는" 일이라고 정의했다(566~568). 창작 주체나 일반 독자가 하지 못한 일을 대신함으로써 비평은 존립의 근거를 얻는다고 보았다고 하겠다.

임화는 작가가 의도한 세계와는 구분되는 '잉여의 세계'와 '비평의 세계'를 설정했다. 비평가는 앞의 두 세계를 분석하여 "작가의 의도를 넘어서" 자신의 세계를 세운다. 그는 비평가가 둘 중에서 뒤의 것을 '승인'한다면, 그때 기준이 되는 것이 '현실'이라고 단언한다. 작품과 잉여가 공히 거기에 뿌리박고 있기 때문이다. 세 개의 세계는 모두 현실을 토대로 하는 것이다. 이로써 삼자는 현실이 마련한 변증법 아래 놓일 수 있다. 임화는 '잉여의 세계'가 '우발'이 아니라 '의도'되어야 할 '신성하고 가치있는 세계'임을 밝히는 것이 비평의 역할이라고 주장했다(569). 하지만 모든 잉여가 비평가에 의해 조명될 수는 없다. 현실세계를 바라보는 비평가의 눈 역시 제 자신의 '의도'와 무관하지 않으니 말이다. 그러므로 임화가 세운 변증법은 그의 의도를 넘어서 다음과 같다. 작가가 의도한 세계[正]를 그것에 '반(反)'하는 잉여들로 '지양'시킴으로써 '비평의 세계[合]'가 이루어진다.

사실 이러한 변증법은 모든 독자들의 정신에서 정도차가 있더라

고 꿰뚫을 수 없는 중핵인 동시에 그 자체로는 아무런 존재론적인 일관성도 가지고 있지 않은 기괴한 순수 실체이기도 하다(슬라보예 지젝, 『이데올로기라는 숭고한 대상』, 이수련 옮김, 인간사랑, 2002, 286쪽)."

도 일어나는 일이다. 임화의 논점은 비평이 "잉여의 세계를 사상의 수준으로 앙양"해야 한다는 것이었다(570). 그는 당대를 과도기로 보고자 했고, 이러한 시대성이 무의식적으로 작품에 구현시킨 '잉여의 세계'를 신시대의 초석으로 삼고자 했다. '시련의 장소'인 현실을 이겨낼 '완전한 의식'을 개척하는 데 일조할 비평적 실천이 그의 목적이었다고 하겠다. 만약 작가가 자신의 작품에 틈입한 '잉여의 세계'를 인정하고 그것을 새로운 '의도'로 삼아 '합리적 구조'로 작품화한다면, 이것은 창작적 실천이 될 것이다. 독자들 역시 마찬가지다. 그들이 비평적·창작적 실천의 결과물을 읽고서 그동안 간과해온 '잉여의 세계'를 자기화하거나 온전히 자신의 힘으로 그것을 파지한다면, 이것은 실천적 독해이다. 하지만 이것이 끝은 아니다. 비평적·창작적 실천이 대리전이라면, 독자들이 치러야 할 것은 실전인 까닭이다.

앞에서 검토했던 「현대정신의 정신적 기축」의 인용문에서 임화는 '완전한 의식'을 "적합한 의식만이 현실을 지배한다—필연=자유"라고 부연한 바 있다.70) 그는 이 명제가 논리적으로 '필연'이며, 이 문장이 실현된 상태를 '자유'라고 보았다. 그러나 상황은 악화일로에 있었다. 예컨대 1938년 11월 일어판만 발행하던 『京城日報』은 「조선 문화의 장래와 현재」라는 좌담을 개최했다. 조선에서도 일본어를 문학어로 채용해야 하는지의 여부가 주제였다. 이 좌담은 다음해 1월 일본 문예잡지 『文藝』에 전재되면서 일본 작가들 사이에서까지 논란이 되었다.71) 이후 임화는 이 논쟁에 개입한다.

---

70) 「현대정신의 정신적 기축」, 102쪽.
71) 이 사안에 대해서는 윤대석, 「1940년을 전후한 조선의 언어 상황과 문학자」, 『한국근

제대로 표현되지 않은 것은 아무리 진실한 것, 가치가 있는 것이라도 독자가 충분히 이해하고 인상 깊게 기억하는 것은 불가능하다.

그리스인들은 진·선·미라는 말로 이데아를 설명했는데, 근거가 없는 것이 아니다. 이상적인 것은 모두 참되고 선하며 아름답지 않으면 안 된다는 것은 참으로 현실적·도덕적·예술적이어야 한다는 의미뿐만이 아니다.

참된 것은 선한 제작도정(製作道程)을 거쳐서 아름답게 만들어지지 않으면 안 된다는 의미를 포함하고 있다. 이런 과정을 거치지 않은 것은 참되고 선하며 아름다울 수가 없다.72)

『京城日報』에 실었으므로 이 글의 대상으로 임화가 염두에 두었던 이들이 일어를 아는 지식인과 일본인임을 짐작할 수 있다. 인용의 앞에서 그는 '언어'와 '풍토'를 연결시키는 언어 인식을 "내셔널리즘같이 해석하려는" 이해를 비판했다. 그런 인식을 예술지상주의적 혹은 반동적이라고 몰아붙이며 "무리해서 폴리티칼하게 생각하려고 한" '프로문학 전성기'와 같은 태도라는 견지에서였다. 임화는 "그 언어를 버려서" "윤리상 죄악을 범하고 형법으로 처벌"받는다고 하더라도 "표현의 완벽함과 미에 목숨을 걸고 있는" 이가 '진정한 작가'라고 힘주어 말했다(492~495). 결기 서린 목소리지만, 이것이 역설적으로 드러내는 것은 조선어와 조선의 문학이 처한 궁지였다.

인용문은 '완벽하게 아름다운 표현과 작가심리'라는 소제목이 붙은 부분이다. 임화는 문학에서 작가의 모어(母語)가 사용되어야 하는

대문학연구』 4권 1호, 2003.4를 참고하라.
72) 임화, 「언어를 의식한다」(『京城日報』, 1939.8.16~20), 노혜경 옮김, 『임화 전집 5』, 496쪽.

이유를 이 소제목으로 압축하고, 그것이 가능하기 위해서는 진선미
가 종합적으로 기능해야 한다고 주장한다. 진(眞)을 내용으로 하고
선(善)을 '제작도정'으로 해서 미(美)를 이루는 것이 작품의 창작이라
는 것이다. 임화에게 핵심은 물론 선이었다. 그는 언제나 계급·민족
의 해방과 '제작도정'의 변증법적 과정에 주목해왔으니 말이다. 수
세에 몰렸다고 해도 '진정한 작가'는 체제가 강요하는 윤리와 형법
에도 아랑곳없이 자신의 길을 가야 한다는 그의 말은 양심 있는 일
본인과 작가인 지식인들을 향하고 있었다.

　조선어 일간지가 폐간된 직후에 쓴 「예술의 수단」에서 임화는 언
어가 '구체적인 물건'이며 그렇게 "정말 존재하는" 사례들로 영어·
불어·독어·이탈리아어·일어·중국어 등을 거론했다. 주지하듯
국가와 민족이 하나로 묶인 근대적 시민국가의 언어들이다. 문학이
"구체적인 언어를 수단으로" 한다는 부연에는 민족어와 민족문학의
장래에 대한 암울한 전망이 드러나 있다.[73] 그러나 임화가 절망에
사로잡혀 있었던 것은 아니었다. 「시단은 이동한다」에서 그는 19세
기 데카당스가 '약한 자의 가면을 쓴 강한 자의 예술'이며 '악한 자
의 가면을 쓴 선한 자의 정신'이라고 정의하며, 서정주와 오장환의
시를 긍정했다. 이들의 시에 나타난 '퇴폐'가 자포자기가 아니라 "인

---

73) 임화, 「예술의 수단」(『매일신보』, 1940.8.21~27), 『임화 전집 5』, 236~237쪽. 이 점
　　에서 임화의 민족어가 1940년대 들어 '제국어'를 기준으로 '상상'된다는 평가는 재고
　　되어야 한다(김예림, 「초월과 중력, 한 근대주의자의 초상」, 『한국근대문학연구』 5권
　　1호, 한국근대문학회, 2000.4, 54~55쪽). 그가 야나베에 이자부로(失鍋永三郞)와의 대
　　담에서 "조선어는 어느 의미에 있어서는 조선인들과 내지인들이 정신적으로 결합하
　　는 데 있어서 금후의 유력한 수단이 될 수 있다"라 언급한 이유는 어떤 상황에서도
　　조선어를 지키겠다는 의지로 읽어야 한다(「失鍋永三郞 林和 對談」, 『조광』, 1941.3,
　　155쪽).

간 생활의 조화와 통일에 대한 깊은 신앙의 명료한 표현이기 때문이
다." 주어진 현실을 변혁하지 못하는 상황에서는 "시의 정신은 데카
당스의 상모(相貌)를 정(呈)"하기 마련이라는 것이 그의 견해였다.[74]
데카당스의 얼굴을 드러내 보이는[呈] 시의 정신은 시대상황이 낳은
불가피한 선택이라는 뜻이다. 1930년대의 임화가 추구했던 강하고
선한 시정신은 1940년대를 즈음하여 '퇴폐'라는 얼굴을 드러낼 수밖
에 없었다. 위약(僞弱)과 위악(僞惡)으로라도 그는 당대를 버텨내고자
했다.

　「조선어와 위기하의 조선문학」에서 임화는 투르게네프에게 자신
을 투사했다. 공학제로 민족어까지 위기에 처했고 이것이 의미하는
바는 민족에게도 동일하다고 여겼기 때문이었다. '일용어'를 시어화
하자는 주장과 시작의 방법에 대한 탐구는 이러한 상황에 따른 대응
이었다. 그는 창작의 과정이 현실의 객관적 과정의 반영에 그치지
않고, 그것을 인식하고 거기에 암시를 주는 '실천적 행위'라고 보았
다. 이 점에서 구(舊) 카프의 비관적 낭만주의와 재현적 리얼리즘은
반성의 대상이 되었다. 민족적 형식이란 개념도 보다 구체화했다.
그것은 목적이 아니라 실천적 행위가 낳은 효과여야 했다. 그런데
여기에서 그의 시론에 비약이 일어났다.

　그는 '예술창작상의 결과'가 '하나의 사상'이 될 수 있다는 생각을
진척시킨 끝에 '신성한 잉여물'을 발견하고 세 개의 세계를 설정했
다. 작가가 의도한 세계, 작가의 지성이 제어할 수 없는 '감성계의

---

74) 임화, 「시단은 이동한다」(『매일신보』, 1940.12.9~16), 『임화 전집 5』, 263~265쪽.

여백'이 구성한 잉여의 세계, 비평의 세계가 그것들이다. 이것들은 모두 현실에 근거하고 있지만, 작가의 태도에 따라 잉여의 세계는 작품으로 구현될 수도 그러지 못할 수도 있다. 그의 견해로는 비평가가 개입하는 순간은 후자일 때이다. 사실 '잉여의 세계'의 발견이 사유의 혁신은 아니다. 그가 오래도록 붙잡아온 엥겔스의 발자크 해석과 닿아 있으니 말이다. 그럼에도 임화가 문학에 대한 유물변증법적 이해를 실천적 시론으로 혁신시켰다고는 평할 수 있다. 이 점에서 그는 계급에서 민족으로 '선'의 범위를 확대함과 동시에 '선'이 '미'로 이행하는 문학적 경로의 하나를 시론으로 구현했다고 하겠다.

3. 김기림, 현실을 위한 '진'과 과학의 모럴

1) 반성적 지성과 새로운 문체

휴머니즘에 대한 이론적 논쟁은 알려진 바에 의하면 1930년대 초반 백철의 「창작방법문제」(『조선일보』, 1932.3.6~19)가 발단이며, 1935년의 문화옹호 국제작가회의를 계기로 해외문학파였던 정인섭·이헌구 등이 참여하기까지 카프진영의 문학인들을 중심으로 진행되었다.[75] 이러한 문단사적 사실과는 별개로 '졸렌'의 시에 대한 지향은 김기림에게 '신휴매니즘'을 요청하게 했다. '인생의 냄새'는 문학에서 떨어낼 수 없는 것이라고 여겼기 때문이었다. 더구나 당대의 문

---

75) 이 문제에 대한 자세한 검토는 김영민, 『한국문학비평논쟁사』, 한길사, 1992, 459~510쪽을 참고하라.

학, 특히 시는 "인생에서 멀어져가는" 편향을 보이고 있었다. 서양에서는 이미 예술의 전 분야에서 그러했다. 예컨대 "음과 형의 결합 반발에 의하여 물리적인 효과만을 겨누는" 시들은 주제나 철학의 도입을 거부했다는 것이다. 그는 조선에서도 '문학의 옹호'가 '그릇 형식의 옹호'로 나타났다고 분석했다. 이는 '편내용주의·공식주의의 풍미'에 반발한 것이지만, 보다 근본적인 원인은 근대문명이 초래한 인간 소외에 있었다. 지식계급인 문학자들이 쌓은 교양은 "인간을 떠난 기계적인" 것이었고 그들의 삶의 터전도 더 이상 '전원'이 아니었다.[76] 김기림은 예술이 인간에서 관심을 돌린 이유를 문명에서 찾았고, 그 결과로 나타난 '형식주의에의 방향'이 '그릇[器]'에만 집중하는 것을 부정했다. 그것은 내용에 대한 지나친 중시와 다르지 않았다. 그는 문명의 산물인 '도회'가 아니라 '전원'에 인간다움이 있다고 보았다.

김기림은 지식계급이 도회로 집중하면서 그들의 '생활'이 '민중'과도 멀어졌다고 판단했다. 이리하여 그들의 시와 소설은 '작은' 세계에 만족해했고, 비평은 사태를 관망해 왔다는 것이다. 자신의 세계를 벗어나지 않고 거기에 안주하여 세계와 대면하지 않으므로 그는 이를 '아나르시(anarchy)', 즉 무정부상태라고 명명했다. 이 상황을

---

76) 김기림, 「새 인간성과 비평정신」(「신휴매니즘의 요구」, 『조선일보』, 1934.11.16~18), 『김기림 전집 2』, 89쪽. 이 글은 「將來할 조선문학은?」이란 제목으로 조선일보에 5회 연재된 글의 3회 이후를 개제하여 『시론(백양당, 1947)』에 실은 것이다. 1회와 2회에서 김기림은 어느 나라 문학자가 보이는 태도가 '내셔날리즘'과 '세계주의'로 대립하며 "조선적 특성을 가지고 세계문학에 참여하려는 강렬한 의지를 가졌을 때에만 우리는 그것을 허용한다"는 견해를 피력하면서, 조선의 문학이 '세계의식·세계양식'을 갖춰야 한다고 주장했다(『조선일보』, 1934.11.14~15), 『김기림 전집 3』, 131; 134쪽). 이는 임화의 견해와 일맥상통한다.

헤쳐나기 위한 시도들이 서구에서 '정치에의 관심'이란 형태를 보였
던 이유에서였다. 김기림은 프랑스의 '행동주의'나 영국의 '사회주
의'와 같은 문학의 정치적 관심이 '세기의 색채'가 될 것이라고 내다
봤다. 거기에서 배태될 새로운 '휴매니즘'은 그러나 공상적 로맨티
시즘이나 종교적이고 미온적인 톨스토이즘도 아닌 '광범하고 심오
한 인간성의 이해'를 기반으로 "더 고귀하고 완성된 인간성을, 집단
을 통하여 실현할" 목적을 가져야 한다고 그는 주장했다. 이것이 '인
간성에 입각한 새 문학'의 얼개였다. 그는 이런 문학의 수립이 '문명
의 강한 비판'이 될 것이라고 확신했다(90~91). 이 대목에서 그가 '집
단'과 '민중'을 동일시하며, 문명비판의 의미가 소외된 개인이 되어
버린 '민중'의 구제에 있음을 재차 확인할 수 있다.

김기림에게 인간성이 가진 주관 지향을 극복하는 데 무엇보다 긴
요한 것은 지성이었다. 따라서 '지식계급의 양심과 결벽'은 새로운
휴머니즘을 위한 선결조건이 된다. 문학의 영역에서 지성에의 의존
도가 가장 높은 장르는 비평이고, 이것의 '강렬한 지적 작용의 조력'
이 있어야 '위대한 문학의 출현'을 기대할 수 있다. 하지만 조선의
비평은 그런 역할을 하지 못하고 있었다. 김기림은 이를 일컬어 '비
평의 휴식'이라고 정의했다. 그는 비평이 독자성을 갖추고 다른 분
야에 비해 왕성해지기 위해서는 시나 소설을 추수(追隨)해서는 안 된
다는 입장이었다(91). 아래는 비평이 해야 할 일로 그가 제안한 목록
들이다.

1. 작가의 인간적 발전과 그 작품활동의 발전과정의 상호 관
   계에 있어서의 작가의 성장의 고찰.

2. 문학의 기술·사고방법·내용에 있어서의 시대성의 약속
과 사회성의 제약의 제시와 해명.
3. 한 시대의 문학활동의 근저에 흐르는 문학정신의 발굴.
4. 새로운 시대에의 민감과 先見의 명에 의하여 오늘의 문학
을 내일의 문학에로 항상 앙양할 것을 종용하는 일 등등 …….77)

앞의 세 항목에 전제된 것을 나열해 본다. 인간으로서의 작가와
그의 작품 활동의 상호발전으로 작가로서의 성장이 이루어진다. 문
학에서 '기술·사고방법·내용' 등은 시대성·사회성과 관련되어 있
다. '문학활동'은 그 시대의 '문학정신'으로부터 영향을 받는다. 그러
나 김기림이 생각한 비평의 본질은 이것들을 차례로 살피고 제시하
고 해명하며 발굴하는 데에서 끝날 게 아니었다. 이들 항목에서 유
도되는 바는 문학이 작가의 인간성은 물론 시대와 사회 그리고 시대
정신과도 무관하지 않다는 것이다. 따라서 비평은 '오늘의 문학'에
안착할 것이 아니라 '새로운 시대'를 내다보고 '내일의 문학'을 북돋
우는 직무를 맡아야 한다. 김기림은 이 글을 비평가는 '로맨티스트'
여서는 안 되며 "현실 속에서만 미래를 발견할 줄 아는 참된 '리얼
리스트'여야" 한다는 말로 마무리했다(93). 이것이 그가 상정(上程)했
던 비평의 윤리이다. 그는 모더니즘에 입각해 있었지만 리얼리스트
이고자 했다고 평가할 수 있다.

'에즈라·파운드'는 시를 세 가지로 분류하였다.
1. '멜로포이아(Melopoeia)'. 거기서는 언어는 그 평범한 의미

---

77) 「새 인간성과 비평정신」, 91~92쪽.

를 초월하여 음악적 자산으로서 채워진다. 그래서 그 음악적
함축이 의미의 내용을 지시한다.

　2. '파노포이아(Phanopoeia)'. 가시적인 상상 위에 영상의 무리
를 가져온다.

　3. '로고포이아(Logopoeia)'. 언어 사이의 이지의 舞蹈, 즉 그것
은 언어를 그것의 직접한 의미 때문에 쓰는 것이 아니다. 언어
의 습관적 사용 언어 속에서 발견하는 문맥, 일상 그 상호연락,
그것의 旣知의 승인과 反語的 사용의 독특한 방법을 고려한다(「How
to Read」 p.25).78)

　그가 왜 시에서의 음악성에 대해 부정적인 입장을 보여주었는지
는 「시와 회화성」이 일러준다. 김기림은 20세기 시의 혁명이 "음악
과 작별한 때부터 시작된" 것으로 이해했다. 현대의 가두·사무소·
농원·공장 등 '모든 산 시의 현실'에서는 '운율이라는 예복'이 '불
편'할 뿐이라고 보았다. 그러므로 인용문의 첫 항목은 20세기와 어
울리지 않는다(105~106). 따라서 그는 이 글에서 시에서의 '기술'을
새롭게 인식해야 한다고 했던 것이다. 그의 주장은 앞의 글과 동일
한 맥락에 있었다. 「시와 인식」(1931.2.11~14)에서 시를 '한 언어적 전
체 조직'이라고 규정했듯이, 그는 이제까지의 시가 음악성·회화
성·형태미·의미 등을 편애해왔던 것을 비판했다. 그러나 그것의
반대인 '기술의 종합적 파악'만으로 시의 문제가 해소되지는 않는다.
「시의 모더니티」(1933.7)에서 본 것처럼 김기림은 시를 '가치형식'으
로 파악하고 있었다.

---

78) 김기림, 「시의 회화성」(「현대시의 기술—시의 회화성」, 『시원』, 1935.2), 『김기림 전집
　　2』, 105쪽. 에즈라 파운드의 개념어를 원어로 부기했다.

그러므로 그는 이 글에서 '능동적인 시정신'과 '불타는 인간정신'이 공히 필요하다고 단언한다. 전자가 기술과 관련되어 있다면, 후자는 현실과 줄을 대고 있다. 20세기의 시가 "근원적인 인간적인 정신을 분실하고" 말았다는 진단과 함께, 그는 '잃어버렸던 인간정신'을 "생활 속에서 아름다운 행동 속에서 밖에는 찾을 데가 없다"라는 주장을 펼쳤다. 생활과 행동을 드러내는 시의 방법으로 김기림은 회화성을 염두에 두고 있었다. 당연히 그것은 일반적인 이미지를 의미하지 않는다. 그것은 "독자의 의식에 가시적인 영상을 출현시키는 것을 목적으로 하는 때의 그 시의 내용으로서의 회화성"이다(106~107). 그에게 회화성은 '내용'과 동의어였다고 하겠다. 회화성이 제공하는 '가시적인 영상'은 생활과 행동을 담고 있어야 했다.

그렇다고 김기림이 '내용'을 시의 전부로 이해한 것은 아니다. 「기교주의 비판」에서 그는 '기교주의'만큼이나 '내용주의'를 배격한다. "어떠한 사고나 감정의 자연적 노출을 그대로 시의 극치라고" 여겼던 구식의 '로맨티시즘'이나 "한 개의 학설이나 사상이 그대로 시가 될 수 있는 것처럼 생각하는" '관념주의'는 모두 '시의 빈곤'을 불러온 당사자들이라고 인식했던 까닭에서였다. 그는 이러한 두 흐름이 1930년대 초 조선에 기교주의가 발생한 배경이라고 설명했다.[79] 서양 근대시가 겪은 당대까지의 변모가 '순수화의 경향'이라고 정리한 뒤, 그는 그 원인을 분석했다. 그것은 사회정세가 변하면서 '사람들의 생활감정' 역시 그렇게 되고 시에서는 '새로운 양식'이 추구되었으며, '신의 관념'을 붕괴시킨 과학사상이 시의 신비조차 해체해버

---

[79] 김기림, 「기교주의 비판」(「시에 있어서의 기교주의의 반성과 발전」, 『조선일보』, 1935. 2.10~14), 『김기림 전집 2』, 95~96쪽.

렸고, 왕성해진 산문과는 구분되는 '독자성'이 시에 필요했던 데다, '시인의 결벽'이 전대의 가치체계를 불신하기에 이르렀기 때문이었다. 그가 든 마지막 배경은 "무엇보다도 조화와 충실한 인간성을 잃어버린 공소한 현대문명 자체의 병적 징후"였다(98). 앞의 넷보다 마지막 것이 더 큰 원인이라고 해석할 수 있다.

'조화와 충실한 인간성'이 상실된 시대를 대변하는 것이 '순수화의 경향'이라면, 그것이 낳은 '기교주의'는 부정의 대상이 될 수밖에 없다. 임화가 비판했던 문장, 즉 "예술지상주의는 차라리 윤리학의 문제에 속하나 기교주의는 순전히 미학 권내의 문제다"는 이러한 측면에서 이해해야 한다. 이는 기교주의를 정의하면서 김기림이 발언한 바였다. 그에게 기교주의는 "시의 가치를 기술을 중심으로 하고 체계화하려고 하는 사상에 근저를 둔" 것이었다(98~99). 시 자체의 가치를 절대화함으로써 예술지상주의가 오히려 윤리적 문제에서 벗어나지 못했다면, 시의 가치를 시 자체가 아닌 기술에 둠으로써 기교주의는 미학 안에만 머물러 있었다는 의미이다. 예술지상주의는 윤리를 초월하려고 했고, 기교주의는 애초부터 그것에 눈감았다는 반성이다. 이 점에서 임화의 지적은 정당하나, 김기림은 기교주의를 두둔하지 않았다. 그의 발언은 성찰을 위한 준비였다. 그에게는 기교주의도 '병적 증후'였다.

> 기술의 일부면만을 浮彫하는 것은 확실히 明澄性을 획득하는 일이다. 그러나 그것은 어디까지든지 시의 기술의 일부면에 그쳐야 할 것이다. 전체로서의 시는 훨씬 그러한 것들을 그 속에 통일해 가지고 있는 더 높은 가치의 체계가 아니면 아니된다.

20세기의 시 속에는 분명히 파괴의 요소가 많이 있었다. '다다'
와 같은 것은 파괴적 정신 이외의 또 이상의 아무것도 아니었
다. 초현실주의는 이 파괴의 면을 그 속에 많이 상속해 받은 것
도 사실이었다. 그런데 파괴의 작용은 일면에 있어서는 分析의
과정이었다. 분석은 시를 여러 부면으로 解體하였으며 필경에
는 시의 一面化의 현상을 결과한 것인가 한다. 그래서 이윽고는
순수시는 음악 속에, 형태시는 회화 속에 각각 시를 喪失해버리
고 말지나 않았을까. 근대시의 순수화의 과정은 시의 상실의
과정인 느낌이 있다.[80]

하지만 인용문의 원제에서 확인되듯이 그는 잘잘못을 가리고 보
완함으로써 기교주의가 나아질 수 있다고 여겼다. 시에서 음악성이
나 회화성 등 기술적인 일면만을 도드라지게 하는 것이 '명징성'을
주지만, 역시 이것은 '일면화의 현상'이고 '시의 상실'이란 결과를
낳았을 뿐이었다. 김기림의 생각은 그런 기술들이 '조화'를 이루어
야 하며, 나아가 시는 '더 높은 가치의 체계'여야 한다는 것이었다.
기술들의 '통일'된 '체계'가 형식의 문제라면, 시가 가져야 할 '더 높
은 가치'는 내용 차원의 문제일 터이다. 그는 시가 기술과 가치의 결
합이라고 인식하고 있었다. 인용문과 같은 곳에서 그가 "편향화한
기교주의는 한 전체로서의 시에 종합되어" '새 시적 질서'를 지향해
야 하며, 이러한 시의 바탕에는 "늘 높은 시대정신이 연소하고 있어
야" 한다고 강조했던 까닭이 여기에 있다. 연소하는 '시대정신'은
'불타는 인간정신'이며, 이것으로써 '충실한 인간성'을 되돌려야 한
다고 김기림은 판단했다.

80) 「기교주의 비판」, 99쪽.

차후 박용철이 비판하게 되는 그의 언급은 이런 견해의 연장이었다. 그는 「오전의 시론」에서 '모든 사상과 논의와 의견'을 전대의 시인들이 거의 말해버렸다고 한 다음, 오늘의 시인에게 남은 일은 "다른 방법으로 설명하는 정도"라고 한탄했다. 하지만 이는 절망을 낳기보다 시에 "정지할 줄 모르는 움직이는 정신 속에서 살아야" 하는 숙명을 부여한다. 일견 사상·논의·의견이 내용이고 '다른 방법'이 형식을 의미하는 것으로 보이지만, 이 둘을 결합하는 매개가 '움직이는 정신'이라는 것이 김기림의 글에서 핵심이다. 이 정신은 "낡은 일을 낡은 방법으로" 쓰는 시작의 태도와 대별된다. 그가 시를 한 시대와 그 시대 모든 문학의 '에스프리'라고 말한 까닭은 시의 자유분방한 정신 작용(esprit)과 '움직이는 정신'을 동류로 보았기 때문이었다.[81] 이 둘은 시가 전대의 사상·논의·의견으로부터 탈주하게 해주는 동력이자 시대가 요구하는 정신이다.

> 시는 우선 시 자체의 역사를 가지고 있다. 다음에는 시대성의 이름으로 대표되는 역사 일반의 시간성이 제약을 받을 밖에 없다. 역사 일반의 시간성은 그것을 시가 소극적으로 반영하는 것과 적극적으로 그 속에 현대에 대한 해석을 가지려고 할 때의 두 가지의 경우를 예상할 수가 있다. 아무리 반시대적인 예술일지라도 자연발생적으로는 시대의 어느 부분적인 病症일망

---

81) 김기림, 「오전의 시론」(『조선일보』, 1935.4.20~10.4), 『김기림 전집 2』, 156쪽. 이하에서 이 연재물을 「오전의 시론」으로 통칭하고, 괄호에 발표 당시의 소제목과 날짜를 부기한다. 한편 Esprit의 풀이에서 맨 앞에 놓인 것은 '(신의) 입김, 성령', '생명의 근원, 영(靈)', '(신이 내리는) 영감', '신령' 등이다. 셋째 정의는 '재치, 기지'이며, 다섯째 뜻은 '정수(精髓); 본의, 진의, 취지, 정신'이다(『엣센스 불한사전』, 796~767쪽). 일반적으로 셋째 의미가 많이 쓰이지만, 예로 든 것들이 종합되어 중층적으로 활용된다.

정 대표하는 것이 사실이다. 이에 반하여 시 속에서 시인이 시
대에 대한 해석을 의식적으로 기도할 때에 거기는 벌써 비판이
나타난다. 나는 그것을 문명비판이라고 불러왔다.

이 비판의 정신은 어느새에 「새타이어」(풍자)의 문학을 胚胎
할 것이다.

다시 말하면 시에 있어서의 시간의 문제는 하나는 시를 그것
의 발전과정에서 이해하는 것을 의미하며 다른 하나는 시인에
게 그가 호흡하고 있는 현실 그것에 肉迫하기를 요구하며 현실
의 순간을 입체적으로 이해하는 것조차 명령한다. 하나는 비평
의 시대성을 의미하고 다른 하나는 시의 시대성을 의미한다.[82]

인용문에서 김기림은 시가 시간으로부터 자유로울 수 없으며, 소
극적이든 적극적이든 '역사 일반의 시간성'이 시에 반영된다고 진술
한다. 곧 '시대성'은 시대에 반하는 예술에조차 당대의 '부분적인 병
증'을 나타내게 하며, 시인이 그것에 대한 '해석'을 적극 의도할 때
에는 '비판'으로 귀결되게 만든다는 것이다. 이것이 '문명비판'이고,
풍자 문학의 원인이 된다는 그의 견해에는 논리적 비약이 있다. 시
대에의 해석이 곧바로 비판이 되었으니 말이다. 이러한 전환이 가능
하기 위해서는 시대 혹은 문명이 언제나 인간과 불화한다는 가정이
필요하다. 그리고 이것은 누락되지 않았다. 소극적인 예술에서도 병
든 시대의 증세를 찾아볼 수 있다고 그는 분명히 언급했다. 마지막
단락에서는 「시의 모더니티」에서 익히 보았던 요청이 되풀이되고
있다. 그러나 직시해야 할 '전문명의 시간적·공간적 관계'는 전보
다 확대되었다.

82) 「오전의 시론」(「시의 시간성」, 1935.4.21~23), 157쪽.

현실에 다가가 그 "순간을 입체적으로 이해하는" 일로써 얻어질 '시의 시대성'이 공시적이라면, 시를 "그것의 발전과정에서 이해하는" '비평의 시대성'은 통시적이다. 김기림은 논의를 진행하여 시를 이해하는 중요한 관건이 '시간'이라고 주장하고 이를 '시간주의'라고 명명했는데, 그에 따르면 이것은 창작과 비평을 할 때 '인식과 판단의 최초의 표준'을 "역사의 위에 두는" 입장을 의미한다. 여기에서 그는 역사의 시간을 공시적이고 통시적인 관점에서 통합적으로 이해해야 한다는 생각을 드러낸다. 즉 시에서 시대성이 "극단으로 고조된" 유파는 '현재의 순간'에 고착하여 필경 '역사적 사건'으로 과거화하기 쉽지만, 시간은 "미래의 무한에로 연장되고" 있다는 것이다. 따라서 그는 시인에게 '현재의 지상'은 물론하고 "내일을 노려보는" 태도를 요구했다(158). 시의 역사에 대한 통찰이 그것의 현재를 가늠하고 미래를 지시할 수 있다는 시각이라 하겠다. 이것은 창작과 비평 모두에 요구된다. 그의 '시간주의'에는 역사적인 성찰과 전망이 내재해 있었다.

'오전의 시론'이란 명칭은 이러한 태도를 명시적으로 보여준다. 김기림은 '인간적 감격과 비판'이 결여된 시가 "허공에로 눈을 돌리고 아름다운 황혼이나 찬란한 별들의 잔치에 참여하려고" 하는 이유가 '피로한 오후의 심리' 때문이라고 말했다.[83] 그에게 '오전'은 밤으로 향하는 오후와 질적으로 다른 시간인 것이다. 사실 그는 니체의 비유를 참조했다.[84] 니체 식으로 말하면 새로운 진리를 발견하는

---

83) 「오전의 시론」(「인간의 결핍」, 1935.4.24), 159쪽.
84) 김기림과 구인회 동인들의 니체에 대한 관심에 대한 최근의 연구로는 김한성, 「김기림, T.S. 엘리엇, 니체」, 『한국현대문학연구』 46집, 2015; 신범순, 「1930년대 시에서

정점의 시간인 정오 이전은 낙타와 사자 그리고 어린아이의 시간이다. 이들은 각각 인내심과 외경심, 자유의 쟁취, 창조의 놀이를 표상한다. 곧 이들은 정신의 성장과 변화의 과정이다.[85] 김기림은 이들 표상을 담은 니체의 이른바 '오전의 철학'을 시론으로 차용한 것이다. 그에게 인간과 그들이 만든 세계는 아직 '정오' 이전이었다. 그래서 지치고 고단한 심리의 결과인 시들은 배격의 대상이었다. 그는 이러한 심리가 센티멘털리즘을 낳았다고 이해했다. '동양의 목가적인 성격' 역시 마찬가지였다. 이것이 그가 '지성'을 강조한 일차적인 이유였다.[86]

> 다시 말하면 인간성에 대한 비인간적인 지성의 대립이다.
> 그런데 사람들은 어떤 까닭인지 이 두 가지 중에서 오직 하나만 읽으려 한다. 우리는 반드시 그 중의 하나만을 가려서 가담할 필요는 없다. 우리들의 과거의 여러 시대는 이 두 정신을 교체해가면서 신봉하였다.
> 현대에 오기까지는 아무도 이 두 가지의 極地의 중간지대를 생각한 일은 없다. 투쟁 속에서도 거기에 얽혀지는 연면한 관계를 명료하게 생각해본 사람은 드물다. 예술은 육체의 참가―다시 말하면 「휴매니즘」의 助力에 의하야 비로소 생명력을 획

니체주의적 사상 탐색의 한 장면(1)」, 『인문논총』 72권 1호, 2015; 김정현, 「<구인회>의 '데포르마시옹' 미학과 예술가적 존재론 연구」, 서울대 박사논문, 2017; 조은주, 「구인회의 니체주의」, 『구보학보』 16권, 2017 등이 있다.

85) 프리드리히 니체, 『차라투스트라는 이렇게 말했다』, 정동호 옮김, 책세상, 2000, 39~41쪽, 참고. "대낮―그림자가 가장 짧은 순간. 가장 긴 오류의 끝. 인류의 정점. ―짜라투스트라의 등장"은 정오다(프리드리히 니체, 『우상의 황혼/반그리스도』, 송무 옮김, 청하, 1984, 42쪽). 그리고 그 순간 인류의 퇴락이 시작된다. 김기림이 '오전'을 선택한 연유이다.

86) 「오전의 시론」(『동양인』, 1935.4.25), 161~162쪽.

득한다는 것은 어떠한 고전주의자도 부정할 수 없을 것이다. 「로
맨티시즘」은 질서 속에 조직됨으로써 고전주의에 접근해가고
고전주의는 또한 그 속에 육체의 소리를 끌어들임으로써 「로맨
티시즘」에 가까워간다. 이 두 선이 연결되는 그 일점에서 위대
한 예술은 탄생되는 것이라고 생각한다.[87]

김기림은 인용문의 앞에서 '로맨티시즘'과 고전주의가 사조로서
만 대립하는 것이 아니라 예술가의 내면에서도 "끊임없는 투쟁을 계
속"한다고 진술했다. 낭만주의와 고전주의를 질적 개념으로 파악한
것이다. 그리고 그는 전자를 '휴매니즘'과 동일시하여 인용한 데에
서 '인간성'과, 후자를 '비인간적인 지성'과 연계시킨다. 시대에 따라
주도권이 바뀌었다는 사실을 들어 그는 둘 중 하나에 뛰어들 이유가
없다고 말한다. 가령은 계속해서 이어져온 싸움은 도리어 양자의 적
대적 공생관계를 증명한다. 이것이 김기림이 '중간지대'를 이야기한
배경이다. 예술에 '생명력'을 부여하는 주요한 요인을 '육체의 참가'
라고 함으로써, 그는 '지성'만으로는 예술적 성취가 불가능하다는
사실을 시인한다. 이 때문에 양자의 상호지향이 교차하는 점이지대
에서 '위대한 예술'이 탄생한다고 말할 수 있었다.

「시의 모더니티」에서의 감정[情意]과 지성의 '종합'은 이 글에서
'로맨티시즘 · 휴매니즘 · 육체'와 '고전주의 · 질서'의 '접근'으로 질
적으로 전환되었다. 눈에 띄는 변화는 이 둘을 '정신'이라고 부르며,
지성에 전권을 위임하지 않았다는 점이다. 시의 근육과 혈액 그리고
골격이 '인간성'과 '비인간성'에 기반을 둔 두 정신의 산물이므로,

---

87) 「오전의 시론」(「고전주의와 로맨티시즘」, 1935.4.26~28), 163쪽.

어느 하나도 결핍되어서는 안 된다는 인식이라 하겠다. 이러한 전환의 원인은 김기림이 당대를 '병적 고전주의의 시대'라고 평가하는 데에서 드러난다. 신고전주의가 "인간의 냄새라고는 도무지 나지 않는" '기하학적 예술'에 경도되었다는 것이다(163~164). 낭만주의가 가진 문제점도 김기림은 여러 차례 지적했었다. 그런데 「시의 인식」에서 보았던 바, 그는 역사적인 차원에서만 이것을 짚고 넘어갔었다. 그랬던 그가 혁명적 시기에 등장했던 '적극적인' 로맨티시즘을 이 시점에 거론하고 있다는 사실은 주목을 요한다.

그 글에서 강조되었던 것 중 하나는 '과거로부터 미래로 향하는 특정한 시간성'에 대한 이해였다. 이 글의 논의와 일치한다. 그렇다면 질적 로맨티시즘에 대한 가치 부여는 김기림이 보기에 역사적 상황이 그때와 달라졌기 때문이라고 해야 옳다고 할 수 있다. 그러므로 "비인간화한 수척한 지성의 문명을 넘어서 우리가 의욕하는" '내일의 문명'을 위한 문명비판은 이전과 같은 의미일 수 없다. "우리들 내부의 '센티멘탈'한 '동양인'을 깨우쳐서"에서의 동양인도 광범위한 뜻으로 읽기 어렵다. 그는 이들 특별한 동양인이 "우선 지성의 문을 지나게" 도와주어야 한다고 했다. 그러나 이 일은 현대문명의 피동적인 '반영'이었던 흄이나 엘리엇의 신고전주의와는 다른 '능동적인 비판'이어야 한다는 단서를 붙였다. 이것이 현대문명의 발전에 방향을 제시할 수 있는 '적극' 로맨티시즘이다(164). 김기림은 엄혹한 조선의 현실에 대한 위기의식을 가지고 있었던 것이다. 그는 르네상스가 낳은 두 정신을 종합하는 것으로 이 문제에 대응하려고 했다. 「오전의 시론」의 남은 부분에서 이러한 생각을 엿볼 수 있다.

김기림은 '새로운 시적 감격의 원천'인 '인간적 감격'과 공존할 때 '문학적 감격'이 유지될 수 있다고 확언했다. 그에 따르면 '인간적 감격'은 기성 가치와 상식적인 관념의 부정으로 '시인의 정신'을 이끌고, '문학적 감격'은 시의 기술에 '비약적인 변혁'을 가져온다. 이른바 지성과 감정[情意]의 '종합'에서 앞의 것이 가졌던 우위를 뒤의 것이 탈취한 것이다. 대신 그는 두 감격과 그것을 낳은 두 정신을 '활동하는 정신' 아래 통합한다.[88] 이것은 '움직이고 있는 주관'과 비슷해 보인다. 그러나 이제 포착해야 할 것은 더 이상 '영상'에 국한되지 않는다. 그는 시간을 '새로운 각도'로 추가할 것을 주문하는데, "어떤 사물이 끌고 있는 시간에 대한 이해 없이" 그것에 대한 해석이 온전할 수 없다고 부언했다.[89] 앞에서 검토했듯 그가 언급한 시간은 '역사적·사회적인 一焦點이며 교차점(「시와 인식」)'이나 '인생의 공간적·시간적 위치와 사건(「시의 모더니티」)'에서의 그것과 구별되는 추이하는 역사로서의 시간이다.

> 지식계급의 말은 물론 이러한 유한계급의 말과는 다르다. 그러나 그들이 걸머진 문화의 피로는 그들의 말에 심각하게 영향하여 많이 활기를 잃어버리고 있다. 그래서 오늘의 시에 쓰여지는 말에는 다소의 피로와 또 무기력이 섞여 있음을 면치 못할 것이다.
> 그러나 조만간 시인은 그들이 구하는 말을 찾아서 가두로 또 노동의 일터로 갈 것을 피하지 못할 일이다. 거기서 오고가는 말은 살아서 뛰고 있는 탄력과 생기에 찬 말인 까닭이다. 가두

---

88) 「오전의 시론」(「돌아온 시적 감격」, 1935.5.1~2), 166~168쪽.
89) 「오전의 시론」(「각도의 문제」, 1935.6.4), 169쪽.

와 격렬한 노동의 일터의 말에서 새로운 문체를 조직한다는 것
은 이윽고 시인 내지 내일의 시인의 즐거운 의무일 것이다. (생
략) 연설할 수 있는 말만이 산 말일 것이다.

　나는 그러나 여기서 시에 있어서 웅변만을 옹호하는 것은 아
니다. 웅변이란 허세와 修辭가 많이 차기 쉬운 것이다. 그러한
허장성세는 삼가야 할 일이다. 내가 말하는 연설은 웅변이 아
니라도 좋다. 더듬어도 좋다. 다만 직접 심장에서 심장으로 올
려가는 말을 가리킨 것이다.90)

　인용문의 앞에서 그는 사회계층과 언어의 분화에 대해 거론했었
다. 그리고 언어에는 각 계층의 '문화의 활력과 피로의 농도'가 뚜렷
할 수밖에 없다고 설명했다. 이를 근거로 삼아 인용문에서 당대 지
식계급의 '문화의 피로'가 시에서는 '다소의 피로와 또 무기력'으로
나타나고 있다고 분석했다. 김기림은 시인들이 '탄력과 생기에 찬
말'을 찾아 "가두로 또 노동의 일터로 갈" 것이며, 그곳의 말로 "새
로운 문체를 조직"하는 일이 당대의 시인만이 아닌 '내일의 시인'에
게도 '즐거운 의무'가 될 것이라고 예견한다. 나아가 그는 "연설할
수 있는 말만이 산 말"이며, 굳이 「'피에로'의 독백」에서 보았던바
'웅변'일 필요는 없다고 주장한다. 이 '연설'의 조건은 "직접 심장에
서 심장으로 올려가는" 말이면 충분하다는 뜻이다. 그리고 인용문
다음에 그는 "지식계급의 말은 보다 더 '머리'로써 이야기해지고 있
고 하층계급의 말은 보다 더 '심장'으로써 말해진다"라고 덧붙였다.
김기림이 강조한 인체의 두 부분이 무엇을 상징하는지는 자명하다.

---

90) 「오전의 시론」(「용어의 문제」, 1935.9.27), 172쪽.

또한 그가 염두에 두었던 시와 역사의 새로운 주체 역시 명백하다.

지식계급의 지성과 하층계급의 감성이 결합한 '새로운 문체'의 시가 태어날 장소로 지목된 곳은 그의 현실인식을 여실히 보여준다. 하지만 '사상적 주제·정치적 주제의 복귀'를 허용하되, "한 개의 전체로서의 시의 질서에 일치되어야" 한다는 조건에는 문학에 대한 그의 확고한 시각이 드러나 있다.[91] 이상과 같이 그의 시론에서 낭만성은 시대에 항변하는 '인간성', 즉 문명비판이라는 시대정신으로 고양되기에 이르렀다. 이것과 '비인간적인 지성'의 비판적 거리를 마련하는 일은 '활동하는 정신'의 몫이다. 김기림은 '한 개의 전체로서의 시'는 이러한 정신의 감독 아래 이 둘의 조화로 이루어질 것이라고 생각했다.

이 시기에 김기림이 도달한 이론적 성취는 앞의 두 정신을 주관하는 '활동하는 정신'의 발견에 있다. 그는 '비평의 시대'인 20세기에 유효한 '무기'가 지성이라고 여겼다. 이것의 유무가 전대의 시인과 '오늘의 시인'을 구별하는 기준이라는 이유에서였다. 그리고 그는 지성을 두 가지로 범주화하여 '목적'과 '수단'으로 구분했다. 목적은 지적 충족과 관련되므로 김기림의 관심은 수단을 향한다. 이것은 '비평적 정신'에 필요한 것이기 때문이다. 그는 이 글의 발표초기에 수단이 시작에 관여하는 과정을 서술한 바 있는데, 요약하면 이러한 성질의 지성은 시인과 작품의 거리 설정·문학 자체에 질서 부여·형태에 질서 부여 등의 역할을 한다는 것이었다. 그러므로 그가 추구하는 바는 '무의식적·자연발생적·사실적(寫實的)'이지 않은 '의식

---

91) 「오전의 시론」(「의미와 주제」, 1935.10.1~4), 176쪽.

적·계획적·지적 예술'이라 하겠다.[92]

그런데 '수단으로서의 지성'은 시작의 과정에서 '활동하는 정신'과 같은 역할을 한다. 살펴보았듯이 뒤의 것은 르네상스로부터 출발한 두 정신을 통어함으로써 시의 활로를 개척하려는 의도에서 김기림이 도입한 개념이었다. 지성의 부작용이었던 비인간성의 반성 위에 자리한 이 정신은 스스로의 존립이 아닌 인간성과의 병존을 위해 활동하는 것이었다. 그러니 스스로를 반성한 지성이 '활동하는 정신'의 정체라 하겠다. 이것은 지성 자신을 지양한 지성의 변증법이 낳은 결과였다.[93] 김기림은 이것으로써 근대문명과 조선의 현실에 내재하는 모순을 적발하는 문학적 실천의 동력으로 삼고자 했다고 할 수 있다.

김기림은 그러나 프롤레타리아 문학가가 아니었고, 「오전의 시론」의 초반부에서 이 점을 확인해주었다. 그는 자신이 언급해왔던 '명랑성' 안에 '흑진주보다 더 어두운 밤'이 존재할 수도 있다고 말하는 한편으로, 이것의 반대 성향인 애상·비탄·제읍(啼泣)·절망·단념 등을 거론했다. 그의 생각은 후자들이 삶의 의욕을 '단념한 상태'이므로, 거기에 머물러서는 안 된다는 것이었다. 그는 이 상태가 '조

---

92) 「오전의 시론」(「질서와 지성」, 1935.6.12), 185~186쪽.
93) 김기림의 '지성'은 프랑크푸르트학파의 '계몽'과 부합한다. 다음을 참고하라. "이러한 순응의 도구로서 또한 수단들의 단순한 집적으로서의 '계몽'은, 계몽의 적인 낭만주의가 비난하는 것처럼, 파괴적이다. 계몽은 낭만주의자들과 남아 있는 마지막 타협을 거부하고 잘못 절대화된 '맹목적 지배'의 원리를 철폐하려 시도할 때 비로소 자기 본연의 모습을 찾을 것이다. 이와 같은 불굴의 이론을 추구하는 정신이라면 무자비한 진보의 정신마저 자기의 목표로 끌어올 수 있을 것이다. (생략) 지배하는 과학에 의해 오인된 근원으로서의 자연이 기억될 때 계몽은 완성되고 스스로를 지양한다(M. 호르크하이머·Th.W. 아도르노, 『계몽의 변증법』, 김유동·주경식·이상훈 옮김, 문예출판사, 1995, 75쪽)."

소'로 다시 '분노'로 단계적으로 진화할 수 있으며, 최종적으로는 '행동의 준비자세'에까지 이를 수도 있다는 취지의 발언을 했었다.94) 이로써 김기림이 인식했던 당대 문학의 지형이 명확해진다. '단념한 상태'와 위장된 '명랑성'과 '행동의 준비자세'로서의 문학들이 그것이다.95) 뒤의 둘은 현실의 인식이라는 점에서 통하지만, 방법에 있어서는 나뉜다. 자신의 「기교주의 비판」을 공박한 임화의 글에 대해 별다른 대응을 하지 않았던 이유가 여기에 있다. 그는 뒤의 둘이 각각 기교와 내용에 편중해온 결함을 지적하고, 이러한 편향을 극복하는 각각의 시도를 "우(右)로부터 기울어지는" 선과 '좌(左)로부터의 선'으로 묘사하고 이 둘이 만날지 반발할지는 차후의 문제라고 말했었다.96) 그는 두 개의 선으로 자신의 입장에 대한 주장과 좌익 문학인들의 활동에 대한 긍정을 표현한 것이다. 그의 '명랑성'은 '조소'에 가까웠지만 기본적으로는 건강한 비판정신의 산물이었다고

---

94) 「오전의 시론」(「몇 개의 단장(斷章)」, 1935.6.5), 177쪽.
95) 소래섭은 김기림 시론의 '명랑'을 다음과 같은 세 가지 의미로 구분했다. 즉 1930년대의 '감정의 근대화' 양상의 하나이며, 감정의 통제를 위해 지성에 요청되는 '태도'이자, 니체의 '디오니소스적 긍정'처럼 파괴와 건설을 위한 '부정의 정신'의 동력이라고 정리할 수 있다(소래섭, 「김기림의 시론에 나타난 '명랑'의 의미」, 『어문논총』 51호, 한국문학언어학회, 2009.12, 484~485쪽). 그는 Spinks의 책에서 '디오니소스적 긍정'을 빌려왔다. 이것은 "삶의 총체적 성격에 대한 황홀감 어린 긍정"을 의미한다(소래섭, 같은 논문, 483쪽; Lee Spinks, 『가치의 입법자 프리드리히 니체』, 윤동구 옮김, 앨피, 2009, 282쪽). 반면 김예리는 「감상에의 반역」(『시원』, 1935.4)을 근거로 김기림의 '명랑성'이 '그리스적'이며 결과적으로는 니체와 연관되어 있음을 지적했으나, 이상(李箱)과 같이 "체계와 구조 자체를 파괴하는 '디오니소스적인 개방성'의 가능성을 탐색하지 못한" 점을 김기림의 한계로 파악했다. 그는 원인을 김기림이 '현실주의자'였다는 데에서 찾았다(김예리, 「김기림의 예술론과 명랑성의 시학 연구」, 서울대 박사논문, 2011, 205~206쪽).
96) 김기림, 「시와 현실」(「시인으로 현실에 적극관심」, 『조선일보』, 1936.1.1~5), 『김기림 전집 2』, 102쪽.

하겠다. 그리고 이것은 1930년대 말에 이르러서는 '분노'와 '행동의 준비자세'에 가까이 가게 된다.

1934년 말 김기림은 '신휴매니즘'을 들고 나왔다. 휴머니즘 논쟁이 본격화되기 전이었다. 그런 만큼 그의 논의는 다른 논자들의 주장과는 변별된다. 그는 프롤레타리아 문학가와는 다른 의미에서의 리얼리스트이고자 했다. 지성에 대한 전격적인 반성은 이런 맥락에 있었다. 휴머니즘을 행동주의·사회주의와 연결시키고 '능동적인 시정신'과 '불타는 인간정신'을 그가 강조했을 때는 기교주의 논쟁도 일기 전이었다. 그의 자성이 실제로는 자신만을 향하지 않았던 이유였다. 해서 「기교주의 비판」에서 그는 내용주의 역시 긍정하지 않았던 것이다. 그는 이러한 편향들을 극복하는 새로운 시적 질서를 위해서 연소하는 시대정신, 곧 불타는 인간정신이 필요하다고 생각했다. 시대상황 때문이었다.

'시간주의'라는 술어로써 그는 역사적 성찰과 전망을 시론에 도입했다. 그러므로 1935년에 썼던 김기림의 비평 연작 「오전의 시론」에는 인간과 세계에 대한 신념이 깔려 있었지만, 이러한 믿음에는 현실의 중압에 대한 대타의식 또한 부재하지 않았다고 하겠다. 그는 로맨티시즘·휴머니즘·육체와 고전주의·질서를 질적 개념의 '정신'으로 명명하고, 이들을 접근시키는 동시에 기존의 우위를 역전시켜서는, 이들을 다시 '활동하는 정신'의 제어 아래에 배치했다. 반성적 지성이 인간성과 비인간적인 지성을 통합한 것이다. 인간성에서 발원하는 정신을 김기림은 '적극적' 로맨티시즘이라고 부르면서, 시

대상황에 맞서려고 했다. 가두(街頭)나 일터에서 '새로운 문체'를 조
직함으로써 말이다.

2) 반역의 정신과 사회적 행동

기교주의 논쟁 이후 김기림은 1936년 7월 시집 『기상도』를 발행
하는 외의 별다른 활동을 하지 않았다. 그해 4월 동북제대(東北帝大)
영문과에 입학한 것이 주요한 원인이겠다.[97] 그런 중에 발표한 「민
족과 언어」에는 그의 현실인식이 엿보인다. 이 수필은 <나의 관심
사>란 주제로 조선일보가 마련한 기획의 하나였다. 1936년 8월 27일
부터 9월 초순에 걸쳐 철학자 박종홍(朴鍾鴻)에서 안함광까지 10여 명
이 참여했는데, 유독 김기림은 위의 주제를 다루었다. 이 글의 모두
에서 그는 여타 제국의 식민지에서의 '언어 정책'이 가진 공통점과
차이점이 궁금하다고 말한 뒤, 민족을 '언어공동체'라고 정의했던
오스트리아의 민족주의적 마르크시즘 정치가 오토 바우어(Otto Bauer)
의 언급을 인용했다. 그리고 민족과 언어가 '긴밀 이상의 관계'이며,
"지금 형편으로는 거의 존멸을 함께 할 것 같다"라고 서술했다. 거
기다 민족어와 민족문화가 소멸되고 '단일 문화'가 실현되는 날은
'민족들 사이의 물적 경계'가 사라진 이후에 올 것이라고 덧붙였
다.[98] 아직은 때가 아니라는 의미였다. 김기림 역시 1935년 논란이
되었던 공학제를 상존하는 위협으로 간주했을 터이다.

「시와 현실」과 1년을 격해서 김기림은 '과학'을 시론에 접속하려

---

97) 「김기림의 연보」, 『김기림 전집 6』, 337쪽, 참고.
98) 김기림, 「민족과 언어」(『조선일보』, 1936.8.28), 『김기림 전집 6』, 129쪽.

는 시도를 보여주었다. 과학은 이전부터 그의 화두 중 하나이긴 했다. 예컨대 그는 냉정하게 대상을 분석하여 그것의 의미를 발견하는 것이 '과학의 정신'이라거나, 오늘의 문학을 축조하고 내일의 그것을 설계하기 위해서 비평가는 물론 작가에게도 '현실적인 과학적 태도'가 요구된다거나, 과학과 철학의 영향을 받아 문학에 실증성과 비평성이 도입되었다고 발언해왔다.[99] 하지만 이번에는 과학의 함의가 달랐다. 이것은 단지 지적 태도의 하나를 지시하지 않게 된 것이다.

「과학과 비평과 시」는 이러한 변모의 실마리가 드러나는 글이다. 그는 '과학적 태도'가 시인이 갖춰야 할 새로운 '모랄'이며, 과학과 더불어 성장해온 "세계의 새 정세가 요구하는 유일한 진정한 인생태도라는" 견해를 밝혔다. 과도한 면이 있기는 하지만 김기림의 요점은 시가 '인생문제'에 밀착해야 한다는 것이었다. 이러한 주장의 근거는 '말'과 '의식' 모두 역사적·사회적 제약을 받으며, 말은 의식의 발현이므로 "우리들의 의식의 활동을 대표한다"라는 사실이다. 각각의 시편에서도 사정은 매일반이다. 그런데 김기림은 개별 시가 대변하는 시인의 의식 활동과 독자의 그것을 연계시킨다. 시인의 의식 활동을 작품에서 목도함으로써 독자의 의식에는 모종의 '인생에 대한 태도'가 환기된다는 것이다. 그의 설명에 따르면 이 '심리적 태도'는 '산문적 의미', 즉 시의 내용에 담긴 '설교'의 산물이 아니라 시를 읽은 독자 내면의 '전체적 반응'의 결과이다.[100]

---

99) 김기림, 「시평의 재비평 ―딜레탄티즘에 抗하여」(『신동아』, 1933.5), 『김기림 전집 2』, 351쪽; 「새 인간성과 비평정신」(1934.11.16~18), 92쪽; 「오전의 시론」(『질서와 지성』, 1935.6.12), 185쪽.

대강을 정리하자면 개별 시편의 언어에는 역사적·사회적 제약 속에서 사는 시인의 의식 활동이 나타나고, 거기에는 인생에 대한 그의 태도가 녹아 있으며, 그것이 독자에게 영향을 끼친다는 요지이다. 따라서 시인에게는 인생이나 사회에 대한 정신적 태도인 모럴이 필요하다는 결론은 윤리적으로 자연스럽다. 그런데 일반적으로 윤리와 과학은 범주를 달리하는 개념이다. 한데도 김기림은 양자를 엮어내고 있다. 그가 '과학적 태도'와 '인생태도'를 동일시하는 이유로 제시한 것은 '세계의 새 정세'였다.

> 19세기를 일관해서 서양의 시는 대체로 전대의 귀족적 의식을 반영했다고 필자는 본다. 사회의 새 변혁에 대해서 시인은 늘 귀족적 潔癖에서 소극적으로 비난하고 도망하려고만 했다. 과학과 새 산업기구의 주인으로서 시민층이 멋대로 자라날 때에 19세기의 시는 슬픈 패배자의 노래였다. 궁정과 莊園과 지나간 날의 신화에 대한 달콤한 회고와 향수에서 언제고 깨려고 하지 않았다. 그것은 알지 못하는 이국에 대한 동경으로도 나타나서 세기말에는 동양에 대한 꿈을 불타게 했다. '타골'이 등장한 것도 그러한 분위기 속이었다. 「기탄자리」와 「루바얏드」가 영국의 세기말 시인들과 끌어안고 우는 동안 인도와 근동에는 영국의 지배가 날로 굳어갔던 것이다.
>
> 우리 신시운동의 당초에 선구자들이 수입한 것은 바로 이러한 19세기의 전통이었다. 상징파의 황혼, '센티멘탈·로맨티시즘'……. 그것들은 다시 말하면 '센티멘탈리즘'으로 어느 정도까지는 개괄할 수 있는 도피적인 패배적인 회고적인 인생태도를 대표한다.[101]

---

100) 김기림, 「과학과 비평과 시」(『조선일보』, 1937.2.21~26), 『김기림 전집 2』, 29~30쪽.

김기림은 먼저 19세기 서구의 시 거개가 가졌던 특징을 '전대의 귀족적 의식'에서 찾고, 이에 기인한 '귀족적 결벽'이 사회변혁에 대한 시인들의 부정과 도피로 나타났다고 설명한다. 산업혁명 이후에도 그들은 '슬픈 패배자'로서 '회고와 향수(鄕愁)'에 묻혀 있었는데, 그것이 이국에의 동경으로 이윽고는 '동양에 대한 꿈'으로 나타났다는 것이 그의 분석이다.[102] 그들이 「기탄잘리」와 우마르 하이얌(Omar Khayyam)의 「루바이야트(Rubaiyat)」를 음미하고 즐길 때, 그들의 모국은 '인도와 근동'에 대한 지배를 강화하고 있었다. 김기림은 이 점에 주목했다. 이 두 겹의 향수(享受)는 아이러니가 아니라고 보았기 때문이다. 전자와 후자는 각각 정신과 물질을 소유하는 방식이다. 신시운동의 선구자들이 받아들인 도피·패배·회고라는 '인생태도'는 따라서 문제적이었다는 것이 김기림의 관점이다. 그런 태도는 제국이라서 누리고 쓸 수 있었던 여유이자 가면이었다. 제국이 아닌 곳에서 그것은 해악일 뿐이다.

'과학적 태도'가 요구되는 까닭이 여기에 있다. 김기림은 제1차 대전 이후의 혼란을 바로잡고자 하는 노력이 실패한 사례의 하나로 자크 마리탱이 제안했던 '중세기의 부활'을 들었다.[103] 그리고 '역사의

---

101) 「과학과 비평과 시」, 30~31쪽.
102) 김기림에 앞서 임화는 서구의 '현대 신지방주의'가 가진 역사적 맥락을 짚은 바 있다. 그는 자본주의의 내부적 모순이 낳은 "소시민의 참담한 몰락으로부터 눈을 돌리기" 위해 이 사조가 등장했다고 이해했다(임화, 「문학상의 지방주의 문제」(『조광』, 1936.10), 『임화 전집 4』, 708쪽). 제국주의와 파시즘이 작동하는 배경은 기본적으로 같다. 차이는 자본주의의 발달 정도에 있다. 제국주의는 개척할 시장이 넓었을 뿐이다. 이것이 레드오션이 되자 전쟁을 택한 것이 파시즘이다.
103) 자크 마리탱(Jacques Maritain)은 신스콜라주의(Neo-scholasticism) 철학자였다. "신스콜라주의는 가톨릭 신앙을 전제로 하여 철학을 신학의 하위에 두고 자연과학을 신학에 봉사시킨다. 그 인간관·사회관은 사적 소유를 인간의 자연법적 권리로 선언하

균열'을 봉합하려는 이 같은 시도를 파시즘이 활용했다는 말을 여기
에 보탠다. 파시즘의 작동원리와 특성을 알고 있었던 것이다. 그러
므로 '질서'의 회복은 과거의 신학이나 형이상학에서 출발할 것이
아니었다. 신시의 선구자들이 시작부터 제국주의에 포획되어 있었다
면, 식민지에서 자라난 당대의 문학은 이제 파시즘에 삼켜질 위기에
있었다. 김기림은 과학의 토대 위에 '새 세계상'을 마련하고 거기에
적합한 "인생태도를 새 '모랄'로서 파악함으로써만" '질서'를 되찾을
수 있다고 여겼다. 이어서 그는 20년대 후반기에서 30년대 전반기에
걸쳐 '우리 시'에 과학에 대한 요구가 싹트고 시에 대한 '과학적 파
악'과 거기에 따른 '실천'이 있었다고 회고했다. 이 발언의 타당성은
검증을 요하지만, 그의 말대로 이상(李箱)이 「위독(危篤)」에서 "우울한
시대병리학을 기술"했다는 점은 인정할 수 있다(31~33).[104] 적어도
30년대 중반에 와서는 모더니스트를 자처하던 이들이 현실에 더 가
까이 갔다는 것을 그의 시는 증명한다. 김기림에게 새로운 모랄은
이상처럼 시대의 병증을 진단하는 '과학적 태도'와 그것을 해결하려

───────

는 것에서 출발하기 때문에 자본가 계급에 의한 생산 수단의 사유를 옹호하고, 사회
주의, 공산주의 사상과 운동, 제도를 적대시한다(철학사전편찬위원회, <신스콜라주
의>, 『철학사전』, 중원문화, 2009, 546쪽)." 최승언의 경우는 자크 마리탱을 "토마
스 아퀴나스의 사상을 확장시켜 현대 세계의 콘텍스트 안에서 재해석했던" 이로 정
의했다(최승언, 「자크 마리탱의 '온전한 휴머니즘'의 기초」, 서강대 석사논문, 2002,
2쪽).
104) 이상(李箱)은 11편의 <위독(危篤)> 연작을 1936년 10월 4일부터 9일까지 발표했다
(이상, 『이상문학전집 1』, 이승훈 엮음, 문학사상사, 1989, 75~95쪽). 김기림은 이상
이 사망한 후 쓴 수필에서, 문화옹호 국제작가회의에 대해 보여줬던 그의 '흥분'을
상기하는 한편 그가 '세기의 암야' 속에서 "'동(動)하는 정신'을 재건하려고" 했다고
평가했다. 그리고 「날개」에 대한 세평(世評)에 민감해하는 그에게 「위독」의 일절, 즉
"하고싶은말을개짖듯배알아놓던歲月은숨었다"를 변형하여 "왜 혼자 짓는 것을 그렇
게 두려워하느냐"라고 위로했다고 회상했다(김기림, 「고 이상의 추억」,(『조광』, 1937.
6), 『김기림 전집 5』, 416~419쪽).

는 '인생태도'의 결합에 있었다고 하겠다.

김기림은 「시의 르네상스」에서 과학과 시를 '적대' 관계로 이해해
온 이유가 이들 양자의 '기능'에 대한 오해에 있었다고 설명한다. 이
를 해명하기 위해 그는 시가 '프로파간다'일 수도 있다고 선언했다.
시는 시인의 '전인격적인' 감성·사상·교양·경험으로 '성숙하는
열매'이므로 시인 자신의 '지향이 참여할 여지'가 있는데, 이것이
'모랄'일 때에는 프로파간다여도 문제가 없다는 요지였다. 그러나
시가 되기 위한 필요조건은 '시적 효과'에 대한 고려에 있다는 시각
은 그대로였다.[105) 여전히 보수적인 관점을 유지하지만 시에 프로파
간다를 끌어들일 수 있다는 견해는 확연한 변화이다. 동기가 된 것
은 역시 새로운 세계정세였다. 그는 1930년대 서구의 시인들이 보여
주었던 '행동과 실천에 대한 관심'이 그러하듯이, 시대가 시인에게
과학자 '이상의' 관찰·분석·인과관계의 추구라는 사명을 주었다
고 판단했다. 과학자는 이지(理智)로써 대상을 대하지만 시인은 "정의
(情意)마저 움직여"야 하며, "문명의 정정(訂定)을 선행조건으로" 시의
'르네상스'가 가능하다는 것이 그의 주장이었다(125~126). 김기림에
게 있어서 시와 과학은 현실을 파악하고 인과관계를 밝힘으로써 그
것을 개선하고자 하는 행동과 실천인 한에서는 그 기능이 동일했다.

> 우리가 바라는 것은 과학적인 문학이론이다. 다음에는 실제 작품의
> 분석 평가를 주로 일삼는 실제적인 비평이 훨씬 왕성해지는 것
> 은 우리 문학의 발전을 위해서 얼마나 더 도움이 될지 모를 것

---

105) 김기림, 「시의 르네상스」(「현대와 시의 르네상스-요술쟁이 수첩에서」, 『조선일보』,
1938.4.10~16), 『김기림 전집 2』, 121~123쪽).

이다. 비록 한 작품이라고 할지라도 철저히 분석해서 그 구조
와 전개와 작자가 거기서 시험한 새 기술과 거기 구체화된 작
자의 사상과 그것들이 독자에게 주는 효과의 신선도와 深度와
그것들 전체의 밑에 흐르는 사회적인 지반의 힘과 계기마저를
될 수 있는 대로 주관을 섞음이 없이 우선은 작품이 주는 대로
받아서 제시하고 다시 거기에 비교 판단을 내린다고 하는 것은
얼마나 어려운 일이냐. 그러나 작자나 독자가 아니 문학 그것
이 비평에 향해서 요구하는 일은 바로 그 일이다.106)

비평의 임무도 다르지 않았다. 당대에 횡행하던 문학이론이 대개
관념적이고 형이상학적이어서 과학적이지 않다는 것이 김기림의 인
식이었다. 그는 비평의 과학성이 실제 비평으로 성취된다고 여겼다.
위에서 제안된 실제 비평의 과정은 작품의 형식과 내용과 효과에 대
한 분석에서 그치지 않고, 이들 일체가 출현하게 된 '사회적 지반의
힘과 계기'까지 객관적으로 들여다보는 일이다. 거기에 김기림은
'비교 판단'을 추가한다. 이것의 기준은 마땅히 다른 작품들일 터이
다. 작품에 대한 가치판단은 이것을 거쳐야 마무리되는 까닭에서다.
이와 같이 그는 작품 자체에 머무는 비평을 부정한다. 작품이 배태
된 사회적 토대와 다른 작품들과의 관계로까지 안목을 넓힘으로써
비평이 과학성을 획득할 수 있다고 생각했기 때문이다. 그에게 비평
의 기능은 작품이 포착한 현실을 충실히 읽고, 작품과 사회적 환경
사이의 관계를 밝히며, 최종적으로는 "시를 기르고 돕는" 데 있었다
(128). 과학과 시와 비평의 기능과 역할은 동일한 지향을 가지고 있

---

106) 「시의 르네상스」, 127쪽.

었던 것이다.

> 시의 교양의 목표는 시인과 독자에게 시의 사실에 대한 인식
> 과 감상력의 확대 심화를 도모하는 데 있는 것은 물론이다. 그
> 런데 이 문제는 교육문제 일반과 끊어서 생각할 수는 없는 일
> 이고 또 그 사회의 문화 전체의 진보와 관련시켜서만 생각될
> 것이다.
> 왜 그러냐 하면 시는 한 사회가 쓰고 있는 정신적 交通의 도
> 구로서의 언어의 가장 함축이 깊은 형태인 까닭이다. 그 속에
> 는 그 사회의 정서생활의 깊이와 문화적 감성이 가장 세련된
> 모양으로 담겨 있다. 거꾸로 이야기하면 시는 또한 그러한 것
> 들을 순화시키고 훈련하는 가장 유효한 수단인 셈이다. 한 사
> 회가 언어를 가지고 있고 또 문화사회일 적에 거기에는 언제고
> 시가 쓰여질 것이다. 사물의 인식에 있어서는 가장 정확한 '심
> 볼'로서의 物理語를 쓰고 실천생활에 있어서는 시 그것을 회화
> 로 쓰는 때가 온다고 하면 그래서 시가 벌써 쓰여지지 않는다
> 고 하면 그것은 오히려 시의 행복스러운 종언일 것이다. 왜 그
> 러냐 하면 거기서는 사람들은 일상대화 자체에 있어서 시를 쓰
> 고 있으니까.[107]

인용문은 이 글의 마무리 부분이다. 여기서 '교양'은 '가르쳐 기
름'을 뜻하고, 그 대상은 시인과 독자이다. 시에 사실의 인식을 담거
나 시로써 사실을 인식하는 일 그리고 시에 대한 감상력을 '확대 심
화'하는 일이 기성 시인만이 아니라 현재의 독자나 미래의 시인에게
도 필요하다면, '시의 교양'은 '교육문제'를 넘어 '문화 전체의 진보'

---

107) 「시의 르네상스」, 128~129쪽.

와 연계된 사안일 수 있다. 사회구성원의 '정서생활'과 '문화'를 '가
장 세련된' 언어로 담아내므로, 시는 이들 양자를 "순화시키고 훈련
하는" 유효한 수단이다. 김기림의 주안점은 한데 '문화'였다. 그가
마지막에 돌연 '교육문제'를 꺼낸 까닭은 발표 시기에서 추론할 수
있는 것처럼 공학제 때문이었다. 이것은 한 사회의 '문화 전체의 진
보'로써 내발하는 '시의 행복스러운 종언'을 원천봉쇄한다. 시에 프
로파간다가 들어올 수 있는 조건을 그는 모럴이라고 못박았다. '시
의 교양'은커녕 조선어로 교육도 할 수 없는 상황은 문학에 어느 때
보다 모럴로서의 '과학적 태도'를 요청한다고 판단했던 것이다.

「모더니즘의 역사적 위치」는 김기림이 자신의 문학적 행보를 돌
아보고 조선문학의 앞길을 내다보기 위한 기획이었다. 사실 그는 이
렇게 썼다. "그 시기의 문학이 자신의 계보를 정돈함으로써 거기 연
결된 전통을 찾아서 그 앞길의 방향을 바로 잡으려는" 데에서 문학
사에의 요구가 나온다고 말이다. 이러한 의도는 '시대의 주관적 요
구'이다. 따라서 문학사가 갖춰야 할 객관성은 주관성의 침해를 받
는다. 김기림은 이를 '문화과학의 시대성'이라고 불렀다. 그에게 모
더니즘은 역사적 필연이었고, 그것의 한계 또한 진작 명백했다. 그
래서 그는 신시사를 "긍정과 부정과 그 종합에서 다시 새로운 부정
에로"라고 요약했다.[108] 신시 초기의 '센티멘탈·로맨티시즘', 경향
파, 모더니즘이 차례로 앞의 세 개에 해당하며, '새로운 부정'은 모
더니즘 자신을 겨눈다.

김기림은 신시 발전의 네 단계가 '문명에 대한 태도'의 변화와 맥

---

108) 김기림, 「모더니즘의 역사적 위치」(『인문평론』, 1939.10), 『김기림 전집 2』, 53쪽.

을 같이 한다고 설명한다. 처음은 '진전하는 역사적 현실'에 역행했
으며, 다음은 이에 반발했지만 '주로 사상상의 반격'이라는 범위를
벗어나지 못했다. 모더니즘은 '센티멘탈·로맨티시즘'이 가졌던 진
부한 내용·고루한 형식과 프롤레타리아 문학이 보였던 관념적인
내용·'말의 가치에 대한 소홀'에 대한 부정으로 등장했는데, 요컨
대는 시를 '언어의 예술'로 인식하고 '문명에 대한 일정한 감수'라는
기초 위에 '일정한 가치'를 지향해야 한다는 입장이었다(54~55). 이
것이 김기림의 주장이다. 그러나 1930년대 중반 들어 상황은 급변했
다. '오늘의 문명'이 전망할 수 없는 지경에 이르렀던 탓이다. 이로
인해 "문명에 대한 시적 감수에서 비판에로" 태도를 고쳐야 했다.
이로써 "사회성과 역사성을 이미 발견된 말의 가치를 통해서 형상화
하는" 것이 모더니스트의 과제가 되었다고 그는 회고한다(57).[109]

> 全詩壇的으로 보면 그것은 그 전대의 경향파와 '모더니즘'의
> 종합이었다. 사실로 '모더니즘'의 말경에 와서는 경향파 계통의
> 시인 사이에는 말의 가치의 발견에 의한 자기반성이 '모더니
> 즘'의 자기비판과 거의 때를 같이하여 일어났다고 보인다. 그
> 것은 물론 '모더니즘'의 자극에 의한 것이라고 보여질 근거가
> 많다. 그래서 시단의 새 진로는 '모더니즘'과 사회성의 종합이
> 라는 뚜렷한 방향을 찾았다. 그것은 나아가야 할 오직 하나인
> 바른 길이었다.[110]

---

109) 김기림의 견해에 대해 서준섭은 문학의 자율성과 문학의 매개적 기능에 대한 강조가
   공존한다고 보았다(서준섭, 『한국 모더니즘 문학 연구』, 일지사, 1988, 87쪽).
110) 「모더니즘의 역사적 위치」, 57~58쪽.

이러한 자기부정이 '경향파 계통의 시인'에게도 동시에 일어났다는 사실을 그는 인정한다. 이 시인이 누구인지는 능히 짐작할 수 있다. 김기림과 임화로 대표되는 좌우문인들이 조선문학의 미래가 경향파와 모더니즘의 새로운 '종합'으로 나아가야 한다는 데 동의하고 있었다는 점도 어림해볼 수 있다.[111] "뚜렷한 방향을 찾았다"라는 확인은 그것 없이는 불가능하다. 모더니즘이 자극시켜서라는 단서와 입장 전환의 동시성은 그럼에도 그들이 자신들의 출발점을 잊지 않고 있었으며 방향성의 모색이 외부의 요인에 기인했다는 사실을 알려준다. 그들은 선택의 여지가 없는 막다른 길, 즉 '오직 하나인 바른 길'에 자신들을 올려놓을 수밖에 없었다.

따라서 김기림이 이 글을 쓴 이유는 조선의 문학사에서 모더니즘의 자리를 돌아보는 데에 한정되지 않았다. 그는 모더니즘이 역사적 필연이었던 것처럼, 그것의 한계를 인식하고 수정하는 일 역시 그렇다고 보았다. 그것이 '시대의 주관적 요구'였기 때문이다. 이 글에서 김기림은 당대까지가 아닌 당대로부터 발원하는 미래를 향해 눈을 돌리고 있었다. 그러므로 마지막 문장의 과거형은 아직 그 길로 진입하지 않은 문학인들을 향한 호명이다. 또한 자신을 포함하여 이미 그 길을 걷고 있는 이들을 위한 격려였다.

두 달 뒤 발표된 「30년대 도미의 시단동태」는 이러한 입장이 드러난 실제비평이다. 글의 서두에서 김기림은 사화집과 시회(詩會)를 나

---

111) 이 무렵 발표한 수필에서 김기림과 임화의 친분을 엿볼 수 있다. "林和 씨가 어떤 사석에서 미국 사람이 哀愁를 알기 시작한 것은 미국의 문화가 생겨나는 증거라고 말하는 것을 들은 기억이 있다. 옳다(김기림, 「동양의 미덕」(『문장』, 1939.9), 『김기림 전집 5』, 232쪽)."

란히 놓고, 후자의 자리에서 썼던 시들이 주제가 같아서 '표현의 *妙*'
만이 중시되었던 것을 '동양의 오래인 습관'이라고 지적했다. 이것
이 시로써 "그 시대의 정신을 추구"하거나 시에서 시인의 정신사,
즉 '시대를 살아간 한 정신의 역사'를 살피는 일을 등한시하는 습벽
으로 남았다는 것이 그의 진단이었다. 그는 이 점을 인식하고 사화
집의 편찬이 이루어져야 한다는 견해를 밝히며, 임화의 주장을 가져
왔다. 즉 시대적·역사적 관점을 차후의 사화집 편자들에게 요청했
던 것이다.[112] 그리고 김기림은 '시정신'을 "한 시대가 품고 있는 문
화의욕을 자신 속에 나누어 가지고 그것을 시에 구현해 가는 창조적
정신"이라고 정의했다. 시를 '한 시대의 방언의 특이한 부문'이라고
함으로써 그는 시대와 시를 연결시켰다.[113] 시는 시대가 낳은 것이
므로 이 둘은 불가분의 관계라는 의미이다. 이 불가분리성이 그를
시대의 당위 앞에 서게 했다.

> 「瓦斯燈」보다는 몇층 더 어둡고 캄캄한 심연이다. 그것보다도
> 훨씬 더 젊어서 따라서 격렬하게 움직이는 세계다. 오씨의 특
> 이성은 이렇게 현대인의 정신적 심연을 가장 깊이 체험하고 그
> 것에 적응한 형상을 주었다는 점에 있다. 따라서 우리의 정신
> 사의 계열을 좇아서 본다면 「瓦斯燈」의 시인보다도 더 가까운
> 새 시기에 속한다. 金光均씨의 마음은 30년대 전반의 마음을 많
> 이 남겨 가지고 있다느니보다는 근본적으로는 그 시기의 마음

---

112) 임화는 『현대조선시인선집』의 「편자의 말」에서 이 책의 편집방침이 "현대시를 확실
한 현대적 관점에서" 그리고 "신시를 역사적 관점에서" 모으는 것이었다고 밝혔다
(학예사, 1939, 1~2쪽).
113) 김기림, 「30년대 掉尾의 시단동태」(「시단의 동태」, 『인문평론』, 1939.12), 『김기림
전집 2』, 65~67쪽.

이다. 그러나 吳長煥씨의 마음은 바로 이 순간, 이 장소, 그 중
에도 청년의 마음이다. (생략)

　19세기의 '로맨티시즘'은 중세기의 꿈에 대한 향수요, 영탄이
었다. 그러나 「獻詞」의 '로맨티시즘'의 향수는 차라리 무너져가
는 미래로 향한 것이며 거기 대한 영탄이다. 어제의 영광에 대
한 회상이 아니다. '카렌다'의 마지막 장을 떼어버리고 다시 더
제껴야 할 장이 없어서 거기 무명과 허무의 심연에 직면하는
시간의 심정이다.114)

　김기림은 이 부분에서 김광균과 오장환의 시를 '정신사의 계열'로
구분한다. 김광균이 30년대 전반기에 머물러 있으나 오장환은 '이
순간, 이 장소'를 직시한다는 차이에 주목한 것이다. 오장환 시의 격
동하는 세계가 형상화한 것은 역설적이지만 당대 청년의 '어둡고 캄
캄한 심연'이었다. 그럼에도 김기림이 그의 시를 높이 사는 까닭은
그것이 '현대인의 정신적 심연'이기 때문이었다. '무너져가는 미래'
를 예견하는 청년 앞에 놓인 '무명과 허무'는 한 세대만의 문제일 수
없었다. 그것은 육박해오는 시대의 중압이 빚어낸 것이었다. 김기림
은 오장환의 시가 당대를 살고 있는 동시대인들의 정신을 보여준다
고 생각했다. 그것의 현주소를 인식하지 않고는 시대가 요구하는 정
신을 추구하거나 발견할 수도 없을 터이다. 김기림은 「와사등」과 「헌
사」를 각각 성년과 청년의 시라고 부르며, 전자에서 후자로 가는 길
은 '불가역의 경로'라는 말로 이 글을 맺었다(71). 시간을 역행하는
것은 불가능하다. 그러므로 붕괴의 조짐이 보이더라도 미래는 후자

---

114) 「30년대 掉尾의 시단동태」, 70쪽.

의 소유이다. 그는 청년들에게 기대를 걸고 있었다.

청년들과 그들의 앞날을 위한 시론이 요청되는 이유였다. 김기림은 그것의 모색을 자신의 소명으로 삼았다. 「시학의 방법」에는 이런 염원이 표출되어 있다. 그는 '예술을 위한 예술'이나 '인생을 위한 예술'의 주장들이 '문제제출의 방식'부터 그릇되었다고 평가했다. 시를 '무엇'으로 정의하고 '왜'로 시의 존재 이유를 묻는 일, 즉 '본체론'이나 '목적론'은 현실의 시를 해명할 수 없는 형이상학적 접근이라는 생각에서였다. 그는 "시는 '어떻게' 있는가"라는 질문에서 시작되고 끝나는 '새로운 시학'을 제안했다.115) 이것은 시가 존재하는 방식과 양상에만 매진하는 형이하학이다. 이 점에서 시사(詩史)는 본격적인 고려의 대상이 아니었다. 그것은 "구체적인 개개의 시를 개인의 소산으로서 또는 한 민족, 한 시대의 소산으로서 그대로 취급하는" 일에 해당한다(16). 이 작업에는 개인 간이나 민족 내부에서 시가 '어떻게' 존재하고 유통되는지에 대한 검토가 누락되기 쉽다. 김기림은 그 속에서 움직이는 '시정신'을 포착해야 한다고 여겼다. 그래야 예의 청년들에게 힘을 실어줄 수 있다고 생각했던 것이다. 이것이 이른바 과학적 시학의 목표라고 할 수 있다.

> 시는 사람과 사람—즉 시인과 독자의 심리적 교섭 위에 성립된다. 즉 시인의 제작과정이라는 심리현상의 한 기호로서 시는 있는 것이고 그 기호가 독자에게 미치는 결과는 어떤 심리적 반응에 틀림없다.

---

115) 김기림, 「시학의 방법」(「과학으로서의 시학」, 『문장』, 1940.2), 『김기림 전집 2』, 14
~15쪽.

이리해서 시는 한 심리적 사실로서 나타난다. 시인의 제작과 정과 독자의 享受過程 및 이것을 통틀어 서로 이루는 전달작용의 관찰·분석·종합은 우선 시학이 해야 될 일의 중요한 半面이다. 언어학 특히 意義學의 수속과 성과를 시학이 크게 빌어야 하는 까닭은 여기 있다. (생략) 다시 말하면 시는 이리해서 늘 일정한 역사적 사회에 형성되는 산물이다. 따라서 문명의 어느 특정한 단계의 뭇 특징과 그 시대의 시의 특징과의 사이의 상관관계를 밝히며 같은 시대의 다른 문화의 뭇 부면과의 사이의 교류를 더듬어 찾는 일은 詩史가 하는 일이나 시의 역사적·사회적 事實로서의 면을 그 일반적 성질에서 설명하는 것은 시학의 남은 半面이다.116)

김기림이 '시인과 독자의 심리적 교섭'을 시의 성립조건으로 간주한 것은 다분히 의도적이다. 그리고 시가 '심리현상의 한 기호'로서 독자의 '심리적 반응'을 유도한다는 견해는 「시와 인식」에서 시인의 '움직이고 있는 주관'을 강조했던 것과는 판연히 구별되는 효용론이다. 객관세계를 대상으로 했던 주관의 '교섭'은 이제 독자를 향하고 있다. 제작과 향수를 '전달작용'에 편입시키고 시학에 의의학(意義學), 곧 의미론을 요청함으로써 김기림은 시가 소통의 수단임을 강조한다.117) 그는 제작과 향수를 아우르는 일체의 '전달작용'을 '심리적

---

116) 「시학의 방법」, 17쪽.
117) 시의 '의의학'으로 김기림이 심리학과 사회학의 연결고리로 삼았다는 견해로는 김유중, 『한국모더니즘 문학의 세계관과 역사의식』, 태학사, 1996, 245쪽; 이미순, 『김기림의 시론과 수사학』, 푸른사상사, 2007, 296쪽 등이 있다. 반면 고봉준은 김기림이 1950년에 출간한 『시의 이해』에서 "리챠즈의 심리학적 방법에 사회학적인 방법을 결합시킴으로써 자신의 과학적 시학을 완성하려" 했다고 보았다(고봉준, 앞의 논문, 98쪽).

사실'이라고 규정한다. 이로써 시인과 독자는 '심리적 사실'을 공유
하며 소통하는 주체들이 된다. 한편으로 이러한 소통과정의 관찰과
분석과 종합은 시의 내용적인 측면에 대한 긍정이기도 하다. 물론
이것은 「과학과 비평과 시」에서 비판했던 것처럼 '설교'에 가깝거나,
「모더니즘의 역사적 위치」에서 과거의 모더니즘이 극복하고자 했다
고 언급했던 진부하고 관념적인 성질의 것은 아니다. 이것의 실체가
무엇인지는 '심리현상의 한 기호'라는 표현이 시사해준다. 그에게
시에 나타난 '심리현상'은 '시정신'의 움직임이었다.

　「시와 회화성」의 '능동적인 시정신'은 앞서 살핀 「30년대 掉尾의
시단동태」에서 구체화되었다. 김기림은 뒤의 글에서 시가 당대의 역
사적 현실을 살아가는 '창조적 정신'의 산물이라고 했는데, 이것이
독자에게 전달될 수 있다는 생각을 이 글에서 보여준 것이다. 엄밀
히 말하면 이러한 구체화는 애초에 그가 분리했던 '불타는 인간정
신'과 결합시키는 방식으로 이루어졌다. 그는 이러한 시대정신을 담
지한 시를 '역사적·사회적 사실'로 보고, 시학이 할 '남은 반면'의
일은 이 점을 밝히는 것이라고 부언했다. 시는 사회적이고 역사적인
사실인 동시에 그 속에서 사는 시인의 심리적 사실이며, 시를 매개
로 시인은 독자와 소통한다. 이것으로 시인의 '심리현상'은 독자의
그것이 될 수 있는 것이다. 그가 제안하는 '과학적 시학'의 두 과제
는 "시의 심리적·사회적 사실로서의 일반적 성질에 대한 분명한"
해명에 있었다. 그가 밝힌 시학의 궁극적인 목적은 시가 "사회적·
역사적으로는 어떤 기능을 하는가"를 '자각'하도록 만드는 것이었다
(19). 김기림은 시정신이 독자에게 전염된다는 이론을 제시하고 이러

한 '심리현상'을 사실의 지평에 올려놓았다. 시인의 소임은 시의 사회적·역사적 기능을 수용하는 데에서 시작된다는 주장이라고 하겠다.

　3개월 후에 발표한 글에서 "언어는 한 개의 사회적 행동"이라고 쓴 것도 마찬가지였다.[118] 그 후 김기림은 「시의 장래」를 발표했다. 기자로 근무해 왔던 조선일보가 사설로 폐간을 알리기 전날이었다.[119] 이 글에서 그는 당대의 세계사적 상황을 르네상스 직전과 비교했다. 차이는 후자의 경우 유럽이 종교적 지반을 공유했던 덕에, 르네상스 초기에는 시인이 "집단의 예언자요, 시대의 선구일" 수 있었다는 데 있다. 그러나 시인은 이내 "중세를 그리는" 이가 되었고, '현대'에 와서는 시대를 향한 부정·비판·풍자의 목소리로 등장했다고 그는 정리했다. 시인이 자신의 내면을 들여다볼 때는 '침통한 자기분열'만 일어나지만, 세계를 향할 때에는 그런 목소리를 내는 데 '근대시의 한 연면한 전통'이 있다는 취지였다. 김기림은 이를 '반역의 정신'이라고 정의했다.[120] 그런데 시가 거역하고자 했던 '근대'는 파국을 맞고 있었다.

　　우리는 투명한 지성이라는 것이 시대의 격동 속에서는 얼마나 쉽사리 부서질 수 있다는 것을 눈으로 보아왔다. 지성과 情意의 세계를 아직 갈라서 생각한 것은 낡은 요소심리학의 잘못이었다. 정신을 육체에서 갈라서 생각하는 것도 오래인 형이상학적 가설이었다. 시는 그 어느 하나에만 의존하지 않는다. 바

---

118) 김기림, 「시와 언어」(「시와 과학과 會話 ─새로운 시학의 기초가 될 언어관」, 『인문평론』, 1940.5), 『김기림 전집 2』, 20쪽.
119) 「김기림의 연보」, 337~338쪽.
120) 김기림, 「시의 장래」(『조선일보』, 1940.8.10), 『김기림 전집 2』, 338쪽.

로 그것들을 통일한 한 전체적 인간이야말로 시의 궁전이다.
그리고 이러한 전체적 인간이 시대시대의 격류 속에서 한 전체
로서 체득하는 균형-그것이 바로 오늘의 시인이 그 내부에서
열렬하게 찾아 마지않는 일이다.

　동시에 외부에서 시대가 시인에게 향해서 바라는 것은 시인
을 통하여 역사를 예감하려는 일이다. 시인은 다시 연연하게
요망되고 있다. 그는 마치 중세가 바로 끝나려 하고 또 근세가
시동할 즈음에 흥분에 쌓여서 등장한 것처럼 또 다시 근대의
종점, 새로운 세계의 未明 속에 서지나 않았을까.

　역사의 전기라고 하는 것은 결코 한 천재의 손으로 처리되지
는 않았다. 늘 집단의 참여에 의해서 추진되었다. 오늘 구라파
에 있어서만 해도 세계사의 새로운 전개를 위한 여러 민족의
한 데 엉켜서 연출하는 심각한 戰慄을 보라. 새로운 세계는 실
로 한 천재의 머리 속에서 빚어지지는 않는다. 차라리 각 민족
의 체험에 의해서 열어지는 것이다.[121]

　초기 평문에 해당하는 「시와 인식」에서 김기림은 '요소심리학'의
입장에 이의를 제기했었다. 그리고 「시의 모더니티」와 「오전의 시론」
을 거쳐 진전된 생각을 이 글에서 확인할 수 있다. 그는 지성과 정의
가 그런 식으로 나눠질 수 없으며, '형이상학적 가설'과 달리 정신과
육체 또한 그렇다고 말한다. 앞의 세 글은 김기림이 시에 대한 형태
심리학적 이해에서 출발하여, 지성과 정의의 '종합'을 거쳐, 낭만적
육체와 고전적 지성의 '접근' 그리고 또 다른 정신까지 도달하는 과
정을 보여주었다. 요컨대 그는 '언어적 전체 조직'으로서의 시 자체
에서, 감정[情意]과 지성이 종합된 '문명비평'이란 기능을 가진 '새로

---

121) 「시의 장래」, 339~340쪽.

운 시'를 거쳐, 르네상스에서 기원한 두 정신을 통합하는 시인의 '활
동하는 정신'으로 강조점을 옮겨왔다. 이 글은 이러한 도정의 또 다
른 경유지이다. 이 자리에서 김기림은 시인을 이야기한다. 지성·정
의·정신·육체 등을 "통일한 한 전체적 인간이야말로 시의 궁전"이
라고 말이다. 이러한 인간이 '전체로서 체득하는 균형'은 '침통한 자
기분열'에서 벗어나기 위해서 '오늘의 시인'이 구하는 일이다.

　하지만 보다 중요한 것이 있다. 김기림은 둘째 단락에서 시대가
시인에게 "역사를 예감"하기를 원한다고 말했다. 여기에 사용된 설
의법에는 청유와 기대가 섞여 있다. 그는 '반역의 정신'이 '새로운
세계의 미명' 앞에 시인 자신을 세우기를 바랐다. 시대의 부름에 호
응한 시인이 다시금 예언자·선구자가 되어 '집단의 참여'를 이끌어
낼 때 역사의 전환이 가능하다고 믿었던 것이다. "여러 민족의 한 데
엉켜서 연출하는" 중대한 세계대전의 상황은 '세계사의 새로운 전
개'를 예고하고 있었고, 총동원령 이후의 정세는 일부러라도 희망을
가장하게 했을지도 모른다. 이 '미명'이 르네상스 직전의 그것이기
를 기대한 이는 그만이 아니었을 터이다. 하지만 분명한 것은 파시
즘이 도발한 세계대전이 민족전의 양상으로 치닫고 있었다는 사실
이다. 인용한 마지막 문장은 시인이 누구의 예언자·선구자여야 하
는지를 명시하고 있다.

　두 달 후에 발표한 「우리 신문학과 근대의식」에는 '민족의 체험'
이라는 말이 반복적으로 사용된다. 김기림은 이 글에서 먼저 조선의
근대화 과정을 살폈다. 대원군의 정권장악에서 '한일합병'까지를 '최
근세사'로 보고, 그는 이 시기를 "근대화를 필사적으로 회피하려고"

했던 때라고 설명했다. 대한제국을 누락한 이유는 조선에서 근대화
가 시작되고 본격화한 것이 국권 피탈 이후라는 점을 강조하기 위함
일 것이다. 자력이 아닌 외력에 의한 것이었으니 조선이 '최초의 세
계사적 등장'을 했을 때 "관중의 조소와 식자의 통탄을 뒤집어" 썼
다는 표현을 사용했을 터이다. 그러나 김기림은 근대화가 완전히 일
제에 의한 것이라고 판단하지는 않았다. 적어도 문화적 측면에서는
국치 이전에도 '르네상스', 즉 근대화가 진행되었다는 사실을 그는
'개화사상'과 '신문학'에서 확인한다. 특히 신문학은 '언문'과 '구어
(과도기적 형태로서의 문어)'를 채택했으며, 그것이 당대까지 문학의 전
범으로 남았음을 짚어냈다. 이것이 개화기 조선의 '문화사상의 획기
적인 성과'라는 게 그의 해석이었다.[122] 요컨대 조선은 두 층위의 근
대화가 동시에 진행된 역사를 가지고 있었다.

> 새로운 문학이 바라고 힘쓴 일은 오로지 봉건적 '이데올로기'
> 를 부셔버리는 일, 유교적 질서, 영구한 정체에서 신분적 구속
> 에서 인간을 해방하는 일이었다. 권리와 창조의 주체로서의 개
> 성의 주장이었다.
> 그러나 우리 신문학의 '이데'는 결코 이 초기의 단계를 그리
> 오래는 머물지 않았다. 그것은 서구가 이미 5세기나 6세기를
> 두고 걸어온 근대문학의 형성과정을 그대로 더듬어 속성해야
> 했다. 실로 30년이라는 짧은 동안에 그것을 졸업해야 할 벅찬
> 짐을 걸머지고 있는 것이다. 우리 신문학사가 나이로는 극히
> 이러면서도 그 내용에 있어서는 서구제국의 근대문학사 전부

---

122) 김기림, 「우리 신문학과 근대의식」(「조선문학에의 반성-현대조선문학의 한 과제」, 『인
    문평론』, 1940.10), 『김기림 전집 2』, 44~46쪽.

에 필적하는 복잡성을 가지게 되는 것은 그 때문이다.123)

문명사와 정신사의 주체가 달랐으므로 근대화가 온전히 진행될 수는 없었다. 김기림은 인용문과 같은 현실이 문학에 미친 영향을 '혼돈과 아나르시(anarchy)'라고 요약했다. 그는 이런 상태의 원인이 모방과 수입으로 "속성해야 하는 동양적 후진성 때문"이며, 근본적으로는 근대화가 '정상적'이지 않았던 데 있다고 분석했다. 그래서 '생산의 근대적 기술'을 소유하지 못하고 그 산물을 '소비'하는 데 그칠 수밖에 없었다는 게 그의 요지였다. 그것을 소유한 문명사의 주체는 따로 있었다. 총동원령 이전부터 이 주체는 정신사의 주체를 해체하려는 시도를 멈추지 않았다. 그럼에도 김기림은 "그 민족이 창조적 열의와 전진의 의지에 불타는 동안은 약간의 후진성쯤은 극복할 수 있을 것이다"라는 믿음을 피력했다. 세계정세의 혼란으로 이러한 신념을 상실할 것을 우려했기 때문이다. 그는 이제까지 조선에 끌어들여왔던 '근대사회를 꿰뚫고 내려오던 지도원리'가 파국을 맞았다고 보았다. 하지만 이 또한 불가피한 역사적 과정이라면 '미래를 위한 값있는 한 체험'이기도 하다. 따라서 김기림은 파산한 것이 서구적 근대라고 단언했다. 세계대전은 서구적 근대와 그것을 추종하던 '후열(後列)의 제국'도 파산의 자리에 소환했다는 인식에서였다(47~49).

이러한 견지에서 김기림은 근대를 재검토해야 하고 '오늘의 원리'를 찾아야 한다고 주장했다. 그것이 "지나간 30년 동안의 우리 자신

---

123) 「우리 신문학과 근대의식」, 46~47쪽.

의 체험을 토대로" 해야 한다는 시간 설정은 위에서 보았던 문명사
로서의 근대를 염두에 두고 있음을 분명히 드러낸다. 따라서 그는
'근대정신' 가운데 새로운 시대의 유산이 될 것으로 '과학정신'과
'모험의 정신'을 들 수 있었다. 서구적 근대와 이를 조선에서 체현한
자들이 그것들을 잘못 사용했을 뿐이라는 비판적 거리를 유지하면
서 말이다. 그는 '과학정신'이 새 세계를 위한 '조언자'가 될 수 있으
며, '모험의 정신'이 "이성과 지성의 참여에 의해서 창조의 정신으로
변신"하리라는 전망을 내놓았다.[124] '모험의 정신'은 예의 '창조적
정신'의 전신인 것이다. 그러나 이 정신들은 개인에 귀속되지 않는
다. 김기림은 "한 민족의 체험으로써 결정되고 조직된" 다음에야 이
것들이 '시대의 추진력'이 되는 것이 당대라는 '역사적 일순의 특이
한 성격'이라고 규정했다. 세계사의 각축장에는 "각 민족이 민족의
자격으로서 참여하고" 있었고, 동서를 막론하고 "돌진하고 대립하는
것은 오직 민족 뿐"이었기 때문이다(49~50).

> 오늘에 와서는 한 민족만을 구할 수 있는 원리라는 것은 벌
> 써 있을 수 없다. 한 민족을 건질 수 있는 것은 동시에 세계적
> 인 원리이어야 한다. 그것은 한 민족의 창조적 의욕을 諸民族의
> 支持 위에 실현할 수 있는 보편적인 원리이어야 할 것이다. (생략)
> 그런데 구주에 있어서 혹은 결산기 뒤에 앞으로 기대하는 신
> 질서의 건설에는 제 민족이 민족의 자격으로 참가할 것으로 보

---

124) 김예리는 이 글에서 읽을 수 있는 것이 모더니즘의 '포기'라고 규정하고, "김기림의
모더니즘에는 이상의 모더니즘처럼 현실을 초극할 수 있는 적극적인 힘이 원천적으
로 부재"하며, 미래를 향해 뻗어가는 이상(李箱)과 달리 '김기림의 시간 의식'은 "'현
재'라는 시간에 집중되어 있다"고 지적했다(김예리, 앞의 논문, 101쪽). '모더니즘'이
란 개념에 한정해서 얘기할 때에는 그의 논의를 수긍할 수도 있겠다.

이는데 이 민족을 內包하면서도 민족을 초월해야 할 신질서에
있어서 민족 상호간의 정신적 이해와 융합을 가능하게 할 유력
한 수단은 무엇일까. 수백의 조문이나 규약이 達할 수 있는 형
식의 한계를 넘어서 그것의 저편에 다시 깊이 맺어질 수 있는
것은 서로 서로의 문화의 접촉과 포용과 존경이라는 노력이다.
민족과 민족의 정신은 오직 문화라는 運河를 통해서 왕래할 수
있다는 일은 매양 잊어버리기 쉽다. (생략) 한 민족의 문화는
늘 그 자신의 존엄과 독창성과 의욕을 가지는 것이고 따라서
거기로 통하는 길은 오직 사랑과 尊敬을 거쳐서만 뚫려진다.[125]

　　그러나 '근대사회를 꿰뚫고 내려오던 지도원리'를 대체할 '오늘의
원리'가 특정 민족에만 적용될 수는 없다. 그것은 "한 민족의 창조적
의욕을 제민족의 지지 위에 실현할" 보편성을 가져야 한다. 그러므
로 그것은 더 이상 서구를 구심점으로 하지 않는다. 김기림이 염두
에 둔 것은 중심을 지향하지 않는 원리였다. 둘째 단락의 도입에서
그가 내다보는 대전 이후의 '신질서'에는 이런 바람이 들어 있다.
"민족을 내포하면서도 민족을 초월해야" 하는 이 질서에는 민족 상
호 간의 이해와 존중과 융합이 요청된다. 역사가 증명하는바 이 문
제를 외교로써 해결할 수는 없으며, 민족 간의 몰이해가 초래한 배
타성이 근대가 파탄한 원인의 하나였기 때문이다. 따라서 김기림은
'문화의 접촉과 포용과 존경'을 방법론으로 제시했던 것이다. 민족
문화가 저마다 존엄·독창성·의욕을 가진다는 그의 말은 한편으로
는 민족문화에 대한 '사랑과 존경'의 부재에 대한 고발이기도 하다.
그 민족의 일원이 되었든 다른 누가 되었든 말이다.

---

125) 「우리 신문학과 근대의식」, 50~51쪽.

　사실 이 글은 원제 및 부제와는 다소간 다른 방향으로 흘러갔다. 그렇지만 김기림의 의도는 명확히 전달된다. 그는 대전 이후의 새로운 질서에 제(諸) 민족들이 어떻게 참여할지를 예견했다. 즉 "민족이 민족의 자격으로 참가할" 민족국가의 시대가 열릴 수도 있다고 추측했던 것이다. 그리고 조선 역시 새로운 질서의 일부가 되기를 열망했다. 그러기 위해서는 민족의 문화를 지키는 일이 무엇보다 중요했다. 김기림은 이 일의 첨단에 '창조적 열의와 전진의 의지'를 가진 시인이 서야 한다고 생각했다. 근대의 정신사를 이끌어온 주체들 중 하나가 바로 그들이었기 때문이다. 그들의 '반역의 정신'이 민족으로 하여금 '오늘의 원리'를 '예감'하게 하길 바랐던 것이다.

　「시와 현실」 이후 김기림은 민족과 언어에 대한 관심을 표명하는 한편으로 과학과 모럴을 결합시켜 시론에 접맥시키려고 시도했다. 과학으로써 시대의 병증을 파악할 수 있으며, 이러한 진단이 '인생 태도'와 연계될 때에 과학이 모럴로 기능할 수 있다는 견지에서였다. 모든 과학적 태도가 모럴은 아니란 뜻이다. 그가 과학적 태도를 시의 모럴로 요청할 수 있었던 까닭은 과학과 시가 현실을 파지하여 인과관계를 살핌으로써 그것을 고쳐나가려는 의지라는 측면에서 동일한 기능을 한다고 생각했기 때문이었다. 이 점에서는 비평도 크게 다르지 않았다. 1930년대 말에 이르러 그는 모더니즘을 되돌아보았다. 회고가 목적이 아니라 모더니즘의 지향이 달라질 수밖에 없다는 인식을 전달하기 위함이었다. 여기서 지성과 감성에서 발원하는 두 정신을 통어하던 반성적 지성, 곧 '활동하는 정신'이 이전의 '지적 태도'와 구별되는 '과학적 태도'로 이어졌음을 알 수 있다.

그리고 김기림은 청년들과 그들의 미래를 위한 시론을 준비하면서, 시에 대한 본체론적이고 목적론적인 접근을 부정했다. 그의 '새로운 시학'은 시가 존재하는 방식과 양상을 규명하는 것을 목표로 했다. 이것은 형이상학과 구별되는 과학의 한 방법이었다. 이로써 그의 시론에서 시는 소통의 수단이, 시정신의 전염은 '심리현상'이, 언어는 한 개의 '사회적 행동'이 되었다. 시대는 그에게 형이상학을 허용하지 않았던 것이다. 그러나 김기림은 시대상황에 절망해서는 안 된다는 입장이었다. 그럴수록 세계를 향한 시선을 거두지 말아야 한다고 생각했다. 그렇지 않고 내면에 침잠할 때에는 '자기분열'만 있을 뿐이라는 이유에서였다. 이 연구가 다룬 마지막 글에서 그는 부제였던 '현대조선문학의 한 과제'를 통해 새로운 시대를 위한 '오늘의 원리'를 요청했다.

4. 박용철, 시학을 위한 '미'와 상생(相生)의 무명화(無名火)

1) 생리적 필연과 시의 기술(技術)

2절에서 임화를 다루며 카프 해산에 대한 함대훈의 우려를 간략히 짚었지만, 조선문학의 미래에 대한 근심은 특정한 유파에 국한될 수 없었다. 함대훈과 절친했던 박용철 역시 상황을 예의주시하고 있었다. 「쎈티멘탈리즘도 可」를 썼을 때보다 사정이 악화되었기 때문이다. 이전의 문제의식은 「현대영국의 젊은 시인들」로 이어진다. 이 글에서 박용철은 엘리엇과 그의 다음 세대인 오든그룹(The Auden Group)을 다루었다. 당시 이 그룹은 마르크시즘에 경도되어 있었다.[126) 박용철은 우선 엘리엇과 그의 시를 거론한 후 자신의 생각을 피력했다. 영국보다 나을 바 없는 조선임에도 "절망의 심연을 파드러간 작품이 없는" 것에 대한 한탄이었다. 그리고는 「황무지」가 단순한 탄식으로 끝나지 않은 '생명의 새암에 대한 갈망'이었고, 이 갈망이 '생활개조의 의식적 징후'라고 했던 리처즈의 언급을 인용한다(155). 그에게 센티멘털리즘은 임화나 김기림의 생각처럼 빠져나올 수 없는 '심연'이나 현실 도피의 수단이 아니었다. 그것은 현실을 직시하는 데에서 기인하는 심적 상태인 동시에 그것을 표출하는 문학적 방법이었던 것이다.

　다른 곳에서도 박용철은 리처즈를 원용한다. "전(全)경험을 정돈하고 통어하고 통일해서 정서와 태도에 지도(指導)를 줄 수 있는" 시라면, 과학과 심리학 등의 진보에 의해 종교를 포함한 전통의 신념이 무너지더라도 그것들을 대신할 수 있다는 요지로 말이다. 그는 이를 '시의 역능(役能)'이라고 칭하면서 오든그룹이 이를 위해 얼마나 공헌할지 물었다(157). 그러나 이는 의구심에서 나온 발언이 아니었다. 그는 엘리엇의 「자유시 고찰」과 월터 페이터의 『문예부흥』의 서문을 가져와 그들의 시가 성공할 조건을 예시한다. 엘리엇과 페이터는 각각 긴밀한 소통이 이루어져 사회 구성원이 '동일한 문제'에 대한 공

---

126) 이 그룹의 구성원은 W. H. Auden, S. Spender, L. MacNeice, C.D. Lewis 등이다. 이 영국시인들은 1930년대에 프랑스의 초현실주의자들과 마찬가지로 마르크시즘을 선택했다. 박용철은 이 점을 명기했다(박용철, 「現代英國의 젊은 詩人들」, 『신동아』, 1935. 9, 154~155쪽).

통된 노력을 하는 사회 그리고 시·철학·과학·종교·예술 등과
같은 '지성적 활동'이 "일반적 문화라는 완전한 형(型) 속에 종합"되
는 시대를 상상한 바 있었기 때문이다(158). 이러한 사회와 시대에
대한 꿈은 임화나 김기림의 그것과 조금씩 겹친다. 이렇게 성향이
다른 외국 문학자들의 글을 발췌하고 조합함으로써 박용철은 자신
의 생각을 구현하고 있다. 그는 특정한 문학자를 따르는 일방적인
추종자가 아니었다. 자기의 입각점에서 그들의 견해를 선택적으로
수합하여 새롭게 종합함으로써 자신의 시론에 정당성을 마련하고자
했다. 아래는 이런 의미에서 눈에 띄는 부분이다.

> 오늘 우리들은 百年前이나 二百年前에 쓰든 것과는 다른 言語
> 를 쓰고 있다. 다른 興味에 끌린다. 本質的으로는 同一한 熱情을
> 느낀다 할지라도 그 情熱은 다른 方向을 向하고 있다. 人類가 생
> 존해 있는 限 저히는 새로히 말할 것을 가지고 있다. 人類가 새
> 로히 말할 것을 가지고 있는 限 詩는 存在할 것이고 또 詩는 새
> 로히 말할 것을 가지고 있을 것이다.127)

박용철은 오든그룹의 일원인 스펜더의 주장을 옮겼다. 이것은 나
중에 박용철이 김기림의 글을 비판할 때 유용하게 쓰인다.128) 김기
림의 「기교주의 비판」(1935.2.10~14)에 대한 반박으로 임화가 「담천
하의 시단 일년」(1935.12)을 제출하면서 기교주의 논쟁이 시작되었다
는 사실을 고려하면, 박용철이 스펜더를 인용한 이유가 자신의 생각

---

127) 「현대영국의 젊은 시인들」, 156쪽.
128) 공교로운 일이지만 김기림의 「바다와 나비」(1939.4)는 스펜더의 시에서 영향을 받았
　　다(김윤식, 『한국현대시론비판』, 일지사, 1999, 241~254쪽).

과 상통했기 때문이지 다른 의도는 없었다고 추론할 수 있다. 만약 그가 김기림의 글을 이미 본 상태에서 자신의 주장을 내놓은 것이라고 하더라도, 이 글에서 보이는 간접성은 논쟁보다는 자신의 문학론을 정립하려는 목적이 우선이었음을 방증한다.

4장의 초입에서 거론했던 『삼천리』의 설문에 박용철 또한 응답했다.[129] 그는 당대를 '국민문학의 성립이전'이라고 규정하고, 민족문학파·계급문학파·해외문학파가 양상을 달리하지만 실상은 "다가치 조선문학의 창조에 진력하고" 있다고 평가했다. 사상이나 감정을 제거한 '진공의 순수문학'은 상상할 수 없기에, '조선의 현실에 대한 태도'로서 민족이나 계급에 관심을 두는 것은 자연스럽다는 견지에서였다. 그러나 그는 눈앞의 정치경제적인 상황에 무감한 '순일한 민족주의'나 그것[大局]에 실제적 대응을 못하면서 내부를 향한 비판으로 일관하는 '내부적 계급주의의 관념태도'는 모두 길게 가지 못할 것이라는 취지의 말을 덧붙였다. 이들 둘은 실제로는 '인생태도'에 불과하다는 게 박용철의 견해다. 그래서 그런 태도에는 '문학성립의 특수한 과정'이 수반되어야 한다는 주장을 연달아 내놓았다. 그는 해외문학파와 같은 노력이 외국의 문학을 연구하고 섭취하여 문학을 위한 "교양의 기초지반을 개척"하고, 여타의 문학적 지향에 '수정적(修政的) 보충'을 하기 위한 것이라고 설명했다. 그리고 자신은 이 일과 '조선어문학의 창작의 길'을 병행하겠다고 선언한다. 하지만 이것은 문학자 개인으로서의 입장이다. 따라서 그는 "문화의 총체적 계획자의 한 사람의 견지에서 볼 때에" '유파적 카테고리'는

---

129) 박용철, 「多彩한 朝鮮文學의 一路」, 『삼천리』, 1935.10, 226~227쪽.

무의미하다고 역설했다. '국민문학'으로서의 조선문학은 '다채한 문화적 소유'로써, 즉 유파를 초월한 '비약적 종합'으로 성립할 수 있다고 여겼던 때문이다. 박용철은 개인의 문학과 집단의 문화를 선명하게 구별하고 있었던 것이다. 이로써 「쎈티멘탈리즘도 可」(1932.1.12.)나 그 이전의 글에서 봤던 그의 견해가 일관성을 가진다는 사실이 더욱 분명해진다.

박용철의 유연한 태도는 문학의 사회적 기능에 대한 긍정에서 비롯되었다. 그러나 이것이 문학인 개인이 초점을 두어야 할 문학의 본질적 측면은 아니다. 김기림과 임화의 글에 대한 그의 반박은 이들이 문학의 기능과 본질을 구분하지 않았다는 문제제기였다. 「을해시단총평」에서 그해의 '우발적인 시편'보다 '우리말 시의 현세(現勢)'에 대한 견해를 제출한 까닭이 여기에 있다. 그는 곧바로 김기림의 시론을 비판했다. '새로움의 의식적 탐구'가 다른 분야에서는 "가혹 준엄한 요구이며 실로 매혹적 주장"이겠지만 문학의 영역에서는 경우가 다르다는 이유에서다. 사람은 생리적으로 늘 성장하고 변화하지만 이것은 "알아볼 수 없을 만큼"인데, 김기림의 주장은 '가능 이상의 속도'를 강요한다는 것이다. 그는 김기림의 지성에 대한 강조가 '생리에서 출발한 시'를 부정하는 것으로 간주했다.[130] 앞에서 살폈듯이 「오전의 시론」의 발언은 '움직이고 있는 정신'의 역할을 부각시키기 위한 것이었다. 하지만 박용철에게는 전대의 시에서 '모든 사상과 논의와 의견'이 벌써 다루어졌다거나 그래서 지금의 시는 그것들을 "다른 방법으로 설명하는 정도라는" 말이 타당하게 여겨지

---

130) 박용철, 「乙亥詩壇總評」(『동아일보』, 1935.12.24~28), 『박용철 전집 2』, 82~83쪽.

지 않았다.

> 우리는 이러한 出發點을 가져야 한다. "우리는 全生理에 있어
> 이미 先人과 같지 않기에 새로히 詩를 쓰고 따로이 할말이 있
> 기에 새로운 詩를 쓴다." (全生理라는 말은 肉體, 智性, 感情, 感覺
> 其他의 總合을 意味한다.)
>
> 이 두 가지의 길의 岐路가 여기 있다. "詩的 技法의 變化는 每
> 季節을 딿아 女子의 衣樣이 變하는 것과 같은 性質의 것이다. 勿
> 論 衣樣의 變化는 若干 實用에 依存하는 바 있지마는 新案의 大部
> 分은 新奇를 사랑함에서 나온다. 新奇와 變化를 사랑함은 心理的
> 으로 宇宙의 中心용수철이다."(맥니-스)
>
> "엘리오트는 알고 있다—心理的으로 必然性을 가진 것밖에는
> 예술에 있어서 아모 實驗도 價値가 없는 것이다. 어떠한 偉大한
> 文學上 改革者도 意識的으로 新奇를 追求한 것이 아니라 그들의
> 改革은 도로혀 쉑스피어와 같이 한 거름 한 거름 內部의 必然에
> 게 몰려나가는 것이오 形態의 新奇도 意識的으로 求한 것이 아
> 니라 그의 素材로 말미암아 强制되었다는 것을."(매티-슨)
>
> 前者의 出發點에서 우리는 새로운 체하는 藝術에 이를 것이오
> 後者의 길에서 生理的 必然의 眞實로 새로운 藝術에 到達할 것이
> 다. 우리는 우리의 生理的 必然 외에 한 줄의 詩를 더 쓸 必要도
> 認定하지 않는다.[131]

'생리'라는 개념이 예술의 발생과정과 관련된다는 박용철의 생각
은 「효과주의적 비평논강」(1931.11)에 드러나 있었다. 그는 앞에서 인
용했던 스펜더의 견해를 여기에 첨가한다. 곧 옛날사람들과 다른 언

---

131) 「을해시단총평」, 84~85쪽.

어・흥미・지향이 시에 '새로히 말할 것'을 준다는 대의를 말이다.
이것들의 다름은 '전생리', 곧 육체・지성・감정・감각 등의 '총합'
이 달라졌다는 데에 기인한다. 스펜더와 같은 그룹에 속했지만 맥니
스는 다름을 지나치게 강조했다. 박용철의 견지에서 "신기와 변화를
사랑함"을 '우주의 중심용수철'이라고까지 말하는 것은 과했다. 그
래서 그는 엘리엇 문학의 성취를 평가하면서 내놓았던 매티슨(F. O.
Matthiessen)의 견해를 제시한다. 매티슨은 문학의 혁신은 신기의 의식
적 추구가 아닌 '내부의 필연'이 점진적으로 낳은 결과이며, '형태의
신기'도 매한가지 '소재'가 원인으로 작용했기 때문이라고 말했다.
그의 논지는 박용철이 '예술발생학'을 진전시키는 이론적 참조점이
된다. 박용철은 매티슨의 '심리', '내부'를 '생리'로 대체함으로써 자
기화한다. 또한 '생리적 필연'은 작품과 창작자의 변화를 하나로 묶
어낸다. 이것으로 「효과주의적 비평논강」에서의 세 질문은 수정되었
다고 할 수 있다.132) 다소 범박해 보였던 '예술발생학'에서 일보 나
아가 창작자의 내면에서 일어나는 일을 살펴보기 시작한 것이다. 인
용문 다음에 그는 "천재를 형성하는 것은 자신의 기구(機構)의 법칙
아래서 창조적으로 활동하는 힘"이라는 콜리지의 말을 옮긴다. 천재
는 내면의 창조적 활동에서 빚어진다는 뜻이다.

이어지는 임화에 대한 비판은 그가 시의 기법을 '약간의 설명적
변설'로 오해한다는 진단으로 운을 떼었다. 설혹 임화의 주장처럼

---

132) 박용철은 예술발생학의 완성을 위해서 "웨 많은 社會現象 가운대 예술現象이 分化되
여 오는가 웨 한 階級의 藝術的 表現이 특히 甲이라는 예술家를 통해서 이루어지는
가 웨 예술家 乙은 예술家 丙보다 더 强한 表現力을 가졌는가" 등의 질문에 답해야
한다고 보았다(「효과주의적 비평논강」, 30쪽).

시인이 시대현실을 인지해야 한다고 해도 시는 사회과학적 인식을 "웅변회용으로 서투르게 개작"하는 수준에 머물러서는 안 된다는 취지였다. 박용철은 프롤레타리아 시가 이제 그 정도까지는 아니라고 말하며 임화의 시를 평했다. 최근의 임화 시에 "그 시대현실을 체험하는" 그래서 "정당하게 계급이나 민족의 대표일 수 있는" 개인이 등장했고, 이러한 개인이 "자기의 피를 가지고 느낀 것 가슴 가운데 뭉쳐있는 하나의 엉터리를 표현할랴고 애쓴" 흔적이 보인다는 개평(概評)이었다. 그러나 박용철은 이 '열정과 감회의 엉터리'가 구체화되지 않았다고 보았다. '응축'되지 않은 '산만한 표현'에 그쳐 "시의 모티쁘를 찰지(察知)할 수 있을 뿐", 예의 '엉터리'가 "체험 그 자체로서 부조와 같이 솟아오르"지 못했다는 것이다(85~86).

여기서 그는 '엉터리'라는 단어를 썼다. 일반적인 상식과 달리 기본 의미는 '대강의 윤곽'이다. 「영랑에게의 편지」에서 나왔던 '덩어리'의 기본 의미 중 하나는 '뭉쳐진 것'이다. 이 둘은 채 형성되지 않은 상태를 일컫는 말들이다. 임화의 반발은 예견되어 있었다. 하지만 박용철이 이것들을 시의 원석으로 인식했다는 사실에 유의해야 한다. 그는 비판했지 비난하지 않았다. 그는 임화 시의 주체가 계급과 민족을 대표할 수 있음을 정당하게 인정했다.

　　한 가지 情熱에 浸透되여 그것이 絶頂에 다다랐을 때의 著者 自身이 어떠한 魔術로 갑자기 化石이 되고 그 情熱이 血管 속으로 돌아다니는 것이 透明하게 디려다 보인다면 이것이야말로 最高의 藝術의 이름에 適合하는 것일 것이다. 凡常한 同輩가 가지지 못하는 熱情이나 感懷를 가지는 것부터가 한 가지 取할 點

이요 그것을 남에게 알아들을만한 言語로 說明하는 것도 한 가지 技術이 아닐 것이 아니나 이것은 凡常한 散文으로도 能히 할 수 있는 일이다.

詩는 아름다운 變說 適切한 變說 理路整然한 變說, 이러한 若干의 變說에 그칠 것이 아니다. 特異한 體驗이 絶頂에 達한 瞬間의 詩人을 꽃이나 혹은 돌맹이로 定着시키는 것 같은 言語最高의 機能을 發揮시키는 일이다.

現實의 本質이나 刻刻의 轉移를 敏速正確히 認知하는 것은 人間 一般에게 要求되는 理想이오 詩人은 이것을 認知할 뿐 아니라 령혼의 가장 깊은 속에서 그것을 體驗하는 사람이어야 한다. 그러나 이것까지도 思考者 一般에게 要求될 수 있는 것이요 그 우에 한 거름 더 나아가 最後로 詩人을 決定하는 것은 이러한 모든 깊이를 가진 自身을 한 송이 꽃으로 한 마리 새로 또는 한 개의 毒茸으로 變容시킬 수 있는 能力에 있다.[133]

박용철은 남다른 열정과 감회를 가지는 것도 또 이것들을 알아듣게 전달하는 기술도 중요하지만, 이들 양자는 '범상한 산문'과 시를 구분하는 기준이 될 수 없다고 잘라 말한다. 산문과 시를 나누는 것은 '응축'에 있다고 여겼기 때문이다. 따라서 첫 문장으로 그는 '응축'된 표현이 "부조와 같이 솟아"난다는 것의 의미를 설명하려 했다. 그러나 '어떠한 마술'을 행함으로써 '저자 자신'이 '화석'이 된다거나 '정열'이 혈류처럼 들여다보인다는 묘사는 막연하다. 둘째 단락에서 그는 언어의 기능이 최고로 발휘되면 시인이 "꽃이나 혹은 돌맹이로 정착"될 수 있다는 주장까지 더한다. 마지막에 이르러서는

---

133) 「을해시단총평」, 87쪽. 인용문에서 '毒茸'은 일본식 한자어로 '독버섯'을 의미한다.

현실의 본질과 전이를 인지하여 "령혼의 가장 깊은 속에서 그것을 체험하는" 데에서 멈추지 않아야 비로소 시인이 될 수 있다고도 했다. 자신을 '변용시킬 수 있는 능력'이 시인에게는 필수적이라는 것이다. 「신미시단의 회고와 비판」(1931.12.7~8)에서 잠깐 언급한 바 있는 '마술'은 이렇게 '변용'이라는 개념으로 옮겨갔다. 하지만 시인이 화석·돌맹이·꽃·새·독용 따위에 꼭 달라붙어 떨어지지 않는[定着] 상태는 잘 그려지지 않는 게 사실이다. '령혼'이란 단어도 쉽게 잡히지 않는다. 그래서 임화는 이 부분을 공략했던 것이다.[134]

　인용문의 다음에서 박용철은 '성급한 현실의 채찍'으로 인해 프롤레타리아 시인들이 '인내있는 예술의 창작'에 종사하기 어렵다는 점을 알지만, 그럼에도 불구하고 '예술의 최고의 도달점'을 이해해야 한다고 주장했다. 「담천하의 시단 일년」에서 임화가 보여준 '적개심'이 무용할 뿐이라는 박용철의 지적에는 '예술상 주의(主義)'의 대립을 '문단헤게모니'의 다툼으로 과장하지 말자는 의도가 담겨 있었다(87~89). 이는 「쎈티멘탈리즘도 可」에서부터 일관해온 입장이다. 그러므로 「다채한 조선문학의 一路」에서 자칭했던 '문화의 총체적 계획자'가 아닐 때 문학관의 표명은 정당하다. 박용철의 요구는 예술의 질적 수준을 높이자는 것이었다. 그는 정지용의 「유리창 1」을 분석하면서 '변설'이 아닌 시의 전범을 보여주고, '정착'의 개념까지 설명하고자 했다.

---

134) 임화는 박용철이 "시는 '고귀한 영혼'만이 감지할 수 있는 세계이고, 시란 한 개의 '마술'이라"고 주장한다고 지적한 후, '영혼설'만을 비판했다. '마술'에 대해서는 거론할 가치가 없다고 여겼을지도 모른다(임화, 「기교파와 조선시단」, 『임화 전집 3』, 522~525쪽).

그(정지용-인용자)는 이러한 生生한 感情을 直說的으로 露出하
는 것보다는 그 悶悶한 情을 그냥 씹어 삼키려 했을 것이다. 그
래서 그는 좁은 방 키와 나란한 들창에 붙어 서서 밖에 어둔
밤을 내다보며 입김을 흐리고 지우고 이렇게 작난에 가까운 일
을 하는 것이다. 유리에 입김과 어둠과 면별이 그의 感覺에 微
妙한 反應을 이르킨다. 이때는 문득 진실로 문득 彷徨하든 그의
全感情이 쏠려와서 유리에 定着이 된다.

유리에 어른거리는 微妙한 感覺은 그의 悲哀의 體現者가 된다.

우리가 한 가지 强烈한 感情에 잠길 때에는 우리의 呼吸과 脈
搏에 變動이 생기고 靈魂의 微分子의 波動은 異形을 그릴 것이
다. 鄭芝溶氏는 이 詩에서 呼吸을 呼吸으로 表現하므로 그의 全感
情을 表現하려고 한 것이다. 이 얼마나 엉뚱한 辯說의 抑揚이냐.

佛敎流의 우리 傳說에 靈魂이 그 定着할 곳을 얻지 못해서 空
中에 彷徨하다가 그때 마츰 産出하는 애기가 있으면 그 肉體에
가서 태여난다는 이야기가 있다. 詩人의 悲哀의 感情은 유리의
形體에 와서 태여난 것이다.

詩를 이루는 源泉인 靈魂의 顫動은 그 自體가 決코 말을 가지
지 아니한 것이다. 表現된 詩란 반드시 기리를 가진 時間에 延長
되는 것이다. 感情은 다만 하나의 온전한 狀態인 것이다. 이 狀
態 感情은 반드시 어떠한 形體에 태여나야 그 表現을 達成하는
것이다.[135]

박용철은 자식을 잃은 번민[悶悶]을 삼키며 유리창 앞에 선 주체의
부질없는 행위가 어떤 결과를 가져오는지를 다음과 같이 설명한다.
유리에 부딪히는 입김·어둠·면별에 주체의 감각이 '문득' 반응하
고, "그의 전감정이 쏠려와서 유리에 정착이 된다." 이리하여 입김·

---

135) 「을해시단총평」, 91~92쪽.

어둠·먼별과 그의 감각은 일체를 이루어 "유리에 어른거리"며 비애를 체현한다. 유리에 정착(定着)함으로써 '비애의 체현자'가 된 이 감각은 이른바 객관적 상관물이다. 박용철은 정지용이 "호흡을 호흡으로 표현"함으로써 자신의 '전감정'을 실으려 했으므로 이를 '엉뚱한 변설'이라고 지칭한다. 또한 말하고자 하는 바를 생뚱맞게 했으나 곧이곧대로 전하는 것보다 잘 전달되었으니, 거기에 '앙양'을 덧붙였다. 이 점에서 그에게 시는 '엉뚱한 변설'에 가까웠다고도 할 수 있다.

정착의 의미를 불교 계통의 전설로 다시 설명하며 박용철은 '그때 마침'이란 표현을 썼는데, '문득'과 함께 이것은 정착의 돌발성을 나타낸다. 그리고 인용문의 뒷부분에서 그는 시의 원천인 '영혼의 전동', 곧 떨리는 움직임은 "그 자체가 결코 말을 가지지 아니한 것"이라고 했다. 또한 감정이 '다만 하나의 온전한 상태'라고도 말했다. 다소 혼란스러운 마지막 단락의 대의를 이해하기 위해서는 셋째 단락을 보아야 한다. '강렬한 감정'이 "호흡과 맥박에 변동"을 주고 "영혼의 미분자의 파동은 이형을" 나타낸다는 서술 이후에 그는 정지용이 "호흡을 호흡으로 표현"했다고 분석했다. 정지용의 시에서 감정은 유리창에 들러붙어 '미묘한 감각'으로 변했다. 이를 참조하여 마지막 단락의 문장들에 번호를 매기고 '3-1-4-2'로 재배치하면 박용철의 생각이 확연해진다. 즉 '온전한 상태'의 감정이 "말을 가지지 아니한" '영혼의 전동'에 보통과 다른 움직임을 주게 되면, 어느 순간 '문득' 감정은 '어떠한 형체'에 정착하여 "표현을 달성"하고, 시가 되어 시간 속에서 '연장'된다. 알다시피 정지용의 '미묘한 감각'

은 감정의 직설적인 표현이 아니었다. 직설에서조차 언어화의 과정을 거쳐야 하므로 감정은 원래의 '온전한 상태'일 수도 없다. 요컨대 박용철은 직설이 아닌 시에서 감정이 감각으로 화하는 과정을 '영혼의 전동'과 '정착'이란 개념으로 증명하고자 했다.

박용철은 '문화의 총체적 계획자'로서의 입장과 문학자 개인으로서의 그것에 선을 명확히 긋고 있었다. 이 글의 나머지 부분에서도 그랬다. 예컨대 그는 그해 창간되어 5호까지 발행한 『시원』을 '조선시의 여러 가지 경향의 종합적 표현자'로 보고, 이 잡지의 편집 방침에 "조선시단을 위하여 협조할 의무를 느낀다"라고 천명했다(96). 문화 계획자의 입장이다. 반면 김기림의 시를 거론하면서 「기상도」가 몽타주처럼 '동격성 나열'로 구성되어 있음을 지적하고, "시인의 정신의 연소가 이 거대한 소재를 화합(化合)시키는 고열에 달하지 못하고 그것을 겨우 접합시키는" 것으로 끝났다고 비평했다. 여기서 '화합'은 화학적 개념이다. 그리고 고래 서정시의 걸작들 중에서 많은 시가 정서를 쏟아냈지만, 그것들은 "결정(結晶)되고 응축되면서도 오히려 쏟아질 수 있는 고열을 그들의 심흉이 유지한 결과"였으며, 주석(註釋)이나 연장(延長)과는 정반대였음을 강조했다(93~98). 결정·응축과 주석·연장을 대립시키고 앞의 것들을 옹호한 것이다. 박용철은 주석처럼 부연하는 시나 한 편의 시가 다른 것의 연장이 되는 연작의 창작에 반대했다. 문학자로서 자신이 가진 신념의 표방이었다.

이 글에 대해 임화는 「기교파와 조선시단」(1936.2)으로 반박했다. 김기림이 「시와 현실」(1936.1.1~5)에서 자신의 입장을 어느 정도 받아들이자 박용철을 조준했다고 하겠다. 박용철은 「'기교주의'설의 허망」으로 대처했다. 그는 처음부터 임화의 글에 논박하겠다는 의사를 밝히고, 김기림의 글부터 살폈다. 논란의 근원이 거기에 있다고 여겼기 때문이다. 그가 보기에 '기교주의'는 "구체적인 생활역사를 가진" 공인된 술어도 아니며, '내용과 외포에 대한 엄밀한 규정'도 부재하는 개념이었다. 따라서 그는 '무단한 혼란'을 피하기 위해서도 김기림이 자신의 글에서 사용한 말을 살린 '순수화운동'이나 다른 명칭을 썼어야 했다고 비판했다. 김기림이 자신의 시가 거기에 속하는지의 여부나 기교주의가 조선시단에서 나타난 사례를 명시하지 않았던 점도 시빗거리였다. 앞의 문제는 임화처럼 '추측'으로 알 수 있고 그래서 그냥 넘어갈 수도 있지만, 뒤의 것은 간과할 수 없는 사안이었다. 박용철의 판단으로는 이런 사례에 해당하는 이들은 초현실주의 이후 "서구의 신시단풍의 직접 영향 아래 의식적으로 새로운 시의 창작을 향하는 수씨(數氏)"에 불과했다. 물론 김기림은 '시의 진보'라는 관점에서 "선구적 징후만으로도 그 왕성을 논할 수"도 있다. 그런데 임화가 이를 사실의 적시로 오해했다는 것이 박용철의 쟁점이었다. 김기림이 행한 '일편의 역사적 해석'을 답습함으로써 임화가 자신이 부르주아 시의 후예라고 여겼던 "모든 시인을 이 명사로 개괄하려" 했다는 것이다.[136] 박용철은 기교주의가 공식적인 술어도 아니고 개념 규정도 불명확한 '설'일 뿐이므로, 이것으로 조

---

136) 박용철, 「'技巧主義'說의 虛妄」(『동아일보』, 1936.3.18~25), 『박용철 전집 2』, 11~15쪽. 이 글은 「'技巧主義'說의 虛妄」(1936.3.18~19)과 「技術의 問題」(1936.3.21.~25)를 합한 것이다. 두 글의 앞에는 '詩壇時評'이라는 공통된 제목이 있으며, 두 글의 연재번호는 연속되어 있다. 이 시기 동아일보에 실린 '시단시평'은 박용철의 글이 유일하다. 따라서 앞글의 제목을 따고 뒷글을 거기에 편입시켜왔던 관행은 수정을 요한다. 박용철의 애초 기획은 기교주의 논란에 문제를 제기하고 시에서의 '기술'이 무엇인가를 해명하는 두 개의 목적을 아우르는 '시단시평'이었을 것이다.

선 시단의 현실을 재단하는 일은 '허황'하다고 설파했다.

> 우리는 대체 技巧라는 問題를 어떻게 正當하게 생각할 것인가. 技巧는 더 理論的인 術語 技術로 換置되는 것이 正當할 것이다.
>
> 技術은 우리의 目的에 到達하는 道程이다. 表現을 達成하기 위하야 媒材를 驅使하는 能力이다. 그러므로 거기는 表現될 무엇이 먼저 存在하는 것이다. 一般으로 藝術 以前이라 부르는 表現될 衝動이 있어야 하는 것이다.
>
> 이것은 强烈하고 眞實하여야 한다. 바늘끝만한 한 틈도 없어야 한다. 그것은 그 自體 굵을 수도 있고 가늘 수도 있고 조용할 수도 있고 激越할 수도 있으나 어느 것에나 熱烈이 빠질 수는 없다. 밧작 켱긴 琴線과 같이 스치기만 해도 쟁그렁 소리가 나야 한다. 一分의 弛緩도 容恕되지 않는다. 浪漫主義가 번즈레한 古典主義의 修辭學을 輕蔑한 것도 그 탓이요 우리가 虛張的인 雄辯을 질겨하지 않는 것도 그 內面의 空洞과 弛緩 까닭이다.
>
> 우리는 고요하면 고요하므로 熱烈한 纖細하면 또 그러하므로 熱烈한 그러히 熱烈한 出發點을 가져야 한다. 그러나 이것이 決定的으로 貴重한 要素이기는 하나 出發點은 出發點 理想의 것이 아니다.[137]

그는 '기교'보다 '기술'이 적합한 술어라고 보았다. 김기림이 이미 「기교주의 비판」에서 기교에 부정적 의미를 더한데다, 기술이 보다 넓은 의미를 가졌기 때문이었을 것이다. 박용철은 기술을 표현의 달성으로 가는 '도정'인 '매재를 구사하는 능력'이라고 정의한다. 이것의 존재 이유는 '예술 이전', 곧 '충동'을 표현하는 데 있다. 그러므

---

137) 「'기교주의'설의 허망」, 18~19쪽. 『박용철 전집 2』는 셋째 단락의 '熱烈이'를 '熱烈히'로 싣고 있다. 원문에 따라 표기했다.

로 기술보다 선행하는 것은 '표현될 충동'이다. 세 번째 단락은 시가 될 수 있는 충동의 조건에 대한 서술이다. "강렬하고 진실하여" 빈틈도 없는 충동을 설명하기 위해 박용철은 팽팽한 '금선'을 비유로 들었다. 그것이 어떤 종류이든 건들기만 해도 '소리'가 날 정도로 충동은 '열렬'하고 긴장되어 있어야 한다는 뜻이겠지만, 얼른 납득되지 않는다. 유의할 곳은 박용철이 낭만주의가 고전주의의 번드레한 수사학을 부정하고 '우리'가 허장성세의 웅변을 피하는 이유가 공히 '내면의 공동과 이완' 때문이라고 말한 부분이다. 이전의 고전주의 시와 당대의 웅변적 시에서 텅 비고 느슨한 내면의 충동을 보았던 것이다. 이 점에서 그는 확실히 낭만주의의 후예이다. 그는 고요하든 섬세하든 충동은 '열렬'하여 내면을 빈틈없이 채우고 있어야 하고, 거기서 시가 시작된다고 생각했다.

그러나 박용철은 '출발점'에 얽매이지 않아야 한다는 단서를 달았다. 기억해야 할 것은 「을해시단총평」에서 언급되었던 '영혼의 전동'이다. 영혼에 떨림과 움직임을 주는 '강렬한 감정'은 이 글에서 '표현될 충동'으로 이어졌다. 그의 논리를 적용하면 이것이 영혼을 움직이게 하려면 '열렬'해야 하고, 영혼이 움직여야 마침내 '정착'이 일어나 "표현을 달성"할 수 있다. '표현될 충동'은 '출발점'과 무관한 곳에 '정착'하면서 '감각'으로 변하는 것이다. 같은 글에서 그가 「기상도」가 화합, 즉 질적 변화에 이르지 못했다고 했던 이유도 여기에 있을 터이다. '접합'의 방식은 주석이나 연장과 크게 다를 바 없겠기 때문이다.

한편 이전 주장에서의 '강렬한 감정'이 '표현될 충동'이 되고 위에서 본 것처럼 내포가 깊어진 까닭은 임화의 비판을 의식해서일 것이다. '영혼'을 '영감'으로 대체한 것도 마찬가지다. 박용철은 "귀중하다고 평가할 만한" 상념과 정념을 '영감'이라 명명하는 이유가 신비주의적 태도에서가 아니라 그것의 "성립을 자유로 조종할 수 없고 또 예측할 수도 없는" 이유에서라고 고백한다. 그러나 그것의 성립을 알았다고 하더라도 즉각 표현으로 이어지는 것은 아니다. 그는 그것을 표현하기란 "곤란하고 데스퍼레트(desperate)한" 일이라고 부연했다. 그것, 곧 "한 가지 가슴에 뭉얼거리는 덩어리를 가지고" 적합한 표현을 찾아 '언어의 왼 세계'를 뒤지며 절망적인 '작시고(作詩苦)'에 빠진 이는 그런데 낭만주의적 시인이 아니다(19).[138] 이 시인은 천재가 아니며 직관에 의존하지도 않는다. '영감'이 그대로 시가 되지도 않는다. 박용철의 시론은 재래의 낭만주의와 거리를 유지했던 것이다.[139] 그가 '영혼의 전동'을 '뭉얼거리는 덩어리'로 재명명한 데에는 시인이 직면하는 언어의 한계를 신비감 없이 묘사하기 위해서였을 터이다.[140]

---

138) 오세영은 서구 낭만주의를 감성적 세계인식·유기체적 세계관·관념주의 등으로 대별한 바 있다. 또한 낭만주의의 특성을 천재로서의 창조적 자아, 직관과 상상력 옹호, 초개인적 힘, 기연론(起緣論)적 세계관, 범신론적 자연, 원시·시간적·공간적·내면적 동경 등으로 세분했다(오세영, 『문예사조』, 고려원, 1983, 88~118쪽). 오세영의 기준으로 보면 박용철은 전혀 낭만주의적인 문학관을 가지고 있지 않았다.

139) 「시적 변용에 대해서」를 거론하며 고형진은 박용철이 사용한 '영감'의 초점이 "절실한 시적 체험과 진정한 정서의 표출을 강조하는" 차원에 있었음을 지적한 바 있다(고형진, 「순수시론의 본질과 전개과정」, 『현대시』, 한국문연, 1994.4, 21쪽). 이상옥 역시 같은 견해를 보여주었다(이상옥, 「박용철 시론의 내적 논리」, 『우리말글』 55집, 우리말글학회, 2012.8, 14쪽). 반면 낭만주의 시론의 견지에서 박용철의 시론을 파악한 경우는 허다하다.

140) '뭉어리'는 '크게 뭉쳐서 이루어진 것'을 의미하며 규범표기는 '덩어리'이다. 박용철이 사용한 '뭉얼거리다'는 대략 '크게 뭉쳐서 이루어지다'나 '덩어리지다'로 읽을 수 있다.

대체로 言語란 粗雜한 認識의 産物이다. 흔히는 우리가 簡單히 感知할 수 있는 것 볼 수 있는 것 드를 수 있는 것 만질 수 있는 것 容易하게 思考할 수 있는 것에서 抽象되여 오고 있다. 우리는 元始로부터 지금까지 모든 것을 蓄積해 왔다 하지마는 우리의 平均財寶란 極히 貧弱한 것과 마찬가지로 우리의 共通認識 能力이란 極히 低級한 것이다. 交通手段인 言語는 이 共通認識에 그 不拔의 根基를 박고 있다. 이것은 最大公約數와 같이 倭小하면서 또 平均點數와 같이 아무하나에게도 正確히 適合하지는 않는다. 우리가 조금만 微細한 思考를 發表할 때는 그 表現에 그리 困難을 격지 않는 경우에도 表現의 뒤에 바로 그 表現과 생각과의 間의 誤差를 느낀다.

그 생각이 特異하면 할사록, 微妙하면 미묘할사록, 남달리 强烈하면 할사록 表現의 문은 좁아진다. 한편 言語 그것은 極少한 部分 極微한 程度를 除하고는 任意로 改正할 수는 없는 것이요 長久한 時日을 두고 遲遲하게 變化生長하는 生物이다. 그러므로 象徵詩人들이 그들의 幽玄한 詩想을 이 粗雜한 認識의 所産인 言語로 表現하게 되었을 때에 모든 直說的 表現法을 버리고 한 가지 形體를 빌려서 그 全精神을 托生시키는 方法을 取한 것이다. 이것은 不可能을 可能하게 하려는 必然의 길이었다.[141]

시작이 고통스러운 원인은 언어에 있다. 박용철은 언어가 '조잡한 인식의 산물'인 이유를 그것이 '공통인식'에 뿌리박고 있기 때문이라고 보았다. 그러므로 공통성을 뽑아내려는 수학적 기도가 낳은 개념인 '최대공약수'와 '평균점수'로 그는 언어의 한계를 논증한다. 언어는 왜소한데다 어디에도 정확하게 들어맞지 않아서 결국에는 누

---

141) 「'기교주의'설의 허망」, 20쪽.

구나 자신의 '표현과 생각과의 간의 오차'를 자각할 수밖에 없다는 것이다. 그렇기에 생각이 남다를수록 '표현의 문'은 더 좁아지게 마련이다. 그의 견해로는 상징시인들이 '직설적 표현법' 대신 '탁생'을 택한 것은 이런 의미에서는 필연이었다. 자신들의 '유현한 시상'을 제대로 언어화할 길이 없었기 때문에 그들은 "한 가지 형체를 빌려서" 거기에 의탁하는 방법을 취했던 것이다.

다다이즘에서 초현실주의까지의 시인들도 비슷했다. 그들이 "매재를 기술로 극복하는 타협의 길을 취하지" 않았던 까닭도 언어의 한계에 있었다. 그들은 언어를 "전체로 파괴하고 뛰어넘은" 방식으로 그것의 장벽을 넘고자 했다. 박용철은 이러한 파괴나 개작이 시에서는 보편적이라고 말한다. 창조적인 시인은 모두 "자기 하나를 위해서 또 그 한때를 위해서 언어를 개조"한다는 이유에서다. 그럼으로써 자유시의 이상 즉 "한 개의 시에 한 개의 형(形)을 발명"한다는 것이다(20~21). 그러나 박용철 자신은 그들과는 다른 방안을 탐구하고 있었다. 요컨대 '매재를 구사하는 능력'을 언어의 한계 가운데에서 찾아보려고 했다고 하겠다. 그는 상징시인들의 '탁생'이나 이후 초현실주의자들까지의 '파괴'가 아닌 언어와의 직접적인 대면을 제안한다.

'기술가'로서의 시인이 '매재의 성능'을 계산하고 "위치를 따라 생기는" 성능 변화도 예측해야 한다는 점에서 박용철은 시에 수학과 같은 명증성을 요구한 폴 발레리의 주장과 장기놀이의 비유를 긍정했다. 그는 기술이 그만큼 "신밀(愼密)히 고려된 구사여야" 한다고 생각했다. 하지만 발레리의 주장을 시가 수학처럼 '정확'해야 한다는 게 아니라 다만 "엄격을 기"해야 한다는 뜻으로 받아들였다. 이런 견지에서 그는 현대시가 이룬 성과를 짚어낸다. 바로 병치된 단어들의 의미와 음향이 빚어내는 충돌과 조화가 '의미의 논리적 총화'를 벗어나 '미묘하고 무한히 전파해가는 효과'를 낸다는 것을 이론적으로 강조했다는 점이다(21~22).

> 그러나 筆者가 固執하는 觀點은 이것이 偶成的(eccentric)이 아니여야 한다는 것이다. 出發을 規定하는 目的 없이 그저 무어든 맨들어보리라는 目的밖에는 없이 이것 저것을 마추다가 '아 이것 그럴 듯 하고나'式으로 이루어지는 것이 아니라 이미 精神 속에 成立된 어떤 狀態를 表現의 價値가 있다고 判斷하고 그것을 表現하기 위해서의 길로 가는 것을 말함이다.
>
> 最初의 發念 속에 意識的은 아니나마 모든 細部가 決定되였느냐, 아니냐, 彫刻이 完成될 때 彫刻에 나타난 形態가 먼저 腦 속에 原本모양으로 있었느냐, 아니냐, 이렇게 形而上으로 問題를 끌어가려는 것도 아니오 製作道程中에서 일어나는 發展修正에 蒙昧하려는 것도 아니다. 오히려 最初의 一點은 製作道程에서 批判的 發展을 必須로 하는 것을 認하려는 것이다. 다만 모든 出發點으로 한 人間的 衝動을 設定하려 한다.[142]

그렇지만 박용철은 예의 효과가 우연히 이루어져서는 안 된다고 단언한다. '출발을 규정하는 목적'이 분명해야 한다는 말로써 그가 '고집'하는 바는 시작 자체가 목적이 될 수는 없다는 신념이다. 그전에 '정신 속에 성립된 어떤 상태'가 있어야 하고, 이것이 시로 쓸 가

---

142) 「'기교주의'설의 허망」, 22~23쪽.

치가 있는지를 판정한 다음에야 시작의 길에 들어서야 한다는 것이
다. 요컨대 무엇을 그리고 왜 시로 써야 하는가에 대한 고민이 선행
되어야 한다는 주장이다. 박용철은 자신의 견해가 플라톤의 이데아
와 미메시스와의 관계와 같은 형이상학에 근거하지도,[143] 창작과정
에서의 수정이나 발전을 간과하지도 않았음을 밝힌다. 그의 강조점
은 창작의 '최초의 일점'으로 "인간적 충동을 설정하려는" 데 있었다.

이 점에서 시인은 특별한 존재가 아니다. 그는 '인간적 충동'에 충
실해야 한다. 그도 예외 없이 "사람으로서 모든 문제에 직면"하며,
'인간적 충동'은 도리어 그를 "자진하여 의용병이 될 수 있는" 이로
만든다. 그래서 박용철은 "건축의 형태와 같이 질서의 결과일 뿐 충
동에서 출발치 아니한" 시를 높이 사지 않았다. 인용문 앞의 수학적
'정확'과 함께 김기림의 시론에 대한 비판이다.[144] 박용철은 기술을
'수련과 체험의 축적'으로 획득될 수 있는 것으로 여겼다. 그러므로
기술은 '전달'될 수 없다. 그런데 그는 그것을 "분석하고 법칙화하려
는" 고투가 성공하지 못하는 이유의 하나를 기술에 있어서 "최후까
지 법칙화해서 전달할 수 없는 부분이 남는다"라는 말로 갈음한다.
박용철은 임화의 「기교파와 조선시단」이 기술문제를 "일편의 윤리

---

143) 플라톤은 국가에서 장인과 화가의 침대를 예로 들어 이데아와 이데아의 모방인 현실
그리고 현실의 모방인 예술을 구분한 바 있다(플라톤, 『국가』, 박종현 옮김, 서광사,
1997, 613~618쪽, 참고). 그가 예술가를 부정했다는 것은 잘 알려진 사실이다. 반면
그의 제자였던 아리스토텔레스는 현실이나 자연의 상위에 이상세계를 설정하지 않
았다. 그에게 예술가는 '자연을 재현하는 사람'일 뿐이었다. 그의 시학에서 미메시스
의 대상은 '일어난 일'이 아니라 '있음직한 일'이었다(아리스토텔레스, 『시학』, 천병
희 옮김, 문예출판사, 2002, 62~65쪽, 참고).
144) 김기림은 1935년에 다음과 같이 쓴 바 있다. "'시는 언어의 건축이다.' 그렇다. 시는
어디까지든지 정확하게 계산되어 설계되고 구성되어야 한다(김기림, 「오전의 시론」,
162쪽)."

적으로 그것을 엄폐하려"는 시도라고 평가한 후, 기술의 문제에 대한 고찰을 "최후의 흑점을 예상하면서라도" 진행해나갈 것임을 선언했다(24~25).

이 글에서 시인이 의용병으로 자진할 수도 있는 사람이어야 한다는 진술은 임화와 김기림을 동시에 겨누고 있었다. 임화에게는 자신이 현실의 문제에 대한 관심을 놓고 있지 않다고 항변한 것이고, 오해이긴 했지만 김기림에게는 문학관의 수정을 요청한 것이다. 박용철은 자신의 문학적 행보가 옳다고 믿었다. 그가 언급한 '최후의 흑점'이 과학계에서 말하는 11년 주기의 마지막 흑점인지 아니면 『마태복음』이나 『요한계시록』에 나오는 종말의 흑점인지는 불명확하나, 그의 결연한 의지로 보아 뒤의 것일 터이다.

1935년에 쓴 두 편의 글, 즉 「현대영국의 젊은 시인들」과 「다채한 조선문학의 一路」에서도 박용철은 공적 영역으로서의 문학에 대한 사유를 보여주었다. 살펴보겠지만 이러한 '문화의 총체적 계획자'로서의 입장은 그의 마지막 평문까지 유지된다. 그리고 문학자 개인으로서도 그는 시에 대한 원론적인 탐색을 계속해 나갔다. 임화와 김기림이 문학의 기능과 본질을 구별하지 않고 있다는 인식은 그가 기교주의 논쟁에 나선 이유였다. 「을해시단총평」에서 그는 '생리적 필연'으로 '가능 이상의 속도'를 요구하는 김기림의 견해를 부정했다. 그리고 '정착'의 개념으로 임화 시의 '변설'을, '화합'이란 술어로 김기림 시의 '동격성 나열'을 문제시했다.

임화의 반박에 응답했던 「'기교주의'설의 허망」에서 그는 '기교'

를 '기술'로 대체하고 자신의 시론을 개진했다. 이 과정에서 그는 수
사학과 웅변술을 부정한 후, 시의 창작과정에 대한 견해를 펼쳤다.
하지만 엄밀히 말해 창작의 출발점이 되는 '인간적 충동'이 표현의
달성에 이르는 경과를 투명하게 해명하지는 못했다. 그럼에도 작시
고에 빠진 시인의 형상이나 언어의 한계에 대한 명철한 인식 그리고
시작의 기술이 '전달'될 수 없고 '수련과 체험의 축적'으로 획득된다
는 생각 등은 박용철 시론의 전개방향을 암시해준다. 그는 임화와
김기림을 의식하면서 시의 본질로 다가가게 된다. 스스로 제출한 문
제의식에 대한 답을 찾아간 것이긴 하지만, 이 점에서 미적 차원에
서 기교주의 논쟁의 가장 큰 수혜자는 박용철일지도 모른다.

2) 시의 포즈와 변용의 원리

「시의 명칭과 성질」(1934.2)에서 하우스만이 '시의 산출'이 '수동적
비지원적 과정'이며, 시가 '병적 분비물'이라고 언급했던 것은 앞에
서 살폈다. 그는 시를 "강한 감정의 자발적 유일(流溢)"이라 정의했고,
시를 '비지성적'인 오후의 시간에 떠오른 '영감'에 의존해서 쓴다고
말하기도 했다. 그에게 '영감'은 한두 줄이나 한 연의 형태로 다가오
는 것이었다.[145] 박용철이 「'기교주의'설의 허망」에서 처음으로 '영
감'이란 단어를 사용했던 것은 '영혼'보다는 통용되는 술어였기 때
문이었다. 그러나 그는 하우스만과 달리 '영감'을 '영혼의 전동'과

---

145) 「시의 명칭과 성질」, 72~73쪽. 하우스만은 "어느 때에는 一二行이 어느 때에는 한
　　꺼번에 一節이 흘러들어온다─그것은 그 시의 일부를 형성해야할 운명에 있는 詩全
　　篇의 히미한 想을" 동반한다고 서술했다.

동일시했다. 그전에 '표현될 충동'이 존재하고 주체가 그것을 인지해야 한다고 했으므로 그의 '영감'은 능동적인 요구에 의해 성립하는 것이었다. 물론 그것은 주체의 요청에 즉각적으로 반응하지는 않는다. 그래서 박용철은 그것이 일어나기 위해서는 '열렬'이 필요하다고 말했던 것이다.[146] 지금까지 검토한 바와 같이 박용철은 하우스만의 시론을 일부 채용했지만, 그것은 자신의 시론을 보충하기 위한 목적이었다. 이를테면 하우스만이 말한 감정의 '흘러넘침'은 그가 내내 부정해온 것이었다.

「'기교주의'설의 허망」과 비슷한 시기에 쓴 글인 「백석 시집 『사슴』평」은 「을해시단총평」에서 거론한 바 있는 화석·돌맹이·꽃·새·독용(毒茸) 등이 시에서의 언어관으로 표현되고 시의 해석에 적용된 사례이다. 그 글에서 박용철은 이 대상들에 대한 속인(俗人)적 해석을 "한 기후와 풍토의 가장 완전한 체현자인 한폭이 꽃이나 한 개 독용을 가르쳐 다만 그들이 기후에 대하야 접접남남(蝶蝶喃喃)히 짓거리지 않는 까닭으로 기후에 대한 감응을 표현하지 아니한다는 類"라고 예시한 바 있다. 그리고 이것들로 스스로를 '변용시키는 능력'을 가진 자가 시인이라고 말했었다.[147] 하우스만과 박용철의 차

---

146) 강웅식은 박용철 시론이 시 창작의 과정을 규명하기 위해 불가피하게 포섭한 것이 '신비화와 모호한 비유'라고 지적하며, 이런 의미로 그의 시론에서 "'영감'은 핵심적인 문제"라고 보고, '시작 과정의 수동성'과 이 과정에 시인이 맞닥뜨리는 '타자성'의 성찰이라는 관점에서 접근했다(강웅식, 「한국 현대시론에 나타난 '영감'의 문제에 관한 연구」, 『상허학보』 46집, 상허학회, 2016.2, 342~343쪽).

147) 「을해시단총평」, 92~93; 87쪽. 인용문의 '蝶蝶'의 히라가나 표기는 'ちょうちょう' 이고 '喋喋'과 소리가 같다. '喋喋'은 '재잘거림'이란 뜻이다(운평어문연구소, 『뉴에이스 일한사전』, 금성교과서, 2001, Daum 제공). 한국에서 사용하는 '喃喃'도 뜻이 비슷하다.

별성을 명확히 보여주는 대목이다. 하우스만은 '분비물'을 개인에게 적용한 반면 박용철은 예의 대상들을 환경과 먼저 결부시켰다. 전자의 경우 주체가 '영감'을 체현한다면 후자의 경우 환경에 '감응'함으로써 그것의 체현자가 된 대상들과 시인이 일체가 된다.

박용철은 『사슴』이 '그 수정없는 평안도방언'의 압도에도 불구하고 감상하는 데 무리가 없다는 점을 들어 '모어의 위대한 힘'을 강조했다. 물론 감상의 조력자는 시집에 담긴 일화들의 개연성일 터이다. 경험이나 기억들은 시간이 지나면 구체성을 잃기 마련이다. 백석의 시집에서 박용철이 목격한 것은 세월의 마모를 견뎌낸 '수정없는 생생한 언어'였다. 이것은 '성숙과 교양' 이전의 "야생적이고 초생적(初生的)인" 성질을 유지하고 있었다. 그는 방언의 대척점에 표준어를 배치하고, 거기에 중화어(中和語)라고 부기함으로써 방언을 긍정했다. '중화'는 성질이 다른 것들이 섞임으로써 각기 제 특성을 상실하는 것을 뜻한다. 그는 방언과 표준어의 관계가 '회화어'와 문어의 그것과도 상동하다고 설명했다. 하지만 이쯤에서 그치지 않았다. 박용철은 '자연국어'를 비화용어(非話用語)인 한문고문·라틴어 그리고 신조어인 에스페란토와 대립시켰다.[148]

한문이나 라틴어 같은 사어(死語)는 그렇다 쳐도 에스페란토를 거론한 점은 의아하다. 알다시피 에스페란토 운동은 처음부터 '1민족 2언어주의'를 표방했다. 즉 민족 내부에서는 모국어를, 외부에서는 에스페란토를 사용함으로써 만인 평등과 세계 평화를 추구하자는 의도에서 시작되었다.[149] 에스페란토는 민족어보다 우위에 있지 않

---

148) 박용철, 「白石 詩集 『사슴』評」(『조광』, 1936.4), 『박용철 전집 2』, 121~122쪽.
149) <에스페란토>, 『한민족대백과사전(제2차 개정증보판)』, 한국학중앙연구원, 2010, Daum

았다. 이 운동은 민족어에 대한 존중에서 출발한 것이었다. 그리고 한문과 라틴어는 근대민족국가의 성립 이전에 동서양에서 공용문자로 기능했다. 박용철이 사용한 '자연국어'는 따라서 민족어를 의미한다. 그런데 조선의 민족어는 표준어가 규정한 기준 지역에서부터 잠식되고 있었다.[150] 주지하듯 경성은 식민지배의 거점이었다. 박용철은 에스페란토를 부정한 것이 아니었다. 그것을 양립 관계로 놓음으로써 민족어인 조선어의 위상을 확인한 것이었다.

鄕土의 野性과 都會의 文化를 自然한 돌과 練磨된 돌에 비길 수도 있다. 다듬이돌이 槪念의 固定과 存在의 安定을 얻은 反面에 뿔있는 돌은 生生히 流動하는 生命을 가지고 있다. 지나친 結論이나 文化란 것은 그 自體가 제가 生長해나온 肉身과 大地와 氣候를 얼마쯤 떠난 곳에서 練磨되고 圓熟하는 것이다. 그러나 이것은 때때로 그 本源에서 新規補充兵의 增援을 받아야 그 生活한 生命을 維持한다.

修正없는 方言에 依하야 表出된 鄕土生活의 詩篇들을 琢磨를 經한 寶玉類의 藝術에 屬하는 것이 아니라 서슬이 선 돌 生命의 本源과 接近해 있는 藝術인 것이다. 그것의 힘은 鄕土趣味程度의 微溫한 作爲가 아니고 鄕土의 生活이 제 스사로의 强烈에 依하야 必然의 表現의 衣裳을 입었다는 데 있다.[151]

제공, 참고.

150) 조선어학회는 통일안을 1933년 10월 29일에 책으로 발간하고, 이를 다시 『한글』 10호(1934.1)에 「한글 마춤법 통일안(온글)」으로 실었다. 통일안의 총론은 다음과 같다. "一. 한글 마춤법(綴字法)은 표준말을 그 소리대로 적되, 語法에 맞도록 함으로써 原則을 삼는다. 二. 표준말은 大體로 現在 中流 社會에서 쓰는 서울말로 한다. 三. 文章의 各 單語는 띄어 쓰되, 토는 그 웃 말에 붙여 쓴다."

151) 「백석 시집 『사슴』평」, 122~123쪽.

스스로 '지나친 결론'이라고 언급했지만, '야성'이 '문화'를 보충한다는 것이 박용철의 견해였다. 여기서 주목할 부분은 문화가 "제가 생장해온 육신과 대지와 기후를 얼마쯤 떠난 곳에" 자리한다는 설명이다. 야성은 그렇지 않다는 뜻이다. 「을해시단총평」에서 그가 언급했던 '한 기후와 풍토의 가장 완전한 체현자'와 일맥상통하는 언어는 표준어가 아니라 방언인 것이다. 그는 방언을 사용한 백석의 시를 단순한 '향토취미'의 결과로 보지 않았다. '향토의 생활'이 가진 "제 스사로의 강렬에 의하야" 백석이 방언을 시어로 채택할 수밖에 없었다고 이해했기 때문이다. 박용철의 논리로 풀어보면 이렇다. 향토생활의 '강렬'이 예의 체현자인 방언을 시에 도입하게 했고, 이로써 백석은 자신을 유년의 주체로 되돌리는 '변용'을 행했다. 요컨대 백석 시의 주체는 그 속에 '정착'하여 그것의 일부가 되었다는 말이다. 실제로『사슴』의 1부를 제외하면 백석은 평안도 방언을 거의 노출하지 않았고, 시의 주체는 성인이었다. 이는 정지용의 시와는 다른 방식의 '정착'이다.

박용철 역시 1935년에 있었던 공학제 논란을 의식하고 있었다는 사실은 이 글 후반에서 확인할 수 있다. 그는 백석이 "현재의 우리 언어가 전반적으로 침식받고 있는 혼혈작용에 대해서 그 순수를 지키려는 의식적 반발을 표시하고 있다"라고 평가했다(124).『사슴』에 대한 논의는「병자시단의 일년성과」에서도 이어진다. 임화는「문학상의 지방주의 문제」에서 백석을 비판했지만,[152] 박용철은 위에서

---

152) 임화는「문학상의 지방주의 문제」(1936.10)에서 백석과 김동리 등으로 대표되는 문인들이 회고주의에 빠져 있다고 보았고, 그런 경향은 파시즘에 포섭될 위험이 있다고 판단했다. 이에 대해서는 김영범, 앞의 논문를 참고하라.

검토했듯 시각이 달랐다. 그는 방언과 '아동기 회상' 때문에 "일반의 흥미가 토속학적 또는 방언채집적 흥미와 혼효"될 수도 있다는 점을 인정한다. 그러나 백석 시집의 가치가 눈길을 끄는 '기괴(奇怪)한 의상 같은' 특성에 있지 않다고 주장했다. 이것은 의장(意匠)이 아니라 시인의 "피의 소근거림이 언어의 외형을 취할 때에 마지못해 입은" 것이라는 견지에서였다. 그가 임화의 시를 평하면서 '자기의 피로 느낀 것'을 '엉터리'로 부연한 바 있다는 사실을 상기해야 한다. 박용철에게 '피의 소근거림'은 '열정과 감회의 엉터리'를 의미한다.[153] 그는 「통영(統營)」을 예시하며 백석의 '냉연(冷然)하고 태연'한 포즈의 배후가 '처치할 수 없는 안타까움'이라고 설명한다.[154] 백석 시의 주체가 유년으로 회귀하는 경우라도 사정은 같다. 거기에 '정착'하는 것은 시 속에서나 가능한 일이므로, 「통영」과 다름없는 태도를 취하는 것이다.

『사슴』에 대한 임화의 비판에 대답하긴 했지만, 「병자시단의 일년 성과」는 논쟁적인 글은 아니다. 박용철은 그해 나왔던 시집들을 짧게 거론했는데, 이 과정에서 시에 대한 소신을 표출했다. 백석의 시집을 다룰 때에는 시에서의 포즈를 중시했음이 드러났다. 정지용을 논한 데에서는 『정지용시집』에 다양한 성향의 시가 편재(遍在)한다고 평가한다. 그리고 이양하(李敭河) 평문의 일절을 직접 인용했다. "모

---

153) 「을해시단총평」에서 박용철은 임화 시의 주체가 "自己의 피를 가지고 느낀 것 가슴 가운대 뭉쳐있는 하나의 엉터리를 表現할랴고" 했다고 평가했다(86쪽).

154) 박용철, 「丙子詩壇의 一年成果」(「詩壇의 一年의 成果」, 『조광』, 1936.12), 『박용철 전집 2』, 105~106쪽. 『박용철 전집 2』은 이 글을 「丙子詩壇의 一年成果」란 제목으로 싣고 출처를 '소화12년동아일보소재'라고 밝히고 있다. '소화12년'은 1937년이다. 제목과 출처 및 발표연도가 수정되어야 한다.

든 것을 일격에 잡잡지 못하면 만족하지 아니하는 촉수다"라는 문장
이었다. 이양하는 정지용 시의 특징을 '촉수(觸手)'라는 단어로 집약
했다. 박용철은 정지용의 시가 독자들을 '새로운 발견'으로 이끈다
고 첨언했다. 이를테면 다른 이들이 지나치는 "한 그루 나무의 몸가
짐과 한 포기 꽃의 표정과 푸른 하늘의 얼굴을" 그의 촉수가 포착한
다는 것이다. 이리하여 '참된 시인의 인도'로 표면에 머물던 '우리의
감각'은 "사물의 진수(眞髓)에 접촉하고 그것을 감득하게" 된다. 그런
데 여기서 박용철은 '천재'를 거론한다. 그가 문자 그대로의 천재를
긍정하지 않았다는 것은 앞에서 수차례 확인했다. 그에게 천재는 노
력의 다른 이름이었다. 따라서 그는 정지용에게 '천재의 발전'을 요
망할 수도 있는 것이다. 유념할 사항은 정지용 시의 성취에 대한 상
찬에 이어 이러한 바람이 나왔다는 점이다. 정지용의 시집은 10여
년의 노작을 모았으므로 다양한 경향과 수준의 작품이 공존했다. 그
러므로 "천재는 우리의 정신세계에 새로운 요소를 도입하고 새로운
방향을 개척한다"라는 박용철의 말은 정지용이 새로운 시의 길을 찾
아 나서야 한다는 조언이라 하겠다(103~104).

　하지만 이 말만으로는 박용철의 기대가 지시했던 방향성이 불명
확한 것이 사실이다. 두 사람의 친분을 고려하고 정지용 시의 변모
를 검토함으로써 추측할 수 있을 뿐이다.[155] 실제로 정지용이 시의
활로를 어디에서 찾았는지는 여기에서 중요한 문제는 아니다. 박용

---

[155] 최동호는 "시적 천품을 유감없이 드러낸" 것이 『정지용시집』이지만 『백록담』에서
　　정지용의 독자적 시세계가 심화되었다고 보고, 처녀시집(1935.10) 이후 「비로봉」·「구
　　성동」(1937.6) 등을 발표하기까지가 정지용 시의 새로운 모색기였을 것으로 추정한
　　바 있다(최동호, 『하나의 도에 이르는 시학』, 고려대 출판부, 1997, 47; 50쪽).

철의 견해에서 핵심은 '사물의 진수'를 새롭게 발견하는 일이 시에 요구되지만 이것이 전부가 아니라는 데 있다. 궁극적으로 시는 '우리의 정신세계'를 일신하고 그것이 나아갈 '새로운 방향'을 가리켜야 한다. 이것이 박용철이 생각했던 시의 길이다. 그가 정지용의 시에 요청했던 바가 정신세계의 변혁이라고 한다면, 또 다른 변혁을 실천하고 있는 시인이 있었다.

　바로 김영랑이다. 그를 박용철은 '유미주의자'라고 불렀다. 그리고 그는 『영랑시집』에서 '감각의 기쁨'과 '시구의 아름다움'을 느끼지 못하거나, 이것들의 가치를 천시하는 이들과 이 시집을 논하는 일은 헛되다고 말했다. 언어의 미적 가치를 부각시키려는 의도에서 나온 극언이다. 그의 평가에 의하면 김영랑의 시는 '부자유 빈궁 같은 물질적 현실생활의 체취'나 '언어의 사치'를 의식적으로 거부한다. 요컨대 김영랑은 '부자유 빈궁'이라는 민족의 현실을 시화하지도 언어를 과용하지도 않는다. 그의 말대로라면 김영랑은 오로지 '순수한 감각'과 '자연스러운 호흡'만을 추구한다. 시와 현실과의 관계에 무심하지 않았던 박용철의 이러한 발언은 허나 난데없지 않다. 이어지는 그의 서술에 따르면 김영랑의 시는 섬세한 신경과 가라앉은 감정 "가운데서 설고 애틋하고 고읍고 쓸쓸하다(107)." 이 말은 그가 바로 앞에서 살폈던 백석에 대한 평가와 통한다. 시의 포즈란 측면에서 김영랑과 백석은 닮아 있다. 차이는 아래의 인용문에서 밝혀진다.

　　그의 詩에는 世界의 政治經濟를 變革하려는 類의 野心은 秋毫도 없다. 그러나 '너 참 아름답다 거기 멈춰라'고 부르짖은 한 瞬間을 表現하기 爲하야 그 感動을 言語로 變形시키기 爲하야 그

는 捨身的 努力을 한다. 그는 우리의 神經을 變革시키려는 野心
이 있는 것이다. 精密한 言語는 이 謙遜한 野心을 어느 程度까지
實現하고 있다. 이 喧騷한 時代에서 이렇게 고요한 아름다운 抒
情의 소리에 기우리는 귀는 極히 小數일런지도 모르나 시끄러
운 鋪道 우에서 오히려 이늬스프리의 물결소리에 귀를 기우릴
수 있는 사람은 永郞詩集 가운데서 좁은 意味의 抒情主義의 한
極致를 發見할 것이다.156)

　김영랑의 시는 정치경제의 변혁이라는 거시적 시간을 직접 바라
보지 않는다. 그의 시는 미시적인 시간을 향한다. 박용철은 아름다
움을 지각하고 감탄하는 ‘한 순간’을 언어화하기 위한 ‘사신적 노력’
으로 김영랑이 시를 쓴다고 하며, 그의 야심이 “우리의 신경을 변혁
시키려는” 데 있다고 단정한다.157) 그렇다면 그의 노력이 가진 의미
에 대해 묻지 않을 수 없다. 이내 박용철은 시대의 ‘훤소’함과 ‘서정
의 소리’의 고요와 아름다움을 대비시킨다. 그리고 ‘시끄러운 포도’
와 ‘이늬스프리의 물결소리’도 그렇게 한다. 이로써 이들은 대립구
도를 형성한다. 잘 알려져 있듯이 「이늬스프리」는 김영랑이 번역한
예이츠의 시이며, 박용철은 이 시의 구절을 활용했다.158) 예이츠는
식민지 본국에서 고향을 그리며 이 시를 썼다. 여기에서 투사가 일

---

156) 「병자시단의 일년성과」, 108쪽.
157) 최동호는 김영랑의 시의식이 출발한 지점이 ‘슬픔과 마음’이며, 그의 유미주의적 시
　　세계가 “삶의 구체적 현장으로부터 유리되어 폐쇄적이고 자족적인 세계관 위에 형
　　성되었다”라고 평했다(최동호, 『한국 현대시와 물의 상상력』, 서정시학, 2010, 220쪽).
158) 김영랑은 본제의 일부인 「이늬스쯰리」라는 제목으로 예이츠의 시를 번역하여 『시문
　　학』에 발표했고(1930.5), 박용철도 같은 시를 번역한 바 있다(『박용철 전집 1』, 깊은
　　샘, 485~486쪽). 원제는 ‘The Lake Isle Of Innisfree’이며, 박용철이 참조한 부분은
　　“I hear lake water lapping with low sounds by the shore”이다.

어난다. 김영랑이 피식민지인 모국에서 시를 쓴다는 것 외에는 다른
점이 없기 때문이다.

　예이츠에게 영국의 문명이 식민지배의 시발점이자 도구였고 그래
서 부정의 대상으로 다가왔다면,[159] 김영랑에게 그것은 벌써 '훤소
한 시대'와 '시끄러운 포도 우'에 펼쳐져 있었다. 그러나 김영랑의
대응은 정치적 무관심 혹은 관심의 회수였다. 대신에 그는 박용철의
언급처럼 신경의 변혁을 도모했다. 하지만 위에서 살폈듯이, 김영랑
시에서 배어나오는 정서가 시대성과 무관하지 않다는 사실을 놓쳐
서는 안 된다. 이 점에서 그의 시는 시대의 압력에 대한 미적 대응이
라 할 수 있다. 그의 시를 박용철은 '좁은 의미의 서정주의'라고 명
명했는데, 역으로는 넓은 의미의 서정주의가 김영랑 이외의 시인 예
컨대 백석 등에게 돌아가는 영역이라는 추론이 가능하다.[160] 이를테
면 백석은 박용철의 견지에서는 김영랑과 대비되는 시의 방식을 취
하고 있었다. 알다시피 그의 시는 '부자유 빈궁 같은 물질적 현실생
활의 체취'와 '언어의 사치'라는 특성을 지녔다. 그의 언어는 처음에

---

159) 예이츠 당대의 평가는 아니지만 다음과 같은 언급들을 참고할 수 있다. "그(예이츠-
　　인용자)는 자신의 나라를 영원히 사랑한 아일랜드인이었고 그리고 그의 초기 작품은
　　멜로디와 장식으로 가득 차 있고 낭만주의 또는 후기낭만주의 형식의 감각적 시였
　　다. 「이니스프리의 호도」가 이런 형식의 좋은 예이다(M. Stephen, English Literature:
　　A Student Guide. London: Pearson Education Limited, 2000, p.291)."; "대부분의 예
　　이츠 작품은 현대문명, 그것의 비인간성, 돈에 대한 망상, 기계적 성격 같은 몇 가지
　　경향에 대한 합당한 저항이었다(W. Robson, Modern English Literature. London:
　　Oxford UP, 1984, p.58)."; 이철희, 「예이츠의 이니스프리의 호도 읽기: 바로 그 통
　　합적 구성의 미학」, 『한국 예이츠 저널』 44권, 한국예이츠학회, 2014, 254; 262쪽,
　　재인용.
160) 김종훈은 박용철이 '좁은 서정'의 개념을 제시했고, 임화가 '넓은 서정'으로 대응했
　　다는 견해를 제출했다(김종훈, 「한국 근대시의 '서정'」, 고려대 박사논문, 2008, 68~
　　102쪽).

는 방언이었다가 나중에는 눌변이자 다변으로 바뀌었다. 이들의 공통점은 포즈와 그 배후의 정서에 있었지만, 시에 끌어들이는 세계의 질감은 달랐다.

　요점은 박용철이 '서정주의'를 현실과 관계가 없는 것으로 설정하지 않았다는 데 있다. 그는 김영랑의 시를 거론할 때에도 시대의 현실과 거기서 발원하는 감정의 결을 짚어냈다. 역설적이지만 김영랑이 도모한 '신경의 변혁'은 미시적 순간에 접합하고 있었으나 그것이 부지불식간에 감각하는 것은 거시적 역사였다. 굳이 정치나 사회의 현실을 담으려 하지 않아도 그것들은 시를 엄습해온다. 이 사실을 김영랑의 시는 증명한다. 이것이 시가 자신을 보존하는 가장 보수적인 형태의 정치성일 것이다.

　박용철은 김영랑 시와 반대되는 사례의 하나가 김기림의 시라고 판단했다. 『기상도』에 대한 이전의 언급을 상기시킨 후 그는 먼저 이 시의 '제재'가 지닌 문제점을 거론했다. 간추리면 김기림이 시도한 '국제정세의 도시(圖示)'나 '문명비평'이 해당 분야 전문가가 쓴 "산문적 술작보다 더 심오한 내용을" 획득하지 못한다면, 이러한 제재의 '위대'는 시가 아니라 '시인의 풍자적 정신의 연소'에 있다는 것이었다. 풍자적인 정신이 시화되지 못했다는 뜻이겠다. 또 다른 문제는 폭풍의 경보에서 해제로 마무리되는 구성의 '좌우동형(左右同形)'이었다. "이렇게 너무 일즉 구원의 손이 오는" 것이 김기림의 바람이었다고 해도, 현실은 그것과 동떨어져 있다는 의미에서다. 실상 '우리'는 '미래할 훌륭한 새 세계'를 초대하기 위한 "미미한 노력밖에는 하지 못하고 있다." 박용철의 현실인식이었다. 따라서 그는 그런 날이 오기까지 중요한 것은 "우리의 가져야할 포-즈에 있"다고 한 것이다. 김기림 시의 태풍이 비유임을 알고, 시민들의 우울·질투·분노·탄식·원한 등이 외재적 요인에 의한 것이 명백하지만, "무력한 자기 자신에 대한 혐오감이 더욱 현실적"이라는 시각에서였다(109~111). 김기림은 너무 빨리 미래에 도달했다는 의미겠다.

박용철은 당대에 있어서 진실한 시의 포즈는 무력감과 자기혐오에서 출발해야 한다고 생각했다. 이로써 그가 백석과 김영랑의 시를 긍정하고 정지용에게 새로운 길을 모색하라고 했던 의도가 명확해진다. 그는 시가 현실을 깊이 체험하고 체현해야 한다고 여겼다. 시만의 방식으로 말이다. 하지만 김기림의 경우 제재가 이를테면 '정신의 연소'를 거쳐 시로 정련되지 못했다고 보았다. 「기교주의 비판」에서 그가 말한 바 있는 '시대정신'의 연소만으로는 시가 될 수 없다는 것이 박용철의 관점이었다.[161] 시정신은 시대정신의 산물이어야 하지만, 시대정신이 그대로 시정신이 될 수는 없다고 판단했던 것이다.

다음해 발표한 「정축년시단회고」에서 박용철은 시단이 개선해야 할 점들을 전반적으로 서술했다. 그 중 한 꼭지의 제목은 <형성의 길을 잃은 혼란된 감정>이다. 이 부분에서 그는 시의 창작에 '내적 발효와 침잠'의 과정이 수반되며, 이것이 시인의 '정신적 정진'이라고 주장했다. 그런데 젊은 시인들의 시에는 "명확한 형성이나 정연한 구성에 대한 노력이 있는" 게 아니라 "분열된 감각이 조각조각 함부로 붙어 있고" 우울·고적·향수 등을 "품은 시구가 널려지고 끊"어져 있었다.[162] 감각과 감정이 명확하고 정연하게 짜이지 않아

---

161) 김기림, 「기교주의 비판」, 99쪽. 앞에서 살폈지만 김기림이 시대정신이 아닌 시정신에 주목한 것은 30년대 말이었다(「30년대 掉尾의 시단동태」(1939.12), 67쪽).

통일성이 없다는 비판이다. 박용철은 이렇게 된 최초의 원인을 조선시가 출발부터 '한마(悍馬) 자유시'를 탔던 데에서 찾았다. 과거의 문학사적 토대가 아닌 수입된 것에 기초했기에 자유시는 제어하기 어려운 말(悍馬)이었다는 뜻이다. 게다가 "세계시가 슈르레알리즘을 통과하는 바람에" 조선의 시도 거기에서 영향을 받았다는 점도 문제였다(114).[163]

　이 完全한 自由를 어떻게 行使해서 藝術의 좁은 골로 이끌어 갈 것인지 할 바를 모른다고 해도 過言이 아니다. 意識的 無意識的으로 藝術的 行動의 規範 노릇을 하는 先人의 藝術을 갖지 못했고 姉妹 藝術에서 얻는 體驗의 補助도 없다. 다만 있는 것은 希望없는 골자구니에 막 다다른 그 生活感情이 있을 뿐이다.
　分列된 感覺 混沌된 感情과 支離滅裂한 幻想이 여기서 나타나는 것은 必然의 勢다.
　그러나 이것은 우리의 한 心情狀態의 숨김없는 表現일넌지는 몰라도 藝術이 到達하려는 目標는 아니다. 藝術은 受動的인 表出인 것보다 能動的인 形成에 重點이 있는 것이다.
　우리가 남부럽지 않게 豊富히 가지고 있는 希望 또는 不滿의 感情狀態는 바로 쏟아져서 藝術이 되는 것은 아니다. 그것을 素材로 하야 藝術을 形成하는 藝術的 才能과 努力을 通過해서야만

162) 박용철, 「丁丑年詩壇回顧」(「丁丑年 回顧-詩壇」, 『동아일보』, 1937.12.21~23), 『박용철 전집 2』, 113~114쪽. 『박용철 전집 2』의 '明確한 形式', '품은 言句'는 원문에는 '明確한 形成', '품은 詩句'라고 적혀 있다. 원문을 인용했다.
163) 박용철이 초현실주의를 무조건적으로 부정하지 않았다는 사실은 뒤에서 확인할 수 있다. 문혜원은 이상(李箱)과 『삼사문학』 동인들의 시가 초현실주의 경향을 띠었으나, 시단 전체로 보았을 때는 소수에 불과했다고 평가했다. 이렇게 된 이유를 그는 창작과 이론이 괴리되어 있었기 때문이라고 설명했다(문혜원, 「한국 근대 초현실주의 시론의 특징에 관한 연구」, 『한중인문학연구』 17권, 한중인문학회, 2006, 59쪽).

비로소 藝術을 이룰 수가 있는 것이다.[164]

　박용철은 젊은 시인들의 현황을 첫 문장으로 정리했다. '예술적 행동'의 전범이 부재한 상태에서는 지나친 자유가 오히려 '예술의 좁은 골'로 가는 데 장애가 된다는 생각이다. 그러나 부재하는 것은 이러한 전범만이 아니다. '희망' 역시 찾아볼 수 없었다. 박용철은 젊은 시인들의 시에 "희망없는 골자구니에 막 다다른 그 생활감정이 있을 뿐"이게 된 이유를 모르지 않았다. 그들의 시에서 보이는 감각의 분열과 감정의 혼돈 그리고 환상의 지리멸렬은 필연의 결과였다. 그들은 '숨김없는 표현'을 행한 것이다. 그러나 박용철은 이것을 '수동적 표출'이라고 보았다. 그렇게 쏟아내는 감정의 유일(流溢)은 그가 표방해온 견해로는 예술의 목표에 미치지 못한다. 이 점에서 그는 '능동적인 형성'을 주창한다. 젊은 시인들이 가진 '희망 또는 불만의 감정상태'는 소재가 되어야 하며, '예술적 재능과 노력'으로 능동적인 '내적 발효와 침잠'을 거쳐 '형성'해야만 예술이 될 수가 있다. 젊은 시인들에게 보내는 박용철의 충언이었다. 하지만 시를 창작하는 과정에서 간과하지 말아야 할 사항이 있다.

　한자를 남용하는 세태를 비판하며 그의 충고는 계속된다. 시는 언어의 예술이므로 시인은 최소한 "매재의 성질을 탐구하고 이 깊이 모를 심해에 침잠하며 이 완강한 소재와 격투하는" 사람이어야 한다. 이렇게 당연한 주장은 민족어에 대해 입을 떼기 위해서였다. 그는 자신이 '언문일치론자'가 아님을 분명히 했다. 그리고 "시의 언어

가 생활하는 민족의 언어 속에 깊은 뿌리를 박고 있지" 않아서 민족
이라는 '암묵(暗默)의 지지자'를 잃게 되면, 시는 '대지를 떠난 나무'
와 같은 신세가 된다고 단언했다. 이 글이 발표된 시점을 염두에 두
면 그의 예견이 기우가 아님을 알 수 있다. 박용철은 시어와 일상어
사이가 "멀지도 가깝지도" 않아야 한다며 '필연의 거리'를 역설한다.
이 점에서 그는 언문일치를 내세우는 자가 아니다. 그러나 이 거리
는 시어가 일상어에 뿌리를 두어야 한다는 것을 부정하지 않는다.
일상어를 예술의 매재로 사용하는 일은 도리어 일상어의 가치를 드
높이는 일인 까닭에서다. 따라서 언어에 대한 '무자각'은 단순히 '예
술적 무자각'만을 의미할 수 없다(115~116). 그것은 조선시의 존립기
반인 민족과 민족어에 대한 무자각이다.

　이처럼 박용철은 민족어의 앙양을 노골적으로 요청하지는 않았다.
따지고 보면 번역시가 적어진 까닭을 '문단인적 흥미'의 부족에서
찾았던 것도 조선어로 된 시의 외연을 확장하는 일에 대한 바람의
표현이라고 할 수 있다. 시조의 쇠진에 대한 유감도 이런 이유에서
였고, 『삼사문학』·『시인부락』·『낭만』 등의 동인들까지 참여한 『자
오선』이 '장명(長命)'하길 바란 것도 마찬가지였다. 한편으로 그는
"시론의 필요는 한층 커가고 있"는 상황이라고 판단했다. 당대 시단
의 난맥상을 바로잡을 시론가(詩論家)를 요구한 것이다. 박용철이 요
청한 시론가는 "해박하고 정확한 지식과 명철한 안광을 가진" 사람
이어야 했다. 이는 활동이 뜸해진 시론가의 복귀를 기대한 것일 수
도 있다. 그런 이들로 그가 거명한 이들은 김기림·이양하·김환
태·이시우(李時雨) 등이었다. 임화는 배제되어 있다(116~120). 그의

문학이 자신과는 다른 지향점을 가진다고 생각했다는 추측이 가능
하다.[165] 그럼에도 박용철이 시대현실을 좌시하지 않는 문학의 응전
을 요청했다는 점은 명백하다.

박용철의 마지막 평문은 「병자시단의 일년성과」에 잇따라 발표되
었지만, 잡지에 실렸으므로 같은 시기에 작성되었을 것이다. 앞의
글이 실제로는 현실을 초극하기 위한 문단인의 대응을 독려했다면,
「시적 변용에 대해서」는 시에 대한 원론적인 탐구에 중점을 두고 있
다. 넓은 외연을 가진 문화로서의 시와 깊은 내포를 지닌 본질로서
의 시라는 범주들은 익히 보아왔다. 박용철은 두 개의 초점을 유지
한 채 시에 접근해왔다. 그는 이 글을 "핏속에서 자라난" 꽃·독용
을 재론하면서 시작한다. 그리고 '피'를 '체험'과 직결시켜 "우리의
모든 체험은 피 가운대로 용해한다"라고 주장했다.[166] 이로써 「을해
시단총편」 이후 "자기의 피를 가지고 느낀" 바를 '엉터리'나 '덩어
리'라고 했던 말의 의미가 이전보다 구체적으로 이론화한다. 박용철
이 '체험'이나 '피'를 언급한 사례들을 나열해본다.

> 우리는 詩를 살로 색이고 피로 쓰듯 쓰고야 만다;
> 문학은 언제나 자기의 체험(體驗) 가운데서 울려나오는 것이다;
> 體驗 그 自體로서 浮彫와 같이 솟아오르는 힘을 가추지는 못

---

165) 이즈음은 임화가 「주체의 재건과 문학의 세계」를 발표한 직후였다. 그렇다고 이들이
적대적 관계였던 것은 아니었다. 1935년 봄 박용철은 정지용, 김영랑 등과 병문안으
로 임화에게 다녀오기도 했다(「박용철 연보」, 277쪽). 그리고 기교주의 논쟁을 촉발
시킨 「담천하의 시단 1년」을 임화가 발표한 것은 동년 12월이었다. 당대 시론가들의
대화적 관계를 보여주는 사례의 하나는 앞의 절에서 소개한바 임화의 발언을 언급했
던 김기림의 수필일 것이다.

166) 박용철, 「詩的 變容에 대해서-抒情詩의 孤高한 길」(『삼천리문학』, 1938.1), 『박용철
전집 2』, 3쪽.

하였다;

　이 詩人의 피의 소근거림이 言語의 外形을 取할 때에 마지못
해 입은 옷인 것이다.[167]

　첫째 문장에서 '피'는 비유적으로 쓰였지만, 넷째의 '피의 소근거
림'은 앞에서 살폈듯이 '열정과 감회의 엉터리' 혹은 '덩어리'를 의
미했다. '체험'은 둘째에서 셋째로 가며 문학이 솟아오르는 근원에
서 형상화를 거쳐 감각되어야 하는 대상으로 바뀌었다. 이러한 인식
에서 한 걸음 나아가 '체험'과 '피'를 결합시키면서 이 글은 창작의
과정을 배열한다. 박용철의 생각은 일단 이렇게 정리할 수 있다. 체
험은 핏속으로 녹아들어 덩어리가 되고, 그런 후에야 어느 순간 꽃
이나 독용에 정착하여 시로 화할 수 있다. '체험→피→덩어리(엉터리)
→정착'으로 도시할 수 있겠다. 여기서 '정착'의 앞에 놓인 것들은
모두 언어 이전이다. 그런데 박용철은 이 과정들을 "교묘한 배합. 고
안. 기술. 그러나 그 우에 다시 참을성 있게 기다려야 되는 변종발생
의 챈스"라고 설명한다. 애초의 체험과 다른 질감의 '변종'이 생긴다
는 것이다. 이를 기회라고 부른다는 점은 주목할 만한데, 곧이어 그
는 릴케의『젊은 시인에게 보내는 편지』와『말테의 수기』의 일부를
가져와 자신의 주장을 뒷받침한다. 앞의 책에서 인용한 부분의 요지
는 창작에 앞서 '내심의 요구'의 절실함을 확인해야 한다는 것이었
다(4). 박용철이 그동안 주장했던 '열렬'과 관련된다는 것은 쉽게 알
수 있다. 뒤의 책은『브릭게의 수기』란 이름으로 길게 인용했다. 브

---

167) 「시문학 후기」, 1930.3, 218쪽; 「여류시단총평」, 1934.2, 138쪽; 「을해시단총평」, 1935.
　　12, 86쪽; 「병자시단의 일년성과」, 1936.12, 105쪽.

릭게(Brigge)는 말테의 성(姓)이다.

　사람은 全生涯를 두고 될 수 있으면 긴 生涯를 두고 참을성 있게 기다리며 意味와 甘味를 모으지 아니하면 아니 된다. 그러면 아마 最後에 겨우 열 줄의 좋은 詩를 쓸 수 있게 될 것이다. 詩는 普通 생각하는 것 같이 단순히 愛情이 아닌 것이다. 詩는 體驗인 것이다. 한 가지 詩를 쓰는데도 사람은 여러 都市와 사람들과 물건들을 보야 하고, 즘생들과 새의 날아감과 아침을 향해 피여날 때의 적은 꽃의 몸가짐을 알아야 한다. 모르는 地方의 길, 뜻하지 않았던 만남, 오래전부터 생각던 리별, 이러한 것들과 지금도 분명치 않은 어린 시절로 마음 가운대서 돌아갈 수가 있어야 한다.

　이런 것들을 생각할 수 있는 것만으로는 넉넉지 않다. 여러 밤의 사랑의 기억 (하나가 하나와 서로 다른) 陣痛하는 女子의 부르지즘과, 아이를 낳고 햇슥하게 잠든 여자의 기억을 가져야 한다. 죽어가는 사람의 곁에도 있어봐야 하고, 때때로 무슨 소리가 들리는 방에서 창을 열어놓고 죽은 시체를 지켜도 봐야한다. 그러나 이러한 기억을 가지므로 넉넉지 않다. 기억이 이미 많아진 때 기억을 잊어버릴 수가 있어야 한다. 그리고 그것이 다시 돌아오기를 기다리는 말할 수 없는 참을성이 있어야 한다. 記憶만으로는 詩가 아닌 것이다. 다만 그것들이 우리 속에 피가 되고 눈짓과 몸가짐이 되고 우리 自身과 구별할 수 없는 이름 없는 것이 된 다음이라야 ─ 그때에라야 우연히 가장 귀한 시간에 詩의 첫말이 그 한가운대서 생겨나고 그로부터 나아갈 수 있는 것이다.[168]

─────────────

168) 「시적 변용에 대해서」, 5~6쪽. 『박용철 전집 2』는 둘째 단락의 둘째 문장에서 '사람의 기억'으로 표기했다. 원문은 '사랑의 기억'이다. 한편 첫째 단락의 마지막 문장과 둘째 단락의 둘째 문장은 릴케의 원문을 축약한 번역이다. 원문의 충실한 번역

릴케는 시인의 자세가 '참을성' 있는 기다림에 있다고 보았다. 시가 '체험'의 소산이라고 여겼기 때문이다. 그에게 체험은 세계의 다양한 모습을 아는 것과 자신의 삶을 돌아보는 것까지 포함된다. 그러나 그는 이것들을 생각하는 것만이 아니라 한 사람의 인간으로서 사랑하고 부모가 되고 자신의 부모가 돌아가시는 것까지 겪고 '기억'해야 한다고 말한다. 그래서 그는 "될 수 있으면 긴 생애를 두고"라며 시간을 길게 잡았던 것이다. 하지만 이 또한 부족하다. 릴케는 기억을 잊고 다시 그것이 돌아오길 기다리는 인내가 있어야 한다고 부연한다. 기억 자체는 시가 아니라는 이유에서다. 기억들이 피·눈짓·몸가짐이 되어 "우리 자신과 구별할 수 없는 이름 없는 것이 된" 이후에야 '시의 첫말'이 나온다는 것이 릴케의 주장이다. 이는 박용철이 피력해온 견해와 여러 가지 면에서 유사하다. 위에서 도시했던 시창작의 과정에서 '체험->피'는 실제로 릴케의 생각과 무관하지 않다.[169] 남은 문제는 '덩어리->정착'이다. 릴케의 '자신과 구

중 하나는 R. M. 릴케, 『말테의 수기』, 안문영 옮김, 열린책들, 2013, 11쪽에서 확인할 수 있는데, 본문과 관련된 부분만 인용한다. "어느 것 하나 똑같지 않은 수많은 사랑의 밤들에 대한 기억과, 진통 중인 산모의 외마디 비명과 상처가 아물어 가벼워진 몸으로 해쓱하게 잠든 산모에 대한 기억이 있어야 한다."

169) 김재혁은 박용철이 이 글에서 인용한 릴케의 두 책을 바탕으로 "이 두가지를 혼합하여 만들어낸 것이 '변용'과 '체험'의 시학"이라고 주장한 바 있다. 그도 밝혔듯이 박용철이 처음 번역해서 발표한 릴케의 시는 1936년 6월 『여성』의 「마리아께 드리는 소녀들의 기도」이다(김재혁, 「박용철의 릴케 문학 번역과 수용에 관한 연구」, 『독일문학』 93권, 한국독어독문학회, 2005, 31; 25쪽). 다른 곳에서 그는 박용철의 번역시론 「R. M. 릴케의 서정시」가 "릴케에 대해 가졌던 그(박용철-인용자)의 관심의 크기와 깊이를 가늠해볼 수 있는 척도임에 틀림"이 없다고 말했다(김재혁, 「새로 발굴된 박용철의 원고 「R. M. 릴케의 서정시」」, 『문학사상』, 2004.12, 170쪽). 그리고 또 다른 논문에서는 박용철의 이 번역시론이 「시적 변용에 대해서」와 "맞춤법이나 문체상에서 유사성을 보이는 관계로" 두 글이 비슷한 시기에 작성되었을 것으로 추정하기도 했다(김재혁, 「새로 발굴된 박용철의 번역 원고의 번역문법적 분석」, 『독일문학』

별할 수 없는 이름 없는 것'은 박용철이 논의해왔던 '덩어리'와 비슷하지만 같지 않다. 릴케는 체험의 완전한 체화를 이리 명명한 것이다. 박용철에게 '덩어리'는 규정이 불가능한 내면의 상태를 의미했다.

릴케의 글을 예시한 다음 박용철의 첫마디는 '열 줄의 좋은 시'를 위해 일생을 기다릴 수는 없다는 말이었다. 그러다보면 '한 줄의 좋은 시'도 얻지 못할 것이라는 생각이었다. "최후의 한 송이 극히 크고 아름다운 꽃을 피우기 위하야는" 그것에 미치지 못하더라도 "수다(數多)히 꽃을 피우며" "그것이 최후의 최대의 것인 것 같이 최대의 정열을 다"해야 한다. 박용철의 반론 아닌 반론이었다. 그러한 노력으로 우연히 얻은 꽃인 시를 그는 다음과 같이 서술했다. "비로소 주먹 속에 들리는 조그만 꽃 하나. 염화시중의 미소요, 이심전심의 비법이다"라고 말이다.[170] 시에서 시인의 마음이 전해지기 때문에 나온 표현이다. 허나 시인은 '무대 우에 흥행하는 기술사(奇術師)', 즉 마술사여서는 안 된다. 그럴 때 시인이 만들어내는 것은 '가화(假花)'일 뿐이다(6~7). 여기서 기억해야 할 것은 박용철이 예전에 정지용을 평가한 대목, 즉 "'원-투-드리'하고 손을 펴면 거기서 萬國旗가 펄펄 날리는 '말슴의 요술'을 부립니다"이다.[171] 이로써 「병자시단의 일년성과」(1936.12)를 쓸 무렵 그가 정지용에게 어떤 조언을 했는지 추론할 수 있다. 짐작컨대 그는 정지용에게 '말슴의 요술'로 된 시는 '가화'일 뿐이니 새로운 시를 모색하라고 건의했을 터이다. 하지만 「'기

107권, 2008, 281쪽). 릴케에 대한 박용철의 관심이 높아진 시기의 대강을 스스로 증명한 셈이다. 앞의 논문에서 그는 박용철 시론의 흐름을 면밀히 따져보지 않았기에 일방적인 수용론을 제기했던 것이다.

170) 『박용철 전집 2』는 7쪽에서 '枯花示衆'으로 표기했다. 원문은 '拈花示衆'이다.

171) 「신미시단의 회고와 비판」(1931.12.7~8), 79쪽.

교주의'설의 허망」(1936.3.18~25)에서도 박용철은 시의 기술을 거론
하며 "최후까지 법칙화해서 전달할 수 없는 부분이 남는"다고 말하
는 데에 그쳤다. 그것이 무엇인지 명쾌히 제시하지 못했었다. 아래
는 법칙화와 전달을 거부하는 부분의 실체로 그가 다가서는 첫 번째
단서이다.

> 詩人은 진실로 우리 가운대서 자라난 한 포기 나무다. 淸明한
> 하늘과 適當한 溫度 아래서 茂盛한 나무로 자라나고 長霖과 曇天
> 아래서는 험상궂인 버섯으로 자라날 수 있는 奇異한 植物이다.
> 그는 地質學者도 아니요 氣象臺員일 수도 없으나 그는 가장 强烈
> 한 生命에의 意志를 가지고 빨아올리고 받아드리고 한다. 가쁜
> 태양을 향해 손을 뻐치고 험한 바람에 몸을 움츠린다. 그는 다
> 만 記錄하는 以上으로 그 氣候를 生活한다. 꽃과 같이 自然스러
> 운 시, 꾀꼬리같이 흘러나오는 노래, 이것은 到達할 길 없는 彼
> 岸을 理想化한 말일 뿐이다. 非常한 苦心과 努力이 아니고는 그
> 生活의 情을 모아 表現의 꽃을 피게 하지 못하는 悲劇을 가진 植
> 物이다.172)

'나무'가 의미하는 바는 「정축년시단회고」(1937.12.21~23)에서 보
았던 적이 있다. 인용문에서 박용철은 시인을 '나무'나 '버섯'에 빗
댄다. 전자의 경우에 시인은 건강하다. 후자의 경우는 반대다. '험상
궂인 버섯', 곧 독용(毒茸)이 된다. '장림과 담천'은 임화의 표현을 빌
려서 그가 「을해시단총평」에서 사용했던 말이다.173) 처음부터 현실

---

172) 「시적 변용에 대해서」, 7~8쪽.
173) 임화가 기교파를 비판했던 말을 받아 박용철은 다음과 같이 말했었다. "그들이 果然
　　林和 氏가 말하는 바 今日의 時代的 長霖과 曇天을 '自由의 天地'로 알고 '自己의 幸

에 대한 임화의 진단을 부정하지 않았지만, 이 시기에 와서 그의 판단을 적극적으로 부각시킨 것이다. 박용철은 조선의 현실이 오랜 장마[長霖]와 흐린 하늘[曇天] 아래 있음을 다시금 확인한다. 『기상도』는 너무 빨리 희망으로 전환했지만, 김기림의 상황인식은 그르지 않았다고 하겠다.174) 그러나 시인은 '기상대원'이 아니므로 기후를 '기록'하지 않고 "기후를 생활한다." 박용철은 당대의 시인이 "가장 강렬한 생명에의 의지를 가지고"도 '험상궂인 버섯'밖에는 될 수 없다고 여겼다. 시를 위한 '비상한 관심과 노력'이 되레 그렇게 만든다. 그들은 '도달할 길 없는 피안'의 건너편, 차토(此土)에 있었다. 이처럼 시에 대한 원론적인 접근이 시와 현실의 단절을 전제하지는 않는다. 원론적 차원에서도 시는 현실 속에서 살아가는 시인의 삶과 밀접하다. 그에게 '체험'은 현실세계와 깊이 연루되어 있었다.

인용문 다음에 박용철은 '영감'을 거론했다. 두 번째 단서이다. 그는 영감이 "외계에 반응해서 혹은 스사로 넘쳐서" 시인의 심혈로 밀려오며, 시인은 이것을 기다려야 한다고 말한다. 그리고 덧붙인다. 이것이 "수태를 고지하고 떠난" 후에는 "처녀와 같이 이것을 경건히 받들어 길러야 한다." 박용철은 「'기교주의'설의 허망」에서 보았던 시인의 모습을(19) 이제 처녀 잉태에 대입하고 있다. 영감이 시인의 내면에서 '완전한 성숙'을 이루고 나면 "태반이 회동그란이 돌아 떨어지며 새로운 창조물 새로운 개체가 탄생한다." '장구한 진통'을 끝내려면 또 다른 '영감'이 찾아와야 하는 경우도 많다(8~9). '영혼의

福'으로 알고 사는 줄 아는가(「을해시단총평」, 88쪽)."
174) 김기림의 『기상도』에 실린 시들이 발표된 시기는 1935년 5월부터 동년 12월까지였다(「김기림의 시작연보」, 『김기림 전집 1』, 392~393쪽).

전동'이 더 필요한 것이다. 이상과 같이 박용철은 '뭉얼거리는 덩어리'가 시에 이르는 경로를 생명체가 발생하여 탄생하는 과정으로 설명했다. 이는 비유를 넘어 구체성을 획득한 것이었다. 당대의 생리학은 인간의 발생과정을 밝혀낸 상태였기 때문이다.[175] 박용철은 생리학의 지식을 빌려와 시의 창작과정을 증명하고자 했다. '덩어리'에서 '정착'에의 경로는 처녀 잉태와 같이 시인의 내면에서 이루어진 다음 '새로운 개체'인 시가 되면서 완수된다.

요컨대 시의 창작에 있어 보편타당한 궁극의 기술은 존재할 수 없다. 기술은 현실세계의 제어에서 자유롭지 않다. '비상한 관심과 노력'에도 불구하고 시는 오히려 시인의 재량권 밖에 있다. 시가 현실에 뿌리를 내리는 한 현실세계는 시의 기술을 압도한다. 이를테면 현실세계는 시에 새로운 기술 요소를 부가하도록 추동해왔다. 한편으로 시는 개별 시인 나름의 '피의 소근거림'이 낳았지만 편마다 제각각인 '새로운 개체'이다. 역시 시인의 의도를 빠져나간다. 각 편의 시들은 특정한 기술의 산물로 수렴되지 않는다. 그러므로 기술의 법칙화나 전달은 애초부터 불가능하다. 생명의 회임과 그것이 태반에서 형성되고 태어나는 과정과 같이 시의 창작은 시인의 내면에서 그의 의지와는 별개의 일인 양 이루어진다. 하지만 이러한 결론이 박용철의 이론적 행보가 만난 허방은 아니다. 시의 본질에 대한 탐구로 이어지니 말이다.

---

175) 예컨대 미야토 게이노스케(宮人慶之助)가 저술한 『生理學講義 4』(東京: 半田屋醫籍商店, 1905-06)는 1157쪽 이후 마지막 주제를 다루었는데, '受精後ノ卵細胞ノ外部ノ運命. 姙娠. 分娩'이란 제목이다. 번역하면 '수정후의 난세포의 외부의 운명. 임신. 분만'이다.

박용철은 일련의 비유들을 나열한다. 약간의 수정과 설명을 보태고 인용한다. "태반이 돌아떠러진다·꼭지가 돈다·(늘어뜨린 꿀이) 도로 올라붙는다·거러잡는다(쌀알이 굳어진다)." 그는 이것들이 '스스로 응축하는 힘'을 가졌다고 설명한다. 한데 엉기어 굳어져[凝縮] 그 자체로 완전하다는 의미이다. 그리고 술의 발효과정을 예시했다. 그렇게 따로 응축된 물·쌀·누룩이 섞여서 모두 "다 원형을 잃은 다음에야" 마침내 술이 빚어진다는 것이다. 술이 되기 위해서는 재료가 원형을 잃고 새롭게 응축되어야 한다. 사실 박용철은 '시적 변용'을 설명하기 위해 이러한 사례들을 들었다. 그는 시에서 오래 묵인 '미주(美酒)의 복욱(馥郁)한 향기'가 나야 한다고 힘주어 말했다. 그에 따르면 '복욱(매우 그윽하고 향기롭다)'은 옛사람들이 미주의 맛을 "설명치 못하고 떠러트린 낯말들이다." '향기롭다'는 그렇다고 해도 '그윽하다'는 뚜렷한 의미를 지시하기 않기 때문이다. 명시적으로 잡히지 않는 데에 시의 본질적인 특징이 있다는 뜻이다.[176] 그는 '시적 변용'에 대한 자신의 진술도 다를 바 없다는 점을 인정한다(9). 위의 것들은 모두 비유일 뿐이다. 그리고 핵심은 비유 자체가 아닌 그것이 가리키는 곳에 있다.

박용철은 『원각경(圓覺經)』의 일절을 끌어왔다. '여표지월(如標指月)'이다(9). 이것은 "自斷其首 如標指月 已入覺性"에서 따온 것이다. 제 자신의 목을 자르고 손가락이 아닌 달을 보아야 깨달음에 들 수 있다는 뜻이다.[177] 박용철이 전체를 인용하지 않은 것은 이것이 널리 알

---

176) 야콥슨 역시 '시란 무엇인가'를 해명하기 위해 선결되어야 할 질문이 '시가 아닌 것은 무엇인가'라고 말했다(로만 야콥슨, 「시란 무엇인가」, 로만 야콥슨 외, 『현대시의 이론』, 박인기 편역, 지식산업사, 1989, 5쪽).

려져 있었던 이유에서일 터이다. 이것을 그의 논리에 적용하면 시인
이 자기 자신에 얽매이지 않고, 그리하여 "원형을 잃은 다음에야"
시를 산출할 수 있다는 해석이 가능하다. 이는 「'기교주의'설의 허망」
의 '출발점'에 연연하지 말아야 한다는 단서조항과 일맥상통하지만
(19), 거기서 한 걸음 나아간 것이다. '여표지월'은 단순히 시작을 위
한 단서가 아니라 시작 즉 변용의 방법을 가리키기 때문이다. 이런
의미에서 부제인 '서정시의 고고한 길'은 시인 자신을 고양시키는
존재전환의 계기가 시작임을 시사한다고 할 수 있다. 아래는 이 글
의 마지막 부분이다.

> 詩는 詩人이 느려놓는 이야기가 아니라, 말을 材料삼은 꽃이
> 나 나무로 어느 순간의 詩人의 한쪽이 혹은 왼통이 變容하는 것
> 이라는 主張을 위해서 이미 數千言을 버려놓았으나 다시 도리
> 켜보면 이것이 모두 未來에 屬하는 일이라 할 수도 있다. 詩人
> 으로나 거저 사람으로나 우리게 가장 重要한 것은 心頭에 한 點
> 耿耿한 불을 길르는 것이다. 羅馬時代에 聖殿 가운대 불을 貞女
> 들이 지키는 것과 같이 隱密하게 灼熱할 수도 있고 煙氣와 火焰
> 을 품으며 타오를 수도 있는 이 無名火 가장 조그만 感觸에도
> 일어서고, 머언 香氣도 맡을 수 있고, 사람으로서 우리가 아모
> 것을 만날 때에나 어린 호랑이 모양으로 미리 怯함 없이 만져
> 보고 맛보고 풀어볼 수 있는 기운을 주는 이 無名火 詩人에 있
> 어서 이 불기운은 그의 詩에 앞서는 것으로 한 先詩的인 問題이
> 다. 그러나 그가 詩를 닦음으로 이 불기운이 길러지고 이 불기
> 운이 길러짐으로 그가 詩에서 새로 한 거름을 내여드달 수 있
> 게 되는 交互作用이야말로 藝術家의 누릴 수 있는 特典이요 또

---

177) 김흥호, 『원각경 강해』, 사색, 2003, 150~151쪽, 참고.

그 理想的인 코-스일 것이다.[178]

시인 역시 시의 일부라는 인식은 전에도 '정착'이라는 표현으로 암시된 바 있지만 이 글에서는 그런 생각이 확신으로 발전하여 전면화했다. 시인은 시의 재료이다. 창작과정에서의 '변용'은 이제 시에 국한된 사안이 아닌 것이다. 그것은 시인에까지 영향을 주어 그에게 변화를 준다. 그러나 시인은 창작의 과정이 끝날 때까지 자신이 어떻게 될지 모른다. 그러므로 '변용'은 '미래에 속하는 일'이기도 하다. 그것은 더 이상 주체를 시 속에 '정착'시킴만을 뜻하지도 않는다. 시인은 창작을 통해 끊임없이 변모할 수 있다. 박용철이 새로 정립한 이 이론에서 기존의 '정착'이나 '변용'의 의미는 확연히 달라졌다. 시의 창작이 시인을 쇄신시키는 방법으로 승격했기 때문이다. 이를 위해서 유념할 것은 "심두에 경경(耿耿)한 불을 길르는" 일이다. 박용철은 깜박이며[耿耿] 꺼지지 않는 이 불을 '무명화'라고 불렀다.

당연히 이 불은 예민한 감각과 담대한 태도를 지닌 시인의 정신을 형상화한 것이어야 한다. 앞에서 살펴본 글들에서 박용철은 시의 출발점을 '강렬한 감정'이나 '표현될 충동'으로 명명한 바 있었고, 이것들이 '영혼의 전동'을 일으킨다고 말했었다. 하지만 이 불에는 이름이 없다. 단순히 시인의 정신이나 충동 등을 지시하지 않는 것이다. 인용의 뒷부분에서 박용철은 이것을 '선시적인 문제'라고 정의했다. 시 이전에 존재한다는 의미이다. 그리고 "이 불기운이 길러짐으로" 인해 시인이 자기 시의 수준을 높일 수 있다는 것이 그의 주

---

178) 「시적 변용에 대해서」, 9~10쪽.

장이다. 그는 시인과 이 불을 서로를 돕는 긍정적인 상호작용의 관계로 설정했다. 이 이름 없는 불은 시인을 성장시켜 새로운 시의 경지로 들어서게 한다. 따라서 이것은 시나 창작 이후의 시인보다 늘 선행한다. 그런데 박용철은 "시인으로나 거저 사람으로나" 이것을 길러야 한다고 했다. 이것은 시인의 내면에서만 타오르지 않는 것이다. 이것은 "사람으로서 우리가 아모것을 만날 때에" 지레 겁먹지 않는 '기운'을 주는 원천이다. 그래서 '우리'를 삶에 능동적으로 대처하는 정신을 지닌 사람이 되게도, 또 시인이 되게도, 시인의 내면에서 불타올라 시를 낳게도 할 수 있다.[179]

'무명화'가 노자의 '무명'을 참고했다는 점은 몇 차례 짚어진 바 있다.[180] 『도덕경』의 1장은 "무명은 하늘과 땅의 기원이요, 유명은 만물을 기르는 어머니에 지나지 않는다(無名, 天地之始, 有名, 萬物之母)"이다. '실체는 있어도 이름붙일 수 없는 것'이 무명이다. 인용한 부분의 앞은 '도(道)'와 '명(名)'에 대한 서술이었다(道可道, 非常道, 名可名, 非常名). 노자는 '모든 것의 근원'인 '도'를 설명하기 위해 거기에 이름을 붙이지 않는 방법을 택했다. 명명하려는 욕망은 '본질[妙]' 대신 '현상[徼]'에 사로잡히게 만들기 때문이다.[181] 박용철은 시의 본질이 규정될 수 없는 데 있다는 사실을 직시했다. 그리고 시인 자신마저 "원형을 잃은 다음에야" 시가 산출된다는 인식에 이르렀다. 이러한

---

179) 김명인은 박용철의 시론이 문학과 '삶의 통일성'을 '몰각'한데다, '일반의 시선'과는 이격되어 있다고 평한 바 있다(김명인, 「순수시론의 환상과 현실」, 261~262쪽).

180) 김동근, 「박용철 시론의 변용적 의미」, 『한국언어문학』 34집, 1995; 최동호, 「절대지와 무명화의 길」, 김대행·최동호 외, 『어두운 시대의 빛과 꽃』, 민음사, 2004. 김동근은 박용철 문학관의 배경 중 하나로 『도덕경』을 거론했고, 최동호의 경우 박용철의 시론이 초기부터 '도가적 발상'과 관련되었을 가능성을 제시했다.

181) 노자, 『노자도덕경』, 황병국 옮김, 범우사, 1986, 23~24쪽 참고.

사유에 부합할 만한 개념을 그는 노자의 책에서 찾았던 것이다. 하지만 철학이 목표가 아니었으므로, 무명을 자신의 시론 안에 포섭해야 했다. 이를 위해 그는 무명과 불(火)을 결합시켰다. 시를 정신의 연소와 연계시켰던 이는 그만이 아니었고,[182] 자신의 이론에 일관성도 부여할 수 있었던 이유에서였다.

그러니 '무명화'가 정신과 동일시될 수는 없다. 이것은 시인의 내면에서 '뭉얼거리는 덩어리'가 시로 화하는 화학작용의 불길에 그치지 않는다. 앞에서도 다루었지만 「을해시단총평」에서 그는 김기림의 시가 "시인의 정신의 연소가 이 거대한 소재를 화합시키는 고열에 달하지 못하고" 있다고 평한 바 있다(95). 이때까지 정신의 연소는 소재들을 화합한다는 의미 이상이 아니었다. 하지만 이 글에 오면 그것은 시인 자신의 정신에까지 영향을 끼친다. '무명화'는 정신이 연소하여 갱신하도록 돕는 불길인 것이다. 이로써 시의 창작은 시인의 정신사적 사건이 된다. 그전에 시인의 정신은, 언제나 그리고 늘, 새롭게 태어나지 못한 상태이다. 그에게 '시적 변용'이 일어나기 위해서는 '무명화'가 먼저 지펴져야 한다.

이 불은 따라서 정신 자체가 아니라 그것을 움직이는 동력이라는 점에서 '선시적'이다.[183] 비유적으로 말해 시인의 암중모색을 밝히

---

182) 김기림은 다음과 같이 주장했다. "그러한 전체로서의 시는 그 근저에 늘 높은 시대정신이 연소하고 있어야 할 것이다(「기교주의 비판」, 99쪽)." 그의 말을 받아 임화는 이렇게 역설했다. "'생에 있어서의 정신의 연소'가 시(그 他(타) 예술, 사상 일반)이라면, '생에 있어서의 육체의 연소'는 행동일 것이라고 우리는 믿어야 한다(「조선문학의 현대적 제상(諸相)」, 『임화 전집 4』, 567쪽)."

183) 강웅식은 '무명화'가 '새로운 존재로서의 시(작품)'의 기원이자 '어떤 정신의 상징'이며, 이 정신을 '생성중인 시의 주체'라고 언급한 바 있다(강웅식, 「박용철의 시론 연구」, 『한국학연구』 39집, 고려대 한국학연구소, 2011, 98~99쪽). 그리고 황정산은

는 한 줄기 빛이다. 릴케의 글을 제시한 후 박용철이 꺼낸 반론은 그
러한 노력을 지속해야 한다는 것이었다. 그럼으로써 시인은 시와 함
께 성장할 수 있다고 판단했기 때문이다. 박용철의 시론은 천재가
아닌 시인이 천재를 얻는 비결이 그런 노력에 있음을 말해준다. 시
는 이리하여 시인의 정신사가 된다. 그의 정신사는 언제나 완결되지
않은 상태에 있다. '무명'인 것이다. 그러므로 무명화는 시와 정신에
본질적으로 잠재해 있는 가능성의 다른 이름이다.[184] 그러나 이것은
명명이 불가능하다. 시인의 암중모색만이 이것을 유명(有名)으로 전
환시킬 수 있겠지만, 그 다음은 다시 무명이다.[185] 개념화하는 순간

이것을 "이름 붙일 수 없고 또 수치화할 수 없"는 '생명의 원형 에너지'이며, 시적
언어로 이행하는 '순간의 중요성'을 강조한 것으로 파악했다(황정산, 「생명 사상으로
본 박용철의 시론」, 『남도문화연구』 31집, 순천대 남도문화연구소, 2016, 334; 338쪽).

184) "근본으로 되돌아간다는 것은 '도'의 움직이는 법칙이요, 유약하다는 것은 '도'의 작
용하는 모습이다. 천하 만물은 유(有)에서 나오고, 유는 무(無)에서 나온다(反者, 道之
動, 弱者, 道之用, 天下萬物生於有, 有生於無)." 『노자도덕경』의 40장이다(86쪽). 위인
(魏人) 왕필은 밑줄 부분을 각각 다음과 같이 주석했다. "높음은 낮음으로 기초를 삼
고, 귀함은 천함으로 근본을 삼고, 있음은 없음으로 효용을 삼으니, 이것이 되돌아가
는 것이다. (道의) 움직임에서 모두 그 없는 바를 안다면 사물에 통한다. 그러므로
'되돌아가는 것이 道의 움직임이다'라고 했다." "천하의 사물은 모두 있음으로 낳음
을 삼고 있음이 시작하는 바는 없음으로 근본을 삼으니, 있음을 온전히 하고자 한다
면 반드시 없음으로 되돌아가야 한다(왕필주의 번역은 김학목, 「『도덕경』에서 도의
체득에 관한 고찰」, 『도교학연구』 15집, 한국도교학회, 1999, 123~124쪽)." 참고로
김학목은 40장의 '有生於無'와 2장의 '有無相生'의 근본 의미가 "사물(有)을 바라볼
때 상대적인 그 이면(無)까지 함께 볼 수 있어야 된다"는 의미로 풀이했다(127쪽).
박용철이 왕필 주석의 밑줄 부분을 보았는지는 단정할 수 없다. 하지만 '有無相生'과
40장의 밑줄 부분을 연계지어 이해했을 개연성은 충분하다. '도'의 움직임이 '되돌
아감'이라는 운동성에 있다면, 박용철은 '有無相生'의 '相生'에 반복성을 더함으로써
무명화와 시인의 상승작용이라는 시론에 이를 수 있었다.

185) 박용철이 '여표지월'이나 '염화시중' 등의 불교용어를 이 글에서 계속해서 사용하지
않은 까닭은 불교의 '空'과 도교의 '無名'의 함의가 다른 데 있었을 터이다. 예컨대
중앙승가대학교 총장이었던 이정모는 『반야심경』의 '色卽是空 空卽是色'이 "사물에
는 실체가 없다는 불교 특유의 사상과 존재하는 모든 것은 변화되고 옮겨 간다는 생
각을 이론적으로 해명한 반야공(般若空)이라는 사상이 기반이 되었다"라고 설명한

그것은 '현상'으로 고착되고 만다. 이런 맥락에서 박용철의 시론을 순수성으로 정의한 많은 선행연구들은 수정되어야 한다. '순수'라는 수사는 시의 본질에 대한 그의 태도에 한정될 때에만 유효하다.[186] 그의 시론은 현실을 전혀 배제하지 않았다. 박용철의 '선시적인' '무명화'는 누구나 가질 수 있는 불길이었다. 이것은 시 이전의 내면에 가득하나 규정할 수 없는 공백이며, 변용을 일으키는 원리이다.

기교주의 논쟁 이후 박용철은 임화와 김기림을 의식하면서 시론을 심화시켜 나갔다. 그런 중에도 그의 미의식이 현실에 토대를 둔 것이었음은 김영랑의 시를 협의의 서정주의라고 명명한 데에서 확인할 수 있었다. 그는 당대 시의 진실한 포즈는 무력감과 자기혐오에서 비롯되어야 한다고 생각하고 있었고, 「정축년시단회고」에서는 민족어가 처한 위기에 대한 우려를 우회적으로 표현하기도 했다. 「시적 변용에 대해서」는 그의 시론이 도달한 한 기착지이다. 이 글에서 이전에 몇 차례 사용한 바 있는 '변용'의 의미는 깊이를 확보하게 된다. 시의 기술에 대한 그의 탐구가 도달한 인식은 법칙화와 전달을 거부하는 바로 그 지점이 시의 본질이라는 사실이었다. 그래서 그는 일련의 비유를 쓸 수밖에 없었다.

눈여겨볼 첫째 비유는 '여표지월'이다. 이는 시인이 자신에게 얽매이지 않아야 한다는 뜻이었다. 변용은 이 글에 오면 시인까지 시

바 있다(이정모, 「發心과 法印에 의한 깨달음」, 『정토학연구』 12권, 한국정토학회, 2009.12, 38쪽). 요컨대 불교의 '空'은 실제로는 '色'은 물론 자신까지 부정하는 원리적 개념이다. 반면 도교의 '無名'은 '有名'까지 긍정한다.

186) 고형진은 박용철이 "'현대시'의 참모습을 최초로 시론화했다"고 지적한 바 있다(고형진, 「순수시론의 본질과 전개과정」, 30쪽).

의 재료가 되어 전화(轉化)시킨다는 의미를 획득하게 된다. 이 개념은 이전까지는 일회성이란 의미가 강했고, 시인 역시 이전의 자신과 동일자였다. 더 중요한 둘째 비유는 '무명화'이다. 앞의 것이 변용의 방법이자 과정이며 결과를 함축한다면, 이것은 변용의 원리이다. 이것이 '선시적'인 이유는 시작 전후로 시인이 달라지며, 그래서 새로운 시를 쓸 수 있게 되고, 이런 과정이 반복되기 때문이다. 그러므로 이것은 시인과 상생하는 불길이지만 이것에 이름을 붙이는 일은 불가능하다. 박용철이 '무명'이란 도가의 용어를 차용한 까닭은 '여표지월'이란 불가의 용어를 빌린 것과 같은 이유일 터이다. 그는 자신의 사유를 드러낼 가장 적합한 비유를 찾았던 것이다.

제5장

근대시론의 형성과
탈주하는 주체

근대시론의 형성과 탈주하는 주체

이 연구는 1930년대의 대표적인 이론가인 임화·김기림·박용철의 시론을 분화와 통섭이라는 관점으로 접근하여 근대시론이 형성된 과정의 일면을 재구하려 했다. 더불어 그들의 시론이 전대의 시론들과 가지는 접속관계를 규명하고, 후대의 그것들로 이어지는 연결고리를 탐색하려 했다. 전대와의 관계는 사적 검증을 거쳐 살필 수 있겠지만, 그들 및 이후 세대에 대한 연구는 여전히 성과가 쌓여가는 중이다. 따라서 이 책에서 주안점은 1930년대 당대와 그 이전의 문학론과 시론이었다.

문학사에 대한 단절론의 인식을 부정하는 견지에서 이 연구는 알랭 투렌의 '행위자의 복귀'와 앙리 메쇼닉의 '능동성' 개념을 참조했다. 전자는 근대문학으로의 전환과정에 대한 생동적 이해에 도움을 주었다. 이로써 1910년대 이전에 근대문학을 모색했던 과도기의 문학적 주체들과 이후의 문학장이 형성되는 데에 공헌한 이로 신채호까지 시야에 넣을 수 있었다. 후자의 개념어는 '삶의 형식'과 '언어활동의 형식'이 서로를 발명하게 해준다는 생각을 담고 있었다. 전자가 문학사의 조망과 관련된다면, 이것은 문학자 개인의 고투를 조명하는 시각을 마련해주었다.

'진선미'는 근대 서구의 발명품이다. 막스 베버는 이것들을 '근대적 합리화'의 산물이라고 보았으나, 하버마스는 이들의 분화를 '물화(物化)'와 동일시하고, 이들 영역의 자유로운 교류를 '근대성의 과제'로 내세웠다. 한편 칸트는 세 비판서를 통해 인식능력의 대상으로 이들을 구분했지만, 궁극적으로는 '판단력'을 통해 종합하려 했다. 요컨대 서구 근대가 낳은 물화현상의 하나가 '진선미'라는 가치의 분화라는 것이고, '근대성'의 과제는 이들의 원래 모습을 복원하는 일이 된다. 그러나 하버마스가 제출한 이 과제에 내포된 것은 이 일의 불가능성에 대한 인식이기도 했다. 그리고 칸트는 예술가가 아니었다.

이 책의 2장에서는 우선 근대문학의 전사(前史)로서 1920년대 초반까지의 문학이 보여주었던 상황을 살폈다. 선행연구들은 전통의 문학 장르가 서구의 문학양식이 유입됨에 따라 역동적으로 변모하며 성쇠의 기로에 서 있었음을 실증하고 있었다. 이 과정에서 대중이나 인민을 국민, 곧 정치적 주체로 호출하는 일과 정치사회적 비판을 담은 시가가 동시에 나타났다. 하지만 실제 정치에서는 전대와 같이 성리학적 견지에서의 '덕체지'가 장려되었다. 을사늑약으로 정치가 상실되기 전까지 민간의 문학과 정부의 교육은 분리되어 있었지만, 국민(민족)이란 집단 주체는 근대화와 함께 형성되고 있었다.

국권 강탈이 가까워올 무렵 문학은 이전과 같은 '정치성'을 유지할 수 없었다. 우회로는 '지정의(智情意)'를 내세운 문학론이었다. 신채호는 '의'를 기반으로 부정성의 '정'으로 채워진 시가로 망국의 위기를 극복하고자 했다. 반면 이광수는 '정'을 문학의 요건으로만 봤다. 그리고 최남선은 '정'을 문학의 동력으로 이해하긴 했지만, '지식'이란 의미의 '지(智)'를 더 중시했고, 거기에 문학의 의장을 입히려고 했다. 그의 '정'과 '지'도 신채호처럼 '의'를 향하고 있었다.

국권 피탈 이후 신채호는 '애국'을 위해 긍정적인 감정을 길러야 한다는 입장으로 선회했다. 문학의 촉발점이 '정'이라는 데 일종의 동의가 이루어진 셈이지만, '지'와 '의'가 또 다른 원인이 될 가능성의 부정은 아니었다. 1910년대 중반 이광수는 '지정의' 삼자가 '진선미'라는 가치의 추구로 나타나며, 문학·예술은 '정'이 추동한 '미'의 발현이라는 견해를 발표했다. 이로써 문학·예술은 과학이나 종교·도덕과 같은 지위에 오르지만, 그의 생각에는 근대적 전인(全人) 개념이 내포되어 있었다.

3·1운동 이후 문학을 지배한 것은 좌절감이었다. 데카당스에 대한 김억의 수용은 역사적 진보에 대한 믿음의 상실이 원인이었다. 이 시점에서 두드러지는 것이 문학의 사적·공적 영역이라는 두 지평이었다. 이 둘의 공존은 동양시학의 일반론이고 데카당스의 특수성이다. 하지만 데카당스는 문학인들에게 일정한 거리 이상으로 좁혀지지 않는 대상이기도 했다. 이광수의 예술지상주의에 대한 비판은 이런 맥락 위에 있었다. 반면 김억 등은 그것을 비판적으로 수용했다. 그들에게는 사적 영역에서 발원하여 공적 영역으로 연결되는 것이 문학이었다.

3장에서는 1920년대 중반의 문학적 지형으로부터 발원한 1930년
대 초반의 임화·김기림·박용철의 시론들을 검토했다. 3·1운동 이
후의 무단통치에서 문화정치로의 전환은 지배의 인프라를 구축했기
에 실행될 수 있었다. 이러한 정치적 변전은 문학의 공적 영역에 대
한 관심을 여러 갈래로 나누었고, 카프 결성으로 이들 갈래간의 대
립과 이견은 실체화되었다. 이리하여 국민문학과 계급문학은 각각
'인생'과 '생활'이라는 개념어를 점유하였다. 한편으로 근대와 문명
에 대한 반응으로 새롭게 등장한 것이 모더니즘문학이었다. 이것은
앞의 두 문학적 지향보다 공적 영역에 대한 관심이 덜 했던 것이 사
실이다.

2절에서는 임화의 시론을 다루었다. 그는 '계급적 자기'라는 표현
으로 문학이 프롤레타리아 계급의 이익을 위한 수단이며, 시인이 개
별자가 아님을 표방했다. 그러므로 시인에게 필요한 것은 프롤레타
리아 전위의 눈이었다. 이 시기의 시론에서 핵심을 이루는 비평의
가치는 프롤레타리아 문학의 존립이었으므로, 민족개량주의 문학과
해외문학파는 대결의 대상이었다. 그는 12월 테제와 같은 강령에 충
실했고, 그에게 시인은 정치운동의 주체로 대중을 호명하는 예술운
동의 주체여야 했다. 그러나 '소시민적 흥분'이나 '개념적인 절규의
낭만주의'로 채워졌던 과거에 대한 반성은 프롤레타리아 대중에 대
한 일시적 투사가 아닌 항시적인 투사적 동일시를 요구하게 되었다.
이것이 그에게는 문학의 윤리였다.

1933년경부터 임화는 프롤레타리아 문학의 입지를 확고히 할 이
론의 마련에 힘썼다. 그는 '형상의 구체성'을 거론하며 '현실 과정'

이라는 말을 도입하고, 양립이 불가능한 '당파성'과 '객관성'을 병치
시켰는데, '현실 과정'을 역사의 진보로 파악하고 '예술의 양심'이
추동한 문학적 행동을 매개로 이 둘이 양립할 수 있다고 보았다. 이
양심이 포착해낸 '형상의 구체성'은 '계급사회적 전체'를 대표하는
'사회적 인간'으로서의 개인이었다. 이 개인은 사회주의적 리얼리즘
을 실현하는 영웅이었다. 임화는 이 개인의 동력이 혁명적 로맨티시
즘에서 온다고 생각했다. 이리하여 그는 주지주의의 반대편에 '주정
주의'를 세웠다. 이것은 객관적 현실과 대결하는 주관의 의지를 필
요로 한다. 그는 '낭만'이란 주정(主情)과 '정신'이라는 의지[主義]를 결
합함으로써 프롤레타리아 문학의 길을 개척하고자 했다.

　3절에서는 김기림의 시론을 살폈다. 그에게 시의 창작은 '새로운
현실'을 창조하고 구성하는 일이었다. 이를 위해 요청된 것은 객관
세계와 교섭하는 주관이었다. 그는 정지한 주관이 객관세계와 마찬
가지로 자연으로서의 존재(Sein)에 불과하다고 보았다. 프롤레타리아
문학과 예술지상주의에 대한 거부는 이러한 인식에서였다. 존재에
가치를 부여하는 '움직이고 있는 주관'의 활동이 그의 주지주의였다.
그는 주관과 객관이 '선율(旋律)'할 때 생겨나는 '생명의 반응'이 시라
고 여겼지만, 근세 이후의 시가 이 과정을 도외시했다고 판단했다.
반면 상징주의 이후 '생활'이 20세기 초반 근대시의 주요한 화두로
등장했다고 파악했으나, 이미 병들어버린 생활이 폭로하는 모순・기
만・악의는 근대시의 자기붕괴를 초래하고 있었다. 지식계급의 생활
이 분열된 것이 원인이었다. 하지만 그가 사용했던 '집단과 그 생활'
은 다소 추상적이었다.

김기림은 계급성을 긍정하지 않았으나 민족의 현실을 인식하고 있었다. 이런 차원에서 그는 시인이 문화의 발전에 대한 의식을 가진 '가치창조자'여야 한다고 주장했다. 그리고 '인생의 구체적 현실'을 드러내기 위한 방법으로 '영상'을 제안했다. '시대에 대한 감각과 비판'을 담을 수 있다고 여겼기 때문이다. 시인은 '즉물주의자'가 되어야 한다는 주장이나 감상성과 관념성의 배척은 여기에서 나왔다. 그의 즉물주의는 구체적 현실을 포착하는 '가장 본질적인 유일한 단어'를 선별하는 것을 뜻했고, 그는 이를 '지적인 태도'라고 불렀다. 그는 한 편의 짧은 시가 "현실 전부를 대표하는" 것은 즉물주의와 지적 태도로 가능하다고 생각했다. 시에서의 공간성을 중시했던 것도 같은 이유였다. 지성의 인도 아래 감성을 실현하는 방법론이 그에게는 즉물주의였다.

4절에서는 박용철의 시론을 들여다보았다. 그는 비평의 초기부터 작자・작품・향유자를 구분하였다. '한낱 존재'와 '덩어리'는 박용철 시론이 이후에 심화하는 계기가 된 중심개념으로 등장했지만, '효과주의'에 대한 검토는 그의 시론이 사회적・정치적 문제를 도외시하지 않았음을 보여주었다. 이러한 두 가지 시론의 길에서 초기에 집중한 방향은 후자였다. '비평가의 직능'을 강조하는 과정에서 등장한 '예술발생학'은 사회정치적 문제에 민감하게 반응했던 마르크시즘 문학론에 대한 비판으로 이어졌다. 그리고 '예술 특유의 경로'는 부르주아 문학론을 부정하는 이유가 되었다. 그는 창작의 과정과 향수의 과정까지 포괄하는 시론을 구상했다. 예술의 사회적 효과를 직접적인 것으로 이해하지 않았지만, 그는 비평이 '사회적 이상'에 비추어 행해져야 한다고 생각했다.

박용철이 문학의 질적 수준을 두 층위로 파악했던 것도 위와 일맥 상통한다. 「쎈티멘탈리즘도 可」는 이러한 그의 미의식이 전면적으로 나타난 사례였다. 그는 이 글에서 자신의 문학적 이상과 지향을 달리하거나 수준이 미달하는 경우에 대해서도 긍정적인 태도를 취했다. '해방운동'과 '협의의 민족주의'에 대한 인식은 이제까지의 편견에 수정을 요청했다. 그는 문학의 사회적 역할을 긍정했다. 한편 그의 시론이 심화되는 데 하우스만은 분명한 영향을 미쳤다. 그러나 그는 그전까지 진전시킨 시론에 그것을 비판적으로 수용했다. 이러한 태도는 이후에도 계속되었다. 이때까지 그는 창작이 '모방'에서 출발한다고 이해했고, 고전의 '유사한 반복'을 통해 '상이'를 찾는 일이라고 여겼다. 그에게 상이성은 창작의 주체가 문학가의 반열에 오를 수 있게 해주는 역할을 수행하는 핵심이었다.

살펴본바 임화·김기림·박용철은 1930년대 초반에 지정의에서 발원한 진선미의 지향으로 가치를 삼분하고 있었다. 임화는 '선'에 기반했지만 '주정'이란 원칙을 세우고 시론을 구성해 나갔다. 그것은 주지주의와 상반되는 질적 낭만주의에 토대를 둔 시론상의 개척이었다. 김기림의 경우는 주지적 태도로 '진'에 다가서고자 했다. 곧 그의 '즉물주의'는 단면만으로도 거기에 내재된 현실의 진면모를 발견하려는 지적 기획이 선택한 방식이었다. '선'과 '미'를 향한 고른 시선을 유지하고 박용철은 현실과 예술을 파악했다. 사적 영역과 공적 영역을 함께 사유했다는 점에서 그는 전통적인 미의식의 계승자였다고 평가할 수 있다.

4장은 1935년 무렵의 문단 현황을 국내외의 정치적 상황과의 관련 아래 조망하는 것으로 시작했다. 카프가 해산된 후인 6월과 7월에 각각 개최된 문화옹호 국제작가회의와 코민테른 제7차 대회는 1920년대의 신간회와 같은 좌우의 연합전선을 요구했고, 많은 문학인이 거기에 어느 정도 동조하는 태도를 보였다. 이런 변화의 또 다른 원인은 1930년대 초반부터 서서히 윤곽을 드러내고 있었던 일제의 파시즘화였다. 그러나 연합을 거론하기에 갈등의 골은 너무나 깊었다. 1930년대 중반을 넘어서야 상황에 대한 위기의식이 조금씩 노출되기 시작하는 상황이었다.

2절에서는 1934년 이후의 임화 시론을 살폈다. 이 시기 들어 그는 민족어에 대한 관심을 보이기 시작했다. 기교주의에 대한 그의 반발은 실제로는 언어적 차원에서 그들의 문학적 성취가 두드러졌기 때문이었다. 그는 국제정세를 정확히 인지하고 있었고, 이전의 방식으로는 변혁이 불가능하다고 판단했다. 계급 대신 민족을 호명하기 위해서는 '언어'가 중요한 매개가 될 수밖에 없었는데, 그의 견지에서 기교파의 언어는 예술지상주의와 같은 심미성과 감각에 기대고 있었다. 거기에는 '진실한 낭만주의'가 부재했다. 반대로 '감정'은 '사상'과 통하는 것이었다. 게다가 조직의 해체는 프롤레타리아 문학운동의 위축을 불러오고 있었다. 그에게 문학과 행동의 유리는 칸트로부터 유래하는 예술지상주의와 형식주의 미학의 특성이었다. 그는 민족문학을 '민족적 형식'으로 정의함으로써 나머지 문학적 지향들을 거기에서 배제했다.

임화는 창작의 과정이 현실의 객관적 과정을 반영하는 데에 그치지 않고 그것을 인식하고 거기에 암시를 주는 '실천적 행위'라고 보았다. 이 점에서 구(舊) 카프의 비관적 낭만주의와 재현적 리얼리즘은 반성의 대상이 되었다. 민족적 형식도 단순한 구호에 그치지 않고 구체화했다. 그것은 목적이 아니라 실천적 행위가 낳은 효과여야 했다. 그런데 임화 시론의 비약이 일어나는 지점이 바로 여기이다. 그는 '예술창작상의 결과'가 '하나의 사상'이 될 수 있다는 생각을 진척시킨 끝에 '신성한 잉여물'을 발견하고 세 개의 세계를 가정했다. 작가가 의도한 세계, 잉여의 세계, 비평의 세계가 그것들이다. 이것들은 모두 현실에 근거하고 있지만, 작가의 태도에 따라 잉여의 세계는 작품으로 구현될 수도 그러지 못할 수도 있다. 그의 견해로는 비평가가 개입하는 순간은 후자일 때이다. 이리하여 그는 유물변증법을 문학의 영역에서 실천적 시론으로 진화시켰다.

3절에서는 같은 시기에 제출된 김기림의 시론을 검토했다. 그는 지성에 대한 반성을 감행하고, 휴머니즘의 위상을 높여서 행동주의·사회주의와 연결시켰다. 그의 반성은 지성과 기교주의만을 향한 것은 아니었다. 내용주의 역시 대상이었다. 그는 새로운 시적 질서를 위해서 이러한 편향들을 극복해야 한다고 생각했다. 그래서 로맨티시즘·휴머니즘·육체와 고전주의·질서를 질적 개념의 정신으로, 즉 '불타는 인간정신(연소하는 시대정신)'과 '능동적인 시정신'으로 명명했다. 그는 이 둘을 접근시키고 기존의 위상을 역전시켰다. 그리고 반성적 지성, 곧 '활동하는 정신'의 제어 아래에 이 둘을 배치했다. 그는 감성에서 발원하는 정신을 '적극적' 로맨티시즘이라고 높이 샀다. 시대상황에 맞서는 '새로운 문체'를 조직하기 위해서 그는 가두(街頭)나 일터로 나갈 것을 제안했다.

'활동하는 정신'은 이후 '과학적 태도'로 재명명되었다. 그는 현실을 파지하여 인과관계를 살핌으로써 그것을 고쳐나가려는 의지라는 측면에서 과학과 시와 비평의 기능은 동일하다고 생각했다. 1930년대 말 그는 청년들과 그들의 미래를 위한 시론을 준비하면서, 시에 대한 본체론적이고 목적론적인 접근을 부정했다. 모더니즘에 대한 반성의 결과였다. 그의 '새로운 시학'은 시가 존재하는 방식과 양상을 규명하는 것을 목표로 했다. 이로써 시는 소통의 수단이, 시정신의 전염은 '심리현상'이, 언어는 한 개의 '사회적 행동'이 되었다. 김기림은 시대상황에 절망해서는 안 된다는 입장이었다. 그럴수록 세계를 향해 시선을 주어야 한다고 생각했다. 그렇지 않고 내면에 침잠할 때에는 '자기분열'만 있을 뿐이라는 이유에서였다. 이 책이 다룬 마지막 글에서 그는 부제였던 '현대조선문학의 한 과제'를 통해 새로운 시대를 위한 '오늘의 원리'를 요청하고 있었다.

4절에서는 박용철의 시론을 다루었다. 그는 「현대영국의 젊은 시인들」에서 1930년대 마르크시즘에 경도되었던 영국의 오든 그룹을 소개했고, 「다채한 조선문학의 一路」에서는 '순일한 민족주의'와 '내부적 계급주의'를 부정했다. 두 글은 '문화의 총체적 계획자의 한 사람'으로서의 사유를 보여주었다. 이상이 '선'이라는 가치와 밀접하다면 문학자 개인으로서 그는 '미'를 정향하고 있었다. 기교주의 논쟁에 나선 이유였다. 「을해시단총평」과 「'기교주의'설의 허망」에서 사용된 개념들은 그의 시론이 진척되는 데 참조점으로 기능한다.

이후 박용철은 김기림과 임화를 의식하면서 시론을 심화시켜 나갔다. 백석과 김영랑의 시에 대한 일련의 평가는 그의 미의식과 현실인식을 공히 보여주었다. 그는 당대 시의 진실한 포즈는 무력감과 자기혐오에 근거해야 한다고 판단했고, 민족어에 대한 우려를 우회적으로 드러내기도 했다. 「시적 변용에 대해서」는 그의 시론이 도달한 한 기착지였다. 시의 기술에 대한 탐구 끝에 그는 법칙화와 전달을 거부하는 바로 그 지점이 시의 본질이라는 사실을 발견했다. 그래서 그는 일련의 비유를 쓸 수밖에 없었다. 첫째는 '여표지월(如標指月)'이었다. 이는 시인이 자신에게 얽매이지 않고, 자신의 원형을 잃어야 한다는 뜻이다. '무명화'는 더 중한 비유였다. 앞의 것이 변용의 과정·방법·결과를 압축한다면, 이것은 변용의 원리이다. 이것이 '선시적'인 이유는 시작(詩作) 자체가 새로운 시를 쓰는 계기가 되기 때문이다. 시인 자신까지 변화시켜 또 다른 시작의 동력이 되는 무명화는 그러므로 시인과 상생하는 불길이다. 따라서 끊임없이 변전하는 이 불길에 이름을 붙이는 것은 불가능했다.

1930년대 초반 한국의 근대시론은 임화·김기림·박용철에 의해 '진선미'의 삼분체계를 정립하게 되었다. 그러나 1930년대 중반에 이르면 삼분체계는 동요하고 후반에 가서는 교차하게 되었다. 외부적 요인이 컸지만, 거기에만 원인이 있었던 것은 아니었다. 이들의 초기 시론에서 이미 기미를 읽을 수 있기 때문이다. 한편으로 이들의 문학적 대응은 근대전환기와 국권 피탈 직전 그리고 3·1운동 직후의 시가들이 보여줬던 반응과 유사하다. 시대상황에 대한 이들의 충실성이 드러나는 지점은 이러한 공통성에 있을 것이다. 문학은 사적 영역에 뿌리를 내렸으나 늘 공적 영역을 바라보고 있었다.

임화·김기림·박용철의 행보는 이 점에서 단순히 외발적인 것은 아니었다고 할 수 있다. 임화는 '선'에서 '미'로, 김기림은 '진'에서 '선'으로 가까이 감으로써 근대시론을 넓혔다. 한편 박용철은 '선·미'를 유지한 채 '미'의 본질로 다가감으로써 근대시론에 깊이를 더했다. 그가 도달한 시론의 성취는 어떻게 보면 '미'에만 얽매이지 않았기 때문에 가능했을지도 모른다. 임화는 유물변증법을 실천적 차원에서 미적 차원으로 진화시켰다. 김기림은 현실을 외면하지 않는 지성이 '선'을 향해 나아간 우리 문학사의 대표적인 사례로 판단된다. 이처럼 이들 세 사람은 가치를 지향했지만, 거기에 스스로를 구속시키지 않음으로써 시론에 새로운 가치를 도입했다.

1장에서 살폈듯이 1950년대의 조지훈은 시가 "진·선·미를 발휘"할 수 있다는 인식을 보여주었다. 그는 전대 문학의 신세대이자 목격자였고 학자였다. 어떤 견지에서 나온 발언이든 분명한 것은 1950년대에 근대적 가치론의 삼분체제를 염두에 둔 시의 추구가 상식으로 자리를 잡아가고 있었다는 사실이다. 임화·김기림·박용철의 시론은 그러한 인식의 토대를 마련했다고 판단된다. 동시에 그들의 시론은 삼분가치를 내파하면서 문학적 주체의 능동성을 여실하게 보여주었다. 그들의 실천적 글쓰기는 한편으로는 가치론에 사로잡히지 않고 탈주하는 주체를 구성해냈다고 하겠다.

참고문헌

1. 기본자료

1) 1차 자료

김기림, 『김기림 전집 1·2·3·5·6』, 심설당, 1988.
박용철, 『박용철 전집 1·2』, 깊은샘, 2004.
박용철, 『박용철 유필원고 자료집』, 김용직 책임편집, 깊은샘, 2005.
임화, 『임화문학예술전집 1·2·3·4·5』, 임화문학예술전집 편찬위원회 편, 소명출판, 2009.
임화 엮음, 『현대조선시인선집』, 학예사, 1939.
김억, 『해파리의 노래』, 조선도서주식회사, 1923.
김억 역, 『懊惱의 舞踏』, 廣益書館, 1921.
신채호, 『단재신채호전집 7·별집』, 단재신채호선생기념사업회 편, 형설출판사, 1982.
신채호, 『을지문덕/ 이순신전/ 최도통전』, 독립기념관 한국독립운동사연구소, 1989.
유길준, 『서유견문』, 허경진 옮김, 서해문집, 2004.
이광수, 『이광수 전집 1·10』, 삼중당, 1971.
이 상, 『이상문학전집 1』, 이승훈 엮음, 문학사상사, 1989.
이해조, 『자유종』, 광학서포, 1910.
주요한, 『아름다운 새벽: 1917~1923』, 조선문단사, 1924.
『개벽』·『금성』·『농민』·『대한매일신보』·『독립신문』·『동아일보』·『매일신보』·『삼천리』·『소년』·『시경』·『시대일보』·『신동아』·『신민』·『조광』·조선문단』·『조선왕조실록』·『조선일보』·『조선중앙일보』·『조선지광』·『중외일보』·『창조』·『폐허』·『한글』·『학지광』·『해외문학』.

2) 2차 자료

가토 히사다케 등 엮음, 『헤겔사전』, 이신철 옮김, 도서출판 b, 2009.
고려대학교민족문화연구원, 『고려대한국어대사전』, 2009.

고영록 편, 『사회학사전』, 사회문화연구소, 2000.

교보문고, 『해외저자사전』, 2014.

노에 게이이치 등 엮음, 『현상학사전』, 이신철 옮김, 도서출판 b, 2011.

볼프하르트 행크만·콘라드 로터 엮음, 『미학사전』, 김진수 옮김, 예경, 1998.

운평어문연구소, 『뉴에이스 일한사전』, 금성교과서, 2001.

이휘영 편저, 『엣센스 불한사전(제2판)』, 민중서림, 1987.

철학사전편찬위원회, 『철학사전』, 중원문화, 2009.

한국학중앙연구원, 『한민족대백과사전(제2차 개정증보판)』, 한국학중앙연구원, 2010.

2. 국내 논저

1) 평론 및 논문

감영상, 「개화가사고(考)」, 『사림어문연구』 14집, 사림어문학회, 2001. 12.

강웅식, 「박용철의 시론 연구」, 『한국학연구』 39집, 고려대 한국학연구소, 2011.

_____, 「한국 현대시론에 나타난 '영감'의 문제에 관한 연구」, 『상허학보』 46집, 상
　　　　허학회, 2016. 2.

고명철, 「해외문학파와 근대성. 그 몇 가지 문제」, 『한민족문화연구』 10권, 한민족문
　　　　화학회, 2002.

고미숙, 「19세기 시조의 전개 양상과 그 작품 세계 연구」, 고려대 박사논문, 1993.

_____, 「대중 가요의 선구. 20세기 초반 잡가 연구」, 『역사비평』 24호, 역사문제연
　　　　구소, 1994. 봄.

_____, 「한국 '근대 계몽기' 시가의 이념과 형식」, 『대동문화연구』 33권, 성균관대
　　　　대동문화연구원, 1998. 12.

고봉준, 「김기림 시론의 근대성 연구-『시론』을 중심으로」, 『고황논집』 25집, 경희대
　　　　대학원, 1999.

고은지, 「계몽가사의 문학적 형상화 방식과 그 의미」, 고려대 박사논문, 2004.

고준희, 「민요 종결어 문체 '-네'와 개화기 시가」, 『한국시가연구』 4집, 한국시가학
　　　　회, 1998.

고형진, 「순수시론의 본질과 전개과정」, 『현대시』, 한국문연, 1994. 4.

_____, 「방언의 시적 수용과 미학적 기능」, 『동방학지』 125권, 연세대 국학연구원,
　　　　2004. 4.

구장률, 「"문학지(文學知)"의 번역. 이광수를 중심으로」, 『민족문학사연구』 47권, 민

족문학사학회, 2011.

구중서, 『한국문학사론』, 대학도서, 1978.

구재진, 「카프 문학과 윤리적 주체」, 『비평문학』 39호, 한국비평문학회, 2011.

권경아, 「1920년대 한국 모더니즘 시의 전개양상 연구」, 『어문연구』 85집, 어문연구학회, 2015.

권보드래, 「문학 범주의 형성 과정」, 『민족문학사연구』 14권 1호, 민족문학사학회, 1999.

김경자 외, 「일제강점기 초등교육의 본질: 교과과정 요소를 중심으로」, 『초등교육연구』 17권 1호, 한국초등교육학회, 2004.

김교봉, 「근대 전환기 시가 연구의 성과와 전망」, 『한국어문연구』 7권, 한국어문연구학회, 1992.

_____, 「개화기 시가의 근대성」, 『동양학』 32권, 단국대 동양학연구소, 2002.

김광명, 「칸트 철학 체계와의 연관속에서 본 『판단력비판』의 의미」, 『칸트와 미학』 3권 1호, 한국칸트학회, 1997.

김동근, 「박용철 시론의 변용적 의미」, 『한국언어문학』 34집, 한국언어문학회, 1995.

김동식, 「한국의 근대적 문학 개념 형성과정 연구」, 서울대 박사논문, 1999.

_____, 「1930년대 비평의 주체와 수사학-임화·최재서·김기림의 비평을 중심으로」, 『한국현대문학연구』 24집, 한국현대문학회, 2008. 4.

_____, 「연애와 근대성」, 『민족문학사연구』 18권, 민족문학사연구소, 2011.

_____, 「'리얼리즘의 승리'와 텍스트의 무의식」, 『한국현대문학연구』 34집, 한국현대문학회, 2011.

김명인, 「순수시론의 환상과 현실」, 『어문논집』 22집, 민족어문학회, 1981.

_____, 「한국 근대 문학개념의 형성과정」, 『한국근대문학연구』 6권 2호, 한국근대문학회, 2005.

김민재, 「근대 초등용 수신 교과서에 나타난 가치교육의 변화 연구」, 『초등도덕교육』 36집, 한국초등도덕교육학회, 2011.

김수이, 「임화의 '신성한 잉여'의 세 가지 의미: 임화의 비평에 나타난 시차(視差. parallax) 1」, 『우리문학연구』 29집, 우리문학회, 2010.

김신재, 「일제강점기 조선총독부의 지배정책과 동화정책」, 『동국사학』 60집, 동국역사문화연구소, 2016. 6.

김영범, 「1930년대 중후반 임화 비평의 언어적 모색과 좌절」, 『어문논집』 79집, 민족어문학회, 2017. 4.

김영철, 「개화기 시가의 전고와 관습적 수사 연구」, 『한중인문학연구』 34호, 한중인문학회, 2011.

_____, 「개화기 시가에 나타난 알레고리의 미학」, 『한국시학연구』 35호, 한국시학
　　　회, 2012.

김예리, 「김기림의 예술론과 명랑성의 시학 연구」, 서울대 박사논문, 2011.

김예림, 「초월과 중력, 한 근대주의자의 초상」, 『한국근대문학연구』 5권 1호, 한국근
　　　대문학회, 2000. 4.

김용관, 「카프의 연극 대중화 과정 연구」, 『비평문학』 25호, 한국비평문학회, 2007.

김윤식, 「용아 박용철 연구」, 『학술원논문집』 6집, 대한민국학술원, 1970.

_____, 「한국근대문학사에서 본 가톨릭문학」, 『한국가톨릭문학연간작품집』, 광문출
　　　판사, 1975.

김윤태, 「1930년대 한국 현대시론의 근대성 연구」, 서울대 박사논문, 1999.

김재용, 「카프 해소·비해소파의 대립과 해방 후의 문학운동」, 『역사비평』 통권 4호,
　　　1988. 9.

김재혁, 「새로 발굴된 박용철의 원고 「R, M, 릴케의 서정시」」, 『문학사상』, 2004. 12.

_____, 「박용철의 릴케 문학 번역과 수용에 관한 연구」, 『독일문학』 93권, 한국독어
　　　독문학회, 2005.

_____, 「새로 발굴된 박용철의 번역 원고의 번역문법적 분석」, 『독일문학』 107권,
　　　한국독어문학회, 2008,

김정현, 「<구인회>의 '데포르마시옹' 미학과 예술가적 존재론 연구」, 서울대 박사논
　　　문, 2017.

김종훈, 「한국 근대시의 '서정'」, 고려대 박사논문, 2008.

김주현, 「국문 창제 요의설(了義說)을 통한 「천희당시화」의 저자 규명」, 『어문학』 87
　　　권, 한국어문학회, 2005. 3.

_____, 「「천희당시화」의 저자 확정 문제」, 『우리말글』 33권, 우리말글학회, 2005. 4.

김진경, 「박용철 비평의 해석학적 과제」, 『선청어문』 13권, 서울대 국어교육과, 1982.

김진희, 「김기림의 전체주의 시론과 모더니즘의 역사성」, 『한국근대문학연구』 6권 1
　　　호, 한국근대문학회, 2005.

김학목, 「『도덕경』에서 도의 체득에 관한 고찰」, 『도교학연구』 15집, 한국도교학회,
　　　1999.

김한성, 「김기림, T,S, 엘리엇, 니체」, 『한국현대문학연구』 46집, 한국현대문학회, 2015.

김한종, 「조선총독부의 교육정책과 교과서 발행」, 『역사교육연구』 9집, 한국역사교
　　　육학회, 2009. 6.

김행숙, 「1920년대 동인지 문학의 근대성 연구」, 고려대 박사논문, 2002.

남기혁, 「1920년대 시에 나타난 도시체험-도시풍경과 이념적 시선, 미디어의 문제를
　　　중심으로」, 『겨레어문학』 42권, 겨레어문학회, 2009.

노춘기, 「근대문학 형성기의 시가와 정육론 연구」, 고려대 박사논문, 2011.

문성환, 「최남선의 글쓰기와 근대 기획 연구」, 인천대 박사논문, 2008.

문혜원, 「한국 근대 초현실주의 시론의 특징에 관한 연구」, 『한중인문학연구』 17권, 한중인문학회, 2006.

박근예, 「1920년대 문학 담론 연구」, 이대 박사논문, 2006.

박노균, 「해외문학파의 형성과 활동양상」, 『개신어문연구』 1집, 개신어문학회, 1981. 8.

박미령, 「1930년대 시론 연구」, 충남대 박사논문, 1987.

박성진, 「만주국 조선인 고등 관료의 형성과 정체성」, 『한국동양정치사상사연구』 8집, 한국동양정치사상사학회, 2009.

박애경, 「조선 후기, 개화기 시가 연구의 현황과 과제」, 『동방학지』 146호, 연세대 국학연구원, 2009.

박윤덕, 「루소와 프랑스 혁명」, 『프랑스학연구』 67권, 프랑스학회, 2014.

박철석, 「해방직후의 문학사 연구」, 『동아논총』 26집, 동아대, 1989. 12.

방민호, 「김유정, 이상, 크로포트킨」, 『한국현대문학연구』 44집, 한국현대문학회, 2014. 12.

배개화, 「1930년대 말 '조선' 문인의 '조선어'를 바라보는 두 가지 관점」, 『우리말글』 33권, 우리말글학회, 2005. 4.

변상출, 「게오르크 루카치의 문학·예술이론 연구」, 서강대 박사논문, 2000.

서정익, 「대공황 전후(1925~1933년) 동북아시아의 정세변동과 일본의 중국침략」, 『아시아연구』 7권, 한국아시아학회, 2004. 6.

서준섭, 「한국 현대문예비평사에 있어서의 시비평이론 체계화작업의 한 양상」, 『비교문학 및 비교문화』 5집, 한국비교문학회, 1980.

소래섭, 「김기림의 시론에 나타난 '명랑'의 의미」, 『어문논총』 51호, 한국문학언어학회, 2009. 12.

_____, 「근대문학 형성 과정에 나타난 열정이라는 감정의 역할」, 『한국현대문학연구』 37권, 한국현대문학회, 2012.

손광은, 「박용철 시론 연구」, 『용봉인문논총』 29집, 전남대 인문학연구소, 2000.

송민호, 「개화기시가사상의 가창」, 『아세아연구』, 고려대 아세아문제연구소, 1966.

송명희, 「이광수의 문학평론 연구(3)」, 『논문집』 33권, 부산수산대학교, 1984.

손정수, 「자율적 문학관의 기원」, 『민족문학사연구』 20호, 민족문학사학회, 2002.

신두원, 「이식과 창조의 변증법」, 『창작과 비평』 1991 가을.

신명경, 「일제강점기 로만주의 문학론 연구」, 동아대 박사논문, 1999.

신범순, 「1930년대 시에서 니체주의적 사상 탐색의 한 장면(1)」, 『인문논총』 72권 1

호, 서울대 인문학연구원, 2015.

신재기, 「1930년대 비평에서 '엥겔스의 발자크론'의 수용 양상」, 『어문론총』 28권, 경북어문학회, 1994. 12.

_____, 「박용철의 시적 언어론」, 『어문학』 83권, 한국어문학회, 2004.

안지나, 「『만세전』의 식민지적 근대성 연구」, 이대 석사논문, 2003.

엄정선, 「『소년』지의 「봉길이 지리공부」에 나타난 최남선의 지리교육사상」, 동국대 석사논문, 2007.

염동훈, 「"로셔와 크니스"에 나타난 막스 베버의 방법론적 전략」, 『문화과학과 사회 과학의 방법론(Ⅰ)』, 일신사, 2003.

오형엽, 「1930년대 시론의 구조적 연구」, 고려대 박사논문, 1998.

_____, 「박용철 시론의 구조와 계보」, 비평문학 18호, 한국비평문학회, 2004,

와타나베 나오키(渡邊直紀), 「임화의 언어론」, 『국어국문학』 138권, 국어국문학회, 2004. 12.

우남숙, 「신채호의 국가론 연구: 이론적 구조를 중심으로」, 『한국정치학회보』 32권 4호, 한국정치학회, 1999.

유성호, 「박용철 시 연구」, 『한국시학연구』 10호, 한국시학회, 2004. 5.

윤대석, 「1940년을 전후한 조선의 언어 상황과 문학자」, 『한국근대문학연구』 4권 1 호, 한국근대문학회, 2003, 4.

윤의섭, 「근대시의 미적 자율성 형성 과정 연구」, 『한국시학연구』 33호, 한국시학회, 2012. 4.

윤명철, 「韓末 自强史學에 대하여」, 『국학연구』 2집, 국학연구소, 1988. 10.

윤여탁, 「개화기 시가를 통해 본 전통의 문제-『대한매일신보』를 중심으로」, 『국어교 육연구』 4권 1호, 서울대 국어교육연구소, 1997.

윤영실, 「"경험"적 글쓰기를 통한 "지식"의 균열과 식민지 근대성의 풍경 -최남선의 지리담론과 『소년』지 기행문을 중심으로」, 『현대소설연구』 38권, 한국현대 소설학회, 2008.

윤지영, 「한국 현대시의 화자론의 기원에 대한 고찰」, 『한국근대문학연구』 3권 2호, 한국근대문학회, 2002.

_____, 「시 연구를 위한 시적 주체(들)의 개념 고찰」, 『국제어문』 39집, 국제어문학 회, 2007.

윤휘탁, 「<만주국> 노동계의 민족 구성과 민족간 위상」, 『동아시아: 비교와 전망』 1권, 동아대 동아시아연구원, 2003.

왕수파, 「신채호의 「이태리건국삼걸전」 연구」, 대구대 석사논문, 2008.

이광호, 「한국근대시론의 미적 근대성 연구」, 고려대 박사논문, 1998.

_____, 「김기림 시에 나타난 근대성에 대한 시선」, 『어문연구』 40권 1호, 한국어문
　　　교육연구회, 2012.

이상숙, 「북한문학의 '민족적 특성론' 연구」, 고려대 박사논문, 2004.

이상옥, 「박용철 시론의 내적 논리」, 『우리말글』 55집, 우리말글학회, 2012, 8.

이상헌, 「마르크스의 이윤율 저하 경향에 대한 재고찰」, 『사회경제평론』 29호, 한국
　　　사회경제학회, 2007.

이승복, 「김영랑 초기시의 율격양상과 기능」, 『한국문예비평연구』 40권, 한국현대문
　　　예비평학회, 2013. 4.

이예숙, 「흥사단 운동에 나타난 교육사상」, 『교육연구』 42집, 이화여대 사범대 교육
　　　학과, 1973.

이종호, 「최남선의 지리(학)적 기획과 표상」, 『상허학보』 22집, 상허학회, 2008.

이정모, 「發心과 法印에 의한 깨달음」, 『정토학연구』 12권, 한국정토학회, 2009. 12.

이 찬, 「20세기 후반 한국 현대시론 연구」, 고려대 박사논문, 2005.

이철희, 「예이츠의 이니스프리의 호도 읽기: 바로 그 통합적 구성의 미학」, 『한국 예
　　　이츠 저널』 44권, 한국예이츠학회, 2014.

이현석, 「근대화론과 1970년대 문학사 서술」, 『한국현대문학연구』 47집, 한국현대문
　　　학회, 2015. 12.

이형대, 「근대 계몽기 시가와 여성담론: 신문 매체 작품을 중심으로」, 『한국시가연구』
　　　10권, 한국시가학회, 2001,

이 훈, 「임화의 초기 문학론 연구」, 『국어국문학』 111호, 국어국문학회, 1994. 5.

_____, 「『만세전』의 근대성에 대한 연구」, 『한국언어문학』 45집, 한국언어문학회,
　　　2000.

임종찬, 「개화기시가의 사상적 접근」, 『인문논총』 40집, 부산대 인문학연구소, 1992.
　　　6.

장사선, 「서양문학론의 최초 수용 과정과 발신자 추적을 위한 시론」, 『국제한인문학
　　　연구』 11권, 국제한인문학회, 2013.

장철환, 「김기림 시의 리듬 분석-문명의 '속도'의 구현 양상을 중심으로」, 『현대문학
　　　의 연구』 42집, 한국문학연구학회, 2010.

정끝별, 「현대시 화자(persona) 교육에 관한 시학적 연구」, 『한국문예비평연구』 35권,
　　　한국현대문예비평학회, 2011.

정병호, 「이광수 초기 문학론과 일본문학사의 편제」, 『일본학보』 59권, 한국일본학
　　　회, 2004.

정영훈, 「신채호 소설의 정치적 가능성」, 『민족문학사연구』 46권, 민족문학사연구소,
　　　2011.

정윤재, 「단재 신채호의 국권회복을 향한 사상과 행동」, 『동양정치사상사』 1권 2호, 한국동양정치사상사학회, 2002.

정인섭, 「해외문학파를 전후한 외국문학의 수용」, 『교수아카데미총서』 13권, 일념, 1993.

정종진, 「한국현대시론의 전개과정 연구」, 충남대 박사논문, 1987.

정한모, 「개화기시가의 제문제」, 『한국학보』 6집, 일지사, 1977.

조강석, 「서정시의 목소리는 누구/무엇의 것인가 -누구/무엇의 목소리인가」, 『현대문학의 연구』 39집, 한국문학연구학회, 2009.

조남철, 「김기림 연구」, 연세대 석사논문, 1980.

조다희, 「해외문학파의 번역극 운동과 번역관 연구」, 고려대 석사논문, 2013.

조연정, 「1930년대 문학에 나타난 '숭고'에 관한 연구」, 서울대 박사논문, 2008.

조영복, 「김기림 시론의 기계주의적 관점과 '영화시'」, 『한국현대문학연구』 26집, 한국현대문학회, 2008. 12.

조영식, 「연포 이하윤의 시세계」, 『인문학연구』 3권, 경희대 인문학연구원, 1999. 12.

_____, 「해외문학파와 시문학파의 비교 연구」, 경희대 박사논문, 2002.

조은주, 「구인회의 니체주의」, 『구보학보』 16집, 구보학회, 2017.

조재룡, 「김억 '번역론'의 현대성과 현재성」, 『동악어문학』 71집, 동악어문학회, 2017.5.

조현일, 「임화 소설론 연구」, 『한국의 현대문학』 3집, 한국현대문학회, 1994. 2.

채호석, 「임화와 김남천의 비평에 나타난 '주체'의 문제」, 『상허학보』 4집, 상허학회, 1998. 11.

최문규, 「"천재" 담론과 예술의 자율성」, 『독일문학』 74권, 한국독어독문학회, 2000.

최승언, 「자크 마리탱의 '온전한 휴머니즘'의 기초」, 서강대 석사논문, 2002.

최윤정, 「1930년대 '낭만주의'의 탈식민성 연구」, 서강대 박사논문, 2007.

최인숙, 「칸트철학에서 계몽의 의미」, 『철학·사상·문화』 1권, 동국대 동서사상연구소, 2005. 7.

한계전, 「박용철에 있어서 하우스만 시론의 수용」, 『관악어문연구』 2권, 서울대 국문학과, 1977.

_____, 「한국 근대시론 형성에 관한 연구」, 서울대 박사논문, 1982.

한명섭, 「신채호 문학의 탈식민성 연구」, 경원대 박사논문, 2008.

한종수, 「김기림 초기 시에 나타난 현실 인식 연구」, 『한국언어문학』 45집, 한국언어문학회, 2000.

한중모, 「신채호의 문학의 기본특징」, 『퇴계학과 유교문화』 35권 2호, 경북대 퇴계연구소, 2004.

허승철, 「소련의 언어정책과 언어민족주의」, 『러시아 소비에트 문학』 3권 1호, 한국

러시아문학회, 1992.

홍순애, 「근대초기 지리학의 수용과 국토여행의 논리-『소년』을 중심으로」, 『한중인
　　　문학연구』 34권, 한중인문학회, 2011.

황정산, 「생명 사상으로 본 박용철의 시론」, 『남도문화연구』 31집, 순천대 남도문화
　　　연구소, 2016.

황종연, 「문학이라는 역어」, 『한국어문학연구』 32권, 동악어문학회, 1997.

홍진석, 「최남선의 『청춘』 연구 -근대 재현의 양상을 중심으로」, 대구대 석사논문,
　　　2013.

황호덕, 「한국 근대에 있어서 문학 개념의 기원(들)」, 『한국사상과 문화』 8권, 한국사
　　　상문학학회, 2000.

2) 단행본

강만길 외, 『우리민족해방운동사』, 역사비평사, 2000.

고미숙, 『18세기에서 20세기 초 한국시가사의 구도』, 소명출판, 1998.

공성철 편, 『라틴어 강좌』, 한들출판사, 2007.

권보드래, 『한국 근대소설의 기원』, 소명출판, 2000.

_____, 『연애의 시대』, 현실문화연구, 2003.

권영민, 『한국 민족문학론 연구』, 민음사, 1988.

_____, 『한국 계급문학 운동사』, 문예출판사, 1998.

권혁웅, 『시론』, 문학동네, 2010.

권형진, 『독일사』, 대한교과서(주), 2005.

김경식, 『게오르크 루카치-과거와 미래를 잇는 다리』, 한울, 2000.

김교봉 · 설성경, 『근대전환기 소설 연구』, 국학자료원, 1991.

_____, 『개화기 시가 연구』, 국학자료원, 1996.

김대행 · 최동호 외, 『어두운 시대의 빛과 꽃』, 민음사, 2004.

김병선, 『창가와 신시의 형성 연구』, 소명출판, 2007.

김병철, 『한국 근대시 번역 문학사연구』, 을유문화사, 1975.

김상환, 『니체, 프로이트, 맑스 이후』, 창작과비평사, 2002.

김영민, 『한국문학비평논쟁사』, 한길사, 1992.

_____, 『한국의 근대신문과 근대소설』, 소명출판, 2006.

김용직, 『한국근대시사 (1)』, 새문사, 1982.

_____, 『한국근대문학론고』, 서울대 출판부, 1985.

_____, 『한국현대시사(상 · 하)』, 학연사, 1986.

_____, 『한국 현대시 연구』, 일지사, 1974.

_____, 『한국현대시사 1』, 한국문연, 1996.

_____, 『임화문학연구(재판)』, 새미, 1999.

_____, 『한국근대시문학사』, 새문사, 1983.

김유중, 『한국 모더니즘 문학의 세계관과 역사의식』, 태학사, 1996.

김윤식, 『근대한국문학연구』, 일지사, 1973.

_____, 『한국근대문예비평사연구』, 일지사, 1986.

_____, 『임화연구』, 문학사상사, 1989.

_____, 『한국현대시론비판』, 일지사, 1999.

김윤식·김현, 『한국문학사(개정판)』, 민음사, 1996.

김외곤, 『임화 문학의 근대성 비판』, 새물결, 2009.

김인환, 『문학과 문학사상』, 열화당, 1979.

_____, 『상상력과 원근법』, 문학과지성사, 1993.

_____, 『비평의 원리』, 나남출판, 1994.

김재용·이상경·오성호·하정일, 『한국근대민족문학사』, 한길사, 1993.

김지영, 『연애라는 표상』, 소명출판, 2007.

김학동, 『개화기시가연구』, 시문학사, 1981.

김효중, 『한국현대시의 비교문학적 연구』, 푸른사상, 2000.

김흥규, 『조선 후기의 시경론과 시의식(재판)』, 고려대 민족문화연구소, 1988.

_____, 『근대의 특권화를 넘어서』, 창비, 2013.

김흥호, 『원각경 강해』, 사색, 2003.

노형석, 『모던의 유혹 모던의 눈물』, 생각의 나무, 2004.

문덕수, 『한국 모더니즘 시 연구』, 시문학사, 1981.

민족문학사연구소 엮음, 『민족문학과 근대성』, 문학과지성사, 1995.

문학과사상연구회 편, 『임화문학의 재인식』, 소명출판, 2004.

_____, 『이광수 문학의 재인식』, 소명출판, 2009.

민족문학사연구소 엮음, 『새 민족문학사 강좌 2』, 창비, 2009.

문혜원, 『한국현대시와 모더니즘』, 신구문화사, 1996.

민족문학사연구소 엮음, 『새 민족문학사 강좌 2』, 창비, 2009.

서울대사범대 국어과동문회 편, 『이하윤 선집 Ⅰ』, 한샘, 1982.

서울사회과학연구소 지음, 『근대성의 경계를 찾아서』, 새길, 1997.

서준섭, 『한국 모더니즘 문학 연구』, 일지사, 1988.

송 욱, 「한국 모더니즘 비판」, 『시학평전』, 일조각, 1963.

신범순, 『한국현대시의 퇴폐와 작은 주체』, 신구문화사, 1998.

_____, 『한국현대시사의 매듭과 혼』, 민지사, 1992.

심선옥, 『한국 근대문학 재생산 제도의 구조』, 깊은샘, 2007.

안자산, 『조선문학사』, 한일서점, 1922.

오생근, 『미셸 푸코와 현대성』, 나남, 2013.

오세영, 『20세기 한국시 연구』, 새문사, 1989.

오세영 외, 『한국현대시사』, 민음사, 2007.

오형엽, 『한국 근대시와 시론의 구조적 연구』, 태학사, 1999.

유승우, 『한국 현대 시인 연구』, 국학자료원, 1998.

윤효녕 외, 『주체 개념의 비판』, 서울대 출판문화원, 1999.

이경수, 『한국 현대시와 반복의 미학』, 월인, 2005.

이광린, 『한국개화사상연구』, 일조각, 1989.

이기문, 『개화기 국문연구』, 일조각, 1970.

이명찬, 『1930년대 한국시의 근대성』, 소명출판, 2000.

이미순, 『김기림의 시론과 수사학』, 푸른사상사, 2007.

이반송·김정명 공저, 『식민지시대 사회운동』, 한울림, 1986.

이선영 엮음, 『문예사조사(개정판)』, 민음사, 1997.

오세영, 『문예사조』, 고려원, 1983.

이승원 외, 『국민국가의 정치적 상상력』, 소명출판, 2003.

이승하 외, 『한국 현대시문학사』, 소명출판, 2005.

이승훈, 『한국현대시론사』, 고려원, 1993.

이재선, 『한국현대소설사』, 홍성사, 1986.

_____, 『이광수 문학의 지적 편력』, 서강대 출판부, 2010.

이 훈, 『임화의 문학론 연구』, 제이엔씨, 2009.

임형택, 『한국 문학사의 시각』, 창작과비평사, 1984.

임형택·최원식 외 엮음, 『전환기의 동아시아 문학』, 창작과비평사, 1985.

임화문학연구회 편, 『임화문학연구』, 소명출판, 2009.

전성우, 『막스 베버 역사사회학 연구-서양의 도시시민계층 발전사를 중심으로』, 사회비평사, 1996.

정병욱, 『한국고전시가론』, 신구문화사, 1980.

정순진, 『김기림문학연구』, 국학자료원, 1991,

정한모, 『한국현대시문학사』, 일지사, 1982.

정한숙, 『현대한국문학사』, 고려대 출판부, 1982.

조동일, 『개화기의 애국문학』, 신구문화사, 1979.

_____, 『한국문학통사 5』, 지식산업사, 1988.

조연현, 『韓國新文學考』, 율유문화사, 1977.
_____, 『한국현대문학사』, 성문각, 1982.
_____, 『한국현대문학사개관』, 정음사, 1984.
조영복, 『1920년대 초기 시의 이념과 미학』, 소명출판, 2004.
조재룡, 『앙리 메쇼닉과 현대비평』, 길, 2007.
조지훈, 『조지훈전집 2·3·7』, 나남출판, 1996.
최동호, 『현대시의 정신사』, 열음사, 1985.
_____, 『하나의 도에 이르는 시학』, 고려대 출판부, 1997.
_____, 『한국 현대시와 물의 상상력』, 서정시학, 2010.
_____, 『디지털코드와 극서정시』, 서정시학, 2012.
최문형, 『러일전쟁과 일본의 한국 병합』, 지식산업사, 2004.
최원식, 『민족문학의 논리』, 창작과비평사, 1982.
하재연, 『근대시의 모험과 움직이는 조선어』, 소명출판, 2012.
하정일, 『탈식민의 미학』, 소명출판, 2008.
한국현대문학연구회 편, 『한국현대시론사』, 모음사, 1992.
한계전, 『한국현대시론연구』, 일지사, 1983.
한계전 외, 『한국현대시론사 연구』, 문학과지성사, 1998.
허 인, 『이탈리아사』, 미래엔, 2005.
홍일식, 『한국개화기의 문학사상 연구』, 열화당, 1980.

3. 국외 논저

1) 동양서

노자, 『노자도덕경』, 황병국 옮김, 범우사, 1986.
유협, 『문심조룡』, 최동호 역편, 민음사, 1997.
張法, 『장파교수의 중국미학사』, 백승도 옮김, 푸른숲, 2012.
朱子, 『(懸吐完譯) 詩經集傳 上』, 성백효 역주, 전통문화연구회, 1993.
宮人慶之助, 『生理學講義 4』, 東京: 半田屋醫籍商店, 1905-06.
長谷川浩, 『헤겔 정신현상학 입문』, 이신철 옮김, 도서출판 b, 2013.

2) 서양서

게오르크 루카치, 『루카치의 변증—유물론적 문학이론』, 차봉희 역편, 한마당, 1987.

_____, 『발자크와 프랑스 리얼리즘』, 변상출 역, 문예미학사, 1998.

고트홀트 레싱, 『함부르크 연극론』, 윤도중 옮김, 지식을만드는지식, 2009.

마르셀 레몽, 『프랑스 현대시사』, 김화영 옮김, 문학과지성사, 1983.

막스 베버, 『문화과학과 사회과학의 방법론(Ⅰ)』, 염동훈 옮김, 일신사, 2003.

보흐단 나할일로·빅토르 스보보다, 『러시아 민족문제의 역사』, 정옥경 역, 신아사, 2002.

로만 야콥슨 외, 『현대시의 이론』, 박인기 편역, 지식산업사, 1989.

롤랑 바르트, 『텍스트의 즐거움』, 김희영 역, 동문선, 1997.

루시 부라사, 『앙리 메쇼닉 : 리듬의 시학을 위하여』, 조재룡 옮김, 인간사랑, 2007.

레나토 포지올리, 『아방가르드 예술론』, 박상진 옮김, 문예출판사, 1996.

리 스핑크스, 『가치의 입법자 프리드리히 니체』, 윤동구 옮김, 앨피, 2009.

막스 호르크하이머·테오도르 아도르노, 『계몽의 변증법』, 김유동·주경식·이상훈 옮김, 문예출판사, 1995.

발터 벤야민, 『현대사회와 예술』, 차봉희 편역, 문학과지성사, 1980.

_____, 『발테 벤야민의 문예이론』, 반성완 편역, 민음사, 1983.

슬라보예 지젝, 『이데올로기라는 숭고한 대상』, 이수련 옮김, 인간사랑, 2002.

아리스토텔레스, 『시학』, 천병희 옮김, 문예출판사, 2002.

알랭 투렌, 『탈산업사회의 사회이론: 행위자의 복귀』, 조형 옮김, 이대 출판부, 1994.

앤터니 이스톱, 『시와 담론』, 박인기 옮김, 지식산업사, 1994.

에밀 벤브니스트, 『일반언어학의 제문제Ⅰ』, 황경자 옮김, 민음사, 1992.

위르겐 하버마스, 『푸코와 하버마스를 넘어서』, 윤평중 역, 교보문고, 2000.

윌리엄 비즐리, 『일본근현대정치사』, 장인성 옮김, 을유문화사, 1999.

임마뉴엘 칸트, 『판단력비판』, 이석윤 역, 박영사, 2003.

자크 데리다, 『마르크스주의와 해체론』, 윤효녕 역, 한신문화사, 1997.

프리드리히 니체, 『우상의 황혼/반그리스도』, 송무 옮김, 청하, 1984.

_____, 『차라투스트라는 이렇게 말했다』, 정동호 옮김, 책세상, 2000.

플라톤, 『국가』, 박종현 옮김, 서광사, 1997.

P. S. 브이호드쩨프, 「사회주의 리얼리즘 강의(4)-사회주의 리얼리즘 미학에서의 민족적인 것과 국제적인 것」, 이규환 옮김, 『러시아소피에트문학』 4권, 한국러시아학회, 1993. 1.

Ezra Pound, Imagism, *Poetry*, 1913. 3, Chicago: Poetry Foundation.

Herbert Read, *FORM IN MODERN POETRY*(3rd impression), London: VISION, 1948.

저자 소개

김 영 범

2018. 2. 고려대학교 일반대학원 국어국문학과 박사
2005. 2. 고려대학교 일반대학원 국어국문학과 석사
2002. 2. 고려대학교 문과대학 국어국문학과 학사

〈수상〉
2013 〈실천문학 신인상(평론부문)〉 수상

〈저서 목록〉
공저, 『설득과 말의 기술』, 한올출판사, 2011.
공저, 『글쓰기와 말하기』, 한올출판사, 2014.
공저, 『융합적 사고와 글쓰기』, 보고사, 2020.
공저, 『융합적 사고와 글쓰기 워크북—인문계열』, 보고사, 2020.
공저, 『융합적 사고와 글쓰기 워크북—사회계열』, 보고사, 2020.
공저, 『융합적 사고와 글쓰기 워크북—이공계열』, 보고사, 2020.

한국 근대시론의 계보와 규준

임화 · 김기림 · 박용철

초판 1쇄 인쇄 2022년 1월 5일
초판 1쇄 발행 2022년 1월 17일

지은이 김영범
펴낸이 이대현

책임편집 임애정 | **편집** 이태곤 권분옥 문선희 강윤경
디자인 안혜진 최선주 이경진 | **마케팅** 박태훈 안현진
펴낸곳 도서출판 역락 | **등록** 1999년 4월 19일 제303-2002-000014호
주소 서울시 서초구 동광로46길 6-6(반포4동 577-25) 문창빌딩 2층(우06589)
전화 02-3409-2060(편집부), 2058(영업부) | **팩시밀리** 02-3409-2059
전자우편 youkrack@hanmail.net
홈페이지 www.youkrackbooks.com

ISBN 979-11-6742-267-5 93810

정가는 뒤표지에 있습니다.